D0626917

LE PAYS DU NUAGE BLANC

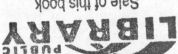

SARAH LARK

LE PAYS DU NUAGE BLANC

*Traduit de l'allemand
par Jean-Marie Argelès*

ARCHIPOCHE

Ce livre a été publié sous le titre
Im Land der weissen Wolke
par Bastei Lübbe, Cologne, 2007.

Notre catalogue est consultable à l'adresse suivante :
www.archipoche.com

Éditions Archipoche,
34, rue des Bourdonnais
75001 Paris.

ISBN 978-2-35287-634-2

DÉPART

Londres – Powys – Christchurch
1852

1

Église anglicane de Christchurch (Nouvelle-Zélande)
recherche jeunes femmes honorables, capables de tenir un
ménage et d'éduquer des enfants, pour contracter mariage
avec messieurs de notre paroisse, hommes aisés bénéficiant
tous d'une réputation irréprochable.

Le regard d'Hélène s'arrêta sur un bref instant sur la modeste
annonce du bulletin paroissial qu'elle avait parcouru en
diagonale pendant que ses élèves étaient absorbés par un
exercice de grammaire. Elle aurait préféré lire un livre, mais
William, par ses questions incessantes, l'empêchait de se
concentrer. À l'instant encore, le garçon de onze ans releva
sa tignasse brune.
— Dans le troisième paragraphe, miss Davenport, est-il
écrit *qui* ou *que*?
Hélène repoussa avec un soupir sa lecture et, pour la
énième fois de la semaine, expliqua la différence entre
la proposition relative et la subordonnée. Le fils cadet de
Robert Greenwood, son employeur, était un gentil garçon,
mais pas une lumière. Il avait perpétuellement besoin d'aide,
oubliait les explications plus vite qu'elle ne les donnait et
n'avait qu'un talent : émouvoir les adultes en prenant un air
désemparé et les faire fondre de sa douce voix de soprano.
Sa mère, Lucinda, tombait chaque fois dans le panneau. Il
suffisait au jeune garçon de se pelotonner contre elle et de
lui proposer une occupation commune pour qu'elle annulât

9

les heures de rattrapage imposées par Hélène. Aussi William ne savait-il toujours pas lire couramment, et la dictée la plus facile était pour lui un obstacle insurmontable. Le voir un jour entrer dans un établissement prestigieux, Eton ou Oxford, comme en rêvait son père, était exclu.

Georges, le frère aîné de William, du haut de ses seize ans, ne se donna même pas la peine de faire semblant de comprendre. Levant les yeux au ciel d'un air entendu, il montra dans le cours un passage où figurait précisément, à titre d'exemple, la phrase sur laquelle William s'escrimait depuis une demi-heure. L'adolescent dégingandé, trop vite grandi, avait terminé sa version latine. Il travaillait rapidement, parfois au prix de quelques fautes ; les matières classiques l'ennuyaient. Rêvant de voyages dans des pays lointains et d'expéditions dans les nouveaux marchés coloniaux qui, sous le règne de la reine Victoria, s'ouvraient quasiment d'heure en heure, il avait hâte d'entrer un jour dans l'affaire d'import-export de son père. Il était sans conteste un commerçant-né. Il se montrait déjà habile à négocier, sachant déployer tout son charme à bon escient. Il parvenait à l'occasion à embobiner jusqu'à Hélène et à abréger les cours. Ce qu'il tenta ce même jour, William ayant enfin compris de quoi il retournait ou ayant du moins trouvé où copier la solution. Hélène voulut corriger le travail de Georges, mais celui-ci écarta son cahier d'un geste provocant.

— Oh, miss Davenport, vous comptez réellement rabâcher tout ça ? La journée est trop belle ! Allons plutôt jouer au croquet… Vous devriez améliorer votre technique, sinon, lors de la prochaine garden-party, vous resterez dans votre coin et aucun des jeunes messieurs ne vous remarquera. Vous perdrez toute chance de jamais épouser un comte et devrez jusqu'à la fin de vos jours vous occuper de cas aussi désespérés que celui de Willy.

Ayant jeté un coup d'œil par la fenêtre, elle fronça les sourcils en apercevant des nuages sombres.

— L'idée est tentante, Georges, mais la pluie menace. Avant que nous ayons tout rangé ici et que nous soyons sortis, les nuages se videront sur nos têtes et je risque alors de n'être guère attirante aux yeux de nobles messieurs. Au fait, d'où te vient l'idée que je pourrais avoir de telles pensées?

Hélène s'efforça de prendre l'air le plus indifférent possible, art qu'elle maîtrisait à merveille : préceptrice dans une riche famille londonienne, la première chose à apprendre était de contrôler sa physionomie. Le rôle d'Hélène, chez les Greenwood, n'était celui ni d'un parent, ni d'une employée ordinaire. Partageant les repas et, souvent, les loisirs de la famille, elle se gardait de donner son avis avant qu'on le lui eût demandé ou de se faire remarquer. Il ne pouvait donc être question, pour elle, lors des garden-parties, de se mêler ingénument aux jeunes invités. Elle se tenait à l'écart, bavardant poliment avec les dames et surveillant sans y paraître ses élèves. Bien entendu, il lui arrivait de laisser glisser ses regards sur les visages de jeunes hôtes et de s'abandonner alors à de brèves rêveries romantiques, dans lesquelles elle se promenait au bras d'un vicomte bien de sa personne dans le parc d'un manoir. Mais il était impossible que Georges s'en fût aperçu!

Celui-ci haussa les épaules.

— Ma foi, c'est que vous lisez les annonces matrimoniales! répondit-il avec impertinence en montrant avec un sourire complice le bulletin paroissial.

Hélène se trouva stupide d'avoir laissé le journal ouvert à côté de son pupitre. Georges, désœuvré, y avait bien entendu jeté un coup d'œil pendant qu'elle s'occupait de William.

— Et puis vous êtes très jolie, ajouta Georges, flatteur. Pourquoi n'épouseriez-vous pas un baronnet?

Tout en sachant qu'elle devait le réprimander, Hélène était plutôt amusée. Si ce garçon continuait ainsi, il aurait du succès, au moins auprès des dames. Dans le monde des affaires aussi, on apprécierait ses flatteries. Mais cela l'aiderait-il à Eton? De plus, Hélène était immunisée contre des compliments aussi balourds. Elle savait qu'elle n'était pas belle, au sens classique du terme. Pourtant réguliers, ses traits n'attiraient pas l'attention; elle avait la bouche un peu trop mince et le nez trop pointu; le regard paisible de ses yeux gris trahissait un léger pessimisme ainsi qu'une érudition trop manifeste pour susciter l'intérêt d'un jeune et riche bon vivant. Son plus bel attribut était une chevelure lisse et soyeuse, au brun soutenu tirant sur le roux, qui lui descendait jusqu'à la taille. Peut-être aurait-elle pu faire sensation si elle l'avait laissée flotter librement au vent, à l'exemple de certaines jeunes filles lors des pique-niques et des garden-parties. Les plus hardies, se promenant en compagnie d'un admirateur, ôtaient leur chapeau, prétextant avoir trop chaud, ou bien, au cours d'une partie de barque sur le lac d'Hyde Park, faisaient mine de rattraper leur couvre-chef emporté par le vent. Secouant alors la tête, elles débarrassaient comme fortuitement leur chevelure des barrettes et des rubans, dévoilant aux yeux du galant la splendeur de leurs boucles.

Hélène n'aurait pu s'y résoudre. Fille de pasteur, elle avait reçu une éducation stricte. Ses cheveux étaient tressés et relevés depuis son plus jeune âge. N'ayant que douze ans lorsque sa mère était morte, il lui avait fallu très jeune se comporter en adulte. Sur quoi le père, sans autre forme de procès, avait chargé sa fille aînée de tenir le ménage et d'élever ses trois frères et sœur plus jeunes. Le révérend Davenport ne s'intéressait pas à ce qui pouvait se passer en cuisine ou dans les chambres des enfants, seuls le travail pour sa paroisse ainsi que la traduction et l'exégèse de textes religieux lui tenaient à cœur. Il n'accordait d'attention à Hélène que dans les moments où elle lui tenait compagnie. Or, elle n'échappait au bruyant remue-ménage de la maison familiale qu'en se réfugiant dans le cabinet de travail paternel sous les toits. Aussi était-il advenu presque naturellement qu'Hélène sût lire la Bible en grec alors que ses frères en étaient encore à apprendre l'alphabet. D'une belle écriture calligraphiée, elle copiait les sermons de son père et les projets d'articles qu'il rédigeait pour le bulletin de Liverpool. Il ne restait guère de temps pour d'autres distractions. Pendant que Suzanne, sa jeune sœur, mettait à profit les ventes de charité et les pique-niques paroissiaux pour faire la connaissance de jeunes notables, Hélène aidait à la vente des marchandises, confectionnait des gâteaux et servait du thé. Le résultat était à prévoir : Suzanne épousa à dix-sept ans le fils d'un médecin connu, alors qu'Hélène fut obligée, à la mort de leur père, d'accepter une place de préceptrice. Elle put ainsi contribuer au financement des études de ses deux frères dans les facultés de médecine et de droit. L'héritage paternel ne suffisait pas à leur assurer une formation convenable, et cela d'autant moins que ni l'un ni l'autre ne mettait de zèle à passer ses diplômes. C'est avec une pointe de colère qu'Hélène songea que Simon, pas plus tard que la semaine précédente, avait de nouveau échoué à un examen.

— Les baronnets épousent généralement des baronnettes, répondit-elle à Georges avec un rien d'irritation. Et pour ce qui est de ça, ajouta-t-elle en montrant le bulletin paroissial, c'est l'article que j'ai lu, pas l'annonce.

Georges s'abstint de répondre, mais sourit d'un air entendu. L'article était consacré au traitement de l'arthrite par la chaleur, sujet certainement susceptible d'intéresser les membres âgés de la paroisse, mais miss Davenport, elle, ne souffrait à l'évidence pas de ce genre de douleurs.

Toujours est-il que sa préceptrice regarda l'heure et en conclut qu'il était temps de terminer le cours de l'après-midi. On ne tarderait pas à servir le dîner. Et, si Georges n'avait besoin que de cinq minutes pour se peigner et se changer, extraire William d'une blouse tachée d'encre pour lui faire revêtir un costume convenable durait une éternité. Hélène remercia le ciel de ne pas être condamnée à se soucier de l'apparence du gamin. C'était l'affaire d'une bonne d'enfants.

La jeune gouvernante termina son cours par des remarques générales sur l'importance de la grammaire, remarques auxquelles les deux garçons ne prêtèrent qu'une oreille distraite. Puis William bondit avec enthousiasme de sa chaise sans accorder le moindre regard à ses cahiers et à ses livres.

— Il faut que j'aille vite montrer ma peinture à maman, annonça-t-il, se déchargeant ainsi sur Hélène de la corvée du rangement.

Elle ne pouvait en effet risquer de le voir courir en pleurs vers sa mère pour se plaindre d'une injustice révoltante de sa préceptrice. Jetant un œil sur le dessin maladroit de son frère – dessin que sa mère accueillerait à coup sûr avec enthousiasme –, Georges haussa les épaules d'un air résigné. Puis, rassemblant rapidement ses affaires, il quitta la pièce à son tour. Hélène remarqua qu'il l'avait presque regardée avec pitié. Elle se surprit à penser à ce qu'il lui avait dit à l'instant : «Si vous ne trouvez pas un mari, vous devrez le reste de votre vie vous dépatouiller de cas aussi désespérés que celui de William.»

Hélène prit le bulletin paroissial dans l'intention de le jeter. Mais elle se ravisa. Presque à la dérobée, elle le glissa dans son sac et gagna sa chambre.

Robert Greenwood n'avait guère de temps à consacrer à sa famille, mais les dîners avec sa femme et ses enfants étaient pour lui un moment sacré. La présence de la jeune gouvernante ne le dérangeait pas. Au contraire, il prenait souvent plaisir à associer miss Davenport à la conversation, sollicitant son avis sur des questions touchant à la marche du monde, la littérature ou la musique. Elle s'entendait beaucoup mieux à ce genre de sujets que son épouse, dont la formation classique laissait à désirer. L'intérêt de Lucinda se limitait à la tenue de la maison, à son jeune fils qu'elle idolâtrait et à sa participation aux activités de bienfaisance de divers comités de dames.

Ce soir-là aussi, Robert Greenwood eut un sourire amical à l'adresse d'Hélène entrant dans la salle à manger. Il lui avança sa chaise après l'avoir saluée dans les formes. Elle lui rendit son sourire, mais en veillant à y associer Mme Greenwood. Il ne fallait en aucun cas donner l'impression d'un flirt avec son employeur, même si celui-ci était un homme incontestablement séduisant. Grand et mince, il avait un visage respirant l'intelligence et des yeux bruns où brillait la curiosité. Son costume trois pièces, avec sa chaîne de montre en or, lui allait à merveille et ses manières ne le cédaient en rien à celles des gentlemen des familles nobles que les Greenwood fréquentaient. Certes, passant pour des parvenus, ils n'étaient pas totalement reconnus dans ces milieux, malgré les efforts de Robert Greenwood qui, tout en faisant prospérer l'entreprise florissante que son père avait créée à partir de rien, s'était en permanence soucié de gagner la considération de la bonne société. Son mariage avec Lucinda Raiford, issue d'une famille noble – appauvrie, à en croire ce qui se murmurait dans la bonne société, par un père nourrissant une prédilection pour les jeux de hasard et les courses de chevaux –, avait relevé de cette ambition. Lucinda ne s'accommodait de sa condition bourgeoise qu'à contrecœur et, en réaction à son déclassement, inclinait à une certaine ostentation. Tout cela expliquait que les réceptions et les fêtes des Greenwood fussent un peu plus somptueuses que celles d'autres notables de la société londonienne. Les dames invitées en profitaient, tout en ne se privant pas de se moquer de tant de faste.

Ce jour-là encore, à l'occasion d'un simple dîner, Lucinda s'était habillée avec un peu trop de coquetterie. Elle portait une robe de soie lilas et sa coiffure avait dû coûter des heures de travail à sa femme de chambre. Lucinda entreprit d'évoquer la réunion d'un comité de dames gérant l'orphelinat local, tenue l'après-midi même, mais elle ne rencontra guère d'échos.

— Et vous, à quoi avez-vous occupé cette belle journée? finit-elle par demander. Toi, Robert, je n'ai pas besoin de te poser la question. Il n'y a vraisemblablement eu que les affaires, les affaires et encore les affaires.

Elle gratifia son mari d'un regard qui se voulait d'une affectueuse indulgence. Mme Greenwood estimait en effet que son époux prêtait une attention insuffisante à ses propres obligations sociales. Il eut une grimace de contrariété, gardant pour lui une réponse désobligeante : ses affaires, outre qu'elles nourrissaient sa famille, permettaient à Lucinda de participer à ses comités de dames. Hélène se doutait elle aussi que, si Mme Greenwood était admise dans ces cercles, c'était moins en raison de ses capacités d'organisatrice que de la libéralité de son époux.

— Je viens d'avoir un entretien très intéressant avec un producteur de laine de Nouvelle-Zélande…, commença Robert, tourné vers son fils aîné.

Mais Lucinda ne se laissa pas interrompre. S'adressant à ses fils, elle eut un sourire indulgent à l'intention particulière de William.

— Et vous, mes garçons? Vous avez sans doute joué au jardin, n'est-ce pas? Et toi, mon chéri, as-tu de nouveau battu Georges et miss Davenport au croquet?

Fixant obstinément son assiette, Hélène aperçut néanmoins, à la dérobée, Georges cligner des yeux en direction du ciel, comme pour appeler à son secours un ange compatissant. En réalité, William n'était parvenu qu'une seule fois à obtenir plus de points que son frère, un jour où celui-ci avait un gros rhume. Habituellement, même Hélène, malgré ses efforts pour laisser gagner le petit, propulsait la boule sous les arceaux plus adroitement que lui. Mme Greenwood lui savait gré de sa supercherie tandis que son époux la blâmait quand il s'en apercevait.

— Le garçon doit s'habituer à ce que la vie n'ait pas d'égards pour ceux qui échouent, disait-il avec sévérité.

Il faut qu'il apprenne à perdre, c'est uniquement ainsi qu'il finira par vaincre !

Hélène n'était pas certaine que William pût vaincre un jour, dans quelque domaine que ce soit, mais son fugitif sentiment de pitié fut, en ce jour, réduit à néant par la remarque de l'enfant.

— Ah, maman, miss Davenport ne nous a pas laissés jouer, dit-il l'air chagrin. Nous sommes restés toute la journée dans la maison à apprendre, apprendre et apprendre.

Bien entendu, Mme Greenwood lança un regard de reproche à Hélène.

— Est-ce vrai, miss Davenport ? Vous savez pourtant que les enfants ont besoin de bon air ! À leur âge, ils ne peuvent tout de même pas rester assis devant leurs livres toute une journée !

Hélène bouillait intérieurement, mais elle ne pouvait accuser William de mensonge. À son grand soulagement, Georges intervint.

— Ce n'est pas vrai du tout. William a eu comme chaque jour sa promenade après le déjeuner. Mais il s'est mis à pleuvoir un peu, et il a voulu rentrer. Miss Davenport l'a certes obligé à faire un tour de parc, mais nous n'avons pu jouer au croquet avant le cours.

— En revanche, William a peint, ajouta Hélène, tentant une diversion.

Peut-être Mme Greenwood, venant à parler du véritable chef-d'œuvre de son garçon, en oublierait-elle le reste. Mais le calcul se révéla erroné.

— Il n'empêche, miss Davenport : si le temps n'est pas favorable à midi, il vous faut ménager une pause l'après-midi. Dans les milieux où évoluera plus tard William, l'éducation physique est presque aussi importante que la formation intellectuelle !

William parut goûter la réprimande, et Hélène resongea à la fameuse annonce…

Georges, lui, sembla lire dans les pensées d'Hélène. Comme si la conversation avec William et sa mère n'avait pas eu lieu, il enchaîna sur la dernière remarque de son père. Hélène s'était plusieurs fois aperçue de la manœuvre à laquelle avaient recours le fils comme le père et elle admirait généralement l'élégance de la transition. Mais, cette fois, le propos de Georges lui fit monter le rouge au visage.

— Miss Davenport ne s'intéresse qu'à la Nouvelle-Zélande, père.

Hélène eut du mal à avaler sa salive, quand tous les regards convergèrent vers elle.

— Ah, vraiment? Vous songez à émigrer? s'enquit Robert Greenwood avec flegme, puis, avec un sourire : Dans ce cas, la Nouvelle-Zélande est un bon choix. Ni chaleur excessive, ni marais générateurs de malaria comme en Inde. Pas non plus d'indigènes sanguinaires comme en Amérique. Pas de rejetons d'anciens criminels comme en Australie...

— Réellement? s'étonna Hélène, heureuse de replacer la conversation sur un terrain neutre. La Nouvelle-Zélande n'a pas été colonisée par des bagnards?

— Mais non. Les paroisses du pays ont presque toutes été fondées par de sages chrétiens britanniques, et il en va toujours ainsi de nos jours. Ce qui ne veut pas dire qu'il n'y ait pas là-bas aussi des sujets louches. Pas mal de vauriens ont notamment dû trouver refuge chez les chasseurs de baleines de la côte Ouest. Les colonnes de tondeurs de moutons ne sont certainement pas non plus composées exclusivement d'hommes honorables. Mais la Nouvelle-Zélande n'est pas le réceptacle de la lie de la société. De plus, c'est une colonie toute récente. Elle est devenue autonome il y a quelques années seulement...

— Mais les indigènes sont dangereux! objecta Georges.

Il voulait manifestement faire lui aussi étalage de son savoir. Et – cela n'avait pas échappé à Hélène pendant les cours – il avait un faible pour les affrontements guerriers.

— Il y a encore eu récemment des combats, n'est-ce pas, papa ? N'as-tu pas raconté qu'un de tes partenaires commerciaux avait vu toute sa récolte de laine partir en fumée ?

M. Greenwood adressa à son fils un signe de tête d'approbation.

— C'est exact, Georges. Mais c'est terminé. Depuis dix ans en fait, même si, occasionnellement, il se produit encore des escarmouches. Fondamentalement, la présence des colons n'a jamais été remise en cause. De ce point de vue, les indigènes se sont toujours montrés dociles. Ce sont plutôt certaines ventes de terrains qui ont été contestées. Et on ne peut exclure que nos acquéreurs aient effectivement dupé l'un ou l'autre chef de tribu ! Mais, depuis que notre reine a envoyé là-bas le bon capitaine Hobson comme gouverneur général, c'en est fini de ces disputes. En 1840, il a fait signer à quarante-six chefs un traité par lequel ils se reconnaissaient sujets de Sa Majesté. Depuis, la Couronne exerce un droit de préemption sur toutes les ventes de terre. Malheureusement, tout le monde n'a pas joué le jeu, et maint colon ne respecte pas la paix. D'où parfois quelques troubles. Mais, au total, le pays est sûr. Donc, n'ayez aucune crainte, miss Davenport !

M. Greenwood adressa un clin d'œil à Hélène. Mme Greenwood, elle, fronça les sourcils.

— Vous n'envisagez pas vraiment de quitter l'Angleterre, miss Davenport ? demanda-t-elle d'un air mécontent. Vous ne pensez pas sérieusement répondre à cette annonce que le prêtre a publiée dans le bulletin paroissial ? Contre l'avis exprès de notre comité, je tiens à le souligner !

Hélène tenta à nouveau de ne pas rougir.

— Quelle annonce ? s'informa Robert en s'adressant directement à Hélène, qui ne put que bafouiller :

— Je… je ne sais pas exactement de quoi il s'agit. C'était juste un entrefilet…

— Une paroisse de Nouvelle-Zélande recherche des jeunes filles désireuses de se marier, expliqua Georges.

À ce qu'il semble, ce paradis des mers du Sud souffre d'une pénurie de femmes.

— Georges! s'indigna Mme Greenwood.

M. Greenwood, pour sa part, se contenta de rire.

— Paradis des mers du Sud? Bof, le climat y est plutôt comparable à celui de l'Angleterre. Mais ce n'est un secret pour personne qu'il y a plus d'hommes que de femmes outre-mer. À l'exception, peut-être, de l'Australie, où a atterri toute la lie féminine de la société: arnaqueuses, voleuses, pu…, euh, filles faciles. Mais quand il s'agit d'émigration volontaire, nos dames sont moins aventureuses que le sexe fort. Soit elles partent avec leur époux, soit elles ne partent pas du tout. Un trait de caractère typique du sexe faible.

— Parfaitement! approuva Mme Greenwood.

Hélène se mordit la langue. Elle n'était pas vraiment convaincue de la supériorité masculine. Elle n'avait qu'à regarder William ou à penser aux interminables études de ses frères! Elle gardait même dans sa chambre, bien dissimulé – Mme Greenwood l'aurait renvoyée sur-le-champ –, un livre de la féministe Mary Wollstonecraft.

— Il est contraire à la nature féminine, poursuivit la maîtresse de maison, d'embarquer sans protection masculine sur des navires d'émigrants, de s'installer dans des contrées hostiles et de se livrer peut-être à des activités que Dieu a réservées aux hommes. Et envoyer des chrétiennes outre-mer pour les y marier confine à la traite des Blanches!

— Oui, mais on n'envoie pas ces femmes sans les y avoir préparées, objecta Hélène. L'annonce prévoit certainement des contacts épistolaires. Et il y était expressément question de messieurs aisés et jouissant d'une bonne réputation.

— Je croyais que vous n'aviez pas remarqué cette annonce, se moqua M. Greenwood, un sourire indulgent adoucissant néanmoins son propos.

Hélène rougit derechef.

— Je… euh, il se pourrait que je l'aie lue en diagonale…

Georges ricana en silence. Mme Greenwood, en revanche, parut ne pas avoir entendu ce bref échange. Elle était passée à un autre aspect des problèmes soulevés par la Nouvelle-Zélande.

— Je trouve la question des domestiques dans les colonies plus grave que celle de la prétendue pénurie de femmes, déclara-t-elle. Nous en avons débattu à fond aujourd'hui au sein de notre comité de l'orphelinat. Manifestement, les meilleures familles de… comment s'appelle déjà cet endroit? Christchurch? En tout cas, on ne trouve pas, là-bas, de personnel convenable. Les bonnes, surtout, y sont rares.

— Ce qui peut tout à fait s'interpréter comme un effet secondaire de la pénurie de femmes, remarqua M. Greenwood.

Hélène réprima un sourire.

— Quoi qu'il en soit, notre comité y enverra quelques-unes de nos orphelines, continua Lucinda. Nous avons quatre ou cinq sages petites filles d'une douzaine d'années qui ont l'âge de pouvoir gagner leur vie. Ici, nous avons de la peine à les placer. Les gens préfèrent engager des filles un peu plus âgées. Mais là-bas, on devrait en faire ses choux gras…

— Voilà qui me paraît ressembler à la traite des Blanches, lui objecta son époux.

Lucinda lui lança un regard venimeux.

— Nous agissons dans l'unique intérêt des fillettes! rétorqua-t-elle en pliant sa serviette avec affectation.

Hélène resta sceptique. Sans véritable apprentissage, ces malheureuses seraient sans doute employées comme aides de cuisine par les bonnes familles locales. Or, les cuisinières préféraient évidemment de robustes filles de la campagne à des gamines de douze ans mal nourries.

— À Christchurch, les fillettes ont la perspective d'un bel emploi. Et nous ne les enverrons bien sûr que dans des familles ayant une bonne réputation…

— Bien entendu, remarqua Robert avec ironie. Je suis certain que vous entretiendrez avec les futurs patrons des fillettes une correspondance au moins aussi intense que les dames cherchant à se marier avec leurs futurs époux.

— Tu ne me prends pas au sérieux, Robert !

— Bien sûr que si, ma chérie. Comment pourrais-je ne pas prêter à l'honorable comité de l'orphelinat les meilleures intentions du monde ? En outre, vous n'enverrez certainement pas vos protégées outre-mer sans un minimum de surveillance. Peut-être se trouvera-t-il parmi les jeunes dames candidates au mariage une personne digne de confiance qui s'occupera des fillettes moyennant une petite contribution du comité à ses frais de voyage…

Mme Greenwood ne releva pas la suggestion, et Hélène garda de nouveau les yeux rivés sur son assiette. Elle avait à peine touché au délicieux rôti. Mais le regard amusé et interrogateur de M. Greenwood dans sa direction ne lui avait pas échappé. Tout cela soulevait des questions nouvelles. Elle n'avait, par exemple, pas envisagé jusqu'ici que la traversée vers la Nouvelle-Zélande ne fût pas gratuite. Pouvait-on, sans mauvaise conscience, laisser le futur époux la payer ? Ou ne serait-ce pas là conférer à celui-ci des droits qui ne sauraient lui revenir qu'une fois le oui prononcé, les yeux dans les yeux, par les deux partenaires ?

Non, cette histoire de la Nouvelle-Zélande était une folie. Il lui fallait la chasser de sa tête. Il ne lui serait pas donné de fonder une famille. À moins que ?

Non, elle ne devait plus y penser ! En réalité, Hélène Davenport ne devait penser à rien d'autre dans les jours qui suivirent…

2

— Désirez-vous voir le troupeau tout de suite ou prenons-nous d'abord un *drink*?

Lord Terence Silkham accueillit son visiteur avec une vigoureuse poignée de main. Gérald Warden la lui rendit avec une égale énergie. Lord Silkham s'était demandé à quoi pourrait ressembler un homme présenté par l'Union des éleveurs de Cardiff comme le «baron des moutons» d'outre-mer. Sa tenue, adaptée au climat du pays de Galles, n'en était pas moins à la mode. L'élégante culotte de cheval était coupée dans une étoffe de bonne qualité, l'imperméable de fabrication anglaise. Les yeux bleus brillaient dans un visage anguleux en partie dissimulé sous un chapeau à large bord, typique de la région, qui n'arrivait pas à cacher une chevelure brune et fournie, dont la longueur, elle aussi, n'avait pas de quoi choquer en Angleterre. Bref, rien, dans l'apparence de Gérald Warden, ne rappelait de près ou de loin les cow-boys des illustrés que lisaient parfois certains domestiques de sa Seigneurie et – à la grande indignation de son épouse – sa fille Gwyneira ! Les auteurs de cette mauvaise littérature décrivaient des combats sanglants entre colons américains et indigènes haineux : les dessins maladroits représentaient de jeunes hommes audacieux, à la longue tignasse rebelle, vêtus de pantalons de cuir, Stetson sur la tête, et chaussés de bottes étranges munies de longs éperons. De plus, les gardiens de troupeaux avaient tôt fait de dégainer les colts qu'ils portaient dans des étuis accrochés à une ceinture pendant sur la hanche.

Le visiteur de lord Silkham n'avait pas d'arme à la ceinture, mais un flacon de whisky qu'il tendit à son hôte.

— Comme premier remontant, cela devrait suffire, énonça Gérald Warden d'une agréable voix grave, une voix habituée à donner des ordres. Réservons d'autres *drinks* en vue des négociations, quand j'aurai vu les moutons. Le mieux est que nous nous mettions en route pour les voir avant que la pluie reprenne. À vous!

Silkham but une grande rasade à la bouteille. Un scotch de premier ordre! Le lord, un homme de haute stature, les cheveux roux, se sentit aussitôt favorablement disposé envers le visiteur. Il prit son chapeau et sa cravache avec un signe d'acquiescement et émit un léger sifflement. Comme s'ils n'avaient attendu que ça, trois chiens de berger blancs, tachés de noir et de marron, jaillirent du fond de l'écurie. Ils brûlaient manifestement d'envie de se joindre aux cavaliers.

— Vous n'avez pas l'habitude de la pluie? s'enquit lord Terence en montant sur le cheval de hunter qu'un domestique lui avait avancé à l'arrivée de Gérald Warden.

Le cheval de ce dernier ne paraissait pas éprouvé, bien qu'il eût effectué dans la matinée le trajet entre Cardiff et Powys. Un cheval de location sans doute, mais venant à coup sûr d'une des meilleures écuries de la ville. Un indice supplémentaire permettant de comprendre ce qui avait valu au visiteur son surnom de «baron des moutons». S'il n'était pas noble, il était riche.

Warden, montant lui aussi en selle, se mit à rire.

— Au contraire, Silkham, au contraire…

Le lord eut du mal à encaisser cette familiarité mais décida de ne pas la prendre en mauvaise part. Les formules de politesse mylord et mylady étaient manifestement inconnues de l'étranger.

— Nous avons à peu près trois cents jours de pluie par an. À vrai dire, le temps, dans les Canterbury Plains, est tout à fait semblable au temps d'ici, au moins en été. Les hivers y sont plus doux, mais cela ne nuit pas à la qualité de la laine. Et la bonne herbe engraisse les moutons. Nous avons de l'herbe en abondance, Silkham! Des hectares et des hectares de bonne herbe! Les Plains sont un paradis pour les éleveurs.

En cette saison, on ne pouvait pas non plus se plaindre du manque d'herbe au pays de Galles. Les collines, jusqu'aux montagnes, paraissaient couvertes d'un tapis de velours vert. Les poneys sauvages n'avaient même pas besoin de descendre dans les vallées pâturer dans les herbages. Les moutons, pas encore tondus, étaient gras à souhait. Les hommes prirent plaisir à observer un troupeau de brebis pleines, parquées à proximité du manoir dans l'attente de l'agnelage.

— Magnifiques bêtes! complimenta Gérald Warden. Plus vigoureuses encore que des romneys et des cheviots. Ce qui ne doit pas les empêcher de fournir une laine d'au moins aussi bonne qualité!

Silkham confirma de la tête.

— Ce sont des welsh mountains. Ces moutons passent une partie de l'hiver en liberté dans les montagnes. Des durs à cuire! Mais où votre paradis pour ruminants se trouve-t-il donc? Excusez-moi, mais lord Bayliff a simplement évoqué un pays «outre-mer».

Lord Bayliff était le président de l'Association des éleveurs de moutons. C'est lui qui avait mis Warden en relation avec Silkham. Le baron des moutons, avait-il écrit dans sa lettre, souhaitait acheter quelques moutons à pedigree afin d'améliorer son élevage outre-mer.

Warden éclata d'un rire tonitruant.

— La notion est en effet assez vague. Permettez-moi de deviner… Je présume que vous avez aussitôt vu vos moutons transpercés par des flèches indiennes quelque part dans le Far West! Mais vous n'avez pas à vous faire de souci. Vos bêtes resteront en sécurité sur le sol de l'Empire britannique. Ma propriété se trouve sur l'île du Sud de la Nouvelle-Zélande, dans les Canterbury Plains. Des prairies à perte de vue! Tout à fait comme ici, sauf que c'est plus vaste, Silkham, incomparablement plus vaste!

— Ma foi, ce n'est tout de même pas une fermette, ici, s'indigna lord Terence.

Pour qui ce type se prenait-il à ainsi présenter Silkham Farm comme une propriété de rien du tout?

— Je possède près de trente hectares de pâturages, ajouta-t-il.

— Kiward Station en a près de quatre cents, triompha Warden. À vrai dire, tout n'est pas encore défriché, mais c'est une magnifique propriété. Et, quand s'y ajoutera un échantillon des meilleurs moutons, ce sera une véritable mine d'or. Des romneys et des cheviots croisés avec des welsh mountains, voilà l'avenir, croyez-moi!

Silkham n'allait pas le contredire. Il était l'un des meilleurs éleveurs de moutons du pays de Galles, sinon de toute la Grande-Bretagne. Il était incontestable que des produits de son élevage amélioreraient n'importe quelle population. Il venait d'ailleurs d'apercevoir les premiers exemplaires des bêtes qu'il destinait à Warden, de jeunes brebis n'ayant pas encore mis bas et deux jeunes béliers de bonne race.

Lord Terence siffla les chiens, qui commencèrent aussitôt à rassembler les animaux. Puis, les entourant d'assez loin, ils firent en sorte, presque insensiblement, de les amener à se diriger droit sur les deux hommes, sans courir. Quand le troupeau se fut mis en mouvement dans la bonne direction, les chiens se couchèrent. Dès qu'une brebis s'écartait, le plus proche intervenait.

Fasciné, Gérald Warden admirait la manière dont les chiens travaillaient de leur propre initiative.

— Incroyable. De quelle race sont-ils?

— Ce sont des border collies. Ayant le rabattage dans le sang, ils n'ont pas besoin d'une longue formation. Et ceux-là, ce n'est rien encore! Si vous voyiez Cléo, une chienne qui gagne un concours après l'autre! approuva Silkham en regardant autour de lui. Où est-elle passée? Je comptais l'emmener avec nous. C'est du moins ce que j'avais promis à ma lady. Afin d'éviter que Gwyneira, une nouvelle fois… Oh non!

S'étant retourné, le lord suivit du regard un cheval et son cavalier arrivant bride abattue du manoir, sans se donner la peine d'emprunter les chemins ou d'ouvrir les portes. Le vigoureux cheval franchissait sans broncher les haies et les murettes entourant les pâtures. Warden ne tarda pas à remarquer aussi une petite ombre noire qui s'efforçait de rester à la hauteur du cheval. Le chien franchissait d'un bond les obstacles, parfois il les escaladait ou se glissait même sous une porte ou une clôture. En tout cas, la chienne, car c'était une femelle, arriva la première dans le pâturage où se trouvaient les deux hommes et prit immédiatement la direction du trio de ses congénères déjà sur place. Les moutons parurent lire dans ses pensées. Comme si elle avait donné un ordre, ils se regroupèrent en un groupe compact et s'immobilisèrent sagement devant Warden et Silkham. Paisiblement, ils baissèrent de nouveau la tête vers l'herbe grasse, sous la garde des chiens. La petite chienne, sa face de collie rayonnant de fierté, vint quêter les félicitations de Silkham. À vrai dire, elle ne regardait pas les hommes, mais plutôt le cavalier du cheval brun qui s'arrêta derrière eux.

— Bonjour, père! retentit une voix claire. Je t'ai amené Cléo. J'ai pensé que tu aurais besoin d'elle.

Warden leva lui aussi les yeux sur le garçon et s'apprêtait à le louer pour son tour de force équestre, quand il resta court en apercevant la selle de dame, puis une robe d'équitation râpée et, enfin, une masse de cheveux d'un roux ardent, négligemment attachés sur la nuque. Sans doute, comme c'était l'usage, la jeune fille avait-elle, par décence, relevé ses boucles sur sa tête avant sa chevauchée, mais elle ne s'était manifestement pas donné beaucoup de mal. D'un autre côté, pareille équipée sauvage aurait de toute façon défait le nœud le plus solide.

Lord Silkham n'avait pas l'air enthousiaste. Il n'en oublia pas pour autant de présenter la cavalière :

— Monsieur Warden, ma fille Gwyneira. Et sa chienne Cléopâtre, le prétexte de cette visite. Que fais-tu ici, Gwyneira ? Si ma mémoire est bonne, ta mère avait parlé d'un cours de français cet après-midi…

Lord Terence n'avait pas pour habitude de garder en tête l'emploi du temps de sa fille, mais Mme Fabian, la préceptrice française, souffrait d'une forte allergie aux chiens. Aussi lady Silkham avait-elle soin, avant les cours, de rappeler à son époux qu'il fallait éloigner Cléo de sa maîtresse. Chose plus facile à dire qu'à faire. La chienne ne quittait pas la jeune fille d'un pouce, et il n'était possible de l'en décoller qu'en l'occupant à des tâches susceptibles d'intéresser un chien de berger de sa qualité.

Gwyneira haussa les épaules d'un geste gracieux. Droite sur sa selle, souple et assurée, elle laissait avec flegme la bride sur le cou à sa petite jument.

— C'est ce qui était prévu, oui. Mais la pauvre Mme Fabian a eu une mauvaise crise d'asthme. Il a fallu la mettre au lit, elle était incapable de prononcer le moindre mot. D'où cela peut-il lui venir ? Maman veille pourtant soigneusement à ce qu'aucune bête ne l'approche…

Gwyneira affichait un air de candeur et de regret, mais son visage expressif cachait mal un certain triomphe. Warden prit le temps d'examiner la jeune fille : quelques taches de rousseur sur sa peau claire, et un visage en forme de cœur qui aurait semblé d'une douceur ingénue si une large bouche aux lèvres pleines ne lui avait conféré quelque chose de sensuel. Mais ce qui ressortait le plus de ce visage, c'étaient de grands yeux d'un bleu singulier. Un bleu indigo, se souvint Gérald Warden. C'est ainsi qu'on l'appelait dans les boîtes de couleurs avec lesquelles son fils gaspillait le plus clair de son temps.

— Et Cléo n'aurait pas par hasard traversé une nouvelle fois le salon après que la bonne en a enlevé tous les poils de chien et avant que madame se risque à quitter ses appartements? demanda Silkham d'un air sévère.

— Oh, je ne crois pas, répondit Gwyneira avec un sourire léger qui adoucit un peu le bleu de ses yeux. Je l'ai moi-même emmenée dans l'écurie avant le cours en lui ordonnant de t'y attendre. Et elle était encore devant le box d'Igraine à mon retour. Aurait-elle deviné quelque chose? Les chiens sont parfois si perspicaces…

Lord Silkham se souvint de la robe de velours bleu foncé que portait sa fille pour le lunch. Si elle avait accompagné Cléo dans cette tenue jusqu'aux écuries, s'agenouillant devant elle pour lui donner ses ordres, il était resté sur la robe assez de poils pour mettre la pauvre Mme Fabian hors de combat pour trois semaines.

— Nous reparlerons de ça plus tard, dit Silkham, espérant *in petto* que sa femme se chargerait alors de jouer les accusateurs et les juges.

Pour l'instant, en présence de son visiteur, il ne voulut pas plus longtemps retourner sa fille sur le gril.

— Comment trouvez-vous les moutons, Warden? Répondent-ils à votre attente?

Gérald Warden savait qu'il devait aller d'un mouton à l'autre pour vérifier la qualité de la laine et si les bêtes étaient bien constituées et bien nourries. À vrai dire, il n'en avait pas le moindre doute. Ces brebis, toutes de belle taille, donnaient l'impression d'être en bonne santé, avec une laine repoussant sitôt la tonte effectuée. Surtout, jamais l'honneur d'un lord Silkham ne lui permettrait de tromper un acheteur d'outre-mer. Il serait plutôt tenté de lui céder ses meilleures bêtes afin de préserver, en Nouvelle-Zélande aussi, sa réputation d'éleveur.

Gwyneira était entre-temps descendue de selle sans aide. Fringante cavalière, elle était sans doute aussi capable d'enfourcher seule sa monture. Au fond, Gérald était étonné qu'elle eût choisi une selle d'amazone, car elle devait préférer monter à califourchon. Mais peut-être que cela aurait fait déborder le vase. Le lord ne paraissait pas particulièrement enchanté de son apparition, ni de son comportement, assez peu digne d'une jeune fille de bonne famille, envers la gouvernante française.

En revanche, Gwyneira plaisait à Gérald. C'est avec satisfaction qu'il observait à la dérobée son corps délicat, mais galbé et bien proportionné. Sans conteste, la jeune fille était pleinement développée malgré son jeune âge – elle n'avait certainement guère plus de dix-sept ans – et ses allures d'enfant : son intérêt manifeste pour les chevaux et les chiens n'était généralement pas le lot des ladies adultes. Au demeurant, elle ne se contentait pas de jouer avec les animaux, comme tant de femmes. À l'instant, par exemple, elle avait repoussé en riant sa monture qui essayait de frotter sa tête contre son épaule. Sensiblement plus petite que le hunter de lord Silkham, la jument était robuste mais élégante. L'encolure arrondie et le dos court rappelèrent à Gérald les chevaux espagnols et napolitains qu'on lui offrait parfois lors de ses voyages sur le continent. Mais il les trouvait de trop grande taille et peut-être aussi trop sensibles pour Kiward Station. Franchir le Bridle Path entre le débarcadère de Lyttelton et Christchurch serait déjà une épreuve qu'il valait mieux ne pas leur imposer. Mais ce cheval-ci…

— Vous avez un joli poney, mylady, remarqua Gérald Warden. Je viens d'admirer son style de sauteur. Chassez-vous aussi avec cet animal ?

Gwyneira acquiesça. À l'évocation de sa jument, ses yeux brillèrent comme ils avaient brillé quand il avait été question de la chienne.

— Elle s'appelle Igraine, dit-elle avec naturel. C'est un cob. Le cheval typique de notre région, il a le pas sûr et il convient aussi bien pour le trait que pour la selle. Il grandit en liberté dans les montagnes, précisa-t-elle en montrant les hauteurs tourmentées se découpant au loin, au-delà des pâturages, environnement rugueux réclamant sans aucun doute beaucoup de robustesse.

— Mais ce n'est pas précisément un cheval pour dames, n'est-ce pas ? s'enquit Gérald en souriant.

Il avait déjà vu monter d'autres jeunes femmes en Angleterre. La plupart préféraient les pur-sang légers.

— Tout dépend de la dame, si elle sait faire du cheval ou non, lui expliqua Gwyneira. Je ne peux pas me plaindre… Cléo, enlève-toi de mes pieds ! admonesta-t-elle la petite chienne sur laquelle elle avait failli trébucher. Tu as bien travaillé, c'est sûr, tous les moutons sont là ! Mais ce n'était vraiment pas difficile. Puis, tournée vers Silkham : Est-ce que Cléo doit ramener les béliers, père ? Elle s'ennuie.

Mais lord Silkham entendait d'abord montrer ses brebis. Gérald se força lui aussi à examiner les bêtes de plus près. Pendant ce temps, Gwyneira, s'étant mise à gratter doucement sa chienne, laissa son cheval brouter. Son père finit par céder.

— C'est bon, Gwyneira, montre donc le chien à M. Warden. Tu brûles de fanfaronner un peu. Venez, Warden, nous avons un bout de chemin à faire à cheval. Les jeunes béliers sont dans les collines.

Comme Gérald s'y attendait, le père ne fit pas un geste pour aider sa fille à monter en selle. Gwyneira réussit le tour de force de placer le pied gauche dans l'étrier, puis de lancer la jambe droite par-dessus le troussequin avec grâce et aisance, sa jument ne bougeant pas plus qu'une statue. La monture et la jeune fille étaient pour Gérald un égal ravissement ; la petite chienne le fascinait aussi. Durant le trajet, il apprit que c'était Gwyneira en personne qui avait entraîné Cléo et qu'elles avaient déjà remporté plusieurs concours.

— Les bergers m'ont prise en grippe, expliqua-t-elle avec un sourire innocent. Et l'Association des femmes a demandé si la décence autorisait une jeune fille à présenter un chien. Mais que vient faire la décence là-dedans ? Je me contente d'être là et d'ouvrir ou de fermer une porte de temps à autre.

Il suffisait en effet de quelques gestes de la main et d'un ordre donné à voix basse pour mettre en mouvement les chiens du lord. Dans un premier temps, Gérald Warden n'aperçut pas de moutons sur le vaste pacage dont Gwyneira venait d'ouvrir la porte sans descendre de selle. La petitesse de la jument était un réel avantage, car Silkham et Warden auraient été bien en peine de se pencher suffisamment, juchés comme ils l'étaient sur leurs chevaux de grande taille.

Il ne fallut à Cléo et ses compagnons que quelques minutes pour rassembler le troupeau. Les jeunes béliers s'étaient pourtant montrés beaucoup plus récalcitrants que les brebis. Certains avaient tenté d'échapper au rabattage, affrontant parfois les chiens, ce qui ne troubla pas outre mesure ces derniers. Sur un bref rappel de sa maîtresse, Cléo vint la rejoindre, frétillante d'enthousiasme. Les jeunes mâles étant à présent tous réunis non loin des cavaliers, Silkham montra deux d'entre eux à Gwyneira. En moins de temps qu'il ne faut pour le dire, Cléo les eut séparés du reste du troupeau.

— Ce sont eux que je vous destine, expliqua le lord à son visiteur. Des bêtes au pedigree exceptionnel. Je pourrai tout à l'heure vous montrer les pères. Je les aurais certainement choisis pour mon élevage et ils auraient à coup sûr remporté plusieurs prix. Mais bon... j'espère que vous n'oublierez pas de citer mon nom là-bas, dans les colonies. C'est plus important pour moi qu'une distinction à Cardiff.

— Vous pouvez compter sur moi. Des bêtes magnifiques! J'ai hâte de voir le résultat du croisement avec mes cheviots! Mais parlons aussi des chiens! Non que nous n'ayons pas de chiens de berger en Nouvelle-Zélande. Mais je serais prêt à donner une belle somme pour une bête de la classe de cette chienne et un mâle du même acabit.

En entendant cette remarque, Gwyneira, occupée à caresser Cléo pour la féliciter, se retourna, furieuse, et foudroya le Néo-Zélandais du regard.

— Si vous voulez acheter mon chien, monsieur Warden, c'est avec moi qu'il faut négocier. Mais je vous préviens tout de suite : malgré tout votre argent, vous n'aurez pas Cléo. Elle est à moi ! Elle n'ira nulle part sans moi. Vous ne pourriez d'ailleurs pas la commander. Elle n'obéit pas à n'importe qui !

Lord Silkham hocha la tête d'un air réprobateur.

— Gwyneira ! Quel est ce comportement ? Nous pouvons tout de même bien vendre à M. Warden quelques chiens ! Et pas forcément ta chienne. Puis, se tournant vers ce dernier, il poursuivit : Je peux vous conseiller quelques jeunes de la dernière portée, monsieur Warden. Cléo n'est pas la seule bête à gagner des concours.

Mais la meilleure d'entre toutes, se dit Gérald. Et, pour Kiward Station, rien n'était trop bon. Dans les étables comme à la maison. Si seulement il était aussi simple d'acquérir des filles aux yeux bleus que des moutons primés ! Tout au long du chemin du retour, Warden ne cessa d'échafauder des projets.

Gwyneira se changea avec soin en vue du dîner. Elle ne voulait pas se faire remarquer une nouvelle fois après l'incident avec Mme Fabian et les réprimandes de sa mère. Reproches qu'elle connaissait quasiment par cœur depuis le temps : à continuer à se conduire de la sorte et à passer plus de temps dans l'écurie à étriller les chevaux qu'à son travail scolaire, elle ne trouverait jamais d'époux ! Indéniablement, les connaissances de Gwyneira en français laissaient à désirer. Le même constat valait pour ses capacités ménagères. Ses ouvrages à la main ne donnaient jamais l'impression qu'ils pourraient un jour décorer un foyer et, en effet, le curé les faisait subrepticement disparaître avant les ventes de charité. La jeune fille, de plus, n'était guère encline à organiser des banquets et à s'entretenir sérieusement avec la cuisinière sur le thème «Saumon ou sandre?». Gwyneira mangeait ce qu'elle avait dans son assiette; elle connaissait certes l'usage des différentes fourchettes et cuillères, mais elle trouvait cela absurde. Pourquoi passer des heures à décorer une table quand tout était mangé en quelques minutes? Pour ne rien dire des compositions florales! Depuis quelques mois, il revenait à Gwyneira de décorer le salon et la salle à manger. Malheureusement, ses goûts ne répondaient généralement pas à ce qu'on était en droit d'attendre d'une jeune fille de bonne famille, par exemple quand elle cueillait des fleurs des champs et les répartissait à sa fantaisie dans les vases. Sa mère avait été plus d'une fois sur le point de s'évanouir à ce spectacle. Aussi avait-on décidé que Gwyneira couperait à l'avenir les fleurs de la roseraie sous l'œil attentif du jardinier et qu'elle les disposerait avec l'aide de la préceptrice. Ce jour-là, à vrai dire, elle était dispensée de cette corvée. Les Silkham n'avaient pas Gérald Warden pour seul convive, mais aussi la sœur aînée de Gwyneira et son époux. Diane aimait les fleurs et, depuis son mariage, n'avait pour ainsi dire d'autre occupation que d'aménager la roseraie la plus originale et la plus soignée de tout le pays. Elle avait apporté à sa mère un choix de ses plus belles roses et les avait disposées avec goût dans des vases et des corbeilles. Gwyneira soupira. Jamais elle ne parviendrait à pareil résultat. S'il était vrai que les hommes choisissaient une épouse en fonction de ce critère, elle mourrait vieille fille. Pourtant, il lui semblait que l'arrangement floral intéressait aussi peu son père que Jeffrey, le mari de Diane. Les broderies de Gwyneira, elles non plus, n'avaient pas attiré jusqu'ici le moindre regard masculin – hormis celui, peu enthousiaste, du prêtre. Pourquoi ne réussirait-elle pas en revanche à impressionner les jeunes messieurs par la démonstration de ses dons véritables? À la chasse, par exemple, elle forçait l'admiration: elle pourchassait le renard généralement plus vite et avec plus de succès que ses compagnons. Mais cela ne paraissait pas plus séduire les hommes que son habileté à commander les chiens de berger. Bien sûr, ces messieurs la félicitaient, mais souvent avec un rien de réprobation et, le soir, au bal, ils dansaient avec d'autres. Mais peut-être cela avait-il tout autant à voir avec la maigreur prévisible de ce qui serait un jour sa dot. Elle n'avait aucune illusion à ce sujet car, cadette de trois filles, elle n'avait pas grand-chose à espérer. D'autant que son frère vivait aux crochets de son père. John Henry «étudiait» à Londres. «Mais quoi?», se demandait sa sœur. Du temps où il vivait au manoir, il n'avait pas montré plus de goût que sa cadette pour les sciences, et les factures qu'il envoyait de Londres étaient trop élevées pour qu'il se fût agi de la simple acquisition de livres. Son père payait sans broncher, se contentant de grommeler parfois à propos de «gourme qu'il fallait bien jeter». Mais Gwyneira savait que c'était autant de moins qu'il échoirait à sa dot.

Elle ne se faisait néanmoins pas trop de soucis. Pour le moment, tout allait bien pour elle, et, un jour ou l'autre, sa mère finirait par lui dégotter un époux. Déjà, les invitations à dîner de ses parents se limitaient quasi exclusivement à des couples amis ayant, pur hasard, des fils en âge de se marier. Parfois, ils emmenaient les jeunes gens, mais, le plus souvent, ils s'en abstenaient. Plus fréquemment encore, seule la mère apparaissait à l'heure du thé. Circonstance que Gwyneira haïssait particulièrement, car c'était l'occasion de passer en revue toutes les qualités dont les jeunes filles nobles avaient prétendument besoin pour tenir un ménage. On attendait d'elle qu'elle servît le thé avec grâce et, le jour où, ce faisant, elle avait brûlé lady Bronsworth, elle fut terrorisée d'entendre sa mère prétendre, pour se sortir de ce mauvais pas, que Gwyneira avait elle-même confectionné les petits biscuits.

Après le thé, on s'armait des tambours à broder, lady Silkham, pour plus de sécurité, cédant à Gwyneira le sien où le chef-d'œuvre à petits points était presque achevé. On s'entretenait du dernier ouvrage de Bulwer-Lytton. Pour elle, la lecture de ce pavé avait tout d'un somnifère. Elle connaissait néanmoins quelques mots comme «édifiant» et «puissance expressive sans égale», toujours utilisables en pareille circonstance. Les dames parlaient en outre des sœurs de Gwyneira et de leurs merveilleux époux, exprimant à l'occasion leur espoir qu'un aussi beau parti lui échût un jour. L'intéressée, quant à elle, ignorait si elle le souhaitait. Elle trouvait ses beaux-frères ennuyeux, et le mari de Diane avait presque l'âge d'être son père. Il se chuchotait qu'ainsi s'expliquait peut-être que le couple fût toujours privé du bonheur d'avoir un enfant, Gwyneira ne voyant pour sa part pas bien le rapport. Sauf, bien sûr, qu'on éliminait les béliers trop vieux… D'ainsi comparer le sévère Jeffrey avec le bélier César que son père venait de retirer de l'élevage la fit pouffer.

Et que dire de Julius, le mari de Larissa! Bien qu'issu d'une des meilleures familles nobles, il était terriblement falot, livide même. Gwyneira se souvenait que son père, après la première rencontre, avait murmuré quelque chose à propos de «consanguinité». En tout cas, Julius et Larissa avaient un fils – qui avait déjà tout d'un fantôme. Non, ce n'étaient pas là les hommes dont la jeune fille rêvait. L'offre outre-mer était-elle meilleure? Ce Gérald Warden donnait l'impression d'une grande vivacité, même s'il était bien sûr trop âgé pour elle. Mais il s'y connaissait en chevaux et ne lui avait pas proposé de l'aider à se mettre en selle. Les femmes, en Nouvelle-Zélande, montaient-elles à califourchon sans risquer d'être blâmées? Gwyneira se surprenait parfois à rêver quand elle lisait les romans à quatre sous des domestiques. Quel effet cela pouvait-il faire de chevaucher à perdre haleine avec un fringant cow-boy américain? De le voir livrer un duel au pistolet? Et les femmes des pionniers, là-bas, dans l'Ouest, ne se privaient pas de se servir d'armes à l'occasion! Gwyneira n'aurait en aucun cas échangé un fort, encerclé par les Indiens, contre la roseraie de Diane.

Mais il lui fallait dans l'immédiat s'introduire dans un corset qui la serrait plus encore que le vieux qu'elle portait à cheval. Elle exécrait ce supplice, mais, se regardant dans la glace, sa taille fine lui plut. Aucune de ses sœurs n'était aussi gracieuse. La robe de soie bleu ciel lui allait à ravir, faisant briller plus encore ses yeux et ressortir le roux lumineux de ses cheveux. Quel dommage de devoir les relever ! Et quelle corvée pour la femme de chambre qui était déjà là avec ses peignes et ses barrettes ! Les cheveux de Gwyneira frisaient naturellement ; par temps humide, temps habituel au pays de Galles, il devenait difficile de les discipliner. Elle devait parfois rester des heures assise sans bouger avant que la femme de chambre y parvînt. Et rester assise était pour la jeune fille la pire des choses.

Elle prit place sur la chaise en soupirant, prête à s'ennuyer une demi-heure durant. Puis son regard tomba sur un roman posé sur la table à côté des ustensiles de la coiffeuse, avec pour titre *Aux mains des Peaux-Rouges*.

— J'ai pensé que mylady aurait besoin d'un peu de divertissement, expliqua la jeune femme. Mais ça donne la chair de poule ! Sophie et moi n'avons pas fermé l'œil de la nuit après nous l'être lu à haute voix chacune à notre tour !

Gwyneira s'était déjà emparée du livre. Elle n'avait pas si facilement la chair de poule.

Pendant ce temps, Gérald Warden s'ennuyait au salon. Les hommes buvaient un verre avant le repas. Lord Silkham venait de lui présenter son gendre, Jeffrey Riddleworth, expliquant qu'il avait servi dans la colonie des Indes d'où il n'était revenu que deux ans plus tôt, avec de nombreuses décorations. Diane Silkham était sa seconde épouse, la première étant morte là-bas. Warden n'osa pas demander de quoi, mais la dame n'avait certainement succombé ni à la malaria ni à une morsure de serpent, à moins qu'elle n'eût été habitée de considérablement plus d'élan et de vivacité que son époux. Riddleworth, en tout cas, semblait ne pas avoir quitté les quartiers de son régiment pendant son séjour indien. Il n'avait rien à raconter sur ce pays, sinon que le bruit et la crasse régnaient en dehors des lieux protégés réservés aux Anglais. Pour lui, les indigènes n'étaient que de la racaille, en premier lieu les maharadjahs, tandis que la campagne était infestée de tigres et de serpents.

— Un jour, une couleuvre est même entrée dans notre demeure, raconta Riddleworth avec dégoût, en tortillant sa moustache. J'ai aussitôt tué la sale bête d'un coup de feu, bien que mon coolie m'ait assuré qu'elle n'était pas venimeuse. Mais peut-on se fier à ces gens-là ? Comment est-ce chez vous, Warden ? Vos domestiques maîtrisent-ils cette engeance répugnante ?

Gérald songea avec amusement que les tirs de Riddleworth avaient sans doute provoqué dans la maison plus de dégâts qu'un tigre n'aurait pu en occasionner. Il ne croyait guère le petit colonel replet capable d'atteindre du premier coup la tête d'un serpent. En tout cas, cet homme n'avait manifestement pas choisi le bon pays pour faire ses preuves.

— Nos domestiques sont parfois un peu… euh, ont parfois besoin d'un peu d'acclimatation, répondit Gérald. Nous engageons le plus souvent des indigènes pour qui le style de vie anglais est parfaitement inconnu. Mais nous ne rencontrons ni serpents ni tigres. Il n'y a pas de serpents en Nouvelle-Zélande. À l'origine, il n'y avait pas non plus de mammifères. Ce sont les missionnaires et les colons qui ont introduit dans les îles le bétail, les chevaux et les chiens.

— Il n'y a pas de fauves ? s'étonna Riddleworth. Allez, Warden, vous n'allez tout de même pas nous faire croire que les choses, là-bas, avant la colonisation, étaient comme au quatrième jour de la Création !

— Il y a des oiseaux. Des grands, des petits, des gros, des moins gros, certains volent, d'autres marchent… Ah oui, et puis quelques chauves-souris. Sinon, des insectes bien sûr, mais pas très dangereux non plus. Il vous faudra donc vous donner de la peine, mylord, si vous voulez vous faire tuer en Nouvelle-Zélande. À moins de vous en remettre à des voleurs bipèdes munis d'armes à feu.

— Ou de machettes et de poignards, non? demanda Riddleworth en riant. En tout cas, que quelqu'un se rende de son plein gré dans une telle région sauvage est pour moi un mystère! J'ai été heureux de quitter les colonies.

— Nos Maoris sont généralement pacifiques. Un peuple étrange... fataliste et facile à contenter. Ils chantent, dansent, taillent le bois et ne fabriquent pour ainsi dire pas d'armes. Non, mylord, je suis certain qu'en Nouvelle-Zélande vous auriez plus souffert de l'ennui que de la peur...

Riddleworth s'apprêtait à répliquer avec flamme qu'il n'avait pas connu une seconde d'angoisse durant son séjour en Inde, quand la conversation fut interrompue par l'entrée de Gwyneira dans le salon, confuse de n'y trouver ni sa mère ni sa sœur.

— Suis-je en avance? s'enquit-elle, négligeant de commencer, comme il se devait, par saluer son beau-frère.

Celui-ci prit un air offensé, tandis que Gérald n'arrivait pas à détourner les yeux de la jeune fille. Il l'avait certes trouvée jolie, mais à présent, dans cette toilette, elle était la beauté même. Le bleu de la soie mettait en valeur son teint clair et sa vigoureuse chevelure rousse. Sa coiffure, plus stricte, faisait ressortir la noblesse des traits. Sans compter les lèvres charnues et les yeux d'un bleu lumineux, au regard vif et presque provocant! Gérald était séduit.

Cette jeune fille n'était pas à sa place ici. Il n'arrivait pas à se l'imaginer au bras d'un homme comme Jeffrey Riddleworth. Gwyneira était plutôt du genre à porter un serpent autour du cou et à dompter les tigres.

— Non, non, tu es à l'heure, mon enfant, la rassura lord Terence. Ce sont ta mère et ta sœur qui sont en retard. Sans doute se sont-elles de nouveau attardées au jardin...

— Vous n'êtes donc pas allée au jardin? s'étonna Warden, se tournant vers Gwyneira, qu'il voyait mieux choisir d'être à l'air libre que sa mère, dont l'ennui et la raideur l'avaient frappé.

Gwyneira haussa les épaules.

— Je ne m'intéresse guère aux roses, avoua-t-elle, irritant à nouveau Jeffrey et, sans doute aussi, son père. S'il s'agissait de légumes ou de quelque autre chose qui ne pique pas…

Gérald, ignorant les mines renfrognées des deux hommes, se mit à rire. Le baron des moutons trouvait la jeune fille ravissante. Elle n'était certes pas la première à être l'objet de sa part d'un examen discret au cours de ce voyage dans l'ancienne patrie, mais, jusqu'ici, aucune des jeunes ladies anglaises n'avait fait montre de tant de simplicité et de naturel.

— Eh, eh, mylady, la taquina-t-il. Me confronteriez-vous avec les revers de la médaille des roses anglaises? Des épines se cacheraient-elles derrière une peau de lait et des cheveux d'or?

On connaissait donc, en Nouvelle-Zélande aussi, l'expression «rose anglaise» désignant les jeunes filles à la peau claire et à la chevelure rousse, type répandu dans les îles Britanniques.

Gwyneira, qui aurait dû rougir, se contenta de sourire.

— Il est en tout cas plus sûr de prendre des gants, remarqua-t-elle en observant du coin de l'œil sa mère perdre le souffle.

Lady Silkham et sa fille aînée venaient d'entrer et avaient entendu le bref échange. Elles ne savaient manifestement pas ce qui devait le plus les choquer, l'audace de Warden ou la repartie de Gwyneira.

— Monsieur Warden, ma fille Diane, lady Riddleworth, annonça lady Silkham, préférant passer sur l'incident.

Cet homme ignorait certes les bonnes manières, mais il venait de payer à son époux une petite fortune pour un troupeau de moutons et une portée de jeunes chiens. Cela assurerait la dot de Gwyneira, et elle-même aurait ainsi les mains libres pour marier au plus vite sa cadette avant que sa réputation de langue bien pendue s'ébruitât trop.

Diane salua d'un air digne l'hôte venu d'outre-mer. Elle serait sa voisine de table, ce que ce dernier ne tarda pas à regretter. Le repas se déroulait d'une manière on ne peut plus ennuyeuse. Ne prononçant que de rares paroles tout en feignant d'écouter les considérations de Diane sur la culture des roses et les expositions horticoles, Gérald ne cessait d'observer Gwyneira. Son franc-parler mis à part, elle avait un comportement irréprochable. Elle savait se conduire en société et conversait sagement, même si son ennui était visible, avec Jeffrey assis à ses côtés. Elle répondit gentiment à sa sœur qui s'enquérait de ses progrès en français et de l'état de santé de Mme Fabian. Cette dernière regrettait profondément de ne pouvoir assister à ce dîner, car elle aurait aimé bavarder avec son élève préférée d'autrefois, Diane.

C'est au dessert que lord Riddleworth revint au premier objet de sa curiosité. Il était évident qu'à lui aussi la conversation tapait sur les nerfs. Diane et sa mère avaient entre-temps commencé à échanger leurs impressions sur des connaissances communes qu'elles trouvaient absolument «charmantes» et dont les fils, «bien élevés», étaient manifestement à leurs yeux dignes d'une union avec Gwyneira.

— Vous ne nous avez toujours pas raconté comment vous vous êtes jadis retrouvé outre-mer, monsieur Warden. Êtes-vous parti en mission pour la Couronne? Peut-être accompagniez-vous le fabuleux capitaine Hobson?

Gérald, faisant signe que non de la tête, laissa le serviteur remplir une nouvelle fois son verre. Il n'avait jusqu'ici bu qu'avec retenue de ce vin exceptionnel. Il y aurait encore dans un moment le scotch non moins exceptionnel de lord Silkham et, s'il voulait avoir la moindre chance de réaliser ses projets, il lui fallait garder les idées claires. Mais un verre vide attirerait l'attention.

— Je me suis embarqué, à vrai dire, vingt ans avant Hobson, dit-il en buvant un peu d'eau. À une époque où la vie n'était pas encore vraiment policée sur les îles. Notamment chez les chasseurs de baleines et de phoques…

— Mais vous êtes éleveur de moutons! intervint Gwyneira avec vivacité, trouvant que la conversation devenait enfin intéressante. Vous n'avez pas réellement chassé les baleines?

— Pardieu, si, mylady! J'ai chassé la baleine trois ans à bord du *Molly Malone*…

Il n'avait pas l'intention d'en dire davantage, mais ce fut alors au tour de lord Silkham de froncer les sourcils.

— Allez, allez, Warden, vous vous y entendez trop en moutons pour que je croie à vos histoires à dormir debout! Ce n'est pas sur un bateau que vous avez appris cela!

— Bien sûr que non, répondit celui-ci, insensible à la flatterie. En fait, je suis originaire des Yorkshire Dales et mon père était berger…

— Et vous avez choisi l'aventure! lança Gwyneira, les yeux brillant d'excitation. Vous êtes parti en cachette, vous avez quitté le pays et…

Gérald était à la fois amusé et séduit. Cette jeune fille était vraiment celle qu'il recherchait, même si elle était gâtée et pleine d'idées préconçues.

— J'étais surtout le dixième de onze enfants, rectifia-t-il. Et je n'avais pas envie de passer ma vie à garder les moutons des autres. Mon père ayant voulu me louer à l'âge de treize ans, je me suis enrôlé comme mousse. J'ai vu la moitié du monde. Les côtes de l'Afrique, l'Amérique, Le Cap… Nous sommes allés jusqu'à l'océan Arctique. Pour finir, la Nouvelle-Zélande. C'est là que je me suis vraiment plu. Pas de tigres, pas de serpents…, dit-il en adressant un clin d'œil à lord Riddleworth. Un pays encore largement inexploré et un climat semblable à celui de mon pays. On finit toujours par rechercher ses racines.

— Et alors vous avez chassé les baleines et les phoques? demanda à nouveau Gwyneira, incrédule. Vous n'avez pas commencé par les moutons?

— Les moutons ne sont pas gratuits, mademoiselle. J'en ai encore fait l'expérience aujourd'hui. Pour acheter le troupeau de votre père, il faudrait dépecer plus d'une baleine! Et la terre était certes bon marché, mais les chefs maoris ne la cédaient pas non plus tout à fait gratuitement...

— Les Maoris, ce sont les indigènes? s'enquit Gwyneira, avide de savoir.

— Ça veut dire à peu près «chasseurs de moas». Les moas étaient des oiseaux géants, mais les chasseurs furent à l'évidence trop actifs. En tout cas, l'espèce a disparu. Ils nous appellent d'ailleurs, nous les immigrants, des «Kiwis». Le kiwi est aussi un oiseau. Un animal plein de curiosité, envahissant et très vif. Il est partout en Nouvelle-Zélande. On ne peut l'éviter. Mais ne me demandez pas qui a eu l'idée de nous donner, à nous justement, ce nom de kiwi!

Une partie des convives rirent de bon cœur, lord Silkham et Gwyneira en tête. Lady Silkham et les Riddleworth étaient plutôt choqués de banqueter en compagnie d'un ancien berger et chasseur de baleines, même s'il était entre-temps devenu le «baron des moutons».

Lady Silkham ne tarda pas à se lever de table et à se retirer dans le salon avec ses filles, Gwyneira ne se séparant des hommes qu'à contrecœur. Enfin une conversation tournant autour de sujets plus intéressants que les roses infiniment ennuyeuses de Diane ou que l'éternelle bonne société. Elle avait à présent une seule envie: se retirer dans sa chambre où l'attendait le roman *Aux mains des Peaux-Rouges* qu'elle n'avait pas terminé. Les Indiens venaient d'enlever l'héroïne, la fille d'un officier de cavalerie. Mais Gwyneira avait encore la perspective de deux tasses de thé au moins en compagnie de la partie féminine de sa famille. Elle se résigna à son sort en soupirant.

Dans le fumoir, lord Terence offrait des cigares. Gérald Warden impressionna de nouveau par ses connaissances en ce domaine, choisissant la meilleure qualité cubaine, tandis que lord Riddleworth prit le premier qui lui tomba sous la main. Puis ils passèrent une demi-heure interminable à discuter des dernières décisions de la reine à propos de l'agriculture britannique. Silkham, comme Riddleworth, trouvait regrettable que la souveraine misât sur l'industrialisation et le commerce extérieur au lieu de renforcer l'économie traditionnelle. Warden, n'y entendant pas grand-chose, ne s'exprimait que de manière vague sur le sujet. Il ne retrouva de son entrain que lorsque Riddleworth jeta un regard de regret sur le jeu d'échecs posé sur une petite table.

— Dommage que nous ne puissions pas faire notre petite partie aujourd'hui, mais nous ne voulons pas ennuyer notre hôte, dit le lord.

Gérald comprit les sous-entendus. Riddleworth lui laissait entendre que, s'il était un vrai gentleman, il devait maintenant se retirer dans ses appartements sous un prétexte quelconque. Mais il n'était pas un gentleman. Il avait assez joué ce rôle jusqu'ici ; il lui fallait peu à peu en venir au fait.

— Pourquoi ne pas plutôt tenter une petite partie de cartes ? proposa-t-il avec un sourire innocent. On joue certainement aussi au blackjack dans les salons des colonies, n'est-ce pas, Riddleworth ? Ou bien préférez-vous le poker ?

Riddleworth lui jeta un regard indigné.

— Vous n'y pensez pas ! Blackjack… poker… on joue à ça dans les bouges des ports, mais pas entre gentlemen.

— Ma foi, je disputerais volontiers une petite partie, déclara Silkham, qui, à en croire le regard d'envie qu'il jeta sur la table à jeux, ne prenait pas le parti de Warden par simple politesse. J'y ai souvent joué pendant mon service militaire, mais ici il est difficile de trouver un groupe convivial où il serait question d'autre chose que de moutons et de chevaux. Allez, Jeffrey ! Tu peux annoncer le premier. Et ne sois pas trop pingre. Je sais que tu n'es pas sans le sou. Je vais voir si je peux aujourd'hui récupérer un peu de la dot de Diane !

Le lord parlait assez crûment. Pendant le repas, il avait fait honneur au vin et avalé ensuite son premier scotch d'un trait. Il invita vivement les deux hommes à prendre place. Gérald s'assit, l'air satisfait, tandis que Riddleworth paraissait toujours hésitant. Il prit les cartes de mauvaise grâce et les battit plutôt maladroitement.

Gérald mit son verre de côté. Il avait besoin de tous ses esprits. Il remarqua avec plaisir que lord Terence, légèrement éméché, ouvrait d'entrée par une forte mise. Il le laissa gagner. Une demi-heure plus tard, lord Terence et Jeffrey Riddleworth avaient devant eux une petite fortune en pièces et en billets. Cela avait légèrement dégelé le second, même s'il n'était toujours pas d'un enthousiasme débordant. Silkham, aux anges, servait whisky sur whisky.

— Ne perdez pas l'argent qu'il vous faut pour mes moutons, dit-il à Gérald. Déjà, vous venez de perdre une seconde portée de chiots !

— Qui ne risque rien n'a rien, répondit Warden en souriant et en augmentant la mise. Et vous, Riddleworth, vous suivez ?

Le colonel, lui aussi un peu gris, était cependant de nature méfiante. Warden savait qu'il lui faudrait à la longue se débarrasser de lui – si possible sans perdre trop d'argent. Quand Riddleworth finit effectivement par miser tous ses gains sur une carte, Gérald frappa.

— Blackjack, mon ami ! dit-il presque sur un ton de regret en posant le second as sur le tapis. Il fallait bien que ma série noire finisse un jour ! Allez, une autre, Riddleworth, vous allez regagner votre argent et même doubler votre gain !

Riddleworth, mécontent, se leva.

— Non, j'abandonne. C'est ce que j'aurais dû faire plus tôt. Je ne vais pas, en tout cas, continuer à vous remplumer. Et toi aussi, beau-père, tu devrais arrêter. Tu t'en tirerais au moins avec un petit gain.

— Je crois entendre ma femme, remarqua Silkham d'une voix malgré tout moins assurée. Et qu'entends-tu par «petit gain»? Je n'ai pas suivi précédemment. J'ai tout mon argent. Et ma chance persiste! C'est aujourd'hui mon jour de chance, n'est-ce pas, Warden?

— Alors je vous souhaite bien du plaisir, dit Riddleworth d'un ton glacial en quittant la pièce au grand soulagement de Gérald.

— Allez, doublez vos gains, Silkham! lança celui-ci au lord. À combien se montent-ils? Quinze mille? Sacrebleu, vous m'avez déjà soulagé de dix mille livres! Si vous doublez, vous toucherez juste le prix de vos moutons.

— Mais… mais si je perds, j'aurai tout perdu, murmura le lord, commençant à douter.

— C'est un risque. Mais on peut le limiter. Tenez, je vous donne encore une carte, à moi aussi. Vous la regardez, je montre mon jeu – et vous décidez. Si vous ne voulez pas jouer, bon. Mais je peux aussi, bien sûr, abandonner après avoir vu ma première carte!

Silkham accepta la carte en hésitant. Cette possibilité n'était-elle pas contraire aux règles? Un gentleman n'avait pas à chercher d'échappatoire et à craindre les risques. Il jeta néanmoins un regard, presque à la dérobée, sur la carte: un dix! À part un as, il ne pouvait espérer mieux.

Gérald, qui tenait la banque, retourna sa carte. Une dame, c'est-à-dire trois points. Pas fameux, comme départ! Le Néo-Zélandais, fronçant les sourcils, parut douter.

— Ma chance semble réellement me lâcher, soupira-t-il. Et vous, qu'en pensez-vous? Jouons-nous ou en restons-nous là?

Silkham ressentit soudain une extrême envie de continuer le jeu.

— Je veux bien une autre carte !

Gérald jeta un regard de résignation sur sa dame, paraissant mener une lutte intérieure. Puis il distribua une carte supplémentaire.

Le huit de pique. Dix-huit points au total. Cela suffirait-il ? Silkham en eut des sueurs froides. Mais s'il prenait à présent une autre carte, il risquait de «crever». Donc, mieux valait bluffer ! Le lord s'efforça de prendre un air impassible.

— J'ai terminé, déclara-t-il.

Gérald retourna une autre carte. Un huit. Donc onze points au total. Le Néo-Zélandais reprit les cartes. Silkham espéra ardemment recevoir un as. Gérald, alors, «crèverait». Mais, même autrement, les chances n'étaient pas minces. Seuls un huit ou un dix sauverait le baron des moutons.

Gérald tira un autre roi.

Il souffla bruyamment.

— Si seulement j'avais le don de seconde vue…, soupira-t-il. Mais tant pis, je ne peux croire que vous ayez moins de quinze. Donc, je risque tout !

Silkham trembla quand Gérald prit la dernière carte. Le risque qu'il «crève» était énorme. Mais ce fut un quatre de cœur.

— Dix-neuf, compta Gérald. Et je passe. Cartes sur table, mylord !

Résigné, Silkham abattit son jeu. Un point de moins. Il n'avait pas été loin !

Gérald sembla avoir la même opinion.

— De justesse, mylord, de justesse ! Cela appelle une revanche. Je sais que je suis fou, mais nous ne pouvons en rester là. Encore une partie.

Silkham secoua la tête.

— Je n'ai plus d'argent. Je n'ai pas seulement perdu mon gain, mais toute ma mise. Si je perds encore, je vais me mettre en sérieuse difficulté. Pas question. J'arrête.

— Mais je vous en conjure, mylord ! insista Gérald en battant les cartes. Plus le risque augmente, plus c'est palpitant. Quant à la mise… attendez un peu. Jouons les moutons! Oui, les moutons que vous voulez me vendre! Même si ça tourne mal pour vous, vous ne perdrez rien. Car, si je n'étais pas venu acheter ces moutons, vous n'auriez pas non plus eu l'argent!

Gérald fit son sourire le plus engageant. Lord Silkham vida son verre et tenta de se lever. Il vacillait un peu mais avait encore la parole claire.

— Et quoi encore, Warden? Vingt des meilleurs moutons de cette île pour quelques tours de cartes? Non, j'arrête. J'ai assez perdu. Chez vous, dans vos contrées sauvages, ce genre de jeu est peut-être monnaie courante, mais ici nous gardons la tête froide!

Gérald emplit à nouveau les verres.

— Je vous aurais cru plus courageux. Ou mieux, plus casse-cou. Mais peut-être est-ce typique chez nous autres, les Kiwis: en Nouvelle-Zélande, seul passe pour être un homme celui qui ose.

— Vous n'avez pas le droit d'accuser les Silkham de lâcheté. Nous avons toujours lutté vaillamment, servi la Couronne et…

Le lord avait de la peine à tout à la fois trouver les mots justes et rester debout. Il s'affala sur son siège. Mais il n'était pas encore ivre. Jusqu'à présent, il avait réussi à tenir tête à cet aventurier!

— Nous aussi, en Nouvelle-Zélande, nous servons la Couronne. La colonie est devenue un important facteur économique. À long terme, nous rendrons à l'Angleterre tout ce que la Couronne a investi. La reine est de ce point de vue plus courageuse que vous, mylord. Elle joue son jeu et elle gagne. Allons, Silkham, vous n'allez pas abandonner? Quelques bonnes cartes et vous recevrez deux fois le prix de vos moutons!

Tout en parlant, il disposa deux cartes, face cachée, devant Silkham. Sans même savoir pourquoi, le lord tendit la main. Le risque était trop grand, mais le gain possible avait de quoi attirer. S'il gagnait, la dot de Gwyneira serait non seulement assurée, mais de nature à contenter les meilleures familles du pays. Tout en les ramassant lentement, il vit sa fille baronne… Qui sait, peut-être même dame d'honneur de la reine…

Un dix. C'était bien. Si l'autre… Silkham eut le cœur qui battit la chamade quand, après le dix de carreau, il retourna le dix de pique. Vingt points. Difficile à battre.

Il regarda Gérald d'un air triomphant.

Celui-ci prit sa première carte sur la pile. As de pique. Silkham gémit. Mais rien n'était joué. La prochaine carte pouvait être un deux ou un trois, et alors la probabilité que Warden «crève» était grande.

— Vous pouvez encore abandonner, proposa Gérald.

— Oh non, mon ami, s'esclaffa Silkham, ce n'est pas ce qui a été convenu. Jouez maintenant! Un Silkham respecte sa parole.

Gérald prit une autre carte avec lenteur.

Silkham regretta soudain de n'avoir pu battre les cartes lui-même. Quoique… Il avait observé Gérald le faire, il n'y avait rien eu de louche. On ne pouvait suspecter Warden d'avoir triché.

Gérald retourna la carte.

— Je suis navré, mylord.

Comme hypnotisé, Silkham ne pouvait quitter du regard le dix de pique devant lui. L'as valant onze points, le vingt et un était parfait.

— Il ne me reste plus qu'à vous féliciter, dit le lord avec raideur.

Il y avait dans son verre un fond de whisky qu'il avala d'un trait. Quand Gérald voulut le remplir, il posa la main dessus.

— J'en ai eu plus que mon compte. Il est temps que je cesse… de boire et de jouer, avant d'avoir non seulement privé ma fille de sa dot, mais par-dessus le marché ruiné mon fils, ajouta-t-il d'une voix étouffée, tentant à nouveau de se lever.

— Je m'en doutais un peu…, remarqua Gérald sur le ton d'une conversation légère tout en remplissant son propre verre. La jeune fille est votre cadette, n'est-ce pas?

— Oui. Et avant j'ai déjà marié les deux aînées. Avez-vous une idée de ce que ça coûte? Ce dernier mariage va me ruiner. Surtout maintenant que j'ai perdu au jeu la moitié de mon capital.

Le lord fit mine de s'en aller, mais Gérald secoua la tête en soulevant la bouteille de whisky. Le liquide doré coula lentement dans le verre de Silkham.

— Non, mylord, nous ne pouvons en rester là. Je n'ai jamais eu l'intention de vous ruiner ou de priver de sa dot la petite Gwyneira. Risquons une ultime partie. Je mise à nouveau les moutons. Si vous gagnez cette fois-ci, tout sera comme avant.

— Et moi, je mise quoi? Le reste de mon troupeau? Oubliez cela!

— Que diriez-vous de la main de votre fille? demanda Warden avec calme et flegme.

Silkham bondit comme si celui-ci l'avait frappé.

— Vous déraillez! Vous ne me demandez tout de même pas la main de Gwyneira? Elle pourrait être votre fille.

— C'est pourtant ce que je souhaite de tout mon cœur! répondit Gérald, essayant de mettre dans sa voix toute la sincérité et la chaleur dont il était capable. Car ma demande n'est bien entendu pas pour moi, mais pour mon fils Lucas. Il a vingt-deux ans et il est mon seul héritier. Il a reçu une bonne éducation, est bien fait de sa personne et n'est pas maladroit. J'imagine fort bien Gwyneira à ses côtés.

— Mais pas moi! rétorqua Silkham avec rudesse. Gwyneira est de haute noblesse. Elle pourrait épouser un baron!

Gérald Warden ne put s'empêcher de rire.

— Sans dot ou presque? Ne vous racontez donc pas d'histoires! J'ai vu la jeune fille. Elle n'est pas précisément ce dont rêvent les mères de baronnets.

— Gwyneira est une beauté!

— C'est vrai, dit Gérald d'un ton conciliant. Et elle est certainement la reine de toute partie de chasse au renard. En serait-il de même dans un palais? C'est une jeune personne fougueuse, mylord. La marier vous coûtera deux fois plus qu'à l'ordinaire.

— Je serais en droit de vous mettre au défi! éructa Silkham.

— C'est moi qui vous mets au défi, répondit Warden en levant les cartes. Allez, cette fois, c'est vous qui les battez.

Silkham saisit son verre. Ses idées s'entrechoquaient. C'était contrevenir à toutes les règles de la bienséance. Il ne pouvait pas jouer aux cartes le sort de sa fille. Ce Warden avait perdu la raison! D'un autre côté... Un tel marché n'avait pas de valeur. Les dettes de jeu étaient une dette d'honneur, mais une jeune fille n'était pas une mise admissible. Si Gwyneira refusait, personne ne pourrait la forcer à s'embarquer pour l'outre-mer. Et puis, rien ne disait qu'on en arriverait là. Cette fois, il allait gagner. Il fallait bien que la chance finît par tourner.

Silkham battit les cartes, non pas de son habituel geste mesuré, mais hâtivement, comme s'il voulait avoir déjà tourné la page de ce jeu avilissant.

Presque hors de lui, il jeta une carte à Gérald, serrant d'une main tremblante le reste du tas.

Sans laisser paraître la moindre émotion, le Néo-Zélandais retourna sa carte. As de cœur.

— C'est...

Silkham ne put en dire davantage. Il tira une carte à son tour. Dix de pique. Pas mal du tout. Le lord tremblait si fort qu'en donnant il laissa tomber sur la table la carte de Gérald, avant que le Néo-Zélandais eût pu la prendre.

Celui-ci ne tenta même pas de la retourner face cachée. Il posa avec flegme le valet de cœur à côté de l'as.

— Blackjack. Tiendrez-vous parole, mylord?

3

Debout devant le bureau du prêtre de la paroisse St. Clément, Hélène avait le cœur qui battait la chamade. Ce n'était pourtant pas la première fois qu'elle y venait et, à vrai dire, elle se sentait en général fort à son aise dans ces locaux qui lui rappelaient ceux de son père. Le révérend Thorne était d'ailleurs un vieil ami du défunt révérend Davenport. C'est lui qui, un an auparavant, avait aidé Hélène à obtenir son emploi chez les Greenwood. Il avait même hébergé ses frères quelques semaines avant que Simon, d'abord, puis John trouvent une chambre dans leur association d'étudiants. Les jeunes gens étaient fous de joie lors de leur déménagement, mais Hélène était beaucoup moins enthousiaste. Alors que Thorne et son épouse logeaient gratuitement ses frères tout en exerçant sur eux une certaine surveillance, l'hébergement dans les maisons de l'association était onéreux et offrait aux étudiants des divertissements qui n'aidaient pas vraiment à leurs progrès scientifiques.

Hélène s'en plaignait souvent auprès du révérend. Elle passait chez lui presque chacun de ses après-midi libres.

Elle n'attendait toutefois pas de sa visite en ce jour une invitation à boire un thé en famille, pas plus qu'elle n'entendit dans le bureau le traditionnel «Entrez, par la grâce de Dieu!» par lequel le prêtre accueillait ses ouailles. C'est au contraire une voix de femme autoritaire qui retentit quand Hélène, se faisant violence, finit par frapper à la porte. En cet après-midi, c'était lady Juliana Brennan qui officiait dans les locaux du révérend, l'épouse d'un lieutenant à la retraite ayant jadis appartenu à l'état-major de William Hobson. Ancien membre fondateur de la paroisse anglicane de Christchurch, elle était aujourd'hui l'un des piliers de la société anglaise. C'est elle qui avait répondu à la lettre d'Hélène et était convenue avec elle de ce rendez-vous dans les bureaux paroissiaux. Elle voulait voir de ses propres yeux les «jeunes femmes honorables, capables de tenir un ménage et d'éduquer des enfants» ayant donné suite à son annonce, avant de leur ouvrir la voie qui les conduirait jusqu'aux «hommes aisés et jouissant d'une bonne réputation», membres de la colonie de Christchurch. Par chance, la dame avait un emploi du temps flexible, car Hélène, qui n'avait d'après-midi libre que toutes les deux semaines, répugnait à solliciter de Mme Greenwood un congé supplémentaire. Lady Brennan avait donc accepté immédiatement de rencontrer Hélène ce vendredi-là.

À l'entrée d'Hélène, elle constata avec satisfaction que celle-ci s'inclinait respectueusement.

— Laissez cela, mon enfant, je ne suis pas la reine, lança-t-elle néanmoins avec froideur.

Si Hélène rougit, elle n'en remarqua pas moins les ressemblances entre la sévère reine Victoria et lady Brennan, plutôt rondelette elle aussi et affublée de vêtements sombres. L'une et l'autre semblaient ne sourire que dans des situations exceptionnelles et considérer la vie comme un fardeau imposé par Dieu, un fardeau sous lequel il convenait de ployer le plus ostensiblement possible. Hélène s'efforça à un maintien strict et inexpressif. Elle avait vérifié qu'aucune mèche ne s'était détachée de son chignon durant son trajet dans le vent et sous la pluie. Un modeste chapeau bleu foncé avait protégé tant bien que mal sa chevelure. Elle avait pu déposer son manteau trempé dans l'antichambre. Elle portait une jupe bleue et un corsage à ruchés, de couleur claire et soigneusement empesé. Elle avait voulu donner d'elle une image de distinction, afin que lady Brennan ne la prît en aucun cas pour une aventurière insouciante.

— Vous voulez donc émigrer? demanda cette dernière sans ambages. Une fille de prêtre, avec une bonne situation de surcroît. Qu'est-ce qui vous attire outre-mer?

— Ce n'est pas l'aventure qui me tente, mylady. Je suis satisfaite de mon emploi et mes maîtres me traitent de bonne façon. Mais j'ai tous les jours sous les yeux le spectacle de leur bonheur familial et mon cœur brûle d'envie de me retrouver moi aussi, un jour, au centre d'une communauté aimante.

Hélène espéra que la dame ne trouvait pas cela exagéré. Elle-même n'avait pu s'empêcher de rire en préparant ces phrases. Les Greenwood n'étaient pas véritablement un modèle d'harmonie, et la dernière chose que souhaitait Hélène, c'était d'avoir un rejeton ressemblant à William.

Mais Mme Brennan parut enchantée de la réponse.

— Et ici, au pays, vous n'en voyez pas la possibilité? Vous pensez ne pas trouver d'époux répondant à vos attentes?

— J'ignore si mes attentes sont trop grandes, répondit prudemment Hélène, qui avait l'intention de poser quelques questions à propos des «membres aisés et jouissant d'une bonne réputation» de la paroisse de Christchurch. Mais ma dot est à coup sûr minime. Je ne peux pas économiser beaucoup, mylady. Jusqu'ici, j'ai aidé mes frères étudiants, et il ne me reste pas grand-chose. Et j'ai vingt-sept ans. Je n'ai plus guère de temps devant moi si je veux trouver un époux.

— Et vos frères n'ont à présent plus besoin de votre aide?

Manifestement, elle insinuait qu'Hélène cherchait à se soustraire à ses devoirs en émigrant. Ce en quoi elle n'avait pas absolument tort. Hélène en avait assez de financer ses frères.

— Mes frères sont sur le point de terminer leurs études.

Ce n'était qu'à peine un mensonge. Si Simon échouait une nouvelle fois, il serait renvoyé de l'université, et John n'était pas en bien meilleure situation.

— Mais il n'y a aucune chance qu'ils subviennent en retour à ma dot. Un juriste stagiaire ou un médecin assistant ne gagne guère.

Lady Brennan acquiesça.

— Votre famille ne vous manquera-t-elle pas?

— Ma famille, ce sera mon époux et – si Dieu le veut – nos enfants. Je veux être aux côtés de mon mari, à l'étranger, et l'aider à bâtir un foyer. Je n'aurai guère le temps de regretter mon ancien pays.

— Vous paraissez fermement résolue.

— J'espère que Dieu me guidera, répondit Hélène avec humilité, la tête baissée.

Ses questions concernant les hommes attendraient. L'essentiel était de gagner à sa cause ce dragon! Et si ces messieurs de Christchurch étaient passés au crible avec le même soin que les femmes ici, tout se passerait bien. En tout cas, lady Brennan parut soudain plus réceptive. Elle livra même quelques renseignements sur la paroisse de Christchurch:

— Une colonie pleine d'avenir, fondée par des colons que l'Église anglicane a triés sur le volet. La ville sera bientôt un évêché. Il est prévu d'y construire une cathédrale et une université. Rien ne vous manquera, mon enfant. On a même donné aux rues des noms d'évêchés anglais.

— Et la rivière qui traverse la ville s'appelle l'Avon, comme celle de la ville natale de Shakespeare, ajouta Hélène.

Elle avait soigneusement étudié, ces derniers jours, tout ce qu'elle avait pu se procurer concernant la Nouvelle-Zélande, s'attirant même l'ire de Mme Greenwood : William s'était ennuyé à mourir dans la London Library tandis qu'Hélène expliquait aux garçons comment s'y retrouver dans cette immense bibliothèque. Georges avait dû se douter des raisons véritables de cette visite, mais il n'avait pas trahi

Hélène et s'était même proposé, la veille, pour rapporter les livres empruntés.

— Exact, confirma lady Brennan d'un ton satisfait. Il faudrait que vous puissiez voir la rivière un après-midi d'été, mon enfant, au milieu des spectateurs d'une régate. On se croirait alors dans notre bonne vieille Angleterre…

Hélène se sentit rassurée. Certes, elle était bien décidée à tenter l'aventure, mais cela ne signifiait pas qu'elle fût animée d'un authentique esprit pionnier. Elle espérait trouver un intérieur aimable, en ville, un cercle d'amis cultivés – un monde peut-être plus restreint et moins luxueux que chez les Greenwood, mais familier. Peut-être l'homme à « la bonne réputation » était-il même un fonctionnaire de la Couronne ou un petit commerçant. Hélène était prête à donner sa chance à chacun.

Pourtant, munie de la lettre et de l'adresse d'un certain Howard O'Keefe, fermier à Haldon (Canterbury, Christchurch), c'est avec un peu d'inquiétude qu'elle quitta le bureau. Elle n'avait jamais vécu à la campagne ; son expérience se limitait à des vacances dans les Cornouailles avec les Greenwood, invités d'une famille amie. Tout s'était passé de manière fort policée. Certes, personne n'avait parlé de ferme à propos de la maison de campagne de M. Mortimer, et celui-ci n'était pas un agriculteur. Il disait être un… « gentleman-farmer », se souvint enfin Hélène, soudain réconfortée. Oui, c'est ainsi qu'il se définissait ! Il devait en aller de même avec Howard O'Keefe. Hélène avait de la peine à s'imaginer un simple paysan dans la peau d'un membre aisé de la meilleure société de Christchurch.

Bien que brûlant d'envie de lire la lettre d'O'Keefe sur-le-champ, Hélène se força à la patience. Il était exclu qu'elle l'ouvrît dans l'antichambre du révérend et, dans la rue, sous la pluie, ce n'était pas non plus possible. Aussi se contenta-t-elle de se réjouir de l'écriture calligraphiée sur l'enveloppe. Non, un paysan inculte n'écrivait pas ainsi ! N'ayant pas trouvé de fiacre, elle rentra tard chez les Greenwood et n'eut que le temps de déposer son chapeau et son manteau avant le dîner. La précieuse lettre dans sa poche, elle tenta d'ignorer les regards curieux de Georges. Futé, le garçon avait certainement deviné où elle avait passé l'après-midi.

Mme Greenwood semblait en revanche ne rien soupçonner et elle ne posa pas de question quand Hélène évoqua sa visite chez le révérend.

— Ah oui, il faut que j'aille le voir la semaine prochaine, dit-elle, l'air distrait. À cause des orphelines pour Christchurch. Notre comité en a sélectionné six, mais le révérend trouve que trois d'entre elles sont trop jeunes pour partir seules en voyage. Je n'ai rien contre cet homme, mais il est parfois peu réaliste ! Il oublie de calculer ce que ces enfants coûtent ici, alors qu'elles pourraient faire leur bonheur là-bas…

Hélène s'abstint de tout commentaire, tandis que M. Greenwood, d'humeur pacifique ce jour-là, semblait goûter l'atmosphère paisible régnant autour de la table, tranquillité essentiellement due à l'épuisement de William. En raison de la journée de liberté de la préceptrice, la nurse étant de son côté prise par d'autres charges, on avait en effet chargé la plus jeune des bonnes de jouer avec lui dans le jardin. L'alerte jeune fille avait certes fini par le laisser gagner, mais non sans lui avoir infligé une bonne suée.

Hélène prétexta elle aussi la fatigue pour se retirer dès la fin du repas. Elle passait habituellement une demi-heure avec les Greenwood devant la cheminée, s'occupant à broder, pendant que sa patronne parlait à n'en plus finir des réunions de ses comités. Avant même d'arriver dans sa chambre, elle sortit l'enveloppe de sa poche. Puis, prenant place sur le fauteuil à bascule, seul meuble de son père qu'elle eût emporté à Londres, elle déplia la lettre.

Les premiers mots lui réchauffèrent le cœur.

Très, très honorable lady,

J'ose à peine m'adresser à vous, tant il m'apparaît inconcevable de pouvoir retenir votre précieuse attention. La voie que j'ai choisi de suivre est certes non conventionnelle, mais je vis dans un pays encore jeune où, tout en estimant grandement les vieux usages, nous devons parfois trouver des solutions nouvelles et extraordinaires quand un problème nous déchire. Dans mon cas, il s'agit d'une solitude que je ressens profondément et qui me prive souvent du sommeil. J'habite certes une maison confortable, mais il lui manque la chaleur que seule une main féminine saurait lui conférer. Le pays alentour est d'une beauté et d'une immensité infinies, mais il semble manquer à cette splendeur le cœur qui apporterait à mon existence la lumière et l'amour. Bref, je rêve d'un être souhaitant partager ma vie, participer au développement de ma ferme, mais qui soit aussi prêt à m'aider à supporter des échecs. Oui, j'aspire à rencontrer une femme désireuse d'unir sa destinée à la mienne. Voudriez-vous être cette femme? Je prie Dieu qu'il existe un être aimant dont mes mots pourraient émouvoir le cœur. Mais vous souhaitez sans doute en savoir plus sur mon compte qu'un aperçu de mes pensées et de mes désirs. Eh bien, je m'appelle Howard O'Keefe et, comme vous le devinez d'après mon nom, je suis d'ascendance irlandaise. Cela remonte à loin. C'est à peine si j'arrive à compter le nombre d'années où, loin de mon pays natal, je parcours un monde souvent hostile. Je ne suis plus un blanc-bec inexpérimenté, chère lectrice. J'ai beaucoup vécu et beaucoup souffert. Mais j'ai désormais trouvé une patrie ici, dans les Canterbury Plains, sur les contreforts des Alpes néo-zélandaises. Ma ferme est petite, mais l'élevage des moutons a de l'avenir dans ce pays, et je suis certain de pouvoir nourrir une famille. Je souhaite avoir à mes côtés une femme connaissant la vie et chaleureuse, habile à tous les travaux ménagers et désireuse d'élever nos enfants selon les préceptes chrétiens.

Je l'aiderai dans cette tâche en mon âme et conscience,
avec toute la force d'un époux aimant.

Se pourrait-il, chère lectrice, que vous partagiez une
partie de ces vœux et de ces aspirations ? Alors, écrivez-moi !
Je boirai chacun de vos mots, tel un assoiffé dans le désert.
Pour le seul fait d'avoir accepté de lire ces quelques lignes,
vous garderez à jamais une place dans mon cœur.

Votre humble et dévoué serviteur,
Howard O'Keefe

À la fin de sa lecture, Hélène avait les larmes aux yeux. Que cet homme écrivait bien ! Avec quelle exactitude il exprimait ce qui la préoccupait si souvent ! Elle aussi voulait se sentir quelque part chez elle, avoir une famille et un foyer qu'elle ne gérerait pas pour d'autres, mais auquel elle donnerait vie et forme. Bon, elle n'avait pas précisément pensé à une ferme, plutôt à un ménage citadin. Mais il fallait savoir passer de petits compromis, surtout quand on se lançait dans pareille aventure. Et puis elle s'était sentie si bien dans la maison de campagne des Mortimer. Il y avait même eu des moments très agréables, quand Mme Mortimer entrait le matin dans le salon en riant, portant un panier rempli d'œufs frais et un bouquet de fleurs du jardin. Se levant généralement tôt, Hélène l'avait aidée à mettre la table du petit-déjeuner, puis s'était régalée du beurre frais et du lait crémeux des vaches de la ferme. M. Mortimer lui avait également fait bonne impression quand il rentrait de sa chevauchée matinale à travers champs, l'air vif et le soleil lui ayant donné appétit et couleurs. C'est ainsi qu'Hélène s'imagina en cet instant son Howard, aussi plein de vie et de charme. Son Howard ! Comme cela sonnait étrangement ! Hélène esquissa un pas de danse dans sa chambre. Pourrait-elle emporter le fauteuil à bascule dans son nouveau pays ? Comme il serait palpitant de parler un jour à ses enfants de cet instant où les mots de leur père étaient parvenus pour la première fois à leur mère, l'émouvant au plus profond d'elle-même…

Monsieur O'Keefe,

C'est avec une grande joie que j'ai lu aujourd'hui votre lettre. Elle m'a fait chaud au cœur. Moi aussi, je n'ai emprunté qu'avec hésitation le chemin de notre rencontre, mais Dieu sait pourquoi il conduit l'un à l'autre deux êtres que des mondes séparent. À vous lire, j'ai toutefois eu l'impression que les miles entre nous fondaient à vue d'œil. Se peut-il que nous nous soyons déjà rencontrés une infinité de fois dans nos rêves? Ou bien la proximité que nous sentons entre nous vient-elle d'une communauté d'expériences et de désirs? Je ne suis plus, moi non plus, une petite fille. La mort précoce de ma mère m'a contrainte à endosser très tôt des responsabilités. Tenir un important ménage est donc pour moi chose familière. J'ai élevé mes frères et sœurs et je suis aujourd'hui employée comme éducatrice dans une famille noble de Londres. Cela occupe mes heures durant la journée, mais, la nuit, je ressens un vide dans mon cœur. Bien que vivant dans un foyer actif, dans une ville bruyante et peuplée, je me sentais condamnée à la solitude, jusqu'au moment où votre appel à rejoindre l'outre-mer est venu me surprendre. Je ne suis toujours pas certaine de vouloir le suivre. Je voudrais en savoir davantage sur le pays et votre ferme, mais surtout sur vous, Howard O'Keefe! Je serais heureuse que nous poursuivions notre correspondance, que vous ayez vous aussi le sentiment d'avoir trouvé en moi une âme sœur, que vous ressentiez vous aussi, en lisant ces lignes, une once de la chaleur et de la sécurité que je désire offrir à un époux aimant et, si Dieu le veut, à une foule de magnifiques enfants dans votre jeune et nouveau pays!

Dans cette attente confiante, je reste
votre Hélène Davenport

Hélène avait posté sa lettre dès le lendemain matin et, quelques jours plus tard, contrairement à toute raison, son cœur se mit à battre plus vite chaque fois qu'elle apercevait le facteur devant la maison. C'est à peine si elle parvenait à attendre la fin des cours du matin avant de se précipiter au salon où la gouvernante déposait le courrier.

— Vous n'avez pas à être aussi impatiente, il ne peut pas encore avoir répondu, lui dit Georges, trois semaines plus tard, quand Hélène, le rouge au visage, ayant aperçu le facteur par la fenêtre, referma une nouvelle fois nerveusement les livres. Un bateau met jusqu'à trois mois pour atteindre la Nouvelle-Zélande. Si le destinataire répond de suite et que le bateau repart sans attendre, six mois sont nécessaires pour l'aller et le retour. Vous voyez, vous n'êtes pas près d'entendre parler de lui.

Six mois? Hélène aurait pu se livrer elle-même au calcul, mais toujours est-il que ce fut un choc. Combien de temps, compte tenu de pareils délais, lui faudrait-il avant de parvenir à un accord quelconque avec M. O'Keefe? Et d'où Georges savait-il…?

— Pourquoi parles-tu de la Nouvelle-Zélande, Georges? Et qui est ce «lui»? Tu es parfois insolent! Je vais te donner une punition qui t'occupera un bon bout de temps.

L'adolescent eut un rire malicieux.

— Peut-être que je lis dans vos pensées! En tout cas, je m'y essaie. Mais beaucoup me reste caché. Oh, j'aimerais tellement savoir qui c'est! Un officier de Sa Majesté? Ou bien un baron des moutons de l'île du Sud? Le mieux serait un commerçant de Christchurch ou de Dunedin. Mon père ne vous perdrait alors pas de vue et je saurais comment vous allez. Mais je ne devrais bien sûr pas être aussi curieux, surtout quand il s'agit de choses romantiques. Allez, donnez-moi cette punition. Je l'accomplirai en toute humilité et, de plus, je manierai moi-même le fouet afin de permettre à William de continuer à écrire. Comme ça, vous aurez le temps d'aller voir le courrier.

Hélène était devenue rouge comme une tomate. Mais elle s'obligea au calme.

— Tu as une imagination débordante, déclara-t-elle. J'attends une lettre de Liverpool. Ma tante, là-bas, est malade…

— Transmettez-lui mes meilleurs vœux de rétablissement, dit-il d'un ton cérémonieux.

Effectivement, trois mois après la rencontre avec lady Brennan, Hélène n'avait toujours aucune réponse et elle était sur le point d'abandonner tout espoir. Elle fut en revanche invitée par le révérend Thorne à un thé, lors de son prochain après-midi libre, car il voulait parler avec elle de choses importantes.

Elle ne pressentit rien de bon. Il devait s'agir de John ou de Simon. Qui sait ce qu'ils avaient de nouveau fabriqué ! Leur doyen était sans doute à bout de patience. Qu'allait-il advenir d'eux s'ils étaient renvoyés de l'université ? N'ayant jamais travaillé de leurs mains, ils n'avaient d'autre perspective qu'un emploi de bureau, au début comme simple commis, ce qu'ils considéreraient à coup sûr comme indigne d'eux. Hélène fut de nouveau prise de l'envie de partir loin d'ici. Pourquoi cet Howard ne finissait-il donc pas par écrire ? Et pourquoi les bateaux étaient-ils si lents, alors qu'il existait des vapeurs qui n'étaient plus tributaires de vents favorables ?

Le révérend et son épouse accueillirent Hélène amicalement, comme toujours. C'était une merveilleuse journée de printemps et Mme Thorne avait servi le thé dans le jardin. Hélène goûtait le calme de l'endroit. Le parc des Greenwood était certes bien plus vaste et plus prestigieux, mais elle n'y avait jamais une minute de calme.

Avec les Thorne, en revanche, on pouvait parfaitement ne rien dire. Tous les trois savouraient en toute tranquillité leur thé ainsi que les sandwichs aux concombres et les tartelettes confectionnés par la maîtresse de maison. Le révérend finit par en venir au fait.

— Hélène, je vais vous parler en toute franchise. J'espère que vous ne m'en voudrez pas. Bien sûr, nous agissons en parfaite confidentialité, surtout concernant les entretiens qu'a lady Brennan avec ses jeunes… visiteuses. Mais Linda et moi savons de quoi il retourne. Et nous aurions été bien aveugles si votre visite à lady Brennan nous avait échappé.

Hélène passa par toutes les couleurs. C'était donc de cela que le révérend voulait s'entretenir. Il pensait sûrement qu'elle salirait la mémoire de son père en abandonnant sa famille et son existence présente pour s'embarquer dans une aventure avec un inconnu.

— Je…

— Hélène, nous n'avons pas votre conscience en charge, intervint Mme Thorne, posant la main sur son bras d'un geste rassurant. Je comprends même très bien ce qui peut pousser une jeune femme à une telle démarche. Par ailleurs, nous ne désapprouvons en rien la mission de lady Brennan. Sinon, le révérend ne mettrait pas ses locaux à sa disposition.

Hélène retrouva ses esprits. Ce n'était donc pas un sermon qui l'attendait. Mais que voulaient-ils donc d'elle ?

Le révérend reprit la parole, presque à contrecœur.

— Je sais que ma question est d'une regrettable indiscrétion et c'est à peine si j'ose la poser. Eh bien, Hélène, votre… euh, votre acte de candidature auprès de lady Brennan a-t-il déjà eu un résultat ?

Hélène se mordit les lèvres. Pourquoi, juste ciel, le révérend voulait-il savoir cela ? Savait-il, au sujet d'Howard O'Keefe, quelque chose qu'elle devait elle aussi savoir ? Était-elle – mon Dieu ! – la victime d'un escroc ? Jamais elle ne se remettrait d'une pareille honte !

— J'ai répondu à une lettre, répondit-elle sèchement. Depuis, rien ne s'est produit.

Le révérend estima rapidement le temps qui s'était écoulé depuis l'annonce.

— Bien sûr que non, Hélène, c'est pratiquement impossible. Il aurait fallu pour cela plus que des vents favorables ; il aurait aussi fallu que le jeune homme ait attendu le bateau sur la jetée et donné sa réponse au premier capitaine en partance. La voie postale est beaucoup plus lente, croyez-moi. Je corresponds régulièrement avec mon confrère de Dunedin.

— Mais... mais si vous le savez, que voulez-vous? dit-elle sans pouvoir se contrôler. Avant qu'il se passe réellement quelque chose entre M. O'Keefe et moi, cela peut durer un an et plus. Pour l'instant...

— Nous pensions accélérer un peu les choses, dit Mme Thorne, allant à l'essentiel. Ce que le révérend voulait en fait vous demander... est-ce que la lettre de M. O'Keefe a touché votre cœur? Envisagez-vous vraiment d'entreprendre un tel voyage et de couper les ponts derrière vous à cause de cet homme?

Hélène haussa les épaules.

— Sa lettre était merveilleuse, avoua-t-elle sans parvenir à réprimer un sourire. Et oui, je me vois bien entamer une nouvelle vie outre-mer. C'est mon unique chance de fonder une famille. J'espère ardemment que Dieu me guide... que c'est Lui qui m'a amenée à lire cette annonce... qu'Il a fait en sorte que je reçoive cette lettre et non une autre.

— Peut-être Dieu mène-t-il vraiment tout cela dans votre intérêt, dit Mme Thorne avec douceur. En effet, mon époux a quelque chose à vous proposer.

Quittant les Thorne une heure plus tard, Hélène ne savait si elle devait danser de joie ou rentrer les épaules de peur, peur de sa propre audace. Elle bouillonnait intérieurement d'excitation, car c'était maintenant certain : elle ne pouvait revenir en arrière. Dans environ huit semaines, son bateau appareillerait pour la Nouvelle-Zélande.

— Il s'agit des orphelines que Mme Greenwood et son comité veulent absolument envoyer outre-mer, avait déclaré le révérend. Ce sont encore des enfants ou presque : l'aînée a treize ans, la plus jeune tout juste onze. Elles meurent déjà de peur à l'idée de prendre un emploi ici, à Londres. Et voilà qu'on veut les expédier en Nouvelle-Zélande, chez de parfaits inconnus ! Et, bien entendu, les garçons de l'orphelinat n'ont rien trouvé de mieux que de les taquiner. Ils parlent sans arrêt de naufrages et de pirates qui enlèvent les enfants. La plus petite est persuadée qu'elle va bientôt atterrir dans l'estomac d'un cannibale, tandis que l'aînée se figure qu'on la vendra pour qu'elle devienne maîtresse d'un sultan.

Si Hélène se mit à rire, les Thorne gardèrent leur sérieux.

— Nous aussi, nous trouvons cela comique, mais les fillettes y croient, ajouta Mme Thorne en soupirant. Mis à part le fait que la traversée est tout sauf dénuée de danger : seuls des voiliers accomplissent aujourd'hui comme hier le trajet en direction de la Nouvelle-Zélande, un trajet trop long pour les vapeurs. On est donc tributaire de vents favorables. Il peut se produire des mutineries, des incendies, des épidémies… Je comprends fort bien que les enfants aient peur. Elles deviennent de plus en plus hystériques à mesure qu'approche l'heure du départ. L'aînée a même demandé à recevoir l'extrême-onction. Les dames du comité n'entendent évidemment rien à tout cela. Elles ignorent tout de ce qu'elles font endurer aux enfants. Moi, je le sais et je n'ai pas la conscience tranquille.

— Moi non plus, renchérit le révérend. J'ai donc adressé un ultimatum à ces dames. Le foyer appartient *de facto* à la paroisse ; en d'autres termes, j'en suis le directeur nominal. Elles ont donc besoin de mon accord. Je le donnerai à condition qu'une surveillante parte avec elles. C'est là que vous entrez en jeu, Hélène. Je leur ai proposé que la paroisse prenne à sa charge les frais de voyage de l'une des jeunes femmes désireuses de se marier. En échange, cette jeune dame assumera l'encadrement des orphelines. Nous avons déjà encaissé, à hauteur voulue, le don nécessaire.

Mme Thorne et le révérend quêtaient avec anxiété l'approbation d'Hélène. Elle-même, se rappelant que M. Greenwood avait eu la même idée quelques semaines auparavant, se demanda qui avait été le généreux donateur.

Mais cela importait peu en définitive. D'autres questions lui paraissaient en effet beaucoup plus importantes!

— Et je serais cette accompagnatrice? demanda-t-elle, perplexe. Mais je… comme je vous l'ai dit, je n'ai encore rien reçu de M. O'Keefe…

— Il n'en va pas différemment des autres candidates, Hélène, fit remarquer Mme Thorne. Par ailleurs, elles sont toutes fort jeunes, à peine plus âgées que les pupilles. Une seule a quelque expérience des enfants, travaillant, à ce qu'il semble, comme nurse. Encore que je me demande quelle bonne famille pourrait employer comme bonne d'enfants une jeune fille ayant à peine vingt ans! D'ailleurs, quelques-unes de ces candidates me paraissent, ma foi, être d'une réputation plutôt douteuse. Lady Brennan n'est elle-même pas entièrement décidée à accorder sa bénédiction à toutes. Vous êtes en revanche une personne sérieuse et solide. Je n'hésite pas une seconde à vous confier ces enfants. Et le risque est réduit. Même si le mariage ne se conclut pas, une jeune femme qualifiée comme vous l'êtes trouvera aussitôt un emploi.

— Vous serez logée, dans un premier temps, chez mon confrère de Christchurch, expliqua le révérend. Je suis certain qu'il pourra vous aider à vous faire employer dans une bonne maison, au cas où M. O'Keefe devait s'avérer… euh, ne pas être l'époux qu'il paraît être. Il ne vous reste plus qu'à vous décider, Hélène. Voulez-vous quitter l'Angleterre, ou bien l'idée de l'émigration n'était-elle qu'un produit de votre imagination? Si vous dites oui, vous embarquerez à Londres le 18 juillet, à bord du *Dublin* qui appareille pour Christchurch. Sinon… eh bien, cette conversation n'aura pas eu lieu.

Hélène prit une profonde inspiration.

— Oui, dit-elle.

4

L'indignation de Gwyneira, quand elle apprit l'insolite demande de Gérald Warden, fut bien moindre que ce que son père redoutait. Une seule allusion à un mariage de la jeune fille ayant suffi à plonger sa mère et sa sœur dans des crises d'hystérie – elles hésitaient à vrai dire à décider si le pire était la mésalliance avec un simple bourgeois ou l'exil dans un pays de sauvages –, lord Silkham s'attendait à ce que Gwyneira réagît elle aussi par des larmes et des lamentations. La jeune fille se montra en réalité plutôt amusée quand lord Terence lui avoua l'affaire de la partie de cartes.

— Tu n'es bien entendu pas obligée d'y aller! s'empressa-t-il aussitôt d'atténuer ses propos. Tout ça est contraire aux bonnes mœurs. Mais j'ai promis à M. Warden d'au moins faire état de son offre…

— Allons, allons, père! dit Gwyneira, réprimandant son père et le menaçant du doigt en riant. Les dettes de jeu sont des dettes d'honneur! Tu ne t'en sortiras pas si aisément. Tu devrais au moins lui offrir ma contre-valeur en or, ou bien quelques moutons supplémentaires. Il les accepterait peut-être plus volontiers encore. Essaie donc!

— Gwyneira, il faut que tu prennes tout ça au sérieux. Il va de soi que j'ai déjà tenté de détourner cet homme de son projet…

— C'est vrai? s'écria-t-elle, curieuse. Combien lui as-tu offert?

Lord Terence grinça des dents. C'était chez lui une mauvaise habitude, il le savait, mais Gwyneira ne cessait de le pousser au désespoir.

— Je ne lui ai bien sûr rien offert. J'en ai appelé à sa compréhension et à son sens de l'honneur. Mais ce sont des qualités qui ne semblent pas très développées chez lui…

Silkham tournait manifestement autour du pot.

— Tu veux donc sans aucun scrupule me marier avec le fils d'un escroc! constata gaiement Gwyneira. Mais parlons sérieusement, père: que dois-je faire à ton avis? Refuser la demande? Ou accepter à contrecœur? Dois-je feindre la dignité ou l'humilité? Pleurer ou crier? Peut-être que je pourrais fuir! Ce serait la solution la plus honorable: Si je disparaissais sans crier gare, tu serais tiré d'affaire!

Les yeux de Gwyneira brillèrent à l'idée d'une pareille aventure. Mais elle aurait encore préféré se faire enlever que s'enfuir seule.

Silkham serra les poings.

— Gwyneira, je n'en sais rien! Bien sûr, je serais embarrassé que tu refuses. Mais il me serait tout aussi désagréable que tu te sentes obligée. Et jamais je ne me pardonnerais que tu sois malheureuse là-bas. C'est pourquoi je te demande… eh bien, peut-être pourrais-tu étudier la demande… comment dire? L'étudier d'un œil bienveillant?

— Bon, d'accord. Étudions, étudions. Mais, pour cela, il nous faut aller chercher mon éventuel beau-père, n'est-ce pas? Et peut-être aussi ma mère… Non, ses nerfs n'y résisteraient pas. Nous la mettrons au courant après coup. Donc, où est M. Warden?

Ce dernier attendait dans une pièce attenante. Il trouvait fort distrayants les événements qui se déroulaient en ce jour. Lady Sarah et lady Diane avaient déjà réclamé à six reprises leur flacon de sels, se plaignant tour à tour de troubles nerveux et d'accès de faiblesse. Les femmes de chambre n'avaient pas une minute de répit. Pour l'heure, lady Silkham était allongée dans le salon, une vessie de glace sur le front, tandis que lady Riddleworth suppliait son époux d'entreprendre quelque chose pour sauver Gwyneira, ne serait-ce que provoquer Warden en duel. Le colonel, ce qui est bien compréhensible, n'était pas enthousiaste. Se contentant de mépriser le Néo-Zélandais, il paraissait n'avoir d'autre souhait que de quitter le plus vite possible ses beaux-parents.

Gwyneira, elle, semblait prendre l'affaire avec calme. Silkham s'était certes refusé à associer immédiatement Warden à la conversation avec sa fille, mais, si cette fille au tempérament explosif s'était livrée à un éclat, celui-ci l'aurait inévitablement entendu. Quand il fut appelé dans le fumoir, elle avait certes les joues rouges, mais ne versait pas une larme. C'est ce qu'il espérait. Sa demande avait surpris Gwyneira, mais elle n'était manifestement pas mal disposée. Elle regardait avec curiosité l'homme qui avait demandé sa main de manière si insolite.

— Y aurait-il un dessin ou quelque chose de ce genre? demanda-t-elle en entrant d'emblée dans le vif du sujet.

Warden la trouva aussi ravissante que la veille. La simplicité de sa robe bleue soulignait la minceur de sa taille, son corsage à petites roses lui donnait un air plus adulte, mais elle ne s'était pas souciée de relever sa magnifique crinière rousse. Sa femme de chambre s'était contentée de nouer ensemble, sur la nuque, à l'aide d'un ruban de velours bleu, deux mèches qui, sinon, lui auraient balayé le visage. Le reste de la chevelure bouclée pendait librement jusqu'au bas du dos.

— Un dessin? demanda Gérald Warden, stupéfait. Ma foi... un plan des lieux... J'aurais bien un dessin avec moi, car je comptais discuter de quelques détails avec un architecte anglais...

Gwyneira éclata de rire. Elle ne paraissait pas le moins du monde bouleversée ou angoissée.

— Mais il ne s'agit pas de votre maison, monsieur Warden! Je parle de votre fils! De... euh, Lucas. Vous n'avez pas une daguerréotypie ou une photographie?

— Je suis désolé, mylady. Mais Lucas vous plaira. Ma défunte épouse était une beauté, et tout le monde prétend que Lucas est son portrait tout craché. Il est grand, plus que moi, mais mince. Il a des cheveux d'un blond cendré, des yeux gris et il est très bien élevé, lady Gwyneira. Faire venir d'Angleterre un professeur privé après l'autre m'a coûté une fortune… Parfois, je me dis que nous avons un peu… euh, exagéré. Lucas est… bref, la société est sous le charme. Kiward Station vous plaira également, Gwyneira! La maison est de style anglais, pas de ces habituelles cabanes en bois, non, non. Un véritable manoir, en grès gris. Un grand raffinement! Je fais venir les meubles de Londres, fabriqués par les meilleurs ébénistes. J'ai chargé un décorateur de les choisir, afin d'éviter toute faute de goût. Vous ne manquerez de rien, mylady! Bien sûr, le personnel n'est pas aussi stylé que vos femmes de chambre, mais nos Maoris sont obéissants et désireux d'apprendre. Nous pourrons aussi aménager une roseraie si vous le voulez…

Il se tut en voyant Gwyneira grimacer. L'idée de la roseraie semblait plutôt la refroidir.

— Pourrais-je emmener Cléo?

La petite chienne, jusqu'ici couchée immobile sous la table, releva la tête en direction de sa maîtresse, avec le regard d'adoration que lui avait déjà vu Warden.

— Et Igraine aussi?

L'homme dut réfléchir une seconde avant de comprendre qu'elle parlait de sa jument.

— Mais pas le cheval, voyons! intervint lord Silkham avec humeur. Tu te conduis comme une enfant! Ton avenir est en jeu et tu ne te soucies que de tes jouets!

— Tu considères mes animaux comme des jouets? s'emporta Gwyneira. Un chien de berger qui gagne tous les concours et le meilleur cheval de chasse de Powys?

Gérald Warden ne laissa pas passer l'occasion.

— Mylady, vous pouvez emmener tout ce que vous voulez. La jument sera la perle de mes écuries. Il faudrait d'ailleurs envisager de lui adjoindre un étalon de même race. Quant à la chienne… vous savez bien que, dès hier, elle m'intéressait.

La colère de Gwyneira n'était pas retombée, mais elle se contrôlait à présent parfaitement, réussissant même à plaisanter.

— Voilà donc le pot aux roses. Toute cette demande en mariage ne vise qu'à piquer à mon père son chien primé. Je comprends tout. Mais je n'en étudierai pas moins votre demande avec bienveillance. Peut-être ai-je plus de valeur à vos yeux qu'aux siens. Vous, au moins, monsieur Warden, vous savez distinguer un cheval de selle d'un jouet. Permettez à présent que je me retire. Excuse-moi, toi aussi, père. Il faut que je réfléchisse à tout cela. Nous nous verrons au thé, je pense.

Gwyneira sortit en trombe, toujours furieuse. Elle avait à présent les yeux remplis de larmes, mais elle ne le montrerait à personne. Comme chaque fois qu'elle était en colère et méditait de se venger, elle renvoya sa femme de chambre et se blottit dans son lit à baldaquin dont elle tira les rideaux. Cléo vérifia que la domestique était bien partie, puis elle vint se pelotonner contre sa maîtresse pour la consoler.

— Maintenant, en tout cas, nous savons comment mon père nous considère, remarqua la jeune fille en caressant la chienne. Tu n'es qu'un jouet, et moi une mise au blackjack.

Peu avant, quand son père avait avoué l'affaire de la mise, elle ne l'avait pas ressentie comme très grave. Que son père pût lui aussi passer les bornes un jour l'avait plutôt amusée, et cette demande en mariage n'était sans doute pas tout à fait sérieuse. Certes, un refus pur et simple d'examiner la proposition de Warden n'aurait certainement pas enchanté son père! Pourtant, même en dehors du fait que son père avait compromis son avenir – en définitive, avec ou sans elle, Warden avait gagné au jeu les moutons dont la vente aurait permis de constituer sa dot –, Gwyneira ne tenait pas à se marier. Au contraire. Elle se plaisait bien à Silkham Manor, et elle aurait par-dessus tout aimé prendre un jour la direction de la ferme. Elle s'en serait à coup sûr mieux sortie que son frère, que seules intéressaient, dans la vie à la campagne, la chasse et, de temps en temps, des compétitions équestres. Enfant, Gwyneira s'imaginait cette vie sous des couleurs attrayantes. Elle voulait vivre à la ferme avec son frère et s'occuper de tout pendant que John Henry s'adonnerait à ses plaisirs. Les deux enfants pensaient alors que c'était une bonne idée.

— Je serai jockey, expliquait John Henry. Et j'élèverai des chevaux!

— Et moi, je m'occuperai des moutons et des poneys! déclarait Gwyneira à son père.

Tant que les enfants avaient été petits, lord Silkham en avait ri. Il appelait sa fille «ma petite intendante». Mais plus les années passaient, plus les ouvriers de la ferme parlaient avec admiration de Gwyneira et plus Cléo battait fréquemment les chiens de John Henry lors des concours, moins Silkham aimait voir sa fille dans les écuries.

Et voilà qu'aujourd'hui il avait déclaré que, pour lui, son travail n'était qu'un enfantillage! Furieuse, Gwyneira froissa son oreiller. Puis elle commença à ruminer. Était-ce vraiment ce que pensait son père? N'était-ce pas plutôt qu'il voyait en elle une concurrente pour son fils et héritier? Ou au moins comme un obstacle à son développement en tant que futur propriétaire du domaine? Si tel était le cas, elle n'avait pas le moindre avenir au manoir! Qu'elle eût une dot ou non, son père la marierait au plus tard avant le retour de son frère du *college*, c'est-à-dire dans un an. D'ailleurs sa mère poussait dans ce sens, tant elle était impatiente de voir sa sauvageonne de fille confinée devant une cheminée avec un tambour à broder. Et, compte tenu de sa situation financière, Gwyneira ne pouvait se montrer difficile. Jamais il ne se présenterait de jeune lord disposant d'un bien comparable à Silkham Manor! Elle devrait même s'estimer heureuse de dégotter un mari du calibre du colonel Riddleworth. Et sans doute cela se terminerait-il par un mariage avec le second ou le troisième fils d'une famille noble ayant fini par devenir médecin ou avocat à Cardiff. À la pensée des thés quotidiens et des réunions de comité qui l'attendaient, elle frissonna.

Mais il lui restait cette demande en mariage de Gérald Warden !

Jusqu'ici, l'équipée en Nouvelle-Zélande n'avait été pour elle qu'un simple jeu de l'esprit. Séduisant, mais totalement impossible ! L'idée de se lier à un homme à l'autre bout du monde – un homme pour la description duquel son propre père ne trouvait pas plus de vingt mots – lui paraissait une pure aberration. Maintenant, pourtant, elle se mit à penser sérieusement à Kiward Station. Une ferme où elle serait la maîtresse, une femme de pionnier comme dans les brochures ! Warden exagérait certainement quand il décrivait ses salons et évoquait le luxe de sa demeure. Il voulait impressionner ses parents, sans plus. La ferme était sans doute encore en voie de développement, sinon il n'aurait pas besoin d'acheter des moutons ! Gwyneira donnerait la main à son époux pour les travaux agricoles : elle pourrait l'aider à conduire les moutons et aménagerait un jardin où pousseraient de vrais légumes et non d'ennuyeuses roses. Elle se vit en sueur, derrière une charrue tirée par un cob vigoureux, défrichant une terre vierge.

Et Lucas… eh bien, il était au moins jeune et avait belle allure. Que pouvait-elle demander de mieux ? Même si elle se mariait en Angleterre, l'amour ne jouerait guère de rôle.

— Que dirais-tu de la Nouvelle-Zélande ? demanda-t-elle à sa chienne qui la regarda avec ravissement. Bon, eh bien ! Adopté à l'unanimité ! Sauf que… il faut encore prendre l'avis d'Igraine. Mais parions qu'elle sera d'accord si je lui parle de l'étalon.

Le choix du trousseau de Gwyneira tourna à la lutte entre la jeune fille et lady Silkham, une lutte longue et âpre. Une fois remise de ses nombreux évanouissements, sa mère entreprit avec son ardeur habituelle les préparatifs du mariage, tout en ne cessant bien sûr de regretter que l'événement ne pût avoir lieu à Silkham Manor, mais au fin fond de «contrées sauvages». Au demeurant, la chaleur avec laquelle Gérald Warden décrivait sa demeure des Canterbury Plains lui plaisait beaucoup plus qu'à sa fille. En outre, le vif intérêt que portait Gérald aux questions du trousseau la soulageait sensiblement.

— Bien sûr que votre fille a besoin d'une magnifique robe de mariée! approuva-t-il par exemple quand, sous le prétexte qu'elle devrait certainement se rendre à cheval à la cérémonie et qu'une telle tenue ne pourrait que la gêner, Gwyneira rejeta une authentique merveille, pleine de ruchés blancs et dotée d'une traîne de plusieurs mètres. Nous célébrerons la cérémonie soit à l'église de Christchurch, soit – ce que je préférerais à titre personnel – à la ferme elle-même. Dans le premier cas, le mariage serait certainement plus solennel, mais il serait difficile, pour la réception qui s'ensuivrait, de trouver des locaux suffisants et du personnel stylé. C'est pourquoi j'espère convaincre le révérend Baldwin de venir à Kiward Station. Là, je pourrais accueillir nos hôtes dans un cadre plus convenable. Des hôtes illustres, s'entend. Il y aura là le lieutenant général, d'éminents représentants de la Couronne et de l'Association commerciale... La meilleure société du Canterbury. Aussi ne peut-il y avoir de robe trop chère pour Gwyneira. Tu seras magnifique, mon enfant!

Gérald tapota l'épaule de la jeune fille, puis se retira pour discuter avec lord Silkham de l'expédition des chevaux et des moutons. Les deux hommes étaient tombés d'accord, à leur commune satisfaction, pour ne plus évoquer la funeste partie de cartes. Lord Silkham envoyait outre-mer le troupeau et les chiens en guise de dot. De son côté, sa femme présentait les fiançailles avec Lucas Warden comme une union exceptionnellement heureuse avec l'une des plus vieilles familles de Nouvelle-Zélande, ce qui n'était effectivement pas faux : les parents de la mère de Lucas avaient été parmi les tout premiers colons de l'île du Sud. S'il se disait des messes basses à ce sujet dans les salons, il n'en revint du moins rien aux oreilles de lady Silkham et de ses filles.

Cela aurait d'ailleurs été égal à Gwyneira. Elle se traînait, morose, d'un thé à un autre où de prétendues «amies» saluaient son émigration, la trouvant «excitante», pour ensuite parler avec enthousiasme de leurs futurs époux à Powys ou en ville. Quand il n'y avait pas de visites, sa mère voulait connaître son avis à propos d'échantillons de tissu et lui imposait de poser comme modèle, pendant des heures, pour les couturières. Elle lui faisait essayer des habits pour les fêtes, d'autres pour les après-midi, achetait d'élégantes tenues de voyage et n'arrivait pas à croire que Gwyneira, pendant ses premiers mois en Nouvelle-Zélande, aurait besoin de légers vêtements d'été. Gérald n'arrêtait pourtant pas de lui expliquer que, de l'autre côté du globe, les saisons étaient inversées.

Il devait par ailleurs sans cesse jouer les conciliateurs quand se présentait à nouveau un choix conflictuel entre, par exemple, une énième tenue d'après-midi et une troisième robe de cavalière.

— Il est impensable que je doive, en Nouvelle-Zélande, passer d'un thé à un autre comme à Cardiff, s'irritait Gwyneira. Vous avez dit vous-même qu'il s'agissait d'un pays nouveau, monsieur Warden ! En partie inexploré ! Je n'aurai certainement pas besoin de vêtements de soie !

— Miss Gwyneira, vous trouverez à Kiward Station le même environnement social qu'ici, soyez sans crainte, assurait-il tout en sachant pertinemment que c'était la mère qui s'inquiétait. À dire vrai, les distances sont bien plus grandes. Le voisin le plus proche avec lequel nous entretenions des relations habite à quarante miles de chez nous. Nous ne nous rendons donc pas visite à l'heure du thé. De plus, la construction des routes n'en est qu'au tout début.

Aussi préférons-nous nos montures aux voitures, quand nous rendons visite à nos voisins. Ce qui ne signifie nullement que nous soyons moins policés. Vous devez plutôt vous préparer à des séjours de quelque durée, car les visites éclair sont impossibles. Il faut bien entendu pour cela les tenues adéquates. Au fait, j'ai retenu les places pour notre traversée. Nous embarquerons de Londres pour Christchurch le 18 juillet, à bord du *Dublin*. Une partie des cales sera aménagée pour les animaux. Voulez-vous m'accompagner à cheval cet après-midi, afin d'aller voir les étalons, miss Gwyneira? Je crois que vous n'êtes guère sortie du cabinet de toilette ces derniers jours.

Mme Fabian, elle, était surtout soucieuse du bas niveau culturel des colonies. Elle regrettait dans toutes les langues qu'elle maîtrisait que Gwyneira ne pût poursuivre sa formation musicale, alors que le piano était la seule activité sociale reconnue pour laquelle la jeune fille disposât de quelque talent, si minime fût-il. Mais, en ce domaine aussi, Warden savait arrondir les angles. Bien sûr qu'il y avait un piano chez lui: sa défunte femme en jouait d'excellente manière et avait d'ailleurs donné des cours à son fils.

Étonnamment, ce fut aussi Mme Fabian qui arracha au Néo-Zélandais d'autres informations sur le futur époux. La préceptrice, passionnée d'arts, posait tout simplement les bonnes questions: chaque fois qu'il était question de concerts et de livres, de théâtre et de galeries à Christchurch revenait le nom de Lucas. À ce qu'il semblait, le fiancé de Gwyneira était extrêmement cultivé et doué sur le plan artistique. Il peignait, était musicien et entretenait une correspondance suivie avec des scientifiques britanniques, notamment au sujet de l'extraordinaire faune de la Nouvelle-Zélande. Gwyneira espérait pouvoir partager ce dernier intérêt, tandis qu'elle s'angoissait presque à l'évocation des autres centres d'intérêt de Lucas. Elle ne se serait en effet pas attendue à tant d'activités intellectuelles de la part de l'héritier d'une ferme d'élevage. Les cow-boys de ses lectures n'auraient jamais touché un piano. Mais peut-être le père exagérait-il dans ce domaine aussi, désireux de présenter sous leur meilleur jour son exploitation et sa famille. La réalité serait plus rude sans doute, mais plus excitante ! Gwyneira, en tout cas, oublia ses partitions quand l'heure fut enfin venue d'enfermer son trousseau dans des valises et des caisses.

Mme Greenwood réagit avec un flegme étonnant à la démission d'Hélène. Devant entrer au *college* après les vacances, Georges n'aurait de toute façon plus besoin de préceptrice, et William…

— Concernant William, je vais peut-être me mettre en quête d'une personne plus indulgente, réfléchit-elle à haute voix. Il est encore un enfant, et il faut savoir en tenir compte.

Hélène se contint et se força à l'approuver tout en pensant à ses nouvelles pupilles à bord du *Dublin*. Mme Greenwood l'avait généreusement autorisée à prolonger sa sortie dominicale, après la messe, pour faire la connaissance des fillettes. Comme prévu, elles étaient frêles, mal nourries et intimidées. Toutes portaient des blouses grises, propres mais reprisées, sur des corps qui n'avaient encore rien de féminin, même chez la plus âgée. Celle-ci, Dorothée, venait d'avoir treize ans, dont dix passés à l'hospice, avec sa mère qui, tout au début, avait encore un emploi, mais la fillette ne s'en souvenait pas. Elle savait seulement que sa mère était un jour tombée malade et qu'elle avait fini par mourir. Depuis, elle vivait à l'orphelinat. L'idée de partir en Nouvelle-Zélande la plongeait dans une frayeur mortelle, mais elle était par ailleurs prête à tout faire pour satisfaire ses futurs maîtres. N'ayant appris à lire et à écrire qu'à l'orphelinat, elle s'efforçait néanmoins de rattraper son retard. Hélène décida *in petto* de poursuivre son instruction à bord. Elle ressentit une sympathie immédiate pour la mignonne fillette aux cheveux noirs qui serait certainement un jour une véritable beauté si elle était convenablement nourrie et n'avait enfin plus de raisons de courber le dos et de se comporter en chien battu devant le premier venu. La seconde en âge, Daphnée, était plus intrépide. Longtemps, elle avait survécu seule dans la rue, et c'est vraisemblablement plus à la chance qu'à son innocence qu'elle avait dû ne pas être surprise en train de voler. On l'avait trouvée sous un pont, malade et épuisée. On la traitait avec sévérité à l'orphelinat. Pour la directrice, ses cheveux flamboyants trahissaient sa soif des plaisirs de la vie et elle la punissait pour le moindre regard en coin un peu osé. Daphnée était la seule à s'être portée volontaire pour l'exil outre-mer. Ce qui n'était certainement pas le cas de Laurie et de Marie, deux jumelles de Chelsea ayant tout juste dix ans. Si elles n'avaient pas inventé la poudre, elles étaient sages et à peu près capables de se rendre utiles une fois qu'elles avaient compris ce qu'on attendait d'elles. Croyant tout ce que leur racontaient les garnements de l'orphelinat sur les terribles dangers d'une traversée, elles avaient peine à imaginer qu'Hélène pût s'embarquer sans trop d'hésitations. Élisabeth, en revanche, une fillette rêveuse de douze ans, aux longs cheveux blonds, trouvait romantique qu'elle partît à la rencontre d'un époux inconnu.

— Oh, miss Hélène, ce sera comme dans un conte de fées! chuchota-t-elle, car, zézayant un peu, elle était sans cesse la cible de quolibets. Un prince qui vous attend! Il se consume d'amour et rêve de vous la nuit!

Hélène éclata de rire, tout en essayant de se défaire de l'étreinte de Rosemarie, la plus jeune de ses pupilles. On disait qu'elle avait onze ans, mais Hélène en donnait tout au plus neuf à cette enfant terrorisée. Elle n'arrivait pas à concevoir qui avait imaginé que cet être perturbé pût gagner sa vie d'une quelconque manière. Jusqu'ici, Rosemarie s'était raccrochée à Dorothée. Une adulte amicale s'étant présentée, elle avait sans transition changé de protectrice. Hélène était émue de sentir la petite main de Rosie dans la sienne, tout en sachant bien qu'elle ne devait pas encourager l'affection de la petite à son égard:

les enfants avaient déjà été attribuées comme bonnes à des gens de Christchurch et il ne fallait à aucun prix qu'elle espérât pouvoir rester auprès d'elle au terme du voyage.

D'autant que le destin d'Hélène elle-même était toujours aussi incertain. Elle n'avait aucune nouvelle d'Howard O'Keefe.

Elle prépara néanmoins une espèce de trousseau, investissant ses minces économies dans deux robes neuves et des sous-vêtements. Elle acheta aussi un peu de literie et de linge de table pour son futur foyer. Moyennant une modique redevance, elle put également emporter son cher fauteuil à bascule. Afin de combattre son excitation, elle entreprit très tôt ses préparatifs, si bien qu'elle les eut terminés quatre semaines avant l'heure. La seule chose qu'elle repoussa presque jusqu'au dernier moment fut la corvée d'informer sa propre famille. Il lui fallut pourtant bien s'y résoudre, et la réaction fut celle à laquelle elle s'attendait : sa sœur Suzanne se montra choquée, ses frères se fâchèrent. Si Hélène n'était plus disposée à les entretenir, il leur faudrait à nouveau trouver refuge chez le révérend Thorne. Trouvant que cela leur ferait beaucoup de bien, Hélène ne le leur envoya pas dire.

Elle ne prit pas une seconde au sérieux les jérémiades de Suzanne. Celle-ci répétait certes à longueur de pages combien Hélène lui manquerait, et il y avait même des traces de larmes en quelques endroits de la lettre, larmes plus vraisemblablement versées à l'idée que les études de John et de Simon allaient maintenant reposer sur ses épaules qu'à la douleur de voir partir sa sœur.

Suzanne et son mari ayant fini par venir à Londres pour «parler une bonne fois encore de cette affaire», Hélène ne se laissa pas émouvoir par la prétendue affliction de sa sœur et lui déclara que son départ ne changerait rien à leurs relations :

— Nous ne nous sommes écrit jusqu'ici que deux fois par an tout au plus, dit-elle un peu méchamment. Tu as certainement assez à faire avec ta famille, et il en sera bientôt de même pour moi avec la mienne.

Si seulement elle avait la moindre raison de croire à ce rêve!

Howard gardait en effet toujours le silence. C'est une semaine seulement avant le départ, alors qu'Hélène avait cessé de guetter le passage du facteur, que Georges lui apporta une lettre couverte de timbres de toutes les couleurs.

— Tenez, miss Davenport! s'écria l'adolescent tout excité. Vous pouvez l'ouvrir sans attendre. Je vous promets de ne pas cafarder et de ne pas lire par-dessus votre épaule. Je joue avec William, OK?

Hélène était dans le jardin. Le cours était fini. William s'occupait tout seul, faisant passer au hasard la balle sous les arceaux.

— Georges, il ne faut pas dire «OK»! le réprimanda Hélène par pure habitude tout en se saisissant de la lettre. Où, d'ailleurs, es-tu allé pêcher ce mot? Dans ces horribles brochures que lit le personnel? Pour l'amour du ciel, ne les laisse pas traîner. Si William…

— William ne sait pas lire. Nous le savons bien tous les deux, miss Davenport. Ce que croit ma mère n'y change rien. Et je ne dirai plus jamais «OK», promis. Vous lisez votre lettre maintenant?

Georges avait l'air étonnamment sérieux. Hélène aurait plutôt attendu de sa part son habituel sourire malveillant.

Mais quelle importance? Même s'il racontait à sa mère qu'elle lisait des lettres pendant son temps de travail, dans une semaine, elle serait en mer, sauf si…

Hélène déchira l'enveloppe d'une main tremblante. Si M. O'Keefe n'était maintenant plus intéressé…

Très honorée miss Davenport!
Les mots ne sauraient exprimer ce que mon âme a ressenti à la lecture de votre lettre. Je ne l'ai plus lâchée depuis

que je l'ai reçue voici quelques jours. Elle m'accompagne partout, au travail dans la ferme, lors de mes quelques sorties en ville. Chaque fois que mes doigts la touchent, je ressens réconfort et immense joie à la pensée que, quelque part dans le vaste monde, un cœur bat pour moi. Et je dois avouer que, dans les heures les plus sombres de ma solitude, je la porte parfois en cachette à mes lèvres. Le papier que vous avez touché, que votre haleine a effleuré, m'est aussi sacré que les quelques souvenirs de ma famille que je garde aujourd'hui encore comme des trésors.

Mais comment les choses vont-elles à présent se dérouler pour nous? Très chère miss Davenport, si je m'écoutais, je vous crierais: Viens! Laissons derrière nous notre solitude! Dépouillons notre ancienne peau de désespoir et d'obscurité! Repartons ensemble dans la vie!

Ici, on attend avec impatience les premiers effluves du printemps. L'herbe commence à verdir, les arbres bourgeonnent. Combien j'aimerais partager avec vous ce spectacle, ce sentiment enivrant d'une vie qui s'éveille à nouveau! Mais, pour y parvenir, on a davantage besoin de considérations sordides que d'envolées provoquées par une affection naissante. J'aimerais vous envoyer l'argent de la traversée, très chère miss Davenport – allons donc, chère Hélène! À vrai dire, il faudra pour cela attendre que mes moutons aient agnelé et que j'aie une vue plus assurée des revenus de la ferme pour l'année en cours. Je ne voudrais en aucun cas que des dettes viennent d'emblée hypothéquer notre vie commune.

Je vous demande, chère Hélène, d'avoir de la compréhension pour ces scrupules. Pouvez-vous, voulez-vous attendre jusqu'au moment où je serai en mesure de vous lancer un appel définitif? Il n'y a rien au monde que je désire aussi ardemment.

Votre toujours aussi dévoué
Howard O'Keefe

Le cœur d'Hélène battait si fort qu'elle crut avoir besoin, pour la première fois de sa vie, d'un flacon de sels. Howard voulait bien d'elle, il l'aimait ! Et elle était en mesure de lui réserver la plus belle des surprises ! C'est elle-même, et non une lettre, qu'il allait avoir la joie de recevoir ! Elle était infiniment reconnaissante au révérend Thorne ! Reconnaissante aussi à lady Brennan ! Reconnaissante même à Georges, qui lui avait apporté la bonne nouvelle…

— Est-ce que… Avez-vous terminé votre lecture, miss Davenport ?

Plongée dans ses pensées, Hélène n'avait pas remarqué que le garçon était toujours à ses côtés.

— Avez-vous de bonnes nouvelles ?

Georges ne paraissait pas vouloir se réjouir avec elle. Il semblait au contraire en plein désarroi. Hélène ne réussit pourtant pas à dissimuler son bonheur.

— Les meilleures nouvelles qu'il puisse y avoir ! dit-elle.

Georges ne répondit pas à son sourire.

— Alors… il veut vraiment vous épouser ? Il… il ne vous dit pas de rester où vous êtes ? demanda-t-il d'une voix blanche.

— Mais, Georges ! Pourquoi devrait-il dire cela ? s'étonna-t-elle. Nous nous accordons merveilleusement ! Un jeune homme extrêmement cultivé qui…

— Plus cultivé que moi, miss Davenport ? explosa le garçon. Vous êtes certaine qu'il vaut mieux que moi ? Qu'il est plus intelligent ? Qu'il a plus lu ? Parce que… s'il ne s'agit que d'amour… je… Il ne peut pas vous aimer plus que moi…

Georges se détourna, effrayé par sa propre audace. Hélène fut obligée de le prendre par les épaules et de le retourner pour le regarder en face. Il sembla frissonner à ce contact.

— Mais, Georges, que racontes-tu là ? Que sais-tu de l'amour ? Tu as seize ans ! Tu es mon élève ! protesta-t-elle, bouleversée, tout en prenant conscience au même instant que ce qu'elle disait était absurde.

Pourquoi n'éprouverait-on pas de profonds sentiments à seize ans?

— Écoute un peu, Georges! Jamais je ne vous ai comparés, Howard et toi! Ni vus comme des concurrents. D'ailleurs, j'ignorais que tu...

— Vous ne pouviez pas le savoir! l'interrompit l'adolescent dans les yeux de qui se mit à briller comme de l'espoir. J'aurais... j'aurais dû vous le dire plus tôt. Avant cette histoire avec la Nouvelle-Zélande. Mais je n'ai pas osé...

Hélène réprima un sourire. Le garçon avait l'air si jeune, si fragile, son amour enfantin paraissait si sérieux. Elle aurait dû le remarquer plus tôt! Avec le recul, elle voyait tant de situations qui auraient pu l'alerter.

— Tu as bien agi, Georges, de manière tout à fait normale. Tu as vu toi-même que tu étais trop jeune, et tu n'aurais en réalité jamais dû parler de ça. Oublions tout...

— J'ai dix ans de moins que vous, miss Davenport, l'interrompit Georges. Et je suis bien sûr votre élève, mais je ne suis plus un enfant! Je vais commencer mes études et, dans quelques années, je serai un commerçant bien considéré. Personne alors ne s'inquiétera de mon âge, ni de celui de mon épouse.

— Mais moi, je m'en inquiète, dit Hélène avec douceur. Je souhaite un homme de mon âge, qui me convienne. Je suis navrée, Georges...

— Et qui vous dit que cet homme correspond à l'idée que vous en avez? Pourquoi l'aimez-vous? Vous n'avez reçu de lui qu'une lettre! A-t-il dit son âge? Savez-vous s'il pourra vous donner à manger et vous vêtir correctement? S'il existe le moindre sujet dont vous pourrez vous entretenir? Vous avez toujours pu avoir de bonnes conversations avec moi et mon père... Si vous m'attendiez... quelques années seulement, miss Davenport, jusqu'à ce que j'aie terminé mes études! Je vous en prie, miss Davenport! Je vous en prie, donnez-moi une chance!

Ne se contrôlant plus, il lui prit la main. Hélène la retira.

— Je regrette, Georges. Ce n'est pas que je ne t'aime pas bien. Au contraire. Mais je suis ta préceptrice et tu es mon élève. Cela empêche quoi que ce soit… D'autant plus que, dans quelques années, tu auras changé d'avis.

Hélène se demanda soudain si Richard Greenwood avait soupçonné que son fils était amoureux. Si c'était lui qui avait financé sa traversée, avait-il agi ainsi pour démontrer à son fils le caractère désespéré de son entichement?

— Je ne changerai pas d'avis! déclara Georges d'un ton passionné. Dès que je serai majeur, dès que je pourrai nourrir une famille, je serai là pour vous! Attendez-moi, miss Davenport!

— Georges, même si je t'aimais, je ne pourrais attendre. Si je veux avoir une famille, c'est maintenant que je dois saisir ma chance. Cette chance, c'est Howard. Et je serai pour lui une bonne et fidèle épouse.

Le garçon la regarda d'un air désespéré. Son fin visage exprimait tous les tourments d'une passion dédaignée, et Hélène crut deviner, sous les traits immatures, le visage qu'aurait un jour l'homme que deviendrait Georges. Un homme séduisant, sachant se conduire dans la vie et le monde, ne s'engageant pas à la légère… et tenant ses promesses. Elle aurait aimé le prendre dans ses bras pour le consoler, mais il ne pouvait bien sûr en être question.

Elle attendit en silence qu'il se ressaisisse. Elle crut que des larmes d'enfant allaient lui monter aux yeux, mais c'est avec calme qu'il répondit à son regard.

— Je vous aimerai toujours! déclara-t-il. Toujours. Peu importe où vous serez et ce que vous ferez. Peu importe où je serai et ce que je ferai. Je vous aime, je n'aimerai que vous. Ne l'oubliez jamais, miss Davenport.

5

Même sans encore toutes ses voiles, le *Dublin* était un bateau impressionnant. Hélène et les orphelines trouvèrent qu'il était au moins aussi grand qu'une construction de grande taille. Effectivement, au cours des trois mois à venir, il allait accueillir à son bord beaucoup plus de personnes que n'en abritent généralement des immeubles de rapport. Hélène souhaita secrètement qu'il fût moins sujet aux risques d'incendie et d'effondrement que ceux-ci. Au moins les navires en partance pour la Nouvelle-Zélande étaient-ils l'objet de vérifications quant à leur capacité à tenir la mer. Les propriétaires étaient tenus de prouver aux contrôleurs de la Couronne que les cabines bénéficiaient d'une aération correcte et qu'il y avait à bord de la nourriture en suffisance. En ce jour, on était encore en train d'embarquer les provisions, et, au spectacle, sur l'embarcadère, de tonneaux remplis de viande saumurée, de sacs de farine et de pommes de terre et de paquets de biscuits de marin, Hélène eut un avant-goût de ce qui l'attendait. Elle avait déjà entendu dire que la nourriture à bord était tout sauf variée, du moins pour les passagers de l'entrepont. Ceux des cabines de première classe ne mangeaient pas comme tout le monde ! Il se murmurait qu'ils disposaient même d'un cuisinier.

Un officier surveillait l'embarquement du *vulgum pecus*, assisté du médecin du bord. Celui-ci examina rapidement Hélène et les fillettes, posant la main sur le front des enfants, afin, certainement, de déceler une affection fiévreuse, et se fit montrer les langues. Puis il eut à l'adresse de l'officier un signe de tête approbateur et ce dernier raya des noms sur une liste avant, d'un geste de la main, d'intimer à Hélène et aux enfants l'ordre d'avancer, annonçant :

— Cabine un, à l'arrière.

Elles suivirent à tâtons, dans le ventre du navire, des couloirs sombres et étroits, encombrés d'une foule de gens surexcités et de leurs bagages. Hélène n'en avait pas beaucoup, mais même son petit sac de voyage commença vite à lui peser. Les fillettes possédaient moins encore : elles ne portaient dans un ballot que leurs vêtements pour la nuit et une robe de rechange.

Elles finirent par trouver leur cabine et les fillettes, soulagées, s'y réfugièrent. Hélène, elle, fut tout sauf enchantée par la pièce minuscule qui allait être leur logis pendant trois mois. Obscure et très basse de plafond, elle n'était meublée que d'une table, d'une chaise et de six couchettes : des lits superposés, comme le constata Hélène avec effroi, et une de moins que nécessaire par-dessus le marché. Par chance, ayant l'habitude de partager le même lit, les jumelles prirent immédiatement possession d'une des couchettes du milieu et s'y blottirent l'une contre l'autre. Elles étaient toujours terrorisées à l'idée de cette traversée. La foule et le bruit n'arrangeaient rien.

Hélène était de plus incommodée par la forte odeur de moutons, de chevaux et d'autres animaux. On avait en effet aménagé dans le pont inférieur, juste sous leur pièce, et, sur le même pont, à côté de leur logement, des enclos provisoires pour des moutons et des porcs, ainsi que des stalles pour une vache et deux chevaux. Hélène décida de protester. Ordonnant à ses pupilles de l'attendre dans la cabine, elle remonta à l'air libre, en empruntant cette fois un escalier, juste devant leur cabine. On avait aménagé, entre-temps, des rampes provisoires pour embarquer les animaux. Il ne se trouvait à vrai dire pas un seul membre de l'équipage sur la poupe. Contrairement à l'entrée à l'autre bout du bateau, celle-ci n'était pas gardée. En revanche, l'endroit fourmillait de familles d'émigrants traînant leurs bagages et prenant congé de leurs proches avec des larmes et des lamentations.

Puis la foule se scinda devant les passerelles par lesquelles on embarquait la cargaison et les animaux : on était en train de faire monter à bord deux chevaux, dont l'un paniquait. Un petit homme nerveux, dont les tatouages sur les deux bras montraient qu'il était un membre de l'équipage, avait le plus grand mal à le tenir. Hélène se demanda si on l'avait condamné à effectuer ce travail inhabituel en guise de punition. Il n'avait à l'évidence aucune expérience en matière de chevaux car il s'y prenait de manière extrêmement maladroite avec le puissant mâle à la robe noire.

— Allez, avance, espèce de diable noir, je n'ai pas que ça à faire ! hurlait-il à l'animal qui refusait d'avancer.

Au contraire, le moreau tirait en arrière avec une énergie redoublée. Il paraissait décidé à ne pas poser un sabot sur la rampe instable.

Le deuxième cheval qu'Hélène n'apercevait qu'indistinctement derrière le premier semblait calme. Surtout, celle qui le menait avait l'air beaucoup plus assurée que le matelot. Hélène, à sa grande surprise, vit qu'il s'agissait d'une jolie jeune fille vêtue d'un élégant costume de voyage. Impatiente, elle attendait, tenant la bride d'une robuste jument brune. L'étalon ne bougeant toujours pas, la jeune fille intervint.

— Vous n'y arriverez pas comme ça, laissez-moi faire !

Hélène regarda avec admiration la jeune fille confier sa jument à l'un des émigrants et prendre la bride des mains du matelot. Elle s'attendait à voir l'animal lui échapper car l'homme, déjà, le tenait à peine. Au lieu de quoi, le moreau se calma dès que la jeune fille, après avoir raccourci la bride, lui eut parlé amicalement.

— Bon, on va y aller maintenant pas à pas, Madoc ! Je passe devant et tu me suis. Et n'essaie pas de me renverser !

Hélène retint son souffle tandis que l'animal suivait effectivement la jeune fille, tendu mais docile. Elle le tapota pour le féliciter quand il fut arrivé à bord. L'animal en profita pour baver sur son costume de voyage en velours bleu, mais elle parut ne pas s'en apercevoir.

— Qu'est-ce que vous fichez avec la jument? cria-t-elle au matelot resté sur le quai. Igraine ne vous fera rien. Passez simplement devant!

La jument, bien que renâclant un peu, se montra effectivement plus paisible que le jeune étalon. Le matelot la tenait à bout de bride, comme maniant un bâton d'explosif. Il parvint toutefois à la mener à bord, donnant ainsi à Hélène, qui les suivit alors, l'occasion d'exposer sa réclamation : la jeune fille et l'homme passant juste devant sa cabine pour conduire les chevaux au pont inférieur, elle se tourna vers le matelot.

— Ce n'est sans doute pas votre faute, mais quelqu'un doit entreprendre quelque chose ici. Il est impossible de loger à côté des écuries. Les odeurs sont à peine supportables. Et que se passerait-il si les animaux venaient à se détacher? Nos vies sont en danger!

Le matelot haussa les épaules.

— Je n'y peux rien, madame. Ordre du capitaine. Le bétail part avec nous. Et la répartition des cabines est toujours la même : les hommes voyagent seuls devant, les familles au milieu et les femmes seules derrière. Comme vous êtes les seules femmes voyageant seules, vous ne pouvez changer avec personne. Il vous faut en prendre votre parti.

Hors d'haleine, il se hâta à la suite de la jument visiblement pressée de rattraper l'étalon et la jeune fille. Celle-ci fit entrer le moreau d'abord, puis la jument, dans les deux stalles contiguës où elle les attacha. Quand elle réapparut, sa jupe de velours était couverte de foin et de paille.

— Quel truc peu pratique! râla-t-elle en se secouant. Je suis navrée que les bêtes vous gênent. Mais elles ne peuvent se sauver, car on démonte les rampes… ce qui n'est d'ailleurs pas sans inconvénient. Si le bateau sombre, je ne réussirai pas à sortir Igraine de là! Mais le capitaine ne veut rien entendre. En tout cas, le crottin sera enlevé quotidiennement. Et les moutons sentiront moins fort une fois secs. Et puis on s'habitue…

— Je ne m'habituerai jamais à vivre dans une écurie! rétorqua Hélène d'un ton un peu solennel, ce qui fit rire la jeune fille.

— Et votre esprit pionnier, alors? Vous aussi, vous voulez émigrer, n'est-ce pas? Bon, j'échangerais volontiers ma cabine contre la vôtre, mais je dors tout en haut. M. Warden a retenu la cabine-salon. Tous ces enfants sont à vous? demanda-t-elle avec un regard sur les fillettes qui, pleines de curiosité, avaient risqué un œil à l'extérieur en entendant parler Hélène, Daphnée examinant d'un œil intéressé les chevaux et l'élégante tenue de la jeune fille.

— Oh mais non! s'écria Hélène. Je n'en ai la charge que durant la traversée. Ce sont des orphelines. Et ces animaux sont à vous?

— Non, dit la jeune fille en riant de nouveau, les chevaux seulement… Un des deux, plus exactement. L'étalon appartient à M. Warden. Les moutons aussi. J'ignore à qui appartient le reste du bétail, mais peut-être pourra-t-on traire la vache! Nous aurions alors du lait frais pour les enfants. Ils donnent l'impression d'en avoir besoin.

— Oui, acquiesça Hélène d'un air malheureux. Ils sont sous-alimentés. J'espère qu'ils résisteront à cette longue traversée; il est tellement question d'épidémies et de mortalité infantile. Mais il y a un médecin à bord. Espérons qu'il connaît son affaire. Au fait, je m'appelle Hélène Davenport.

— Gwyneira Silkham. Et ceux-là, ce sont Madoc et Igraine…, présenta-t-elle les chevaux comme s'il s'agissait d'invités à un thé. Et Cléo… mais où est-elle fourrée? Ah, la voilà! Elle est déjà en train de lier amitié.

Suivant le regard de Gwyneira, Hélène aperçut une petite boule de poils qui paraissait lui sourire, découvrant à vrai dire des dents imposantes. Elle eut donc peur en découvrant Rosie à côté du chien. La gamine se blottissait contre sa toison avec autant de confiance que s'il s'était agi des plis de la jupe d'Hélène.

— Rosemarie !

Sursautant, la fillette lâcha la chienne, qui, étonnée, se tourna vers elle et lui tendit la patte, comme pour la supplier.

— Laissez donc la petite jouer tranquillement avec elle, dit Gwyneira sans s'émouvoir. Cléo aime les enfants, elle ne lui fera pas de mal. Eh bien, il faut que j'y aille. M. Warden doit m'attendre. En réalité, je ne devrais pas être ici, mais passer encore un peu de temps avec ma famille. Mes parents et mes frère et sœurs sont venus à Londres pour l'occasion. Une absurdité de plus. J'ai vu ma famille tous les jours pendant dix-sept ans. On s'est dit tout ce qui peut l'être. Mais ma mère passe son temps à pleurer, et mes sœurs se lamentent à l'envi. Mon père ne cesse de se faire des reproches de m'expédier ainsi en Nouvelle-Zélande, et mon frère est si jaloux qu'il meurt d'envie de me sauter à la gorge. J'ai hâte que nous appareillions. Et vous ? Personne n'est venu pour vous ?

Gwyneira, se retournant, ne vit dans l'entrepont qu'une foule de gens en pleurs. On échangeait d'ultimes cadeaux, d'ultimes adieux. Nombreux étaient ceux qui jamais plus ne se reverraient.

Hélène fit signe que non. Elle était partie en voiture, seule, de chez les Greenwood. Le fauteuil à bascule, objet encombrant, avait été emporté dès la veille.

— Je rejoins mon époux à Christchurch, expliqua-t-elle comme si cela excusait l'absence de ses proches.

Mais elle ne voulait en aucun cas que cette jeune fille apparemment privilégiée la prît en pitié.

— Ah bon ? Alors, votre famille est déjà en Nouvelle-Zélande ? demanda Gwyneira tout excitée. Il faudra que vous m'en parliez à l'occasion, car je n'y ai encore jamais…

mais il faut vraiment que je parte ! À demain, les enfants. Tâchez de ne pas avoir le mal de mer ! Viens, Cléo !

Elle s'apprêtait à s'en aller quand la petite Dorothée la retint, la tirant timidement par la jupe.

— Excusez, miss, mais votre robe est sale. Votre maman ne sera pas contente.

Gwyneira s'examina, l'air soucieux.

— Tu as raison. Elle va se mettre dans tous ses états ! Je suis impossible. Incapable de me conduire convenablement, même au moment des adieux.

— Je peux vous brosser, miss. Le velours, c'est mon rayon ! proposa Dorothée, en indiquant d'un doigt hésitant à la jeune fille la chaise de leur cabine.

— Où as-tu appris cela, petite ? s'étonna celle-ci en voyant avec quelle adresse Dorothée nettoyait sa veste à l'aide de la brosse à habits d'Hélène.

La petite avait manifestement observé, peu avant, Hélène ranger ses affaires de toilette dans le minuscule placard de la cabine. Hélène soupira : en achetant cette précieuse brosse, elle n'avait pas pensé qu'elle servirait à ôter des traces de fumier !

— L'orphelinat reçoit souvent des vêtements usagés, mais nous ne les conservons pas, ils sont vendus. Bien sûr, il faut les nettoyer, et je participe toujours à ce travail. Vous voyez, miss, vous voilà de nouveau toute belle ! ajouta Dorothée avec un sourire timide.

Gwyneira chercha en vain dans ses poches une pièce pour remercier la fillette : la robe était trop neuve.

— Je vous apporterai demain quelque chose, promis ! lança Gwyneira en partant. Et toi, tu seras une bonne ménagère. Ou bien une femme de chambre chez des gens distingués ! Nous nous reverrons !

Puis elle adressa aux fillettes et à Hélène un salut de la main.

— Elle n'en pense pas un mot ! estima Daphnée en crachant dans sa direction. Ces gens-là passent leur temps à promettre, puis on ne les revoit plus. Il faut toujours veiller à les faire casquer de suite, Dot! Sinon, c'est cuit!

Hélène leva les yeux au ciel. Où étaient les «fillettes sélectionnées, sages et prêtes à servir avec docilité»? En tout cas, il fallait sévir.

— Daphnée, essuie ça tout de suite! Miss Gwyneira ne vous doit rien du tout. C'est Dorothée qui s'est elle-même proposée. C'était un geste de politesse, pas du commerce. Et de jeunes ladies ne crachent pas.

— Nous ne sommes pas des ladies, pouffèrent Laurie et Marie.

Hélène les toisa d'un air sévère.

— Quand nous serons en Nouvelle-Zélande, vous en serez, promit-elle. Ou du moins est-ce en ladies que vous aurez à vous conduire!

Gwyneira fut soulagée quand furent retirées les dernières passerelles entre le *Dublin* et l'embarcadère. Les adieux avaient été pénibles. Sa mère avait pleuré à en tremper trois mouchoirs. À cela s'étaient ajoutés les gémissements de ses sœurs et la mélancolie de son père qui aurait été mieux de mise pour une exécution que pour un mariage. Comble de malchance, la jalousie visible de son frère lui avait porté sur les nerfs. Il aurait volontiers échangé son héritage au pays contre l'aventure! La jeune fille étouffa un rire: quel dommage que John Henry ne puisse épouser Lucas Warden!

Le *Dublin* allait enfin appareiller. Un ronflement, semblable à celui d'un vent violent, annonça que les voiles avaient été mises. Le soir même, le bateau aurait atteint la Manche, en route pour l'Atlantique. Gwyneira aurait aimé être auprès des chevaux, mais cela aurait été inconvenant. Aussi resta-t-elle sagement sur le pont, agitant son plus grand foulard en direction de sa famille, jusqu'au moment où la rive eut presque disparu. Gérald Warden remarqua qu'elle n'avait pas versé une larme.

Les petites pupilles d'Hélène, en revanche, pleurèrent amèrement. L'atmosphère dans l'entrepont était de toute façon plus tendue que chez les passagers riches. Pour les émigrants pauvres, le voyage était assurément sans retour ; la plupart partaient en outre pour un avenir plus incertain que celui de Gwyneira et de ses compagnons de voyage du pont supérieur. Hélène toucha les lettres d'Howard dans sa poche tout en consolant les fillettes. Elle, au moins, était attendue…

Elle dormit pourtant mal pour sa première nuit à bord. Les moutons n'étaient pas encore secs ; le nez sensible d'Hélène ne supportait pas leur odeur de crotte et de laine mouillée. Les enfants mirent une éternité à s'endormir, sursautant au moindre bruit. Quand Rosie se fut glissée pour la troisième fois dans son lit, Hélène n'eut plus le cœur et surtout plus l'énergie de la renvoyer. Laurie et Marie s'étreignirent elles aussi, et, le lendemain matin, Hélène trouva Dorothée et Élisabeth étroitement enlacées dans un coin de la couchette de la première. Seule Daphnée dormit profondément. Si elle fit des rêves, ce furent à coup sûr de beaux rêves, car elle souriait dans son sommeil quand Hélène vint la réveiller.

La première matinée en mer fut étonnamment agréable. M. Greenwood avait prévenu Hélène que les premières semaines pourraient être houleuses, car la mer était généralement grosse entre la Manche et le golfe de Gascogne. Mais les émigrés bénéficièrent en ce jour d'un délai de grâce. Après la pluie de la veille, le soleil était un peu pâle et l'eau avait des reflets d'un gris acier. Le *Dublin* se mouvait nonchalamment sur la mer étale.

— Je ne vois plus la rive, murmura Dorothée avec anxiété. Si nous sombrons maintenant, on ne nous retrouvera pas ! Nous serons tous noyés !

— Tu te serais aussi noyée si le bateau avait sombré dans le port de Londres, remarqua Daphnée. Tu ne sais pas nager et, avant qu'ils aient fini de sauver les gens du pont supérieur, il y a beau temps que tu aurais bu la tasse.

— Tu ne sais pas nager toi non plus, rétorqua Dorothée! Tu te serais noyée comme moi!

— Penses-tu! rigola Daphnée. Je suis tombée dans la Tamise quand j'étais petite, mais je m'en suis sortie à la diable. La merde finit toujours par remonter, a alors dit mon vieux…

Hélène décida d'interrompre la conversation.

— C'est ton *père* qui a dit ça, Daphnée! corrigea-t-elle. Même s'il ne s'est pas exprimé de manière vraiment correcte. Et à présent, arrête d'effrayer les autres, sinon elles n'auront plus faim pour le petit-déjeuner. Nous pouvons d'ailleurs aller le chercher maintenant. Qui va à la cuisine? Dorothée et Élisabeth? Très bien. Laurie et Marie sont de corvée d'eau pour la toilette… Si, si, si, mesdames, nous nous lavons! Même en voyage, une lady se soucie de l'ordre et de la propreté!

Quand, une heure plus tard, Gwyneira traversa l'entrepont pour aller voir ses chevaux, un spectacle étrange s'offrit à elle. Il n'y avait presque personne dans l'espace devant les cabines, la plupart des passagers étant encore occupés à déjeuner. Mais Hélène et les fillettes avaient sorti leur table et leur chaise. Sur cette dernière trônait Hélène, fière et très droite, lady jusqu'au bout des ongles. Devant elle était posé un couvert improvisé: une assiette en fer-blanc, une cuillère tordue, une fourchette et un couteau émoussé. Dorothée était en train de servir à Hélène des mets depuis un plateau imaginaire, tandis qu'Élisabeth maniait une vieille bouteille comme si elle contenait un vin fin qu'elle versait avec style.

— Que faites-vous là? demanda Gwyneira, stupéfaite.

Dorothée s'inclina avec empressement.

— Nous nous exerçons à bien nous conduire à table, miss Gwyn… Gwyn…

— Gwyneira. Mais vous pouvez m'appeler Gwyn. Et maintenant, répète un peu. Vous vous exercez *à quoi*? demanda la jeune fille en jetant un regard suspicieux à la gouvernante qui, la veille, lui avait paru normale mais qui, peut-être, déraillait un peu.

Hélène rougit légèrement, mais se ressaisit.

— J'ai constaté ce matin que les manières des filles à table laissaient fort à désirer. À l'orphelinat, cela devait être la foire d'empoigne. Les enfants mangent avec les doigts et s'empiffrent comme si c'était leur ultime repas sur terre !

Honteuses, Dorothée et Élisabeth baissèrent la tête. Le reproche n'impressionna guère Daphnée.

— Sinon, elles n'auraient sans doute rien eu à manger, observa Gwyneira. Quand je vois leur état de maigreur… Mais à quoi ça rime, ça ? poursuivit-elle en montrant la table où Hélène corrigeait la position du couteau.

— Je leur montre comment une dame se tient à table et j'en profite pour leur enseigner à bien servir. Je pense peu probable qu'elles se retrouvent dans de grandes maisons où elles auront le loisir de se spécialiser. Il paraît qu'ils manquent de personnel en Nouvelle-Zélande. Je vais donc donner aux enfants, pendant la traversée, la formation la plus large possible afin qu'elles puissent se rendre utiles dans le plus grand nombre de domaines.

Hélène adressa un signe d'encouragement à Élisabeth qui venait de verser de l'eau dans le gobelet à café sans en faire tomber une goutte. Gwyneira restait sceptique.

— Utiles ? Des enfants ? Je voulais, hier déjà, demander pourquoi on les envoyait outre-mer, mais je commence à comprendre… Est-ce que je me trompe si je dis qu'on souhaitait se débarrasser d'elles à l'orphelinat, mais qu'à Londres personne ne voudrait de petites filles à moitié mortes de faim ?

— Ils en sont à un penny près, confirma Hélène. Garder un enfant à l'orphelinat, le nourrir, l'habiller et l'envoyer à l'école revient à trois livres par an. La traversée coûte quatre livres, mais ils sont alors définitivement débarrassés des enfants. Sinon, ils devraient garder deux ans encore, au moins, Rosemarie et les jumelles.

— Mais il n'y a de demi-tarif pour la traversée que pour les enfants de moins de douze ans, objecta Gwyneira.

Hélène fut surprise. Cette riche jeune fille s'était-elle donc effectivement enquise des prix de l'entrepont?

— … et les fillettes ne peuvent trouver d'emploi avant treize ans.

— En pratique, dès douze ans, rectifia Hélène avec embarras. Mais je jurerais bien qu'au moins Rosemarie vient tout juste d'avoir huit ans. Vous avez pourtant raison: Dorothée et Daphnée auraient déjà dû payer le plein tarif. Les honorables ladies du comité de l'orphelinat les ont sans doute un peu rajeunies pour la circonstance…

— Et à peine arrivées, les petites auront vieilli comme par miracle! dit Gwyneira tout en fouillant dans les larges poches de sa robe d'intérieur sur laquelle elle avait jeté une simple cape. Le monde est mal fait. Tenez, les fillettes, voilà de quoi vous mettre quelque chose sous la dent. C'est bien joli de jouer à servir, mais ça ne nourrit pas son homme. Tenez!

Gaiement, la jeune femme sortit de ses poches, à pleines mains, des muffins et des petits pains sucrés. Les fillettes oublièrent séance tenante les bonnes manières qu'elles venaient d'apprendre pour se précipiter sur les friandises.

Hélène tenta de rétablir l'ordre et de répartir équitablement les sucreries. Gwyneira était radieuse.

— C'est une bonne idée, non? demanda-t-elle à Hélène quand les six enfants se furent assises sur le rebord d'un canot de sauvetage, mangeant, conformément à la consigne, à petites bouchées plutôt qu'en s'empiffrant à leur habitude. Sur le pont supérieur, ils ont servi un repas digne d'un palace. Alors j'ai pensé à vos petites maigrelettes et j'ai emporté ce qui restait sur la table. Ça vous va, n'est-ce pas?

— Ce n'est en tout cas pas ce qu'on nous donne à manger ici qui va les faire grossir, approuva Hélène. Les portions ne sont guère copieuses et il nous faut aller les chercher nous-mêmes à la cuisine. Les filles les plus âgées en prélèvent la moitié en chemin, sans parler que les familles d'émigrants comptent en leur sein quelques garnements. Ils sont encore intimidés, mais attendez un peu : dans deux ou trois jours, ils guetteront le passage des filles et exigeront un tribut ! Mais nous survivrons à ces quelques semaines. Et j'essaie d'apprendre quelque chose à ces enfants.

Tandis que les pupilles, après avoir mangé, jouaient avec Cléo, les jeunes femmes firent les cent pas en bavardant. Curieuse, Gwyneira voulait tout savoir de sa nouvelle connaissance. Hélène finit par parler de sa famille et de son travail chez les Greenwood.

— Vous n'habitez donc pas réellement en Nouvelle-Zélande ? constata Gwyneira, un peu déçue. N'avez-vous pourtant pas dit, hier, que votre époux vous y attendait ?

— Eh bien… mon futur époux. Je… Vous allez trouver ça idiot, mais je me rends outre-mer pour m'y marier. Avec un homme que je ne connais que par ses lettres, avoua Hélène, rouge de confusion et n'osant lever les yeux.

Elle ne prenait vraiment conscience de la monstruosité de son aventure que quand elle en parlait à d'autres.

— Alors c'est comme pour moi. Et le mien ne m'a même pas encore écrit !

— Vous aussi ? s'étonna Hélène. Vous répondez vous aussi à la demande en mariage d'un inconnu ?

— Euh, inconnu n'est pas le mot. Il s'appelle Lucas Warden, et, pour son compte, son père a demandé ma main dans les formes… enfin, presque dans les formes, se corrigea Gwyneira. Tout paraît donc en règle. Mais pour ce qui est de Lucas… j'espère qu'il a l'intention de se marier. Son père ne m'a pas dit s'il l'avait interrogé auparavant sur ce point…

Hélène se mit à rire, mais Gwyneira ne plaisantait qu'à demi. Ces dernières semaines, elle n'avait pas décelé en Gérald Warden un homme posant beaucoup de questions. Il prenait ses décisions seul et rapidement, et il était susceptible de réagir avec humeur si quelqu'un osait se mêler de ses affaires. C'est de cette manière qu'il avait réussi à abattre un énorme travail durant les quelques semaines de son séjour en Europe. Depuis l'achat de moutons jusqu'à une demande en mariage pour son fils, en passant par divers accords avec des importateurs de laine et des architectes pour la construction de puits, il avait tout mené à bien avec sang-froid, à une vitesse stupéfiante. Cette façon d'agir, qui plaisait certes à la jeune fille, l'effrayait aussi un peu. Sous des dehors aimables, il était soupe au lait et, quand il parlait affaires, il faisait parfois preuve d'une ruse qui irritait lord Silkham. Lequel Silkham estimait que le Néo-Zélandais avait roulé dans toutes les règles de l'art l'éleveur du petit étalon Madoc. De même, la partie de cartes ayant décidé du sort de Gwyneira s'était-elle déroulée de manière tout à fait catholique ? Il était permis d'en douter. Gwyneira se demandait parfois ce qu'il en était de ce Lucas. Était-il aussi énergique que son père ? Gérait-il la ferme, en l'absence de celui-ci, avec autant d'efficacité ? Ou bien la précipitation avec laquelle le père agissait parfois ne visait-elle qu'à abréger au maximum le temps durant lequel Lucas régnait en maître sur Kiward Station ?

Quoi qu'il en soit, la jeune fille entreprit de raconter à Hélène une version édulcorée des affaires que Gérald avait menées avec sa famille et qui avaient débouché sur cette demande en mariage.

— Je sais que je vais débarquer dans une ferme florissante, de quatre cents hectares, avec un cheptel de cinq mille moutons destiné à augmenter encore, dit-elle enfin. Je sais que mon beau-père est en relation avec les meilleures familles du pays. Il est manifestement riche, sinon il n'aurait pu se payer ce voyage et le reste. Mais j'ignore tout de mon futur époux !

Bien qu'écoutant attentivement, Hélène n'arrivait pas à plaindre sa compagne. Elle prenait au contraire conscience que sa nouvelle amie était bien mieux informée qu'elle sur sa future existence. Howard ne lui avait rien dit de la taille de sa ferme, ni de son cheptel, ni de ses contacts sociaux.

Concernant sa situation financière, elle savait seulement qu'il n'avait certes pas de dettes, mais qu'il ne pouvait sans autre forme de procès engager des dépenses de quelque importance, par exemple les frais d'une traversée depuis l'Europe. Toujours est-il qu'il écrivait des lettres merveilleuses! Rougissant à nouveau, elle tira de sa poche les lettres déjà bien froissées à force d'avoir été lues et les tendit à Gwyneira, assise avec elle sur le rebord du canot de sauvetage. Celle-ci se mit à lire avec curiosité.

— Ma foi, il écrit bien, finit-elle par dire d'un ton neutre en repliant les lettres.

— Ça vous étonne? Les lettres ne vous plaisent pas?

— Qu'elles me plaisent ou non n'est pas le problème. Pour être franche, je les trouve un peu pompeuses, mais…

— Mais?

— Bon, je trouve drôle… je n'aurais jamais cru qu'un fermier écrive de si jolies lettres, éluda Gwyneira, qui les trouvait en réalité plus qu'étranges.

Bien sûr, Howard était peut-être cultivé. Lord Silkham n'était-il pas à la fois fermier et gentleman? Dans l'Angleterre rurale et au pays de Galles, cela n'avait rien d'inhabituel. Mais, en dépit de sa formation scolaire, il n'aurait jamais employé des formules aussi excessives que cet Howard. En outre, lors des négociations prénuptiales, on avait coutume, chez les nobles justement, de mettre cartes sur table : les futurs partenaires devaient savoir ce qui les attendait. Aussi Gwyneira regrettait-elle l'absence de toute référence à la situation économique d'Howard. Elle trouvait bizarre son silence total à propos de la dot.

L'homme ne s'était bien sûr pas attendu à ce qu'Hélène prît le premier bateau pour se jeter dans ses bras. Peut-être ces flatteries n'étaient-elles là que pour une prise de contact. La jeune fille n'en était pas moins étonnée.

— Mais c'est qu'il est très sensible, objecta Hélène, souriant de bonheur, plongée dans ses pensées. Il écrit exactement ce que je souhaitais lire.

— Alors c'est bien, répondit Gwyneira, souriant elle aussi, mais se promettant en son for intérieur d'interroger son futur beau-père, à la prochaine occasion, au sujet d'Howard O'Keefe, qu'il connaissait peut-être puisqu'il élevait lui aussi des moutons.

Ce qu'elle ne fit pas dans un premier temps, notamment parce que les repas – cadre favorisant habituellement ce genre de conversation – n'étaient généralement pas servis en raison de l'état de la mer. Le beau temps du premier jour s'était révélé trompeur. À peine l'Atlantique atteint, le vent avait tourné, et le *Dublin* affrontait la pluie et la tempête. De nombreux passagers, souffrant du mal de mer, renonçaient à leur repas ou le prenaient dans leur cabine. Gérald Warden et Gwyneira n'y étaient certes sujets ni l'un ni l'autre, mais, quand il n'y avait pas de dîner officiel, ils ne mangeaient que rarement ensemble. Gwyneira le faisait à dessein ; son futur beau-père n'aurait certainement pas accepté qu'elle commandât d'énormes quantités de nourriture pour les apporter aux pupilles d'Hélène. Elle-même, si elle en avait eu le loisir, aurait fourni de la nourriture à tous les passagers de l'entrepont. Les enfants, notamment, avaient besoin de toute la nourriture qu'ils arrivaient à récupérer, ne serait-ce que pour résister au froid. On était bien sûr en plein été et la température extérieure, malgré la pluie, n'était pas trop basse. Pourtant, quand la mer était grosse, l'eau pénétrait dans les cabines de l'entrepont. Tout, alors, était trempé et l'on ne pouvait plus s'asseoir nulle part. Hélène et les enfants gelaient dans leurs vêtements humides, mais la jeune femme s'obstinait à continuer ses cours. Les autres enfants n'en recevaient pas car le médecin du bord, souffrant lui aussi du mal de mer, se soignait en usant généreusement du gin de la pharmacie.

De toute façon, la vie dans l'entrepont n'avait rien de réjouissant ! Dans la zone réservée aux familles et aux hommes, les toilettes débordaient quand la mer était houleuse. La plupart des passagers ne se lavaient que rarement, quelques-uns jamais. Compte tenu de la température, Hélène elle-même n'en avait guère envie, mais n'en continuait pas moins à exiger de ses fillettes qu'elles consacrent une partie de leur ration d'eau quotidienne à leur hygiène corporelle.

— J'aimerais aussi laver les vêtements, mais ils ne sèchent pas, ça ne sert à rien, se plaignit-elle un jour à Gwyneira qui lui promit de lui prêter, à elle au moins, une robe de rechange.

Sa cabine était chauffée et bien isolée. Même par très forte mer, l'eau ne venait pas abîmer les tapis moelleux et les élégants meubles rembourrés. Gwyneira avait mauvaise conscience, mais il lui était impossible de proposer à Hélène de s'installer chez elle avec les enfants. Jamais Gérald ne l'aurait toléré. Aussi lui arrivait-il tout au plus de faire venir chez elle Dorothée ou Daphnée sous le prétexte de remettre quelque vêtement en état.

— Pourquoi, au fait, ne donnes-tu pas tes cours en bas, près des animaux? demanda-t-elle le jour où elle rencontra Hélène tremblant de froid et les fillettes lisant à tour de rôle *Oliver Twist* à haute voix sur le pont, car, malgré le froid, l'air y était plus sec et plus agréable que la touffeur moite de l'entrepont.

— Le nettoyage y est fait tous les jours, poursuivit Gwyneira, même si les matelots protestent. M. Warden veille à ce que les moutons et les chevaux bénéficient de bonnes conditions. Le responsable des vivres est de son côté très tatillon concernant ses animaux de boucherie. S'il les trimballe avec lui sur ce bateau, ce n'est en effet pas pour les voir crever et devoir ensuite jeter la viande par-dessus bord.

Les porcs et la volaille servaient en effet de provisions vivantes à l'intention des passagers de première classe, et les vaches étaient traites quotidiennement. Les gens de l'entrepont ne voyaient même pas la couleur de toutes ces bonnes choses – jusqu'à la nuit où Daphnée surprit un garçon en train de traire. Sans le moindre scrupule, elle le moucharda, mais non sans l'avoir épié au préalable, de manière à pouvoir l'imiter par la suite. Depuis, il y avait du lait frais pour les fillettes. Et Hélène feignit de ne rien remarquer.

Aussi Daphnée accueillit-elle avec enthousiasme la suggestion de Gwyneira : à l'occasion de ses larcins, elle avait observé qu'il faisait beaucoup plus chaud dans les étables improvisées. Les corps massifs des bovins et des chevaux dispensaient une chaleur réconfortante, et la paille était moelleuse et souvent plus sèche que les matelas de leurs couchettes. Hélène finit par céder. Elle donna au total trois semaines de cours dans l'étable, jusqu'au jour où elles en furent chassées par le responsable des vivres qui les y avait surprises et les soupçonnait d'avoir volé de la nourriture. Entre-temps, le *Dublin* avait atteint le golfe de Gascogne. La mer se calma, le temps devint plus clément. Les passagers de l'entrepont, remerciant le ciel, purent enfin sortir leurs vêtements et leur literie humides pour les faire sécher au soleil. Mais l'équipage les mit en garde : on n'allait pas tarder à atteindre l'océan Indien, et ils maudiraient alors la chaleur torride qui y régnerait.

6

Une fois terminée la partie pénible du voyage, la vie sociale s'éveilla à bord du *Dublin*.

Le médecin commença enfin son travail d'enseignant, si bien que les enfants des émigrants furent occupés à autre chose qu'à se quereller, à embêter leurs parents ou les pupilles d'Hélène. Celles-ci étaient brillantes en cours, à la grande fierté d'Hélène. Elle avait d'abord espéré qu'elle aurait désormais un peu de temps libre, mais elle choisit finalement d'assister aux leçons pour surveiller les fillettes. Dès le deuxième jour, les commères Marie et Laurie étaient revenues de classe, porteuses de nouvelles inquiétantes.

— Daphnée a embrassé Jamie O'Hara, déclara Marie hors d'haleine.

— Et Tommy Sheridan a essayé de prendre Élisabeth dans ses bras, ajouta Laurie. Mais elle a dit qu'elle attendait un prince et tout le monde a ri.

Hélène commença par faire la leçon à Daphnée, qui ne manifesta pas le moindre sentiment de culpabilité.

— Jamie, pour cela, m'a donné un morceau d'excellente saucisse, expliqua-t-elle, impassible. Ils l'avaient apportée de chez eux. Et puis cela a été très rapide, ce type ne sait pas embrasser !

Hélène fut horrifiée par l'ampleur manifeste des connaissances de Daphnée en la matière. Elle la réprimanda sévèrement tout en sachant que c'était peine perdue. C'était à la rigueur à long terme qu'on pourrait aiguiser le sens moral et le sens des convenances chez cette fille. Dans l'immédiat, il ne restait d'autre recours que de la surveiller. S'étant d'abord contentée d'assister aux leçons, Hélène se chargea ensuite de tâches de plus en plus nombreuses au sein de l'école ainsi que dans la préparation de la messe dominicale. Le médecin lui en sut gré car, outre la fonction de maître, lui incombait celle de prédicateur.

Presque chaque nuit, on entendait à présent de la musique dans l'entrepont. Soit les gens s'étaient résignés à la perte de leur patrie, soit entonner de vieux chants anglais, irlandais ou écossais leur servait de réconfort. Beaucoup avaient apporté à bord un instrument, des violons, des flûtes et des harmonicas. On dansait les vendredis et les samedis, ce qui était une nouvelle occasion, pour Hélène, de tenir Daphnée à l'œil. Elle ne voyait pas d'inconvénient à ce que les fillettes les plus âgées écoutent la musique et regardent les danseurs pendant une heure, à condition d'aller ensuite au lit. Si Dorothée se pliait sagement à la règle, Daphnée cherchait des échappatoires ou, dès qu'elle croyait Hélène endormie, essayait ensuite de s'éclipser.

Sur le pont supérieur, les activités sociales se déroulaient avec plus de raffinement. On organisait des concerts ou des jeux, et les repas du soir, dans la salle à manger, revêtaient une certaine solennité. Gérald Warden et Gwyneira partageaient leur table avec un couple londonien dont le fils cadet, en garnison à Christchurch, envisageait de s'y installer définitivement. Il comptait se marier et embrasser une carrière de négociant en laine. Il avait demandé à son père de lui accorder une avance sur son héritage. Là-dessus, M. et Mme Brewster, deux quinquagénaires vifs et déterminés, avaient sans attendre entrepris de partir pour la Nouvelle-Zélande. M. Brewster claironnait qu'avant de lâcher l'argent il voulait voir le pays et surtout sa future bru.

— Peter écrit qu'elle est à moitié maorie, expliqua Mme Brewster. Et qu'elle est aussi jolie que l'une de ces filles des mers du Sud dont on voit parfois les portraits. Mais je me demande, une indigène…

— Pour l'achat de terres, cela peut être un avantage, avança Gérald. Une de mes connaissances s'est vu un jour offrir en cadeau la fille d'un chef, cadeau comprenant aussi dix hectares d'excellents pâturages. Mon ami est aussitôt tombé amoureux, conclut Gérald en clignant de l'œil d'un air entendu.

M. Brewster rit de bon cœur à la plaisanterie, Gwyn et Mme Brewster plutôt d'un air contraint.

— Elle pourrait d'ailleurs être sa fille, la petite amie de votre fils, dit Gérald, réfléchissant tout haut. Elle doit avoir dans les quinze ans, l'âge de se marier chez les indigènes. Et les métisses sont souvent très belles. Les femmes maories de sang pur, par contre… Bref, ce n'est pas mon genre. Trop petites, trapues, et puis leurs tatouages… Mais tous les goûts sont dans la nature. Des goûts et des couleurs, on ne discute pas.

De ces conversations, Gwyneira retira quelques connaissances supplémentaires sur son futur pays. Jusque-là, le baron des moutons avait essentiellement parlé de perspectives économiques, d'élevage et de pâturages, mais, soudain, elle entendait dire que la Nouvelle-Zélande était constituée de deux grandes îles, Christchurch et le Canterbury étant situés sur celle du Sud. Il était question de montagnes et de fjords, mais aussi d'une forêt tropicale, de chasseurs de baleines et de chercheurs d'or. Se souvenant que Lucas était censé se livrer à des recherches sur la flore et la faune du pays, elle remplaça aussitôt le rêve où elle se voyait labourant et semant au côté de son époux par un autre, plus excitant encore, plein d'expéditions dans les contrées inexplorées des îles.

Mais la curiosité des Brewster comme la faconde de Gérald finirent par se tarir. Warden connaissait certes très bien la Nouvelle-Zélande, mais il ne s'intéressait aux animaux et aux paysages que d'un point de vue économique.

Il semblait en aller de même pour les Brewster. Ils se souciaient surtout de savoir si la contrée était sûre et si fonder une affaire promettait d'être rentable. L'évocation de ce genre de problèmes amenait parfois à ce qu'il fût nommément question de certains négociants ou fermiers, ce qui donna à Gwyneira l'occasion de demander incidemment si Warden connaissait un «gentleman-farmer» du nom d'O'Keefe, habitant quelque part dans les Canterbury Plains.

La réaction de Gérald la surprit. Il devint tout rouge et, de colère, ses yeux s'exorbitèrent.

— O'Keefe? Gentleman-farmer? cria-t-il en soufflant d'indignation. Je connais une canaille et un coquin de ce nom. Un rebut de la société qu'il conviendrait de renvoyer le plus vite possible en Irlande. Ou en Australie, dans les bagnes d'où il a dû s'échapper! Gentleman-farmer! Laisse-moi rire! Dites-moi, Gwyneira, d'où connaissez-vous ce nom?

Gwyneira eut un geste apaisant de la main et M. Brewster se hâta de remplir à nouveau de whisky le verre de Gérald.

— Je parlais certainement d'un autre O'Keefe, se dépêcha d'ajouter Gwyneira. Une jeune femme de l'entrepont, une gouvernante anglaise, est fiancée avec lui. Elle dit qu'il est au nombre des notables de Christchurch.

— Ah bon? C'est étrange que je ne le connaisse pas. Un gentleman-farmer de la région de Christchurch qui partage avec ce foutu salopard… oh, mes excuses, ladies… qui a le malheur d'avoir le même nom que ce douteux personnage ne devrait pas m'être inconnu.

— O'Keefe est un nom très courant, dit M. Brewster, conciliant. Il est fort possible qu'il y ait deux O'Keefe à Christchurch.

— Et le M. O'Keefe d'Hélène écrit de très belles lettres, ajouta Gwyneira. Il semble très cultivé.

Gérald partit d'un grand rire.

— Alors c'est sûrement un autre. C'est à peine si le vieil Howie arrive à coucher son nom sur le papier! Mais, Gwyn, que tu traînes dans l'entrepont ne me plaît pas! Tiens-toi à l'écart de ces gens, et aussi de cette soi-disant gouvernante. Je trouve cette histoire suspecte. Arrête donc de lui parler!

Gwyneira fronça les sourcils. Mécontente, elle se tut le reste de la soirée. Plus tard, dans sa cabine, elle s'abandonna à sa colère.

Qu'est-ce que Warden se figurait? Il ne lui avait pas fallu longtemps pour passer de «mylady» à «lady Gwyneira» et maintenant à «Gwyn», petite fille qu'on tutoyait sans façon et qu'on menait à la baguette! Rompre le contact avec Hélène? Et puis quoi encore? La jeune femme était sur le navire la seule avec qui elle pouvait parler librement et sans crainte. En dépit de leurs différences d'origine sociale et de goûts, elles devenaient des amies de plus en plus intimes.

Gwyn, en outre, se plaisait dans la compagnie des six fillettes. Elle était notamment conquise par la très sérieuse Dorothée, mais aussi par la rêveuse Élisabeth, par la petite Rosie ainsi que par Daphnée, certes frisant parfois l'inacceptable, mais incontestablement intelligente et débrouillarde. S'il n'avait tenu qu'à elle, elle les aurait emmenées à Kiward Station. Elle avait même envisagé d'au moins parler avec Gérald de l'embauche d'une nouvelle bonne. Le moment ne paraissait certes plus très favorable à cette démarche, mais le voyage était encore long, et Warden se calmerait à coup sûr. Ce qu'elle venait d'apprendre sur le compte d'O'Keefe lui causait davantage de soucis. Bon, le nom était courant, et la présence de deux O'Keefe dans la même région n'avait certainement rien d'inhabituel. Mais deux Howard O'Keefe?

Que Gérald pouvait-il bien avoir contre le futur époux d'Hélène?

Gwyn aurait volontiers confié ses réflexions à Hélène, mais elle s'en abstint. À quoi cela aurait-il servi de perturber sa sérénité et de susciter chez elle des angoisses?

Entre-temps, la chaleur était arrivée. À bord du *Dublin*, elle était presque insupportable. Le soleil brillait impitoyablement. Les émigrants en avaient profité au début, mais à présent, après presque huit semaines de traversée, l'atmosphère changeait. Si, pendant les premières semaines de froid, les gens avaient été plutôt apathiques, la chaleur et l'air suffocant des cabines les rendaient irritables.

Dans l'entrepont, on se cherchait querelle et on s'énervait pour un rien. Il se produisit de premières rixes entre hommes, parfois aussi entre passagers et membres de l'équipage, quand quelqu'un se jugeait défavorisé lors de la distribution de vivres ou d'eau. Le médecin versait le gin avec générosité pour désinfecter les blessures et apaiser les esprits. Presque toutes les familles étaient agitées par des querelles ; l'oisiveté forcée rongeait les nerfs. Seule Hélène imposait l'ordre et le calme dans sa cabine. Elle continuait à occuper les pupilles en les faisant s'exercer aux travaux qui les attendaient dans des maisons de haut rang. Même Gwyneira en avait la tête qui tournait quand elle assistait à ces leçons.

— Oh mon Dieu ! disait-elle en riant. Quelle chance j'ai d'échapper à un destin pareil ! Jamais je n'aurais réussi à jouer les maîtresses d'un foyer de ce genre. J'aurais en permanence oublié la moitié des choses et jamais je n'aurais pu me résoudre à demander aux bonnes d'astiquer quotidiennement l'argenterie ! Quel travail inutile ! Et pourquoi faut-il plier les serviettes de manière aussi compliquée ? Alors qu'on en change chaque jour…

— C'est une question de beauté et de bienséance ! décréta Hélène d'un ton sévère. En outre, tu vas bien devoir veiller à tout cela. Il me semble que c'est une maison de maîtres qui t'attend à Kiward Station. Tu as dit toi-même que M. Warden avait conformé l'architecture de sa demeure à celle des manoirs anglais et qu'il avait confié la décoration de son intérieur à un architecte de Londres. Crois-tu que celui-ci aura renoncé à l'argenterie, aux chandeliers, aux plateaux et aux coupes à fruits ? Et ta dot doit bien comporter du linge de table !

— J'aurais dû aller au Texas pour me marier, soupira Gwyneira. Mais, sérieusement, je crois… j'espère… que M. Warden exagère. Il veut bien sûr être un gentleman ; pourtant, sous ses airs distingués se cache un type assez grossier. Hier, il a battu M. Brewster au blackjack. Battu. Que dis-je ! Il l'a plumé comme un vulgaire poulet ! Pour finir, les hommes présents l'ont accusé d'avoir triché. Sur quoi, il a voulu provoquer lord Barrington en duel ! On se serait cru dans un bouge de marins ! Il a fallu que le capitaine en personne joue les modérateurs. En réalité, Kiward Station n'est sans doute qu'une cabane et je devrai traire les vaches moi-même.

— Tu parles ! dit en riant Hélène qui avait entre-temps appris à connaître son amie. Ne te raconte pas d'histoires ! Tu es et resteras une lady, y compris dans une étable si les choses en arrivent là. Et cela vaut pour toi aussi, Daphnée ! Au lieu de rester là à ne rien faire, les jambes écartées de surcroît, tu pourrais coiffer miss Gwyneira. On voit qu'elle n'a plus de femme de chambre. Sérieusement, Gwyn, tes cheveux frisent comme si on les avait travaillés au fer à friser. Tu ne te peignes jamais ?

Sous la férule d'Hélène et grâce à quelques indications de Gwyneira quant à la dernière mode, Dorothée et Daphnée étaient devenues des femmes de chambre accomplies. Toutes deux se montraient polies et avaient appris à habiller une lady et à la coiffer. Parfois, certes, Hélène hésitait à envoyer Daphnée dans la cabine de Gwyneira, car elle la pensait capable de profiter de la moindre occasion pour voler quelque chose. Mais Gwyneira la rassura :

— Je ne sais pas si elle est honnête, mais elle n'est à coup sûr pas idiote. Si elle vole chez moi, on s'en apercevra. Qui d'autre qu'elle cela pourrait-il être ? Et où pourrait-elle cacher son larcin ? Tant qu'elle sera sur le bateau, elle saura se tenir. Je n'ai pas le moindre doute.

Élisabeth était elle aussi de bonne volonté, d'une parfaite honnêteté et d'une grande gentillesse. Mais elle n'était pas spécialement adroite. Elle préférait lire et écrire que travailler de ses mains. Ce qui était pour Hélène un souci permanent.

— En fait, elle devrait continuer l'école et entrer peut-être un jour dans une institution formant les maîtres, déclara-t-elle un jour à son amie. Ça lui plairait. Elle aime les enfants et a de la patience. Mais qui en supportera les frais? Et existe-t-il en Nouvelle-Zélande une institution de ce genre? En tout cas, pour ce qui est de devenir bonne, c'est un cas désespéré.

— Peut-être ferait-elle une excellente bonne d'enfants, réfléchit Gwyn, qui avait le sens pratique. Je ne vais sans doute pas tarder à en avoir besoin d'une…

À cette remarque, Hélène rougit aussitôt. Elle n'aimait pas, évoquant son futur mariage, envisager d'avoir des enfants et encore moins penser à la procréation. Une chose était d'admirer le style épistolaire d'Howard et de savourer l'adoration qu'il lui vouait. Autre chose était de s'imaginer qu'elle pourrait se laisser toucher par cet homme inconnu… Elle n'avait qu'une vague idée de ce qui se passait la nuit entre un homme et une femme, mais elle s'attendait à des douleurs plus qu'à de la joie. Et voilà que Gwyneira parlait avec insouciance de sa future maternité! Désirait-elle en parler? En savait-elle à ce propos plus qu'elle-même? Hélène chercha comment aborder le sujet sans, dès le premier mot, franchir les limites de la décence. Et surtout, cela n'était possible que si une des fillettes n'était pas dans les parages. Avec soulagement, elle constata que Rosie, qui n'était pas loin, jouait avec Cléo.

Gwyneira n'aurait d'ailleurs pas été en mesure de répondre à ces questions. Si elle parlait sans embarras d'avoir des enfants, elle se souciait fort peu de ce que seraient les nuits en compagnie de Lucas. Elle n'avait aucune idée de ce qui l'attendait, sa mère s'étant contentée, d'un air honteux, de laisser entendre que se soumettre à ce genre de choses relevait de la destinée d'une femme. Laquelle en était remerciée, si Dieu le voulait, par la naissance d'un enfant. Gwyneira avait beau se demander parfois s'il fallait véritablement considérer comme un bonheur l'arrivée d'un bébé criard et au visage bouffi, elle ne se faisait pas d'illusions : Gérald Warden attendait qu'elle lui donnât le plus rapidement possible un petit-fils. Mission à laquelle elle ne se déroberait pas, quand bien même elle saurait comment cela se passait.

La traversée s'éternisait. En première classe, on luttait contre l'ennui ; il y avait belle lurette que toutes les politesses avaient été échangées, toutes les histoires racontées. Dans l'entrepont, c'est aux difficultés de l'existence qu'on était confronté. La nourriture trop chiche et trop peu variée provoquait des maladies, des carences, l'exiguïté des cabines et la chaleur persistante favorisaient le développement de la vermine. Entre-temps, des dauphins s'étaient mis à suivre le navire et il n'était pas rare d'apercevoir des poissons de grande taille, des requins par exemple. Les hommes de l'entrepont élaboraient des plans pour les harponner, mais le succès n'était que rarement au rendez-vous. Les femmes aspiraient à un minimum d'hygiène et, à l'occasion, recueillaient l'eau de pluie pour laver leurs enfants et leurs vêtements. Hélène, à vrai dire, n'était guère satisfaite du résultat.

— Cette eau croupie ne fait que salir davantage les habits, râlait-elle en observant d'un air dégoûté l'eau stagnant au fond d'un des canots de sauvetage.

— Au moins, nous ne sommes pas obligés de la boire, objecta Gwyneira en haussant les épaules. Et le capitaine dit que nous sommes gâtés par le temps. Toujours pas de calme plat alors que nous entrons lentement dans la région des «calmes équatoriaux», où les vents sont parfois capricieux ; il arrive que le bateau n'avance plus.

— Les matelots expliquent qu'on nomme aussi cette région *horse latitudes*, approuva Hélène. Parce qu'autrefois on était souvent obligé d'abattre les chevaux pour ne pas mourir de faim.

— Avant que j'abatte Igraine, j'aurai bouffé un matelot! déclara Gwyneira. Mais, comme je le disais, il semble que nous ayons de la chance.

Malheureusement, la chance allait bientôt abandonner le *Dublin*. Si le vent continua à souffler, une maladie maligne vint menacer la vie des passagers. Un homme d'équipage fut le premier à se plaindre d'avoir de la fièvre, ce que personne ne prit au tragique. Le médecin s'aperçut du danger quand on lui eut amené des enfants fiévreux et couverts de boutons. Puis la maladie se répandit comme une traînée de poudre dans l'entrepont.

Au début, Hélène espéra que ses pupilles seraient épargnées car, en dehors des cours quotidiens, elles n'avaient eu que peu de contacts avec les autres enfants. En outre, grâce aux dons de Gwyneira et aux incursions régulières de Daphnée dans l'étable et le poulailler, elles étaient en bien meilleure condition physique que les autres émigrants. Mais Élisabeth eut de la fièvre, peu après ce fut le tour de Laurie et de Rosemarie. Daphnée et Dorothée ne furent que légèrement atteintes et Marie, étonnamment, résista à la contagion, bien qu'elle partageât la couchette de sa jumelle, tenant cette dernière enlacée et la pleurant par avance. Pourtant, la fièvre n'eut pas de conséquences graves chez Laurie, alors qu'Élisabeth et Rosemarie restèrent plusieurs jours entre la vie et la mort. Le médecin les soigna comme il soignait tous les malades, avec du gin, à charge pour les personnes responsables de l'éducation de décider de l'usage, externe ou interne, du médicament. Hélène choisit de s'en servir pour des ablutions et des compresses, ce qui eut au moins pour effet de rafraîchir quelque peu les petites malades. Dans la plupart des familles, en revanche, l'eau-de-vie atterrit dans les estomacs paternels. L'atmosphère, déjà lourde, en devint explosive.

Douze enfants furent finalement victimes de l'épidémie. Une nouvelle fois, les pleurs et les plaintes emplirent l'entrepont. Le capitaine organisa un office des morts très émouvant sur le pont principal, messe à laquelle, exceptionnellement, assistèrent tous les passagers. Gwyneira, en larmes, joua du piano, avec plus de cœur que de talent. Sans partition, elle était perdue. Pour finir, ce fut Hélène qui la suppléa, quelques-uns des voyageurs de l'entrepont se décidant alors à aller chercher leurs propres instruments. Les chants et les pleurs s'envolèrent par-dessus les flots, et, pour la première fois, les riches et les pauvres formèrent une communauté. Le deuil commun contribua, pendant les journées qui suivirent la messe, à apaiser l'atmosphère. Le capitaine, un homme calme et expérimenté, décida alors qu'à l'avenir l'office dominical serait célébré sur le pont principal. Le temps n'était plus un problème, car il faisait chaud et il pleuvait rarement. Ce n'est qu'au passage du cap de Bonne-Espérance qu'il y eut une nouvelle tempête et une mer houleuse.

Hélène fit entre-temps travailler des cantiques à ses pupilles. Un dimanche matin, comme elles avaient interprété un choral avec une particulière réussite, les époux Brewster l'invitèrent à participer à la conversation avec Gérald et Gwyneira. Ils félicitèrent chaudement la jeune femme et Gwyneira profita de l'occasion pour la présenter en bonne et due forme à son futur beau-père.

Elle espérait que Warden n'allait pas tempêter à nouveau, mais, gardant son calme, il se montra même charmant. Il échangea avec décontraction les politesses habituelles avec la jeune femme, trouvant des mots flatteurs pour la prestation de ses pupilles.

— Et comme ça, vous voulez vous marier…, grogna-t-il quand la conversation menaça de se tarir.

— Oui, sir, si Dieu le veut. Je fais confiance au Seigneur pour me montrer le chemin menant à un mariage heureux… Peut-être mon futur époux ne vous est-il pas inconnu? Howard O'Keefe, à Haldon, dans le Canterbury. Il possède une ferme.

Gwyneira retint son souffle. Peut-être aurait-elle dû raconter à Hélène que l'évocation de son fiancé avait suscité la colère de Gérald ! Mais ses craintes n'étaient pas fondées. Gérald, en ce jour, garda un total sang-froid.

— J'espère que vous pourrez garder intacte votre foi, se contenta-t-il de remarquer avec un sourire en coin. Le Seigneur joue parfois des tours pendables à ses ouailles les plus innocentes. Quant à votre question… non. Je ne connais absolument pas de gentleman du nom d'Howard O'Keefe.

Le *Dublin* traversait à présent l'océan Indien, l'avant-dernière partie du voyage, la plus longue, la plus périlleuse. Certes, la mer était rarement mauvaise, mais jamais on n'avait été si loin des côtes. Les passagers n'avaient pas aperçu la terre depuis des semaines et, à en croire Warden, les rives les plus proches étaient à des centaines de milles.

Une vie commune s'était maintenant établie à bord. Mettant le beau temps à profit, tous restaient sur le pont, fuyant l'étroitesse des cabines, tandis que la stricte séparation entre première classe et entrepont se relâchait à vue d'œil. En plus des offices religieux étaient maintenant organisés pour tous des concerts et des soirées dansantes. Les hommes de l'entrepont avaient amélioré leur technique de pêche. Ils harponnaient désormais des requins ou des barracudas et attrapaient des albatros en laissant traîner derrière le bateau des cordes munies de sortes de hameçons et de poissons en guise d'appât. L'odeur de poisson ou de volaille grillés se répandait alors sur tout le pont, faisant venir l'eau à la bouche des infortunés qui ne participaient pas au festin. Hélène recevait de temps à autre une part de ces délices. On la tenait en effet en haute estime en tant qu'institutrice, tous les enfants de l'entrepont sachant désormais mieux lire et écrire que leurs parents. Daphnée, de son côté, parvenait presque toujours à obtenir une portion de viande ou de poisson : trompant la vigilance d'Hélène, elle rôdait parmi les pêcheurs en pleine action, admirant leur adresse et attirant l'attention sur elle à force de battements de cils et de moues boudeuses. Les hommes jeunes briguaient tout particulièrement ses faveurs, rivalisant de témérité, ce qui n'allait pas sans quelque danger. Daphnée applaudissait, feignant d'être ravie, quand, ôtant chemises, chaussures et bas, ils se laissaient tirer dans l'eau, accrochés à une corde, sous les vivats de l'équipage. Ni Hélène ni Gwyneira n'avaient le sentiment qu'elle fît réellement grand cas de l'un ou l'autre.

— Elle espère qu'un requin va mordre à l'hameçon, remarqua Gwyneira le jour où un jeune Écossais, se jetant intrépidement tête la première dans la mer, se laissa entraîner par le *Dublin*, pareil à un appât. Parions qu'elle n'aurait ensuite pas de scrupules à goûter à l'animal !

— Il est temps que le voyage se termine, soupira Hélène. Sinon, je ne vais pas tarder à me transformer d'institutrice en geôlière. Ces couchers de soleil, par exemple… Il n'y a pas à dire, ils sont merveilleux et romantiques, mais les gars et les filles le pensent eux aussi. Élisabeth est entichée de Jamie O'Hara, que Daphnée a laissé tomber depuis longtemps, une fois le stock de saucisses épuisé. Et trois jeunes hommes au moins pressent chaque jour Dorothée de venir contempler avec eux, la nuit, la mer phosphorescente.

Gwyneira éclata de rire.

— Daphnée, en revanche, ce n'est pas dans l'entrepont qu'elle cherche son prince charmant. Elle m'a demandé, hier, si elle ne pourrait pas regarder le soleil se coucher depuis le pont supérieur, d'où on a une meilleure vue. Tout en dévorant des yeux, tel un requin fixant l'appât, le jeune vicomte Barrington.

— Il faudrait la marier au plus tôt ! observa Hélène. Oh, Gwyn, j'ai la frousse à l'idée que, dans deux ou trois semaines, il va me falloir abandonner les filles aux mains d'étrangers et peut-être ne jamais les revoir !

— Il n'y a pas deux minutes, tu voulais en être débarrassée ! s'exclama Gwyneira en riant. Et puis elles savent lire et écrire. Vous pourrez correspondre. Nous aussi, d'ailleurs! Si seulement je connaissais la distance entre Haldon et Kiward Station! Les deux fermes se trouvent dans les Canterbury Plains, mais où exactement? Je ne veux pas te perdre, Hélène! Est-ce que ça ne serait pas merveilleux qu'on puisse se rendre visite?

— Nous le pourrons certainement, répondit Hélène d'un ton assuré. Howard doit vivre non loin de Christchurch, sinon il ne serait pas membre de la paroisse. Et M. Warden a beaucoup à faire en ville. Nous nous verrons, Gwyn, c'est sûr!

7

Le voyage touchait maintenant à sa fin. Le *Dublin* traversait la mer de Tasmanie, entre l'Australie et la Nouvelle-Zélande, et les passagers de l'entrepont faisaient assaut de surenchère quant à la proximité supposée de leur nouveau pays. Certains campaient sur le pont dès avant le lever du soleil pour être les premiers à apercevoir leur future patrie.

Élisabeth fut transportée d'enthousiasme quand Jamie O'Hara la réveilla dans ce but, mais Hélène lui ordonna sèchement de rester dans son lit. Elle savait, grâce à Gwyneira, qu'il faudrait deux ou trois jours avant que les côtes fussent en vue et que le capitaine, alors, les en informerait.

Ce qui se produisit d'ailleurs en plein jour, vers la fin de la matinée. Alertés par les sirènes, les passagers, en quelques secondes, se retrouvèrent sur le pont. Gwyneira et Gérald, au premier rang, ne distinguèrent d'abord que des nuages. La vue était masquée par ce qui ressemblait à une longue couche de ouate blanche. Si l'équipage n'avait pas certifié aux émigrants que l'île du Sud se cachait derrière la barrière de nuages, ils n'auraient guère prêté attention à ce phénomène.

Peu à peu seulement, des montagnes se dessinèrent dans la brume, des falaises escarpées derrière lesquelles s'accumulaient d'autres nuages. Le spectacle était étrange, on aurait dit que les montagnes flottaient dans une masse cotonneuse, blanche et lumineuse.

— C'est toujours brumeux comme ça ? demanda Gwyneira, peu enchantée.

En dépit de la beauté du spectacle, elle s'imaginait parfaitement l'humidité et la fraîcheur qui les attendaient au passage du col séparant Christchurch du lieu où accostaient les navires de haute mer. Gérald lui avait expliqué que le port s'appelait Lyttelton, mais qu'il était encore en construction, si bien qu'une montée pénible séparait le débarcadère des premières maisons. On ne pouvait se rendre à Christchurch qu'à cheval ou à pied. Or, le chemin était par endroits si escarpé que des autochtones avertis devaient mener les montures par la bride, d'où son nom, le Bridle Path.

— Non, la rassura Gérald, visiblement heureux de revoir sa patrie. Il est plutôt inhabituel qu'une telle vue s'offre aux arrivants. Et cela porte sûrement chance... Il paraît que c'est ainsi que le pays s'est offert à la vue des hommes du premier canoë venu de Polynésie. D'où le nom de la Nouvelle-Zélande dans la langue maorie : Aotearoa, le pays du long nuage blanc.

Hélène et ses pupilles contemplaient, fascinées, ce spectacle naturel. Daphnée, à vrai dire, paraissait inquiète.

— Il n'y a pas de maison du tout, dit-elle avec stupéfaction. Où sont les docks et les installations du port ? Et les clochers ? Je ne vois que des nuages et des montagnes ! C'est très différent de Londres.

Bien que partageant ses craintes, Hélène essaya de la réconforter en riant. Elle aussi était une enfant de la ville, et cet excès de nature la surprenait. Mais elle avait au moins déjà vu divers paysages anglais, tandis que les pupilles ne connaissaient que les rues de la capitale.

— Cela n'a bien sûr rien à voir avec Londres, Daphnée, expliqua-t-elle. Les villes d'ici sont bien plus petites. Mais Christchurch a aussi un clocher, et la ville aura bientôt sa cathédrale, semblable à Westminster Abbey ! Tu ne peux pas apercevoir les maisons, parce que nous n'accostons pas directement dans la ville. Nous devrons… euh, nous devrons certainement marcher un peu, jusqu'à…

— Marcher un peu? s'exclama en éclatant de rire Gérald Warden qui avait entendu les derniers mots. Je ne peux que vous souhaiter, miss Davenport, que votre extraordinaire fiancé vous envoie un mulet. Sinon, vous aurez usé dès aujourd'hui la semelle de vos escarpins. Le Bridle Path est un chemin de montagne rendu glissant par le brouillard. Et, quand celui-ci se lève enfin, il fait diablement chaud. Mais regarde, Gwyneira, voilà le port de Lyttelton!

Sur le *Dublin*, tout le monde partageait l'excitation de Gérald maintenant que la brume, se dissipant, avait dégagé la vue sur une baie en forme de poire. D'après Gérald, ce bassin portuaire naturel était d'origine volcanique. La baie était entourée de montagnes, et l'on distinguait même, à présent, quelques maisons et passerelles de débarquement.

— Ne vous laissez pas impressionner, déclara d'un ton enjoué le médecin du bord à Hélène. On a institué depuis peu une navette quotidienne entre Lyttelton et Christchurch. Vous pourrez louer un mulet et vous n'aurez pas, comme les premiers colons, à gravir le chemin à pied.

Hélène restait hésitante. Elle pouvait peut-être louer un mulet, mais que faire des enfants?

— Quelle… quelle distance y a-t-il donc? s'enquit-elle, toujours indécise. Et devrons-nous porter nos bagages?

— C'est à votre choix, intervint Gérald. Vous pouvez aussi les acheminer par un bateau qui remonte l'Avon River. Mais bien sûr, c'est payant. La plupart des nouveaux colons trimballent leur barda le long du Bridle Path. Il y a douze miles.

Hélène décida aussitôt de ne faire transporter que son cher fauteuil à bascule. Elle porterait le reste de ses bagages, comme les autres émigrants! Elle était capable de marcher douze miles. Certainement qu'elle en était capable! Bien qu'elle n'ait naturellement pas pu le vérifier jusqu'ici…

Entre-temps, le pont supérieur s'était vidé, les passagers se hâtant de gagner leur cabine pour rassembler leurs affaires. Enfin parvenus à bon port, ils voulaient quitter le bateau le plus vite possible. Il régnait dans l'entrepont la même cohue que le jour du départ.

En première classe, on était plus serein. En général, les bagages étaient pris en charge par des entreprises qui assuraient par mulets le transport des personnes et des marchandises jusqu'à l'intérieur du pays. Certes, Mme Brewster et lady Barrington tremblaient déjà à l'idée de devoir, même à dos de mulet, franchir le col à propos duquel elles avaient entendu raconter des histoires à donner la chair de poule. Gwyneira, en revanche, était impatiente de pouvoir enfin monter Igraine. Ce qui l'entraîna sur-le-champ dans une violente dispute avec Gérald.

— Rester ici une nuit encore ? s'étonna-t-elle quand celui-ci indiqua qu'ils allaient descendre dans la modeste auberge qui venait d'être ouverte à Lyttelton. Mais pourquoi donc ?

— Parce qu'on ne peut pas débarquer les bêtes avant la fin de l'après-midi et que je dois trouver des gens pour faire franchir le col aux moutons.

— Pourquoi avez-vous besoin d'aide ? s'écria Gwyneira en hochant la tête d'un air d'incompréhension. Je peux mener les moutons toute seule. Et nous avons d'ailleurs deux chevaux. Il n'est même pas nécessaire d'attendre les mulets.

— Vous voulez faire franchir le col aux moutons, mademoiselle ? intervint alors lord Barrington sur le ton de celui qui vient d'entendre une bonne plaisanterie. À cheval ? Comme un cow-boy américain ?

— Évidemment, ce n'est pas moi qui les guiderai, remarqua la jeune fille, ce sera Cléo et les chiens que M. Warden a achetés à mon père. Certes, les jeunes chiens sont encore petits et pas suffisamment formés à cela. Mais il n'y a que trente moutons. Cléo, s'il le faut, s'en sortira toute seule.

À son nom, la chienne sortit du coin où elle se cachait, frétillant de la queue, les yeux brillant d'enthousiasme et de dévouement. Gwyneira, tout en la caressant, lui annonça que les mois d'ennui sur le bateau étaient terminés.

— Gwyneira, s'irrita Gérald, je n'ai pas acheté ces moutons et ces chiens et je ne les ai pas transportés à l'autre bout du monde pour qu'ils s'écrasent ici dans un ravin!

Il ne pouvait supporter qu'un membre de sa famille se ridiculisât et supportait encore moins que quelqu'un mît ses ordres en doute, voire les ignorât.

— Tu ne connais pas le Bridle Path, poursuivit-il. Le chemin est traître et dangereux! Aucun chien n'est capable de mener tout seul des moutons sur un sentier pareil. Et tu ne pourras non plus passer à cheval. Pour cette nuit, j'ai réservé des parcs à moutons. Demain, je ferai conduire les chevaux et tu iras à dos de mulet.

Gwyneira rejeta la tête en arrière d'un air de défi. Elle détestait qu'on sous-estimât ses capacités et celles de ses animaux.

— Igraine passe partout et a le pas plus assuré que n'importe quel mulet, affirma-t-elle. Et Cléo n'a encore jamais perdu un seul mouton, ce n'est pas maintenant qu'elle va commencer. Vous verrez, ce soir nous serons à Christchurch!

Les hommes rirent derechef, mais Gwyneira était fermement résolue. À quoi lui servait de posséder le meilleur chien de berger du pays de Galles? Et à quoi bon avait servi d'élever depuis des siècles des cobs afin d'en faire des chevaux adroits et au pied sûr? La jeune fille brûlait d'envie de montrer à tous ces hommes ce dont elle et ses animaux étaient capables. On était désormais dans un monde nouveau? Eh bien, ce n'est pas là qu'elle se laisserait réduire au rôle de petite femme bien éduquée, obéissant sans broncher aux ordres des hommes!

Hélène avait la tête qui lui tournait quand, vers 15 heures, elle posa enfin le pied sur le sol de Nouvelle-Zélande. La passerelle vacillante ne lui était pas apparue plus sûre que les bordages du *Dublin*, mais elle s'y était courageusement engagée. Elle était à présent sur la terre ferme! Son soulagement fut tel qu'elle eut envie de s'agenouiller et de baiser le sol à l'exemple de Mme O'Hara et de quelques autres colons. Ses protégées et les enfants de l'entrepont dansaient la sarabande et il n'était pas aisé de les réfréner tant ils étaient excités. Seule Daphnée semblait déçue. Les quelques maisons bordant la baie ne répondaient pas à son idée de la ville.

Encore à bord, Hélène avait déjà réglé le transport de son fauteuil. Aussi, son sac de voyage à la main et son ombrelle sur l'épaule, remontait-elle sans se presser le large chemin conduisant aux premières maisons. Les filles la suivaient sagement, portant elles aussi leur ballot. Jusqu'à cet instant, la montée avait certes été fatigante, mais ne lui avait paru ni dangereuse, ni au-dessus de ses forces. Si cela continuait ainsi, elle arriverait à couvrir la distance la séparant de Christchurch. Elles avaient à présent atteint le centre de Lyttelton. Il y avait un pub, une boutique et un hôtel n'inspirant guère confiance. Il n'était de toute façon destiné qu'aux riches. Les nombreux passagers de l'entrepont ne souhaitant pas poursuivre immédiatement leur route vers Christchurch purent s'abriter dans des baraquements rudimentaires et sous des tentes. Quelques-uns, ayant des parents à Christchurch, étaient convenus avec eux qu'ils leur enverraient des bêtes de somme dès l'arrivée du *Dublin*.

À la vue des mulets de l'entreprise de transport attendant devant le pub, Hélène caressa quelque espoir. Bien sûr, il était impossible qu'Howard fût au courant de son arrivée, mais le prêtre de Christchurch, le révérend Baldwin, avait été informé que les six orphelines débarqueraient du *Dublin*. Peut-être avait-il pris des dispositions pour les conduire en ville? Les muletiers qu'elle interrogea la déçurent toutefois: ils avaient été avisés de la venue des Brewster et ils devaient transporter des marchandises pour le compte du révérend, mais il ne leur avait pas parlé des fillettes.

— Donc, les enfants, il ne nous reste qu'à y aller à pied, se résigna-t-elle. Et plus tôt nous nous mettrons en route, plus tôt nous serons au but.

Les tentes et les baraquements ne disaient rien qui vaille à Hélène. Hommes et femmes y étaient bien entendu séparés pour la nuit, mais il n'y avait pas de porte fermant à clé. Or, le manque de femmes devait être aussi sensible à Lyttelton qu'à Christchurch. Qui pouvait savoir ce qui passerait dans la tête d'hommes apprenant que sept femmes et fillettes leur étaient offertes sur un plateau d'argent?

Hélène partit donc, en compagnie de quelques familles d'émigrants. Les O'Hara étaient du nombre, et Jamie, galant, s'offrit de porter les affaires d'Élisabeth en plus des siennes. Sa mère, à vrai dire, le lui interdit formellement : les O'Hara, en effet, transportaient par-delà la montagne leur mobilier et leurs ustensiles de ménage, si bien que chacun avait déjà son juste fardeau. En pareille circonstance, trancha cette mère autoritaire, la politesse était un luxe superflu.

Sagesse que Jamie, au bout de quelques miles sous le soleil, fit sans doute sienne. Les brumes s'étaient dissipées, conformément aux prévisions de Gérald, et un chaud soleil printanier inondait le Bridle Path, phénomène que les émigrants avaient toujours peine à concevoir. Chez eux, en Angleterre, on aurait affaire, en ce moment, aux premières tempêtes de l'automne, alors qu'ici l'herbe commençait à pousser et le soleil à piquer. En fait, les températures étaient tout à fait agréables, mais on transpirait beaucoup à monter aussi longtemps, vêtu de chauds habits de voyage, d'autant qu'on en avait souvent enfilé plusieurs les uns par-dessus les autres pour avoir moins à porter à bout de bras. Même les hommes étaient essoufflés. Trois mois d'inactivité à bord avaient privé de leur résistance jusqu'aux travailleurs les plus robustes.

Le chemin était d'ailleurs devenu escarpé et dangereux. Les fillettes se mirent à pleurer quand il leur fallut longer le rebord d'un cratère. Marie et Laurie s'agrippèrent l'une à l'autre si désespérément qu'elles faillirent tomber dans le vide. Rosemarie se cramponnait à la jupe d'Hélène, s'y cachant la tête quand l'abîme était trop effrayant. Il y avait déjà beau temps qu'Hélène, ayant refermé son ombrelle, s'en servait de canne. Son teint était devenu le dernier de ses soucis.

Au bout d'une heure, les voyageurs, las et assoiffés, avaient tout de même parcouru deux miles.

— En haut, au sommet, on vend des rafraîchissements, dit Jamie aux filles pour leur donner du courage. C'est du moins ce qu'ont prétendu les gens de Lyttelton. Et ensuite, dans la descente, il doit y avoir des auberges permettant de reprendre souffle. Le tout est d'arriver là-haut, et alors le plus dur est fait.

Sur ces mots, il se remit vaillamment en route et les pupilles lui emboîtèrent le pas. Occupée à grimper, Hélène n'avait guère le loisir de contempler le paysage, mais le peu qu'elle voyait n'était guère engageant. Les montagnes étaient dénudées et grises.

— De la roche volcanique, commenta M. O'Hara, qui avait autrefois travaillé dans les mines.

Hélène ne put s'empêcher de penser aux «montagnes de l'enfer» d'une ballade que chantait parfois sa sœur. C'est ainsi qu'elle s'était toujours représenté le décor de la damnation éternelle : un désert sans couleur à perte de vue !

Warden n'avait effectivement réussi à débarquer ses animaux qu'une fois tous les passagers à terre. Les hommes de l'entreprise de transport et leurs mulets étaient d'ailleurs sur le point de partir.

— Nous arriverons avant la nuit ! rassuraient-ils les ladies en les hissant sur leurs montures. Il y a environ quatre heures de route. Nous serons à Christchurch vers 20 heures. À temps pour le dîner à l'hôtel.

— Vous entendez? demanda Gwyneira à Gérald. Nous pouvons nous joindre à eux. Seuls, bien sûr, nous irions plus vite. Igraine ne sera pas ravie de devoir piétiner derrière les mulets.

Au grand mécontentement de Gérald, Gwyneira avait sellé les chevaux pendant qu'il surveillait le débarquement des moutons. Il dut prendre sur lui pour ne pas le lui reprocher trop vivement. Il était de toute façon de mauvaise humeur. Personne, ici, ne s'y connaissait en moutons; les parcs n'avaient pas été aménagés, si bien que le petit troupeau se dispersa aussitôt sur les pentes de Lyttelton, offrant un spectacle pittoresque. Les bêtes, heureuses de retrouver enfin la liberté, bondissaient sur l'herbe maigre, tels des agneaux turbulents. Gérald était en conflit avec deux matelots qui l'avaient aidé à débarquer: comme il leur avait sèchement ordonné de rassembler les bêtes et de les surveiller pendant qu'il s'occuperait d'établir un parc provisoire, les hommes, considérant s'être acquittés de leur tâche, avaient effrontément fait remarquer qu'ils étaient des marins et non des bergers, avant de se diriger vers le pub. La longue abstinence à bord les avait assoiffés. Les moutons de Warden ne les intéressaient pas.

Un sifflement aigu retentit alors, qui fit sursauter non seulement lady Barrington et Mme Brewster, mais aussi Gérald et les muletiers. La surprise fut d'autant plus grande que le sifflement n'émanait pas d'un gamin des rues, mais d'une jeune noble dont seules jusqu'ici l'apparence juvénile et les bonnes manières leur étaient apparues. Tout autre était la Gwyneira qu'ils découvraient soudain: ayant pris conscience des problèmes de Gérald, elle avait entrepris de le sortir d'embarras. Cléo obéit avec zèle à ce sifflement impérieux. Grimpant et dévalant les pentes, elle décrivait autour des moutons des cercles de plus en plus serrés. Les bêtes se regroupèrent, puis, comme guidées par une main invisible, elles se tournèrent docilement dans la direction de Gwyneira, qui attendait avec flegme la fin de la manœuvre.

Les jeunes chiens de Gérald, enfermés dans une caisse pour leur transport à Christchurch par voie d'eau, n'eurent pas cette patience : les petits colleys se démenèrent si bien qu'ils défoncèrent sans peine les minces lattes de bois les retenant et se ruèrent en direction du troupeau. Mais, comme obéissant à un ordre, ils s'aplatirent sur le sol à distance suffisante des moutons pour ne pas les effrayer. Haletant, ils restèrent allongés, ne quittant pas le troupeau des yeux, prêts à intervenir au cas où un mouton s'écarterait.

— Vous voyez, se contenta de remarquer Gwyneira. Les chiots se débrouillent comme des chefs. Le grand mâle, là, va donner une descendance qui fera baver d'envie les Anglais. Alors, on y va, monsieur Gérald ?

Sans attendre de réponse, elle enfourcha sa jument qui piaffait d'excitation. Igraine aussi brûlait de pouvoir enfin prendre du mouvement. Le matelot qui tenait le jeune étalon nerveux le remit aux mains de Gérald avec soulagement.

Ce dernier oscillait entre colère et admiration. La prestation de Gwyneira avait été impressionnante, mais elle n'était pas pour autant autorisée à outrepasser ses ordres. Il ne lui était à présent guère possible de l'arrêter sans perdre la face devant les Brewster et les Barrington.

Il prit de mauvaise grâce les rênes du cheval. Ayant emprunté le Bridle Path à de nombreuses reprises, il en connaissait les dangers. Se mettre en route en fin d'après-midi n'était pas sans risques, même en temps ordinaire, sans troupeau de moutons et sans avoir à monter un jeune étalon tout juste dressé !

D'un autre côté, il ne savait que faire de ses moutons. Son incapable de fils avait à nouveau négligé de prendre les dispositions nécessaires, et il était à présent trop tard pour trouver quelqu'un acceptant de lui aménager un parc avant la tombée de la nuit. De rage, les doigts de Gérald se crispèrent sur les rênes. Quand Lucas prendrait-il enfin conscience que le monde existait au-delà des murs de son cabinet de travail?

Toujours furieux, il mit le pied à l'étrier. Bien sûr, au cours de sa vie agitée, il avait appris à maîtriser un cheval indocile, mais ce n'était pas son mode de déplacement préféré. Emprunter le Bridle Path monté sur un jeune étalon avait tout d'un défi! Devoir le relever lui inspira presque de la haine à l'égard de Gwyneira. L'esprit rebelle de la jeune fille qui l'avait séduit tant qu'il était tourné contre son père devenait maintenant une source de contrariétés.

Avançant devant lui avec insouciance, Gwyneira ignorait tout de ses pensées. Elle était plutôt heureuse qu'il n'eût rien trouvé à redire à la selle masculine dont elle avait équipé Igraine. Son père aurait certainement tempêté si elle avait osé monter à califourchon en public! Gérald, en revanche, semblait ne pas remarquer combien il était inconvenant qu'on vît ses chevilles sous sa jupe. Ayant d'abord essayé de les recouvrir, elle y renonça, occupée qu'elle était à réfréner Igraine, qui, s'il n'avait tenu qu'à elle, aurait dépassé les mulets et franchi le col au galop. Les chiens, eux, n'avaient pas besoin de surveillance : Cléo conduisait le troupeau avec habileté, même quand le chemin se réduisait à un sentier, tandis que les jeunes chiens la suivaient, alignés par rang de taille. Ce qui donna à Mme Brewster l'occasion d'une petite plaisanterie :

— On croirait voir miss Davenport et ses orphelines!

Hélène était à bout de force quand, deux heures après leur départ, elle entendit des bruits de sabots derrière elle. Le chemin montait toujours, la montagne était déserte et inhospitalière. Heureusement, l'un des émigrants était là pour leur redonner un peu de courage. Après avoir navigué quelques années, il était venu dans les parages, en 1836, avec l'une des premières expéditions. Membre du groupe du capitaine Rhodes, pêcheur de baleines et explorateur, il avait gravi les Port Hills et, de là-haut, la vision des Canterbury Plains l'avait à ce point enchanté qu'il revenait à présent avec femme et enfants pour s'y établir. Il annonça qu'on en avait bientôt fini de la montée. Quelques lacets encore, et ce serait le sommet.

Le chemin, toujours aussi étroit et pentu, ne permettait pas aux mulets de doubler la troupe des marcheurs. Hélène se demanda si Gwyneira était du nombre des cavaliers. Ayant eu vent de la querelle qui l'avait opposée à Gérald, elle était impatiente de savoir qui avait eu le dessus. Son odorat délicat, frappé par une forte odeur de mouton, eut tôt fait de lui indiquer que Gwyneira l'avait emporté. De plus, les marcheurs ayant à nouveau été obligés de ralentir le pas, des bêlements de protestation s'étaient élevés derrière eux.

On atteignit enfin le sommet du col. Des commerçants attendaient les émigrants, proposant des rafraîchissements à leurs stands. C'était la tradition de faire là une pause, ne fût-ce que pour jouir en paix de la vue sur la nouvelle patrie. Mais Hélène ne s'intéressa pas au spectacle dans un premier temps. Elle se traîna jusqu'à l'un des stands et y but une grande chope de bière au gingembre. Alors seulement elle rejoignit le groupe de ceux qui admiraient le paysage avec recueillement.

— Que c'est beau ! chuchota avec ravissement Gwyneira, qui, encore sur son cheval, pouvait voir par-dessus la tête des spectateurs.

Hélène, en revanche, au troisième rang, avait la vue en partie masquée. Cela suffit, à vrai dire, à tempérer sensiblement son enthousiasme. Loin en dessous d'elle, la montagne cédait la place à des herbages d'un vert tendre à travers lesquels ondulait une petite rivière. Sur la rive opposée, il y avait Christchurch, qui n'avait rien à voir avec la ville florissante à laquelle s'attendait Hélène. On voyait bien un petit clocher, mais n'avait-on pas parlé d'une cathédrale ? La ville ne devait-elle pas devenir évêché ? Hélène avait espéré qu'il y aurait au moins un chantier, mais on n'en voyait rien pour le moment. Christchurch n'était qu'une agglomération de maisons de couleurs disparates, la plupart en bois ; seules quelques-unes étaient faites du grès dont avait parlé M. Warden. La ville ressemblait à Lyttelton, le petit port qu'elle venait de quitter. Et sans doute n'offrait-elle guère plus de vie sociale et de confort.

Gwyneira, pour sa part, n'y prêta guère attention. Christchurch n'était certes pas grande, mais la jeune fille avait l'habitude des villages du pays de Galles. C'est l'arrière-pays qui la fascinait. Une étendue quasi infinie de pâturages sous le soleil de fin d'après-midi et, au-delà des plaines, s'élevaient des montagnes majestueuses, en partie enneigées. Elles étaient certainement à des miles et des miles de là, mais l'air était si clair qu'on avait l'impression de pouvoir les toucher.

Rappelant ceux du pays de Galles ou d'autres régions de l'Angleterre, où les pâturages s'étendaient jusqu'aux reliefs, le paysage paraissait vaguement familier à Gwyneira et à de nombreux autres colons. Mais tout était plus clair, plus grand, plus vaste. Pas d'enclos ni de murs. De loin en loin seulement, une maison. Gwyneira éprouva un sentiment de liberté. Elle pourrait ici galoper sans fin. Les moutons se disperseraient sur d'immenses territoires. Jamais on n'aurait à se demander si l'herbe suffirait ou s'il faudrait réduire le cheptel. Il y avait de la terre à profusion !

La colère de Gérald s'apaisa quand il vit le visage rayonnant de la jeune fille, un visage exprimant le sentiment de bonheur qu'il éprouvait lui aussi chaque fois qu'il retrouvait sa patrie. Elle se sentirait chez elle ici. Peut-être n'aimerait-elle pas Lucas, mais elle aimerait à coup sûr ce pays.

Hélène en arriva à se dire qu'elle devrait s'accommoder de la situation. Les choses n'étaient pas telles qu'elle se les était imaginées, mais, par ailleurs, tout le monde lui avait assuré que Christchurch était une paroisse en plein essor. La ville allait se développer. Un jour, il y aurait des écoles et des bibliothèques. Peut-être pourrait-elle même contribuer à les édifier. Howard paraissant avoir de l'intérêt pour la culture, il l'aiderait dans cette tâche. Et, surtout, ce n'était pas le pays qu'elle devait aimer, mais son époux. Ravalant sa déception, elle se tourna vers ses pupilles.

— Debout, les enfants. Vous vous êtes rafraîchies ; maintenant, il faut repartir. Mais ce sera moins dur à la descente. Et puis nous voyons à présent où nous allons. Allez, les petites, on va faire la course ! La première arrivée à l'auberge la plus proche aura droit à une limonade !

Les voyageurs ne tardèrent d'ailleurs pas à rencontrer de premières maisons. Le chemin s'élargissant, les cavaliers purent doubler les piétons. Gwyn et Igraine, toujours piaffante, suivaient les moutons guidés par Cléo. Auparavant, les cobs s'étaient d'ailleurs montrés d'un calme remarquable dans les passages réellement dangereux. Le petit Madoc avait lui aussi fait preuve d'adresse sur les chemins pierreux, ce qui avait rassuré Gérald. Il était résolu à oublier le désagréable épisode avec Gwyneira. Bon, la jeune fille avait imposé sa volonté, mais cela ne se reproduirait pas. Il convenait de brider la fougue de cette petite princesse galloise. Gérald, sur ce point, était optimiste : Lucas exigerait de son épouse un comportement irréprochable, et Gwyneira, de son côté, avait reçu l'éducation d'une jeune fille destinée à partager l'existence d'un gentleman. Peut-être préférait-elle monter, chasser et dresser les chiens, mais, à la longue, elle se résignerait à son sort.

Les voyageurs atteignirent l'Avon River en fin d'après-midi et les cavaliers purent aussitôt être transportés sur l'autre rive. Il resta encore assez de temps pour faire monter les moutons sur le bac avant l'arrivée des gens à pied, si bien qu'Hélène et ceux qui l'accompagnaient, s'ils se plaignirent du fumier recouvrant le bac, n'eurent pas à déplorer de retard.

Les petites Londoniennes, qui n'avaient connu que la Tamise sale et malodorante, contemplaient avec ravissement l'eau claire de la rivière. Tout était à présent indifférent à Hélène ; elle n'avait plus envie que d'un lit. Elle espérait que le révérend leur réserverait un accueil amical. Il devait bien avoir préparé quelque chose pour les pupilles, car il était impossible de les répartir dès aujourd'hui dans les foyers de leurs maîtres.

Arrivée devant l'hôtel, Hélène, épuisée, s'enquit du chemin de la cure. Elle aperçut alors Gwyneira et M. Warden sortant de l'étable qu'ils venaient de louer. Les bêtes à l'abri, ils s'apprêtaient à prendre un dîner copieux. Hélène envia son amie. Comme elle aurait aimé, elle aussi, se rafraîchir dans une chambre d'hôtel propre avant de s'asseoir devant une table mise! Mais elle avait encore devant elle une marche à travers les rues de Christchurch, puis les discussions avec le prêtre. Les filles, derrière elle, grognaient, les plus petites pleurant de fatigue.

Heureusement, l'église était proche. Trois rues plus loin, elles étaient devant la cure. Comparé à la maison paternelle d'Hélène et à celle des Thorne, le bâtiment de bois peint en jaune avait un aspect misérable, mais l'église, à côté, n'était guère plus imposante. Un beau heurtoir en laiton, en forme de tête de lion, décorait néanmoins la porte d'entrée. Daphnée l'actionna vigoureusement.

Au bout d'un long moment, une jeune fille à la face large et peu avenante apparut sur le seuil.

— Qu'est-ce que vous voulez? demanda-t-elle d'un ton peu amène.

À part Daphnée, toutes les pupilles reculèrent, effrayées. Hélène s'avança.

— Nous voudrions tout d'abord vous souhaiter une bonne soirée, miss! déclara-t-elle avec fermeté. Ensuite, je désirerais rencontrer le révérend Baldwin. Je suis Hélène Davenport. Lady Brennan doit avoir parlé de moi dans l'une de ses lettres. Et voici les fillettes que le révérend a demandées à Londres pour les placer ici.

La jeune femme acquiesça et se montra un peu plus aimable. Pourtant, sans lâcher le moindre bonjour, elle lança aux orphelines un regard désapprobateur.

— Je crois que ma mère ne vous attendait que demain. Je vais la prévenir.

Elle voulut s'en aller, mais Hélène la rappela.

— Miss Baldwin, les enfants et moi avons fait un voyage de dix-huit mille miles. Ne pensez-vous pas que la politesse commande de nous laisser entrer et nous asseoir?

— Vous pouvez entrer, vous, mais pas les gosses, répondit la jeune fille avec une grimace. Qui sait quelle vermine elles ont sur elles après un voyage dans l'entrepont! Ma mère n'en veut certainement pas chez elle.

Bien que bouillant de fureur, Hélène se contint.

— Alors j'attends dehors moi aussi. J'ai partagé la cabine des enfants. Si elles sont mangées par la vermine, je le suis aussi.

— Comme vous voulez, répondit la fille du prêtre avec indifférence, refermant la porte derrière elle.

— Une véritable lady! commenta Daphnée avec un sourire mauvais. Je dois avoir mal compris quelque chose dans votre enseignement, miss Davenport.

Hélène aurait dû la réprimander, mais elle n'en eut pas la force. Et, dans le cas où la mère se montrerait aussi bonne chrétienne que sa fille, elle aurait encore besoin d'un peu d'énergie.

En tout cas, Mme Baldwin arriva très vite, affectant quelque amabilité. Plus petite et un peu moins replète que sa fille, dont elle n'avait pas la face de pleine lune, elle ressemblait plutôt à un rapace, avec de petits yeux rapprochés et une bouche qui ne souriait qu'au prix d'un effort.

— Quelle surprise, miss Davenport! Mais il est vrai que Mme Brennan a parlé de vous, et de manière très positive, si je peux me permettre. Entrez, je vous prie, Belinda prépare la chambre d'ami pour vous. Quant aux filles, il va bien falloir les loger pour une nuit. À moins que…, s'interrompit-elle en semblant passer une liste de noms en revue. Les Lavender et Mme Godewind habitent tout près. Je peux encore envoyer quelqu'un chez eux. Peut-être souhaitent-ils accueillir les enfants dès aujourd'hui. Les autres dormiront dans l'étable. Mais entrez donc, miss Davenport. Il fait froid là-dehors!

Hélène soupira. Elle aurait volontiers accepté l'invitation, mais ne le pouvait pas, bien sûr.

— Madame Baldwin, les fillettes ont froid elles aussi. Elles viennent de parcourir douze miles à pied et ont besoin d'un lit et d'un repas chaud. Et, jusqu'à ce qu'elles soient remises entre les mains de leurs maîtres, je suis responsable d'elles. C'est ce qui a été convenu avec la direction de l'orphelinat, et j'ai été payée pour ça. Donc, montrez-moi d'abord où logent les enfants, et ensuite j'accepterai volontiers votre hospitalité.

Mme Baldwin grimaça, mais, sans dire mot, sortant une clé des poches du vaste tablier qu'elle portait sur une coûteuse robe d'intérieur, elle mena les fillettes et Hélène derrière la maison, jusqu'à une étable pour un cheval et une vache. Le fenil, à côté, sentait bon et, avec quelques couvertures, on pouvait s'y installer confortablement. Hélène se résigna à l'inéluctable.

— Vous avez entendu, les filles? Cette nuit, vous dormirez ici. Étendez vos draps soigneusement pour éviter que vos habits soient couverts de foin demain. Il y a sûrement à la cuisine de l'eau pour vous laver. Je vais veiller à ce qu'on vous en procure. Et je viendrai ensuite vérifier que vous vous êtes préparées pour la nuit, en bonnes chrétiennes! La toilette d'abord, puis la prière!

Hélène aurait voulu avoir l'air sévère, mais elle n'y parvint pas vraiment. Elle-même n'aurait pas eu envie de se dévêtir dans cette étable et de se laver à l'eau froide. Elle ne les contrôlerait par conséquent pas avec la rigueur habituelle. Les fillettes, d'ailleurs, ne paraissaient pas prendre ses consignes très au sérieux. Au lieu de répondre un sage «Oui, miss Hélène», elles assaillirent leur institutrice de questions.

— Nous n'aurons rien à manger, miss Hélène?

— Je ne peux pas dormir sur la paille, miss Hélène. Ça me dégoûte!

— C'est sûrement plein de puces, ici!

— Est-ce qu'on peut vous suivre, miss Hélène? Et c'est quoi, ces gens qui vont peut-être venir ce soir? Ils vont nous emmener?

Hélène soupira. Durant tout le voyage, elle avait tenté de préparer ses pupilles à une séparation le lendemain de leur arrivée. Elle ne trouvait donc pas judicieux de dissocier le groupe le jour même. Elle ne voulait pourtant pas indisposer davantage Mme Baldwin. Aussi répondit-elle de manière évasive.

— Installez-vous de votre mieux. Tout va s'arranger, ne vous tracassez pas.

Elle caressa les tignasses blondes de Laurie et de Marie. Les enfants étaient visiblement à bout de forces. Dorothée était en train d'installer la couche de Rosemarie, qui dormait à moitié. Hélène lui adressa un signe de remerciement.

— Je reviens, dit-elle. Promis!

8

— Les filles donnent l'impression d'être assez gâtées, remarqua Mme Baldwin d'un air pincé. J'espère qu'elles pourront être utiles à leurs futurs maîtres.

— Ce sont des enfants! soupira Hélène – n'avait-elle pas déjà eu la même conversation avec Mme Greenwood, du comité londonien de l'orphelinat? –, avant d'ajouter: En réalité, seules deux d'entre elles ont l'âge de prendre un emploi. Mais toutes sont sages et capables de travailler. Je pense que personne ne se plaindra.

Mme Baldwin sembla satisfaite. Elle conduisit Hélène à sa chambre, et ce fut, pour la jeune femme, la première surprise agréable de la journée. La pièce, claire et propre, était accueillante avec son papier peint à fleurs et ses rideaux tels qu'on les voit dans les maisons de campagne. Le lit était grand et confortable. Hélène se sentit soulagée. Elle avait atterri dans une région certes rurale, mais non coupée de toute civilisation. À cet instant apparut la jeune fille replète, apportant un grand broc d'eau chaude qu'elle versa dans la cuvette d'Hélène.

— Faites d'abord un brin de toilette, miss Davenport, proposa Mme Baldwin. Puis nous vous attendons pour dîner. Il n'y a rien d'extraordinaire, car vous nous avez pris à l'improviste. Mais si vous aimez le poulet et la purée de pommes de terre…

— J'ai si faim que je mangerais le poulet et les pommes de terre tout crus, répondit Hélène en souriant. Et les fillettes…

Mme Baldwin parut sur le point de perdre patience.

— On s'occupe des filles! déclara-t-elle d'un ton revêche. À tout de suite, miss Davenport.

Hélène prit le temps d'une toilette soignée, de défaire ses cheveux et de les relever. Elle se demanda s'il valait la peine de se changer. Elle n'avait que peu de robes, dont deux étaient déjà sales. Elle aurait aimé garder sa meilleure garde-robe pour sa rencontre avec Howard. Mais elle ne pouvait par ailleurs se montrer au dîner dans des vêtements froissés et trempés de sueur. Elle se décida pour la robe de soie bleu foncé. S'endimancher pour sa première soirée dans sa nouvelle patrie était on ne peut plus indiqué!

Le repas était servi quand Hélène entra dans la salle à manger, où le mobilier dépassait toutes ses espérances. Le buffet, la table et les chaises en bois de teck étaient ornés d'élégantes sculptures. Soit les Baldwin avaient fait venir leurs meubles d'Angleterre, soit il y avait à Christ-church d'habiles ébénistes. Cette dernière idée réconforta Hélène. Elle s'habituerait, si nécessaire, à une maison en bois, à condition qu'elle fût confortablement aménagée.

Bien qu'un peu gênée de son retard, Hélène apprécia qu'à part la fille, de toute façon mal élevée, tous se lèvent pour lui souhaiter la bienvenue. Outre Mme Baldwin et Belinda, les autres convives étaient le révérend ainsi qu'un jeune vicaire. Le premier, grand et maigre, donnait l'impression de la plus grande sévérité. Son costume trois pièces, marron foncé, détonait dans ce cadre familial. Il n'eut pas un sourire en tendant la main à la jeune fille, semblant même la soumettre à un examen.

— Vous êtes la fille d'un confrère? s'enquit-il d'une voix sonore, sans nul doute capable d'emplir une église.

Acquiesçant, Hélène parla de Liverpool.

— Je sais que les circonstances de ma visite chez vous sont un peu insolites, concéda-t-elle en rougissant. Mais nous suivons tous les voies du Seigneur, et ce ne sont pas toujours des sentiers battus qu'Il nous indique.

— C'est bien vrai, miss Davenport, déclara-t-il d'un ton solennel. Qui mieux que nous pourrait le savoir? Moi non plus, je ne m'attendais pas à ce que mon Église m'envoie à l'autre bout du monde. Mais cette localité est pleine de promesses. Avec l'aide de Dieu, nous la transformerons en une cité vivante, une cité chrétienne. Vous savez sans doute que Christchurch doit devenir un évêché…

Hélène se hâta d'acquiescer. Elle devinait pourquoi le révérend n'avait pas refusé sa nomination en Nouvelle-Zélande, alors que, de toute évidence, il n'avait pas tourné le dos à l'Angleterre de bonne grâce. L'homme semblait avoir de l'ambition, à défaut des relations sans aucun doute nécessaires pour obtenir au pays une charge d'évêque. Ici, en revanche… Baldwin nourrissait visiblement de grands espoirs. Était-il aussi bon prêtre que fin stratège et politique?

Hélène trouvait en tout cas nettement plus sympathique le jeune vicaire assis à côté de Baldwin. William Chester – ainsi lui avait-il été présenté – lui adressa un sourire plein de franchise et lui serra la main avec chaleur. Gracile, le teint pâle, il avait un visage banal, osseux, avec un nez trop long et une bouche trop large, défauts compensés par des yeux marron respirant l'intelligence et la vivacité.

— M. O'Keefe m'a déjà dit combien il était par avance enthousiaste! déclara-t-il après avoir pris place à côté d'elle et l'avoir abondamment servie. Il a été tellement heureux de votre lettre… Je parie qu'il sera là dès les prochains jours, sitôt qu'il aura appris l'arrivée du *Dublin*. Il attend en effet d'autres courriers. Et quelle surprise sera la sienne de vous trouver ici si tôt!

À le voir si enthousiaste lui-même, on aurait dit que c'était au vicaire Chester en personne que le jeune couple devait de s'être rencontré.

— Les prochains jours? s'écria Hélène, stupéfaite.

Elle s'attendait en effet à faire la connaissance d'Howard dès le lendemain. Il ne devait pourtant pas être difficile de lui envoyer un messager!

— C'est que les nouvelles n'arrivent pas si vite que ça à Haldon, expliqua Chester. Il faut compter une semaine de délai. Mais cela peut aller plus vite! Gérald Warden n'est-il d'ailleurs pas arrivé lui aussi par le *Dublin*? Son fils disait qu'il était en route. Si c'est le cas, cela se saura vite. Ne vous faites pas de soucis!

— Et jusqu'à la venue de votre fiancé, vous êtes ici la bienvenue, affirma Mme Baldwin d'un air qui contredisait son propos.

Hélène fut tout sauf rassurée. Haldon n'était donc pas un faubourg de Christchurch? Jusqu'où son voyage allait-il encore la conduire?

Elle s'apprêtait à questionner son voisin, quand la porte s'ouvrit à la volée. Sans demander la permission d'entrer ni saluer, Daphnée et Rosemarie entrèrent comme des furies. Toutes deux avaient déjà les cheveux dénoués pour la nuit et, dans les boucles de Rosie, il y avait quelques brins de paille. Autour du visage de Daphnée, ses folles mèches rousses étaient comme des flammes. Ses yeux aussi étincelèrent quand elle embrassa d'un regard la table richement servie. Aussitôt, Hélène fut assaillie de remords. À en juger par l'expression de Daphnée, on n'avait toujours pas donné à manger aux fillettes.

Mais, pour l'heure, les intruses avaient manifestement d'autres soucis. Rosemarie, se précipitant sur Hélène, la tira par la jupe.

— Miss Hélène, miss Hélène, ils emmènent Laurie! Je vous en prie, vous devez faire quelque chose! Marie crie et pleure. Laurie aussi!

— Et ils veulent aussi emmener Élisabeth! ajouta Daphnée. S'il vous plaît, miss Hélène, faites quelque chose!

Hélène bondit de sa chaise. Si Daphnée, d'ordinaire si flegmatique, était alarmée à ce point, c'est que quelque chose de terrible s'était produit. Elle jeta un regard méfiant à la ronde.

— Que se passe-t-il? s'exclama-t-elle.

— Rien, miss Davenport. Je vous ai bien dit que nous pourrions avertir dès ce soir deux des futurs employeurs. Et voilà, ils sont venus chercher leurs bonnes, répondit Mme Baldwin, en sortant un bout de papier de sa poche. C'est ça : Laurie Alliston va chez les Lavender et Élisabeth Beans chez Mme Godewind. Tout est en règle. Je ne comprends pas les raisons de ce vacarme.

Elle foudroya Daphnée et Rosemarie du regard. La petite se mit à pleurer. Les yeux de Daphnée, en revanche, lancèrent des éclairs.

— Laurie et Marie sont jumelles, expliqua Hélène, furieuse, s'efforçant néanmoins de rester calme. Elles n'ont encore jamais été séparées. Je ne comprends pas qu'on puisse les placer dans des familles différentes ! Il doit y avoir une erreur. Et Élisabeth ne pourrait pas non plus partir sans prendre congé. S'il vous plaît, révérend, venez avec moi et tirez cette affaire au clair !

Hélène avait décidé de ne plus perdre son temps avec la froide Mme Baldwin. Les enfants étant du ressort du révérend, il allait bien lui falloir s'en soucier. Le prêtre finit par se lever, bien que visiblement à contrecœur.

— Personne ne nous a parlé de cette histoire de jumelles, expliqua-t-il en se dirigeant vers l'étable avec Hélène. Bien sûr, nous savions qu'il s'agissait de sœurs, mais il était totalement impossible de les placer dans le même foyer. Les bonnes anglaises sont rares ici. Et il y a une liste d'attente pour ces filles. Nous ne pouvons en donner deux à une même famille.

— Mais une seule ne servira à rien à ces gens, les enfants sont inséparables ! fit remarquer Hélène.

— Il faudra bien qu'elles se séparent, répliqua sèchement le révérend.

Deux véhicules stationnaient devant l'étable, une voiture de livraison à laquelle étaient attelés deux lourds chevaux bruns et une voiture noire, élégante, tirée par un poney plein de vie qui avait peine à rester en place. Un homme grand et maigre le tenait négligemment par les rênes tout en lui marmonnant de temps à autre des paroles apaisantes. Il avait l'air furieux. Hochant la tête, il ne cessait de regarder en direction de l'étable, où les cris et les pleurs n'en finissaient pas. Hélène crut lire de la pitié dans ses yeux.

Une femme d'un certain âge, de constitution délicate, était enfoncée dans les coussins de la petite chaise. Elle était vêtue de noir, ce qui contrastait étrangement avec des cheveux blancs de neige, soigneusement relevés sous une coiffe. Elle avait le teint aussi clair que de la porcelaine, de rares et minuscules rides donnant à sa peau l'apparence de la vieille soie. Élisabeth était en train de s'incliner sagement devant elle. La vieille dame semblait s'entretenir amicalement avec la fillette. De temps en temps seulement, elles lançaient un regard gêné et navré vers l'étable.

— Jones, finit-elle par dire à son cocher au moment où Hélène et le révérend passaient à côté d'elle, ne pourriez-vous pas aller faire cesser ces plaintes? C'est très gênant. Ces enfants pleurent toutes les larmes de leur corps! Voyez de quoi il retourne et résolvez le problème.

L'homme attacha les rênes au siège et se leva. Il ne paraissait pas particulièrement ravi. Consoler des enfants en larmes ne relevait vraisemblablement pas de ses tâches courantes.

La vieille dame, ayant entre-temps aperçu le révérend, le salua amicalement.

— Bonsoir, révérend! Quel plaisir de vous voir! Mais je ne veux pas vous retenir. Votre présence là-bas est manifestement nécessaire.

Le cocher, soulagé, se laissa retomber sur son siège. Baldwin sembla se demander s'il devait d'abord présenter les deux femmes l'une à l'autre. Puis, y renonçant, il gagna le centre du tumulte.

Marie et Laurie, en sanglots, se tenaient enlacées au milieu du fenil, tandis qu'une femme vigoureuse tentait de les séparer. Un homme aux épaules larges, visiblement pacifique, se tenait à côté du groupe, désemparé. Dorothée paraissait hésiter elle aussi, ne sachant si elle devait intervenir physiquement ou se contenter d'implorer.

— Pourquoi ne prenez-vous pas les deux? demandait-elle. Vous voyez bien que ce n'est pas possible comme ça.

L'homme sembla d'accord. Il s'adressa à son épouse avec un soupçon d'impatience.

— Oui, Anna, nous devrions au moins demander au révérend de nous donner les deux fillettes. La petite est si jeune et si fragile. Elle ne pourra pas venir à bout de tout le travail. Mais si les deux s'aident…

— Si elles restent ensemble, elles passeront leur temps à bavarder! rétorqua la femme, sans se laisser apitoyer. Nous n'en avons demandé qu'une, et nous n'en prendrons qu'une.

— Alors, prenez-moi! proposa Dorothée. Je suis plus grande, plus forte et…

Cette solution parut convenir à Anna Lavender, qui examina avec un air réjoui la silhouette nettement plus vigoureuse de Dorothée.

— C'est très charitable de ta part, Dorothée, intervint Hélène en jetant un regard en coin vers les Lavender et le révérend, mais cela ne résout pas le problème, c'est seulement le repousser d'une journée. Demain, tes patrons viendront, et Laurie devra alors partir avec eux. Non, révérend, monsieur Lavender, il faut trouver le moyen de laisser les jumelles ensemble. N'y a-t-il pas deux familles voisines qui cherchent des bonnes? Les deux fillettes pourraient alors au moins se voir pendant leur temps libre.

— Et pleurnicher toute la journée! objecta Mme Lavender. Pas question. Je prends cette fille ou une autre, mais une seule.

Hélène, du regard, implora l'aide du révérend, qui resta impassible.

— Fondamentalement, je ne peux que donner raison à Mme Lavender, déclara-t-il au contraire. Plus tôt on séparera les fillettes, mieux ce sera. Écoutez, Laurie et Marie. Dieu vous a conduites ensemble dans ce pays, ce qui était déjà une faveur de sa part : il aurait aussi pu n'en choisir qu'une et laisser l'autre en Angleterre. Mais, à présent, il vous mène sur des sentiers différents. Cela ne signifie pas une séparation définitive, vous vous rencontrerez certainement à la messe dominicale ou au moins lors des grandes fêtes religieuses. Dieu est bien disposé à votre égard et il sait ce qu'il fait. Nous, nous avons pour devoir d'obéir à ses commandements. Tu seras une bonne servante pour les Lavender, Laurie. Et Marie, demain, partira avec les Willard. Ce sont toutes deux de bonnes familles chrétiennes. Vous serez convenablement nourries, habillées, et on vous apprendra à vivre chrétiennement. Tu n'as rien à craindre, Laurie, si tu t'en vas à présent sagement avec les Lavender. Mais si on ne peut faire autrement, M. Lavender te châtiera.

Lequel M. Lavender ne semblait pas du tout homme à frapper des petites filles. Au contraire, c'est avec une pitié marquée qu'il contemplait les deux sœurs.

— Écoute, petite, nous habitons ici, à Christchurch, tenta-t-il de consoler l'enfant. Et toutes les familles des environs y viennent de temps en temps pour faire des courses et entendre la messe. Je ne connais pas les Willard, mais nous pouvons certainement entrer en contact avec eux. Quand ils viendront à la ville, nous te donnerons congé et tu pourras passer une journée entière avec ta sœur. Qu'en dis-tu, ça te va ?

Laurie opina, mais Hélène se demanda si elle comprenait vraiment la situation. Qui sait où vivaient ces Willard ? Que M. Lavender ne les connût pas n'était pas de bon augure ! Et montreraient-ils autant de compréhension que lui à l'égard de leur petite bonne ? D'ailleurs, amèneraient-ils Marie en ville quand ils y viendraient occasionnellement pour une course ou une autre ?

Laurie, en tout cas, paraissait maintenant succomber à l'épuisement et à la tristesse. Elle se laissa séparer de sa sœur sans résistance. Hélène l'embrassa sur le front.

— Nous t'écrirons toutes ! promit-elle.

Laurie, apathique, acquiesça, tandis que Marie pleurait toujours.

Quand les Lavender sortirent avec la petite, Hélène sentit son cœur se briser. Et, pour comble de malchance, elle entendit ce que Daphnée murmurait :

— Je te disais bien que miss Hélène n'y pouvait rien. Elle est gentille, mais elle est comme nous. Demain, son type vient la chercher, et elle devra suivre ce M. Howard comme Laurie les Lavender…

La colère saisit Hélène puis laissa place à l'inquiétude. Daphnée n'avait pas tort. Que deviendrait-elle si Howard ne voulait pas l'épouser ? Et s'il ne lui plaisait pas ? Elle ne pouvait rentrer en Angleterre. Et y avait-il ici des places de gouvernante et d'institutrice ?

Elle décida de ne plus y penser. Elle aurait voulu se terrer dans un coin et pleurer comme du temps où elle était petite fille. Mais cela ne lui était plus arrivé depuis la mort de sa mère. Il lui avait fallu être forte. Et être forte aujourd'hui signifiait se faire présenter la vieille dame venue chercher Élisabeth. Le révérend s'y apprêtait déjà. Aucun autre drame n'était apparemment en vue. Au contraire : Élisabeth était l'image même de l'excitation et de la gaieté.

— Miss Hélène, je vous présente Mme Godewind, dit la jeune fille, brûlant la politesse au révérend. Elle est suédoise ! C'est très loin dans le nord, encore plus loin d'ici que l'Angleterre. Il y a de la neige en hiver, l'hiver entier ! Son mari était capitaine d'un grand navire, et parfois il l'emmenait. Elle est allée en Inde ! en Amérique ! en Australie !

L'empressement d'Élisabeth arracha un rire à Mme Godewind. La bonté se lisait sur les traits de la vieille dame, qui tendit à Hélène une main amicale.

— Hilda Godewind. Vous êtes donc l'institutrice d'Élisabeth. Elle s'est entichée de vous, le savez-vous ? Et d'un certain Jamie O'Hara, dit-elle avec un clin d'œil.

Lui rendant son sourire et son clin d'œil, Hélène se présenta à son tour.

— Si je comprends bien, ajouta-t-elle, vous prenez Élisabeth à votre service?

— Si elle le souhaite. Je ne voudrais en aucun cas l'arracher à ses compagnes comme viennent de le faire ces gens. C'est répugnant! Je croyais d'ailleurs que les jeunes filles devaient être plus âgées…

Supposition qu'Hélène confirma d'un signe de tête. Elle avait envie de s'épancher auprès de cette sympathique petite femme. Elle était à présent au bord des larmes. Mme Godewind la jaugea du regard.

— Je vois que tout ceci ne vous plaît pas, remarquat-elle. Et que vous êtes aussi épuisée que les fillettes. Êtes-vous venues à pied par le Bridle Path? C'est inconcevable! On aurait dû vous envoyer des mulets. Et je n'aurais dû venir que demain matin. Les fillettes auraient certainement aimé passer une dernière nuit toutes ensemble. Mais quand j'ai appris qu'elles allaient dormir dans l'étable…

— Je viens avec vous, madame Godewind! s'exclama Élisabeth, rayonnante. Et je vous lirai *Oliver Twist* dès demain. Imaginez-vous, miss Hélène, que Mme Godewind ne connaît pas *Oliver Twist*! Je lui ai raconté que nous l'avions lu sur le bateau.

— Alors, va chercher tes affaires, mon enfant, et prends congé de tes amies. Est-ce qu'elle vous plaît aussi, Jones? demanda la vieille dame, tournée vers le cocher qui, naturellement, acquiesça avec empressement.

Peu après, Élisabeth s'étant confortablement installée avec son baluchon auprès de Mme Godewind et les deux nouvelles amies s'étant lancées dans une conversation animée, l'homme prit Hélène à part.

— Miss Hélène, cette fille fait bonne impression, mais est-elle vraiment digne de confiance? J'aurais le cœur brisé si Mme Godewind devait être déçue. Elle s'est fait une telle fête de la venue de la petite Anglaise.

Hélène lui assura qu'elle ne pouvait s'imaginer jeune fille plus intelligente et agréable qu'Élisabeth.

— A-t-elle donc besoin d'elle comme dame de compagnie? Je pensais… n'engage-t-on pas pour cela des jeunes femmes plus âgées et plus cultivées? s'enquit-elle pourtant.

— Oui, mais le problème, c'est de les trouver. Et Mme Godewind ne peut pas les payer très cher, elle n'a qu'une petite rente. Ma femme et moi assurons le ménage, mais ma femme est maorie, voyez-vous… elle la coiffe, la choie, cuisine aussi, mais elle ne peut ni lui faire la lecture, ni lui raconter des histoires. Aussi avons-nous pensé à une jeune fille anglaise. Elle logera chez moi et ma femme, aidera un peu au ménage, mais, pour l'essentiel, elle tiendra compagnie à Mme Godewind. Vous pouvez être certaine qu'elle ne manquera de rien.

Hélène fut soulagée. Élisabeth, au moins, était bien casée. Petit rayon d'espoir au terme d'une journée épouvantable!

— Venez donc chez nous après-demain prendre le thé, proposa Mme Godewind à Hélène, avant que la chaise s'ébranlât.

Élisabeth faisait joyeusement des signes d'adieu. Hélène, en revanche, n'eut pas la force de retourner dans l'étable réconforter Marie. Elle ne parvint pas davantage à reprendre la conversation à la table du révérend. Certes, elle avait encore faim, mais elle se consola en se disant que ce qu'elle ne mangerait pas profiterait à ses pupilles. Elle s'excusa poliment. Elle tomba dans son lit comme une pierre. Le lendemain pourrait difficilement être pire!

Le lendemain matin, un soleil chaud et radieux inondait Christchurch. De la chambre d'Hélène s'offrait une vue à couper le souffle sur la chaîne des montagnes dominant les Canterbury Plains. Les rues de la bourgade paraissaient plus propres et accueillantes que dans le jour finissant de la veille. Une bonne odeur de gâteau et de thé montait de la salle du petit-déjeuner. Hélène eut l'eau à la bouche. Elle espéra que cet agréable début de journée serait de bon augure. Elle s'était certainement figuré, la veille, que Mme Baldwin était hostile et insensible, sa fille méchante et mal élevée, le révérend hypocrite et indifférent au bien-être de ses ouailles. En cette matinée nouvelle, elle porterait sans nul doute un jugement plus clément sur la famille du prêtre. Mais elle voulut d'abord voir où en étaient ses pupilles.

Elle rencontra dans l'étable le vicaire qui essayait sans succès de consoler Marie. La petite pleurait toujours, réclamant sa sœur. Elle refusa même le biscuit que lui offrait l'ecclésiastique. Comme si une sucrerie pouvait apaiser toute la misère du monde. L'enfant paraissait épuisée; elle n'avait manifestement pas fermé l'œil de la nuit. Hélène s'efforça d'oublier qu'elle allait devoir la remettre dans les mains de gens inconnus.

— Si Laurie se lamente autant et refuse de manger, les Lavender ne vont pas tarder à la renvoyer, espéra Dorothée.

Daphnée leva les yeux au ciel.

— Tu ne crois pas un mot de ce que tu dis. La vieille va la rosser ou l'enfermer dans le placard à balais. Et si elle ne mange pas, la bonne femme sera heureuse d'économiser un repas. Elle est froide comme un glaçon, cette salope… Oh, bonjour, miss Hélène. J'espère que vous avez bien dormi! poursuivit Daphnée, sans faire mine de s'excuser pour ce mot de «salope» et foudroyant au contraire son institutrice du regard.

— Comme tu l'as remarqué toi-même hier, rétorqua Hélène d'un ton glacial, je n'avais pas la moindre possibilité de faire quelque chose pour Laurie. Mais je vais essayer dès aujourd'hui de prendre contact avec la famille. Cela dit, j'ai bien dormi, et toi certainement aussi. Ce serait en effet bien la première fois que tu te serais montrée sensible à ce qu'éprouvent tes semblables.

— Je suis désolée, miss Hélène, dit Daphnée, tête basse.

Hélène en fut tout étonnée. Son travail d'éducation n'avait-il par hasard pas été inutile?

Tard dans la matinée apparurent les futurs patrons de la petite Rosemarie. Hélène, qui redoutait cet instant, fut cette fois agréablement surprise. Les McLaren – un petit homme rondouillard au visage doux et joufflu, et sa femme qui avait tout d'une poupée avec ses joues rouges et rebondies et des yeux bleus ronds comme des billes – arrivèrent à pied sur le coup de 11 heures. Il s'avéra qu'ils étaient les propriétaires de la boulangerie de Christchurch, celle qui livrait les petits pains frais et les biscuits dont l'odeur avait réveillé Hélène. M. McLaren travaillant dès potron-minet et se couchant donc très tôt, Mme Baldwin n'avait pas voulu troubler leur emploi du temps et ne les avait informés de l'arrivée des fillettes que le matin même. Ils avaient donc fermé leur boutique pour venir chercher Rosemarie.

— Mon Dieu, mais c'est encore une enfant! s'étonna Mme McLaren quand Rosemarie, angoissée, fit une révérence devant elle. On va d'abord être obligés de te remplumer, petite sauterelle. Comment t'appelles-tu donc? demanda-t-elle, l'air un peu réprobateur, d'abord tournée vers Mme Baldwin qui encaissa le commentaire en silence, avant de s'adresser directement à Rosemarie en s'accroupissant devant elle, souriante.

— Rosie, murmura la petite.

— Mais c'est un joli nom! s'exclama la femme en lui caressant les cheveux. Rosie, nous avions pensé que tu voudrais peut-être habiter chez nous et m'aider un peu pour le ménage et la cuisine. Au fournil aussi, bien sûr. Tu aimes faire les gâteaux, Rosemarie?

L'enfant réfléchit.

— J'aime les manger, dit-elle.

— C'est la meilleure des dispositions, déclara M. McLaren, riant et sérieux à la fois. Pour bien cuisiner, il faut aimer la bonne chère. Qu'en dis-tu, Rosie, tu viens avec nous?

Hélène constata avec soulagement que la petite acquies-
çait sans hésitation. Les McLaren ne semblaient d'ailleurs
pas étonnés de se voir confier un enfant en garde plutôt que
d'embaucher une bonne.

— À Londres, j'ai eu à initier au métier un garçon de
l'orphelinat, expliqua M. McLaren qui, pendant que sa
femme aidait Rosie à rassembler ses affaires, s'entretint brièvement avec Hélène. Mon maître avait demandé un garçon
de quatorze ans capable de donner d'emblée un coup de
main. Et ils nous ont envoyé un môme qui en paraissait dix.
Mais le gamin était un petit gars tout à fait débrouillard. La
patronne l'a nourri convenablement et il est ensuite devenu
un excellent commis boulanger. Si notre Rosie réussit aussi
bien, nous ne regretterons pas les frais d'apprentissage !

Regardant Hélène en riant, il donna à Dorothée un sachet
de pâtisseries qu'il avait apporté à l'intention des fillettes.

— À répartir équitablement, jeune fille ! Je me doutais
qu'il y aurait ici d'autres enfants, et comme notre dame pasteur n'est pas précisément célèbre pour sa générosité…

Daphnée tendit aussitôt une main avide vers les friandises. Elle n'avait certainement encore rien eu au petit-
déjeuner, ou très peu. Marie, elle, toujours inconsolable,
sanglota de plus belle au départ de Rosemarie.

Hélène tenta de lui changer les idées. Elle annonça à
ses pupilles qu'il y aurait école comme sur le bateau. Aussi
longtemps qu'elles ne seraient pas dans leurs familles, le
mieux, pour elles, serait d'apprendre plutôt que de rester
oisives. Vu qu'elles étaient chez un pasteur, Hélène choisit
la Bible comme livre de lecture.

D'un air de profond ennui, Daphnée commença à lire
l'histoire des noces de Cana, mais se hâta de refermer
le volume quand, peu après, Mme Baldwin entra en compagnie d'un homme grand et robuste.

— C'est méritoire de votre part de vous consacrer à
l'édification des filles, miss Davenport, mais vous auriez
tout de même pu prendre la peine de faire taire cette

enfant, déclara la femme du prêtre en jetant à Marie un regard mécontent. Bref, cela n'a plus d'importance. Voici M. Willard, il va emmener Marie Alliston.

— Elle va vivre seule avec un fermier? sursauta Hélène.

Mme Baldwin leva les yeux au ciel.

— Pour l'amour de Dieu, non! Cela serait contraire à toute décence! Non, non, M. Willard a bien entendu une épouse, et sept enfants.

M. Willard opina avec fierté. Il paraissait tout à fait sympathique. Son visage ridé de bon vivant était en même temps celui d'un homme dur à l'ouvrage, dehors qu'il neige ou qu'il vente. Il avait de grosses mains calleuses et l'on devinait, sous ses vêtements, un corps musclé.

— Mes aînés m'aident déjà dans le travail des champs, expliqua-t-il. Mais ma femme a besoin d'aide pour les plus petits. Pour le ménage et les bêtes aussi, bien sûr. Et elle n'aime pas les femmes maories. Elle veut que ses enfants soient élevés par d'honnêtes chrétiens. Eh bien, quelle fille est donc la nôtre? Il faut qu'elle soit robuste, si possible, le travail est rude chez nous!

M. Willard eut l'air aussi horrifié qu'Hélène quand la femme du pasteur lui présenta alors Marie.

— Cette petite? C'est une blague, madame Baldwin! C'est comme si je ramenais un huitième enfant à la maison!

— Les gens de Londres ont assuré que toutes les filles avaient plus de treize ans et étaient en mesure de travailler dur. Alors, vous voulez cette fille ou vous ne la voulez pas?

M. Willard parut hésiter, regardant Hélène avec l'air de s'excuser.

— Ma femme a un besoin d'aide urgent. Un autre enfant naîtra à Noël, elle ne s'en sortira pas toute seule. Enfin, allons-y, petite, nous y arriverons bien. Eh bien, qu'est-ce que tu attends? Et pourquoi tu pleures? Bon Dieu, j'ai déjà assez de soucis comme ça!

Sans un regard pour Marie, il sortit de l'étable. Mme Baldwin mit de force son baluchon dans les mains de la petite.

— Suis-le. Et sois une servante soumise!

Marie obéit sans protester. Sauf qu'elle pleurait toujours, sans fin.

— Espérons qu'au moins sa femme montrera un peu de compassion, soupira le vicaire Chester, qui, aussi désemparé qu'Hélène, avait assisté à la scène.

— Essayez donc de vous montrer compatissant avec sept marmots accrochés à vos jupes! s'exclama Daphnée, furieuse, à l'adresse de l'ecclésiastique. Quand votre type vous en fait un autre chaque année! Et qu'il n'y a pas d'argent et qu'il boit les derniers sous du ménage! La pitié, alors, elle vous reste en travers de la gorge. Et il n'y a personne pour vous prendre en pitié!

Le vicaire la regarda avec effroi. Il était visible qu'il se demandait comment cette fille pourrait être un jour une humble bonne chez un digne notable de Christchurch. Les sorties de Daphnée, en revanche, n'étonnaient plus Hélène. Elle se surprit même à les comprendre dans une certaine mesure.

— Mais, Daphnée, M. Willard ne donne pas l'impression de boire son argent, tenta-t-elle de calmer la jeune fille.

D'un autre côté, elle ne pouvait la désapprouver, car elle avait certainement raison: Mme Willard n'épargnerait pas Marie. Elle avait assez à faire avec ses propres enfants. La petite servante ne serait pour elle rien d'autre qu'une employée au rabais. Le vicaire devait penser comme elle. En tout cas, sans relever les impertinences de Daphnée, il adressa aux pupilles un bref geste de bénédiction avant de quitter l'étable. Il avait sans doute négligé ses devoirs assez longtemps pour s'attirer les reproches du révérend.

Ni Hélène ni ses élèves n'eurent alors le cœur de reprendre la lecture de textes édifiants.

— Je suis curieuse de savoir ce qui nous pend au nez, dit Daphnée, résumant les pensées de toutes. Ces gens doivent habiter au diable vauvert s'ils ne sont pas encore venus prendre possession de leurs esclaves. Exerce-toi à la traite, Dorothée ! ajouta-t-elle en montrant la vache du prêtre qu'elle avait certainement déjà soulagée de quelques litres de lait la veille au soir.

Mme Baldwin n'avait en effet pas fait bénéficier les enfants des restes du dîner, ne leur octroyant qu'une soupe claire et un peu de pain sec. Les pupilles, à coup sûr, ne regretteraient pas l'hospitalière demeure du révérend.

9

— Combien de temps met-on, à cheval, entre Kiward Station et Christchurch? demanda Gwyneira, assise, avec Warden et les Brewster, devant une table de petit-déjeuner bien garnie, au White Hart Hotel, établissement qui, sans être élégant, était convenable et où, après une rude journée, elle avait dormi à poings fermés dans un lit confortable.

— Ma foi, ça dépend du cavalier et du cheval, répondit Gérald avec humour. Il y a dans les cinquante miles. Avec les moutons, il nous faudra deux jours. Mais un messager de poste, s'il est pressé et change deux ou trois fois de monture, accomplira le parcours en quelques heures. Le chemin n'a pas de revêtement ferme, mais il est plat. Un bon cavalier peut y tenir le galop.

Gwyneira se demanda si Lucas Warden était bon cavalier et, si tel était le cas, pourquoi il ne s'était pas mis en route dès la veille pour voir à quoi ressemblait sa fiancée! Peut-être, bien sûr, qu'il n'était pas au courant de l'arrivée du *Dublin*. Pourtant, son père l'avait informé de la date de départ, et tout le monde savait que la traversée prenait entre soixante-quinze et cent vingt jours. Or le *Dublin* était resté cent quatre jours en mer. Pourquoi Lucas ne l'attendait-il donc pas ici? Était-il indispensable à Kiward Station? Ou bien n'était-il pas particulièrement désireux de connaître sa future femme? S'il n'avait tenu qu'à elle, elle serait partie sur-le-champ pour découvrir le plus tôt possible son nouveau foyer et enfin voir de ses propres yeux l'homme

152

auquel on l'avait fiancée sans qu'ils se fussent jamais rencontrés. Il devait quand même bien être dans les mêmes dispositions d'esprit !

Gérald se mit à rire quand elle émit une remarque dans ce sens.

— Mon Lucas a de la patience. Et il a le sens des convenances et du style. Même dans le pire des cauchemars, il ne saurait s'imaginer te rencontrer la première fois dans des habits de cavalier pleins de sueur. Il n'y a pas plus gentleman…

— Mais cela me serait égal ! Et, logeant ici à l'hôtel, il pourrait se changer s'il croit que les cérémonies me tiennent tant à cœur !

— À mon avis, il estime que cet hôtel n'est pas assez bon pour lui. Prends patience, Gwyneira, il te plaira, tu verras.

Lady Barrington, souriante, repoussa son couvert avec affectation.

— Il est à vrai dire très bien que le jeune homme s'impose une certaine retenue, remarqua-t-elle. Nous ne sommes pas chez les sauvages. En Angleterre, vous n'auriez pas non plus fait la connaissance de votre promis dans un hôtel, mais plutôt à l'occasion d'un thé, chez vous ou chez lui.

Gwyneira dut s'avouer que lady Barrington avait raison, mais elle n'arrivait pas à renoncer à ses rêves d'époux pionnier et dynamique, de fermier attaché à sa terre et de gentleman à l'esprit d'explorateur. Il fallait que Lucas fût différent des vicomtes et des baronnets anémiques de son pays natal !

Puis elle reprit espoir. Peut-être que tant de timidité n'avait rien à voir avec la personnalité de Lucas, mais s'expliquait par son éducation ! Il imaginait sans doute Gwyneira aussi rigide et exigeante que jadis ses gouvernantes et ses précepteurs. Et voilà qu'en plus elle était noble ! Lucas devait redouter de commettre le moindre faux pas en sa présence. N'aurait-il pas, même, un peu peur d'elle ?

Mais elle ne parvint pas vraiment à se rassurer. Chez elle, la curiosité aurait rapidement triomphé de ses craintes ! À moins que Lucas ne fût réellement timide et n'eût besoin de temps pour s'apprivoiser. Gwyneira se rappela son expérience avec les chiens et les chevaux : les bêtes les plus farouches étaient souvent les meilleures une fois que l'on avait percé leur carapace. Pourquoi n'en irait-il pas ainsi avec les hommes ? Qu'ils fissent tous deux connaissance, et Lucas sortirait bien de sa coquille !

Dans l'immédiat, la patience de Gwyneira continuait à être mise à l'épreuve. M. Warden n'avait aucunement l'intention de partir le jour même à Kiward Station, comme elle l'avait secrètement espéré. Il avait des affaires à régler à Christchurch, notamment organiser le transport de meubles fabriqués en Europe et de divers ustensiles ménagers, ce qui prendrait un ou deux jours. Aussi conseilla-t-il à Gwyneira d'en profiter pour se reposer de leur long voyage.

S'étant surtout ennuyée pendant la traversée, elle aspirait à l'inactivité moins qu'à tout autre chose. Elle fit donc une sortie à cheval dans la matinée, ce qui provoqua vite une autre dispute avec Gérald. Cela avait pourtant bien commencé : Warden n'avait dit mot quand elle avait annoncé qu'elle allait faire seller Igraine. Il fallut une remarque de Mme Brewster, s'indignant qu'une dame partît seule à cheval, pour l'amener à une volte-face. Il ne voulait en aucun cas permettre à sa future bru une foucade jugée malséante dans la bonne société. Malheureusement, il n'y avait pas ici de garçon d'écurie et encore moins de femme de chambre susceptibles d'accompagner la jeune femme. L'hôtelier se montra d'ailleurs surpris de pareille demande : à Christchurch, expliqua-t-il sans ambages à Mme Brewster, on ne montait pas pour le plaisir, mais pour se rendre quelque part. Il pouvait certes comprendre que la jeune fille voulût faire prendre de l'exercice à son cheval après des mois d'immobilité, mais il n'était pas en mesure de lui fournir de la compagnie. Finalement, lady Barrington proposa son fils, lequel se déclara prêt à monter Madoc. Le vicomte, âgé de quatorze ans, n'était certes pas le chaperon idéal, mais cela échappa à Gérald. Mme Brewster, elle, se tut pour ne pas froisser lady Barrington. Pendant la traversée, Gwyneira avait toujours trouvé le jeune Charles assez ennuyeux, mais il se montra par chance un fringant cavalier et, surtout, quelqu'un de discret. C'est ainsi qu'il s'abstint de révéler à sa mère que la selle d'amazone de Gwyneira était déjà arrivée, confirmant donc les dires de cette dernière, selon qui seule la selle à califourchon était disponible. Il alla jusqu'à feindre de ne pas maîtriser Madoc, laissant le jeune étalon sortir de la cour de l'hôtel au grand galop ; il permit de la sorte à la jeune fille de le suivre sans autre discussion possible à propos de bienséance. Quelques minutes plus tard, ayant mis leurs montures au trot à la sortie de la ville, tous deux riaient de bon cœur de leur stratagème.

— Le premier arrivé à la maison là-bas ! s'écria soudain Charles, prenant le galop sans un regard pour les jupes retroussées de Gwyneira, une course à travers des pâturages infinis l'excitant à l'évidence plus que des rondeurs féminines.

Ils revinrent vers midi après s'être follement amusés. Les chevaux s'ébrouaient avec satisfaction et Cléo donnait de nouveau l'impression d'avoir retrouvé son entrain habituel. Gwyn trouva même le temps de remettre ses jupes en ordre avant de traverser la ville.

— Il va falloir qu'il me vienne une idée, murmura-t-elle en abaissant d'un geste décent le côté droit de la robe sur sa cheville, ce qui eut naturellement pour effet de la faire remonter à gauche. Peut-être suffira-t-il de la fendre derrière !

— Mais ça ne marchera que tant qu'il n'y aura pas de vent, ricana son jeune compagnon, et tant que vous ne serez pas au galop. Sinon, votre jupe se soulèvera et on verra votre… euh… bon, ce que vous portez dessous. Ma mère en tomberait certainement dans les pommes !

— C'est vrai! Ah, comme j'aimerais simplement porter un pantalon. Vous, les hommes, ne connaissez pas votre bonheur!

L'après-midi, juste à l'heure du thé, elle partit à la recherche d'Hélène. Bien sûr, elle risquait de tomber sur Howard O'Keefe, ce qui mécontenterait Gérald. Mais, premièrement, elle brûlait de curiosité et, deuxièmement, Gérald ne pouvait trouver à redire qu'elle allât rendre ses devoirs au prêtre du lieu. C'est cet homme qui la marierait un jour, aussi cette première visite était-elle un devoir de courtoisie.

Gwyn trouva la cure sans peine et y reçut naturellement un accueil chaleureux. Mme Baldwin s'empressait auprès de sa visiteuse comme s'il s'était agi d'un membre de la famille royale. Hélène, à vrai dire, ne crut pas une seconde que cette attitude s'expliquât par les origines nobles de la jeune fille. Ce n'était pas la famille Silkham que courtisaient les Baldwin; pour eux, la sommité sociale était Gérald Warden! Ils paraissaient d'ailleurs fort bien connaître Lucas aussi. Et, tandis qu'ils avaient jusqu'ici fait preuve de beaucoup de retenue au sujet d'Howard O'Keefe, ils ne tarissaient pas d'éloges sur le fiancé de Gwyneira.

— Un jeune homme extrêmement cultivé! vantait Mme Baldwin.

— Une éducation et une formation exceptionnelles! Un homme d'une grande maturité, d'un grand sérieux! renchérissait le révérend.

— Un goût artistique prononcé! ajoutait le vicaire, les yeux brillants. De l'érudition, de l'intelligence! La dernière fois qu'il est venu ici, nous avons eu durant toute la nuit une discussion si passionnante que j'ai failli manquer la première messe!

À de telles descriptions, Gwyneira se sentait de plus en plus mal. Où était passé son fermier, son cow-boy? Son héros des feuilletons illustrés? Bien sûr, il n'y avait pas ici de femmes à délivrer des griffes des Peaux-Rouges. Mais l'audacieux aventurier au revolver aurait-il, faute de mieux, bavardé des nuits entières avec un prêtre?

Hélène se taisait, elle aussi. Elle se demandait pourquoi le vicaire ne chantait pas de semblables louanges en l'honneur d'Howard. Elle n'arrivait pas non plus à s'ôter de la tête les pleurs de Laurie et de Marie et était préoccupée par le sort réservé aux filles attendant toujours leurs futurs patrons. D'avoir déjà revu Rosemarie ne lui était d'aucune aide. La petite était entrée dans la cure, l'après-midi, en faisant des courbettes et toute remplie de son importance, porteuse d'un panier de gâteaux secs. Cette course était le premier travail que lui avait confié Mme McLaren, d'où sa fierté de réussir à l'accomplir à la satisfaction générale.

— Rosie donne l'impression d'être heureuse, se réjouit Gwyneira, qui assista à la scène.

— Si seulement les autres avaient eu autant de chance…

Sous le prétexte de prendre l'air, Hélène, après le thé, était sortie en compagnie de son amie. Flânant à présent dans les rues relativement larges de la ville, elles pouvaient enfin parler librement. Hélène faillit perdre son sang-froid quand, les yeux pleins de larmes, elle évoqua Marie et Laurie.

— Et je n'ai pas le sentiment qu'elles prendront le dessus, expliqua-t-elle enfin. Le temps, dit-on, guérit les blessures, mais, dans ce cas… je crois que cela les tuera, Gwyn! Elles sont encore si petites. Et je ne peux plus souffrir ces hypocrites de Baldwin! Le révérend aurait parfaitement pu faire quelque chose pour elles. Ils ont une liste d'attente de familles à la recherche de bonnes! On y aurait trouvé à coup sûr deux familles voisines. Au lieu de quoi il a envoyé Marie chez les Willard. C'est au-dessus des forces de la malheureuse. Sept enfants, Gwyneira! Et le huitième est en route. Marie devra de surcroît aider la femme lors de la naissance.

157

— Si seulement j'avais été là! soupira Gwyneira. Peut-être M. Gérald aurait-il pu faire quelque chose. Kiward Station doit bien avoir besoin de personnel. Et il me faut une femme de chambre. Regarde un peu mes cheveux! Voilà le résultat quand je les relève toute seule.

Gwyneira était en effet un peu hirsute. Hélène sourit entre ses larmes et revint vers la maison des Baldwin.

— Accompagne-moi, dit-elle. Daphnée pourra t'arranger ta coiffure. Et, si personne ne se présente aujourd'hui pour Dorothée, tu pourrais peut-être en parler à M. Warden. Parions que les Baldwin s'aplatiront s'il demande à avoir Daphnée ou Dorothée!

— Et tu pourrais peut-être prendre les autres, proposa Gwyneira à son tour. Un foyer convenable a besoin d'une femme de chambre. Ton Howard devrait s'en convaincre. Il ne resterait plus qu'à nous mettre d'accord pour savoir qui prend Dorothée et qui se coltine la langue bien pendue de Daphnée…

Avant qu'elle eût eu le temps de proposer une partie de blackjack pour résoudre ce problème, elles arrivèrent à la cure, devant laquelle stationnait un véhicule. Hélène constata alors que son beau plan n'avait que peu de chances de se réaliser car, dans la cour, Mme Baldwin s'entretenait avec un couple relativement âgé, tandis que Daphnée attendait sagement à côté. La jeune fille était la vertu personnifiée. Sa robe était d'une propreté impeccable et elle avait les cheveux strictement relevés et peignés, comme jamais encore. Elle avait dû se préparer en prévision de cette rencontre, après s'être renseignée sur ces gens. Son maintien semblait particulièrement impressionner la femme, elle-même vêtue avec coquetterie et simplicité. Sous un petit chapeau orné d'un voile minuscule, on apercevait un visage ouvert et souriant, avec de calmes yeux marron. Elle n'arrivait visiblement pas à se persuader que le hasard avait eu la bonté de lui faire rencontrer pareille bonne.

— Nous ne sommes venus d'Haldon qu'avant-hier et nous voulions repartir dès hier. Mais ma couturière a dû procéder à quelques retouches à ma commande et j'ai dit à Richard : restons et payons-nous un dîner à l'hôtel ! Richard a été enthousiasmé quand il a entendu parler de tous les gens intéressants qui étaient arrivés avec le *Dublin*, et nous avons eu une soirée passionnante ! Quelle chance que Richard ait eu l'idée de demander à voir immédiatement nos jeunes filles !

Un vif jeu de physionomie, avec le renfort des mains, soulignait son propos. Hélène la trouva très sympathique. Richard, l'époux, paraissait plus pondéré, mais tout aussi aimable et bienveillant.

— Miss Davenport, miss Silkham – M. et Mme Candler ! intervint Mme Baldwin pour interrompre le flot de paroles qui l'incommodait manifestement. Miss Davenport a accompagné les filles pendant le voyage. Elle pourra vous dire au sujet de Daphnée plus de choses que moi. Je vous la confie donc, pendant que je vais chercher les papiers nécessaires. Puis vous pourrez emmener la jeune fille.

Toujours aussi avide de s'épancher, Mme Candler se tourna aussitôt vers Hélène, qui n'eut donc aucun mal à obtenir du couple quelques informations sur le futur emploi de Daphnée. Mieux même, ils lui résumèrent une bonne part de leur existence en Nouvelle-Zélande, M. Candler narrant avec entrain ses premières années à Lyttelton, qui s'appelait encore Port Cooper. Gwyneira, Hélène et les orphelines écoutaient, fascinées, ses histoires de pêche à la baleine et au phoque. Lui-même, à dire la vérité, ne s'était jamais risqué en haute mer.

— Non, non, c'était bon pour des fous n'ayant rien à perdre ! Moi, j'avais déjà mon Olivia et mes garçons. Je n'allais pas me colleter avec des poissons géants qui en voudraient à ma peau ! D'ailleurs, elles me font un peu pitié, ces pauvres bêtes. Surtout les phoques, qui vous regardent d'un air si dévoué…

M. Candler avait préféré un bazar qui lui rapporta de quoi acheter plus tard, quand les premiers colons s'installèrent dans les Canterbury Plains, un beau morceau de terrain.

— Mais je me suis vite rendu compte que les moutons n'étaient pas mon fort : ni moi ni mon Olivia ne sommes à l'aise avec les animaux ! confessa-t-il en caressant du regard son épouse. Nous avons donc tout revendu et ouvert un magasin à Haldon. Cela nous plaît : il y a de l'animation, on gagne bien sa vie, et la bourgade s'agrandit. Il y a de l'avenir pour nos gars.

Les «gars», les trois fils des Candler, avaient entre seize et vingt-trois ans. Hélène vit les yeux de Daphnée briller quand M. Candler en parla. Il lui suffirait de se comporter intelligemment et de mettre ses charmes en valeur pour que l'un des trois y succombât. Et si Hélène n'avait jamais réussi à s'imaginer sa pupille récalcitrante en bonne dévouée, elle la voyait très bien en femme de commerçant, respectée et sans aucun doute adorée de sa clientèle masculine.

Hélène se réjouissait déjà du fond du cœur pour Daphnée, quand Mme Baldwin reparut dans la cour, accompagnée cette fois d'un homme de grande taille, large d'épaules, au visage anguleux, aux yeux bleu clair vifs et pleins de hardiesse qui ne mirent pas longtemps à appréhender la scène se jouant là, s'arrêtant plus longuement sur Mme Candler que sur son époux ; puis son regard glissa sur les formes de Gwyneira, d'Hélène et des jeunes filles. Hélène, ce fut manifeste, ne retint pas son attention. Il parut trouver beaucoup plus à son goût Gwyn, Daphnée et Dorothée. Ce bref regard posé sur elle avait néanmoins suffi à provoquer en Hélène un profond malaise. Peut-être cela venait-il de ce qu'il ne l'avait pas regardée droit dans les yeux, à la manière d'un gentleman, semblant plutôt soumettre sa silhouette à un examen. Mais cela pouvait n'avoir été qu'une illusion ou un effet de son imagination... N'ayant rien de particulier à lui reprocher – il avait même un sourire avenant, bien qu'un peu figé –, Hélène l'examinait néanmoins avec méfiance.

Elle n'était d'ailleurs pas la seule à réagir ainsi. Du coin de l'œil, elle vit Gwyn reculer instinctivement devant lui. Le dégoût se lisait nettement sur les traits de la vive Mme Candler. Son époux posa fugitivement le bras autour de sa taille, comme pour bien faire valoir ses droits. L'homme eut un sourire équivoque à la vue de ce geste.

En se retournant vers les orphelines, Hélène constata que Daphnée donnait l'impression d'être en alerte et que Dorothée paraissait avoir peur. Seule Mme Baldwin semblait ne rien remarquer de l'étrange manège du personnage.

— Bien, et maintenant je vous présente M. Morrison, annonça-t-elle comme si de rien n'était. Le futur patron de Dorothée Carter. Dis bonjour, Dorothée, M. Morrison veut t'emmener sans attendre.

Dorothée ne bougea pas d'un pouce. Elle paraissait paralysée par la peur. Elle pâlit, les yeux écarquillés.

— Je…, commença-t-elle d'une voix étouffée, mais M. Morrison l'interrompit en éclatant de rire.

— Pas si vite, madame Baldwin. Je voudrais d'abord examiner ce petit chat! Je ne peux tout de même pas ramener à ma femme n'importe quelle fille. C'est donc toi, Dorothée…

L'homme s'approcha de la jeune fille qui ne bougeait toujours pas, même quand, sous couvert de lui ôter une mèche du visage, il caressa comme par inadvertance la douce peau de son cou.

— Un beau morceau, mon épouse sera ravie. Es-tu également habile de tes mains, petite Dorothée?

La question semblait anodine, mais, tout inexpérimentée qu'elle fût dans les choses du sexe, Hélène perçut parfaitement qu'il n'était pas ici seulement question des talents artisanaux de Dorothée. L'expression presque cupide des yeux de Morrison n'échappa pas à Gwyneira, qui connaissait le mot «luxure» pour l'avoir au moins lu une fois dans un livre.

— Montre-moi un peu tes mains, Dorothée…

L'homme dénoua de force les doigts que la jeune fille tenait croisés sous l'effet de la peur et passa sa main avec précaution sur la droite de l'orpheline. C'était davantage une caresse que la vérification de l'état calleux de ses paumes. Il lui retint la main nettement trop longtemps pour qu'on pût considérer qu'il était resté dans les limites de la décence. Cela finit par tirer Dorothée de sa torpeur. Retirant brutalement sa main, elle recula précipitamment d'un pas.

— Non! dit-elle. Non, je... je n'irai pas avec vous... Je ne vous aime pas!

Effrayée de sa propre audace, elle baissa les yeux.

— Mais enfin, Dorothée! Tu ne me connais pas! s'exclama M. Morrison en se rapprochant de la jeune fille, qui se recroquevilla sous son regard impérieux, et surtout en entendant Mme Baldwin lui crier:

— Comment oses-tu te comporter de la sorte, Dorothée? Tu vas t'excuser sur-le-champ!

Dorothée fit énergiquement non de la tête. Plutôt mourir que d'aller avec cet homme; elle ne pouvait exprimer en mots les images que suscitait en elle la vue de ses yeux avides. Des images de l'hospice, de sa mère dans les bras d'un homme qu'elle devait appeler «oncle». Elle se souvenait vaguement des mains noueuses et dures qui, un jour, l'avaient attrapée elle aussi, se faufilant sous sa robe... Elle avait pleuré et tenté de se défendre, mais l'homme avait continué, la caressant et s'approchant à tâtons des endroits de son corps qu'on n'a pas le droit de nommer et qu'on ne découvre même pas quand on se lave. Elle avait cru mourir de honte, mais sa mère avait fini par arriver juste avant que la douleur et la peur fussent devenues intolérables. Celle-ci avait repoussé l'homme et protégé sa fille. Plus tard, elle avait longtemps tenu Dorothée dans ses bras, la berçant, la consolant, la mettant en garde.

— Il ne faut jamais permettre ça, Dottie! Ne te laisse pas toucher, quoi qu'on te promette en échange! Ne permets même pas qu'on te regarde ainsi! C'est ma faute. J'aurais dû remarquer comment il te regardait. Ne reste jamais seule avec des hommes, Dottie! Jamais! Tu me le promets?

Dorothée le lui avait promis et s'y était tenue jusqu'à la mort prématurée de sa mère. Ensuite, on l'avait emmenée à l'orphelinat, où elle avait été en sécurité. Mais voilà que cet homme la regardait de la même manière. Avec des yeux plus lubriques encore que ceux de l'oncle naguère. Et elle ne pouvait dire non. Elle n'en avait pas le droit, elle lui appartenait ; le révérend en personne la châtierait si elle se défendait. Elle allait devoir partir dans un instant avec ce Morrison. Dans sa voiture, dans sa maison...

— Non ! Non, je n'irai pas, se mit-elle à sangloter. Miss Hélène ! Je vous en prie, miss Hélène, aidez-moi ! Ne m'envoyez pas avec lui. Madame Baldwin, je vous en prie... je vous en prie !

Cherchant une protection, elle s'appuya contre Hélène et s'enfuit en direction de Mme Baldwin quand Morrison s'approcha en riant.

— Mais qu'est-ce qui lui prend ? demanda-t-il, feignant l'étonnement, tandis que la femme du pasteur repoussait Dorothée avec rudesse. Se pourrait-il qu'elle soit malade ? On la mettra au lit sans plus attendre...

Le regard presque fou, la malheureuse jeta un regard circulaire.

— C'est le diable ! Personne ne le voit ? Miss Gwyn, s'il vous plaît, miss Gwyn ! Prenez-moi avec vous ! Vous avez besoin d'une femme de chambre. S'il vous plaît, je ferai tous les travaux ! Je ne veux pas d'argent, je...

Dans son désespoir, la jeune fille tomba à genoux devant Gwyneira.

— Dorothée, calme-toi, dit celle-ci d'une voix hésitante. Je veux bien demander à M. Warden...

Morrison parut contrarié.

— Pourrions-nous abréger cette scène ? demanda-t-il d'un ton rogue, ignorant Hélène et Gwyneira, pour se tourner vers Mme Baldwin. Cette fille est complètement dérangée ! Mais ma femme a besoin d'aide, et je la prends quand même. Ne venez pas maintenant me parler d'une autre! Je suis venu exprès des Plains, à cheval.

— Vous êtes à cheval? s'indigna Hélène. Comment allez-vous emmener la petite?

— Derrière moi, sur le cheval, bien sûr. Ça lui plaira. Tu n'auras qu'à bien te tenir, petite…

— Je… je ne ferai pas ça, balbutia Dorothée. Je vous en prie, n'exigez pas ça de moi!

Elle était à présent agenouillée devant Mme Baldwin, pendant qu'Hélène et Gwyn assistaient horrifiées à la scène et que M. et Mme Candler paraissaient en proie à un profond dégoût.

— Mais c'est épouvantable! finit par articuler M. Candler, vivement approuvé par sa femme. Mais dites quelque chose, madame Baldwin! Si la jeune fille refuse absolument, il faut lui trouver une autre place. Nous la prendrons volontiers avec nous. Il y a, à coup sûr, à Haldon, deux ou trois familles qui ont besoin d'aide.

Sa femme approuva énergiquement de la tête. M. Morrison prit une profonde inspiration.

— Vous n'allez tout de même pas céder aux caprices de la petite? demanda-t-il à Mme Baldwin, une expression d'incrédulité sur le visage.

Dorothée gémit.

Jusqu'ici, Daphnée avait suivi la scène d'un air presque indifférent. Elle savait exactement ce qui attendait Dorothée car, ayant longtemps vécu – et survécu – dans la rue, elle avait interprété le regard de Morrison avec plus de précision qu'Hélène et Gwyn. Des hommes comme lui ne pouvaient, à Londres, se payer des bonnes. Mais ils trouvaient en revanche, sur les bords de la Tamise, assez d'enfants prêts à tout pour un morceau de pain. Des enfants comme l'avait été Daphnée. Elle avait appris à refouler la peur, la douleur et la honte, à mettre une barrière entre le corps et l'esprit quand il venait à l'idée d'un de ces salopards de «jouer» avec vous. Elle était forte. Mais Dorothée y laisserait sa peau.

Daphnée jeta un regard dans la direction d'Hélène en train d'apprendre – bien trop tard au goût de l'orpheline – qu'on ne pouvait rien changer au cours des choses dans ce monde, quand bien même on se comportait comme une lady. Puis elle regarda miss Gwyn, qui avait elle aussi à l'apprendre. Mais miss Gwyn était forte. Dans d'autres circonstances, par exemple comme épouse d'un riche baron des moutons, elle aurait pu tenter quelque chose. Mais elle ne l'était pas encore.

Et les Candler? Des gens charmants qui lui donneraient, à elle, la petite Daphnée sortie du caniveau, une chance pour la première fois de sa vie. Il lui suffirait de jouer ses cartes avec un peu d'habileté pour épouser l'un des héritiers, mener une existence honorable, avoir des enfants et devenir l'une des «notables» de l'endroit. Elle faillit se mettre à rire. Lady Daphnée Candler... On aurait cru entendre raconter une des histoires d'Élisabeth. Trop belle pour être vraie. Daphnée se libéra brutalement de son rêve et s'adressa à son amie.

— Lève-toi, Dorothée! Arrête de pleurer comme ça! Ta manière de te conduire est insupportable. Mais on peut échanger si tu veux, je n'ai rien contre. Va avec les Candler. Je vais avec lui..., dit-elle en montrant M. Morrison.

Hélène et Gwyn retinrent leur souffle, tandis que Mme Candler eut d'un coup du mal à respirer. Dorothée releva lentement la tête, montrant un visage éploré, rouge et gonflé. M. Morrison fronça les sourcils.

— À quoi joue-t-on ici? Au jeu des quatre coins? Qui a dit que j'étais d'accord pour échanger ma bonne? demanda-t-il, furieux. C'est celle-là qu'on me destinait! déclara-t-il en attrapant par le bras Dorothée, qui poussa un cri.

Daphnée le regarda, une esquisse de sourire sur son joli minois. Comme sans y prendre garde, elle passa la main sur sa stricte coiffure, détachant de la sorte une de ses lumineuses mèches rousses.

— Vous n'aurez pas à le regretter, susurra-t-elle, les boucles folles lui retombant sur l'épaule.

Dorothée se réfugia dans les bras d'Hélène.

Morrison eut un sourire, un franc sourire cette fois.

— Ma foi, puisque c'est comme ça…, dit-il en faisant mine d'aider Daphnée à relever ses cheveux. Une petite chatte rousse. Ma femme sera ravie. Et toi, tu seras à coup sûr une bonne et brave servante.

Il parlait d'une voix douce comme de la soie, mais, rien qu'à l'entendre, Hélène se sentit souillée. Les autres femmes paraissaient dans les mêmes dispositions. Seule Mme Baldwin restait insensible à tout sentiment, quel qu'il fût. Fronçant les sourcils d'un air désapprobateur, elle sembla se demander sérieusement si elle allait laisser les jeunes filles procéder à l'échange. Puis elle finit par tendre de bonne grâce à Morrison les papiers de Daphnée.

Celle-ci ne leva que brièvement les yeux avant de suivre l'homme.

— Eh bien, miss Hélène ? demanda-t-elle. Est-ce que je me… suis conduite comme une lady ?

Hélène la serra dans ses bras.

— Je t'aime et je prierai pour toi ! chuchota-t-elle en la relâchant.

— Pour l'amour, merci ! répondit Daphnée en riant. Mais les prières, vous pouvez les laisser tomber. Attendez de savoir quelle carte votre Dieu a tirée pour vous de sa manche !

Cette nuit-là, Hélène s'endormit en pleurant, après avoir manqué le dîner chez les Baldwin sous un prétexte cousu de fil blanc. S'il n'avait tenu qu'à elle, elle aurait aussitôt quitté la cure et, dans l'étable, se serait enveloppée dans la couverture que Daphnée, dans l'excitation du moment, avait oubliée. La seule vue de Mme Baldwin lui donnait envie de crier, et les prières du révérend lui paraissaient tourner en dérision le Dieu qu'avait servi son père. Il fallait qu'elle sorte d'ici! Si seulement elle avait pu se payer l'hôtel. Quand bien même, il n'eût guère été décent d'y recevoir son fiancé sans intermédiaire et sans chaperon! Mais la situation n'allait pas s'éterniser : Dorothée et les Calder étaient en route pour Haldon. Demain, Howard serait au courant de son arrivée.

Quelque chose comme de l'amour...

Canterbury Plains
1852-1854

1

Cléo et ses jeunes compagnons avaient beau presser les moutons de leur mieux, Gérald Warden et son équipage ne progressaient que lentement. Gérald avait en effet dû louer trois fourgons pour transporter toutes ses acquisitions, dont bien sûr aussi la volumineuse dot de Gwyneira comportant du petit mobilier, de l'argenterie, du linge de table et de la literie fine. Lady Silkham ne s'était pas montrée chiche en ce domaine, puisant même à l'occasion dans sa propre dot. C'est lors du déchargement que Gwyneira avait découvert la foule d'objets précieux, mais au fond inutiles, que sa mère avait emballés dans des coffres et des paniers, objets dont, même à Silkham Manor, on n'avait pas eu l'usage pendant trente ans. Ce qu'elle pourrait bien en faire à l'autre bout du monde était pour elle un mystère, mais Gérald, tenant manifestement à ces babioles, voulut les emporter immédiatement à Kiward Station. C'est ainsi que trois attelages de lourds chevaux et de mulets traversaient les Canterbury Plains par des chemins rendus souvent boueux par la pluie, ce qui ralentissait l'allure, au grand dam des chevaux de selle. En revanche, Gwyneira, sous le charme des pays traversés, ne s'ennuyait pas une seconde, contrairement à ses craintes, tant elle était fascinée par les tapis d'herbe soyeux sur lesquels les moutons auraient bien aimé s'attarder et par le spectacle, à l'arrière-plan, des Alpes majestueuses. S'il avait plu récemment, il faisait aussi clair qu'à leur arrivée en Nouvelle-Zélande. Les montagnes semblaient à nouveau si proches qu'on était tenté de les toucher de la main. Non loin de Christchurch, le pays était encore assez plat, mais devenait de plus en plus vallonné, avec, à perte de vue, des pâturages coupés de loin en loin d'une rangée de buissons ou d'un bloc de roche surgissant de l'immensité verte aussi subitement que si un enfant de géant venait de l'y jeter. Il fallait parfois franchir des ruisseaux et des rivières, à vrai dire si peu impétueux que l'on pouvait les traverser à gué sans danger. Au détour d'une colline, on était soudain récompensé par la vue d'un petit lac cristallin où se reflétaient le ciel et les rochers. La plupart de ces lacs, comme l'expliqua Warden, étaient d'origine volcanique, bien qu'il n'y eût plus depuis longtemps de volcans en activité dans la région.

À l'occasion, on rencontrait, à proximité des lacs et des cours d'eau, de modestes fermes avec des moutons paissant dans les champs. Quand ils apercevaient les cavaliers, les colons sortaient généralement des maisons ou des étables dans l'espoir d'un brin de causette. Gérald, en fait, ne leur parlait que brièvement, n'acceptant jamais leur invitation à s'arrêter et à se rafraîchir.

— Si nous commençons ainsi, nous ne serons pas après-demain à Kiward Station, expliqua-t-il à Gwyneira, qui regrettait sa rudesse.

Elle aurait aimé jeter un œil dans ces coquettes maisonnettes en bois, supposant que son futur foyer leur ressemblerait. Gérald, en revanche, ne permettait de courtes haltes qu'au bord d'une rivière ou auprès de bosquets buissonneux, ne cessant d'appeler à reprendre la route sans tarder. Ce n'est que le premier soir du voyage qu'il accepta de loger dans une ferme sensiblement plus importante et mieux entretenue que les autres.

— Les Beasley sont fortunés. Lucas et leur fils aîné ont eu le même précepteur à une certaine époque, et nous les invitons de loin en loin, expliqua Gérald à Gwyneira. Beasley a longtemps navigué comme premier maître. Un marin exceptionnel. Sauf qu'il n'a pas la main pour l'élevage, sinon ils auraient déjà mieux réussi. Mais sa femme voulait une ferme à tout prix. Elle vient en effet de l'Angleterre rurale. Et Beasley tâte donc de l'agriculture. Un gentleman-farmer, précisa-t-il, avec, dans le ton, un rien de péjoratif.

Mais il sourit :

— L'accent est bien entendu mis sur «gentleman». Bof, ils peuvent se le permettre ! Et ils assurent un peu de vie culturelle et sociale. L'année dernière, ils ont même organisé une chasse au renard.

— N'aviez-vous pas dit qu'il n'y avait pas de renards ici ? s'étonna Gwyneira, fronçant le sourcil.

— C'est bien ce qui a un peu gâté la chose, se moqua Gérald. Mais ses fils sont d'excellents coureurs. Ce sont eux qui ont servi de leurres.

Gwyneira ne put s'empêcher de rire. Ce M. Beasley avait apparemment tout d'un original. En tout cas, il avait le bon œil pour les chevaux. Les pur-sang broutant sur le paddock devant sa maison avaient certainement été importés d'Angleterre. L'allée d'accès à la maison, en forme de jardin, évoquait elle aussi la vieille Angleterre. Beasley, un homme au visage sanguin, rappela un peu son père à Gwyneira, car lui aussi concevait davantage sa ferme comme une résidence que comme un lieu où la terre se cultive à la main. Il lui manquait à vrai dire l'art de la noblesse terrienne, art acquis de génération en génération, qui permet de diriger effectivement le travail de la ferme depuis son salon. Si l'allée d'accès était élégante, les clôtures des pâturages pour les chevaux auraient eu besoin d'un bon coup de peinture. Gwyneira remarqua aussi que les prés avaient été broutés jusqu'à la racine et que les baquets à eau étaient sales.

Apparemment très heureux de la visite de Gérald, Beasley déboucha immédiatement sa meilleure bouteille de whisky et se répandit en compliments, tour à tour sur la beauté de Gwyneira, sur l'adresse des chiens et sur la laine des moutons welsh mountains. Sa femme, une dame bien mise, d'âge moyen, souhaita la bienvenue à Gwyneira avec chaleur.

— Parlez-moi de la mode en Angleterre! Mais, auparavant, je vais vous montrer mon jardin. J'ai la prétention de cultiver les plus belles roses des Plains. Mais je ne vous en voudrai pas si vous me surpassez, mylady! Vous avez certainement rapporté les plus beaux rosiers du jardin de votre mère, et vous les avez soignés durant tout votre voyage.

Gwyneira en resta le souffle court. Même à lady Silkham, il n'était pas venu à l'esprit de donner des rosiers à sa fille. Elle n'en admira pas moins, comme il se devait, les fleurs qui ressemblaient comme deux gouttes d'eau à celles de sa mère et de sa sœur. Mme Beasley fut sur le point de s'évanouir quand, ne se doutant de rien, Gwyn le dit, citant même le nom de Diane Riddleworth. Être comparée à une telle célébrité était apparemment pour Mme Beasley le couronnement de sa carrière de rosiériste. La jeune fille ne lui gâcha pas sa joie. Loin d'elle, néanmoins, l'ambition de surpasser Mme Beasley en ce domaine. Elle s'intéressa beaucoup plus, en revanche, aux plantes indigènes qui poussaient autour du jardin.

— Oh, ce sont des cordylines, expliqua Mme Beasley sans manifester grand intérêt, quand Gwyneira lui montra une plante aux feuilles en forme de palmes. Cela ressemble à un palmier, mais doit appartenir aux liliacées. Ça pousse comme de la mauvaise herbe. Prenez garde à ne pas les laisser envahir votre jardin, mon enfant. Ceux-là non plus…

Elle montrait un arbuste qui, à vrai dire, plut encore davantage à Gwyneira que les roses de Mme Beasley. Ses fleurs, d'un rouge vif contrastant magnifiquement avec le vert soutenu des feuilles, s'épanouissaient, somptueuses, après la pluie.

— Ce sont des arbres de rata. On les trouve à l'état sauvage dans toute l'île. Pas moyen de s'en débarrasser. Je dois sans arrêt veiller à ce qu'ils n'envahissent pas mes rosiers. Et mon jardinier ne m'est pas d'une grande aide pour ça.

Il ne comprend pas pourquoi on soigne certaines plantes et pourquoi on en élimine d'autres.

Il s'avéra que tout le personnel des Beasley était maori. Ils n'avaient embauché quelques aventuriers blancs prétendant s'y connaître en élevage que pour les moutons. Apercevant pour la première fois un autochtone, Gwyneira eut un peu peur. Le jardinier, petit et trapu, avait des cheveux noirs et bouclés, la peau d'un brun foncé, le visage enlaidi – du moins est-ce ainsi qu'elle le ressentit – par des tatouages. L'homme, en revanche, devait aimer les vrilles et les pointes qu'il avait fait graver sur sa figure, opération qui n'était sans doute pas allée sans douleurs. Ayant fini par s'accoutumer à sa vue, la jeune fille trouva son sourire sympathique. Passé maître dans l'art de la politesse, il la salua bien bas et ouvrit les portes du jardin à l'intention des dames. Il était vêtu exactement comme les employés blancs, mais Gwyneira présuma que c'était les Beasley qui l'exigeaient. Avant l'apparition des Blancs, les Maoris s'habillaient certainement d'une manière différente.

— Merci, Georges! lui dit gracieusement Mme Beasley.

— Il s'appelle Georges? demanda Gwyneira, stupéfaite. J'aurais cru que… Mais vos gens sont certainement baptisés et on leur a donné des noms anglais, n'est-ce pas?

— À franchement parler, je n'en sais rien du tout, avoua son interlocutrice en haussant les épaules. Nous n'assistons pas régulièrement au service religieux. Cela représenterait chaque fois une journée de voyage jusqu'à Christchurch. Je me contente donc, le dimanche, d'une petite prière pour nous et notre personnel. Quant à savoir si ces gens y viennent parce qu'ils sont chrétiens ou parce que je le leur enjoins… je n'en ai pas la moindre idée.

— Mais s'il s'appelle Georges, s'entêta Gwyneira.

— Ah, mon enfant, c'est moi qui lui ai donné ce nom. Jamais je n'apprendrai la langue de ces gens-là. Leurs noms sont imprononçables. Et lui, ça ne semble pas le déranger, n'est-ce pas, Georges?

— Vrai nom Tonguani! dit-il en acquiesçant avec un sourire, le doigt pointé sur sa poitrine, car Gwyneira avait toujours l'air effarée. Veut dire «Fils du dieu de la mer».

Ça n'avait rien de très chrétien, mais Gwyneira ne trouva pas non plus que ce fût imprononçable. Elle se promit de ne jamais rebaptiser son personnel.

— Où les Maoris ont-ils appris l'anglais? demanda-t-elle à Gérald, le lendemain, quand ils eurent repris la route.

Les Beasley les avaient laissés partir à regret, mais ils étaient convenus que Gérald, après un aussi long voyage, avait hâte de vérifier si tout était en ordre à Kiward Station. Ils n'avaient pas eu grand-chose à raconter sur Lucas, en dehors des louanges habituelles. Il semblait ne pas avoir quitté la ferme durant l'absence de son père. En tout cas, il n'avait pas gratifié les Beasley d'une seule visite.

Gérald, ce matin-là, était de méchante humeur. Les deux hommes avaient fait largement honneur au whisky après que Gwyneira, prétextant les longs trajets qu'elle avait derrière et devant elle, s'était retirée tôt. Les monologues de Mme Beasley sur les roses l'avaient ennuyée et elle savait depuis Christchurch que Lucas était quelqu'un de cultivé, un compositeur doué qui, de surcroît, avait toujours à prêter les tout derniers ouvrages de Bulwer-Lytton ou d'autres écrivains au génie comparable.

— Ah, les Maoris…, répondit Gérald de mauvaise grâce à sa question. On ne sait jamais ce qu'ils comprennent ou non. Ils attrapent toujours quelque chose au vol chez leurs maîtres, et les femmes le transmettent ensuite à leurs enfants. Ils veulent être comme nous. C'est très utile.

— Ils ne vont pas à l'école?

— Qui instruirait les Maoris? s'esclaffa Gérald. La plupart des femmes de colons sont heureuses si elles parviennent à inculquer à leur progéniture un peu de civilisation! Il y a bien quelques missions et la Bible a même été traduite en maori. Si donc tu as envie d'enseigner l'anglais d'Oxford à des morveux noirs, je ne te mettrai pas de bâtons dans les roues!

Gwyneira n'en avait pas particulièrement envie, mais, songea-t-elle, peut-être s'ouvrait-il là un champ d'activité nouveau pour Hélène. Elle sourit en pensant à son amie bloquée à Christchurch. Howard O'Keefe ne s'était toujours pas manifesté, mais le vicaire Chester ne cessait de lui certifier qu'il n'y avait là rien d'inquiétant. Il n'était aucunement certain que la nouvelle de l'arrivée d'Hélène lui fût déjà parvenue, et puis il fallait qu'il se rendît disponible.

— «Disponible», qu'est-ce que cela signifie? s'était étonnée Hélène. Il n'a donc pas de personnel à la ferme?

Le vicaire ne s'était pas exprimé sur ce point. Pourvu qu'une désagréable surprise n'attende pas son amie, songea-t-elle.

Pour sa part, Gwyneira était fort satisfaite de sa nouvelle patrie. Les montagnes se rapprochant, le paysage était de plus en plus accidenté, de plus en plus varié, mais le sol était toujours aussi herbu, une vraie terre à moutons! Vers midi, Gérald, radieux, l'informa qu'ils venaient de franchir les limites de Kiward Station. Ce pays était pour elle comme le jardin d'Éden : de l'herbe à profusion, de l'eau propre pour le bétail, quelques arbres de loin en loin et même un petit bois dispensant de l'ombre.

— Comme déjà dit, tout n'est pas encore défriché, déclara Gérald en caressant le paysage du regard. Mais on peut laisser debout une partie de la forêt. Elle comporte du bois précieux. Ce serait dommage de le brûler. Cela peut rapporter gros un jour. On pourra peut-être utiliser la rivière pour le flottage. Mais, pour le moment, on laisse les arbres sur pied. Regarde, nos premiers moutons! Je me demande à vrai dire ce qu'ils fichent là. Il y a longtemps qu'ils devraient être dans les hautes terres…

Gérald fronça le sourcil. Gwyneira le connaissait à présent assez pour savoir qu'il ruminait d'horribles punitions à l'intention du coupable. Il n'avait généralement aucun complexe à formuler à haute voix ce genre de réflexions, mais cette fois il se retint. Lucas serait-il le responsable? Voulait-il ne pas dire du mal de son fils devant sa fiancée, si près de leur première rencontre?

Toujours est-il que Gwyneira n'en pouvait plus d'impatience. Elle désirait voir la maison, et surtout son futur époux. Durant les derniers miles, elle l'imaginait sortant à sa rencontre, en souriant, sur le seuil du corps d'habitation d'une ferme aussi imposante que celle des Beasley. Ils avaient à présent longé des dépendances de Kiward Station. Gérald avait fait aménager partout des abris pour les moutons ainsi que des hangars pour la tonte. Gwyneira fut étonnée par la taille des installations. Au pays de Galles, le troupeau de moutons de son père passait, avec ses quelque quatre cents têtes, pour un troupeau important. Mais ici, on comptait par milliers!

— Eh bien, Gwyneira, je suis curieux de savoir ce que tu en dis!

Il était déjà tard dans l'après-midi. Gérald, rayonnant, avait poussé son cheval à la hauteur d'Igraine. La jument venait d'emprunter un chemin en terre battue qui, après un petit lac, contournait une colline. Quelques pas encore, et la vue s'ouvrit sur le corps principal de la ferme.

— Nous y sommes, lady Gwyneira! s'exclama Gérald avec fierté. Bienvenue à Kiward Station!

Bien que prête à tout, Gwyneira faillit tomber de cheval. Devant elle, en plein soleil, au beau milieu d'une immense étendue de pâturages, avec les Alpes en arrière-plan, elle aperçut un manoir anglais! Pas aussi imposant que Silkham Manor, avec moins de tourelles et d'annexes, mais sinon à tous égards comparable. Kiward Station était même plus joli, car il avait été conçu par un architecte au lieu d'avoir été perpétuellement transformé et agrandi, comme la plupart des manoirs en Angleterre. La maison en grès gris, comme Gérald l'avait annoncé, avait des encorbellements et de grandes fenêtres, quelques-unes munies de petits balcons ; une longue allée, bordée de parterres encore sans fleurs, y menait. Gwyneira décida qu'elle y planterait des arbres de rata. Ils égaieraient les façades et seraient de plus d'un entretien aisé.

Tout, sinon, lui parut être un rêve. Elle allait sûrement se réveiller et constater que l'étrange partie de blackjack n'avait jamais eu lieu. Son père l'avait en réalité mariée à un quelconque noble gallois, et elle allait prendre possession d'un manoir aux environs de Cardiff.

La seule chose qui détonait dans le tableau était le personnel qui, comme en Angleterre, s'était aligné devant le portail pour accueillir les maîtres. Les domestiques portaient certes des livrées et les servantes des tabliers et des bonnets, mais ils avaient tous la peau foncée, et de nombreux visages arboraient des tatouages.

— Bienvenue, monsieur Gérald ! salua un petit homme trapu, un sourire sur sa large face tatouée. Et bienvenue, miss, ajouta-t-il avec un ample geste embrassant le ciel encore bleu et le paysage baigné de soleil. Vous voir *rangi*, ciel, rayonne de joie parce que vous êtes arrivée et *papa*, terre, offrir sourire parce que vous marcher dessus !

Touchée de cet accueil chaleureux, Gwyneira tendit spontanément la main au petit homme.

— C'est Witi, notre homme à tout faire, le présenta Gérald. Et voici notre jardinier, Hoturapa, la bonne, Moana, et la cuisinière, Kiri.

— Miss… Gwa… ne…, tenta Moana en faisant une révérence, mais manifestement incapable de prononcer le nom celte.

— Miss Gwyn, abrégea Gwyneira. Appelez-moi simplement miss Gwyn !

Pour sa part, elle n'eut pas de peine à noter les noms des Maoris et se promit d'apprendre le plus tôt possible quelques formules de politesse dans leur langue.

C'était donc là tout le personnel. Elle le trouva assez réduit pour une aussi grande maison. Et où était Lucas ?

Pourquoi n'était-il pas ici pour la saluer et lui souhaiter la bienvenue?

— Où est donc…, commença Gwyneira, mais Gérald la devança, et il semblait connaître aussi peu qu'elle les raisons de l'absence de Lucas.

— Willi, où est donc passé mon fils? Il pourrait tout de même se remuer les fesses et venir faire la connaissance de sa fiancée… euh, je veux dire… miss Gwyneira attend impatiemment qu'il vienne lui rendre ses devoirs…

— M. Lucas parti à cheval, dit le domestique en souriant, contrôler pâturages. M. James dire que quelqu'un de la maison doit autoriser achat matériel pour corral. Comme c'est maintenant, chevaux pas rester dedans. M. James très colère. Pour ça que M. Lucas parti.

— Au lieu d'accueillir son père et sa fiancée? Ça commence bien! gronda Gérald.

Gwyneira, elle, trouvait que c'était compréhensible. Elle n'aurait pas eu une minute de tranquillité si elle avait su qu'Igraine était dans un enclos peu sûr. Et parcourir les prairies à cheval pour une inspection s'accordait bien mieux à son image de l'homme idéal que lire ou jouer du piano.

— Ma foi, Gwyneira, il ne nous reste qu'à nous armer de patience, finit par se calmer Gérald. Mais peut-être cela vaut-il mieux: en Angleterre, toi non plus tu ne te serais pas présentée pour la première fois à ton fiancé en tenue de cheval et les cheveux au vent…

Personnellement, il la trouvait ravissante avec ses boucles folles et son visage légèrement rougi par les heures passées à cheval sous le soleil. Mais Lucas pouvait être d'un autre avis…

— Kiri va te montrer ta chambre et t'aider à faire ta toilette, à te coiffer. Dans une heure, nous nous retrouverons tous pour le thé. À 17 heures, mon fils devrait être rentré – en général, il ne prolonge guère ses sorties à cheval. Alors, votre première rencontre se déroulera de la plus convenable des manières.

Bien qu'ayant souhaité tout autre chose, Gwyneira se plia à l'inévitable.

— Quelqu'un peut-il porter mes bagages? s'enquit-elle en jetant un coup d'œil en direction du personnel. Oh non, c'est trop lourd pour toi, Moana. Merci, Hotaropa… Hoturapa? Excuse-moi, je ne me tromperai plus. Au fait, Kiri, comment dit-on «merci» en maori?

C'est à contrecœur qu'Hélène s'était installée chez les Baldwin. Malgré sa répugnance, elle n'avait pas le choix jusqu'à l'arrivée d'Howard. Elle s'efforça donc d'être aimable. Elle proposa au révérend de copier les textes destinés au bulletin paroissial et de les porter chez l'imprimeur. Elle déchargea Mme Baldwin de quelques courses et essaya de se rendre utile au ménage, se chargeant de petits travaux de couture et surveillant les devoirs de Belinda. Ce dernier service fit d'elle, en moins de temps qu'il ne faut pour le dire, la personne la plus détestée de la maison. Belinda, furieuse d'être surveillée, se plaignait auprès de sa mère en toute occasion. Hélène constata à quel point les enseignants de l'école récemment ouverte à Christchurch étaient peu compétents. Elle se dit qu'elle pourrait postuler si cela ne devait pas marcher avec Howard. Le vicaire s'obstinait à lui redonner courage: cela pouvait durer quelque temps avant qu'O'Keefe n'apprît son arrivée.

— Il est en effet peu probable que les Candler envoient un messager à la ferme. Ils vont sans doute attendre qu'il vienne en personne faire des achats à Haldon, et cela peut prendre quelques jours. Mais, dès qu'il saura que vous êtes ici, il viendra, j'en suis certain.

Ce fut pour Hélène une information supplémentaire. Elle s'était entre-temps résignée à ce qu'Howard n'habite pas à proximité immédiate de Christchurch, Haldon n'étant pas, à l'évidence, un faubourg mais une ville elle-même en plein développement. Or, voilà que, d'après le vicaire, la ferme était à l'écart d'Haldon! Où allait-elle donc vivre? Elle aurait aimé s'entretenir de cela avec Gwyneira ; peut-être aurait-elle pu, sans en avoir l'air, sonder M. Gérald sur ce point. Mais son amie était partie la veille pour Kiward Station. Hélène ne savait absolument pas quand elle reverrait Gwyneira, si même elle la reverrait jamais.

Au moins avait-elle cet après-midi un projet agréable, car Mme Godewind avait réitéré son invitation. Ponctuellement, à l'heure dite, le cocher Jones attendait la jeune femme avec la chaise. Il la regarda d'un air radieux et l'aida à monter dans les règles de l'art. Il alla jusqu'à lui tourner un compliment pour sa robe lilas neuve. Puis, durant tout le trajet, il ne tarit pas d'éloges sur Élisabeth.

— Notre m'dame n'est plus la même, miss Davenport. C'est à ne pas croire. Elle rajeunit de jour en jour, elle rit et plaisante avec la jeune fille. Et Élisabeth est vraiment une charmante enfant, toujours soucieuse de décharger ma femme d'un travail, perpétuellement de bonne humeur. Et comme elle lit bien ! Bonté divine, quand elle fait la lecture à Mme Godewind, je me débrouille toujours pour trouver une occupation dans la maison. Elle a une si belle voix et une si belle intonation – on a l'impression d'être partie prenante de l'histoire !

Élisabeth n'avait pas non plus oublié les leçons d'Hélène sur le service à table et la manière de s'y tenir. Versant le thé avec adresse, elle offrit des petits gâteaux à la ronde ; elle était charmante dans sa robe bleue et son élégante coiffe blanche.

Mais elle se mit à pleurer en entendant parler de Laurie et de Marie. Derrière la version pourtant très édulcorée de l'histoire de Daphnée et de Dorothée, elle comprit manifestement plus de choses qu'Hélène ne l'en aurait crue capable. Mais, certes encline à rêver, elle n'en avait pas moins été, elle aussi, une enfant des rues de Londres. Elle pleura du coup à chaudes larmes sur le sort de Daphnée et montra la confiance qu'elle avait en sa nouvelle maîtresse en implorant d'elle une aide.

— Ne pouvons-nous pas envoyer M. Jones chercher Daphnée? Et les jumelles? S'il vous plaît, Mme Godewind, nous trouverions certainement ici du travail pour elles. Il faut faire quelque chose!

— Malheureusement non, mon enfant. Ces gens ont signé des contrats de travail avec l'orphelinat, comme moi. Les filles ne peuvent pas simplement s'en aller. Et nous nous fourrerions dans un beau pétrin si, en plus, nous leur venions en aide! Je suis navrée, ma chérie, mais elles vont devoir s'en tirer par elles-mêmes. À cet égard, après tout ce que vous avez raconté, ajouta Mme Godewind à l'adresse d'Hélène, je ne me fais guère de souci pour la petite Daphnée. Elle s'en sortira à la force du poignet. Les jumelles, en revanche… ah, c'est bien triste. Reverse-nous donc un peu de thé, Élisabeth. Ensuite, nous dirons une prière à leur intention, peut-être que Dieu, au moins, prendra soin d'elles.

Or, tandis qu'Hélène, assise dans le confortable salon de Mme Godewind, dégustait des gâteaux de la boulangerie des McLaren, Dieu battait les cartes de son destin. Le vicaire Chester, tout ému, l'attendait devant la cure quand Jones lui ouvrit la porte de la chaise.

— Mais où étiez-vous passée, miss Davenport? J'ai failli perdre l'espoir de pouvoir vous présenter aujourd'hui. Vous êtes merveilleusement mise, à croire que vous l'aviez pressenti! Entrez vite! M. O'Keefe vous attend au salon.

La porte d'entrée de Kiward Station franchie, on pénétrait dans un vaste vestibule où les invités pouvaient se débarrasser de leurs habits et les dames arranger brièvement leur coiffure. Gwyneira remarqua, amusée, l'inévitable armoire à glace avec son obligatoire coupe en argent destinée à recevoir les cartes de visite. Qui donc, en ces lieux, rendait ses devoirs de manière aussi cérémonieuse? Alors qu'on était en droit de supposer que personne, ici, ne se présentait sans s'être annoncé à l'avance, surtout pas un inconnu. Et si d'aventure un étranger débarquait effectivement à l'improviste, Lucas et son père s'attendaient-ils vraiment à ce que la bonne le signalât à Witi, qui, à son tour, les en informerait? Gwyneira se rappela les familles de fermiers qui sortaient précipitamment de chez eux pour les voir passer et l'enthousiasme soulevé par leur visite chez les Beasley. Personne ne leur avait demandé leur carte. L'échange de cartes de visite ne devait pas non plus appartenir aux usages des Maoris. Gwyneira se demanda comment Gérald s'y était pris pour expliquer cette coutume à Witi.

Le vestibule donnait sur un salon de réception encore chichement meublé, lui aussi incontestablement inspiré des traditions britanniques. Les hôtes pouvaient attendre là, dans une atmosphère agréable, que le maître de maison trouvât le temps de les recevoir. Il y avait déjà une cheminée et un buffet avec un service à thé. Gérald avait apporté d'Angleterre les sièges et les canapés assortis. La pièce serait belle, mais Gwyneira ne vit pas vraiment à quoi elle pourrait servir.

Kiri, la bonne maorie, la conduisit ensuite dans le salon proprement dit, dont l'aménagement, consistant en de lourds meubles de vieux style anglais, paraissait achevé. S'il n'y avait eu une porte ouvrant sur une grande terrasse, la pièce aurait presque été obscure. En tout cas, elle n'était pas aménagée selon la dernière mode; les meubles et les tapis pouvaient plutôt passer pour des antiquités. Peut-être était-ce la dot de la mère de Lucas? Dans ce cas, sa famille avait dû être fortunée. C'était de toute façon le plus probable. Gérald était sans doute un excellent éleveur de moutons et, après avoir été un intrépide navigateur, il était sans conteste le joueur de cartes le plus rusé que les colonies de pêcheurs de baleines eussent jamais produit, mais, pour fonder une demeure comme Kiward Station au beau milieu d'une région déserte comme celle-ci, il fallait plus d'argent que la pêche à la baleine et l'élevage des moutons ne permettaient d'en gagner. Il était certain que l'héritage de Mme Warden y avait contribué.

— Venez, miss Gwyn? demanda Kiri d'un ton aimable mais un peu préoccupé. Je dois aider vous, mais aussi faire thé et servir. Moana pas bonne pour thé, c'est mieux si nous terminé avant laisser tomber tasse.

Gwyneira éclata de rire : c'était là une chose qu'elle pourrait parfaitement pardonner à Moana.

— C'est moi qui verserai le thé cette fois, déclara-t-elle à l'étonnement de la jeune fille. Vieille coutume anglaise. Je m'y exerce depuis des années. Cela fait partie des qualités indispensables pour se marier.

Kiri la considéra, les sourcils froncés.

— Vous prête pour mari quand faites thé? Chez nous, premier saignement important...

Gwyneira piqua un fard. Comment Kiri pouvait-elle parler si ouvertement d'une chose aussi indécente? D'un autre côté, elle était reconnaissante de toute information qu'elle obtenait. Dans sa propre culture aussi, une femme devait avoir ses règles pour se marier. Elle se souvenait encore du soupir de sa mère la première fois qu'elle avait eu les siennes :

— Ah, ma pauvre enfant! Te voilà à ton tour touchée par cette malédiction! Il va falloir te trouver un mari.

Personne n'avait pris la peine d'expliquer à la jeune fille ce que cela recouvrait. Gwyneira réprima une envie hystérique de rire en s'imaginant la tête de sa mère si elle avait posé ce genre de questions. Un jour où elle avait évoqué un possible parallèle entre ce phénomène et celui d'une chienne en chaleur, lady Silkham avait réclamé ses sels et s'était retirée dans sa chambre pour la journée.

Gwyneira chercha des yeux Cléo, qui ne la quittait bien sûr pas d'un pas. Bien que surprise, Kiri s'abstint de tout commentaire.

Du salon, un large escalier tournant menait aux logements de la famille. Gwyneira constata avec étonnement que ses appartements étaient déjà aménagés.

— Chambres prêtes pour femme de M. Gérald, lui expliqua Kiri. Mais morte ensuite. Chambres toujours vides. Maintenant M. Lucas préparé pour vous!

— M. Lucas a aménagé ces pièces pour moi? s'étonna Gwyneira.

— Oui. A choisi meubles au grenier et envoyé chercher… comment dire? Toiles pour fenêtres…?

— Des rideaux, Kiri, l'aida Gwyneira, qui allait de surprise en surprise.

Les meubles de la défunte Mme Warden étaient en bois clair et les tapis, à dominante vieux rose, beige et bleu. En outre, Lucas, ou quelqu'un d'autre, avait élégamment drapé devant les fenêtres et son lit des rideaux de soie d'un vieux rose discret, bordés de bleu et de beige. La literie était en toile d'un blanc immaculé; la couche, agrémentée d'un dessus-de-lit bleu. Il y avait, attenants à la chambre à coucher, un cabinet de toilette et un petit salon. Ce dernier était lui aussi meublé avec goût de petits fauteuils, d'une table à thé et d'une armoire à couture. Sur la tablette de la cheminée étaient posés les cadres en argent, les chandeliers et les coupes habituels. L'un des cadres contenait le daguerréotype d'une femme mince, aux cheveux clairs. Gwyneira prit le portrait pour l'examiner de plus près. Gérald n'avait pas exagéré. Sa femme avait été d'une grande beauté.

— Changer maintenant, miss Gwyn? insista Kiri.

Gwyneira opina et entreprit de vider le coffre, aidée par la jeune fille maorie qui sortit les habits de fête et d'après-midi, pleine d'admiration devant les tissus magnifiques.

— Si beau, miss Gwyn! Si lisse et si doux! Mais vous mince, miss Gwyn. Pas bien pour avoir enfants!

Kiri, décidément, ne mâchait pas ses mots. Gwyneira lui expliqua en riant qu'elle n'était en réalité pas si mince que cela, mais que c'était l'effet de son corset. Pour la robe de soie qu'elle choisit de mettre, il fallut d'ailleurs serrer ledit corset davantage encore. Kiri fit des efforts sincères quand Gwyneira lui eut montré la manière de s'y prendre, mais elle avait à l'évidence peur de faire mal à sa nouvelle maîtresse.

— Ce n'est rien, Kiri, j'y suis habituée, gémit Gwyn. Ma mère dit toujours qu'il faut savoir souffrir pour être belle.

Kiri parut enfin comprendre. Avec un rire gêné, elle toucha son visage tatoué.

— Ah bon! C'est comme *moku*, hein? Mais tous les jours!

Gwyneira acquiesça. Au fond, c'était vrai. Sa taille de guêpe était tout aussi artificielle et douloureuse que la parure permanente du visage de Kiri. Gwyn, à vrai dire, se proposait d'assouplir les coutumes, ici, en Nouvelle-Zélande. Elle apprendrait à l'une des bonnes à élargir un peu ses vêtements et aurait ainsi moins à se mortifier lors de l'épreuve du laçage. Et, une fois enceinte…

Si Kiri l'aida avec habileté à enfiler sa robe, elle eut plus de mal à la coiffer; démêler les boucles de Gwyneira n'était pas une mince affaire, les relever encore moins. Finalement, Gwyn mit la main à la pâte et, si le résultat ne respectait pas les règles de l'art et aurait sans aucun doute horrifié Hélène, elle se trouva néanmoins attrayante. Elles avaient réussi à dompter la plus grande partie de sa somptueuse chevelure rousse; les quelques boucles rebelles jouant autour de son visage adoucissaient et rajeunissaient ses traits. Après les heures de cheval au soleil, elle avait la peau luisante. Ses yeux brillaient d'impatience.

— Est-ce que M. Lucas est rentré? demanda-t-elle à Kiri.

Celle-ci haussa les épaules. Comment l'aurait-elle su? Elle n'avait pas quitté sa maîtresse.

— À quoi ressemble Lucas, Kiri?

Gwyneira savait que sa mère l'aurait grondée pour cette question: on n'incitait pas le personnel à bavarder au sujet de ses maîtres. Mais elle n'avait pu se retenir. Kiri haussa à la fois les épaules et les sourcils.

— M. Lucas? Sais pas. Est *pakeha*. Pour moi, tous pareils.

Manifestement, elle ne s'était encore jamais demandé si ses maîtres avaient des qualités particulières. Mais, voyant la déception sur le visage de Gwyneira, elle réfléchit :

— M. Lucas... est gentil. Jamais crier, jamais fâché. Gentil. Juste un peu mince.

2

Bien qu'ayant du mal à comprendre ce qui lui arrivait, Hélène ne put repousser plus longtemps sa première rencontre avec Howard O'Keefe. Émue, elle lissa sa robe et se passa la main dans les cheveux. Devait-elle ôter son chapeau ou valait-il mieux le garder? Il y avait un miroir dans le salon de réception de Mme Baldwin, et Hélène y jeta un regard inquiet avant d'examiner l'homme assis sur le canapé. Il lui tournait le dos, les sièges faisant face à la cheminée. Hélène eut donc le temps de lancer un coup d'œil furtif sur sa silhouette avant de signaler sa présence. Howard semblait massif et tendu. Manifestement inhibé, il balançait entre ses grosses mains calleuses une des fines tasses du service à thé de Mme Baldwin.

Hélène n'eut pas le temps de s'éclaircir la voix, car Mme Baldwin l'aperçut sur le seuil. Elle eut comme toujours un sourire inexpressif, mais se montra chaleureuse.

— Ah, la voilà, monsieur O'Keefe! Je savais bien qu'elle ne tarderait pas! Entrez, miss Davenport! Je voudrais vous présenter quelqu'un! dit-elle d'un ton presque espiègle.

Hélène s'approcha. L'homme se leva du canapé si brusquement qu'il faillit renverser le service à thé de la table.

— Miss... euh, Hélène?

Hélène fut obligée de lever les yeux. Howard était grand et lourd, pas gros, mais d'une ossature puissante. La forme du visage, plutôt grossière, n'était pas antipathique.

La peau bronzée et tannée disait les heures de dur labeur en plein air. De profondes rides la parcouraient, indice d'une physionomie expressive, même si, pour l'instant, seuls se lisaient sur ses traits la surprise, voire l'admiration. Ses yeux d'un bleu d'acier reflétaient la satisfaction : Hélène lui plaisait à l'évidence. Ce qu'elle remarqua surtout, pour sa part, ce furent ses cheveux, foncés, fournis et coupés très soigneusement. Il avait sans doute réussi à placer avant sa première rencontre avec sa promise une visite chez le barbier. Ils commençaient cependant à s'éclaircir sur les tempes. Howard était nettement plus âgé qu'Hélène ne se l'était imaginé.

— Monsieur… monsieur O'Keefe…, dit-elle d'une voix éteinte, et elle eut aussitôt envie de se gifler : comme il l'avait appelée « miss Hélène », elle aurait dû l'appeler tout de suite « monsieur Howard ».

— Je… euh, eh bien, vous voilà donc ! constata Howard avec une certaine brusquerie. Ça… euh, c'est arrivé tellement vite.

Hélène se demanda si c'était un reproche. Elle rougit.

— Oui. Les… euh, circonstances. Mais je… je suis heureuse de faire votre connaissance, se hasarda-t-elle en lui tendant une main, qu'il prit et serra fermement.

— Je suis heureux moi aussi. Je regrette seulement de vous avoir fait attendre aussi longtemps.

Ah, c'est cela qu'il voulait dire ! Hélène sourit de soulagement.

— Cela ne fait rien, monsieur Howard. On m'a avertie que cela pouvait durer quelque temps avant que vous n'appreniez mon arrivée. Mais vous voilà.

— Oui, me voilà.

Howard souriait à présent lui aussi, ce qui adoucissait ses traits, les rendant plus avenants. Le style raffiné de ses lettres avait certes laissé espérer de sa part une conversation plus spirituelle, mais peut-être était-il intimidé. Hélène prit les choses en main.

— Où résidez-vous donc précisément, monsieur Howard? J'avais pensé Haldon plus proche de Christchurch. Mais c'est une vraie ville. Et votre ferme se situe plus loin encore en dehors…?

— Haldon est au bord du lac Benmore, déclara-t-il comme si cela devait dire quelque chose à Hélène. J'sais pas si on peut appeler ça une ville. Mais il y a quelques boutiques. Vous pourrez y acheter les choses les plus importantes. Enfin quoi, tout ce qui est nécessaire.

— Et c'est loin d'ici? s'inquiéta Hélène, qui se trouva l'air bête à parler de distances et de boutiques de village avec l'homme qu'elle allait sans doute épouser.

— Deux petites journées en voiture, répondit-il après avoir brièvement réfléchi.

Hélène aurait préféré une indication en miles, mais n'insista pas. Elle se tut, ce qui entraîna un silence pénible. Puis Howard se racla la gorge.

— Et… avez-vous fait bon voyage?

Hélène se sentit soulagée. Enfin une question appelant réponse. Elle décrivit sa traversée en compagnie des orphelines. Howard approuva.

— Hum, un long voyage…

Hélène espéra qu'il allait parler de sa propre émigration, mais il resta silencieux. Heureusement, le vicaire arriva sur ces entrefaites. Tandis qu'il saluait Howard, Hélène eut enfin le temps de reprendre son souffle et d'examiner de plus près son fiancé. Il portait une tenue de fermier simple, mais propre : des culottes de cheval en cuir qui n'en étaient pas à leur première sortie et un ciré par-dessus une chemise blanche. Le seul objet de valeur dans son équipement était une boucle de ceinture en laiton, aux magnifiques ornements. Il avait aussi autour du cou une chaînette en argent à laquelle était suspendue une pierre verte. S'il avait été jusque-là assez raide et embarrassé, il commençait à se détendre, se redressant avec assurance. Ses gestes, plus souples, étaient presque gracieux.

— Eh bien, parlez donc un peu de votre ferme à miss Hélène! l'encouragea le vicaire. De vos bêtes, peut-être, de votre maison…

— C'est une belle maison, miss, répondit Howard avec un haussement d'épaules. Très solide, c'est moi qui l'ai construite. Et les bêtes… eh bien, nous avons un mulet, un cheval, une vache et quelques poules. Et des moutons, bien sûr. Un millier…

— Mais c'est… c'est beaucoup, remarqua Hélène, qui regretta de n'avoir pas écouté avec plus d'attention Gwyneira quand elle parlait sans fin de l'élevage des moutons : combien de moutons avait-elle dit que M. Gérald possédait?

— Ce n'est pas beaucoup, miss. Mais il y en aura plus. Et ce n'est pas la terre qui manque, on y arrivera. Comment… euh, comment s'y prend-on à présent?

— S'y prend-on pour quoi, monsieur Howard?

— Eh bien, ma foi…, répondit-il, jouant d'un air embarrassé avec sa seconde tasse de thé. Pour l'histoire du mariage…

Kiri, avec l'autorisation de Gwyneira, finit par filer à la cuisine pour aider Moana. Gwyn passa les dernières minutes avant le thé à inspecter à fond son appartement. Tout était parfaitement aménagé, jusqu'à des articles de toilette disposés avec amour dans le cabinet. Elle admira les peignes en ivoire et les brosses assorties. Le savon sentait la rose et le thym : ce n'était certainement pas un produit maori, il devait venir de Christchurch, voire d'Angleterre. Dans son salon, un flacon contenant des pétales séchés répandait d'agréables parfums. C'était incontestable : même une ménagère aussi accomplie que sa mère ou sa sœur Diane n'aurait pu rendre les pièces plus accueillantes que… Lucas Warden? Gwyneira n'arrivait pas à s'imaginer qu'elle fût redevable d'un tel luxe à un homme!

Elle était à présent morte d'impatience. Elle se dit qu'il n'était pas nécessaire d'attendre l'heure du thé ; peut-être

Lucas et Gérald étaient-ils depuis longtemps assis dans le salon. Se dirigeant vers l'escalier, elle longea des couloirs recouverts de tapis précieux et entendit des voix irritées, résonnant dans la moitié de la maison depuis les pièces communes.

— Peux-tu me dire pourquoi tu as entrepris cette inspection des pâturages précisément aujourd'hui? tonnait Gérald. Cela ne pouvait attendre jusqu'à demain? La petite va penser que tu n'as que faire d'elle!

— Excuse-moi, père, entendit-elle répondre d'une voix calme, la voix d'une personne cultivée. Mais M. McKenzie n'en démordait tout simplement pas. C'était urgent. Les chevaux s'étaient déjà échappés trois fois…

— Les chevaux se sont *quoi*? hurla Gérald. Échappés trois fois? Ça veut dire que j'ai payé les hommes trois journées uniquement pour qu'ils rattrapent les canassons? Pourquoi n'es-tu pas intervenu plus tôt? McKenzie voulait certainement réparer sur-le-champ, ou je me trompe? Et puisqu'on parle enclos, pourquoi rien n'était-il préparé pour les moutons à Lyttelton? Sans ta future femme et ses chiens, j'aurais dû passer la nuit à les garder moi-même!

— J'ai eu beaucoup à faire, père. Il fallait bien terminer le portrait de mère pour le salon. Et j'ai dû m'occuper de l'appartement de Gwyneira…

— Lucas, quand apprendras-tu que les peintures à l'huile ne se sauvent pas, contrairement aux chevaux? Et pour ce qui est de l'appartement de Gwyneira, c'est *toi* qui l'as aménagé?

Gérald paraissait avoir autant de peine à l'imaginer que Gwyneira à l'instant.

— Qui, sinon? Une des bonnes maories? Elle aurait alors trouvé des nattes en palmes en guise de lit et un foyer à ciel ouvert! répliqua Lucas sur un ton maintenant quelque peu irrité, à vrai dire pas plus qu'un gentleman ne peut se le permettre en société.

— Bon, espérons qu'elle saura l'apprécier, soupira Gérald. Arrêtons de nous quereller, elle peut descendre d'un instant à l'autre…

Gwyneira décida que c'était la réplique appelant son apparition. À pas comptés, très droite, la tête haute, elle descendit l'escalier. Des jours durant, en prévision du bal des débutantes, elle avait travaillé cette entrée en scène. Elle avait enfin trouvé l'occasion de l'exécuter.

Comme elle l'espérait, les hommes, dans le salon, restèrent sans voix. Sur l'arrière-plan sombre de l'escalier, la délicate silhouette de Gwyneira, vêtue de soie bleu clair, semblait sortir d'un tableau ancien. Ses mèches de cheveux flottant autour de la tache blanche de son visage semblaient autant de fils d'or et de cuivre à la lueur des bougies du salon. Un sourire timide se dessinait sur ses lèvres. Elle baissait légèrement les yeux, ce qui ne l'empêchait pas d'être aux aguets sous ses longs cils roux. Elle devait absolument jeter un regard sur Lucas avant de lui être présentée dans les formes.

Elle eut de la peine à garder son maintien et sa dignité. Elle faillit rester bouche bée devant cet exemplaire de la perfection faite homme.

Gérald n'avait pas exagéré quand il avait décrit Lucas. Son fils était l'incarnation même du gentleman, doté, ce qui ne gâtait rien, de tous les attributs de la beauté masculine. De haute taille, nettement plus grand que son père, il était mince mais musclé. Loin d'être dégingandé comme le jeune Barrington, il n'avait rien non plus de la fragilité du vicaire Chester. Lucas faisait du sport, sans aucun doute, mais sans les excès qui l'auraient doté d'un corps d'athlète trop musculeux. L'esprit se lisait sur ses traits réguliers, d'une grande noblesse. Gwyneira songea aux statues de dieux grecs qui bordaient les allées menant à la roseraie de Diane. Il avait les lèvres finement découpées, ni trop larges et sensuelles, ni trop minces et pincées. Gwyneira n'avait encore jamais vu d'yeux d'un gris aussi intense et lumineux. Si les yeux gris tirent généralement sur le bleuté, ceux de Lucas donnaient l'impression qu'on s'était contenté de mélanger le noir et le blanc. Ses cheveux blonds et légèrement bouclés étaient coupés court, comme c'était la mode dans les salons londoniens. Il était habillé comme l'exigeait la circonstance : il avait choisi pour cette rencontre un costume trois pièces gris coupé dans le meilleur des tissus et des souliers noirs et vernis.

Il sourit à Gwyneira qui s'avançait vers lui, ce qui le rendit plus séduisant encore. Mais ses yeux restèrent sans expression.

Il s'inclina enfin, prenant sa main entre ses doigts longs et fins pour un baisemain dans les formes.

— Mylady… Je suis ravi.

Howard O'Keefe considéra Hélène avec étonnement. Il ne comprenait visiblement pas pourquoi sa question l'avait laissée pantoise.

— Comment… comment ça, l'histoire du mariage ? finit-elle par balbutier en tiraillant sa mèche. Je… je croyais…

— Et moi, je croyais que vous étiez venue pour m'épouser, l'interrompit-il, l'air presque fâché. Nous serions-nous mal compris ?

Hélène secoua la tête.

— Non, bien sûr que non. Mais c'est si rapide. Nous… nous ne savons absolument rien l'un de l'autre. Gé… généralement, il est d'usage que l'homme courtise sa fu… sa future épouse et qu'ensuite…

— Miss Hélène, d'ici à ma ferme, il y a deux jours de cheval ! dit Howard d'un ton sévère. Vous n'attendez tout de même pas que j'entreprenne ce trajet à plusieurs reprises juste pour vous apporter des fleurs ! Pour ce qui est de moi, j'ai besoin d'une femme. Je vous ai vue maintenant, et vous me plaisez bien…

— Merci, murmura Hélène en rougissant.

Howard resta sans réaction.

— Pour ma part, il n'y aurait donc pas de problème. Mme Baldwin m'a dit que vous êtes très maternelle, attachée à un foyer, et ça me convient. Je n'ai pas besoin d'en savoir plus. Si vous avez d'autres questions à me poser, je vous en prie, je veux bien y répondre. Mais après il faudra parler de… euh, des modalités. C'est le révérend Baldwin qui nous mariera, n'est-ce pas ?

Ces derniers mots s'adressaient au vicaire, qui s'empressa d'acquiescer.

Hélène chercha fébrilement des questions. Que fallait-il savoir d'un être avec qui on se mariait ? Elle commença par sa famille.

— Vous êtes originaire d'Irlande, monsieur Howard ?

— Oui, miss Hélène. Du Connemara.

— Et votre famille ?

— Richard et Bridie O'Keefe, mes parents, plus cinq frères et sœurs… ou plus, je suis parti très tôt de la maison.

— Parce que… la terre ne pouvait pas nourrir tant d'enfants ? demanda Hélène avec prudence.

— On peut dire les choses comme ça. En tout cas, on ne m'a pas demandé mon avis.

— Oh, je suis désolée, monsieur Howard ! s'exclama Hélène en refoulant son envie de poser une main consolatrice sur son bras.

Il s'agissait bien sûr de la dureté du destin dont il était question dans ses lettres.

— Et vous êtes alors venu en Nouvelle-Zélande ?

— Non, j'ai beaucoup… euh, bourlingué.

— J'imagine, répondit Hélène, bien que n'imaginant pas du tout où pouvait aller un adolescent rejeté par sa famille. Mais durant tout ce temps… durant tout ce temps, vous n'avez pas songé au mariage ?

Howard haussa les épaules.

— Là où j'ai bourlingué, il n'y avait pas beaucoup de femmes, miss. Des pêcheurs de baleines, des chasseurs de phoques. Une fois, en fait…, ajouta-t-il, sa physionomie s'adoucissant soudain.

— Oui, monsieur Howard? Pardonnez-moi d'insister, mais…

Elle brûlait de voir son vis-à-vis en proie à une émotion qui lui permettrait peut-être de mieux le juger.

Le fermier eut un large sourire moqueur.

— C'est bon, miss Hélène. Vous voulez me connaître. Eh bien, il n'y a pas grand-chose à raconter. Elle en a épousé un autre… ce qui explique peut-être pourquoi je tiens cette fois à régler rapidement l'affaire. Notre affaire à nous deux, je veux dire.

Hélène fut touchée. Ce n'était donc pas chez lui de l'insensibilité, seulement une peur compréhensible de la voir l'abandonner comme la précédente. Bien sûr, elle ne comprenait toujours pas comment cet homme taciturne et d'aspect si rude avait pu écrire d'aussi merveilleuses lettres, mais elle pensa mieux le connaître désormais.

Mais allait-elle pour autant foncer aveuglément? Hélène étudia fiévreusement l'alternative. Elle ne pouvait loger plus longtemps chez les Baldwin, qui ne comprendraient pas pourquoi elle demandait d'attendre à Howard. Celui-ci, de son côté, prendrait cela pour un refus et risquait de se retirer de l'affaire. Et alors? Un emploi à l'école de Christchurch, ce qui était rien moins que certain? Enseigner à des enfants comme Belinda Baldwin et devenir une vieille fille? Elle ne voulait pas courir ce risque. Howard n'était peut-être pas celui qu'elle avait imaginé, mais il était franc du collier et honnête, il lui offrait une maison et un pays, souhaitait fonder une famille et travaillait dur pour faire prospérer sa ferme. Elle ne pouvait espérer davantage.

— Bien, monsieur Howard. Mais il faudra pourtant que vous m'accordiez un ou deux jours de préparation. Un mariage…

— Nous organiserons bien entendu une petite fête! déclara Mme Baldwin d'un ton mielleux. Vous voudrez certainement qu'Élisabeth et les autres filles restées à Christ-church y participent. Votre amie, miss Silkham, est déjà partie, elle…

— Silkham? s'étonna Howard, fronçant les sourcils. Cette noble? Cette Gwenevere Silkham qui doit épouser le fils du vieux Warden?

— Gwyneira, rectifia Hélène. C'est bien elle. Nous nous sommes liées d'amitié pendant la traversée.

O'Keefe se tourna vers elle, son visage à l'instant encore amical déformé par la fureur.

— Afin que tout soit bien clair entre nous, Hélène : jamais tu ne recevras dans ma maison une Warden! Pas aussi longtemps que je vivrai! Tiens-toi à l'écart de cette famille! Le vieux est un escroc et le jeune une lavette! Et la fille ne doit pas valoir mieux, sinon elle ne se serait pas laissé acheter! Cette engeance ne mérite qu'une chose : être éliminée! Ne t'avise donc pas de la faire venir sur mes terres! Je n'ai certes pas l'argent du vieux, mais mon fusil tire aussi juste que le sien!

Depuis deux heures déjà, Gwyneira faisait la conversa-tion, ce qui la fatiguait plus que si elle avait passé ce temps en selle ou à entraîner ses chiens. Lucas Warden abordait tour à tour tous les sujets sur lesquels elle avait appris à dis-courir dans le salon de sa mère, mais il avait des exigences nettement plus élevées que lady Silkham.

L'affaire avait pourtant fort bien commencé. Gwyneira était parvenue à servir le thé dans les formes – malgré le tremblement persistant de ses mains : la première vision de Lucas avait tout simplement été trop pour elle! Mais, depuis, son pouls s'était calmé. Le jeune gentleman ne lui offrit d'ailleurs pas d'autre occasion d'émoi. Il ne faisait pas mine de lui jeter des regards de convoitise, de lui frôler incidem-ment les doigts quand – pur hasard – ils tendaient la main ensemble vers le sucrier ou de la fixer droit dans les yeux, une fraction de seconde trop longtemps. Au contraire, durant toute la conversation, son regard, conformément à toutes les règles de la bienséance, ne quitta pas le lobe de son oreille gauche et ses yeux ne brillèrent qu'occasionnellement, par exemple quand il posait une question particulièrement pressante.

— Je me suis laissé dire que vous jouiez du piano, lady Gwyneira. Quel est le morceau que vous avez travaillé en dernier?

— Oh, je suis fort loin de jouer convenablement. Je ne joue que pour m'amuser, monsieur Lucas. Je... je crains d'être bien peu douée...

Regard gêné de bas en haut, léger froncement de sourcils: la plupart des hommes auraient clos le sujet au prix d'un compliment. Pas Lucas.

— Je n'arrive pas à me l'imaginer, mylady. Pas si cela vous procure du plaisir. Nous réussissons tout ce que nous faisons avec joie, telle est ma conviction. Connaissez-vous le *Petit livre de notes* de Bach? Menuets et danses? Cela devrait vous convenir!

Gwyneira chercha à se rappeler qui avait composé les études avec lesquelles Mme Fabian l'avait martyrisée. En tout cas, elle avait déjà entendu citer le nom de Bach. N'avait-il pas composé de la musique sacrée?

— À me voir, vous songez donc à des chorals? demanda-t-elle malicieusement.

Peut-être serait-il possible de rabaisser la conversation au niveau d'un échange de compliments et de taquineries. Cela lui aurait plu davantage que de parler d'art et de culture. Lucas, en tout cas, ne saisit pas l'occasion.

— Pourquoi pas, mylady? On dit que les chorals s'inspirent de l'allégresse du chœur des anges chantant les louanges de Dieu. Et qui, voyant une aussi merveilleuse créature que vous, ne glorifierait Dieu? Moi, ce qui me fascine chez Bach, c'est la clarté quasi mathématique de la composition, alliée à une foi profondément ressentie. Bien entendu, sa musique n'est véritablement mise en valeur que dans le cadre approprié. Que ne donnerais-je pas pour entendre un jour un concert d'orgues dans une des grandes cathédrales européennes! Ce serait…

— Une illumination.

Lucas approuva avec enthousiasme.

Ensuite, il se passionna pour la littérature contemporaine, principalement pour les œuvres de Bulwer-Lytton – «édifiantes», commenta Gwyneira –, avant d'aborder son sujet favori, la peinture. Il s'intéressait aussi bien aux motifs mythologiques des artistes de la Renaissance – «sublimes», commenta Gwyneira – qu'aux effets d'ombre et de lumière dans les peintures de Vélasquez et de Goya. «Rafraîchissant», improvisa Gwyneira, qui n'en avait jamais entendu parler.

Au bout de deux heures, Lucas parut enthousiasmé par son goût, Gérald luttait visiblement contre la fatigue et Gwyneira n'avait qu'une envie: s'en aller. Finalement, elle porta la main à sa tempe et regarda les hommes d'un air d'excuse.

— J'ai peur que le mal de tête me prenne après notre longue chevauchée et maintenant cette chaleur auprès de la cheminée. Je devrais aller un peu au grand air…

Comme elle faisait mine de se lever, Lucas bondit à son tour de son siège.

— Bien entendu, vous allez vous reposer avant le dîner. C'est ma faute! Nous avons trop prolongé l'heure du thé en raison de cette passionnante conversation.

— À vrai dire, je préférerais me promener un peu, répondit Gwyneira. Pas loin, jusqu'aux écuries, pour voir mon cheval.

Cléo dansait déjà frénétiquement autour d'elle. La chienne, elle aussi, s'était ennuyée. Ses aboiements joyeux firent reprendre ses esprits à Gérald.

— Tu devrais l'accompagner, Lucas. Montre à miss Gwyn les écuries et les étables, et veille à ce que les gardiens ne lui jettent pas trop de regards lubriques.

— Je t'en prie, évite de pareilles expressions devant une lady…, le tança son fils avec indignation.

Gwyneira s'efforça de rougir, mais au fond elle cherchait plutôt une excuse pour éviter que Lucas l'accompagnât. Par chance, il avait lui-même des scrupules.

— Je ne sais pas, père, si cela ne dépasserait pas les bornes de la bienséance, objecta-t-il. Je ne peux me montrer seul avec lady Gwyneira dans les écuries…

Gérald s'énerva.

— À l'heure qu'il est, il y a vraisemblablement dans les étables autant de monde que dans un pub! Par ce temps, les bergers traînent au chaud et jouent aux cartes!

Tard dans l'après-midi, il s'était mis à pleuvoir.

— C'est bien pour ça, père. Demain, on raconterait partout que les maîtres se sont rendus dans les étables pour se livrer à des actes inconvenants.

À la seule idée qu'il pourrait être l'objet de tels bruits, Lucas paraissait bouleversé.

— Oh, je me débrouillerai toute seule, se dépêcha de dire Gwyneira.

Elle n'avait pas peur des travailleurs : n'avait-elle pas déjà gagné le respect des bergers de son père? Et elle aurait plus de plaisir à entendre la langue grossière de ces hommes que de poursuivre une conversation édifiante avec un gentleman. Sur le chemin de l'écurie, il serait bien encore capable de vérifier ses connaissances en matière d'architecture.

— Je trouverai aussi les étables.

À vrai dire, elle serait volontiers allée prendre un manteau, mais elle préféra brusquer les choses sans laisser à Lucas le temps de trouver quelque objection.

— J'ai pris grand plaisir à bavarder avec vous, monsieur Lucas, lui lança-t-elle avec un sourire. Nous verrons-nous au dîner?

— Bien entendu, mylady, confirma-t-il en s'inclinant une nouvelle fois. Dans une bonne heure, il sera servi dans la salle à manger.

Gwyneira courut sous la pluie. Elle préféra ne pas penser à sa robe de soie. Et pourtant, il faisait si beau quelques heures auparavant ! Mais il fallait bien qu'il pleuve pour que l'herbe pousse. Le climat humide de son nouveau pays était idéal pour l'élevage des moutons, et le pays de Galles l'y avait habituée. Sauf que, là-bas, elle n'était pas obligée de courir dans la boue en tenue élégante ; là-bas, les chemins entourant les bâtiments d'exploitation étaient pavés, alors qu'ici on avait négligé de le faire. Seul le sol devant la demeure était ferme. Si elle avait eu le choix, elle aurait commencé par stabiliser l'emplacement devant les étables plutôt que le chemin, certes magnifique mais peu utilisé, menant à l'entrée principale. Gérald devait avoir d'autres priorités, sans parler de Lucas. Celui-ci devait même envisager maintenant d'aménager une roseraie… Gwyneira fut heureuse de voir de la lumière dans les étables : elle aurait été bien en peine de trouver une lanterne. Des voix provenaient aussi des hangars et des écuries. Les bergers s'étaient en effet rassemblés ici.

— Blackjack, James ! criait justement quelqu'un en riant. Cartes sur table, l'ami ! Aujourd'hui, je te pique ta paie.

Tant qu'ils ne jouent que ça, pensa-t-elle en prenant une profonde inspiration et en ouvrant la porte. Le passage devant elle menait sur la gauche aux écuries et, à droite, s'élargissait pour former une espèce de remise où des hommes étaient assis autour d'un feu. Gwyneira en compta cinq, tous de rudes gaillards qui ne donnaient pas l'impression de s'être lavés de la journée. Certains portaient la barbe ou, du moins, ne s'étaient pas rasés depuis trois jours. Trois des jeunes chiens de berger étaient couchés à côté d'un homme grand et mince, au visage très bronzé et quelque peu anguleux, sillonné de rides en pattes d'oie. Quelqu'un tendit à ce dernier une bouteille de whisky.

— Tiens, ça te consolera !

C'était donc James, celui qui venait de perdre.

Un géant blond, qui battait à nouveau les cartes, leva les yeux par hasard et aperçut Gwyneira.

— Hé, les gars, il y a des fantômes ici? En général, je ne vois de ladies aussi jolies qu'après la deuxième bouteille!

Les autres éclatèrent de rire.

— Quel éclat dans notre modeste logis! s'exclama, d'une voix déjà un peu hésitante, celui qui venait de faire passer la bouteille à la ronde. Un… un ange!

Nouveaux rires. Gwyneira ne savait que répondre.

— Taisez-vous, vous la mettez mal à l'aise! dit alors le plus âgé de la troupe, qui, encore manifestement à jeun, était en train de bourrer sa pipe. Ce n'est ni un ange, ni un esprit, mais simplement la jeune demoiselle! Celle que M. Gérald a ramenée afin qu'elle épouse… enfin, vous savez bien!

Ricanements gênés. Gwyneira décida de prendre l'initiative.

— Gwyneira Silkham, dit-elle, se présentant aux hommes à qui elle aurait volontiers tendu la main, mais dont aucun ne fit mine de se lever. Je venais voir mon cheval.

Cléo, qui entre-temps avait fait le tour des lieux, salua chacun des jeunes chiens et, remuant la queue, passa d'un homme à l'autre pour s'arrêter devant James, qui la caressa d'une main experte.

— Et comment s'appelle cette autre jeune demoiselle? Une bête magnifique! J'ai déjà entendu parler d'elle, ainsi que des exploits de sa maîtresse. Permettez: James McKenzie!

Se levant, le jeune homme tendit la main à Gwyneira, la fixant sans crainte de ses yeux marron. Il avait les cheveux châtains, drus et un peu en désordre, comme s'il venait de les ébouriffer nerveusement en jouant aux cartes.

— Eh, James, te pousse pas du col comme ça! le taquina un autre. Elle appartient au patron, on vient de te le dire!

— N'écoutez pas ces malotrus, ce sont des rustres. Mais ils sont au moins baptisés. Andy McAran, Dave O'Toole, Hardy Kennon et Poker Livingston. Ce dernier est également très bon au blackjack…

Poker était le blond, Dave l'homme à la bouteille et Andy le géant d'un certain âge déjà, aux cheveux noirs. Hardy, apparemment le plus jeune, paraissait avoir trop sacrifié au whisky pour donner signe de vie.

— Désolé qu'on soit déjà tous un peu bourrés, dit McKenzie avec candeur. Mais quand M. Gérald nous envoie une bouteille pour fêter son heureux retour…

— Ce n'est rien, dit Gwyneira avec un sourire avenant. Mais éteignez bien le feu ensuite. N'allez pas incendier l'écurie.

Cléo, pendant ce temps, sautait contre McKenzie qui continuait à la gratter doucement. Gwyn se souvint qu'il avait demandé comment la chienne s'appelait.

— C'est Silkham Cléopâtre. Et les petits sont Silkham Daisy, Silkham Dorit, Silkham Dinah, Daffy, Daimon et Dancer.

— Houla, rien que des nobles! s'effraya Poker. Faudra-t-il chaque fois lui faire une courbette? demanda-t-il en repoussant amicalement mais fermement Dancer qui cherchait à mordre les cartes.

— Vous auriez pu la faire dès que vous avez vu mon cheval, répliqua Gwyneira sans se formaliser. Il a en effet un arbre généalogique plus long que le nôtre, à nous tous.

James McKenzie éclata de rire, un éclair dans les yeux.

— Mais je ne serai pas obligé de toujours les appeler par leur nom complet, non?

À leur tour, les yeux de la jeune femme brillèrent de malice.

— Pour Igraine, vous verrez avec elle. Mais la chienne n'est pas prétentieuse pour un sou. Elle répond au nom de Cléo.

— Et vous, vous répondez à quel nom? s'enquit McKenzie, en coulant un regard complaisant mais pas égrillard sur la silhouette de Gwyneira.

Elle frissonna. Ayant marché sous la pluie, elle commençait à avoir froid. L'homme s'en aperçut.

— Attendez, je vais vous donner une pèlerine. C'est l'été, mais dehors il ne fait pas chaud. Tenez, miss…, dit-il en tendant un ciré.

— Gwyn, dit-elle. Merci beaucoup. Et maintenant, où est mon cheval?

Igraine et Madoc étaient logés dans des box propres, mais la jument piaffa d'impatience quand sa maîtresse arriva auprès d'elle. La lente chevauchée du matin ne l'ayant pas fatiguée, elle brûlait de prendre du mouvement.

— Monsieur McKenzie, dit Gwyneira, j'aimerais faire une promenade à cheval demain, mais M. Gérald pense qu'il ne serait pas convenable que je sorte seule. Je ne voudrais importuner personne, mais il est peut-être possible que je vous accompagne, vous et vos hommes, à l'occasion d'un travail quelconque? L'inspection des pâturages, par exemple? J'aimerais aussi vous montrer comment entraîner les jeunes chiens. Ils ont naturellement un instinct très sûr pour la garde des moutons, mais quelques petites ficelles peuvent les améliorer encore.

McKenzie secoua la tête d'un air de regret.

— Nous n'avons rien contre votre proposition, miss Gwyn. Mais nous sommes déjà chargés de seller demain deux chevaux pour votre sortie. C'est M. Lucas qui vous accompagnera et vous montrera la ferme. Vous préférez certainement ça à une inspection en compagnie de quelques gardiens mal lavés? dit-il avec un petit ricanement.

Gwyn ne sut que répondre. Pis, elle ne sut ce qu'elle pensait. Elle finit par se ressaisir.

— Ce sera un plaisir, conclut-elle.

3

Lucas Warden était un bon cavalier, même s'il ne pratiquait pas l'équitation avec passion. Correctement et souplement assis sur sa selle, il maniait les rênes d'une main sûre et n'avait aucun mal à tenir sa monture à hauteur de sa compagne afin d'échanger quelques propos de temps en temps. Pourtant – ce qui étonna fort Gwyneira –, il ne possédait aucun cheval en propre et ne manifesta aucune envie d'essayer le nouvel étalon, alors qu'elle-même était impatiente de le monter depuis que Warden l'avait acheté. On lui avait jusqu'ici refusé ce plaisir, sous le prétexte qu'un étalon n'était pas une monture pour dames, bien que le petit moreau fût de tempérament nettement plus calme que la fougueuse Igraine. Bien sûr, il n'était certainement pas non plus habitué aux selles pour dames. Mais, concernant ce dernier point, Gwyneira était optimiste. Les bergers, qui, en raison du manque de palefreniers, travaillaient aussi comme garçons d'écurie, n'avaient aucune notion des convenances. C'est ainsi que Lucas avait dû, le matin, exiger de McKenzie, interloqué, d'équiper la jument de Gwyneira d'une selle d'amazone. Pour lui, il avait commandé un des chevaux du ranch, plus grands que les cobs mais plus légers. La plupart paraissaient très vifs, mais le choix de Lucas se porta sur le plus paisible.

— Cela me permettra d'intervenir si mylady se trouve en difficulté, car je n'aurai pas à lutter avec ma propre bête, expliqua-t-il à McKenzie, qui n'en crut pas ses oreilles.

Gwyneira fut elle aussi stupéfaite : si elle devait vraiment se retrouver en difficulté, Igraine aurait déjà disparu à l'horizon avant que la tranquille monture de son compagnon se fût ébranlée. À vrai dire, elle connaissait l'argument pour l'avoir lu dans des manuels de bonnes mœurs et feignit par conséquent d'être sensible à la sollicitude de son fiancé. La promenade à cheval à travers Kiward Station se déroula donc de façon très harmonieuse. Lucas parla de chasses au renard et s'étonna qu'elle prît part à des concours de chiens de berger.

— Cela me semble une occupation assez… euh, assez non conventionnelle pour une jeune lady, désapprouva-t-il d'un ton indulgent.

Gwyneira se mordit légèrement les lèvres. Allait-il commencer dès à présent à lui dicter sa conduite ? Mieux valait alors mettre le holà sans tarder.

— Il vous faudra en prendre votre parti, rétorqua-t-elle sèchement. D'ailleurs, il est tout aussi peu conventionnel de venir jusqu'en Nouvelle-Zélande à la suite d'une demande en mariage. Surtout quand on ne connaît même pas son fiancé.

— *Touché*[1] ! s'exclama Lucas en souriant, avant de reprendre son sérieux. Je dois avouer que j'ai d'abord eu du mal à approuver cette manière d'agir de mon père. Il est bien sûr difficile, ici, d'arranger une union convenable. Comprenez-moi bien : la Nouvelle-Zélande n'a pas été peuplée d'escrocs comme l'Australie, mais d'hommes en tout point honorables. Pourtant, les colons, dans leur majorité… comment dire ?… manquent de classe, de culture, d'éducation. Voilà pourquoi je m'estime plus que chanceux d'avoir donné mon accord à cette demande en mariage non conventionnelle qui m'a apporté une fiancée d'un non-conformisme aussi ravissant ! Puis-je espérer répondre moi aussi à vos attentes, Gwyneira ?

---

1. En français dans le texte. (*Toutes les notes sont du traducteur.*)

— Je suis agréablement surprise de rencontrer ici un gentleman comme vous, acquiesça-t-elle avec un sourire forcé. Même en Angleterre, jamais je n'aurais pu trouver d'époux ayant votre culture.

C'était parfaitement exact. Certes, dans les milieux de l'aristocratie terrienne galloise que fréquentait Gwyneira, on disposait d'une certaine culture de base, mais, dans les salons, il était plus souvent question de courses de chevaux que de cantates de Bach.

— Il faudra bien entendu que nous apprenions à nous connaître mieux encore avant d'arrêter une date pour le mariage, répondit Lucas. Toute autre manière d'agir serait malséante, je l'ai d'ailleurs déjà dit à mon père. S'il s'écoutait, la cérémonie serait fixée pour après-demain.

Bien qu'estimant plus que suffisante la quantité de propos oiseux qu'ils avaient déjà échangés, Gwyneira se garda de le contredire. Elle se montra ravie de son invitation à visiter son atelier dès l'après-midi.

— Je ne suis qu'un peintre sans importance, mais j'espère progresser, lui confia-t-il tandis qu'ils parcouraient au pas une allée se prêtant au galop. Pour le moment, je travaille à un portrait de ma mère qui devrait trouver place au salon. Je dois malheureusement travailler d'après des daguerréotypes, car je n'ai pas gardé grand souvenir d'elle. Elle est morte quand j'étais petit. Pourtant, à mesure que j'avance, de plus en plus de souvenirs me reviennent, et j'ai l'impression de me rapprocher d'elle. C'est une expérience extrêmement intéressante. J'aimerais aussi vous peindre un jour, Gwyneira!

La jeune femme approuva sans conviction. Son père, avant son départ, avait fait peindre son portrait, et poser l'avait ennuyée à mourir.

— Je suis surtout curieux de connaître votre avis sur mon travail. Vous avez certainement visité, en Angleterre, de nombreuses galeries et vous êtes bien mieux informée sur les toutes récentes évolutions que nous, ici, à l'autre bout du monde!

Elle espéra qu'il lui viendrait encore à l'esprit quelques paroles très fortes à ce sujet. Elle avait certes déjà épuisé son stock de mots de circonstance la veille, mais peut-être les tableaux l'inspireraient-ils. Elle n'avait en effet jamais mis le pieds dans une galerie, et les évolutions récentes de l'art lui étaient totalement indifférentes. Ses ancêtres avaient accumulé, au fil des générations, assez de peintures pour décorer les murs de chez elle. Celles-ci représentaient essentiellement des aïeux et des chevaux, et l'on ne jugeait généralement de leur qualité qu'en fonction du critère de la «ressemblance». C'était la première fois qu'elle entendait parler de notions telles que «incidence de la lumière» ou «perspective», à propos desquelles Lucas pouvait pérorer à n'en plus finir.

En revanche, elle était émerveillée par les paysages qu'ils traversaient. Le matin, il y avait eu du brouillard mais à présent, le soleil ayant percé, Kiward Station se dévoilait à ses yeux comme si la nature lui offrait un cadeau personnel. Bien sûr, Lucas ne la mena pas très haut dans les contreforts montagneux, là où les moutons paissaient quasiment en liberté, mais même les environs de la ferme étaient magnifiques. Le lac reflétait les nuages, et les rochers parsemant les prairies donnaient l'impression d'avoir à l'instant, telles des dents énormes, surgi du tapis herbeux. On aurait dit une armée de géants prêts à s'animer à tout moment.

— N'existe-t-il pas une histoire où le héros sème des pierres d'où naissent des soldats pour son armée? demanda-t-elle.

Lucas manifesta de l'enthousiasme face à une telle culture.

— Ce ne sont à vrai dire pas des pierres mais des dents de dragon que Jason, dans la mythologie grecque, plante en terre, la corrigea-t-il. Et c'est contre lui que se dresse l'armée de fer qui en naît. Ah, il est merveilleux de s'entretenir d'égal à égal avec des êtres cultivés, ne trouvez-vous pas?

Gwyneira pensait en fait aux cercles de pierres que l'on trouvait dans son pays et au sujet desquels sa nurse, jadis, lui avait raconté des histoires extravagantes. Si ses souvenirs étaient bons, des prêtresses y avaient envoûté des soldats romains ou quelque chose d'approchant. Mais cette histoire manquait certainement de classicisme pour Lucas.

Les premiers moutons du cheptel de Gérald paissaient entre les pierres, des mères venant d'agneler. Les agneaux, tous beaux sans exception, ravirent Gwyneira. Mais Gérald avait raison : une goutte de sang de moutons welsh mountains améliorerait la qualité de la laine.

Lucas fronça les sourcils quand Gwyneira déclara qu'il fallait immédiatement faire couvrir les brebis par l'un des béliers du pays de Galles.

— Est-il courant, en Angleterre, que des jeunes dames s'expriment de manière aussi… aussi crue… en matière sexuelle ? demanda-t-il prudemment.

— Comment dire cela autrement ?

Gwyneira n'avait jamais établi de relation entre bienséance et élevage des moutons. Elle n'avait à vrai dire aucune idée de la manière dont les femmes avaient des bébés, mais elle avait assisté plus d'une fois aux saillies des béliers sans que personne y trouvât à redire.

Lucas rougit légèrement.

— Mais ce… euh, ce domaine n'est pourtant pas un sujet de conversation pour dames.

— Ma sœur Larissa élève des highland terriers, et mon autre sœur cultive des roses. Elles en parlent toute la journée. Quelle différence avec des moutons ?

— Gwyneira ! s'exclama Lucas, cramoisi. Ah, laissons là ce sujet. Ce n'est pas vraiment convenable dans notre situation ! Regardons plutôt jouer les agneaux. Ne sont-ils pas adorables ?

Gwyneira les avait plutôt jugés du point de vue de leur rendement lainier, mais, comme tous les agneaux nouveau-nés, ils étaient incontestablement mignons. Elle approuva

Lucas et n'éleva aucune objection quand, immédiatement après, il proposa de rentrer.

— Je pense que vous en avez assez vu pour retrouver seule votre chemin dans Kiward Station, déclara-t-il en aidant sa fiancée à descendre de selle devant les écuries.

Cette dernière remarque fit oublier à Gwyneira toutes les lubies de son fiancé. Il n'était apparemment pas opposé à ce qu'elle parte seule à cheval! Il n'avait au moins pas abordé le sujet «chaperon», soit parce qu'il avait sauté ce passage dans son manuel des bonnes manières, soit parce qu'il ne pouvait tout simplement pas s'imaginer qu'une fille eût envie de partir se promener seule à cheval.

En tout cas, Gwyneira battit le fer pendant qu'il était chaud. À peine Lucas eut-il tourné le dos qu'elle s'adressa au berger d'un certain âge qui avait pris en charge leurs montures.

— Monsieur McAran, j'aimerais faire seule une sortie à cheval demain matin. Pouvez-vous me préparer le nouvel étalon pour 10 heures, avec la selle de M. Gérald?

Le mariage d'Hélène avec Howard O'Keefe ne fut pas aussi dépourvu d'apparat que la jeune femme l'avait d'abord craint. Afin de n'avoir pas à célébrer la cérémonie dans une église vide, le révérend la fit coïncider avec le service religieux dominical, et il y eut finalement un nombre relativement important de personnes qui vinrent féliciter Hélène et Howard. M. et Mme McLaren avaient fait de leur mieux pour conférer quelque solennité à la messe, et Mme Godewind contribua à la décoration de l'église en composant, avec l'aide d'Élisabeth, de magnifiques bouquets de fleurs. M. et Mme McLaren avaient vêtu Rosemarie d'une petite robe sur laquelle l'enfant disposa des fleurs, si bien qu'elle ressemblait elle-même à un bouton de rose. M. McLaren fut le garçon d'honneur d'Howard tandis qu'Élisabeth et Belinda Baldwin jouèrent le rôle de demoiselles d'honneur pour Hélène. Celle-ci avait eu l'espoir de revoir les autres pupilles à l'occasion de la messe, mais aucune des familles vivant à l'écart de la ville n'assista au service religieux. Malgré son inquiétude à ce sujet, elle refusa de laisser se gâter ce grand jour. Ayant pris son parti de ce mariage précipité, elle était décidée à en profiter au maximum. Au cours de ces deux dernières journées, elle avait de surcroît pu observer Howard de plus près, car, étant resté en ville, il prenait part à pratiquement tous les repas chez les Baldwin. Son éclat de colère quand il avait été question des Warden avait certes d'abord surpris désagréablement, voire inquiété, Hélène, mais, sauf si ce sujet revenait sur le tapis, il donnait l'impression d'une personne équilibrée. Il mit à profit son séjour en ville pour faire des achats pour la ferme. Sa situation financière semblait donc ne pas être trop mauvaise. Dans le costume dominical gris qu'il avait revêtu pour le mariage, il avait belle allure, même s'il transpirait abondamment dans des vêtements mal adaptés à la saison.

Hélène, elle, portait une robe d'été, d'un vert printanier, qu'elle avait fait tailler sur mesure à Londres en prévision du mariage. Bien sûr, une robe blanche en dentelle eût été plus jolie, mais elle y avait renoncé pour ne pas gaspiller son argent : après tout, on n'avait ensuite plus jamais l'occasion de remettre une telle merveille ! En ce jour, les cheveux lumineux de la jeune femme lui tombaient librement dans le dos, coiffure que Mme Baldwin observa avec une certaine suspicion, mais à laquelle Mmes McLaren et Godewind avaient absolument tenu. Elles s'étaient contentées d'un serre-tête pour écarter la masse éclatante des cheveux de la figure d'Hélène et de quelques fleurs en guise de parure. Hélène se trouva elle-même belle comme jamais elle ne l'avait été, et le taciturne Howard alla jusqu'à émettre un compliment :

— C'est… euh, très joli, Hélène.

Hélène joua avec les lettres qu'elle portait toujours sur elle. Quand son époux sortirait-il enfin de sa réserve et lui répéterait-il, face à face, les magnifiques paroles qu'elles contenaient?

La cérémonie elle-même ne manqua pas de solennité. Le révérend Baldwin se révéla un excellent orateur, s'entendant comme pas un à captiver ses ouailles. Quand il parla d'amour «dans les bons et dans les mauvais jours», toutes les femmes de l'église sanglotèrent tandis que les hommes se mouchaient. Le seul bémol, pour Hélène, fut le choix de son témoin. Elle aurait préféré Mme Godewind, mais Mme Baldwin s'imposa, et il aurait été très impoli de la récuser. Après tout, le second témoin, le vicaire Chester, était, lui, extrêmement sympathique.

Howard créa la surprise en récitant la formule consacrée sans notes et d'une voix ferme, regardant Hélène presque avec amour. Cette dernière ne s'en sortit pas aussi bien, ne pouvant retenir ses larmes.

Puis l'orgue retentit, les fidèles chantèrent et Hélène se sentit au comble du bonheur quand, au bras de son époux, elle sortit de l'église. Les visiteurs venus les féliciter les attendaient sur le parvis.

Hélène embrassa Élisabeth et se laissa étreindre par Mme McLaren qui sanglotait. À sa grande surprise, Mme Beasley et toute la famille O'Hara étaient là, alors que ces derniers n'appartenaient pas à l'Église anglicane. Hélène serra des mains, riant et pleurant tout à la fois, jusqu'au moment où il ne resta plus qu'une jeune femme qu'Hélène voyait pour la première fois. Elle se retourna vers Howard – peut-être la femme était-elle venue pour lui –, mais celui-ci s'entretenait déjà avec le prêtre, semblant ne pas avoir remarqué la visiteuse.

Hélène sourit à celle-ci.

— Je sais, c'est impardonnable, mais puis-je vous demander d'où je vous connais? Ces derniers jours, j'ai été assaillie par tant de choses nouvelles que…

La femme lui adressa un signe de tête amical. Petite et délicate, elle avait des traits ordinaires, presque enfantins, et de fins cheveux blonds, soigneusement relevés sous une coiffe. Sa tenue était celle d'une simple ménagère de Christchurch venue à la messe du dimanche.

— Vous n'avez pas à vous excuser, vous ne me connaissez pas, dit-elle. Je voulais simplement me présenter, parce que… nous avons tout de même quelque chose en commun. Je m'appelle Christine Lorimer. J'ai été la première.

Hélène tomba des nues.

— La première quoi ? Venez, allons à l'ombre. Mme Baldwin a préparé des rafraîchissements dans sa maison.

— Je ne voudrais pas être importune. Mais je vous ai pour ainsi dire précédée. J'ai été la première à venir d'Angleterre pour être mariée ici.

— C'est très intéressant. Je croyais être la première. On m'avait dit que d'autres femmes n'avaient pas encore eu de réponse à leur demande, et je suis venue sans rendez-vous préalable.

— Moi aussi, plus ou moins. Je n'ai pas répondu à une petite annonce. Mais j'avais vingt-cinq ans et aucune perspective de mariage. Comment d'ailleurs en aurais-je eu, sans dot ? Je vivais chez mon frère, dans sa famille qu'il nourrissait tant bien que mal. J'ai essayé de gagner un peu d'argent comme couturière, mais je n'étais guère habile. J'ai une mauvaise vue et on ne voulait pas de moi dans les usines. Alors mon frère et sa femme ont envisagé d'émigrer. Mais qu'allais-je devenir ? Nous avons eu l'idée d'écrire au prêtre d'ici. Lui demandant s'il ne se trouverait pas, dans la région de Canterbury, un chrétien cherchant à se marier. Il arriva une réponse d'une certaine Mme Brennan. Très déterminée. Elle voulait tout savoir sur mon compte. Elle a dû être satisfaite. En tout cas, j'ai reçu une lettre de M. Thomas Lorimer. Et que dire ? Je suis tout de suite tombée amoureuse !

— Vraiment ? demanda Hélène qui ne voulait pas avouer qu'il lui était arrivé la même chose. D'une lettre ?

Mme Lorimer eut un petit rire.

214

— Oh oui. Il avait écrit de si belles choses! Je m'en souviens par cœur, aujourd'hui encore : «J'aspire à rencontrer une femme désireuse d'unir sa destinée à la mienne. Je prie Dieu qu'il existe un être aimant dont mes mots pourraient émouvoir le cœur.»

Hélène ouvrit de grands yeux.

— Mais… mais ce sont les propres mots de ma lettre, s'énerva-t-elle. C'est exactement ce qu'Howard m'a écrit! Je ne crois pas ce que vous me racontez, madame Lorimer! Est-ce une mauvaise plaisanterie?

La petite femme eut l'air affectée.

— Oh non, madame O'Keefe! Et je ne voulais surtout pas vous blesser! Je ne pouvais pas deviner qu'ils avaient recommencé!

— Recommencé quoi? demanda Hélène, qui avait pourtant déjà une vague idée de ce qui s'était passé.

— Eh bien, le coup des lettres! Mon Thomas est un cœur d'or. Vraiment, jamais je n'aurais pu souhaiter meilleur époux. Mais il est menuisier, il n'emploie pas de grands mots, pas plus qu'il n'écrit de lettres romantiques. Il m'a dit qu'il a essayé cent fois, mais qu'aucune des lettres qu'il écrivait ne semblait assez bonne pour être expédiée. En définitive, il voulait toucher mon cœur, voyez-vous? Alors, il s'est adressé au vicaire Chester…

— C'est le vicaire qui a écrit les lettres? s'écria Hélène, ne sachant si elle devait rire ou pleurer.

Toujours est-il qu'elle commençait à comprendre : la belle écriture calligraphiée, typique d'un ecclésiastique. Le choix bien pesé des mots, et l'absence d'informations pratiques dont Gwyneira s'était rendu compte. Et, bien entendu aussi, l'intérêt porté par le petit vicaire à la réussite de l'entreprise.

— Je n'aurais pas imaginé qu'ils osent à nouveau, reprit Mme Lorimer. Parce que j'ai naturellement passé un bon savon à l'un et à l'autre, quand j'ai eu vent de l'affaire. Oh, je suis navrée, madame O'Keefe! Votre Howard aurait dû avoir la chance de vous le dire lui-même. Mais maintenant je vais faire sa fête au vicaire ! Il va se faire sonner les cloches !

Christine Lorimer partit d'un pas décidé tandis qu'Hélène, songeuse, resta sur place. Quel était l'homme qu'elle venait d'épouser ? Le vicaire s'était-il contenté d'exprimer par des mots ses sentiments, ou bien Howard était-il au fond indifférent aux moyens qui serviraient à attirer sa future épouse à l'autre bout du monde ?

Elle ne tarderait pas à le savoir. Mais elle n'était pas certaine de le vouloir.

La charrette bringuebalait depuis huit heures sur des chemins boueux. Hélène avait l'impression que le voyage ne finirait jamais. En outre, l'immensité du paysage la déprimait. Depuis plus d'une heure, ils n'étaient pas passés devant la moindre demeure. De surcroît, le véhicule dans lequel Howard transportait sa jeune épouse, leurs affaires et ses emplettes de Christchurch était le moyen de locomotion le plus inconfortable qu'Hélène eût jamais emprunté. Le siège raide lui labourait le dos, et la bruine incessante lui donnait des maux de tête. Howard, de son côté, ne tentait pas de lui rendre le trajet supportable en lui faisant un brin de conversation. Il ne lui avait pas adressé la parole depuis au moins une demi-heure, se contentant de grommeler de loin en loin un ordre au cheval et au mulet qui tiraient la charrette.

Aussi avait-elle tout loisir de donner libre cours à ses pensées, pensées qui n'avaient rien de réjouissant. L'affaire des lettres n'était pas le plus grand problème, Howard et le vicaire s'étant excusés pour ce petit mensonge, tout en le considérant comme un péché véniel. Ils avaient tout de même mené l'affaire à bonne fin : Howard avait son épouse et Hélène, son époux. La nouvelle qu'Hélène avait apprise la veille de la bouche d'Élisabeth était plus préoccupante : Mme Baldwin n'avait rien dit, peut-être parce qu'elle avait honte ou pour ne pas inquiéter Hélène, mais Belinda n'avait pu tenir sa langue et avait confié à Élisabeth que la petite Laurie s'était sauvée de chez les Lavender dès le second jour. Bien sûr, on l'avait vite retrouvée et sévèrement réprimandée, mais, dès le lendemain soir, elle avait à nouveau fugué. Cette fois, on l'avait battue. Et maintenant, à sa troisième tentative, elle était enfermée dans le placard à balais.

— Au pain sec et à l'eau, avait ajouté Belinda d'un ton dramatique.

Ce matin, avant de partir, Hélène avait parlé de l'affaire au révérend ; il lui avait naturellement promis de veiller à ce que tout se passât bien pour Laurie. Mais tiendrait-il parole quand Hélène ne serait plus là pour le rappeler à ses devoirs ?

Et puis, il y avait eu, bien sûr, le départ avec Howard. Hélène avait passé la nuit précédente de manière fort décente encore, dans son lit, chez les Baldwin. Il était hors de question que son mari la rejoignît dans la cure, et Howard ne pouvait ou ne voulait s'offrir l'hôtel.

— Nous serons ensemble une vie entière, avait-il déclaré en embrassant avec gaucherie Hélène sur la joue. Une nuit de plus ou de moins importe peu.

Hélène, bien que soulagée, avait été un peu déçue. En tout cas, elle aurait préféré les commodités d'une chambre d'hôtel au matelas de couvertures qui l'attendait probablement dans une voiture bâchée. Elle avait rangé sur le dessus de son sac de voyage la belle chemise de nuit, mais savoir où elle pourrait se dévêtir et s'habiller décemment restait un mystère. À cela s'ajoutait qu'il bruinait continuellement et que ses habits, et certainement les couvertures aussi, étaient froids et humides. Quoi qu'il arrivât dans la nuit, de pareilles conditions n'auguraient pas d'une grande réussite !

La couche improvisée dans une voiture bâchée fut néanmoins épargnée à Hélène. Peu avant la tombée de la nuit, alors qu'elle était totalement épuisée – ne souhaitant plus qu'une chose : que cessent enfin les secousses de la charrette –, Howard s'arrêta devant une modeste ferme.

— Nous pourrons loger ici, chez ces gens, dit-il en aidant avec courtoisie Hélène à descendre du siège. J'ai connu Wilbur à Port Cooper. Il est maintenant marié lui aussi et s'est établi.

Un chien aboya à l'intérieur de la maison. Wilbur et sa femme sortirent pour voir qui étaient les visiteurs.

Quand il reconnut Howard, le petit homme, sec et nerveux, se mit à brailler en l'étreignant avec fougue. Les deux amis, se tapant réciproquement sur l'épaule, se remémorèrent leurs communs exploits passés et auraient volontiers débouché leur première bouteille sous la pluie.

Hélène, cherchant de l'aide, se tourna vers la femme. Elle fut soulagée de la voir lui sourire d'un air sincère et engageant.

— Vous devez être la nouvelle Mme O'Keefe ! Quand nous avons entendu dire qu'Howard allait se marier, c'est à peine si nous l'avons cru ! Mais entrez donc, vous êtes sûrement gelée. Et tous ces cahots sur la charrette. Vous arrivez de Londres, n'est-ce pas ? Vous êtes sans doute habituée à de confortables calèches ! s'exclama la femme en riant, comme si sa dernière remarque n'était qu'une plaisanterie. Je m'appelle Margaret.

Hélène se présenta à son tour.

On ne faisait visiblement pas grand cas, ici, des cérémonies. Un peu plus grande que son mari, mince, la mine légèrement soucieuse, Margaret portait une simple robe grise, rapiécée à maintes reprises. L'aménagement de la maison dans laquelle elle fit entrer Hélène était assez rudimentaire : des tables et des chaises de bois grossier et une cheminée ouverte servant également à cuisiner. Pourtant, le repas en train de bouillir dans un chaudron sentait bon les aromates.

— Vous avez de la chance, je viens de tuer une poule, confia Margaret. Pas une jeunesse, mais ça donnera une bonne soupe. Asseyez-vous près du feu, Hélène, et séchez-vous. Voici du café, et je vais bien trouver une goutte de whisky.

Hélène fut désemparée : elle n'avait encore jamais bu de whisky de sa vie. Pour Margaret, en revanche, cela ne paraissait pas poser de problème. Elle offrit à Hélène un gobelet en émail plein d'un café amer qui avait dû être tenu une éternité au chaud près du feu. Celle-ci n'osa pas réclamer du sucre ou même du lait, mais Margaret posa obligeamment l'un et l'autre sur la table.

— Prenez beaucoup de sucre, ça remet l'esprit en place. Et buvez une goutte de whisky !

Effectivement, l'alcool donna bon goût au café. Avec du sucre et du lait, la mixture était tout à fait buvable. D'autant plus que l'alcool était censé chasser les soucis et décontracter les muscles durcis. Considérant les choses sous cet angle, Hélène put le boire comme un médicament. Elle ne dit pas non quand Margaret la resservit.

Quand la soupe fut prête, Hélène voyait comme à travers un léger brouillard. Elle s'était enfin réchauffée et la pièce éclairée par le feu lui parut accueillante. Si elle devait vivre pour la première fois ici « l'inexprimable », pourquoi pas ?

La soupe contribua elle aussi à améliorer son humeur. Elle était excellente, bien que portant au sommeil. Hélène, si elle s'était écoutée, serait allée immédiatement au lit, mais Margaret prenait à l'évidence plaisir à bavarder avec elle.

Howard, lui aussi, voulait manifestement mettre le plus tôt possible un terme à la soirée. Il avait vidé avec Wilbur un grand nombre de verres et il éclata d'un rire tonitruant quand son ami lui proposa une partie de cartes.

— Non, mon vieux, trop tard pour aujourd'hui. J'ai autre chose en vue, quelque chose qui a directement à voir avec la femme ravissante qui m'est arrivée de la vieille patrie !

Il s'inclina galamment devant Hélène, qui devint rouge comme une pivoine.

— Eh bien, où pouvons-nous nous retirer? C'est en effet… pour ainsi dire… notre nuit de noces!

— Oh, nous allons devoir jeter du riz! s'écria Margaret d'un ton suraigu. Je ne savais pas que votre union était si récente! Malheureusement, je n'ai pas de vrai lit à vous offrir. Mais, dans l'écurie, il y a assez de foin frais, vous y serez au chaud et ce sera moelleux. Attendez, je vais vous donner des draps et des couvertures, les vôtres sont certainement trempées. Et puis une lanterne, afin que vous y voyiez… bien que, la première fois, on préfère le noir.

Elle eut un rire moqueur. Hélène était horrifiée. Elle allait passer sa nuit de noces dans une écurie?

Toujours est-il que la vache poussa un meuglement engageant quand Hélène et Howard – elle, les bras pleins de couvertures, lui, portant la lanterne – entrèrent dans le bâtiment. Il y faisait en outre relativement chaud. Avec l'attelage d'Howard, l'écurie abritait la vache et trois chevaux. Leurs corps chauffaient un peu le local, mais le remplissaient aussi d'odeurs pénétrantes. Hélène disposa les couvertures sur le foin. Y avait-il trois mois seulement que le seul fait de se retrouver non loin d'un parc à moutons l'avait incommodée? Gwyneira trouverait cette histoire divertissante. Hélène, en revanche… si elle était sincère, eh bien, elle ne ressentait que de la peur.

— Où… où puis-je me dévêtir ici? demanda-t-elle timidement.

Elle ne pouvait tout de même pas se déshabiller au milieu de l'écurie, devant Howard. Celui-ci fronça les sourcils.

— Tu es folle ou quoi? Je vais tout faire pour te tenir chaud, mais ce n'est pas ici l'endroit pour des chemises en dentelle! Il va fraîchir pendant la nuit et il y a sans doute aussi des puces dans le foin. Il vaut mieux garder ta robe.

— Mais… mais si nous…, balbutia-t-elle, écarlate.

Howard lâcha un rire joyeux.

— Ça, c'est mon affaire! dit-il en débouclant sa ceinture. Et à présent, mets-toi sous la couverture afin de ne pas prendre froid. Faut-il que je t'aide à défaire ton corset?

Howard, visiblement, n'en était pas à son coup d'essai. Et il n'avait pas d'inquiétude, au contraire. La joie se lisait déjà sur son visage. Hélène déclina pudiquement son offre. Elle délacerait seule son corset. Mais, pour cela, il lui fallait d'abord déboutonner sa robe, ce qui n'était pas simple, la fermeture se trouvant dans son dos. Elle sursauta en sentant sur elle les doigts d'Howard. Il défit habilement les boutons l'un après l'autre.

— C'est plus facile comme ça? demanda-t-il avec une espèce de sourire.

Hélène n'avait qu'un désir : que cette nuit fût derrière elle. Elle se coucha alors, avec la détermination du désespoir, sur la couche improvisée. Quel que fût le sort qui l'attendait, elle voulait en avoir fini le plus tôt possible. Allongée, silencieuse, sur le dos, elle ferma les yeux. Ses mains se crispèrent sur les draps quand elle eut ramené la couverture sur elle. Howard se glissa contre elle tout en délaçant sa culotte. Elle sentit ses lèvres sur son visage. Son époux lui baisa les joues et la bouche. Bon, ça, elle le lui avait déjà permis auparavant. Mais il tenta ensuite d'enfoncer sa langue entre ses lèvres. Elle se raidit et enregistra avec soulagement qu'ayant remarqué sa réaction il renonçait, préférant l'embrasser dans le cou. Puis, abaissant son corselet et sa robe, il se mit à lui caresser maladroitement la naissance des seins.

C'est à peine si elle osait respirer, tandis que le souffle d'Howard s'accélérait, se transformant en un halètement. Elle se demandait si c'était normal, quand la terreur la saisit : il avait glissé sa main sous sa robe!

Peut-être aurait-ce été moins douloureux sur une couche plus confortable? D'un autre côté, un environnement plus intime aurait pu rendre la chose pire encore. La situation avait quelque chose d'irréel. Il faisait noir comme dans un four, et les couvertures ainsi que ses jupons volumineux, maintenant relevés jusqu'aux hanches, lui cachaient les agissements d'Howard. Il était déjà assez horrible de les sentir ! Son époux avait poussé entre ses jambes quelque chose de dur, de vivant. De terrifiant et de dégoûtant, qui de plus faisait mal. Elle cria quand il y eut comme une déchirure en elle. Elle s'aperçut qu'elle saignait. Mais il continua à la tourmenter. Comme possédé, gémissant, il s'agitait en rythme dans son corps, semblant y trouver plaisir. Elle, en revanche, devait serrer les dents pour ne pas hurler de douleur. Elle sentit enfin un flot de liquide chaud et, un instant plus tard, Howard s'écroulait sur elle. C'était fini. Son époux glissa de côté. Son souffle, encore rapide, se calma vite. Hélène sanglotait tout bas en même temps qu'elle abaissait ses jupes.

— La prochaine fois, ça ne fera pas si mal, la consola-t-il en l'embrassant gauchement sur la joue.

Il avait l'air satisfait d'elle. Hélène se força à ne pas s'écarter de lui. Il avait le droit de faire ce qu'il lui avait fait. Il était son mari.

4

Le deuxième jour de voyage fut encore plus pénible. Hélène avait si mal au bas-ventre qu'il lui était pénible de rester assise. De plus, sa honte était telle qu'elle se refusait à regarder Howard. Le petit-déjeuner avait également été une torture. Margaret et Wilbur ne s'étaient pas montrés avares d'insinuations et de taquineries auxquelles Howard répondait gaiement. Ce n'est qu'à la fin du repas que Margaret s'aperçut de la pâleur et du manque d'appétit d'Hélène.

— Ça ira mieux, mon enfant! lui confia-t-elle quand les hommes sortirent pour harnacher les chevaux. L'homme doit d'abord t'ouvrir. Ça fait mal, et ça saigne aussi un peu. Mais ensuite ça rentre sans problème, et ça ne fait plus mal. Ça peut même être agréable, crois-moi!

Hélène était persuadée de ne jamais prendre plaisir à cette chose. Mais si c'était agréable aux hommes, il fallait le leur permettre pour qu'ils fussent de bonne humeur.

— Et puis, sans ça, il n'y a pas non plus d'enfants, conclut Margaret.

Hélène eut de la peine à imaginer que des enfants pussent être engendrés au prix d'agissements aussi indécents, dans la douleur et la peur. Mais elle se souvint d'histoires tirées de la mythologie antique, où parfois des femmes donnaient naissance à des enfants à la suite d'un viol. C'était donc peut-être normal. Et ce n'était pas non plus inconvenant puisqu'elle était mariée.

Elle se força à parler à Howard d'une voix calme, le questionnant à propos de son pays et de ses bêtes. Elle écoutait certes à peine ses réponses, mais il ne devait en aucun cas penser qu'elle lui en voulait. Il ne donnait d'ailleurs pas l'impression de le craindre. Il n'avait pas honte de la dernière nuit.

Tard dans l'après-midi, ils franchirent enfin la limite de la ferme d'Howard, un ruisseau qui, pour l'heure, était boueux. La charrette s'y enlisa aussitôt, les obligeant à mettre pied à terre et à pousser. Enfin remontés sur le siège, ils étaient trempés, l'ourlet de la jupe d'Hélène rempli de vase. Puis la ferme apparut et Hélène oublia d'un seul coup ses soucis pour sa robe, ses douleurs et même la peur de la nuit à venir.

— Nous y voilà, dit Howard en arrêtant l'attelage devant une cabane.

Quelqu'un de bienveillant aurait pu aussi l'appeler une maison en rondins ; elle était construite en troncs d'arbre grossièrement assemblés.

— Entre donc, poursuivit-il. Je m'occupe de l'écurie.

Hélène était pétrifiée. Sa maison, ce serait ça ? Même les étables de Christchurch étaient plus confortables.

— Eh bien, vas-y, ce n'est pas fermé. Il n'y a pas de voleurs par ici.

Il n'y aurait d'ailleurs guère eu à voler dans la maison. Toujours sans voix, Hélène ouvrit la porte et entra dans une pièce en comparaison de laquelle la cuisine de Margaret aurait semblé confortable. Le logement comportait seulement deux pièces. D'abord un ensemble composé de la cuisine et du salon, celui-ci chichement meublé d'une table, de quatre chaises et d'un coffre. La cuisine était un peu mieux équipée ; à la différence de celle de Margaret, elle disposait d'un vrai poêle.

Nerveuse, Hélène ouvrit la porte donnant sur la pièce attenante, la chambre à coucher d'Howard, comme elle s'y attendait. Non, *ma* chambre à coucher, se corrigea-t-elle. Et elle allait la rendre plus habitable, ça, c'était certain !

Elle ne contenait qu'un lit fait à la va-comme-je-te-pousse, au bois mal équarri, à la literie grossière. Hélène remercia le ciel pour ses emplettes de Londres. Avec ses couettes neuves, tout aurait immédiatement meilleure apparence. Dès qu'Howard aurait rentré son sac, elle changerait les draps.

Howard entra, un panier de bois sous le bras. Il avait posé quelques œufs sur les bûches.

— Un tas de fainéants, ces mômes maoris! râla-t-il. Ils ont trait la vache jusqu'à hier, mais pas aujourd'hui. Elle est là, les pis gonflés, et elle meugle tant qu'elle peut, la pauvre. Tu pourrais la traire tout de suite? Ce sera de toute façon ton boulot désormais, donc pas la peine d'attendre.

Hélène le regarda, désemparée.

— Je dois… traire? Maintenant?

— C'est que, d'ici demain, la bête aura crevé. Mais tu as le temps d'enfiler quelque chose de sec. Je t'apporte tes affaires. Sinon, tu vas choper la mort dans cette pièce glacée. Voilà déjà du bois.

Les derniers mots avaient tout d'un ordre. Mais, dans l'immédiat, le problème de la vache inquiétait beaucoup plus Hélène.

— Howard, je ne sais pas traire, avoua-t-elle. Je ne l'ai jamais fait.

— Qu'est-ce que ça veut dire? demanda-t-il en fronçant les sourcils. Tu n'as jamais trait? Y a pas de vaches en Angleterre? Tu m'as écrit que tu avais tenu pendant des années le ménage de ton père!

— Mais nous habitions Liverpool! En ville, à côté de l'église. Nous n'avions pas de bêtes!

Howard la contemplait, furieux.

— Alors, débrouille-toi pour apprendre! Aujourd'hui, je le ferai encore. Entre-temps, nettoie par terre. Le vent fait entrer toute la poussière. Puis occupe-toi du poêle. Le bois est là, tu n'as plus qu'à l'allumer. Veille à l'empiler comme il faut, sinon tu vas enfumer la cabane. Mais tu dois savoir faire ça. Ou bien on ne connaît pas les poêles à Liverpool?

Devant un tel mépris, Hélène renonça à émettre d'autres objections. Cela le mettrait de pire humeur encore si elle lui expliquait qu'ils avaient, à Liverpool, une bonne pour les travaux ménagers. Ses tâches se limitaient à s'occuper de ses frères et sœurs, à aider dans la cure et à diriger le cercle biblique. Et comment réagirait-il à la description de la maison de maîtres à Londres? Les Greenwood avaient une cuisinière, un domestique qui allumait les poêles, des servantes qui lisaient dans les yeux de leurs maîtres le moindre désir. Et une gouvernante, Hélène, à qui on n'aurait jamais osé demander de toucher un morceau de bois.

Hélène ne savait comment elle allait se débrouiller. Mais elle ne voyait pas non plus d'échappatoire.

Gérald se montra enchanté que Gwyneira et Lucas se fussent si vite entendus. Il fixa la date du mariage au second week-end de l'Avent. On serait alors en plein été et il serait en partie possible de recevoir dans le jardin, qu'il faudrait, à vrai dire, aménager d'ici là. Hoturapa et deux autres Maoris engagés tout exprès travaillaient d'arrache-pied pour y faire prospérer les plants et les semences rapportés d'Angleterre par leur maître. Quelques espèces indigènes prirent aussi place dans le décor horticole surveillé de près par Lucas. Comme il aurait été trop long d'attendre que les érables et les marronniers eussent atteint une taille raisonnable, on dut recourir à des hêtres austraux, à des cordylines, à des palmiers de Nikau pour permettre aux futurs hôtes de Gérald de déambuler à l'ombre. Cela ne dérangeait pas Hélène. Elle trouvait intéressantes la flore et la faune locales, enfin un domaine où coïncidaient ses préférences et celles de son futur époux. En réalité, les recherches de celui-ci se limitaient principalement aux fougères et aux insectes, les premières se trouvant surtout dans les régions occidentales de l'île du Sud, les plus pluvieuses. Gwyneira ne put donc admirer la variété de ces plantes filiformes que sur les dessins de Lucas ou dans ses manuels. Mais le jour où elle rencontra pour la première fois, vivant, l'un des insectes du pays, Gwyneira, toute dure à cuire qu'elle fût, faillit pousser un cri. Lucas, gentleman attentif, fut aussitôt à ses côtés. Mais la vue de ce spécimen parut davantage le réjouir que le dégoûter.

— C'est un weta ! s'enthousiasma-t-il en touchant d'un bâton l'orthoptère à six pattes qu'Hoturapa venait de déterrer dans le jardin. Ce sont peut-être les plus grands insectes du monde. Il n'est pas rare d'en rencontrer certains de huit centimètres de long et plus.

Gwyneira ne partageait pas l'enthousiasme de son fiancé. Si au moins la bestiole avait ressemblé à un papillon, à une abeille ou à un frelon... Mais le weta ressemblait plutôt à une sauterelle grasse et luisante d'humidité.

— Ils appartiennent à l'espèce des orthoptères, pontifia Lucas, plus exactement à la famille des *stenopelmatidae*. Sauf les wetas des cavernes, qui sont classés parmi les *rhaphidophoridae*...

Lucas connaissait les dénominations savantes de tous les sous-groupes de wetas. Gwyneira, elle, trouvait le nom maori de ces insectes beaucoup plus approprié : Kiri et les siens les appelaient des *wetapunga*, le «dieu des choses laides».

— Ils piquent ? demanda-t-elle.

L'insecte ne semblait pas particulièrement vif et n'avançait que lentement quand Lucas le poussait. Son abdomen était néanmoins muni d'un dard imposant. Gwyneira resta à distance respectueuse.

— Non, non, ils sont plutôt inoffensifs. Tout au plus mordent-ils à l'occasion. Ça a alors l'effet d'une piqûre d'abeille. Le dard est... en fait... il signifie que c'est une femelle et..., balbutia Lucas, tournant autour du pot comme chaque fois qu'il était question de sexe.

— C'est pour pondre, miss Gwyn, expliqua Hoturapa. Celle-ci, grosse et grasse, pondre bientôt. Beaucoup d'œufs, cent, deux cents… Mieux pas les amener dans maison, monsieur Lucas, pour pas pondre dans maison…

— Grands dieux! s'écria Gwyneira qui, à la seule idée de partager la maison avec deux cents rejetons de cet animal peu sympathique, sentit un frisson lui parcourir l'échine. Laisse-la ici. Si jamais elle s'échappait…

— Courir pas vite, miss Gwyn. Sauter. Hop, et vous avez *wetapunga* sur genoux! expliqua Hoturapa.

Par mesure de précaution, Gwyneira recula encore d'un pas.

— Alors, je vais le dessiner sur place, céda Lucas avec un léger regret. J'aurais aimé l'emporter dans mon cabinet de travail pour l'y comparer directement avec les figures de mon glossaire. Mais je devrai me contenter de mon dessin. Vous devez certainement aussi brûler de savoir, Gwyneira, s'il s'agit d'un weta des arbres ou d'un weta du sol…

Rarement une chose l'avait laissée aussi indifférente.

— Pourquoi ne s'intéresse-t-il pas aux moutons, comme son père? demanda-t-elle peu après à un patient public constitué de Cléo et d'Igraine.

Réfugiée dans l'écurie pendant que Lucas dessinait le weta, elle était en train de panser sa jument. Le matin, le cheval avait transpiré au cours de sa sortie, et la jeune fille avait insisté pour étriller elle-même le poil séché entre-temps.

— Ou bien aux oiseaux? Mais ils ne restent sans doute pas assez longtemps immobiles pour se laisser dessiner.

Elle trouvait nettement plus intéressante la faune ornithologique locale que les insectes. Les ouvriers agricoles lui avaient déjà montré quelques espèces. La plupart de ces gens connaissaient fort bien sa nouvelle patrie; les fréquentes nuits en plein air lorsqu'ils gardaient les moutons leur avaient permis de se familiariser avec les oiseaux coureurs, souvent nocturnes. James McKenzie, par exemple, montra à Gwyneira l'oiseau dont on donnait le nom aux Européens ayant émigré en Nouvelle-Zélande : le kiwi, petit et trapu, parut fort exotique à Gwyn, avec ses plumes brunes qui faisaient penser à des poils, son bec beaucoup trop long pour sa constitution, bec dont il se servait souvent comme d'une «cinquième patte».

— Il a d'ailleurs quelque chose en commun avec votre chien, expliqua McKenzie d'un air enjoué. L'odorat; c'est, chez les oiseaux, fort rare!

McKenzie accompagnait à présent de plus en plus souvent Gwyneira lors de ses chevauchées à travers le pays. Comme espéré, elle s'était vite attiré le respect des bergers. La première démonstration des qualités de Cléo avait suffi à les enthousiasmer.

— Ma parole, ce chien remplace deux bergers, s'était étonné Poker, condescendant à caresser la tête de la chienne en signe de félicitation. Les chiots seront-ils comme elle?

Warden chargea chacun des hommes de dresser l'un des bergers des Shetland. Il valait mieux que l'animal apprît d'emblée avec celui qui le dirigerait. Pourtant, McKenzie fut pratiquement le seul à effectuer ce travail avec les chiens, de temps en temps aidé dans cette tâche par McAran et le jeune Hardy. Faire sans cesse réviser les commandements ennuyait les autres, qui trouvaient en outre inutile d'aller chercher les moutons uniquement pour entraîner les chiens.

McKenzie, lui, manifestait de l'intérêt et un véritable talent pour ce travail. Sous sa direction, le jeune Daimon ne tarda pas à approcher les performances de Cléo. Gwyneira surveillait les exercices, en dépit de la désapprobation de Lucas. Gérald laissait faire, sachant tout le profit qu'en retirerait la ferme.

— Peut-être pourrez-vous donner une petite représentation à l'occasion du mariage, McKenzie, proposa-t-il, satisfait après avoir vu une nouvelle fois Cléo et Daimon en action. Ça intéresserait la plupart des invités... qu'est-ce que je dis? Les autres fermiers crèveront de jalousie en voyant ça!

— En robe de mariée, il me sera difficile de mener les chiens, remarqua Gwyneira en riant.

Elle goûtait d'autant plus le compliment qu'elle avait sans cesse le sentiment d'être désespérément inutile. Jusqu'à présent, elle n'était certes encore considérée que comme une invitée, mais il était prévisible qu'on exigerait d'elle, une fois devenue la maîtresse de maison à Kiward Station, exactement ce qu'elle avait en horreur à Silkham Manor : diriger une grande maison, avec domestiques et tout le tralala. Ici s'ajoutait encore le fait qu'aucun des employés n'avait reçu la moindre formation. En Angleterre, à condition de n'être pas chiche, on pouvait masquer ses insuffisances en matière d'organisation en engageant un maître d'hôtel ou des dames de compagnie capables. Ensuite, les choses se faisaient d'elles-mêmes. Ici, en revanche, Gwyneira serait tenue de former la domesticité maorie et, pour cela, il lui manquait l'enthousiasme et la force de conviction nécessaires.

— Pourquoi nettoyer argent tous les jours ? demanda un jour Moana, question que Gwyn trouva fort sensée.

— Parce que, sinon, il se ternit, répondit-elle néanmoins.

— Mais pourquoi prendre fer qui change couleur ? insista Moana en tournant d'un air malheureux la pièce d'argenterie entre ses mains. Prendre bois ! Simple à laver, propre ! continua-t-elle en quêtant du regard l'approbation de Gwyneira.

— Le bois n'est pas… dépourvu de goût, rétorqua Gwyn, se souvenant d'une réponse de sa mère. Et il se défraîchit dès qu'on s'en est servi plusieurs fois.

Moana haussa les épaules.

— Alors, facile tailler autres couverts. Très simple, moi montrer à miss !

Sculpter le bois était un art que les premiers habitants de la Nouvelle-Zélande maîtrisaient à la perfection. Peu de temps auparavant, Gwyneira avait découvert le village maori relevant de Kiward Station. Il n'était pas loin, mais, caché par des rochers et un petit bois, de l'autre côté du lac, elle ne l'aurait sans doute jamais trouvé, si elle n'avait aperçu des femmes en train de laver leur linge ainsi qu'une horde d'enfants nus se baignant. À la vue de la jeune fille, les petits êtres à la peau brune s'étaient enfuis, apeurés, mais, lors de sa promenade à cheval suivante, elle leur avait distribué des sucreries, gagnant ainsi leur confiance. À grands renforts de gestes, les femmes l'invitèrent alors dans leur campement, où elle admira leurs huttes, leurs emplacements pour le feu et, surtout, leur lieu de réunions richement décoré de sculptures en bois.

Elle comprit peu à peu des bribes de maori. *Kia ora* voulait dire «bonjour», *tane* «l'homme» et *wahine* «la femme». Elle apprit qu'on ne disait pas «merci», mais qu'on témoignait sa reconnaissance par des actes et que, pour se saluer, les Maoris ne se donnaient pas la main mais se frottaient le nez. On appelait *hongi* ce cérémonial et Gwyneira s'y exerça avec les enfants morts de rire. Lucas fut horrifié quand elle le lui raconta et Gérald la mit en garde :

— Nous ne devons en aucun cas trop fraterniser. Ces gens sont des primitifs, ils doivent connaître leurs limites.

— Je trouve qu'il est toujours bon de mieux se comprendre, le contredit Gwyneira. Pourquoi serait-ce aux primitifs d'apprendre la langue des civilisés ? Le contraire serait pourtant beaucoup plus aisé !

Accroupie auprès de la vache, Hélène tentait de la persuader. La bête se montrait d'ailleurs très amicale, ce qui, à en croire l'expérience de Daphnée sur le bateau, n'était pas chose évidente. Il se disait qu'il fallait se méfier de certaines laitières qui donnaient des coups de sabot quand on les trayait. Mais même la vache la plus obligeante n'était pas en mesure d'effectuer la traite elle-même. L'aide d'Hélène était requise… sauf que ça ne marchait pas. Elle avait beau tirer de toutes les manières sur le pis, le pétrir, il n'en sortait jamais plus de deux ou trois gouttes de lait. Alors que ça semblait si facile quand Howard le faisait. À vrai dire, il ne le lui avait montré qu'une fois, car il était toujours de méchante humeur après le désastre de la veille au soir. Quand il était revenu de la traite, le poêle avait transformé la pièce en un bouge enfumé. En larmes, Hélène était agenouillée devant le monstre et elle n'avait bien sûr pas balayé non plus. Gardant obstinément le silence, Howard avait allumé le poêle et la cheminée, cassé quelques œufs dans une poêle et servi le repas à Hélène.

— À partir de demain, c'est toi qui feras la cuisine! avait-il déclaré d'un ton implacable.

Elle s'était demandé ce qu'elle cuisinerait. Du lait et des œufs mis à part, il n'y avait rien dans la maison.

— Et tu feras le pain. Il y a du blé, là, dans l'armoire. Il y a aussi des haricots, du sel… tu arriveras bien à te débrouiller. Je comprends qu'aujourd'hui tu sois fatiguée, mais, pour le moment, tu ne me sers à rien!

La nuit, la scène de la veille s'était répétée. Cette fois, Hélène portait sa plus belle chemise de nuit, et ils couchaient entre des draps propres, ce qui ne rendit pas l'expérience plus agréable. Hélène était écorchée et avait terriblement honte. Le visage d'Howard, n'exprimant que la lubricité à l'état pur, la terrifiait. Mais au moins savait-elle cette fois que ça ne durait pas. Howard s'endormit ensuite rapidement.

Ce matin, il était parti inspecter les moutons, annonçant qu'il ne serait pas de retour avant le soir, mais qu'il comptait alors sur une maison chaude, un bon repas et une pièce nettoyée.

Or, Hélène n'arrivait même pas à traire. Pourtant, alors qu'elle tirait une nouvelle fois en vain sur le pis, il y eut comme un rire étouffé en provenance de la porte de l'étable, des chuchotements aussi. Elle aurait eu peur si les voix n'avaient été aussi fraîches et enfantines. Elle se contenta donc de relever la tête.

— Sortez, je vous vois! affirma-t-elle.

Nouveaux gloussements. Se dirigeant vers la sortie, Hélène vit deux silhouettes disparaître à la vitesse de l'éclair par la porte entrebâillée. Bon, ils n'iraient pas bien loin, ils étaient trop curieux pour ça.

— Je ne vous ferai rien! cria-t-elle. Qu'est-ce que vous voulez? Voler des œufs?

— Nous pas voler, missy! protesta une petite voix indignée.

Hélène venait de blesser quelqu'un dans son honneur. Un petit être, aussi brun qu'un marron, seulement vêtu d'une jupe, se montra derrière l'angle de l'étable.

— Nous traire, quand M. Howard parti!

Tiens, tiens! C'est à ces deux-là qu'Hélène était redevable de la scène de la veille au soir!

— Mais hier vous n'avez pas trait! dit-elle d'un ton sévère. M. Howard était très fâché.

— Hier, *waiata-a-ringa...*

— Danse, traduisit le deuxième enfant, un petit garçon habillé d'un pagne. Peuple entier danse. Pas de temps pour vache!

Hélène renonça à leur expliquer qu'une vache devait être traite sans égard pour quelque festivité que ce fût. En fin de compte, elle l'ignorait elle-même jusqu'à la veille.

— Mais aujourd'hui vous pouvez m'aider, me montrer comment on fait, dit-elle au contraire.

— Comment fait quoi? demanda la fillette.

— Traire, soupira Hélène.

— Toi pas savoir traire? Quoi toi faire ici, alors? s'étonna le garçon en ricanant. Voler œufs?

Hélène ne put s'empêcher de rire. Ce garçon était un malin. Mais impossible de lui en vouloir. Hélène trouvait les deux enfants mignons.

— Je suis la nouvelle Mme O'Keefe. M. Howard et moi nous sommes mariés à Christchurch.

— M. Howard marier *wahine* qui pas traire?

— Mais c'est que j'ai d'autres qualités, dit Hélène en riant. Par exemple, je sais fabriquer des bonbons.

Ce qui était vrai : cela avait toujours été l'ultime moyen de persuader ses frères et sœurs de faire quelque chose. Or, Howard avait du sirop. Elle devrait improviser avec d'autres ingrédients que les habituels, mais il lui fallait à présent attirer les deux petits dans l'étable.

— Uniquement pour des enfants sages ! ajouta-t-elle.

Le terme « sage » ne semblait pas signifier grand-chose pour les deux Maoris, mais ils connaissaient celui de « bonbon ». Le marché fut vite conclu. Hélène apprit de plus qu'ils s'appelaient Rongo et Reti et qu'ils venaient d'un village maori au bord de la rivière, en aval. La vache fut traite en un clin d'œil ; ils trouvèrent des œufs dans des endroits auxquels Hélène n'aurait jamais pensé et la suivirent ensuite dans la maison avec curiosité. La réduction du sirop pour la fabrication des bonbons nécessitant des heures de cuisson, Hélène décida de servir aux enfants des crêpes au sirop. Fascinés, ils l'observèrent remuer la pâte et la tourner dans la poêle.

— Comme *tatakau*, pain plat ! décréta Rongo.

Hélène saisit l'occasion au vol.

— Tu sais faire, Rongo ? Le pain plat, je veux dire. Tu veux me montrer ?

Ce fut en fait assez facile. On n'avait besoin que de céréales et d'eau. Hélène espéra que cela répondrait aux attentes d'Howard, mais au moins il y aurait de quoi manger. C'est avec étonnement qu'elle découvrit d'autres comestibles dans le jardin abandonné, derrière la maison. Lors de sa première inspection, elle n'y avait rien vu qui ressemblât à l'idée qu'elle avait des légumes, mais Rongo et Reti creusèrent quelques minutes et lui tendirent fièrement deux ou trois racines indéfinissables. Hélène en fit une espèce de potée qui avait extraordinairement bon goût.

L'après-midi, elle nettoya la pièce pendant que Rongo et Reti inspectaient sa dot. Les livres retinrent particulièrement leur attention.

— C'est magie ! déclara Reti. Touche pas, Rongo, sinon, toi dévorée !

Ce qui fit rire Hélène.

— Pourquoi tu dis ça, Reti ? Ce ne sont que des livres, ils contiennent des histoires. Ils ne sont pas dangereux. Quand le travail sera fini, je vous lirai quelque chose.

— Mais les histoires sont dans la tête de *kuia*, objecta Rongo. Le raconteur d'histoires.

— Eh bien, quand quelqu'un sait écrire, les histoires coulent de sa tête par le bras et la main et tombent dans un livre. Et tout le monde peut les lire, pas seulement celui à qui le *kuia* en raconte une.

— Magie ! conclut Reti.

— Mais non. Regarde ! C'est comme ça qu'on écrit ton nom, dit Hélène en prenant une feuille de son papier à lettres où elle coucha les noms de Reti puis de Rongo. Bouche bée, les enfants la regardèrent faire.

— Vous voyez, maintenant vous savez lire votre nom. Et on peut écrire tout le reste. Tout ce qu'on dit.

— Alors on a pouvoir ! déclara gravement Reti. Le raconteur d'histoires a pouvoir !

— Oui. Vous savez quoi ? Je vais vous apprendre à lire. En échange, vous me montrerez comment traire la vache et tout ce qui pousse dans le jardin. Je demanderai à M. Howard s'il existe des livres dans votre langue. J'apprendrai le maori et vous, vous apprendrez à mieux parler anglais.

5

Gérald avait raison : les noces de Gwyneira furent l'événement social le plus brillant que les Canterbury Plains eussent jamais connu. Plusieurs jours avant la cérémonie, des invités arrivèrent de fermes éloignées, et même de la région de Dunedin. La moitié de Christchurch était présente. Les chambres d'amis de Kiward Station furent rapidement pleines, mais Gérald fit dresser des tentes tout autour de la maison, de manière que chacun eût une place confortable pour dormir. Il engagea le cuisinier de l'hôtel de Christchurch afin d'offrir à ses invités une nourriture à la fois familière et choisie. Gwyneira fut chargée de former les bonnes maories pour en faire de parfaites serveuses, tâche au-dessus de ses capacités. Mais il lui vint à l'esprit que du personnel stylé se trouvait dans la région en la personne de Dorothée, d'Élisabeth et de Daphnée. Mme Godewind fut heureuse de mettre Élisabeth à sa disposition. Les Candler, les patrons de Dorothée, étant invités, ils vinrent avec la jeune fille. Daphnée resta pour sa part introuvable. Gérald ne savait pas où était située la ferme de Morrison et prendre directement contact avec la jeune fille était donc exclu. Mme Baldwin prétendit certes l'avoir tenté, mais n'avoir pas reçu de réponse de Morrison. Gwyneira pensa de nouveau avec regret à Hélène. Peut-être savait-elle quelque chose de sa pupille perdue. Mais elle était sans nouvelles de son amie, et elle n'avait trouvé ni le temps ni l'occasion de chercher à en avoir.

Dorothée et Élisabeth, quant à elles, donnaient l'impression d'être heureuses. Très jolies dans leur élégante tenue de service spécialement confectionnée pour le mariage, elles n'avaient rien oublié de leur formation. Dans son émotion, Élisabeth laissa néanmoins tomber deux assiettes du précieux service en porcelaine, mais, Gwyneira ayant fermé les yeux, Gérald n'en sut rien. Elle était plus soucieuse à cause de Cléo, qui n'obéissait que jusqu'à un certain point à James McKenzie. Pourvu que tout se passât bien lors de la présentation des chiens de berger !

Le temps était en tout cas magnifique, si bien que la cérémonie du mariage put se dérouler dans le jardin, sous un baldaquin. Grâce à la fertilité d'une terre accueillante envers les plantes apportées par les émigrants, Gwyneira connaissait depuis le pays de Galles la plupart des plantes qui y prospéraient.

La robe anglaise de Gwyneira suscita des regards et des remarques admiratifs. Élisabeth fut transportée d'enthousiasme.

— Comme j'aimerais en avoir une semblable quand je me marierai ! soupira la jeune fille qui, entre-temps, ne rêvait plus de Jamie O'Hara mais du vicaire Chester.

— Tu pourras me l'emprunter, proposa Gwyneira avec générosité. Et toi aussi, bien sûr, Dot !

Dorothée était justement en train de la coiffer, avec beaucoup plus d'habileté que Kiri et Moana, même si elle n'était pas aussi experte que Daphnée. Elle ne releva pas l'offre de Gwyneira, mais celle-ci avait bien vu qu'elle regardait avec intérêt le cadet des Candler. Les deux étaient bien accordés – ne serait-ce que du point de vue de l'âge – et, dans quelques années, il n'était pas exclu que…

Gwyneira était une fiancée magnifique et Lucas, dans sa tenue de marié, ne le lui cédait en rien. Il portait un habit gris clair, parfaitement assorti à la couleur de ses yeux, et, bien entendu, fit preuve d'un maintien irréprochable. Alors que Gwyneira s'emmêla par deux fois en récitant la formule consacrée, Lucas s'exécuta avec assurance, d'une voix posée, puis passa avec adresse l'anneau au doigt de sa femme, embrassant celle-ci timidement sur la bouche à l'invitation du révérend Baldwin. Gwyneira se sentit étrangement déçue. Mais elle se ressaisit : à quoi s'attendait-elle donc ? À ce que Lucas la prenne dans ses bras et l'embrasse passionnément, comme les cow-boys de ses feuilletons embrassaient l'héroïne rescapée ?

Gérald était très fier du jeune couple. Le whisky et le champagne coulèrent à flots. Le repas fut copieux et délicieux, les invités enchantés et admiratifs. Gérald rayonnait de bonheur alors que Lucas demeurait étonnamment impassible, ce qui contraria un peu Gwyneira. Il aurait au moins pu feindre d'être amoureux ! Mais on ne pouvait certainement pas attendre cela de lui. Elle s'efforça de mettre cette passivité sur le compte d'une romantique quête de l'impossible, néanmoins ce calme frisant l'indifférence la rendait nerveuse. Elle semblait toutefois la seule à s'apercevoir de cette attitude étrange. Les invités se répandaient en louanges sur le joli couple, s'extasiant que les fiancés fussent si bien accordés. Peut-être était-elle trop exigeante.

Gérald annonça enfin l'exhibition des chiens de berger. Les invités le suivirent jusqu'à l'entrée des écuries, derrière la maison.

Gwyneira lança avec tristesse un regard à Igraine parquée à quelque distance sur un pâturage, en compagnie de Madoc. Depuis plusieurs jours, elle n'avait plus eu l'occasion de monter, et les perspectives, dans un proche avenir, n'étaient guère favorables. Comme c'était ici l'usage, quelques-uns des invités ne partiraient pas avant quelques jours. Il faudrait les nourrir et les distraire.

Les bergers avaient ramené à la ferme un troupeau de moutons en vue de la démonstration et James McKenzie s'apprêtait à envoyer les chiens. Cléo et Daimon devaient s'élancer les premiers à la rencontre des brebis paissant en liberté sur les prairies autour de la maison. Les chiens devaient occuper une position précise, exactement à l'opposé de celle du berger. Cléo maîtrisait en général cette tâche à la perfection, mais Gwyneira remarqua que, cette fois, elle se postait un peu trop à droite de McKenzie. Alors qu'elle jaugeait cet écart, son regard croisa celui de la chienne : Cléo la fixait d'un air provocant, sans faire mine de réagir aux ordres de McKenzie. Elle attendait ceux de sa maîtresse !

Bon, ce ne serait pas un vrai problème ! Gwyneira, debout au premier rang des spectateurs, n'était pas très éloignée de McKenzie. Celui-ci venait de donner aux chiens l'ordre de prendre en charge le troupeau, le moment critique de ce genre d'exhibition. Cléo rassembla son groupe avec habileté, merveilleusement imitée par Daimon. McKenzie lança à Gwyneira un regard quêtant l'approbation. Elle lui sourit. Il avait accompli un travail exceptionnel pour former Daimon, et elle-même n'aurait pu faire mieux.

Cléo conduisit son troupeau vers le berger selon les règles, le fait qu'elle gardât les yeux fixés sur Gwyneira et non sur James n'étant pas encore problématique à cet instant. Il lui fallait en tout cas faire franchir une porte aux moutons. Cléo les poussait à allure régulière, et Daimon veillait à ce qu'aucun ne s'égaillât. Tout se passa à la perfection jusqu'au moment où, la porte franchie, il fallut amener le troupeau à se placer derrière le berger. Cléo alors, indécise, se dirigea vers Gwyneira. Devait-elle vraiment faire avancer les moutons au milieu de la foule, derrière sa maîtresse ? S'apercevant du désarroi de la chienne, Gwyneira comprit qu'elle devait intervenir. Sans se laisser démonter, elle retroussa ses jupons et, quittant les invités, elle rejoignit James.

— Ici, Cléo !

La chienne poussa rapidement le troupeau jusque dans l'enclos installé à la gauche du berger. Là, les chiens devaient isoler du reste du troupeau la bête qu'on lui aurait indiquée.

— Vous d'abord ! chuchota Gwyn à James.

D'abord aussi désorienté que la chienne, ce dernier avait souri en voyant Gwyneira le rejoindre. Il siffla Daimon et lui montra un mouton. Cléo resta sagement couchée par terre pendant que le jeune chien faisait sortir l'animal du rang. Daimon s'exécuta fort bien de sa tâche, même s'il lui fallut trois tentatives.

— À moi, maintenant! s'écria Gwyn dans le feu de la compétition, désignant une autre bête. *Shedding*, Cléo!

Cléo bondit et isola son mouton du premier coup. Le public applaudit.

— Gagné! s'écria la jeune femme en riant.

Au spectacle de son visage radieux, de ses joues rouges, de son air triomphant et de son sourire ravissant, James se dit qu'un peu plus tôt, à l'autel, elle était loin de paraître aussi heureuse.

La lueur dans les yeux de McKenzie n'échappa pas à Gwyn. Elle fut troublée. Que signifiait cette lueur? La fierté? L'admiration? Ou bien ce dont elle avait toute la journée regretté l'absence dans le regard de son époux?

Mais les chiens avaient une dernière tâche à accomplir. Sur un coup de sifflet de James, ils poussèrent les moutons dans un corral dont McKenzie devait refermer la porte derrière eux.

— Je m'en vais…, souffla Gwyn à regret quand il s'avança pour s'exécuter.

Il s'effaça alors.

— Non, ça revient au vainqueur.

Elle ferma la porte d'un air de triomphe sans prendre garde que l'ourlet de sa robe traînait dans la poussière. Cléo, qui avait consciencieusement surveillé le troupeau jusqu'à la fin de l'exercice, sauta sur elle, quêtant des félicitations. Gwyneira la flatta et s'aperçut, penaude, que la robe de mariée venait de recevoir le coup de grâce.

— C'était à la limite du convenable, remarqua Lucas d'un ton maussade quand Gwyneira revint à ses côtés.

Les visiteurs, s'étant manifestement bien amusés, la couvrirent de compliments. Lui seul n'avait pas l'air ravi.

— Il serait bien qu'à l'avenir tu fasses preuve d'un peu plus de distinction !

Entre-temps, il était tombé une fraîcheur empêchant de rester plus longtemps dans le jardin. En outre, il était l'heure d'ouvrir le bal. Un quatuor à cordes jouait dans le salon. Si Lucas se plaignit de quelques fausses notes dans leur jeu, cela échappa à Gwyn. Dorothée et Kiri ayant nettoyé sa robe tant bien que mal, elle se laissa entraîner par Lucas dans une valse. Comme il était à prévoir, le jeune Warden était un danseur hors pair. Gwyneira dansa ensuite avec son beau-père, qui ne le cédait en rien à son fils sur ce plan, puis avec lord Barrington et M. Brewster. Les Brewster étaient venus avec leur fils et sa jeune épouse, la petite Maorie qui, effectivement, était bien la beauté annoncée.

Lucas ne manquait pas d'inviter régulièrement son épouse, et Gwyn finit par avoir mal aux pieds. Ils allèrent prendre l'air sous la véranda. Elle trempa les lèvres dans une coupe de champagne, pensant à la nuit qui l'attendait. Elle ne pouvait maintenant repousser la chose plus longtemps. Aujourd'hui allait se passer ce qui ferait d'elle une femme, selon les termes de sa mère.

On entendait de la musique dans la direction des écuries où le personnel de la ferme festoyait lui aussi. Pas aux sons d'un quatuor à cordes mais d'un crincrin, d'un harmonica et d'un tinwhistle exécutant de joyeuses danses populaires. Gwyneira se demanda si McKenzie jouait de l'un de ces instruments et s'il était gentil avec Cléo qui, cette nuit, serait interdite de maison. Lucas n'appréciait pas que la petite chienne fût toujours sur les talons de sa maîtresse. Il aurait peut-être concédé à son épouse la possession d'un bichon, mais, à ses yeux, la place de Cléo était à l'écurie. Cette nuit, Gwyneira s'inclinerait, mais, demain, les cartes seraient redistribuées. James allait d'ailleurs prendre soin de Cléo… Gwyn revit en pensée ses mains fortes et brunies en train de gratter doucement le poil de sa chienne. Les animaux l'aimaient bien...

La fête battait encore son plein quand Lucas proposa à sa femme de se retirer.

— Plus tard, les hommes seront soûls et, qui sait, voudront nous accompagner dans la chambre nuptiale. Je préfère nous épargner, à toi comme à moi, les grossièretés qu'ils émettront à cette occasion.

Lasse de danser et impatiente que l'affaire fût derrière elle, Gwyneira donna son accord. Elle était partagée entre la crainte et la curiosité. À se fier aux discrètes allusions de sa mère, ce serait douloureux. Dans les feuilletons pourtant, la femme tombait toujours avec passion dans les bras du cowboy. Gwyn était impatiente de savoir.

La foule assistant au mariage salua le départ du couple par une ovation sonore, mais sans paillardise déplacée. Kiri se présenta sur-le-champ pour aider Gwyneira à ôter sa robe. Lucas embrassa son épouse précautionneusement sur la joue devant ses appartements.

— Prends tout ton temps pour te préparer, ma chérie. Je viendrai te rejoindre.

Après avoir aidé à la déshabiller, Kiri et Dorothée lui dénouèrent les cheveux. Kiri n'arrêtait pas de pouffer et de plaisanter, tandis que Dorothée sanglotait. La jeune fille maorie avait l'air sincèrement heureuse pour Gwyn et Lucas, s'étonnant néanmoins que les époux se fussent retirés si vite de la fête. Chez les Maoris, le fait de partager la couche devant toute la famille était le signe que l'union était conclue. Entendant cela, Dorothée pleura encore plus fort.

— Qu'y a-t-il donc de si triste, Dot? s'agaça Gwyn. On a l'impression d'être à un enterrement.

— Je ne sais pas, miss, mais maman pleurait toujours lors des mariages. Peut-être que ça porte bonheur.

— Pleurer pas porter bonheur, rire porter bonheur! contredit Kiri. Bon, vous prête, miss! Miss très jolie!

Maintenant, nous aller taper à la porte de M. Lucas. Homme joli, M. Lucas! Très gentil! Sauf un peu mince! dit-elle en faisant sortir Dorothée.

Gwyneira s'examina des pieds à la tête. Elle savait que sa chemise de nuit, en dentelle blanche, lui allait bien. Mais que devait-elle faire à présent? Elle ne pouvait pas accueillir Lucas ici, devant sa coiffeuse. Et, si elle avait bien compris sa mère, la chose se passait sur le lit…

Elle s'allongea et ramena sur elle la couverture de soie. Dommage, en fait, qu'on ne voie plus la chemise de nuit. Mais peut-être que Lucas allait enlever la couverture… Elle retint son souffle en entendant la porte s'ouvrir. Lucas entra, une lampe à la main. Il eut l'air désorienté.

— Chérie, je crois que nous… ce serait plus convenable de faire un peu d'obscurité.

Gwyneira acquiesça. Lucas, de toute façon, n'avait rien d'exaltant dans sa longue chemise de nuit. Elle s'était toujours imaginé les tenues nocturnes masculines… eh bien, un peu plus viriles.

Lucas se pressa contre elle sous l'édredon.

— Je vais essayer de ne pas te faire mal, chuchota-t-il en l'embrassant tendrement.

Gwyneira ne bougea pas quand il caressa ses épaules, son cou et ses seins, les couvrant de baisers. Puis il retroussa sa chemise de nuit. Sa respiration s'était accélérée et Gwyneira se sentit elle aussi prise d'excitation, excitation qui grandit encore quand les doigts de Lucas s'insinuèrent dans les régions de son corps les plus intimes. Elle ne les avait elle-même jamais explorées. Sa mère lui avait donné l'ordre d'avoir sur elle en permanence une chemise, même pour prendre un bain, et elle avait à peine osé regarder son bas-ventre et sa toison rousse, plus frisée encore que ses cheveux. Lucas la caressa avec douceur, et Gwyneira fut parcourue d'un picotement agréable et émoustillant. Puis il retira sa main et s'allongea sur elle. Gwyneira sentit, entre ses jambes, son membre qui gonflait et durcissait, s'enfonçant en elle. Soudain, il se ramollit comme si son propriétaire s'était heurté à une résistance.

— Je suis désolé, ma chérie, la journée a été fatigante.

— Mais ce fut très agréable…, répondit Gwyneira avec prudence en l'embrassant sur la joue.

— Peut-être pourrons-nous essayer à nouveau demain…

— Si tu le désires, dit Gwyn, à la fois un peu désorientée et soulagée.

Sa mère avait largement exagéré à propos des devoirs conjugaux. Il n'y avait pas lieu de plaindre quiconque pour ce qui venait de se passer.

— Alors, je vais prendre congé, dit Lucas d'un ton cérémonieux. Je pense que tu dormiras mieux seule.

— Comme tu voudras. Mais n'est-il pas d'usage que mari et femme passent ensemble la nuit de noces?

— Tu as raison. Je reste ici. Le lit est assez large.

— Oui.

Gwyn lui fit place et roula sur le côté gauche du lit. Lucas, raide et immobile, resta à droite.

— Je te souhaite une bonne nuit, chérie!

— Bonne nuit, Lucas.

Le lendemain matin, Lucas était déjà levé quand Gwyneira se réveilla. Witi avait posé à l'intention de son maître un costume clair dans le cabinet de toilette de Gwyn. Il était habillé, prêt à descendre prendre le petit-déjeuner.

— Je t'attends volontiers, ma chérie, dit-il en évitant de regarder sa femme, assise sur le lit dans sa chemise de nuit en dentelle. Mais peut-être vaut-il mieux que j'essuie tout seul les remarques grossières de nos invités.

Bien que certaine de ne pas rencontrer de si bonne heure les buveurs de la veille au soir, la jeune femme n'y vit pas d'inconvénient.

— Envoie-moi Kiri, s'il te plaît, et, si c'est possible, Dorothée aussi pour qu'elles m'aident à m'habiller et me coiffent.

Il faut sans doute qu'aujourd'hui encore nous soyons en habits de fête et j'ai donc besoin de quelqu'un pour lacer mon corset.

L'expression «lacer mon corset» provoqua à nouveau de la gêne chez Lucas. Mais Kiri était déjà devant la porte. Il ne manquait que Dorothée.

— Hé, maîtresse, c'était bien?

— Je t'en prie, continuez à m'appeler miss, toi et les autres, lui demanda Gwyn. Je préfère.

— Volontiers, miss Gwyn. Mais raconter à présent! Comment c'était? Première fois, pas toujours si bien. Mais ça ira mieux, miss!

— Ma foi… c'était bien, murmura Gwyn.

De ce point de vue aussi, on exagérait les choses, pensa-t-elle. Ce que Lucas lui avait fait cette nuit n'était ni merveilleux ni épouvantable. À vrai dire, il était bien pratique que l'homme ne fût pas trop lourd pour ce genre d'opération. Elle pouffa à l'idée que Kiri préférait les hommes replets.

Celle-ci l'avait déjà aidée à enfiler une robe d'été blanche, à petites fleurs de couleur, quand Dorothée arriva et se chargea de la coiffer pendant que Kiri retirait les draps du lit, ce que Gwyn trouva exagéré: après tout, elle n'avait dormi qu'une nuit entre les draps. Mais elle préféra ne rien dire, car c'était peut-être la coutume chez les Maoris. Dorothée ne pleurait pas, mais elle fuyait le regard de Gwyn.

— Vous allez bien, miss Gwyn? demanda-t-elle d'un air soucieux.

— Bien sûr, pourquoi n'irais-je pas bien? C'est très joli, avec la barrette, Dorothée. Retiens ça, Kiri!

Cette dernière semblait pour l'heure préoccupée par autre chose. Elle examinait les draps d'un air perplexe. Gwyn ne s'en aperçut qu'après avoir envoyé Dorothée commander le petit-déjeuner.

— Qu'y a-t-il, Kiri? Que cherches-tu dans le lit? M. Lucas a-t-il perdu quelque chose?

Gwyn pensait à un bijou ou même à l'alliance qui flottait un peu autour du doigt très mince de Lucas.

— Non, non, miss. C'est juste… que pas de sang sur le drap…, dit, confuse et désemparée, Kiri en levant les yeux vers sa maîtresse.

— Pourquoi y aurait-il du sang?

— Toujours sang après première nuit. Ça fait un peu mal, puis sang, puis bon.

Gwyn entrevit qu'elle avait manqué quelque chose.

— M. Lucas est très… très délicat, éluda-t-elle.

— Et sûrement aussi fatigué après fête. Pas être triste, demain sang à coup sûr!

Gwyneira décida de régler ce problème ultérieurement. Elle alla d'abord prendre son petit-déjeuner. Lucas y entretenait ses hôtes de très agréable manière, plaisantant avec les dames, acceptant avec bonne humeur les taquineries des hommes. Quand sa jeune épouse vint s'asseoir à ses côtés, il se montra attentif comme toujours. Les heures suivantes furent consacrées aux conversations habituelles et, à part Mme Brewster qui, incorrigible sentimentale, lâcha un «Vous êtes si courageuse, mon enfant! Si gaie! Mais M. Warden est par ailleurs un homme si plein d'égards!», personne ne fit allusion à la nuit écoulée.

À midi, tandis que la plupart des invités se reposaient, Gwyneira trouva enfin le temps de se rendre aux écuries, pour y voir sa jument et, surtout, reprendre possession de sa chienne.

Les bergers l'accueillirent par des braillements.

— Ah, madame Warden, félicitations! Est-ce que la nuit fut bonne? s'enquit Poker Livingston.

— À coup sûr, meilleure que la vôtre, monsieur Livingston, répliqua-t-elle à l'homme qui, comme les autres, donnait l'impression d'avoir la gueule de bois. Mais je suis heureuse que vous ayez abondamment bu à ma santé.

James McKenzie l'observait, l'œil plus inquisiteur que concupiscent. Une lueur de compassion sembla même s'allumer dans son regard, mais Gwyn eut du mal à lire ses pensées dans ses yeux bruns à l'expression perpétuellement changeante. Il esquissa un sourire en voyant Cléo fêter sa maîtresse.

— Avez eu des ennuis? s'inquiéta-t-il.

— Pourquoi? À cause de l'exhibition des chiens? Mais non! Le jour de ses noces, une jeune fille a encore le droit de faire des frasques! lui répondit-elle avec un clin d'œil. Mais à partir de demain mon époux me mènera à la baguette. Nos hôtes ont d'ailleurs commencé à me serrer la bride. Il y en a toujours un pour me réclamer quelque chose. Ce n'est pas encore aujourd'hui que je ferai du cheval.

L'homme parut surpris qu'elle eût envie de faire du cheval, mais ne dit rien, puis un éclair de joie chassa de ses yeux la perplexité.

— Il vous faut alors trouver un moyen d'échapper à ça! Que diriez-vous si je sellais votre cheval pour demain, vers cette heure-là? La plupart des dames font alors une petite sieste.

— Bonne idée, répondit Gwyn avec enthousiasme. Mais pas à cette heure-ci, car je serai occupée à la cuisine. Je surveillerai la remise en ordre après le déjeuner et les préparatifs pour le thé. Le cuisinier y tient: Dieu seul sait pourquoi. Mais, très tôt le matin, cela irait. Si vous me tenez Igraine prête pour 6 heures, je pourrai faire une promenade avant le lever des premiers invités.

— Mais que dira M. Lucas, objecta James avec embarras, si vous... Excusez-moi, ça ne me regarde pas...

— Et M. Lucas non plus, répliqua Gwyneira avec insouciance. Si je ne néglige pas mes devoirs d'hôtesse, je peux tout de même monter à cheval quand je le veux.

Ce ne sont pas les devoirs de l'hôtesse qui sont en cause! pensa James, gardant pour lui ce qui venait de lui passer par la tête. Il ne voulait en aucun cas froisser Gwyneira, mais il ne semblait pas que sa nuit de noces eût été particulièrement passionnée.

Le soir, Lucas rendit de nouveau visite à sa femme. Maintenant qu'elle savait ce qui l'attendait, elle prit même plaisir à ses caresses. Elle frissonna quand il lui embrassa les seins, et le contact de sa peau douce, sous les poils de son pubis, fut plus excitant encore que la première fois. Elle risqua un regard sur son membre, gros et dur, qui, comme la veille, se ramollit pourtant rapidement. Elle éprouva un étrange sentiment de frustration qu'elle ne sut s'expliquer. Mais peut-être cela était-il normal ainsi. Elle finirait bien par le découvrir.

Le lendemain matin, elle se piqua légèrement le doigt avec une aiguille, le pressa et étala le sang sur le drap. Kiri ne devait pas croire qu'elle et Lucas s'y prenaient mal.

6

Hélène s'habituait d'une certaine manière à vivre avec Howard. Ce qui se passait la nuit, dans le lit conjugal, était toujours plutôt pénible, mais, entre-temps, elle avait pris son parti de la vie quotidienne et ses rapports avec Howard, pendant la journée, étaient normaux.

Ce qui n'allait pas sans difficultés. Howard avait des exigences particulières envers son épouse et se mettait vite en colère quand elle n'y répondait pas. Il entrait même en fureur quand elle exprimait des désirs, ne serait-ce que le souhait d'avoir plus de meubles ou de meilleurs ustensiles de cuisine, car ses casseroles et ses poêles étaient vieilles et si souillées de restes de nourriture qu'il n'était plus possible de les récurer.

— La prochaine fois que nous irons à Haldon, ne cessait-il de répondre.

La localité était apparemment trop éloignée pour qu'ils s'y rendent uniquement pour quelques ustensiles, des épices et du sucre. Hélène aspirait pourtant désespérément à reprendre contact avec la civilisation. La vie dans des régions sauvages l'effrayait toujours, malgré les assurances d'Howard selon qui il n'y avait pas d'animaux dangereux dans les Canterbury Plains. Les distractions et les conversations spirituelles lui manquaient aussi. Avec Howard, il n'était guère possible de parler d'autre chose que du travail à la ferme. Il n'était pas non plus disposé à la renseigner sur sa vie antérieure en Irlande ou chez les pêcheurs de baleines. Ce sujet était inabordable : Hélène savait ce qu'elle devait savoir, et il n'avait aucune envie d'échanger ses impressions sur ce point.

Les enfants maoris étaient l'unique rayon de soleil dans cette triste existence. Reti et Rongo venaient presque chaque jour et, Reti s'étant vanté au village de savoir lire – les deux enfants connaissaient déjà l'alphabet, écrivaient et lisaient leurs noms –, d'autres enfants s'étaient joints à eux.

— Étudier magie nous aussi ! déclara un garçon avec beaucoup de sérieux, et Hélène couvrit d'autres feuilles de papier de prénoms étranges, comme Ngapini et Wiramu.

Elle regrettait bien un peu son précieux papier à lettres mais, d'un autre côté, elle n'en avait guère l'utilisation. Elle écrivait certes des lettres avec assiduité, que ce fût à ses parents d'Angleterre, aux Thorne ou aux orphelines de Nouvelle-Zélande, mais, tant qu'ils n'allaient pas à Haldon, elle ne pouvait pas les expédier. Elle avait aussi l'intention de commander une édition de la Bible en langue maorie, Howard lui ayant dit que les Saintes Écritures avaient été traduites. Elle aurait aimé l'étudier. Si elle apprenait un peu le maori, elle pourrait peut-être se comprendre avec les mères des enfants. Rongo l'avait un jour emmenée au village avec elle, et tous s'étaient montrés très amicaux, mais seuls les hommes travaillant souvent avec Howard ou se louant chez d'autres fermiers lors de la montée des troupeaux aux pâturages ou de leur redescente parlaient des bribes d'anglais. Les enfants tenaient de leurs pères le peu qu'ils savaient. De temps à autre, un couple de missionnaires avait aussi donné une représentation dans le village.

— Mais eux pas gentils, expliqua Reti. Sans cesse remuent le doigt et disent : « Oula, oula, péché, péché. » C'est quoi, péché, miss Hélène ?

Hélène, alors, élargit le contenu de son enseignement et leur lut un jour des passages de la Bible en anglais. D'étranges problèmes se posèrent à eux. L'histoire de la Création, par exemple, troubla profondément les enfants.

— Non, non, ça autrement, déclara Rongo dont la grand-mère était une conteuse respectée. D'abord étaient *papatuanuku*, la terre, et *ranginui*, le ciel. Ils s'aimaient tant que voulaient pas séparer. Compris?

L'enfant eut un geste dont l'obscénité glaça le sang d'Hélène. L'enfant était en réalité totalement innocent.

— Mais enfants des deux voulaient monde avec oiseaux et poissons et nuages et lune et tout. C'est pour ça eux se séparer. Et *papa* pleure et pleure, et ça donne rivière et mer et lac. Mais s'arrête un jour. *Rangi* pleure encore, presque chaque jour…

Les larmes de *rangi* – Rongo le lui avait déjà confié un jour – tombaient du ciel sous forme de pluie.

— C'est une très jolie histoire, murmura Hélène. Mais vous savez bien que les *Pakeha* viennent de grands pays étrangers, où on étudie et où on connaît tout. Et cette histoire de la Bible, c'est le Dieu d'Israël qui l'a racontée aux prophètes. C'est donc la vérité.

— Vraiment, miss Hélène? Dieu a raconté? Jamais un dieu parle à nous! s'étonna Reti, fasciné.

— C'est bien la preuve! conclut Hélène avec un soupçon de mauvaise conscience car, finalement, ses prières étaient elles aussi rarement exaucées.

L'expédition à Haldon, par exemple, n'était toujours pas à l'ordre du jour.

Les hôtes de Gwyneira étaient enfin partis. La vie était redevenue normale à Kiward Station. Gwyn espérait qu'elle pourrait ainsi retrouver la relative liberté dont elle avait joui dans les premiers temps de son séjour à la ferme. Ce qui fut le cas jusqu'à un certain point : Lucas ne lui donna pas de directives. Il ne trouva même rien à redire à ce que Cléo dormît à nouveau dans l'appartement de sa femme, y compris quand il lui rendait visite. La chienne se révéla pourtant gênante les premières nuits car, croyant sa maîtresse importunée, elle aboyait pour protester. Il fallut l'admonester et la renvoyer sur sa couverture. Lucas subit ces désagréments sans broncher. Se demandant pourquoi, Gwyneira ne put s'empêcher de penser qu'il se sentait plus ou moins coupable à son égard. Elle n'éprouvait toujours pas de douleurs lors de leurs étreintes et ne saignait pas. Au contraire : avec le temps, elle prenait de plus en plus de plaisir aux attouchements de son mari et se surprit parfois, après son départ, à se caresser, éprouvant du plaisir à se frotter et à se chatouiller. Elle en devenait tout humide, mais ce n'était pas du sang qui sortait d'elle. Peu à peu, elle s'enhardit et enfonça ses doigts plus profondément, augmentant l'intensité des sensations. Il serait certainement agréable aussi que Lucas la pénétrât de son membre, ce qu'il tentait manifestement de faire. Sauf que le membre en question ne restait jamais dur assez longtemps. Gwyn se demanda pourquoi il ne s'aidait pas alors de la main.

Lucas, au début, lui rendit visite tous les soirs, puis de moins en moins souvent. La question polie : «Voulons-nous essayer cette nuit encore, ma chérie?» servait toujours de préliminaire et il ne protestait pas si, d'aventure, elle refusait. Gwyneira trouvait donc jusqu'ici que la vie conjugale n'avait rien de problématique.

Gérald, en revanche, lui menait la vie dure. Il insistait pour qu'elle prît en charge les devoirs d'une ménagère : Kiward Station devait être tenue comme les maisons de maître européennes. Witi aurait à se métamorphoser en majordome discret, Moana en cuisinière accomplie et Kiri en bonne exemplaire. Les employés maoris étaient au demeurant de bonne volonté, honnêtes, et ils aimaient leur nouvelle maîtresse, s'efforçant de lire sur son visage le moindre de ses désirs. Gwyn était néanmoins d'avis que les choses devraient rester telles qu'elles étaient, même si elle avait de la peine à s'habituer à certaines d'entre elles. Les jeunes filles, par exemple, refusaient de porter dans la maison des chaussures qui les serraient trop. Kiri montra à Gwyn les durillons et les ampoules qu'elle avait aux pieds après une longue journée de travail dans des souliers de cuir auxquels elle n'était pas accoutumée. Elles trouvaient également fort peu pratiques les uniformes, et Gwyneira, à nouveau, ne pouvait que leur donner raison. En été, la tenue était trop chaude ; elle-même transpirait sous ses jupons volumineux. Mais elle était habituée à souffrir pour satisfaire à la bienséance. Les jeunes filles maories, en revanche, n'étaient pas convaincues. Les choses se corsaient quand Gérald exprimait des désirs concrets, désirs qui avaient le plus souvent trait aux menus qui, Gwyn devait en convenir, se caractérisaient surtout par leur médiocrité. La cuisine des Maoris ne brillait pas par sa variété. Moara faisait cuire des patates douces et d'autres légumes au four ou griller la viande et le poisson avec des épices exotiques. Le goût en était parfois étrange, mais pas désagréable. Ne sachant cuisiner, Gwyneira mangeait ces plats sans se plaindre. Gérald, lui, aurait aimé des menus un peu plus variés.

— Gwyneira, j'aimerais qu'à l'avenir tu te soucies davantage de la cuisine, dit-il un matin au petit-déjeuner. J'en ai assez des plats maoris et je mangerais volontiers de temps à autre un véritable *irish stew*. Pourrais-tu le dire à la cuisinière ?

Gwyn acquiesça, mais, en pensée, elle était déjà en train de rassembler les troupeaux de moutons, comme elle avait prévu de le faire ce matin-là avec McKenzie et les chiots. Quelques jeunes bêtes, ayant abandonné les pâturages des hautes terres, vagabondaient sur les pacages proches de la ferme, créant, surtout les mâles, du désordre parmi les troupeaux d'en bas. Aussi Gérald avait-il ordonné aux bergers de regrouper ces bêtes et de les ramener d'où elles venaient, opération difficile mais qui, avec l'aide des nouveaux chiens, devrait pouvoir s'effectuer en une journée. Gwyneira avait envie d'assister aux premières tentatives. Mais cela ne l'empêcherait pas, auparavant, de parler brièvement du déjeuner avec Moara.

— Pour l'*irish stew*, on a besoin de chou et de mouton, n'est-ce pas? demanda-t-elle à la cantonade.

— Que pourrait-il bien y avoir d'autre? grommela Gérald.

Gwyneira avait la vague impression que l'on superposait des couches de ces deux ingrédients avant de les faire cuire.

— Du mouton, on n'en manque pas, et du chou… y a-t-il du chou dans le jardin? demanda-t-elle, peu sûre d'elle.

— Les grandes feuilles vertes qui s'y pommellent, tu croyais que c'était quoi? la rabroua Gérald.

— Je… euh…

Gwyn avait constaté depuis belle lurette que jardiner ne lui plaisait pas, que le résultat de ce travail se mangeât ou non. Elle n'avait pas la patience d'attendre que les semences se transforment en légumes et, dans l'intervalle, de passer des heures interminables à arracher les mauvaises herbes. Aussi n'accordait-elle que peu d'attention au potager. C'était l'affaire d'Hoturapa.

Moana fut décontenancée quand Gwyn la chargea de faire cuire ensemble du chou et du mouton.

— Moi, jamais fait ça, expliqua la jeune fille, pour qui, d'ailleurs, le chou était chose inconnue. Ça doit avoir quel goût?

— Le goût, euh… eh bien, le goût de l'*irish stew*. Prépare-le et tu verras quel goût ça a.

Gwyn fut tout heureuse de pouvoir se réfugier aux écuries où James lui avait déjà sellé Madoc, la jeune femme montant tour à tour les deux cobs.

Les chiens se comportèrent excellemment, et même Gérald ne tarit pas d'éloges quand quelques bergers revinrent dès midi en compagnie de Gwyneira. On avait réussi à regrouper les moutons. Livingston et Kennon, aidés de trois chiens, les ramenaient dans les montagnes. Cléo bondissait de contentement à côté de sa maîtresse et Daimon l'imitait auprès de McKenzie. De temps en temps, les cavaliers se regardaient en riant, heureux de leur collaboration, et Gwyneira se disait qu'elle se comprenait aussi naturellement et sans mot dire avec l'ouvrier agricole aux cheveux bruns qu'en temps ordinaire avec Cléo. James savait toujours exactement quel mouton elle se disposait à mettre à part ou à ramener dans le troupeau. On aurait dit qu'il devinait ses intentions : souvent, il sifflait Daimon à l'instant même où Gwyn allait demander de l'aide.

Maintenant, devant les écuries, il prit l'étalon en charge.

— Allez-y, miss Gwyn, sinon vous n'aurez pas le temps de vous changer avant le déjeuner. M. Gérald s'en fait une fête… il a commandé un plat de son pays, n'est-ce pas ?

Elle se sentit un peu mal à l'aise. Gérald avait-il envie de cet *irish stew* au point d'en parler à ses ouvriers ? Pourvu qu'il lui plût !

Elle aurait aimé s'en assurer au préalable, mais elle était effectivement en retard et n'eut que le temps d'échanger sa tenue de cavalière contre une robe d'intérieur avant le repas. Au fond d'elle-même, elle trouvait parfaitement inutile ce rite vestimentaire : Gérald ne se présentait-il pas au déjeuner dans les habits qu'il portait dans les écuries et les pâturages ? Lucas, au contraire, tenait à une atmosphère stylée pendant les repas. Gwyneira ne voulait pas de conflit à ce sujet. Elle avait mis ce jour-là une jolie robe bleu clair, avec des bordures jaunes sur la jupe et les manches. S'étant brossé les cheveux tant bien que mal, elle les avait relevés, à l'aide d'un petit peigne, en une coiffure improvisée.

— Tu es de nouveau ravissante aujourd'hui, ma chérie, remarqua Lucas.

Gwyn lui sourit. Gérald observait la scène d'un air béat.

— De vrais tourtereaux ! s'exclama-t-il. Nous n'allons donc pas tarder à avoir la joie d'une descendance, n'est-ce pas, Gwyneira ?

Elle ne sut que répondre. Mais, en cas d'échec, ni sa bonne volonté ni celle de Lucas ne devraient pouvoir être mises en cause. Si ce à quoi ils se livraient la nuit dans sa chambre rendait enceinte, elle y mettrait du sien.

Lucas, lui, rougit.

— Il n'y a qu'un mois que nous sommes mariés, père!

— Mais il suffit d'un tir bien ajusté, non? rétorqua Gérald en éclatant d'un rire tonitruant.

Lucas eut l'air embarrassé, tandis que Gwyneira, une nouvelle fois, n'y comprenait goutte : existait-il un rapport entre avoir des enfants et se servir d'une arme?

Sur ces entrefaites, Kiri entra avec un plat, ce qui mit un terme à cette conversation pénible. Comme Gwyneira le lui avait appris, la jeune fille se plaça à la droite de l'assiette de M. Gérald, qu'elle servit en premier, avant Lucas et Gwyneira. Elle s'y était prise avec adresse ; aussi, ne trouvant rien à redire, sa maîtresse lui rendit le sourire que Kiri, en quête de compliments, lui adressa en même temps qu'elle se postait non loin de la table, prête à répondre à tout rappel.

Gérald jeta un œil incrédule sur le potage rouge et jaunâtre dans lequel nageaient des morceaux de chou et de viande, avant d'exploser :

— Bon Dieu, Gwyn! On a un chou exceptionnel et le meilleur mouton de cette moitié du globe! Il ne devrait pourtant pas être si difficile que ça d'en tirer un *stew* convenable! Mais non, tu t'en remets pour tout à cette gosse maorie, et, jour après jour, elle nous cuisine le même truc! Je t'en supplie, Gwyneira, apprends-lui comment faire!

Kiri était blessée, Gwyneira vexée. Elle trouvait le plat très bon, bien qu'un peu exotique. À l'aide de quelles épices Moana obtenait ce genre de saveur restait pour elle un mystère, tout comme restait mystérieuse la recette du ragoût de chou et de mouton que Gérald aimait manifestement tant.

— Tu aurais dû embaucher une cuisinière irlandaise plutôt qu'une princesse galloise, se moqua Lucas. Gwyneira n'a apparemment pas été élevée dans une cuisine.

Le jeune homme avala une nouvelle cuillère de *stew*. Lui non plus ne paraissait pas dérangé par le goût, mais, de toute façon, il ne s'intéressait guère à ce qu'il mangeait.

Il avait toujours l'air heureux quand, le repas terminé, il pouvait retourner à ses livres ou à son atelier. Gwyneira tenta de se souvenir du goût de l'*irish stew* que la cuisinière, dans sa famille, ne servait que rarement.

— Je crois qu'on le prépare sans patates douces, dit-elle à Kiri.

La jeune fille fronça les sourcils, ne parvenant visiblement pas à imaginer qu'on pût servir un plat sans patates douces.

Gérald monta sur ses grands chevaux :

— Bien sûr, qu'on ne met pas de patates douces ! Pas plus qu'on l'enterre ou qu'on l'enveloppe dans des feuilles ! Ces indigènes ne savent plus qu'inventer pour empoisonner leurs maîtres ! Explique-leur cela, Gwyn, je t'en supplie. Il doit bien y avoir quelque part un livre de cuisine. Peut-être quelqu'un pourrait le traduire. Pour la Bible, ça a mis moins de temps !

Gwyn soupira. Elle avait entendu dire que, dans l'île du Nord, des femmes maories utilisaient des sources souterraines ou l'activité volcanique pour la cuisson des aliments. Mais il n'existait rien de tel à Kiward Station, et elle n'avait encore jamais vu de Maories creuser des trous pour cuisiner. Toutefois, l'idée du livre de cuisine était bonne.

Elle passa l'après-midi dans la cuisine, armée de la bible maorie, de la bible anglaise et du livre de cuisine de la défunte épouse de Gérald. Ses recherches comparatives demeurèrent néanmoins peu fructueuses. Elle finit par renoncer et alla se réfugier aux écuries.

— Je sais à présent comment on dit «péché» et «justice divine» dans la langue maorie, annonça-t-elle en feuilletant la bible. Mais le mot «thym» n'y figure pas.

— Peut-être que c'est bon aussi avec de l'encens et de la myrrhe, suggéra McKenzie.

Les hommes éclatèrent de rire.

— Dites simplement à M. Gérald que la gourmandise est un péché, conseilla McAran. Mais, pour plus de sûreté, dites-le en maori. Si vous le disiez en anglais, il vous arracherait la tête.

Gwyneira sella sa jument. Elle avait besoin de prendre l'air. Il faisait trop beau pour compulser des ouvrages.

— Vous ne m'êtes d'aucune aide ! lança-t-elle aux hommes toujours hilares, tandis qu'elle conduisait Igraine vers la porte. Si mon beau-père me demande, dites-lui que je suis allée cueillir des herbes. Pour son *stew*.

Elle laissa d'abord sa monture au pas. Comme toujours, le spectacle de l'immensité des plaines devant la chaîne des Alpes belle à couper le souffle l'apaisa. Les montagnes, à nouveau, semblaient si proches qu'on se figurait pouvoir les atteindre en une heure de cheval. Gwyneira joua à s'y essayer, mettant Igraine au trot en direction de l'un des sommets. Au bout de deux heures, constatant qu'elle était presque toujours aussi éloignée du but, elle tourna bride. Voilà la vie qu'elle aimait ! Mais qu'allait-elle faire avec la cuisinière ? Elle avait besoin de toute urgence d'une aide féminine. Mais la Blanche la plus proche habitait à vingt miles de là !

Était-il correct de rendre visite à Mme Beasley un mois à peine après le mariage ? Peut-être un petit tour à Haldon suffirait-il ? Jusqu'ici, elle n'était pas allée dans la bourgade, mais il était temps de le faire. Elle voulait expédier des lettres, acheter quelques broutilles et, surtout, voir d'autres visages que ceux de sa famille, des employés maoris et des bergers. Ces derniers temps, elle commençait à en avoir un peu par-dessus la tête, James McKenzie mis à part. Mais celui-ci pourrait l'accompagner à Haldon. N'avait-il pas annoncé, la veille, qu'il devrait aller chercher des marchandises commandées chez les Candler ? L'idée de cette escapade rasséréna Gwyn. Et Mme Candler saurait sûrement comment confectionner un *irish stew*…

Igraine galopait sans se faire prier : après cette longue chevauchée, elle aspirait à retrouver le râtelier. Sa cavalière sentit elle aussi la faim quand elle eut ramené le cheval à l'écurie. Une succulente odeur de viande et d'épices provenait des quartiers des ouvriers. Gwyn ne put se retenir : elle frappa à la porte, pleine d'espoir.

On l'attendait visiblement. Les hommes, de nouveau assis autour d'un feu, se passaient une bouteille. Un plat appétissant bouillait au-dessus des flammes. N'était-ce pas… ?

Tous étaient radieux, à croire qu'ils fêtaient Noël. O'Toole, l'Irlandais, lui tendit en souriant une gamelle pleine d'*irish stew.*

— Tenez, miss Gwyn. Donnez ça à la bonne maorie. Ces gens-là s'adaptent très vite. Peut-être réussira-t-elle à refaire le plat.

Heureuse, Gwyneira le remercia. Ce plat était sans aucun doute ce qu'avait souhaité Gérald. Il sentait si bon que la jeune femme fut sur le point de demander une cuillère et de vider la gamelle. Mais elle se ressaisit : elle ne toucherait pas au précieux *stew* avant que Kiri et Moana l'eussent goûté.

Sortant de l'écurie en tenant la gamelle avec précaution, elle faillit se heurter à McKenzie qui l'attendait à la porte avec un bouquet d'herbes qu'il lui donna aussi cérémonieusement que s'il s'était agi de fleurs.

— *Tàima*, dit-il avec un sourire mi-moqueur, mi-sérieux, et un clin d'œil. Pour remplacer l'encens et la myrrhe.

Gwyneira accepta le bouquet de thym en souriant elle aussi. Elle se demanda pourquoi son cœur battait si fort.

Hélène fut heureuse d'entendre Howard enfin annoncer qu'ils iraient à Haldon le vendredi. Le cheval avait besoin d'être ferré, ce qui était apparemment chaque fois l'occasion d'un tour en ville. Si les calculs d'Hélène étaient bons, le jour où Howard avait appris son arrivée avait aussi été celui d'une visite chez le maréchal-ferrant.

— Avec quelle fréquence faut-il ferrer un cheval ? demanda-t-elle prudemment.

— Ça dépend. Généralement, toutes les six à dix semaines. Mais les sabots de notre bai poussent lentement, il peut garder les mêmes fers jusqu'à douze semaines, répondit Howard en tapotant son cheval d'un air satisfait.

Hélène aurait préféré un cheval dont les sabots poussent plus vite et ne put s'abstenir d'un commentaire.

— J'aimerais bien rencontrer des gens plus souvent.

— Tu peux prendre le mulet, répondit-il, magnanime. Haldon est à cinq miles, c'est-à-dire à deux heures d'ici. Si tu pars aussitôt après la traite, tu peux facilement être de retour le soir pour préparer le repas.

Hélène connaissait assez Howard maintenant pour savoir qu'il ne renoncerait sous aucun prétexte à un repas chaud le soir. En réalité, il était facile à contenter : il avalait indifféremment pain plat, crêpes, œufs brouillés ou ragoût. Qu'Hélène ne sût pas préparer davantage de plats ne le dérangeait pas, mais celle-ci avait l'intention de demander à Mme Candler, à Haldon, quelques recettes supplémentaires. Elle-même commençait à trouver monotone la succession des menus.

— Tu pourrais tuer une poule à l'occasion, avait-il proposé un jour en réponse à une remarque d'Hélène en ce sens.

Elle avait été horrifiée, comme elle l'était en cet instant à l'idée de partir seule pour Haldon, à dos de mulet par-dessus le marché.

— Tu vas voir l'état du chemin, répondit Howard avec flegme. Après, tu pourras aussi, si tu y tiens, harnacher le mulet…

Ni Gérald ni Lucas ne virent d'inconvénient à ce que Gwyneira se joignît à McKenzie pour se rendre à Haldon, même si Lucas n'arrivait pas à comprendre ce qui l'attirait là-bas.

— Tu seras déçue, ma chérie. C'est une petite ville malpropre, avec une seule boutique et un seul pub. Degré zéro de la culture et pas même une église…

— Et un médecin ? s'informa Gwyneira. Je veux dire au cas où…

Lucas piqua un fard. Gérald, en revanche, bondit d'enthousiasme.

— Ça y est, Gwyneira ? Il y a des signes avant-coureurs ? Dans ce cas, nous ferons bien sûr venir un médecin de Christchurch. Nous ne courrons pas le risque de recourir à la sage-femme d'Haldon.

— Père, le temps que le médecin de Christchurch arrive, le bébé sera là depuis longtemps, dit Lucas non sans humour.

— Je ferai venir le médecin à l'avance. Il habitera ici le temps qu'il faudra, peu importe ce que ça coûtera, lui lança son père d'un air réprobateur.

— Et ses autres patients ? Tu crois qu'il va les laisser en plan ?

— C'est une simple question de prix, mon fils. Et l'héritier des Warden n'a pas de prix !

Gwyneira n'intervint pas. Elle n'aurait de toute façon pas décelé les signes avant-coureurs d'une grossesse : comment aurait-elle su ce qu'on ressentait ? De plus, elle était pour l'heure tout à sa joie de cette escapade à Haldon.

James McKenzie vint la chercher dès la fin du petit-déjeuner. Il avait attelé deux chevaux à une longue et lourde charrette.

— À cheval, vous iriez plus vite, avait-il fait remarquer, mais Gwyneira n'avait pas vu d'inconvénient à voyager sur le siège du cocher, à côté de McKenzie, et à admirer le paysage.

Quand elle connaîtrait le trajet, elle pourrait aller plus souvent à Haldon, mais aujourd'hui elle se satisferait de voyager sur la charrette. M. McKenzie était en outre un interlocuteur captivant. Il lui apprit le nom des montagnes à l'horizon et celui des rivières qu'ils traversaient. Il connaissait souvent à la fois le nom maori et le nom anglais.

— Vous parlez le maori, n'est-ce pas ? demanda Gwyn, admirative.

— Je crois que personne ne parle vraiment le maori. Les indigènes nous facilitent trop la vie. Ils sont heureux de chaque mot anglais qu'ils apprennent. Qui se donnerait alors la peine d'apprendre des mots comme *taumatawhatatan-gihangakoauauotamateaturipukakapikimaungahoroukupokaihenuakitanatahu*?

— Ça veut dire quoi? demanda Gwyn en éclatant de rire.

— C'est une montagne de l'île du Nord. Même pour les Maoris, c'est difficile à prononcer. Mais à chaque gobelet de whisky c'est plus facile, croyez-moi! dit son compagnon avec un clin d'œil et son sourire hardi.

— Vous avez appris ça devant les feux de bivouac?

— J'ai pas mal bourlingué d'une ferme à l'autre. Entretemps, je logeais souvent dans des villages maoris, ils sont très accueillants.

— Pourquoi n'avez-vous pas travaillé comme pêcheur de baleines? Il paraît qu'on y gagne beaucoup plus. M. Gérald…

— M. Gérald est aussi un très bon joueur de cartes.

Gwyneira rougit. Se pouvait-il que l'histoire de la partie de cartes entre Gérald et son père se fût déjà ébruitée?

— Normalement, on ne gagne pas des fortunes à pêcher les baleines, poursuivit McKenzie. Et ce n'était pas mon truc. Comprenez-moi bien, je ne suis pas bégueule, mais patauger dans le sang et la graisse… non. Mais je suis un bon tondeur de moutons, je l'ai appris en Australie.

— L'Australie n'est-elle pas habitée que par des bagnards?

— Pas uniquement. Il y a aussi des descendants de bagnards et des immigrants tout à fait normaux. Et puis tous les bagnards ne sont pas de grands criminels. Il y a plus d'un pauvre diable qui a atterri là pour avoir volé un pain pour ses enfants. Sans compter les Irlandais qui s'étaient révoltés contre la Couronne, souvent des gens très convenables. Des gredins, il en existe partout, mais, pour ma part, je n'en ai pas rencontré davantage en Australie qu'ailleurs.

— Où êtes-vous allé aussi? demanda Gwyneira, curieuse et de plus en plus fascinée par ce McKenzie.

— En Écosse. C'est de là que je suis originaire. Un véritable highlander. Mais pas un lord chef de clan. Ma famille a toujours appartenu au petit peuple. Elle s'y connaissait en moutons, mais pas en épées.

Gwyneira trouva cela un peu dommage. Un guerrier écossais aurait été presque aussi intéressant qu'un cow-boy américain.

— Et vous, miss Gwyn? Avez-vous vraiment grandi dans un château, comme il se dit?

James la regardait de nouveau du coin de l'œil. Mais il ne donnait pas l'impression d'être attiré par les ragots. Gwyneira eut le sentiment qu'il s'intéressait véritablement à elle.

— J'ai grandi dans un manoir. Mon père est un lord. Bien sûr, pas un de ceux qui siègent au conseil de la Couronne. D'une certaine manière, nous avons quelque chose en commun. Les Silkham s'y entendent eux aussi mieux en moutons qu'en épées.

— Et n'est-ce pas pour vous… pardon de poser cette question, mais je croyais… Les ladies ne doivent-elles pas épouser des lords?

La question était assez indiscrète, mais la jeune femme décida de ne pas la prendre en mauvaise part.

— Les ladies doivent épouser des gentlemen, répondit-elle de manière un peu vague avant de se laisser emporter par son tempérament: Et, bien sûr, en Angleterre, on a fait des gorges chaudes sur le fait que mon mari n'était qu'un «baron des moutons» sans véritable titre de noblesse. Mais, comme on dit, c'est bien beau d'être propriétaire d'un cheval de race, mais ce ne sont que des papiers! Il faut ensuite voir ce qu'on enfourche.

James fut pris d'un fou rire qui faillit le jeter à bas du siège.

— Ne répétez jamais cette phrase en public, miss Gwyn! Vous seriez compromise jusqu'à la fin des temps! Mais je commence à comprendre qu'il ne devait pas être facile, en Angleterre, de trouver pour vous un gentleman.

— Les prétendants ne manquaient pas ! mentit Gwyneira, vexée. Et M. Lucas ne s'est encore jamais plaint.

— Il faudrait qu'il soit stupide et aveugle ! s'exclama James, mais, avant qu'il eût pu poursuivre, Gwyn aperçut, dans une plaine en dessous de la crête où ils se trouvaient, une agglomération.

— C'est Haldon ?

James fit signe que oui.

Haldon ressemblait en tous points aux petites villes de pionniers décrites dans ses feuilletons : un bazar, un barbier, une forge, un hôtel et une taverne qu'on appelait un «pub» et non un «saloon». Le tout logé dans des maisons en bois de un ou deux étages, peintes de différentes couleurs.

James arrêta la charrette en face de la boutique des Candler.

— Faites tranquillement vos courses, dit-il. Je charge d'abord du bois, puis j'irai chez le barbier avant d'aller boire une bière au pub. Nous avons donc tout notre temps. Si cela vous dit, vous pouvez prendre le thé avec Mme Candler.

Gwyneira lui sourit d'un air complice.

— Peut-être me confiera-t-elle quelques recettes. M. Gérald a récemment réclamé du *Yorkshire pudding*. Vous savez comment on le prépare ?

— Je crains que même O'Toole l'ignore. À tout à l'heure, miss Gwyn !

Il lui tendit la main pour l'aider à descendre du siège et Gwyn se demanda pourquoi, à ce contact, elle fut parcourue du même frisson qu'elle éprouvait quand elle se caressait en secret…

7

Gwyneira traversa la rue poussiéreuse qui se transformait à coup sûr en bourbier par temps de pluie et entra dans l'épicerie des Candler. Mme Candler, en train de trier des bonbons colorés dans de grands bocaux, ne se fit pas prier pour interrompre son activité. Rayonnante, elle salua sa visiteuse.

— Madame Warden, quelle surprise! Et quelle chance! Avez-vous le temps de boire une tasse de thé? Dorothée le prépare justement. Elle est derrière avec Mme O'Keefe.

— Avec qui? demanda Gwyneira, dont le cœur bondit. Pas avec Hélène O'Keefe, tout de même?

— Ah, c'est vrai, vous la connaissez encore sous le nom de miss Davenport. Eh bien, mon mari et moi avons réussi à informer son fiancé de son arrivée. Et, à ce que j'ai entendu dire, il est venu à Christchurch à la vitesse de l'éclair et l'a aussitôt emmenée avec lui. Passez donc derrière, madame Warden. J'arrive tout de suite, dès que Richard sera de retour.

«Derrière» désignait le logement des Candler, directement attenant au vaste local de la boutique. Loin de donner l'impression du provisoire, il était aménagé avec goût, équipé de meubles magnifiques, fabriqués dans des bois locaux. De grandes fenêtres ouvraient sur le dépôt de bois, derrière la maison, où James réceptionnait sa commande. M. Candler l'aidait à charger.

Et Hélène se trouvait effectivement dans le salon! Assise sur un divan tendu de velours vert, elle bavardait avec

Dorothée. À la vue de Gwyn, elle bondit, l'incrédulité et la joie se mêlant sur son visage.

— Gwyn! Ou bien es-tu une apparition? Je rencontre aujourd'hui plus de gens que dans les douze semaines écoulées. Si bien que je commence à croire que je vois des fantômes!

— Nous pouvons nous pincer réciproquement! s'exclama Gwyneira en riant.

Les deux amies tombèrent dans les bras l'une de l'autre.

— Depuis quand es-tu là? demanda Gwyn. Je serais venue bien plus tôt si j'avais su que je te rencontrerais ici.

— Je me suis mariée il y a bientôt trois mois, mais c'est la première fois que je viens à Haldon. Nous habitons... assez loin, à l'écart...

Le ton de son amie n'était pas spécialement enthousiaste, mais Gwyn voulut d'abord dire bonjour à Dorothée. Celle-ci entrait justement, une théière à la main. Elle mit aussitôt un couvert supplémentaire pour Gwyneira qui, entre-temps, eut le temps d'examiner Hélène de plus près. Elle ne donnait effectivement pas l'impression d'être heureuse. Elle avait maigri et son teint clair, si soigneusement entretenu sur le bateau, avait cédé la place à un hâle malvenu. Elle avait aussi les mains râpeuses et les ongles ras. Même sa tenue avait souffert. Certes, la robe était propre et soignée, mais l'ourlet du bas était plein de boue.

— C'est à cause de notre ruisseau, dit-elle en guise d'excuse quand elle surprit le regard de son amie. Howard a voulu venir avec la lourde charrette pour rapporter du matériel pour les clôtures. Mais il faut pousser pour que les chevaux réussissent à le traverser.

— Pourquoi ne pas construire un pont? s'étonna Gwyneira, qui, à Kiward Station, était souvent passée sur des ponts récents.

— Probablement qu'Howard n'a pas l'argent qu'il faut, répondit Hélène en haussant les épaules. Ni les ouvriers. On ne peut pas construire un pont tout seul.

Ses mains tremblaient légèrement quand elle prit sa tasse de thé.

— Vous n'avez personne? s'exclama Gwyn, stupéfaite. Même pas des Maoris? Comment faites-vous pour la ferme, alors? Qui s'occupe du jardin, de la traite des vaches?

Hélène la regarda avec, dans les yeux, un mélange de fierté et de désespoir.

— Ma foi, devine!

— Toi? Mais tu ne parles pas sérieusement! N'était-il pas question d'un gentleman-farmer?

— Tu peux rayer le gentleman… je ne veux pas dire par là qu'Howard n'est pas un homme d'honneur. Il me traite bien et travaille dur. Mais c'est un fermier, ni plus ni moins. De ce point de vue, ton M. Gérald avait raison. Howard le déteste d'ailleurs autant que l'inverse est vrai. Il a dû se passer quelque chose entre eux deux…

Hélène aurait préféré changer de sujet, car elle n'aimait pas dénigrer son mari. D'un autre côté, si elle ne faisait pas au moins quelques allusions, elle ne trouverait pas d'aide!

Mais Gwyn ne la suivit pas sur ce terrain. La querelle entre les deux hommes lui était égale pour le moment. C'est d'Hélène qu'elle se souciait.

— As-tu au moins des voisins pour t'aider ou auprès de qui prendre des conseils? Tu ne sais rien faire de tout ça!

— Je suis capable d'apprendre, murmura la jeune femme. Et des voisins? Eh bien, quelques Maoris. Les enfants viennent tous les jours, ils sont très gentils. Mais… mais sinon, vous êtes les premiers Blancs que je… que je rencontre depuis mon arrivée à la ferme…

Bien que luttant pour se ressaisir, Hélène était au bord des larmes. Dorothée se pressa contre elle pour la consoler, tandis que Gwyneira élaborait déjà des plans pour lui venir en aide.

— À quelle distance d'ici se trouve la ferme? Est-ce que je ne pourrai pas venir te voir de temps en temps?

— Cinq miles. Mais j'ignore bien sûr dans quelle direction…

— Vous devriez l'apprendre, madame O'Keefe. Si vous ne connaissez pas les points cardinaux, vous êtes perdue, ici! intervint Mme Candler qui entrait, chargée de gâteaux qu'une femme de la localité cuisait elle même et mettait en vente dans l'épicerie. Votre ferme est à l'est d'ici – la vôtre aussi d'ailleurs, madame Warden. Enfin, pas vraiment dans l'axe. Un chemin part de la route principale. Mais je pourrai vous l'expliquer. Et votre époux le connaît certainement aussi.

Gwyn s'apprêtait à indiquer qu'il vaudrait mieux ne pas demander à un Warden le chemin menant chez un O'Keefe, quand Hélène profita de l'occasion pour changer de sujet.

— Et comment est-il, ton Lucas? Est-il vraiment le gentleman qu'on t'a décrit?

Un instant distraite, Gwyneira regarda par la fenêtre. James venait de terminer le chargement et sortait la charrette de la cour. Hélène s'aperçut que les yeux de son amie brillaient à la vue de l'homme sur le siège.

— C'est lui, là? Ce joli gaillard sur la charrette? demandat-elle en souriant.

Gwyn, qui semblait avoir peine à s'arracher à ce spectacle, se ressaisit.

— Hein? Excuse-moi, je regardais notre chargement. L'homme sur le siège du cocher est M. McKenzie, le chef d'équipe de nos bergers. Lucas est… Lucas serait… bref, la seule idée qu'il puisse conduire un attelage sur les chemins menant jusqu'ici et charger du bois sans aide…

Hélène eut l'air vexée. Howard chargerait sans aide son matériel pour clôtures. Gwyneira, remarquant la mine de son amie, se reprit aussitôt.

— Oh, Hélène, je ne veux pas dire que ce serait déshonorant… je suis certaine que M. Gérald donnerait un coup de main. Mais Lucas est une sorte de bel esprit, tu comprends? Il écrit, il peint et il joue du piano. Mais on ne le voit pour ainsi dire jamais à la ferme.

— Et quand il en héritera ? demanda Hélène en fronçant les sourcils.

Gwyneira en resta médusée. Cette question ne serait jamais venue à l'esprit de l'Hélène qu'elle avait connue deux mois plus tôt.

— Je crois que M. Gérald fonde ses espoirs sur un autre héritier…, soupira-t-elle.

Mme Candler examina Gwyn.

— On ne voit pourtant toujours rien, dit-elle en riant. Mais vous n'êtes mariés que depuis quelques semaines. Il devrait vous laisser un peu de temps. Quel beau couple ils faisaient, ces deux-là !

Ce fut le début d'un long récit enthousiaste sur le mariage de Gwyn et les festivités. Hélène écoutait sans mot dire, alors que son amie aurait tant aimé pouvoir l'interroger sur ses propres noces. Il y avait tant de choses dont elle aurait aimé parler avec elle de manière urgente ! En tête à tête, si possible. Mme Candler était gentille, mais elle était certainement aussi la plaque tournante des commérages du village.

En tout cas, elle se montra plus que disposée à aider les deux jeunes femmes à tenir leur ménage.

— Sans levain, vous ne pouvez faire cuire le pain, dit-elle à Hélène. Je vous en donne un peu. Et voilà aussi un produit pour nettoyer votre robe. Il faut mettre l'ourlet à tremper, sinon vous ne le récupérerez pas. Et vous, madame Warden, vous avez besoin de moules à muffins, sinon vous n'obtiendrez rien qui ressemble aux petits gâteaux secs anglais de M. Gérald…

Hélène acheta même une bible maorie. Mme Candler avait quelques exemplaires en stock ; les missionnaires de passage en avaient jadis commandé, mais les Maoris s'étaient montrés peu intéressés.

— La plupart ne savent même pas lire, dit Mme Candler. Et puis, ils ont leurs propres dieux.

Pendant qu'Howard chargeait, Gwyn et Hélène trouvèrent quelques minutes pour une conversation à deux.

— Je trouve ton M. O'Keefe vraiment bien, remarqua Gwyn.

De la boutique, elle l'avait observé pendant qu'il parlait avec sa femme. Cet homme correspondait infiniment mieux à l'image qu'elle se faisait d'un vigoureux pionnier que le distingué Lucas.

— Le mariage te plaît?

Hélène piqua un fard.

— Plaire n'est pas le mot. Mais c'est… supportable. Ah, Gwyn, nous ne nous reverrons plus avant de longs mois. Qui sait si tu viendras à Haldon le même jour que moi et…

— Tu ne peux donc pas venir seule? Sans Howard? Pour moi, ce n'est pas difficile. Avec Igraine, je suis ici en moins de deux heures.

Hélène soupira et parla du mulet.

— Si je savais le monter…

— Bien sûr que tu pourras! Je t'apprendrai! Je viendrai te voir, Hélène, dès que je pourrai. Je trouverai bien le chemin!

Hélène faillit lui dire qu'Howard ne voulait pas voir un Warden chez lui, mais elle s'en abstint. Si Howard et Gwyn tombaient un jour l'un sur l'autre, elle inventerait bien quelque chose. De toute façon, il était occupé toute la journée avec les moutons et, souvent, il partait à cheval loin dans les montagnes, à la recherche de bêtes égarées ou pour vérifier les clôtures. Généralement, il ne rentrait pas avant la nuit.

— Je t'attends! dit Hélène avec espoir.

Les amies s'embrassèrent sur les deux joues, puis Hélène sortit.

— Eh oui, les femmes des petits fermiers n'ont pas la vie facile, constata Mme Candler. Un travail dur, beaucoup d'enfants. Mme O'Keefe a de la chance que son mari soit déjà assez âgé. Il n'aura plus le temps de lui faire huit ou neuf rejetons. Elle non plus n'est pas toute jeune. J'espère seulement que tout se passera bien. Il n'y a pas une sage-femme qui puisse atteindre ces fermes isolées…

James vint peu après prendre Gwyneira à la boutique. D'humeur joyeuse, il chargea ses emplettes dans la charrette et l'aida à grimper sur le siège du cocher.

— La journée a été bonne, miss Gwyn? M. Candler m'a dit que vous aviez retrouvé une amie.

Gwyn fut heureuse d'apprendre qu'il connaissait le chemin de la ferme d'Hélène. Il siffla entre ses dents, à vrai dire, quand elle lui posa la question.

— Vous voulez aller chez les O'Keefe? Dans la tanière du loup? N'en parlez surtout pas à M. Gérald. Il me tuerait s'il apprenait que je vous ai montré le chemin.

— J'aurais pu le découvrir autrement, répondit la jeune femme avec flegme. Mais qu'y a-t-il donc entre ces deux hommes? Pour M. Gérald, M. Howard est le diable en personne, et, semble-t-il, réciproquement.

— On ne sait rien de très précis, répondit James en riant. La rumeur dit qu'ils furent jadis associés, puis qu'ils se sont séparés. D'après certains, pour des questions d'argent, selon d'autres à cause d'une femme. En tout cas, leurs terres se touchent, mais c'est Warden qui a tiré le gros lot. Chez O'Keefe, le terrain est très accidenté. Et puis l'homme n'était pas berger à l'origine, bien que venant, paraît-il, d'Australie. Tout ça est très mystérieux. Ils sont les seuls à en savoir plus, mais cracheront-ils un jour le morceau? Ah, voici l'embranchement…

James arrêta son attelage auprès d'un chemin partant sur la gauche en direction des montagnes.

— C'est ce chemin qu'il faut prendre. Vous pouvez vous orienter grâce à ce rocher. Ensuite, vous suivez le chemin, il n'y en a qu'un. Mais il est parfois difficile à trouver, surtout en été, quand on ne voit plus les traces des charrettes. Il y a aussi plusieurs ruisseaux à traverser, l'un est même presque une rivière. Une fois que vous connaîtrez mieux le pays, vous trouverez sans doute un trajet plus direct entre les deux fermes. Mais, dans un premier temps, il vaut mieux emprunter celui-ci. N'allez pas vous perdre!

Gwyneira n'était pas femme à se perdre si facilement. Et puis Igraine et Cléo la ramèneraient de toute façon à Kiward Station. Aussi, trois jours plus tard, se mit-elle gaiement en route pour rendre visite à son amie. Lucas ne vit rien à redire à cette escapade à Haldon. Il avait de toute façon d'autres soucis en tête.

Non content d'imposer à Gwyn de prendre plus au sérieux ses devoirs de maîtresse de maison, Gérald avait décrété que Lucas devrait désormais s'occuper plus activement de l'exploitation agricole. C'est ainsi que, tous les matins, il assignait à son fils des travaux à accomplir avec les employés, souvent des activités qui, moindre mal, mettaient le feu aux joues du bel esprit. La castration des jeunes béliers, par exemple, lui occasionna de telles nausées que M. Lucas – comme le rapporta, mort de rire, Hardy Kennon devant le feu de camp des bergers – ne fut plus bon à rien le reste de la journée. Ayant eu vent de l'affaire, Gwyneira eut de la peine à ne pas rire. À vrai dire, elle se demandait si elle n'aurait pas réagi comme lui. Il y avait des tâches dont elle avait été exclue, même à Silkham.

Ce jour-là, Lucas était donc parti en compagnie de McKenzie pour conduire les bêtes castrées dans les montagnes où elles resteraient les mois d'été avant d'être abattues. Il en avait la chair de poule à l'avance, d'autant plus qu'il aurait peut-être à surveiller le carnage.

Gwyneira les aurait volontiers accompagnés dans leur équipée, mais elle en fut dissuadée par une espèce d'intuition. Lucas n'avait pas besoin de voir avec quel naturel elle participait aux travaux des bergers : il fallait à tout prix éviter une situation de concurrence telle qu'elle s'était développée avec son frère, autrefois. Elle n'avait en outre pas envie de passer une journée sur une selle de dame. Elle en avait perdu l'habitude et, au bout de quelques heures, elle aurait à coup sûr mal au dos.

Igraine avançait d'un bon pas et, une bonne heure plus tard, Gwyneira eut atteint l'embranchement menant à la ferme d'Hélène. Il ne restait que deux miles, mais qui se révélèrent difficiles à parcourir. Le chemin était dans un état épouvantable. Gwyn frémit à l'idée de devoir y conduire un attelage, surtout tirant une charrette aussi lourde que celle d'Howard. Il n'était pas étonnant que la pauvre Hélène eût eu l'air si épuisée.

Igraine, elle, n'était pas affectée par l'état du chemin. Elle avait l'habitude des terrains cailouteux ; franchir les nombreux ruisseaux lui plaisait et la rafraîchissait. Pour la Nouvelle-Zélande, la journée d'été était chaude et la jument avait transpiré. Cléo, en revanche, cherchait toujours à garder les pattes au sec. Gwyneira riait chaque fois que la petite chienne tombait dans l'eau froide avec un grand plouf après avoir manqué son saut. Elle levait alors les yeux vers sa maîtresse, d'un air vexé.

La maison finit par apparaître, bien que Gwyn eût d'abord peine à croire que cette cabane en bois fût réellement la ferme d'O'Keefe. Mais elle dut se rendre à l'évidence : dans l'enclos devant la maison paissait le mulet. À la vue d'Igraine, il émit un son étrange, commençant comme un hennissement et dégénérant en une espèce de brame. Gwyneira secoua la tête. Des animaux bizarres. Elle ne comprenait pas pourquoi quelqu'un pouvait les préférer aux chevaux.

Après avoir attaché la jument à la clôture, elle se mit à la recherche d'Hélène. Dans l'étable, il n'y avait que la vache. Sur ces entrefaites, elle entendit une femme pousser un cri perçant dans la maison. C'était Hélène, à l'évidence ; elle hurlait d'une manière si effrayante que Gwyneira sentit son sang se glacer dans ses veines. Elle chercha une arme pour défendre son amie, mais se résolut à se contenter de sa cravache pour secourir Hélène sans plus tarder.

Mais il n'y avait nulle trace d'agresseur. On avait plutôt l'impression que la ménagère était en train de balayer innocemment la pièce, jusqu'à l'instant où elle avait vu quelque chose qui l'avait figée sur place.

— Hélène! s'écria Gwyn. Que se passe-t-il?

Sans faire mine de lui dire bonjour, ou même de se retourner, son amie, terrorisée, gardait les yeux rivés sur quelque chose dans un coin.

— Là… là… là! Mais qu'est-ce que c'est, pour l'amour du ciel? Au secours, ça saute!

Prise de panique, Hélène bondit en arrière et manqua de trébucher contre une chaise. Gwyneira la rattrapa et recula elle aussi devant l'espèce de criquet gras et luisant qui, tout de même, fuyait à présent en sautillant. C'était un magnifique exemplaire, long de dix bons centimètres.

— C'est un weta, expliqua calmement la jeune femme. Probablement un weta du sol, mais ce pourrait aussi être un weta des arbres qui s'est égaré. En tout cas, ce n'est pas un weta géant, car ceux-là ne sautent pas…

Hélène la regarda comme si elle sortait de l'asile de fous. Elle poursuivit néanmoins:

— Et c'est un mâle. Au cas où tu voudrais le baptiser… Ne fais pas une tête pareille, Hélène. Ils sont répugnants, mais inoffensifs. Mets cette bestiole à la porte et…

— On… on pourrait pas… l'écraser? supplia Hélène, toujours tremblante.

— Pratiquement impossible! Ils sont increvables. Même quand on les fait cuire, paraît-il… ce que je n'ai pas encore essayé, à vrai dire. Sur le sujet, Lucas peut tenir des exposés de plusieurs heures. Ce sont en quelque sorte ses animaux préférés. Tu aurais un bocal ou quelque chose de ce genre?

Gwyneira avait un jour observé comment Lucas capturait un weta. Aussi réussit-elle à retourner un pot de confiture vide sur l'énorme insecte.

— Chopé! jubila-t-elle. Si nous arrivons à refermer le pot, je pourrai le rapporter comme cadeau à Lucas.

— Arrête de plaisanter, Gwyn! Je le croyais un gentle-man, dit Hélène, qui, bien que reprenant peu à peu son sang-froid, contemplait toujours l'insecte géant avec un mélange de fascination et de dégoût.

— Ça ne l'empêche pas de s'intéresser aux bêtes rampantes. Les hommes ont parfois des goûts bizarres…

— Ça, tu peux le dire, l'approuva Hélène, pensant aux plaisirs nocturnes d'Howard.

Il s'y adonnait presque quotidiennement quand Hélène n'avait pas ses règles. Lesquelles avaient d'ailleurs cessé peu de temps après, seul point positif du mariage.

— Je te prépare un thé? proposa Hélène. Howard préfère le café, mais je me suis acheté du thé. Du thé de Darjeeling, venu de Londres…, précisa-t-elle avec une nuance de regret dans la voix.

Gwyneira jeta un coup d'œil autour d'elle dans la pièce chichement aménagée. Deux chaises branlantes, un dessus de table, bien récuré mais abîmé, la bible maorie, le ragoût en train de bouillir sur le vieux poêle n'invitaient guère à boire le thé. Songeant au foyer confortable de Mme Candler, elle secoua énergiquement la tête.

— On pourra toujours boire le thé tout à l'heure. Maintenant, tu vas seller le mulet… Au total, je te… eh bien, disons, je t'accorde trois heures de trajet à cheval sur cette bête avant que nous nous rencontrions à Haldon.

Le mulet se montra peu coopératif. Quand Hélène voulut l'attraper, il lui échappa, cherchant à la mordre. Elle fut soulagée de voir arriver Reti, Rongo et deux autres enfants. Le visage en feu d'Hélène, ses cris de colère et son impuissance à attraper le mulet donnèrent aux Maoris plus d'une raison de pouffer, mais, en quelques secondes, Reti eut placé le licou. Il aida ensuite Hélène à seller l'animal, tandis que Rongo le nourrissait de patates douces. Mais ensuite, pour monter en selle, Hélène se retrouva livrée à elle-même.

Gwyneira s'assit sur la clôture pour regarder son amie tenter de faire avancer l'animal. Les enfants se poussèrent du coude en riant quand le mulet commença par refuser de poser un sabot devant l'autre. Hélène dut lui donner un grand coup de pied dans les flancs pour l'entendre émettre une espèce de gémissement et le voir avancer. Mais Gwyneira n'était pas satisfaite.

— Ça ne marchera pas comme ça ! Si tu lui donnes des coups de pied, il n'avancera pas, il sera juste furieux !

Elle était assise sur la barrière en bois comme un jeune berger, soulignant ses propos de mouvements impérieux de sa cravache. Sa seule concession à la décence était d'avoir sagement relevé les pieds pour les dissimuler sous sa jupe de cavalière, ce qui rendait sa position assez instable. Ce numéro d'équilibre était au demeurant parfaitement superflu, car les enfants n'auraient probablement pas gratifié les jambes de Gwyn d'un second regard, même s'ils n'avaient pas réservé toute leur attention à ce qui se passait dans le paddock. Leurs mères, en effet, ne marchaient-elles pas pieds nus toute la journée, ne portant tout au plus que des jupes mi-longues ?

Ayant besoin de toute sa concentration pour faire faire le tour du paddock à cet entêté de mulet, Hélène n'avait pas le loisir de s'abandonner à ces considérations. Chose étonnante, il n'était pas si difficile que ça de ne pas tomber, la vieille selle d'Howard offrant suffisamment de prises. Sa monture était malheureusement encline à s'arrêter à chaque touffe d'herbe.

— Si je ne lui donne pas des coups de pied, il ne bouge pas d'un pouce ! se plaignit-elle en enfonçant à nouveau ses talons dans les côtes de sa monture. Peut-être que… si tu me donnais ta cravache. Comme ça, je pourrais le frapper !

— Qui donc t'a engagée comme éducatrice ? Frapper, donner des coups de pied… ce n'est tout de même pas ainsi que tu te comportes avec les enfants !

Gwyneira regarda les petits Maoris qui, toujours pouffant, savouraient visiblement la lutte de leur enseignante avec le mulet récalcitrant.

— Il faut que tu aimes le mulet, Hélène! Amène-le à travailler avec plaisir pour toi. Allez, vas-y, dis-lui quelque chose de gentil!

Hélène soupira, réfléchit et se pencha alors de mauvaise grâce vers l'avant.

— Quelles belles et douces oreilles tu as! susurra-t-elle en caressant les énormes oreilles en forme de cornets.

L'animal répondit à cette approche en cherchant à lui mordre la jambe. Si, de peur, Hélène faillit tomber du mulet, Gwyneira, elle, fut sur le point de chuter de la barrière. Mais de rire!

— Aimer! haleta Hélène. Il me déteste!

L'un des enfants maoris lança une remarque que les autres accueillirent par des ricanements, tandis qu'Hélène rougit.

— Qu'a-t-il dit? demanda Gwyn.

Hélène se mordit les lèvres.

— Ce n'est qu'une citation de la Bible, murmura-t-elle.

Gwyn hocha la tête avec admiration.

— Dis donc, si tu réussis à faire citer la Bible à ces morveux, tu devrais parvenir à faire avancer un âne! Le mulet est ton seul billet pour Haldon. Comment s'appelle-t-il, au fait?

Gwyneira agitait sa cravache, mais n'avait manifestement pas l'intention de la donner à son amie.

Hélène comprit qu'elle devrait baptiser le mulet…

Le cours d'équitation terminé, elles prirent le thé et Hélène parla de ses petits élèves.

— Reti, l'aîné, est très éveillé, mais assez impertinent. Et Rongo est charmante. Ce sont, de manière générale, de gentils enfants. C'est un peuple amical.

— Tu parles aussi très bien le maori, n'est-ce pas? Je ne connais pour ma part que quelques mots. Mais je n'arrive pas à apprendre cette langue. Il y a trop à faire.

Hélène haussa les épaules, mais le compliment lui fit néanmoins plaisir.

— J'ai déjà appris d'autres langues. Cela m'est donc plus facile. Et puis je n'ai personne d'autre à qui parler. Si je ne veux pas m'isoler totalement, il faut bien que j'apprenne.

— Tu ne parles pas avec Howard?

— Si, bien sûr, mais… mais nous… nous n'avons pas grand-chose de commun…

Gwyn ressentit soudain une espèce de culpabilité. Comme son amie serait heureuse de s'entretenir longuement d'art et de culture avec Lucas! Sans parler de son piano et de sa peinture! Ne devait-elle pas éprouver de la gratitude envers un époux aussi cultivé? Mais ce qu'elle ressentait le plus habituellement, c'était de l'ennui.

— Les femmes du village sont, elles aussi, très complaisantes, poursuivit Hélène. Je me demande si l'une d'elles serait sage-femme…

— Une sage-femme? s'exclama Gwyn. Hélène! Tu ne vas pas me dire que tu… je n'arrive pas à le croire! Tu es enceinte, Hélène?

Hélène leva les yeux d'un air de bête traquée.

— Je n'en suis pas sûre. Mais Mme Candler m'a détaillée avec tant d'insistance et elle a fait quelques remarques… Et puis, je me sens parfois… toute drôle.

Elle rougit. Gwyn voulut en savoir davantage.

— Est-ce qu'Howard… je veux dire, fait-il en sorte que…?

— Je pense que oui, chuchota Hélène. Il le fait chaque nuit. Je me demande si j'arriverai un jour à m'y habituer.

Gwyn se mordit les lèvres.

— Comment ça? Je veux dire… c'est douloureux?

Hélène la regarda comme si elle avait perdu la raison.

— Bien entendu, Gwyn. Ta mère ne te l'a pas dit? Mais nous autres femmes devons le supporter. Pourquoi tu me demandes ça? Ça ne te fait pas mal, à toi?

Gwyneira bafouilla un peu jusqu'à ce qu'Hélène, honteuse, changeât de sujet. Mais la réaction de son amie avait confirmé ses pressentiments: quelque chose clochait entre

Lucas et elle. Pour la première fois, elle se demanda si elle n'avait pas un problème…

Hélène appela le mulet Nepumuk et le gava de carottes et de patates douces. Au bout de quelques jours, un braiment étourdissant l'accueillait dès qu'elle ouvrait la porte et, dans le paddock, le mulet exigeait quasiment qu'elle lui mît le licou : n'y avait-il pas, avant et après la séance, distribution de gâteries ? À la fin du troisième cours, Gwyneira se montra très satisfaite, et, un beau jour, prenant son courage à deux mains, Hélène sella Nepumuk et partit pour Haldon. Elle eut l'impression d'avoir franchi un océan quand, juchée sur son mulet, elle descendit la rue du village. La bête se dirigea droit vers la forge où l'attendaient habituellement de l'avoine et du foin. Le maréchal-ferrant se montra aimable et accepta de garder le mulet pendant qu'elle irait voir Mme Candler. Celle-ci et Dorothée ne tarirent pas d'éloges à son égard, et Hélène savoura sa liberté nouvelle.

Le soir, elle régala Nepumuk d'une ration exceptionnelle de maïs et d'avoine. Il gargouilla de gratitude et, d'un seul coup, elle n'eut pas trop de peine à le trouver gentil.

8

L'été touchait à sa fin. À Kiward Station, on pouvait se féliciter d'une saison d'élevage particulièrement réussie : toutes les brebis étaient pleines ; le nouvel étalon avait couvert trois juments et le petit Daimon toutes les chiennes de la ferme en état de l'être. Même le petit ventre de Cléo s'arrondissait. Gwyneira était heureuse à l'idée des chiots à venir. Pour ce qui était de ses propres tentatives de tomber enceinte, rien n'avait changé. À la différence près que Lucas ne couchait plus qu'une fois par semaine avec elle. Et c'était chaque fois la même chose : poli et attentionné, il s'excusait quand il croyait l'avoir froissée d'une manière ou d'une autre, mais toujours pas de douleurs, toujours pas de sang. Les allusions de Gérald commençaient, elles, à lui taper sur les nerfs. Au bout de quelques mois de mariage, disait-il, on pouvait tout de même attendre une grossesse de la part d'une femme jeune et en bonne santé. Ce genre de propos renforçait Gwyn dans l'idée que quelque chose clochait chez elle. Elle finit par s'en ouvrir à Hélène.

— Moi, ça me serait indifférent, mais M. Gérald est épouvantable. Il en parle à présent jusque devant le personnel, y compris devant les bergers. Je devrais moins traîner dans les communs, dit-il, m'occuper davantage de mon mari, et alors arriverait un bébé. Mais je ne vais tout de même pas tomber enceinte en regardant Lucas peindre !

— Mais il… te rend visite régulièrement ? s'enquit avec prudence Hélène, qui avait à présent la certitude que quelque chose avait changé en elle, bien que personne n'eût encore confirmé la grossesse.

— Oui, Lucas fait des efforts. Ça doit tenir à moi. Si seulement je savais à qui demander…

Hélène eut une idée. Elle devait se rendre dans un proche avenir dans le village maori, et là-bas… Elle ignorait pourquoi, mais elle avait moins honte de parler de sa possible grossesse à des indigènes plutôt qu'à Mme Candler ou à n'importe quelle autre femme d'Haldon. Pourquoi, par la même occasion, ne pas aborder le problème de Gwyneira?

— Tu sais quoi? Je vais en parler à la magicienne maorie, dit-elle sans plus réfléchir. C'est la grand-mère de la petite Rongo. Elle est très gentille. La dernière fois que je suis allée la voir, elle m'a donné un morceau de jade pour me remercier de m'occuper des enfants. Elle passe chez les Maoris pour être une *tohunga*, une femme pleine de sagesse. Peut-être s'y connaît-elle dans les histoires de femme. À part me jeter dehors, qu'est-ce qu'elle peut me faire?

Gwyneira était sceptique.

— En fait, je ne crois pas à la magie, mais on peut toujours essayer.

Matahorua, la *tohunga*, accueillit Hélène devant le *wharenui*, un lieu de réunion aux riches sculptures, une bâtisse légère, dont l'architecture imitait celle d'un être vivant, comme Hélène le tenait de Rongo. Le faîte était l'épine dorsale, les lattes de la toiture, les côtes. Devant, il y avait un emplacement couvert, le *kauta*, où l'on faisait la cuisine pour tout le monde, car les Maoris vivaient en étroite communauté. Ils dormaient dans de grandes maisons-dortoirs qui n'étaient pas divisées en pièces. Ils ne connaissaient pour ainsi dire pas les meubles.

Matahorua offrit à Hélène de s'asseoir sur une des pierres plantées dans l'herbe, à côté du *wharenui*.

— Comment moi pouvoir aider toi? demanda-t-elle, entrant dans le vif du sujet.

Hélène fouilla dans son vocabulaire maori, largement emprunté à la Bible ou à des dogmes papaux.

— Que faire quand pas conception? demanda-t-elle, espérant avoir bien omis le mot « immaculée » dans son baragouin.

La vieille femme se mit à rire et la submergea d'une avalanche de paroles incompréhensibles.

Hélène fit signe qu'elle ne comprenait pas.

— Comment ça, non bébé? rétorqua Matahorua. Toi avoir bébé! En hiver, quand froid. Moi venir aider, si tu veux. Beau bébé, bébé bonne santé!

Hélène n'arrivait pas à y croire. Ainsi donc, c'était vrai : elle allait avoir un enfant!

— Moi venir aider, si toi vouloir, proposa Matahorua à nouveau.

— Je… merci, tu es… la bienvenue, formula Hélène à grand-peine.

La magicienne sourit. Mais Hélène devait d'une manière ou d'une autre revenir à son propos. Elle essaya de nouveau en maori.

— Moi, conception, expliqua-t-elle en montrant son ventre sans trop rougir cette fois. Mais amie pas conception. Quoi faire?

Haussant les épaules, la vieille femme donna de nouveau d'abondantes explications dans sa langue. Elle finit par appeler Rongo, en train de jouer non loin avec d'autres enfants. La fillette s'approcha sans complexe, manifestement heureuse de servir d'interprète. Hélène rougit de honte à l'idée de confronter un enfant à ce genre de choses, mais Matahorua semblait ne rien trouver à y redire.

— Elle pas pouvoir dire ça comme ça, déclara Rongo après que la *tohunga* eut répété. Peut avoir beaucoup raisons. Chez homme, chez femme, chez deux… Doit voir femme, ou mieux, femme et homme. Peut sinon juste deviner. Et deviner pas bon.

Matahorua donna néanmoins à Hélène un autre morceau de jade pour son amie.

— Amis de miss Hélène toujours bienvenus ! commenta Rongo.

En remerciement, Hélène tira de son baluchon des pommes de terre de semence. Howard serait furieux qu'elle eût fait cadeau de précieuses semences, mais la vieille femme fut visiblement heureuse. En quelques mots, elle ordonna à Rongo d'aller chercher des herbes qu'elle offrit à Hélène.

— Tiens, contre aller mal le matin. Mettre dans eau, boire avant lever.

Le soir, Hélène révéla à son époux qu'il allait être père. Howard eut un grognement de satisfaction. Il était visiblement heureux, mais Hélène aurait souhaité quelques mots de reconnaissance. La situation avait néanmoins un bon côté : de ce jour, Howard laissa sa femme en paix. Il ne la touchait plus et dormait à côté d'elle, comme un frère. Ce fut pour elle un incroyable soulagement. Elle fut touchée aux larmes quand, le lendemain, Howard lui apporta au lit un gobelet de tisane.

— Tiens. Il faut que tu boives ça, c'est cette sorcière qui l'a dit. Les femmes maories s'y connaissent. Elles mettent bas comme les chats.

Gwyn fut heureuse pour son amie, mais refusa d'abord de l'accompagner chez Matahorua.

— Ça n'est pas la peine, puisque Lucas n'y sera pas. Peut-être qu'elle jettera un charme ou quelque chose de ce genre. Je prends tout de même la pierre de jade ; je la mettrai autour du cou dans un sachet. Finalement, la tienne t'a porté bonheur.

Gwyneira montra le ventre d'Hélène d'un air en disant long et avec une telle expression d'espoir que celle-ci préféra ne pas lui expliquer que les Maoris ne croyaient pas eux-mêmes à la magie et aux porte-bonheur. Il fallait plutôt considérer la pierre de jade comme un signe de gratitude, une preuve d'amitié.

La magie resta en définitive sans effet, d'autant que Gwyn n'osa pas placer la pierre de manière trop visible près de son lit – voire dedans. Elle avait peur que Lucas se moquât de sa superstition ou se fâchât. Ces derniers temps, il essayait avec de plus en plus d'opiniâtreté de mener à bien ses approches sexuelles. Sans presque user de préliminaires, il tentait d'entrer en Gwyneira. C'était parfois douloureux, mais elle ne pensait pas pour autant qu'elle s'y était prise de la bonne manière.

Les mois évoquant habituellement le printemps arrivèrent, et les nouveaux immigrants durent d'abord s'habituer à ce que le mois de mars marquât ici, dans l'hémisphère Sud, le début de l'hiver. Lucas partit dans les montagnes, en compagnie de James McKenzie et de ses hommes, pour rassembler les moutons. Il n'aimait pas cela du tout, mais Gérald insista, ce qui offrit à Gwyn l'occasion inespérée de participer elle aussi à la descente des troupeaux. Elle constituait, avec Witi et Kiri, l'équipe en charge de la charrette du ravitaillement.

— Il y a de l'*irish stew*, annonça-t-elle gaiement aux hommes à leur retour au camp, le premier soir.

La recette n'avait plus de secrets pour les Maoris et Gwyneira était presque capable de le préparer elle-même. Elle n'avait pourtant pas passé la journée à éplucher des pommes de terre et à faire cuire du chou, étant partie avec Igraine et Cléo à la recherche de quelques moutons égarés dans les contreforts des montagnes. James le lui avait demandé sous le sceau du secret.

— Je sais que M. Warden ne le voit pas d'un bon œil, miss Gwyn, et je le ferais moi-même ou j'enverrais un de mes gars. Mais nous avons besoin de tout le monde auprès des troupeaux, car nous manquons cruellement du personnel nécessaire. Ces dernières années, nous avions toujours au moins un auxiliaire maori. Mais comme cette fois M. Lucas est des nôtres…

Gwyn comprit ce qu'il voulait dire à demi-mot. Gérald avait économisé sur les dépenses de gardiennage, ce qui le ravissait. C'est du moins ce qu'elle avait appris à la table des repas. Lucas, en réalité, ne pouvait remplacer les expérimentés Maoris et il encaissait mal la fatigue. Le camp était à peine établi qu'il se plaignait déjà auprès de sa femme de ce qu'il avait les membres rompus. On n'avait même pas encore commencé à ramener les bêtes. Les hommes ne mettaient bien sûr pas ouvertement en cause l'incapacité de leur jeune patron, mais Gwyn entendait des remarques du genre : « Cela serait allé beaucoup plus vite si les moutons ne nous avaient pas échappé à trois reprises » et n'en pensait pas moins. Si Lucas s'absorbait dans la contemplation d'une formation nuageuse ou d'un insecte, ce n'est pas un mouton passant au galop à côté de lui qui le détournerait de son objet.

McKenzie ne le postant donc qu'adjoint à un autre gardien, il manquait toujours au moins un homme. Gwyneira fut en tout cas heureuse de donner un coup de main. Au moment où les hommes revinrent au camp, Cléo ramenait justement quinze moutons que Gwyn avait trouvés sur les hautes terres. La jeune femme se demanda avec un peu d'inquiétude ce que Lucas allait en dire, mais il ne remarqua rien. Il mangea son *stew* en silence et ne tarda pas à se retirer sous sa tente.

— J'aide encore à débarrasser, lui dit Gwyn avec autant de sérieux que s'il s'était agi de laver la vaisselle d'un repas à cinq services.

En réalité, elle laissa les Maoris s'occuper des quelques couverts pour se joindre aux hommes qui racontaient leurs aventures de la journée. Bien entendu, une bouteille passait de main en main, et les histoires devenaient de minute en minute plus dramatiques et pleines de suspense.

— Bon Dieu, si je n'avais pas été là, le bélier l'aurait encorné ! expliqua le jeune Dave en rigolant. En tout cas, il lui fonçait dessus, et j'ai crié «Monsieur Lucas !», mais il ne voyait toujours pas le danger. Alors j'ai sifflé le chien qui s'est placé entre les deux et qui a chassé le bélier… Et alors, vous croyez qu'il m'aurait remercié ? Je t'en fiche, il m'a engueulé ! Il était en train d'observer un kéa, qu'il m'a dit, et le chien avait fait s'envoler l'oiseau. Quand je pense que le bélier allait le choper ! À cette heure, il en aurait encore moins dans la culotte qu'il n'en a de toute façon !

L'assemblée masculine beugla de joie. Seul McKenzie parut gêné. Gwyn se rendit à l'évidence : il valait mieux se retirer si elle ne voulait pas entendre d'autres propos embarrassants sur son époux. James la suivit.

— Je suis désolé, miss Gwyn, dit-il quand ils furent dans l'ombre, au-delà du feu de camp.

Il y avait un clair de lune et le ciel était brillant d'étoiles. Demain, la journée serait claire, une bénédiction pour les bergers qui, souvent, devaient se battre contre le brouillard et la pluie.

— Vous n'avez pas à être désolé, dit-elle en haussant les épaules. Est-ce vous qui avez failli vous laisser encorner ?

— Je voudrais que les hommes se montrent un peu plus discrets…, éluda-t-il en s'abstenant de rire.

— Alors vous devrez commencer par leur expliquer ce que signifie le mot «discrétion». Non, non, monsieur McKenzie, j'imagine parfaitement ce qui s'est passé, et je comprends que les gens soient furieux. M. Lucas est… eh bien, il n'est pas fait pour ce genre de choses. Il joue bien du piano, il peint très bien, mais monter à cheval et conduire des troupeaux…

— L'aimez-vous, au fait ?

James eut envie de se gifler sitôt qu'il eut prononcé ces mots. Jamais il n'avait eu l'intention de poser cette question. Cela ne le regardait pas. Mais lui aussi avait bu, lui aussi avait eu une longue journée et lui aussi avait plus d'une fois maudit Lucas Warden !

Gwyneira était consciente de ce qu'elle devait à son rang et à son nom.

— J'ai pour mon époux respect et considération, répondit-elle sagement. C'est avec mon consentement que j'ai été unie à lui, et il me traite bien.

Elle aurait encore dû faire remarquer à McKenzie que cela ne le regardait en rien, mais elle en fut incapable. Quelque chose en elle lui souffla qu'il avait le droit de l'interroger à ce sujet.

— Ai-je répondu à votre question, monsieur McKenzie ? demanda-t-elle au contraire tout bas.

James acquiesça.

— Je suis navré, miss Gwyn. Bonne nuit.

Sans savoir pourquoi, il lui tendit la main. Il n'était pas habituel et certainement pas non plus très séant de prendre congé de manière aussi cérémonieuse après plusieurs heures autour d'un feu de camp. On allait de toute façon se revoir dès le matin, pour le petit-déjeuner. Mais Gwyneira prit cette main comme s'il n'y avait rien de plus normal. Sa petite main fine, mais durcie par l'équitation et le dur travail avec le bétail, était légère dans celle de l'homme. James eut de la peine à s'empêcher de la porter à ses lèvres.

La jeune femme gardait les yeux baissés. La main enserrant la sienne lui procurait une sensation agréable, une sensation de sécurité. Il lui semblait que de la chaleur se répandait dans tout son corps, même en l'endroit où c'était l'indécence même. Elle releva lentement la tête et vit un reflet de sa propre joie dans les yeux noirs de McKenzie. Tous deux sourirent soudain.

— Bonne nuit, James, dit-elle avec douceur.

Ils ramenèrent les troupeaux en trois jours, plus vite que jamais auparavant. Kiward Station n'avait également perdu que peu de bêtes pendant l'été ; la plupart étaient en excellent état et les mâles se vendirent bien. Quelques jours après le retour à la ferme, Cléo mit bas. Gwyn découvrit avec ravissement les quatre minuscules chiots dans leur panier.

Gérald, en revanche, était de méchante humeur.

— Apparemment, tout le monde en est capable, sauf vous! grognait-il en lançant des regards de reproche à son fils, lequel sortit sans répondre.

La brouille couvait depuis des semaines entre le père et le fils. Gérald ne pardonnait pas à Lucas son inaptitude au travail de la ferme, et Lucas en voulait à Gérald de lui imposer de partir avec les bergers. Gwyneira avait souvent le sentiment d'être prise entre deux feux. Elle avait de plus en plus l'impression que Gérald était fâché contre elle.

En hiver, il y avait dans les pâturages moins de travail pour lequel Gwyn pouvait être utile. Et Cléo était de toute façon hors de combat pour plusieurs semaines. Aussi sa jument la conduisait-elle souvent à la ferme des O'Keefe. Pendant la redescente des troupeaux, elle avait trouvé un chemin beaucoup plus court à travers champs, ce qui lui permettait de rendre visite à Hélène plusieurs fois par semaine. Celle-ci en était très heureuse. À mesure que sa grossesse avançait, le travail de la ferme lui était de plus en plus pénible, en particulier le fait de monter à dos de mulet. Elle n'allait presque plus à Haldon boire le thé avec Mme Candler. Elle passait de préférence son temps à étudier la bible maorie et à coudre des vêtements d'enfant.

Elle continuait, naturellement, à instruire les enfants maoris, qui la soulageaient de nombre de tâches. Mais elle était seule la plus grande partie de la journée. Pour la bonne raison aussi qu'Howard, le soir, aimait aller boire une bière à Haldon et ne rentrait que tard. Cela préoccupait Gwyneira.

— Comment pourras-tu avertir Matahorua quand le moment viendra? Il te sera impossible d'y aller.

— Mme Candler veut m'envoyer Dorothée. Mais cela ne me plaît pas… la maison est si petite, il faudrait qu'elle dorme dans l'étable. Et, à ma connaissance, les enfants naissent toujours la nuit. C'est-à-dire quand Howard est là.

— C'est sûr? s'étonna Gwyneira. Ma sœur a accouché vers midi.

— Mais les contractions ont dû commencer la nuit, déclara Hélène avec conviction.

Elle avait acquis entre-temps des rudiments en matière de grossesse et d'accouchement. Rongo ayant raconté dans son mauvais anglais les histoires les plus extravagantes, Hélène avait rassemblé tout son courage et demandé à Mme Candler de la mettre au courant. Cette dernière s'en acquitta avec maestria et sobriété. Elle avait tout de même mis au monde trois garçons, et pas toujours dans les meilleures conditions. Hélène connaissait donc les signes annonciateurs d'une naissance imminente et savait ce qu'il fallait alors préparer.

— Puisque tu le dis, concéda Gwyneira, toujours pas convaincue. Mais réfléchis à la proposition concernant Dorothée. Quelques nuits dans l'étable, elle n'en mourra pas. Alors que, si tu devais accoucher seule, tu pourrais mourir.

Plus la naissance approchait, plus Hélène était encline à accepter la proposition de Mme Candler. En raison aussi de l'attitude d'Howard, qui était de plus en plus rarement à la maison. L'état de sa femme lui pesait manifestement. Il répugnait à partager le lit avec elle. Quand il rentrait d'Haldon, la nuit, il puait la bière et le whisky. Il faisait un tel raffut en se couchant qu'Hélène se demandait s'il serait capable de trouver le chemin du village maori en cas de besoin. Dorothée s'installa donc chez elle fin août. Mme Candler, à vrai dire, rejeta l'idée de faire dormir la jeune fille dans l'étable.

— Malgré tout l'amour que je vous porte, miss Hélène, ce n'est pas possible. Je vois tout de même dans quel état M. Howard part d'ici la nuit. Et vous êtes… je veux dire, il a… Il devrait ne pas aimer de devoir partager le lit avec une femme… si vous voyez ce que je veux dire. Si, là-dessus, il s'en va dans l'étable et y trouve une adolescente…

— Howard est un homme d'honneur ! s'exclama Hélène.

— Un homme d'honneur n'en est pas moins un homme, répliqua sèchement Mme Candler. Et les hommes ivres sont aussi dangereux les uns que les autres. Dorothée couchera dans la maison. J'en parlerai à M. Howard.

Cet entretien à venir préoccupait Hélène, mais ses craintes se révélèrent infondées. Après avoir ramené Dorothée chez lui, Howard transporta avec beaucoup de naturel sa literie dans l'étable et y installa sa couche.

— Cela ne me dérange pas, dit-il, chevaleresque. J'ai connu pire. Et il faut préserver la vertu de la petite, Mme Candler a raison. Il ne faudrait pas que sa réputation soit entachée !

Hélène admira le sens diplomatique de Mme Candler, qui avait avancé l'argument que Dorothée avait encore besoin d'un chaperon et que, même après la naissance, elle ne pouvait pas s'occuper la nuit d'Hélène et du bébé si Howard restait dans la maison.

C'est ainsi que, les derniers jours avant la naissance, Hélène partagea son lit avec Dorothée, s'occupant du matin au soir à tranquilliser la jeune fille qui avait une peur bleue de l'accouchement. Ses craintes étaient telles qu'Hélène en vint à soupçonner que sa mère n'était peut-être pas morte de quelque maladie mystérieuse, mais en mettant au monde une malheureuse petite sœur.

Gwyneira était pour sa part assez optimiste, y compris ce jour de fin août où Hélène se sentit particulièrement mal et déprimée. Howard était parti pour Haldon dès le matin, avec la charrette : il voulait construire une nouvelle remise et le bois nécessaire venait d'y être livré. Il ne se contenterait certainement pas de charger le matériel et de repartir, mais s'arrêterait sûrement au pub pour y boire une bière et jouer aux cartes. Dorothée se chargea de traire la vache pendant que Gwyneira tenait compagnie à Hélène. Ses habits étaient humides après une chevauchée dans le brouillard et elle avait froid. Elle en apprécia d'autant mieux la cheminée de son amie et son thé.

— Matahorua s'en occupera, dit-elle quand son amie lui parla des craintes de Dorothée. Ah, j'aimerais être à ta place! Je sais que tu te sens misérable en ce moment, mais si tu voyais ce qui se passe avec moi. M. Gérald fait des allusions quotidiennes, et il n'est pas le seul. Même les dames d'Haldon me lancent des regards… des regards aussi inquisiteurs que si j'étais une jument à une exposition. Et Lucas donne lui aussi l'impression de m'en vouloir. Si seulement je savais ce que je fais de travers!

Gwyneira, jouant avec sa tasse, était au bord des larmes.

— Gwyn, une femme ne peut rien faire de travers dans cette affaire! Tu ne le repousses pas, non? Tu le laisses agir?

— Mais qu'est-ce que tu crois? Je sais que je dois rester tranquille, allongée sur le dos. Je suis avenante avec lui, je le prends dans mes bras et tout le reste… qu'est-ce que je peux faire de plus?

— C'est plus que ce que j'ai fait. Peut-être que tu as besoin de plus de temps, tout simplement. Tu es beaucoup plus jeune que moi.

— Ça devrait donc être plus simple encore, soupira Gwyn. C'est du moins ce que prétendait ma mère. Mais peut-être que c'est la faute de Lucas? Qu'est-ce que ça veut dire, «couille molle», au fait?

— Gwyn, comment peux-tu? s'écria Hélène, horrifiée d'entendre ce mot dans la bouche de son amie. On ne dit pas des choses pareilles!

— C'est ce que disent les hommes quand ils parlent de Lucas. Quand il n'est pas là pour entendre, bien sûr. Si seulement je savais ce que ça signifie…

— Gwyneira! s'exclama Hélène en se levant pour prendre la théière sur le poêle, quand, se prenant le ventre à deux mains, elle poussa un cri : Oh non !

Une flaque s'étala à ses pieds.

— Mme Candler dit que ça commence comme ça ! parvint-elle à articuler. Mais il n'est que 11 heures. Oh ! que j'ai honte… tu pourrais essuyer ça, Gwyn ? demanda-t-elle en se dirigeant, chancelante, vers une chaise.

— Ce sont les eaux, expliqua Gwyn. Ne dis pas de bêtises, Hélène, il n'y a pas à avoir honte. Je vais t'aider à te coucher, et j'enverrai Dorothée chercher Matahorua.

— Ça fait mal, Gwyn, ça fait si mal ! dit Hélène, toute contractée.

— Ça va passer, affirma son amie en la prenant énergiquement par le bras pour la mener dans la chambre.

Là, elle déshabilla Hélène, l'aida à enfiler une chemise de nuit, puis courut à l'étable afin d'envoyer Dorothée chez les Maoris. La jeune fille éclata en sanglots et, affolée, partit en courant. Pourvu que ce fût dans la bonne direction ! Gwyn se demanda si elle ne devait pas y aller elle-même à cheval. Puis elle se rappela qu'il avait fallu des heures avant que sa sœur mît son enfant au monde. Donc, pour Hélène aussi, ça n'irait pas si vite que ça ! Et elle-même lui serait à coup sûr d'un plus grand réconfort que la larmoyante Dorothée.

Gwyneira nettoya la cuisine et prépara un autre thé, qu'elle apporta à Hélène. Elle avait à présent des contractions régulières, criant toutes les deux ou trois minutes, le corps raidi. Gwyneira alors lui prenait la main, cherchant à la calmer en lui parlant. Une heure passa ainsi. Mais où étaient Dorothée et Matahorua ?

Hélène ne voyait pas le temps passer, mais la nervosité gagnait son amie. Qu'arriverait-il si Dorothée s'était égarée ? C'est au bout de plus de deux heures que Gwyn entendit enfin quelqu'un arriver. C'était Dorothée. Elle pleurait toujours. Et à ses côtés se tenait non Matahorua, mais Rongo.

— Elle ne peut pas venir! sanglota Dorothée. Pas tout de suite. Elle…

— Autre bébé vient encore, expliqua Rongo avec placidité. Et c'est difficile. Trop tôt. Maman malade. Elle dire, miss Hélène forte, bébé sain. Moi aider.

— Toi? s'étonna Gwyn, la fillette ayant onze ans tout au plus.

— Oui. Moi déjà vu et aidé *kuia*. Dans famille à moi, beaucoup enfants! annonça Rongo avec fierté.

La fillette, aux yeux de Gwyneira, n'était sans doute pas l'auxiliaire idéale, mais elle avait à l'évidence plus d'expérience en la matière que les femmes et la jeune fille présentes.

— Bon, d'accord. On fait quoi maintenant, Rongo?

— Rien. Attendre. Dure des heures. Matahorua dire que, quand terminé, elle venir.

— Voilà une vraie aide…, soupira Gwyneira. Mais bon, attendons!

Rongo avait eu raison. Cela dura des heures. C'était parfois difficile, Hélène criant à chaque contraction, puis elle se calmait, semblant dormir pendant plusieurs minutes. Les douleurs revenaient ensuite, plus fortes, plus rapprochées.

— Ça normal, commenta Rongo. Je peux faire crêpes au sirop?

Dorothée fut horrifiée que la petite pensât à manger en un tel moment, mais Gwyn trouva l'idée plutôt bonne. Elle aussi avait faim et elle pourrait peut-être convaincre Hélène d'accepter d'avaler une bouchée.

— Va l'aider, Dorothée!

Hélène la regarda d'un air désespéré.

— Que deviendra l'enfant si je meurs? chuchota-t-elle.

— Tu ne mourras pas, la rassura Gwyn en lui essuyant la sueur du front. Et il faut d'abord que l'enfant soit là avant que nous nous fassions du souci à ce sujet. Mais où est donc fourré ton Howard? Ne devrait-il pas être rentré depuis longtemps? Il pourrait alors aller à Kiward Station et avertir que j'arriverai plus tard. Sinon, ils vont se faire du souci!

Hélène faillit éclater de rire en dépit de ses douleurs.

— Howard? Avant qu'il aille à Kiward Station, les poules auront des dents. Peut-être que Reti… ou un autre enfant…

— Je ne les laisserai pas monter Igraine. Et l'âne connaît aussi peu le chemin que les enfants.

— C'est un mulet, corrigea Hélène avec un gémissement. Ne le traite pas d'âne, ça le vexe…

— Je savais que tu finirais par l'aimer. Écoute, Hélène, je vais soulever ta chemise de nuit et regarder. Peut-être que le petit a déjà le nez dehors…

— Non, je l'aurais senti. Mais… mais maintenant…

Hélène se tordit sous l'effet d'une nouvelle contraction. Elle se rappela que Mme Candler avait parlé de pressions. Elle essaya donc et gémit de douleur.

— Il se peut que maintenant…

La contraction suivante arriva avant qu'elle eût fini sa phrase. Elle plia les jambes.

— C'est mieux si à genoux, miss Hélène, intervint Rongo qui entrait, une assiette de crêpes à la main. Et marcher aide. Parce que bébé doit descendre, compris?

Malgré ses gémissements et ses protestations, Gwyneira aida Hélène à se mettre sur pied. Mais celle-ci, au bout de deux ou trois pas, s'écroula à cause d'une nouvelle contraction. Gwyn souleva sa chemise de nuit tandis qu'elle s'agenouillait. Elle vit quelque chose de sombre entre les jambes.

— Ça vient, Hélène, ça vient! Qu'est-ce que je dois faire à présent, Rongo? S'il sort maintenant, il va tomber par terre!

— Pas sortir si vite, tempéra Rongo en se fourrant une autre crêpe dans la bouche. Hum, c'est bon. Miss Hélène peut manger quand bébé là.

— Je veux retourner dans mon lit! dit Hélène en geignant.

Gwyneira, bien qu'à contrecœur, l'aida. Les choses étaient sans conteste allées plus vite quand Hélène était debout ou à genoux.

Mais elle n'eut ensuite plus le temps de réfléchir. Hélène poussa encore un cri perçant et déjà le sommet du crâne aperçu par Gwyn se transforma en une tête de bébé surgissant à l'air libre. La jeune femme se souvint des nombreuses naissances d'agneaux auxquelles elle avait assisté en secret et au cours desquelles le berger intervenait activement. Ici non plus, ça ne pouvait nuire. Sans hésiter, elle prit la petite tête entre ses mains et tira pendant qu'Hélène haletait et criait, tout en poussant. Gwyneira, toujours tirant, aperçut les épaules – puis le bébé fut là, et Gwyneira se trouva face à un petit visage tout chiffonné.

— Couper maintenant, dit Rongo, toujours placide. Couper cordon. Enfant beau, miss Hélène, garçon!

— Un petit garçon? gémit Hélène en tentant de se redresser. Vraiment?

— Ça en a l'air…, confirma Gwyn.

Rongo se saisit d'un couteau qu'elle avait préparé et coupa le cordon ombilical.

— Maintenant, doit respirer!

Le bébé ne se contenta pas de respirer, il se mit à crier.

— On dirait qu'il est en bonne santé! s'exclama Gwyn, rayonnante.

— Sûr que bonne santé… Moi annonçais bonne santé…

La voix venait de la direction de la porte. Matahorua entra. Pour se protéger du froid et de l'humidité, elle avait enroulé autour de son corps une couverture attachée par une ceinture. On pouvait voir plus nettement que d'ordinaire ses tatouages car la vieille femme était toute pâle, sous l'effet du froid, peut-être aussi de la fatigue.

— Moi regretter, mais autre bébé…

— L'autre bébé est-il en bonne santé aussi? demanda Hélène d'une voix faible.

— Non. Mort. Mais maman vivre. Toi, fils beau!

Matahorua prit la direction des opérations. Elle nettoya le petit, puis, chargeant Dorothée de mettre sur le feu de l'eau pour un bain, elle posa le bébé dans les bras d'Hélène.

— Mon petit garçon…, chuchota Hélène. Comme il est petit… Je vais l'appeler Ruben, comme mon père.

— Howard n'a-t-il pas son mot à dire? s'étonna Gwyn, car, dans son milieu, il était d'usage que le père choisît au moins le nom des enfants mâles.

— Où est Howard? répliqua Hélène d'un ton de mépris. Il savait que la naissance était pour ces jours-ci. Mais, au lieu de rester auprès de moi, il traîne à l'auberge et boit l'argent qu'il gagne avec ses moutons. Il n'a aucun droit à donner un nom à mon fils!

— Vrai. Est ton fils, acquiesça Matahorua.

Gwyneira, Rongo et Dorothée baignèrent le bébé. Cette dernière avait enfin cessé de pleurer et ne se lassait pas de contempler l'enfant.

— Il est si mignon, miss Gwyn! Regardez! Il rit déjà!

Gwyneira s'intéressait moins aux grimaces de l'enfant qu'elle ne réfléchissait à la manière dont la naissance s'était déroulée. Mis à part le fait qu'elle avait duré plus longtemps, il n'y avait pas eu ici de différence avec la mise bas des poulains ou des agneaux, même pas la délivrance. Matahorua conseilla à Hélène d'enterrer le placenta dans un joli endroit et d'y planter un arbre.

— *Whenua* dans pays *whenua*, dit-elle.

Hélène promit de suivre la tradition, pendant que Gwyneira continuait à méditer : si la naissance d'un petit d'homme se déroulait comme chez les animaux, cela devait être vrai aussi de la procréation. Gwyneira rougit en se représentant le processus concret, mais devina d'un coup assez précisément ce qui clochait chez Lucas…

Heureuse, Hélène se reposa enfin dans son lit aux draps propres, son bébé endormi dans ses bras. Il avait déjà tété, Matahorua ayant insisté pour le mettre au sein, en dépit des réticences d'Hélène, qui aurait préféré le nourrir au lait de vache.

— Bon pour bébé. Lait de vache bon pour veau, avait-elle déclaré d'un ton catégorique.

Un nouveau parallèle avec les animaux. Gwyneira aurait beaucoup appris en une nuit !

Hélène avait de nouveau le temps de penser aux autres. Gwyneira avait été admirable. Qu'aurait-elle fait sans son aide ? Mais elle avait à présent l'occasion de lui rendre la pareille.

— Matahorua, dit-elle, tournée vers la *tohunga*. Voici mon amie dont nous avons parlé récemment. Celle avec la… la…

— Celle croire pas pouvoir avoir enfants ? demanda Matahorua en vérifiant du regard les seins et le ventre de Gwyneira.

Ce qu'elle vit lui plut, manifestement.

— Si, si, finit-elle par annoncer. Femme belle. Bonne santé. Peut avoir beaucoup bébés. Bébés beaux…

— Mais elle essaie depuis si longtemps…, objecta Hélène.

Matahorua haussa les épaules.

— Essaie avec autre homme, conseilla-t-elle tout tranquillement.

Gwyneira se demanda si elle devait vraiment retourner chez elle. La nuit était tombée depuis longtemps, une nuit froide, avec du brouillard. D'un autre côté, Lucas et les autres seraient terriblement inquiets si elle ne se montrait pas de toute la nuit. Et que dirait Howard s'il rentrait, soûl peut-être, et trouvait une Warden chez lui ?

La réponse à cette dernière question n'allait pas tarder : on entendait quelqu'un s'affairer dans l'étable. Puis on frappa. Mais Howard n'aurait pas frappé à sa propre porte. Le visiteur, en revanche, avait de bonnes manières.

— Ouvre, Dorothée, ordonna Hélène, étonnée.

Gwyn fut la première à la porte. Lucas était-il venu la chercher ? Elle lui avait parlé d'Hélène et il avait eu une réaction favorable, exprimant même le souhait de faire sa connaissance. La querelle entre les Warden et les O'Keefe paraissait ne pas le concerner.

Mais, devant la porte, ce n'était pas Lucas. C'était James McKenzie.

Un éclair s'alluma dans ses yeux quand il aperçut Gwyn. Il avait pourtant dû voir dans l'étable qu'elle était là. Il n'avait pas pu ne pas reconnaître Igraine…

— Miss Gwyn, Dieu merci, je vous ai trouvée!

La jeune femme sentit le rouge lui monter au visage.

— M. James… entrez donc. Comme c'est gentil à vous de venir me chercher.

— Comme c'est gentil à moi de venir vous chercher? répéta-t-il d'un ton rogue. S'agit-il d'une réunion autour d'une tasse de thé? À quoi avez-vous donc pensé, à rester ainsi absente une journée entière? M. Gérald s'est fait un sang d'encre et nous a tous soumis à des interrogatoires très désagréables. J'ai parlé d'une amie que vous aviez à Haldon et à qui vous auriez peut-être rendu visite. Et puis je suis venu ici à bride abattue avant que l'idée lui vienne d'envoyer quelqu'un chez Mme Candler et qu'il apprenne…

— Vous êtes un ange, James! répondit Gwyneira, rayonnante, sans se laisser impressionner par son ton de reproche. Ce serait vraiment terrible s'il savait que je viens d'aider à mettre au monde le fils de son ennemi mortel. Venez! Venez faire la connaissance de Ruben O'Keefe!

Hélène parut gênée quand son amie fit entrer un inconnu dans sa chambre, mais McKenzie se comporta très correctement, saluant poliment et se montrant ravi de découvrir le petit Ruben. Gwyn avait déjà souvent remarqué combien son visage pouvait s'illuminer. Il était comme transporté chaque fois qu'il aidait à mettre au monde un agneau ou un poulain.

— Vous avez fait ça toute seule?

— Hélène a aussi apporté une petite contribution! répliqua-t-elle en riant.

— En tout cas, vous vous en êtes merveilleusement sorties ! L'une et l'autre ! Mais j'aimerais à présent vous raccompagner jusque chez vous, miss Gwyn. Ce serait également mieux pour vous, madame, ajouta-t-il, tourné vers Hélène. Votre mari…

— Il ne serait effectivement pas ravi qu'une Warden ait mis au monde son fils, confirma Hélène. Je te remercie mille fois, Gwyn !

— Oh, ce fut un plaisir. Tu pourras peut-être me rendre la pareille, dit celle-ci en lui adressant un clin d'œil.

Elle ignorait pourquoi elle envisageait soudain avec plus d'optimisme une prochaine grossesse. Mais tout ce qu'elle venait d'apprendre lui donnait des ailes. Le problème identifié, elle trouverait la solution.

— J'ai sellé votre cheval, miss Gwyn. Il faut maintenant vraiment…

— Il nous faut nous dépêcher pour que mon beau-père soit rassuré ! approuva-t-elle avec bonne humeur, quand lui vint à l'esprit que James n'avait pas dit un mot de Lucas : son époux n'était-il donc pas inquiet ?

Matahorua la suivit des yeux quand elle sortit derrière McKenzie.

— Avec homme là, enfants beaux, jugea-t-elle.

9

— Une charmante idée de M. Warden de donner cette fête de nouvel an, n'est-ce pas? dit Mme Candler, à qui Gwyneira venait de remettre l'invitation.

La nouvelle année commençant en plein été en Nouvelle-Zélande, les réjouissances auraient lieu dans le jardin, avec, clou de la soirée, un feu d'artifice à minuit.

Hélène haussa les épaules. Comme toujours, ni son mari ni elle n'étaient invités, mais, de toute façon, Gérald n'avait sans doute daigner convier aucun autre petit fermier. Gwyneira ne donnait pas non plus l'impression de partager l'enthousiasme de Mme Candler. Déjà dépassée en temps ordinaire par la tenue de la maison à Kiward Station, elle allait devoir accomplir des exploits d'organisation pour un tel événement. Pour l'instant, elle s'employait à faire rire Ruben à grand renfort de grimaces et de chatouilles. Le petit avait quatre mois, et Nepumuk, le mulet, bringuebalait de temps en temps la mère et le fils jusqu'à Haldon. Dans les semaines ayant suivi l'accouchement, Hélène ne s'y était pas risquée et s'était donc retrouvée assez esseulée, mais, avec son bébé, son isolement avait été moins pénible. Il l'occupait au début vingt-quatre heures sur vingt-quatre et chacune de ses manifestations de vie la ravissait. Il n'était d'ailleurs pas difficile à garder. À quatre mois, il dormait généralement d'une traite la nuit entière, au moins quand il pouvait rester dans le lit de sa mère, ce qui ne plaisait pas du tout à Howard, qui aurait volontiers repris ses «amusements» nocturnes avec Hélène. Mais, dès qu'il approchait d'elle, Ruben se mettait à protester haut et fort. Hélène en avait presque le cœur brisé, pourtant elle était assez docile pour rester allongée sans bouger, attendant qu'Howard en eût fini. Elle ne s'occupait du bébé qu'ensuite. Howard, pourtant, n'appréciait ni la musique d'accompagnement, ni l'impatience manifeste de la mère. Souvent, il battait en retraite lorsque Ruben commençait à pleurer, et quand, rentrant tard le soir, il trouvait le bébé dans les bras d'Hélène, il partait aussitôt dormir dans l'étable. En dépit de sa mauvaise conscience, Hélène en savait gré à son fils.

La journée, celui-ci restait sagement dans son berceau pendant qu'Hélène donnait ses leçons aux enfants maoris. Quand il était éveillé, il gardait les yeux fixés sur la maîtresse, sérieux et attentif, à croire qu'il comprenait ce qui se passait.

— Un jour, il sera professeur, disait Gwyneira en riant. Il tient de toi, Hélène!

Au moins pour ce qui était de l'apparence extérieure, elle n'avait pas tout à fait tort. Les yeux de Ruben, bleus au début, tournèrent peu à peu au gris, comme chez Hélène, tandis que les cheveux devenaient plus noirs, comme ceux d'Howard, mais pas frisés.

— Il tient de mon père! décréta Hélène. Il porte déjà son nom. Mais Howard veut absolument qu'il soit un jour fermier, en aucun cas révérend.

— Il ne sera pas le premier à s'être trompé, ricana Gwyneira. Il suffit de songer à M. Gérald et à mon Lucas.

Gwyn se rappela cette conversation tandis qu'elle distribuait les invitations dans Haldon. En réalité, ce n'était pas Gérald qui avait eu l'idée de la fête, mais Lucas, animé de la volonté d'occuper l'esprit de son père et de le satisfaire. Le torchon brûlait en effet à Kiward Station : chaque mois qui passait sans qu'Hélène fût enceinte aggravait la situation. Gérald réagissait d'une manière de plus en plus ouvertement agressive au manque de relève, même s'il ne savait bien sûr pas lequel des deux époux il devait en tenir pour responsable. Gwyneira restait à présent le plus souvent sur la réserve, maîtrisant à peu près ce qu'elle avait à accomplir à la maison pour réduire les angles d'attaque de Gérald. Elle possédait, de plus, l'art de deviner ses humeurs. Quand, dès le matin, il critiquait les muffins sortis du four, les avalant avec un whisky au lieu de thé – chose qui se produisait de plus en plus fréquemment –, elle disparaissait dans les étables, préférant passer son temps avec les chiens et les moutons que servir de paratonnerre aux humeurs de Gérald. Les crises de colère de celui-ci frappaient en revanche Lucas de plein fouet, souvent à l'improviste. Le jeune homme continuait à vivre dans un monde à part, dont son père le tirait avec de moins en moins d'égards, l'incitant à se rendre utile aux travaux de la ferme. Il en arriva, un jour, à déchirer le livre qu'il trouva dans les mains de son fils, dans la chambre de ce dernier, alors que celui-ci aurait dû surveiller la tonte des moutons.

— Il n'y a pourtant qu'à compter, nom d'un chien! se déchaîna-t-il. Sinon, les tondeurs se trompent dans leurs calculs! Dans le hangar trois, il y en a deux qui viennent de se taper dessus, parce qu'ils se sont présentés l'un et l'autre pour toucher le salaire de la même centaine, et personne ne peut arbitrer parce que personne n'a vérifié les comptes! Et c'était toi qui étais prévu pour ce hangar, Lucas! À toi, maintenant, de régler ce problème!

Gwyneira aurait bien aimé s'occuper du hangar trois, mais elle était chargée de nourrir les saisonniers, non de les surveiller. Ainsi s'expliquait que ces hommes fussent si bien traités : elle ne cessait d'apporter des rafraîchissements, tant elle prenait d'intérêt au spectacle de la tonte. Chez elle, à Silkham, ce travail était assez tranquille, les bergers tondant eux-mêmes en peu de jours les quelques centaines de moutons. Ici, il s'agissait de milliers de bêtes à rassembler depuis des pâturages éloignés. La tonte était l'affaire de spécialistes payés à la tâche. Les meilleures brigades atteignaient le chiffre de huit cents moutons par jour! Dans les grands domaines comme celui de Kiward Station, on organisait toujours un concours et, cette année, James McKenzie était sur le point de le remporter! Il était au coude à coude avec un tondeur d'élite du hangar un, alors qu'il devait pourtant mettre la main à la pâte avec son équipe du hangar deux, tout en jouant les surveillants. Quand elle passait pour le ravitaillement, Gwyneira le soulageait de cette dernière responsabilité, assurant ses arrières. Sa présence le galvanisait : les ciseaux parcouraient les corps des moutons si vite et si régulièrement que les bêtes avaient à peine le temps de bêler pour protester.

Lucas trouvait ces méthodes brutales. Il souffrait avec les animaux quand on les empoignait, les mettait sur le dos et les tondait à toute vitesse, une entaille dans la peau étant parfois le prix à payer lorsqu'un tondeur était un débutant ou que la bête se débattait trop. Il ne supportait pas non plus l'odeur de suint qui régnait dans les hangars et il laissait sans cesse échapper des moutons au lieu de les faire passer, une fois tondus, par un bain destiné à nettoyer les petites blessures et à exterminer les parasites.

— Les chiens ne m'obéissent pas, dit-il en guise d'excuse après une nouvelle colère de son père. Ils réagissent aux ordres de McKenzie, mais quand c'est moi qui les appelle…

— Ces chiens, on ne les appelle pas, Lucas, on les siffle! explosa Gérald. Il n'y a que trois ou quatre sifflements différents. Tu devrais les avoir appris depuis longtemps. Toi, si fier de ton sens musical!

— Père, un gentleman…, protesta-t-il en se retirant.

— Ne viens pas me dire à présent qu'un gentleman ne siffle pas! Ces moutons financent ta peinture, ton piano et ce que tu appelles tes études! lui lança Gérald.

Ayant par hasard assisté à l'échange, Gwyneira se réfugia dans le hangar le plus proche. Elle détestait voir Lucas humilié en sa présence, et plus encore devant McKenzie ou d'autres ouvriers agricoles. Non seulement elle le vivait mal, mais cela avait des répercussions négatives sur Lucas et ses «tentatives» nocturnes. Gwyneira essayait désormais de ne considérer leurs efforts communs que sous l'aspect de la reproduction car, finalement, la chose ne se passait pas autrement qu'entre une jument et un étalon. Elle ne s'illusionnait pourtant pas : il faudrait que le hasard jouât beaucoup en sa faveur. Elle réfléchissait de plus en plus souvent à des alternatives, le vieux bélier de son père lui revenant alors sans cesse en mémoire, lequel bélier avait fini par être réformé pour ses insuffisances de mâle reproducteur.

«Essaie avec autre homme», lui avait conseillé Matahorua. Pourtant, chaque fois que ces mots lui revenaient à l'esprit, Gwyn avait mauvaise conscience. Pour une Silkham, il était impensable de tromper son époux.

Puis ce fut la fête en plein air ! Lucas s'investit totalement dans les préparatifs. À elle seule, l'organisation du feu d'artifice lui prit plusieurs journées. Il consulta une masse de catalogues avant de passer commande à Christchurch. Il se chargea également de l'aménagement du jardin ainsi que du problème des tables et des sièges. On renonça cette fois à un grand banquet, préférant faire rôtir des agneaux et des moutons sur le feu, ou faire cuire sur des pierres, à la mode maorie, des légumes, de la volaille et des coquillages. Des salades et d'autres accompagnements étaient à la disposition des convives sur de longues tables improvisées. Kiri et Moana étaient entre-temps devenues maîtresses dans l'art du service ; elles porteraient de nouveau les jolis uniformes qui avaient été taillés à leurs mesures pour le mariage. Gwyneira les supplia de mettre des chaussures.

Sinon, elle se tint à l'écart des préparatifs, car prendre des décisions par-dessus la tête du père et du fils eût été un vrai numéro de funambule. Lucas trouvait plaisir à organiser et aspirait à de la reconnaissance, tandis que son père, tenant les efforts de son fils pour « peu virils », aurait préféré que Gwyn se chargeât de tout cela. Même les employés de la ferme n'appréciaient pas les occupations ménagères de Lucas, ce qui, bien entendu, ne pouvait échapper ni à Gwyneira ni à Gérald.

— La couille molle plie des serviettes, répondit Poker à McKenzie qui lui demandait où était encore passé M. Lucas.

Gwyneira fit celle qui n'avait pas entendu. Elle avait désormais une idée précise de ce que « couille molle » signifiait, sans réussir pour autant à s'expliquer comment les employés des écuries avaient subodoré les défaillances sexuelles de Lucas.

Le soir de la fête, le jardin de Kiward Station resplendissait. Lucas avait commandé des lampions et les Maoris avaient planté des flambeaux. Quand les invités arrivèrent, il faisait certes assez jour encore pour qu'ils admirent les plates-bandes de roses, les haies taillées ainsi que les chemins sinueux et les pièces de gazon aménagés dans le plus pur style des jardins anglais. Gérald avait aussi prévu un nouveau concours de chiens, cette fois non seulement pour donner le spectacle du savoir-faire des animaux, mais également comme une espèce de manifestation publicitaire. Les premiers descendants de Daimon et de Dancer étaient à vendre et les éleveurs de moutons de la région étaient prêts à payer cher pour des border collies de pure race. Même les chiots issus de croisements avec les anciens chiens de berger de Kiward Station étaient très recherchés. Les gens de Gérald n'eurent plus besoin de l'aide de Gwyneira et de Cléo pour offrir un spectacle parfait. Obéissant aux coups de sifflet de McKenzie, les jeunes chiens firent, sans coup férir, accomplir le parcours aux moutons. Aussi l'élégante robe de fête de Gwyneira, une merveille de soie bleu ciel avec des applications dorées en broderie anglaise, demeura-t-elle propre. Cléo, elle aussi, ne prit part aux événements que comme spectatrice au bord de la scène, émettant des couinements vexés. Ses chiots sevrés, elle aspirait à d'autres activités, mais elle fut de nouveau reléguée dans les écuries car Gérald ne voulait pas que des chiens gambadent au milieu de ses invités. Gwyneira, d'autre part, était totalement absorbée par l'accueil de ses hôtes. Mais, déambulant à travers la foule en bavardant avec les dames de Christchurch, elle eut peu à peu l'impression de passer entre deux haies de spectateurs sans gêne. Elle sentait que les invités observaient sa taille toujours aussi fine avec un mélange de curiosité et de compassion. Au début, les remarques n'étaient qu'occasionnelles, puis, les messieurs – Gérald le premier – faisant de plus en plus largement honneur au whisky, les langues se délièrent.

— Eh bien, lady Gwyneira, vous voilà à présent mariée depuis un an! l'apostropha lord Barrington. Où en est la relève?

Gwyneira ne sut que répondre. Elle rougit aussi violemment que le jeune vicomte qui, choqué par la sortie de son père et tentant aussitôt de changer de sujet, demanda à la jeune femme des nouvelles d'Igraine et de Madoc. Il pensait souvent à ce dernier avec plaisir, n'ayant jusqu'ici trouvé dans son nouveau pays aucun cheval qui pût lui être comparé. Gwyneira reprit ses esprits. L'élevage des chevaux était un grand succès, affirma-t-elle, et elle vendrait volontiers un poulain au jeune Barrington. Saisissant alors l'occasion d'échapper au lord, elle emmena le vicomte au paddock. Un mois plus tôt, Igraine avait eu un magnifique poulain noir et, bien entendu, Gérald avait logé les chevaux près de la maison afin que ses invités les admirent.

À côté du paddock où broutaient les juments et les poulains, McKenzie surveillait les préparatifs de la fête du personnel. Les employés de Kiward Station avaient encore à faire, mais, une fois que le repas serait terminé et que la danse aurait commencé, ce serait leur tour de s'amuser. Gérald leur avait généreusement donné deux moutons, de la bière et du whisky en abondance, et ils avaient entrepris eux aussi d'allumer des feux pour rôtir la viande.

McKenzie salua Gwyn et le vicomte. La jeune femme en profita pour le féliciter du succès remporté par le concours de chiens.

— Je crois que M. Gérald en a déjà vendu cinq, ajouta-t-elle.

McKenzie lui rendit son sourire.

— Ça n'a toutefois rien de comparable avec le numéro de votre Cléo, miss Gwyn. Il me manque naturellement le charme de la maîtresse-chien…

Gwyn détourna le regard. Il avait de nouveau eu dans les yeux ce scintillement qui à la fois lui plaisait et l'inquiétait. Et puis, de quel droit se permettait-il de lui faire des compliments devant le vicomte? Elle craignit que ce ne fût pas très convenable.

— La prochaine fois, essayez donc de mettre une robe de mariée, dit-elle, tournant la chose en ridicule.

Le vicomte gloussa.

— Il est amoureux de vous, lady Gwyn, lança-t-il avec l'impertinence de ses quinze ans. Prenez garde à ce que votre mari ne le provoque pas en duel!

Elle foudroya le garçon du regard.

— Ne dites pas de bêtises, vicomte! Vous savez bien avec quelle vitesse les ragots se répandent ici! Si jamais un tel bruit…

— Ne craignez rien, votre secret est bien gardé avec moi! s'exclama l'adolescent en riant.

Gwyneira fut heureuse que la danse commence enfin. Cela la déchargeait des devoirs de la conversation. Lucas étant un danseur hors pair, elle volait littéralement sur le parquet que l'on avait installé dans le jardin pour la circonstance. Les musiciens engagés par Lucas étaient meilleurs que ceux de leur mariage. Mais le choix des danses était encore plus conventionnel. Gwyn ressentit un peu d'envie en entendant des airs joyeux du côté des employés. Quelqu'un y jouait du violon, avec de fausses notes certes, mais au moins avec flamme.

Gwyneira dansa avec les principaux invités. Gérald, trop ivre pour valser, lui fut cette fois épargné. La fête battait son plein, pourtant Gwyn était impatiente de la voir finir. La journée avait été longue et, le lendemain, elle devrait s'occuper de ses hôtes jusqu'au milieu de la journée. La plupart resteraient même jusqu'au surlendemain. Toutefois, il lui fallait encore supporter le feu d'artifice avant de pouvoir se retirer. Il y avait déjà près d'une heure que Lucas s'était excusé afin d'aller contrôler les emplacements de mise à feu. Le jeune Hardy Kennon, s'il n'était pas trop soûl, le seconderait. Gwyneira entreprit de vérifier les réserves de champagne. Willi était déjà en train de sortir les bouteilles de leur lit de glace.

— Espérer pas toucher quelqu'un, remarqua-t-il, l'air soucieux, car la détonation des bouchons à l'ouverture des bouteilles de champagne le rendait nerveux.

— Ce n'est pas dangereux du tout, Willi! le rassura Gwyn. Quand tu l'auras fait un peu plus souvent…

— Oui, si… s'il avait plus… plus d'occasions de le faire! intervint Gérald, à nouveau occupé, près du bar, à déboucher une bouteille de whisky. Mais tu ne nous do… donnes pas d'occasion de faire la fête, ma prin… ma princesse galloise! J'te croyais moins prude, tu… tu avais l'air d'avoir du feu pour dix et de pouvoir même fou… foutre le feu à Lu… Lucas, cette cou… ce bloc de glace! se rattrapa-t-il à temps avec un regard sur le champagne. Mais maint'nant… un an, Gwyn… Gwyneira, et toujours pas de petit-fils…

Gwyn fut soulagée quand il fut interrompu par une fusée montant vers le ciel avec un sifflement, un tir d'essai en vue du spectacle à venir. Witti commença à faire sauter les bouchons en fermant les yeux. Gwyneira se souvint soudain avec horreur des chevaux. Igraine et les autres juments n'avaient jamais assisté à un feu d'artifice et le paddock n'était pas très grand. Que se passerait-il si elles étaient prises de panique ?

Gwyneira jeta un œil sur la grande horloge spécialement installée dans le jardin à un endroit visible de partout. Peut-être avait-on encore le temps de ramener les chevaux à l'écurie. Elle s'en voulut de n'en avoir pas donné l'ordre à McKenzie plus tôt. Se frayant un passage dans la foule, elle courut aux écuries. Mais le paddock était vide, à l'exception d'une jument que McKenzie était en train de sortir. Son cœur fit un bond dans sa poitrine. Lisait-il donc dans ses pensées ?

— J'ai vu que les bêtes devenaient nerveuses et j'ai pensé qu'il valait mieux les rentrer, expliqua James, tandis que Gwyn lui ouvrait la porte de l'écurie, Cléo sautant joyeusement à ses côtés.

— C'est drôle, j'ai pensé la même chose.

McKenzie la gratifia d'un de ses regards effrontés, entre taquinerie et espièglerie.

— Il faudrait se demander d'où ça vient. Une affinité, peut-être ? En Inde, on croit à la réincarnation. Qui sait, peut-être que, dans notre vie d'avant, nous étions…, s'interrompit-il en simulant une réflexion intense.

— Les bons chrétiens que nous sommes n'y croient pas une seconde, l'interrompit-elle sèchement, James se contentant de rire.

En bonne intelligence, ils mirent du foin dans les râteliers et Gwyneira ne put résister à l'envie de jeter quelques carottes dans la mangeoire d'Igraine. Après quoi, sa robe n'était plus de la première fraîcheur. Elle s'examina d'un air navré. Bof, se dit-elle, personne ne s'en apercevra à la lumière des lanternes !

— Vous avez fini ? Puisque je suis là, je devrais peut-être aller souhaiter une bonne année au personnel.

— Vous aurez peut-être aussi du temps pour une danse ? risqua-t-il avec un sourire. Quand allume-t-on le feu d'artifice ?

— Après minuit, quand le tohu-bohu sera retombé. Plus exactement, dès que tout le monde se sera souhaité tout le bonheur du monde, même s'ils n'en pensent pas un mot.

— Tiens, tiens, miss Gwyn. Quel cynisme, aujourd'hui! La fête est pourtant magnifique!

James la regardait fixement, d'un regard que Gwyn connaissait – et qui la faisait frissonner.

— Et surtout pimentée d'une bonne dose de malin plaisir! soupira-t-elle. Dans les jours à venir, tous vont à nouveau nous casser du sucre sur le dos, et M. Gérald aggrave encore les choses, avec les discours qu'il tient.

— Comment ça, «malin plaisir»? s'étonna James. Kiward Station est on ne peut plus florissant. Avec ce que M. Gérald va tirer de la vente de la laine cette année, il pourra donner chaque mois une fête comme celle-ci! De quoi n'est-il pas satisfait?

— Ah, laissons ça…, murmura Gwyn. Commençons plutôt l'année par quelque chose de réjouissant. Vous parliez de danser? Si ce n'est pas une valse…

McAran exécutait sur son crincrin une gigue irlandaise endiablée, deux domestiques maoris l'accompagnant avec leurs tambours. L'accord était loin d'être parfait, mais chacun, manifestement, y trouvait son compte. Poker et Dave faisaient tournoyer les jeunes filles maories. Moana et Kiri se laissaient entraîner en riant dans des danses inconnues d'elles. Gwyneira ne connaissait pas ou guère les autres couples. Il s'agissait de domestiques d'hôtes distingués. La femme de chambre anglaise de lady Barrington eut un regard réprobateur quand le personnel de Kiward Station accueillit la maîtresse de maison avec des hurlements de joie. James lui offrit sa main pour la conduire sur le lieu de la danse. Gwyneira la prit et ressentit, comme chaque fois qu'elle touchait James, ce choc agréable déclenchant en elle des ondes d'excitation. Souriant, il la soutint quand elle trébucha légèrement. Puis il s'inclina devant elle, mais c'était bien la seule chose que cette danse eût en commun avec les valses qu'elle avait dansées ce jour-là.

Poker et quelques autres hommes, heureux, chantèrent « *She is handsome, she is pretty, she is the queen of Belfast City!* », tandis que James faisait tourbillonner Gwyneira jusqu'à ce que la tête lui tourne. Chaque fois qu'au sortir d'une rotation rapide elle tombait dans ses bras, elle voyait un éclat dans ses yeux, de l'admiration et… oui, quoi donc ? Du désir ?

C'est au beau milieu de la danse que monta dans le ciel la fusée ouvrant l'année nouvelle, avant qu'éclate la totalité du feu d'artifice. Les hommes entourant McAran interrompirent la gigue et Poker entonna « *Auld lang syne* ». Tous les immigrants l'imitèrent et les Maoris fredonnèrent en chœur, avec plus d'enthousiasme que de justesse. Seuls James et Gwyneira étaient aveugles et sourds au feu et au chant. La musique s'était arrêtée au moment où ils se tenaient par les mains et ils s'étaient figés. Aucun n'avait envie de lâcher l'autre. Ils étaient comme sur une île, loin du bruit et des rires. Il n'y avait que lui. Il n'y avait qu'elle.

Gwyn finit par se libérer. Elle ne voulait pas perdre la magie de cet instant, mais elle savait que rien ne s'accomplirait ici.

— Il faudrait… aller voir les chevaux, dit-elle d'une voix blanche.

James lui prit la main pour l'emmener aux écuries. Peu avant l'entrée, il la stoppa.

— Regardez ! chuchota-t-il. Je n'ai jamais rien vu de pareil. Une vraie pluie d'étoiles !

Le feu d'artifice de Lucas ne manquait pas d'effets spectaculaires. Mais Gwyneira ne voyait que les étoiles dans les yeux de James. Ce qu'elle était en train de commettre était sot, interdit et tout à fait inconvenant. Cela ne l'empêcha pas de s'appuyer contre son épaule.

James lui enleva délicatement du visage les cheveux qui s'étaient dénoués pendant leur danse endiablée. Son doigt, léger comme une plume, lui caressa la joue, glissa sur ses lèvres…

Gwyneira prit une décision. C'était la nouvelle année. On pouvait s'embrasser. Se dressant prudemment sur la pointe des pieds, elle embrassa James sur la joue.

— Bonne année, monsieur James, dit-elle tout bas.

McKenzie la prit dans ses bras, avec lenteur et délicatesse. Gwyn aurait pu se libérer de l'étreinte à tout instant, mais ne le fit pas. Pas même lorsque ses lèvres rencontrèrent les siennes. Elle s'ouvrit au baiser avec passion et un parfait naturel. Elle avait l'impression de rentrer chez elle, un chez-soi où l'attendait tout un monde de miracles et de surprises.

Elle était comme ensorcelée quand il finit par la lâcher.

— Bonne année, Gwyneira, dit-il.

Les réactions des invités lors de la fête, notamment les goujateries de Gérald, renforcèrent Gwyneira dans son intention de tomber enceinte même sans Lucas. Bien entendu, cela n'avait rien à voir avec James et leur baiser de minuit ; il n'avait été qu'un impair : le lendemain, Gwyneira ne savait plus ce qui l'avait prise. Heureusement, McKenzie se comportait comme s'il ne s'était rien passé.

Ce problème de grossesse, elle allait s'y attaquer de manière dépassionnée. Comme un problème d'élevage. À cette idée, elle s'interdit de rire stupidement. La stupidité n'était pas de mise. Il fallait au contraire chercher de manière objective qui pouvait entrer en ligne de compte comme père de l'enfant. C'était une question de discrétion, mais surtout de transmission héréditaire. Les Warden, principalement Gérald, ne devaient en aucun cas soupçonner que l'héritier pût ne pas être de leur sang. Avec Lucas, ce serait plus difficile, bien sûr, mais, s'il était raisonnable, il garderait le silence ; Gwyneira n'avait guère d'inquiétude. Elle savait que son époux se montrait exagérément prudent, qu'il était rigide et avait peu de ressort, mais jamais il n'avait manqué de bon sens. De surcroît, il était de son intérêt que cessent enfin les allusions et les taquineries à leurs dépens.

Elle se mit donc à imaginer froidement à quoi ressemblerait un enfant d'elle et de Lucas. Sa mère et ses sœurs étaient toutes rousses, ce qui semblait donc se transmettre. Lucas était blond clair, alors que James avait les cheveux noirs… mais Gérald les avait bruns, lui aussi. Et il avait également les yeux bruns. Si l'enfant tenait de James, on pourrait prétendre qu'il ressemblait à son grand-père.

Couleur des yeux : bleus et gris… et bruns, si on prenait Gérald en compte. Constitution physique… pas de problème. James et Lucas étaient à peu près de la même taille, Gérald beaucoup plus petit et trapu. Elle-même était nettement plus petite. Mais ce serait assurément un garçon, et il tiendrait de son père. Il lui restait donc à amener James à accepter… mais pourquoi lui, au fait ? Gwyneira décida de repousser la décision à plus tard. Peut-être que, demain, son cœur ne battrait plus aussi fort quand elle penserait à lui.

Le lendemain, elle parvint à la conclusion qu'à part James elle n'envisageait personne comme père de son enfant. À moins, tout de même, qu'un étranger…, songea-t-elle en se rappelant les « *lonesome cow-boys* » de ses romans. Simplement de passage, ils n'entendraient jamais parler de l'enfant si elle se donnait à eux quelque part dans le foin… Un tondeur de moutons, peut-être ? Non, elle ne pourrait s'y résoudre. D'ailleurs, ils revenaient chaque année. Quelle horreur si l'homme parlait, voire se vantait d'avoir couché avec la maîtresse de Kiward Station ! Non, c'était hors de question ! Elle avait besoin d'un homme qu'elle connaissait, compréhensif, discret et qui, de plus, ne transmettrait à l'enfant qu'une excellente hérédité.

Gwyneira passa en revue une dernière fois, le plus objectivement possible, tous les candidats potentiels. Les sentiments, tenta-t-elle de se convaincre, n'avaient rien à voir là-dedans.

Son choix s'arrêta sur James.

10

— Bon, eh bien, tout d'abord… je ne suis pas amoureuse de vous!

Gwyneira ignorait si c'était une bonne entrée en matière, mais cela lui échappa quand elle se retrouva enfin seule avec James. Une semaine environ s'était écoulée depuis la fête. Les derniers invités n'étaient partis que la veille et la jeune femme avait enfin pu, l'esprit libre, enfourcher son cheval. Lucas avait entamé un nouveau tableau. Le jardin brillamment éclairé l'avait inspiré et il travaillait à une scène de fête. Gérald n'avait fait que boire, ou presque, les jours précédents et il cuvait à présent son vin. McKenzie était parti pour les hautes terres afin d'y remmener les moutons dont on avait eu besoin pour les démonstrations. Les chiens avaient dû faire la preuve de leurs talents à plusieurs reprises encore durant la semaine et, à eux seuls, cinq invités avaient acheté huit jeunes bêtes. Les petits de Cléo n'étaient pas du nombre, car on les gardait à Kiward Station pour la reproduction. En ce jour, ils accompagnaient leur mère dans la conduite des moutons. Ils trébuchaient certes encore parfois, mais leur talent sautait aux yeux.

James s'était réjoui que Gwyneira l'accompagnât. Mais il restait sur ses gardes alors que, silencieuse, elle chevauchait à ses côtés. Soudain, elle avait pris une profonde inspiration, signe qu'elle allait prendre la parole. Ce qu'elle lui dit parut l'amuser.

— Bien sûr que vous n'êtes pas amoureuse de moi, miss Gwyn. Comment pourrais-je avoir une telle idée? répondit-il en réprimant un sourire.

— Ne vous moquez pas de moi, monsieur James! Il faut que je vous parle de quelque chose de très sérieux…

Il eut l'air affecté.

— Vous ai-je blessée? Ce n'était pas mon intention. Je pensais que vous étiez d'accord… je parle du baiser. Mais si vous voulez que je m'en aille…

— Oubliez le baiser. Il s'agit de tout autre chose, monsieur James… euh, James. Je… je voulais vous demander de l'aide.

McKenzie stoppa son cheval.

— Quoi que vous me demandiez, miss Gwyn, je ne vous refuserai jamais rien.

Il la regardait droit dans les yeux, ce qui ne l'aida pas à poursuivre.

— Mais c'est assez… ce n'est pas convenable.

— Je ne suis pas un homme de convenances. Je ne suis pas un gentleman, miss Gwyn. Je crois que nous avons déjà parlé de ça.

— C'est dommage, monsieur James, parce qu'en effet… ce que je veux vous demander… j'ai besoin de la discrétion d'un gentleman.

Gwyneira rougit. Comment allait-il réagir si elle entrait dans le vif du sujet?

— Un homme de parole ferait peut-être l'affaire, suggéra James. Quelqu'un qui tienne ses promesses.

Après un temps de réflexion, Gwyneira acquiesça.

— Dans ce cas, vous devez me promettre de n'en parler à personne si vous… si nous… eh bien, si nous le faisons ou pas.

— Vos souhaits sont des ordres. Je ferai tout ce que vous exigerez de moi, dit James avec à nouveau un scintillement dans les yeux, mais qui n'était ni joyeux ni espiègle, plutôt une espèce d'imploration.

— Mais c'est très imprudent de votre part! Vous ne savez pas ce que je désire. Imaginez que je vous demande d'assassiner quelqu'un.

James ne put s'empêcher de rire.

— Expliquez-vous donc, Gwyn! Vous voulez quoi? Que j'assassine votre mari? Ça mériterait réflexion. Vous seriez alors à moi.

— Ne dites pas des choses pareilles! C'est épouvantable! protesta-t-elle, horrifiée.

— L'idée de tuer votre mari ou d'être à moi?

— Non, rien… les deux… ah, vous m'avez troublée! dit-elle, prête à abandonner.

James siffla les chiens et mit pied à terre. Puis il s'approcha pour aider Gwyneira à descendre de selle, ce qu'elle accepta: le contact de ses bras était à la fois excitant et rassurant.

— Bon, asseyons-nous ici, Gwyn, et racontez-moi tranquillement ce que vous avez sur le cœur. Après, je vous dirai oui ou non. Et je ne rirai pas, promis!

Détachant une couverture de sa selle, il l'étendit par terre et invita la jeune femme à s'asseoir.

— Eh bien voilà, commença-t-elle à voix basse. Il faut que j'aie un enfant.

— Personne ne peut vous y obliger…, objecta-t-il en souriant.

— Je *veux* avoir un enfant, rectifia-t-elle, mais j'ai besoin d'un père.

— Je ne comprends pas…, dit James, les sourcils froncés. Vous êtes mariée, non?

Gwyneira sentit la proximité de l'homme et la chaleur du sol sous elle. Il était agréable d'être là, au soleil, et cela lui faisait du bien de s'épancher. Pourtant, elle fondit en larmes.

— Lucas… il n'y arrive pas. C'est une… non, je n'arrive pas à le dire. En tout cas… je n'ai jamais saigné en le faisant, et je n'ai pas eu mal non plus.

McKenzie, souriant, l'entoura de son bras. Il l'embrassa sur la tempe avec précaution.

— Je ne peux te garantir que je te ferai mal, Gwyn. Je préférerais que ça te plaise.

— L'essentiel est que tu t'y prennes de la bonne façon pour que j'aie un enfant, chuchota Gwyn.

Il l'embrassa à nouveau.

— Fais-moi confiance.

— Tu l'as déjà fait? demanda-t-elle avec sérieux.

James se retint de rire.

— Assez souvent, Gwyn. Comme je te l'ai dit, je ne suis pas un gentleman.

— Bon. Il faut que ça aille vite. Le risque que nous soyons découverts est trop grand. Quand le ferons-nous, et où?

James lui caressa les cheveux, l'embrassa sur le front et lui chatouilla de la langue la lèvre supérieure.

— Il n'est pas obligatoire que ça aille vite, Gwyneira. Et tu n'es pas sûre, non plus, que ça réussisse du premier coup. Même si nous nous y prenons bien.

— Pourquoi? demanda-t-elle, méfiante.

— Écoute, Gwyn, tu connais les animaux… Comment cela se passe-t-il entre une jument et un étalon?

— Quand le moment est venu, il suffit d'une saillie.

— Quand le moment est venu. Voilà le problème…

— L'étalon le sent… Ça veut dire que toi, tu ne le sens pas?

James se demanda s'il devait rire ou se vexer.

— Non, Gwyneira, les hommes sont différents. Nous avons toujours plaisir à faire l'amour, pas uniquement les jours où la femme peut devenir enceinte. Il se peut donc que nous devions essayer plusieurs fois.

James inspecta les environs. Leur emplacement était bien choisi, déjà assez loin à l'intérieur des hautes terres. Personne ne passerait par là. Le troupeau s'était dispersé pour brouter, et les chiens les gardaient à l'œil. Il avait attaché les chevaux à un arbre qui leur dispenserait une ombre bienvenue.

Il se leva et tendit la main à Gwyneira. Quand, surprise, elle se fut levée, il étendit la couverture à moitié à l'ombre. Prenant la jeune femme dans ses bras, il la souleva et l'allongea sur la couverture. Avec des gestes prudents, il ouvrit le corsage qu'elle portait avec sa légère jupe de cavalière et il l'embrassa. Ses baisers la mirent en feu et ses caresses sur les parties intimes de son corps éveillèrent en elle des sensations encore inconnues, la transportant dans un monde de félicité. Quand, finalement, il la pénétra, elle éprouva une petite douleur qui céda bientôt la place à une ivresse des sens. Il semblait que, s'étant cherchés de toute éternité, ils venaient de se trouver, renouant avec l'affinité dont il s'était récemment moqué. Puis ils reposèrent côte à côte, à demi nus, épuisés mais infiniment heureux.

— As-tu quelque chose contre le fait que nous devions le faire plusieurs fois? demanda James.

Gwyneira le regarda d'un air radieux.

— Je dirai, répondit-elle en s'efforçant de garder le sérieux requis en pareille circonstance, je dirai que nous le ferons aussi souvent que nécessaire.

Ils le firent chaque fois que l'occasion s'en présenta. Vivant dans la crainte d'être découverte, Gwyneira préférait s'abstenir plutôt que courir le moindre risque. Les bonnes excuses pour qu'ils disparussent ensemble étant rares, il fallut donc plusieurs semaines avant que Gwyn tombât enceinte. Ce furent les semaines les plus heureuses de son existence.

Quand il pleuvait, James la prenait dans les hangars de tonte maintenant déserts. Enlacés, ils écoutaient ensuite le bruit des gouttes sur le toit et se racontaient des histoires. La légende maorie de *rangi* et *papa* fit beaucoup rire James, qui proposa alors qu'ils recommencent afin de consoler les dieux.

Par beau temps, ils s'aimaient dans les collines de tussack doré et soyeux, où le seul bruit était celui de leurs chevaux paissant à proximité. Ils s'embrassaient, dans les Plains, à l'ombre des énormes rochers, et Gwyneira évoquait les soldats ensorcelés en ces lieux, tandis que James affirmait que seule la magie amoureuse pouvait expliquer la présence, au pays de Galles, des pierres disposées en cercle :

— Connais-tu la légende de Tristan et Iseut ? Ils s'aimaient, mais le mari de celle-ci ne devait pas l'apprendre, et c'est ainsi que les elfes construisirent autour de leur couche, dans les champs, un cercle de rochers les dissimulant aux regards.

Ils s'aimèrent au bord de lacs de montagne à l'eau glaciale et claire comme du cristal. Une fois, James parvint même à convaincre Gwyneira de se déshabiller entièrement et de se baigner avec lui. Gwyn avait rougi des pieds à la tête. Elle ne se souvenait pas d'avoir été nue depuis sa petite enfance. Mais James lui avait dit qu'elle était si belle que *rangi* serait jaloux si elle restait en permanence sur la terre ferme de *papa*, et il l'avait entraînée dans l'eau où elle se cramponna à lui en poussant des cris.

— Tu ne sais donc pas nager ? s'étonna-t-il.

— Où aurais-je appris ? répondit-elle en recrachant de l'eau. Dans la baignoire de Silkham Manor ?

— Tu as parcouru la moitié du globe sur un bateau sans savoir nager ? reprit-il en secouant la tête, mais en la tenant d'une main ferme. Tu n'as pas eu peur ?

— J'aurais eu plus peur encore si j'avais dû nager ! Et maintenant, au lieu de parler, apprends-moi ! Ça ne doit pas être si difficile que ça ! Même Cléo sait le faire !

Gwyneira apprit en peu de temps à flotter, et elle s'allongea ensuite sur la rive, épuisée et grelottante, pendant que James pêchait des poissons qu'il faisait griller sur un feu. Elle était émerveillée quand il leur trouvait dans le bush quelque chose de comestible. Elle appelait cela le « jeu de la survie dans le désert», jeu auquel James s'entendait fort bien. Le bush semblait être pour lui un garde-manger inépuisable. Il tuait des oiseaux et des lapins, pêchait, ramassait des racines et des fruits étranges. Il ressemblait au pionnier des rêves de Gwyn. Parfois, elle se demandait comment ce serait d'être mariée avec lui et d'exploiter une petite ferme, comme Hélène et Howard. James ne la laisserait pas seule dans la journée et partagerait tous les travaux avec elle. Elle rêvait à nouveau de labourer avec le cheval, de cultiver ensemble un potager et de voir James enseigner la pêche à la ligne à un petit garçon roux.

Bien sûr, au cours de ces semaines, elle négligeait impardonnablement Hélène, mais celle-ci s'abstenait de tout commentaire quand Gwyn apparaissait soudain chez elle, radieuse mais la robe pleine de taches d'herbe, tandis que James poursuivait son chemin en direction des hautes terres.

— Il faut que j'aille à Haldon, mais aide-moi à brosser ma robe. Je l'ai salie je ne sais comment…

Gwyn prétendait se rendre trois ou quatre fois par semaine à Haldon, où elle avait adhéré au club des ménagères. Gérald en était heureux, car elle revenait assez souvent avec de nouvelles recettes qu'elle avait recueillies en toute hâte auprès de Mme Candler. Lucas s'en montrait plutôt étonné, mais il n'élevait pas d'objections; il appréciait de toute façon qu'on le laissât en paix.

Si des réunions de dames servaient de prétexte à Gwyn, James, lui, prétendait que des moutons s'étaient échappés. Ils avaient donné des noms à leurs lieux de rendez-vous préférés dans le bush, là où ils s'attendaient et s'aimaient. Par beau temps, devant l'impressionnant décor des Alpes ou, par temps de brouillard, sous la tente rudimentaire que James dressait à l'aide de son ciré. Gwyn faisait semblant de frissonner de honte sous les regards curieux d'un couple de kéas en train de chaparder les restes de leur pique-nique. Un jour, James poursuivit, à demi-nu, deux kiwis qui tentaient de se sauver en emportant la boucle de son ceinturon.

— Aussi voleurs que des pies! s'écria-t-il en riant. Pas étonnant qu'on ait donné leur nom aux immigrants…

Gwyn le regarda, l'air surpris.

— La plupart des immigrants que je connais sont des gens honnêtes, objecta-t-elle.

— Envers les autres immigrants, oui. Mais regarde un peu comment ils se comportent avec les Maoris. Tu crois que la terre de Kiward Station a été réellement payée?

— Depuis le traité de Waitangi, toute la terre n'appartient-elle pas à la Couronne? La reine ne s'est tout de même pas laissé duper!

— C'est peu vraisemblable, répondit-il en riant. À ce que j'ai entendu dire, elle serait douée pour les affaires. C'est bien pourquoi la terre appartient toujours aux Maoris. La Couronne n'a que le droit à préemption. Cela leur garantit donc, bien entendu, un prix minimal. Mais, d'une part, ce n'est pas un prix exorbitant et, d'autre part, tous les chefs de tribu sont loin d'avoir signé le traité. Les Kai Tahu, par exemple, ne l'ont pas signé, à ma connaissance…

— Les Kai Tahu, ce sont nos gens?

— Tout juste! Sauf, bien sûr, que ce ne sont pas «vos gens». Ils ont simplement commis l'imprudence de vendre à M. Gérald la terre où se trouve leur village, parce qu'on les a bernés. Ce qui suffit à prouver qu'on n'a pas traité correctement les Maoris.

— Mais ils ont l'air très satisfaits. Ils sont toujours gentils avec moi. Et souvent, ils ne sont pas là du tout, objecta-t-elle, ayant remarqué que, de temps à autre, des tribus entières de Maoris partaient pour de longues migrations vers d'autres territoires de chasse ou d'autres lieux de pêche.

— Ils n'ont pas encore compris à quel point ils ont été escroqués. Mais toute cette affaire est un baril de poudre. Le jour où les Maoris auront un chef sachant lire et écrire, il y aura du grabuge. Mais oublie ça pour l'instant, ma douce! On essaie une fois encore?

La formule fit rire Gwyneira aux larmes, car c'était précisément avec ces mots que Lucas commençait ses tentatives dans le lit conjugal. Mais quelle différence entre lui et James!

Plus elle voyait James, plus elle appréciait l'amour physique. Doux et tendre au début, il s'était aperçu que la passion s'éveillait chez sa partenaire et s'était mis à jouer avec la tigresse qui se révélait enfin chez elle. Elle avait toujours aimé les jeux sauvages, et elle aimait maintenant sentir James s'agiter frénétiquement en elle et transformer leur danse intime en un crescendo de passion. À chacun de leurs rendez-vous, elle jetait par-dessus bord quelques scrupules supplémentaires en matière de décence.

— Est-ce que ça marche aussi si c'est moi qui suis sur toi? demanda-t-elle un jour. Tu es assez lourd, tu sais…

— Tu es une cavalière-née, observa-t-il en riant. Je l'ai toujours su. Essaie de t'asseoir, tu seras plus libre de tes mouvements.

— Où as-tu appris tout ça, au fait? demanda Gwyn d'un ton soupçonneux, un peu plus tard, la tête nichée au creux de l'épaule de son amant, tandis que refluait le tumulte de ses sens.

— Tu ne demandes pas ça sérieusement, je pense…, éluda-t-il.

— Si. As-tu déjà aimé une fille? Je veux dire, aimé vraiment, du fond du cœur… au point de vouloir mourir pour elle, comme on le lit dans les livres?

— Non, pas encore. D'ailleurs, il est rare que ce soit l'amour de votre vie qui vous apprenne ces choses. C'est plutôt un enseignement pour lequel il faut payer.

— Les hommes peuvent donc s'instruire dans ce domaine? s'étonna Gwyneira, qui songea que c'était certainement le seul cours que Lucas avait jamais séché. Et les filles, on les laisse tout simplement se jeter à l'eau? Sérieusement, James, personne ne nous dit ce qui nous attend.

— Oh, Gwyn, tu es ingénue comme pas une, mais tu sais aller à l'essentiel. J'imagine que les emplois d'enseignant seraient alors très recherchés.

Durant le quart d'heure qui suivit, il lui dispensa une sorte de cours sur l'amour vénal. Gwyn oscillait entre dégoût et fascination.

— En tout cas, les filles gagnent elles-mêmes leur argent, conclut-elle. Mais moi, j'insisterais pour que les clients commencent par se laver!

Quand, au bout de trois mois, ses règles ne vinrent pas, Gwyneira eut peine à y croire. Elle avait certes déjà observé de premiers signes: ses seins s'étaient durcis et elle avait des fringales. Mais il n'y avait plus de doute possible à présent et sa première réaction fut de se réjouir. Pourtant, sa joie céda aussitôt la place à l'idée amère de la perte qu'elle allait subir. Elle était enceinte et n'avait donc plus de raison de continuer à tromper son mari. La perspective de ne plus jamais toucher James, de ne plus être allongée contre lui, de ne plus l'embrasser, de ne plus le sentir en elle et de ne plus crier au paroxysme du plaisir fut pour elle comme un coup de couteau en plein cœur.

Elle n'eut pas le courage de dévoiler aussitôt à James sa découverte. Deux jours durant, elle la tut et conserva comme un trésor les tendres regards furtifs qu'il lui lançait. Plus jamais il ne lui lancerait de clins d'œil complices, plus jamais il ne chuchoterait incidemment des «Bonjour, miss Gwyn» ou des «Mais certainement, miss Gwyn» quand ils se croiseraient devant d'autres.

Jamais plus il ne lui déroberait un baiser furtif, profitant de ce que personne ne les regardait, et jamais plus elle ne le gronderait de prendre de tels risques. Elle ne cessait de retarder le moment de vérité.

Mais il arriva un moment où ce ne fut plus possible. Elle rentrait d'une promenade à cheval, quand James lui fit signe de le rejoindre dans un box vide. Elle se déroba quand il chercha à l'embrasser.

— Pas ici, James…

— Mais demain, au milieu des guerriers de pierre. Je sors les brebis. J'ai déjà averti M. Gérald que j'aurais besoin de Cléo, dit-il avec un clin d'œil significatif. Ce qui n'était même pas un mensonge, nous confierons les bêtes à elle et à Daimon pendant que nous jouerons un peu à «survivre dans le désert».

— Je suis désolée, James, dit Gwyn, ne sachant par quel bout commencer. Mais ce n'est plus possible…

L'homme fronça les sourcils.

— Qu'est-ce qui n'est plus possible? Tu n'as pas le temps demain? Il y a encore de la visite? M. Gérald n'en a pourtant pas parlé…

Ces derniers mois, Gérald Warden se sentait visiblement seul. En tout cas, il invitait de plus en plus souvent des gens à Kiward Station, des marchands de laine ou de riches colons à qui il montrait sa ferme modèle pendant la journée et avec qui il buvait le soir.

— Non, James, c'est seulement que… je suis enceinte.

Voilà, c'était dit.

— Tu es enceinte? Mais c'est merveilleux! s'écria-t-il en la prenant spontanément dans ses bras. Ah oui, tu as déjà grossi, la taquina-t-il. Bientôt, je n'arriverai plus à vous soulever l'un et l'autre.

Voyant qu'elle ne souriait pas, il reprit son sérieux.

— Qu'y a-t-il, Gwyn? Tu n'es pas contente?

— Bien sûr que je suis contente, dit-elle en rougissant. Mais, en même temps, je suis un peu désolée. J'ai… j'ai été très heureuse avec toi.

— Dans ce cas, il n'y a aucune raison de s'arrêter! s'exclama-t-il en riant et en tentant de l'embrasser, mais elle le repoussa.

— Il n'est pas question de plaisir! rétorqua-t-elle violemment. Il est question de morale. Nous n'avons pas le droit de continuer.

Elle le regarda avec tristesse mais détermination.

— Gwyn, je te comprends bien? dit-il, anéanti. Tu veux qu'on arrête, qu'on jette tout ce que nous avons en commun? Je croyais que tu m'aimais!

— Ce n'est pas non plus une question d'amour, dit-elle à voix basse. Je suis mariée, James. Je n'ai pas le droit d'aimer un autre homme. Dès le départ, nous étions d'accord sur le fait que tu m'aiderais juste à… à combler mon mariage…

Parler avec autant de pathos lui fit horreur, mais elle ne savait comment s'exprimer autrement. Et elle ne devait pas pleurer.

— Gwyneira, je t'aime depuis le jour où je t'ai vue pour la première fois. Je n'y peux rien… C'est comme la pluie ou le soleil. On ne peut rien y changer.

— Quand il pleut, on peut s'abriter. Et quand il fait soleil, se mettre à l'ombre. Je ne peux empêcher la pluie ou la chaleur, mais je ne suis pas obligée de me mouiller ou de prendre un coup de soleil…

— Gwyneira, toi aussi tu m'aimes, dit-il en l'attirant contre lui. Viens avec moi, partons d'ici et reprenons tout à zéro ailleurs…

— Partir pour où, James? demanda-t-elle avec ironie pour cacher son désespoir. Dans quelle ferme travailleras-tu quand on saura que tu as enlevé la femme de Lucas Warden? Les Warden sont connus dans toute l'île. Tu crois que Gérald te laissera t'en sortir?

— Tu es mariée à Gérald ou à Lucas? Et puis, que ce soit l'un ou l'autre, je m'en fous. Aucun des deux n'a une chance contre moi, lança-t-il en serrant les poings.

— Ah oui? Et dans quelle discipline comptes-tu te mesurer à eux? Pugilat ou tir au pistolet? Pour ensuite nous sauver dans le bush et vivre de noix et de baies?

Se quereller lui était insupportable. Elle avait rêvé de mettre un terme à cette histoire de manière pacifique, avec un dernier baiser – doux-amer et définitif, comme dans un roman de Bulwer-Lytton.

— Tu aimais pourtant vivre en pleine nature. Ou alors tu mentais ? Tu préfères le luxe de Kiward Station ? Tu tiens à être la femme d'un baron des moutons, à donner de grandes fêtes, à la richesse ?

James tentait d'exprimer de la colère, mais ses paroles étaient plutôt amères. Gwyneira se sentit soudain lasse.

— James, ne nous disputons pas. Tu sais que tout cela ne m'intéresse pas. J'ai donné ma parole. Je suis la femme d'un baron des moutons, mais je la respecterais tout autant si j'étais la femme d'un mendiant.

— Tu as trahi ta parole en partageant ton lit avec moi ! s'emporta James. Tu as déjà trompé ton mari !

Gwyneira recula d'un pas.

— Je n'ai jamais partagé mon lit avec toi, James McKenzie. Tu le sais très bien. Jamais je ne t'aurais fait entrer dans la maison, ce… ç'aurait été… C'était en tout cas quelque chose de totalement différent.

— Et c'était quoi ? Gwyneira, s'il te plaît ! Ne me dis pas que tu m'as utilisé comme un simple animal, pour la reproduction !

Gwyneira n'avait qu'une envie : mettre un terme à cette conversation. Elle ne supportait plus son regard suppliant.

— Je t'avais posé la question, James, dit-elle avec douceur. Tu étais d'accord. Avec toutes les conditions. Et le problème n'est pas ce que je veux. Le problème est de savoir ce qui est correct. Je suis une Silkham, James. Je ne peux échapper à mes devoirs. Comprends-le ou non. En tout cas, ça ne changera rien. Désormais…

— Gwyneira ? Que se passe-t-il ? Ne devais-tu pas m'avoir rejoint voilà un quart d'heure déjà ?

Lucas entrait dans l'écurie ; Gwyn et James se séparèrent en toute hâte. Il y venait rarement de son plein gré, mais Gwyn, la veille, lui avait enfin promis de poser pour une de ses toiles. En réalité, c'était surtout par pitié qu'elle y avait consenti, car Gérald avait une nouvelle fois mis son fils plus bas que terre. Il lui aurait suffi d'un mot pour mettre un terme à ce supplice, mais elle n'avait pu se résoudre à annoncer officiellement sa grossesse avant d'en avoir parlé à James. Aussi avait-elle imaginé autre chose pour consoler Lucas. D'autant plus que, dans les mois à venir, elle aurait tout le temps de se tenir immobile sur une chaise.

— J'arrive, Lucas. J'avais juste un… un petit problème, et M. McKenzie m'a aidée. Merci beaucoup, monsieur James.

La jeune femme espérait n'avoir pas trop l'air échauffée et énervée. Elle parvint à parler avec calme et à adresser à James un sourire innocent. Si seulement James avait lui aussi gardé le contrôle de ses sentiments! Le voir ainsi désespéré et blessé lui brisait le cœur. Heureusement, Lucas ne s'aperçut de rien. Il n'avait devant les yeux que le portrait de Gwyneira qu'il allait entreprendre.

Le soir, elle annonça sa grossesse à Lucas et à Gérald.

Gérald Warden fut au comble du bonheur. Lucas satisfit à ses devoirs de gentleman en assurant Gwyneira de sa joie et en l'embrassant cérémonieusement sur la joue. Quelques jours plus tard, un bijou arriva de Christchurch, un collier de perles d'une grande valeur, que Lucas offrait à sa femme en signe de gratitude et d'estime. Gérald partit pour Haldon fêter l'événement et régala tous les clients du pub une nuit entière, à l'exception d'Howard O'Keefe qui, par chance, était assez à jeun pour vider les lieux au plus vite. C'est par lui qu'Hélène apprit la grossesse de Gwyneira. Elle trouva cette annonce publique plus que désagréable.

— Tu crois que ce n'est pas désagréable pour moi aussi? lui demanda Gwyneira lorsqu'elle lui rendit visite deux jours plus tard, en constatant que son amie était déjà au courant. Mais il est comme ça. L'exact contraire de Lucas!

À douter qu'ils soient père et fils, ajouta-t-elle en se mordant les lèvres.

— L'essentiel est qu'ils en soient persuadés…, dit Hélène avec un sourire entendu.

— En tout cas, c'est fait. Il faudra que tu me dises exactement ce que je dois ressentir dans les prochains mois, afin que je ne commette pas de bêtises. Il faudrait aussi que je tricote des habits de bébé au crochet. Tu crois qu'on peut apprendre ça en quelques mois?

11

La grossesse de Gwyneira se déroula sans incident. Même les fameuses envies de vomir des trois premiers mois furent très discrètes. Elle ne prit pas non plus au sérieux les mises en garde de sa mère qui, depuis son mariage, la conjurait dans ses lettres de cesser de monter à cheval. Gwyneira profitait au contraire de toute belle journée pour rendre visite à Hélène ou à Mme Candler, ce qui lui permettait en outre de fuir James. Au début, elle souffrait chaque fois que son regard tombait sur lui. L'un et l'autre essayaient de ne pas se rencontrer et, si leurs chemins se croisaient, ils détournaient les yeux d'un air gêné afin de ne pas avoir à lire la douleur et la tristesse dans les yeux de l'autre.

Gwyn passait donc beaucoup de temps avec Hélène et le petit Ruben, apprenant à le langer, lui chantant des berceuses, tandis que son amie tricotait des brassières pour le futur bébé.

— Surtout pas de rose! s'indigna Gwyn le jour où Hélène s'attaqua à une grenouillère multicolore afin d'utiliser des restes de laine. Ce sera un garçon!

— Comment peux-tu le savoir? Et puis, une fille, ce ne serait pas mal non plus.

Gwyneira frémissait à l'idée de ne pas mettre au monde l'héritier mâle tant attendu. À vrai dire, elle-même n'avait jusqu'ici pas réfléchi à ce que représentait un enfant. C'était seulement maintenant, en s'occupant de Ruben et en constatant quasi quotidiennement que, tout petit, il avait déjà des idées bien arrêtées sur ce qu'il aimait et ce qu'il n'aimait pas, qu'elle se rendait compte qu'elle portait en elle plus que l'héritier de Kiward Station. Le petit être qui grandissait dans son ventre avait une personnalité unique, pouvait parfaitement être une fille, un être qu'elle avait déjà condamné à une existence marquée du sceau du mensonge. Elle éprouvait parfois des remords envers cet enfant qui ne devrait jamais savoir l'identité de son véritable père. Aussi s'efforçait-elle d'y penser le moins possible, préférant aider Hélène dans son interminable travail à la maison et à la ferme, ainsi que dans son école, qui accueillait de plus en plus d'enfants maoris et comptait maintenant deux classes. À sa grande surprise, Gwyn reconnut parmi eux trois des petits qui barbotaient souvent, tout nus, dans le lac de Kiward Station.

— Ce sont les fils du chef et de son frère, expliqua Hélène. Leurs pères veulent qu'ils apprennent et ils ont donc envoyé les enfants chez des parents qu'ils ont au village d'ici. Cela représente une belle dépense et cela exige beaucoup des enfants. Quand ils ont le mal du pays, ils rentrent chez eux – à pied! Et ce petit-là n'arrête pas de l'avoir!

Gwyneira songea à ce qu'avait dit James au sujet des Maoris et du danger que pourraient représenter pour les Blancs des enfants trop intelligents.

Hélène haussa les épaules quand Gwyn évoqua la question.

— Si ce n'est pas moi qui les instruis, ce sera quelqu'un d'autre. Et si ce n'est pas cette génération qui s'éduque, ce sera la suivante. En outre, il est impensable qu'on puisse refuser l'éducation à des êtres humains!

— Ne t'énerve pas comme ça! dit Gwyneira en levant la main en signe d'apaisement. Je suis la dernière qui ferait obstacle à ton projet. Mais ce ne serait pas une bonne chose non plus si une guerre devait éclater.

— Oh, les Maoris sont des gens pacifiques. Ils veulent apprendre de nous. Je crois qu'ils se sont aperçus que la civilisation rend la vie plus facile. Et puis la situation ici est différente de celle des autres colonies. Les Maoris ne sont pas les premiers habitants des îles. Ils sont eux-mêmes des immigrants.

— C'est vrai? Je n'avais encore jamais entendu parler de ça, s'étonna Gwyn.

— Oui. Ils sont bien sûr ici depuis beaucoup, beaucoup plus longtemps que nous. Mais pas d'un temps immémorial. Ils sont arrivés vers le début du XIVe siècle. Sur sept grands canoës. Ils le savent encore parfaitement. Chaque famille fait remonter ses origines à l'équipage de l'une de ces embarcations.

Parlant à présent assez bien le maori, Hélène comprenait de mieux en mieux les histoires que racontait Matahorua.

— La terre ne leur appartient donc pas non plus? demanda Gwyn, pleine d'espoir.

— Si les choses tournent mal, les deux camps se réclameront sans doute du droit du premier découvreur. Espérons qu'ils se mettront d'accord pacifiquement. Bon, et maintenant je vais leur apprendre à compter, que cela plaise ou non à mon époux et à ton M. Gérald.

Mis à part le froid entre Gwyneira et James, l'atmosphère était excellente à Kiward Station. La perspective d'avoir un petit-fils avait donné des ailes à Gérald. Il s'occupait de nouveau davantage de la ferme. Il vendit plusieurs béliers à d'autres éleveurs pour une coquette somme. James profita de l'occasion pour mener les bêtes à leurs nouveaux propriétaires et ainsi s'absenter des jours entiers. Gérald entreprit aussi de défricher pour agrandir ses pâturages. Même Lucas se rendit utile quand il fallut calculer quelles rivières se prêtaient le mieux au flottage et quels bois avaient de la valeur. Regrettant certes la disparition de forêts, il ne protesta pas énergiquement, tant il était heureux d'être enfin à l'abri des moqueries de Gérald. Il ne chercha jamais à savoir comment l'enfant avait été conçu. Peut-être tablait-il sur un hasard ; peut-être préférait-il ne pas savoir. Les tête-à-tête entre les époux étaient de toute façon trop rares pour permettre ce genre de conversation désagréable. Lucas avait cessé toute visite nocturne dès l'annonce par Gwyn de sa grossesse. Il n'avait donc jamais éprouvé de plaisir lors de ses «tentatives». Faire le portrait de sa femme était en revanche pour lui une véritable joie. Gwyneira posait sagement et Gérald s'abstint de critiquer l'entreprise. Le portrait de la mère des générations futures aurait même droit à une place d'honneur à côté de celui de sa défunte épouse Barbara. Tout le monde s'extasia devant la toile, une fois qu'elle fut achevée. Lucas n'était pourtant pas totalement satisfait, trouvant qu'il n'avait pas bien rendu «la physionomie pleine de mystère» de Gwyneira et que l'angle d'incidence n'était pas optimal. Ce qui n'empêcha pas lord Brannigan de prier le peintre de faire le portrait de sa femme. Gwyneira apprit qu'on payait fort cher, en Angleterre, pour ce genre de choses, mais Lucas aurait évidemment trouvé déshonorant de réclamer ne serait-ce qu'un penny à ses voisins et amis.

Bien que ne voyant pas de différence entre la vente d'un tableau et celle d'un mouton ou d'un cheval, Gwyn évita toute dispute à ce sujet et nota que Gérald ne critiquait pas non plus le manque de sens des affaires de son fils. Il paraissait même pour la première fois presque fier de Lucas. Il régnait dans la maison une joie et une harmonie sans mélange.

Quand la naissance approcha, Gérald s'efforça de trouver un médecin, mais en vain car cela aurait signifié que Christchurch en restait privée de longues semaines. Gwyn ne s'en inquiéta pas. Ayant vu Matahorua à l'œuvre, elle était toute disposée à se remettre entre les mains d'une sage-femme maorie. Gérald, toutefois, déclara que c'était inacceptable, et Lucas l'approuva avec plus de détermination encore.

— Il est exclu qu'une sauvage s'occupe de toi ! Tu es une lady et tu dois être entourée des soins dus à ton rang.

Ce serait par ailleurs courir un trop grand risque. Il faut que tu accouches à Christchurch.

Proposition qui, à son tour, fit monter Gérald sur ses grands chevaux. L'héritier de Kiward Station, déclara-t-il, naîtrait à la ferme et nulle part ailleurs.

Gwyneira finit par confier le problème à Mme Candler, malgré ses craintes de se voir proposer Dorothée. La commerçante n'y manqua pas, mais suggéra en même temps une meilleure solution :

— Notre sage-femme d'Haldon a une fille qui la seconde souvent. À ce que je sais, elle a déjà procédé seule à des accouchements. Demandez-lui donc si elle serait disposée à s'installer pour quelques jours à Kiward Station.

Vive et optimiste, Francine Haywand, la fille de la sage-femme, avait vingt ans, une épaisse chevelure blonde, un visage rond et avenant, un nez retroussé et des yeux d'un vert clair qui ne passaient pas inaperçus. Elle s'entendit tout de suite à merveille avec Gwyneira. Elles étaient en effet à peu près du même âge et, dès la deuxième tasse de thé, Francine confia qu'elle aimait secrètement le fils aîné des Candler, Gwyneira lui racontant de son côté qu'enfant elle rêvait de cow-boys et d'Indiens.

— Dans l'un de ces romans, une femme accouche alors que les Peaux-Rouges encerclent la maison ! Et elle est seule avec son mari et sa fille…

— Ma foi, je ne trouverais pas ça très romantique. Au contraire, ce serait un cauchemar. Imagine un peu la scène : le mari courant sans arrêt entre son poste de tir et les couches et criant tour à tour : «Pousse, chérie !» et «Voilà pour toi, sale Peau-Rouge !»

— Ce n'est pas le genre de propos qui sortirait de la bouche de mon mari en présence d'une dame. Il dirait selon toute vraisemblance : «Excuse-moi un instant, très chère, mais je dois encore éliminer un de ces sauvages.»

Francine pouffa.

Sa mère étant d'accord avec cet arrangement, elle partit le soir même pour Kiward Station, assise à cru et avec souplesse sur Igraine, derrière Gwyneira. Elle écouta sans s'émouvoir les reproches de Lucas – « Quelle folie de monter à deux ! Nous aurions pu aller chercher la jeune dame ! » – et s'installa avec émerveillement dans l'une des élégantes chambres d'hôte. Les jours suivants, elle savoura le luxe de n'avoir rien à faire, sinon tenir compagnie à Gwyneira jusqu'à la naissance du « prince héritier ». Elle s'employa cependant à enjoliver les tricots et les ouvrages au crochet déjà terminés, y brodant de petites couronnes dorées.

— Mais tu es noble, rétorqua-t-elle le jour où Gwyneira lui déclara que ces couronnes la gênaient un peu. Le bébé figure à coup sûr quelque part dans la liste des héritiers du trône !

Gwyneira fut heureuse que Gérald n'eût pas entendu la remarque. L'orgueilleux grand-père eût été tout à fait capable d'attenter à la vie de la reine et de tous ses descendants. Dans un premier temps, Gérald se contenta toutefois d'introduire la couronne dans la marque au fer rouge de Kiward Station. Ayant récemment acheté quelques bœufs, il avait besoin d'une marque officiellement enregistrée. Suivant les indications de son père, Lucas dessina un blason associant la couronne de Gwyneira et un bouclier qu'évoquait, pour Gérald, son nom de famille, « Warden[1] ».

Francine était spirituelle et toujours de bonne humeur. Sa compagnie faisait du bien à Gwyneira qui, grâce à elle, ne conçut aucune peur de l'accouchement. Elle ressentait plutôt un soupçon de jalousie car, oubliant sur-le-champ le jeune Candler, Francine s'était entichée de James McKenzie.

— Il s'intéresse à moi, c'est sûr ! disait-elle, tout excitée. Chaque fois qu'il me voit, il m'interroge. Sur mon travail et sur ta santé. Et on remarque vraiment qu'il cherche des

---

1. « Gardien », en anglais.

sujets de conversation qui puissent m'intéresser! Pourquoi, sinon, voudrait-il tant savoir quand naîtra le bébé?

Gwyneira avait quelque idée de ce qui le motivait et trouva très risqué, de la part de James, de manifester si ouvertement son intérêt. Mais elle s'ennuyait surtout beaucoup de lui et de sa présence si rassurante. Elle aurait aimé le contact de sa main sur son ventre, partager avec lui la joie inouïe de sentir les mouvements de l'enfant en elle. Chaque fois que le bébé donnait des coups de pied, elle revoyait son visage heureux à la vue de Ruben qui venait de naître et se souvenait d'une scène, dans l'écurie, alors qu'Igraine était près de mettre bas.

— Vous sentez le poulain, miss Gwyn? avait-il demandé, radieux. Il bouge. Il faut lui parler, miss Gwyn! Il connaîtra alors votre voix quand il viendra au monde.

Elle parlait à présent à son bébé dont le nid était déjà si amoureusement préparé. Le berceau était à côté de son lit, une merveille de soie bleu et jaune d'or fabriquée par Kiri selon les instructions de Lucas. Même le nom était déjà arrêté : Paul Gérald Terence Warden. Paul ayant été le prénom du père de Gérald.

— Le fils suivant, nous pourrons lui donner le prénom de ton grand-père, Gwyneira, déclara Gérald, magnanime. Mais je voudrais tout d'abord instaurer une certaine tradition…

Au fond, le nom importait peu à Gwyneira. L'enfant devenait de plus en plus lourd; il était temps qu'il vînt au monde. Elle se surprit à compter les jours, les mettant en rapport avec ses aventures de l'année écoulée. «S'il arrive aujourd'hui, c'est au bord du lac qu'il a été conçu… S'il attend jusqu'à la semaine prochaine, c'est un enfant du brouillard… Un petit guerrier, conçu dans le cercle de rochers…» Elle se souvenait de chacune des nuances de la tendresse de James et, parfois, s'endormait en pleurant de regret.

Les contractions commencèrent fin novembre, alors que le temps était celui d'une journée de juin dans la lointaine

Angleterre. S'il avait beaucoup plu les dernières semaines, il faisait un soleil éclatant. Les rosiers et les fleurs printanières que Gwyneira leur préférait étalaient leur splendeur dans le jardin.

— Comme c'est beau ! s'extasia Francine, qui avait dressé la table du petit-déjeuner dans le bow-window de l'appartement de Gwyneira. Il faut absolument que je persuade ma mère de planter quelques fleurs. Dans notre jardin, il n'y a que des légumes. Il y a tout de même un arbre de rata.

Gwyneira allait répondre que, dès son arrivée en Nouvelle-Zélande, elle s'était entichée de cet arbuste et de sa profusion de fleurs rouges, quand elle ressentit une douleur. Immédiatement après, elle perdit les eaux.

L'accouchement ne fut pas facile. Le développement de la musculature de son bas-ventre était à la mesure de sa santé éclatante. Contrairement à ce que croyait sa mère, ses longues chevauchées n'avaient pas provoqué de fausse couche, mais rendu difficile, pour l'enfant, la traversée du bassin. Francine avait beau lui assurer que tout allait bien et que l'enfant était idéalement placé, Gwyneira ne cessait de crier et même de jurer. Lucas n'était heureusement pas là pour l'entendre. Au moins, personne ne pleurait dans la chambre : Gwyn ne savait pas si elle aurait supporté les lamentations de Dorothée. Kiri, qui assistait Francine, gardait son calme.

— Enfant en bonne santé, a dit Matahorua. Toujours raison.

Devant la chambre de la parturiente, c'était en revanche l'enfer. D'abord tendu, puis inquiet, Gérald, à la fin de la journée, rabrouait quiconque s'approchait de lui et se soûla jusqu'à perdre connaissance. Il passa les dernières heures de l'accouchement endormi dans son fauteuil du salon. Lucas, conformément à sa nature, s'agita et s'enivra avec modération. Lui aussi finit par s'assoupir, mais d'un sommeil léger. Dès que quelque chose bougeait dans le couloir devant les appartements de sa femme, il relevait la tête et, au cours de la deuxième moitié de la nuit, Kiri dut à plusieurs reprises le mettre au courant de la situation.

— M. Lucas, si attentif, rapporta-t-elle à Gwyneira.

James McKenzie, lui, ne ferma pas l'œil. Il passa la journée dans un état de tension extrême et, la nuit venue, se faufila dans le jardin sous la fenêtre de Gwyneira. Il fut ainsi le seul à entendre ses cris. Désemparé, les poings serrés et les larmes aux yeux, il attendait. Personne n'était là pour lui dire que tout allait bien; à chaque gémissement, il craignait pour la vie de Gwyn.

Finalement, quelque chose de pelucheux et de doux se blottit contre lui. Encore un proscrit ! Francine, impitoyable, avait chassé Cléo de la chambre, et ni Gérald ni Lucas ne s'étaient souciés de la chienne. Maintenant, elle pleurnichait à chacun des cris de sa maîtresse.

— Je regrette, Gwyn, je regrette tellement…, chuchotait James dans le pelage soyeux de Cléo.

Il avait fini par prendre la chienne dans ses bras quand leur parvint un son nouveau, plus léger et plus énergique à la fois, un ton de révolte : l'enfant saluait le premier rayon de lumière de cette matinée. Gwyn l'accompagna d'un dernier cri de douleur. James, la tête enfouie dans le pelage de Cléo, se mit à pleurer de soulagement.

À peine Kiri fut-elle apparue dans l'escalier, l'enfant dans les bras, que Lucas se réveilla. Elle se tenait là, telle la vedette d'un spectacle, consciente de son importance. Lucas se demanda une fraction de seconde pourquoi ce n'était pas Francine qui lui présentait le bébé, mais le visage de Kiri rayonnait d'une si grande joie qu'on pouvait être sûr que la mère et l'enfant étaient en bonne santé.

— Tout… tout va bien ? demanda néanmoins Lucas, comme son devoir l'exigeait, en se levant pour aller au-devant de la jeune femme.

Gérald s'extirpa lui aussi de son fauteuil.

— Il est là ? En bonne santé ?

— Oui, monsieur Gérald! jubila Kiri. Enfant magnifique! Avec cheveux rouges, comme mère!

— Une petite tête brûlée! dit Gérald tout sourire. Le premier Warden roux.

— Je crois que pas dire «le», rectifia Kiri. Dire «la». Est une fille, monsieur Gérald. Fille magnifique!

Francine proposa d'appeler l'enfant «Paulette», mais Gérald s'y opposa. Le prénom «Paul» serait réservé à l'héritier mâle. Lucas, parfait gentleman, s'approcha du lit de Gwyneira, une heure après la naissance, une rose rouge du jardin à la main, lui assurant d'un ton mesuré qu'il trouvait l'enfant ravissante. Gwyneira se contenta d'acquiescer. Comment ne pas trouver ravissante cette parfaite petite créature qu'elle tenait à présent fièrement dans ses bras? Elle ne se lassait pas de contempler les doigts minuscules, le petit nez et les longs cils roux découvrant de grands yeux bleus. La petite avait déjà pas mal de cheveux. Sans aucune contestation possible, une parfaite rousse comme sa mère. Gwyneira caressa son bébé et le petit être lui attrapa le doigt. Avec une force étonnante déjà. De quoi tenir fermement les rênes… Gwyn ne tarderait pas à lui apprendre à monter.

Lucas proposa le prénom Rose et fit porter à Gwyneira un énorme bouquet de roses blanches et rouges qui emplirent aussitôt la chambre de leur parfum enivrant.

— J'ai rarement vu les roses fleurir de manière aussi ravissante qu'aujourd'hui, ma chérie. Comme si le jardin s'était spécialement paré pour accueillir notre fille.

Francine lui ayant mis le bébé dans les bras, il le tenait assez gauchement, comme ne sachant qu'en faire. Il avait néanmoins prononcé les mots «notre fille» de manière on ne peut plus naturelle. Il ne nourrissait donc apparemment aucun soupçon.

Pensant à la roseraie de sa sœur Diane, Gwyneira lui répondit:

— Elle est beaucoup plus jolie que n'importe quelle rose, Lucas ! Elle est la plus belle au monde !

Elle lui reprit l'enfant. C'était une folie, mais elle éprouva comme une piqûre de jalousie.

— Alors, il va te falloir choisir toi-même un nom, ma chérie, dit-il avec douceur. Je suis sûr que tu vas en trouver un qui convienne. Mais il me faut à présent vous laisser et m'occuper de mon père. Il n'arrive toujours pas à admettre que ce ne soit pas un garçon.

Il fallut à Gérald plusieurs heures avant de se résoudre à rendre visite à Gwyneira et à sa fille. C'est sans enthousiasme qu'il félicita la mère et considéra le bébé. Ce ne fut qu'à l'instant où ce dernier, avec l'assurance du propriétaire, prit son doigt dans sa petite main en clignant des yeux qu'il consentit à sourire.

— Eh bien, au moins voilà la voie ouverte, grogna-t-il de mauvaise grâce. Le prochain sera un garçon. Vous savez à présent comment on s'y prend.

Cléo profita du moment où Warden referma la porte derrière lui pour se faufiler dans la chambre. Satisfaite d'y être enfin parvenue, elle trotta jusqu'au lit, posa une patte avant sur la couverture et exhiba son sourire de colley.

— Où étais-tu donc fourrée ? lui demanda Gwyneira, ravie, tout en la caressant. Regarde, je vais te présenter quelqu'un !

À la grande horreur de Francine, elle laissa la chienne flairer le bébé. C'est alors qu'elle remarqua un petit bouquet de fleurs printanières attaché à son collier.

— Comme c'est original, s'étonna Francine quand Gwyn détacha avec précaution le bouquet. Qui cela peut-il être ? Un des hommes ?

Gwyneira aurait pu le lui révéler. Elle se tut, mais son cœur débordait de joie. Il était donc au courant pour sa fille et, bien sûr, il avait choisi des fleurs sauvages de toutes les couleurs plutôt que des roses.

Le bébé éternua quand les fleurs frôlèrent son petit nez. Gwyneira sourit.

— Je l'appellerai Fleurette.

Quelque chose comme de la haine…

Canterbury Plains – Westcoast
1858-1860

1

Après son ascension de Bridle Path, Georges Greenwood était un peu essoufflé. Buvant lentement la bière au gingembre qu'on vendait au point culminant entre Lyttelton et Christchurch, il admira la vue sur la ville et les Canterbury Plains.

C'était donc là le pays où vivait Hélène, le pays pour lequel elle avait quitté l'Angleterre… Il dut s'avouer que c'était un beau pays. Christchurch, la ville à proximité de laquelle devait se trouver sa ferme, passait pour une communauté dynamique. Première agglomération de Nouvelle-Zélande, elle avait obtenu, l'année précédente, le statut de ville et était devenue un évêché.

Georges se souvint de la dernière lettre d'Hélène. Elle lui racontait avec un malin plaisir que les espérances du peu sympathique révérend Baldwin ne s'étaient pas réalisées. L'archevêque de Canterbury avait nommé évêque un ecclésiastique du nom de Henry Chitty Harper, venu de son pays natal occuper le poste. Il était chargé de famille et semblait avoir été apprécié dans sa paroisse d'origine. Hélène n'en disait pas plus long sur le caractère de l'homme, ce qui étonnait Georges. Elle devait tout de même bien le connaître depuis le temps, compte tenu des multiples activités religieuses qu'elle exerçait et dont elle parlait dans toutes ses lettres. Hélène Davenport-O'Keefe était engagée dans des cercles bibliques de dames et dans un travail d'éducation d'enfants indigènes. Georges espérait qu'elle n'y montrait pas autant de bigoterie et de fatuité que sa propre mère. En fait, il n'arrivait pas à s'imaginer Hélène en robe de soie lors de réunions de comité. En revanche, ses lettres donnaient à penser qu'elle entretenait des contacts personnels avec les enfants et leurs mères.

Parvenait-il d'ailleurs encore à s'imaginer Hélène ? Tant d'années s'étaient écoulées, l'assaillant d'impressions nouvelles ! Il y avait eu son départ de la maison pour ses études, puis pour des voyages en Europe, en Inde et en Australie, toutes choses qui auraient dû suffire à effacer de son esprit l'image d'une femme beaucoup plus âgée que lui, aux cheveux foncés et brillants, aux yeux gris clair. Mais il la voyait encore devant lui comme si elle était partie la veille. Son visage mince, sa coiffure stricte, sa manière de se tenir très droite – alors qu'il la savait lasse. Georges se souvenait de ses colères rentrées et de ses impatiences péniblement maîtrisées dans ses rapports avec sa mère et son frère William, mais aussi de son sourire discret quand, au prix d'une impertinence, il était parvenu à percer sa cuirasse de sang-froid. En ce temps-là, il lisait la moindre émotion dans ses yeux, en dépit de l'expression de calme et d'impassibilité qu'elle offrait aux autres personnes de son entourage. Un feu couvant sous des eaux calmes pour s'enflammer subitement à la lecture d'une petite annonce insensée venue de l'autre bout du monde ! Aimait-elle vraiment cet Howard O'Keefe ? Dans ses lettres, elle parlait de son respect pour un époux se donnant tant de peine pour rendre sa propriété rentable et agréable. Ce qui n'empêchait pas Georges de lire entre les lignes qu'il n'y parvenait pas toujours. Georges Greenwood était depuis assez longtemps dans les affaires de son père pour savoir que les premiers colons de Nouvelle-Zélande avaient presque tous accédé à la richesse. Qu'ils s'occupent prioritairement de pêche, de commerce ou d'élevage, leur commerce était florissant. Quiconque ne s'y prenait pas trop mal faisait fortune, comme ce Gérald Warden de Kiward Station. Rendre visite à cet homme, le plus gros producteur de laine de l'île du Sud, figurait en première place sur la liste des projets qui amenaient le fils de Robert Greenwood à Christchurch. Les Greenwood envisageaient d'y ouvrir une succursale de leur maison de commerce internationale. Le négoce de la laine avec la Nouvelle-Zélande se révélait de plus en plus intéressant, d'autant plus que des bateaux à vapeur ne tarderaient pas à faire le trajet entre l'Angleterre et les îles. Georges avait lui-même déjà navigué sur un navire qui, outre les voiles traditionnelles, était mû par des machines à vapeur. Elles rendaient une embarcation moins dépendante des caprices des vents tropicaux, ramenant ainsi la traversée à huit petites semaines.

Même le Bridle Path avait perdu une partie des horreurs qu'Hélène avait décrites dans sa première lettre. Il était désormais carrossable. Georges aurait donc pu aisément s'épargner les fatigues de la marche à pied. Mais, après de longues semaines sur un bateau, il avait eu envie de mouvement. Et puis, l'idée de revivre un peu ce qu'avait vécu Hélène à son arrivée l'avait tenté. Durant ses études, Georges avait été comme obsédé par la Nouvelle-Zélande. Et, quand il ne recevait pas de lettre d'Hélène pendant quelque temps, il engloutissait toutes les informations possibles sur ce pays afin de se sentir plus proche d'elle.

Désaltéré, il s'engagea dans la descente. Peut-être verrait-il Hélène dès le lendemain! S'il pouvait louer un cheval et si la ferme était aussi proche de la ville que les lettres le laissaient supposer, rien ne s'opposerait à une petite visite de politesse. En tout cas, il se rendrait bientôt à Kiward Station, qui devait se trouver dans le voisinage immédiat d'Hélène. Celle-ci n'était-elle pas liée d'amitié avec Gwyneira Warden, la maîtresse des lieux? Les deux propriétés ne devaient pas être distantes de plus d'un court trajet en voiture.

Georges franchit l'Avon River par le bac et arriva à Christchurch, où il logea provisoirement à l'hôtel de la ville.

Simple, mais propre. Le propriétaire connaissait naturellement les Warden.

— Bien entendu. M. Gérald et M. Lucas descendent toujours chez moi quand ils viennent à Christchurch. Des gens très cultivés, surtout M. Lucas et sa ravissante épouse! Mme Warden fait confectionner ses robes à Christchurch, aussi la voyons-nous ici deux ou trois fois dans l'année.

En revanche, l'hôtelier n'avait absolument pas entendu parler d'Howard et Hélène O'Keefe. Ils n'avaient jamais logé chez lui et il ne les avait pas rencontrés à la paroisse.

— Ce ne serait d'ailleurs pas possible, s'ils sont des voisins des Warden, expliqua-t-il. Car ils relèvent alors d'Haldon, où il y a une église depuis peu. C'est beaucoup trop loin pour qu'ils viennent ici tous les dimanches.

Georges enregistra l'information avec surprise et s'enquit d'un loueur de chevaux. Le lendemain, il rendrait d'abord visite à l'Union Bank of Australia, la première filiale bancaire installée à Christchurch.

Le directeur de la banque se montra très courtois et se réjouit des projets des Greenwood pour Christchurch.

— Vous devriez parler à Peter Brewster, lui conseilla-t-il. Il s'occupait jusqu'ici du commerce local de la laine. Mais, à ce que j'ai entendu dire, il envisage de partir pour Queenstown – la ruée vers l'or, vous savez. À vrai dire, il n'a pas l'intention de jouer en personne les orpailleurs, c'est plutôt le commerce de l'or qu'il a en vue.

— Pensez-vous que ce soit beaucoup plus lucratif que la laine? s'inquiéta Georges.

Le banquier haussa les épaules.

— Puisque vous voulez connaître mon avis: la laine repousse chaque année. En revanche, personne ne sait combien d'or renferme, là-haut, la terre d'Otago. Mais Brewster est jeune et entreprenant. Il a en outre des raisons d'ordre familial. La famille de sa femme est originaire de là-bas – une Maori. Et elle a dû y hériter d'une terre. En tout cas, il ne devrait pas être fâché que vous repreniez ses clients d'ici. Cela simplifierait considérablement la fondation de votre affaire.

Georges ne put que lui donner raison et le remercia pour cette information. Il profita aussi de l'occasion pour s'enquérir incidemment des Warden et des O'Keefe. Le directeur ne tarit bien entendu pas d'éloges à propos des premiers :

— Le vieux Warden est un baroudeur, mais il s'y connaît pour ce qui est d'élever les moutons ! Le fils est davantage un bel esprit et la ferme ne l'intéresse pas. C'est pourquoi le vieux voudrait tant avoir un petit-fils pour prendre la relève, mais jusqu'ici ses espérances sont déçues. Et pourtant, la jeune femme est belle comme le jour. Un drame qu'elle ait manifestement du mal à avoir des enfants. Pour l'instant, elle n'a eu qu'une fille après six ans de mariage… Mais après tout ils sont jeunes, il y a certainement encore de l'espoir. Bon, et pour ce qui est des O'Keefe…, commença le directeur, cherchant visiblement ses mots. Comment dire ? Secret bancaire, vous comprendrez…

Georges comprit. Howard O'Keefe n'était pas un client particulièrement apprécié. Il avait sans doute des dettes. Et les fermes étaient à deux journées de cheval de Christchurch : Hélène avait donc menti dans ses lettres en parlant d'une vie citadine, ou du moins fortement exagéré. Haldon, l'agglomération la plus proche de Kiward Station, n'était guère plus qu'un village. Que pouvait-elle bien vouloir cacher ? Et pourquoi ? Avait-elle honte de la vie qu'elle menait ici ? Se pouvait-il que cette visite d'outre-mer ne lui fît pas plaisir du tout ? Mais il devait à tout prix la rencontrer. Diable ! Il avait parcouru dix-huit mille miles pour la voir !

Peter Brewster se montra fort accueillant et invita aussitôt Georges à déjeuner le lendemain, ce qui l'obligea à repousser d'un jour encore ses projets, mais il estima que c'était incontournable. Le repas fut effectivement très agréable. La femme de Brewster, très jolie, servit un repas à la maorie, avec du poisson fraîchement pêché dans l'Avon et des patates douces préparées avec raffinement. Les enfants assaillirent le visiteur de questions sur cette «bonne vieille Angleterre». Peter connaissait bien entendu les Warden comme les O'Keefe.

— Surtout, gardez-vous de parler de l'un à l'autre! prévint-il en riant. Ils sont comme chien et chat, alors qu'ils ont été associés autrefois. Kiward Station leur appartenait en commun, ce qui explique le nom composé de «Kee» et de «Ward». Mais tous deux étaient des joueurs, et Howard a perdu sa part. On ne sait rien de plus précis à ce sujet; toujours est-il qu'ils continuent de s'en vouloir à mort.

— C'est compréhensible pour O'Keefe, remarqua Georges. Mais le vainqueur n'a pas lieu d'être fâché!

— Comme je vous le disais, je ne sais rien de précis. Et, finalement, Howard a tout de même pu s'acheter une ferme. Mais il lui manque le savoir-faire. Cette année, il a perdu pratiquement tous ses agneaux pour les avoir sortis trop tôt, avant les dernières tempêtes. Dans les hautes terres, il en meurt toujours quelques-uns de froid quand il y a des retours d'hiver. Mais sortir les moutons début octobre… C'est tenter le diable!

Georges se rappela qu'octobre ici correspondait à mars. Et, dans les hautes terres galloises aussi, il pouvait faire diablement froid à la fin de l'hiver!

— Mais pourquoi agit-il ainsi? demanda-t-il, déconcerté.

Pourtant, ce qui le tourmentait était de savoir pourquoi Hélène laissait son mari s'enferrer de la sorte. Bien sûr, l'agriculture ne l'avait jamais passionnée, mais, si sa survie économique en dépendait, elle devrait s'en soucier.

— Ah, c'est un cercle vicieux, soupira Brewster en offrant un cigare. La ferme est trop petite ou la terre trop médiocre pour un pareil cheptel. Mais un cheptel plus réduit ne permet pas de vivre, alors on l'augmente au petit bonheur la chance. Les bonnes années, il y a de l'herbe en suffisance, les mauvaises, le fourrage manque. Il faut en acheter et c'est alors l'argent qui se fait rare. Ou bien on mène les bêtes dans les hauteurs en espérant qu'il ne neigera plus. Mais parlons de quelque chose de plus réjouissant. Vous êtes intéressé, dites-vous, par la reprise de mes clients. Très bien, je me ferai une joie de vous les présenter tous. Nous nous mettrons sans aucun doute d'accord sur la somme de la transaction. Seriez-vous, le cas échéant, intéressé par notre comptoir? Nos bureaux et nos entrepôts de Christchurch et de Lyttelton? Je pourrais alors vous louer les bâtiments et vous garantir un droit de préemption... Ou alors nous nous associons et je conserve une partie de l'affaire en tant que commanditaire. Ce qui protégerait mes arrières au cas où la ruée vers l'or se calmerait rapidement.

Les hommes passèrent l'après-midi à visiter les biens et Georges fut conquis par l'entreprise de Brewster. Ils convinrent de négocier les conditions plus précises de la reprise après le voyage de Georges dans les Canterbury Plains. C'est d'excellente humeur que celui-ci quitta son partenaire en affaires; il écrivit sans attendre une lettre à son père. Jamais encore Greenwood Enterprises n'avait ouvert une succursale dans un pays nouveau si rapidement et avec si peu de problèmes. Il ne restait plus qu'à trouver un administrateur compétent sur place. Brewster aurait été l'homme de la situation, mais il voulait s'en aller...

Georges mit provisoirement de côté cette question. Le lendemain, il pourrait partir pour Haldon l'esprit libre. Il allait revoir Hélène.

— Encore une visite? demanda Gwyneira, contrariée.

Elle avait eu l'intention de profiter du temps printanier pour aller voir Hélène. Fleurette pleurnichait depuis plusieurs jours, réclamant de jouer avec Ruben; en outre, les lectures commençaient à manquer à la mère et à l'enfant. Fleurette raffolait d'histoires. Elle adorait qu'Hélène lui en raconte, et elle s'essayait déjà à copier des caractères quand elle assistait aux cours de celle-ci.

— Son père tout craché! s'exclamaient les gens d'Haldon quand Gwyneira commandait de nouveaux livres pour les lui lire.

Mme Candler ne cessait elle aussi de trouver des ressemblances physiques avec Lucas, ce qu'Hélène avait du mal à comprendre. À ses yeux, Fleurette n'avait presque rien de commun avec lui. Elle était gracile et rousse comme sa mère, mais le bleu initial de ses iris avait, au bout de quelques mois, cédé la place à un brun clair piqué de taches ambrées. Dans leur genre, les yeux de Fleurette étaient aussi fascinants que ceux de Gwyn. L'ambre étincelait quand elle s'énervait et paraissait prendre feu quand elle enrageait. Et cela n'était pas rare; sa mère, toute folle d'elle qu'elle était, devait le concéder. Fleurette n'était pas une enfant calme et facile à contenter comme l'était Ruben. Elle était remuante, exigeante et s'emportait dès que quelque chose ne lui réussissait pas. Elle pestait alors et devenait écarlate. Dans les cas extrêmes, elle crachait. À quatre ans, Fleurette Warden n'était décidément pas une lady.

Elle s'entendait néanmoins bien avec son père. Son tempérament ravissait Lucas, qui cédait trop souvent à ses caprices. Il ne manifestait guère d'ambitions pédagogiques, paraissant plutôt ranger sa fille dans la catégorie des «objets de recherche tout à fait intéressants», avec pour résultat que Kiward Station avait deux occupants collectionnant, dessinant et observant les wetas avec passion. Fleurette s'intéressait à vrai dire plutôt à la longueur des sauts des insectes qu'à autre chose et s'amusait à les peindre de toutes les couleurs. Gwyneira développa donc peu à peu une véritable habileté à enfermer ces espèces géantes dans des bocaux.

Mais, pour l'instant, elle se demandait comment expliquer à l'enfant que la sortie à cheval projetée n'aurait pas lieu.

— Oui, un nouveau visiteur, grogna Gérald. Avec la permission de mylady. Un commerçant de Londres. Il a passé la nuit chez les Beasley et sera là dans la soirée.

Reginald Beasley a eu l'amabilité d'envoyer un messager. Nous pourrons donc accueillir ce monsieur dans les règles. Bien entendu, à condition que cela agrée à mylady!

Il se leva en vacillant. Il n'était pas encore midi, mais il semblait ne pas avoir dessoûlé depuis la veille. Or, plus il buvait, plus il abreuvait Gwyneira de remarques méchantes. Ces derniers mois, elle était devenue la cible préférée de ses railleries, ce qui tenait sans doute au fait qu'on était en hiver, saison durant laquelle Gérald pardonnait plus facilement à son fils de se terrer dans sa pièce de travail au lieu de s'occuper de la ferme. Il croisait aussi plus souvent sa belle-fille, retenue à la maison par le mauvais temps. En été, quand reviendrait l'heure de la tonte, de l'agnelage et de divers autres travaux, sa hargne se concentrerait de nouveau contre Lucas, tandis que Gwyneira entreprendrait officiellement de longues promenades à cheval – en réalité se réfugierait chez Hélène. Ce cycle était depuis longtemps familier à Lucas et à sa femme, mais il n'en était pas devenu pour autant plus facile à supporter. Il n'y avait à la vérité qu'un moyen de briser ce cercle vicieux : que Gwyneira offrît enfin à Gérald l'héritier qu'il appelait de ses vœux. Or, l'énergie de Lucas en ce domaine diminuait plutôt au fil des ans. Gwyneira ne l'excitait tout simplement pas ; envisager la naissance d'un autre enfant était donc un vain espoir. L'incapacité croissante de Lucas à assumer ses devoirs conjugaux rendait par ailleurs impossible de renouveler la duperie qui avait présidé à la conception de Fleurette. Gwyneira ne se berçait là non plus d'aucune espèce d'illusion. James n'accepterait pas de passer un accord analogue, de même qu'elle ne réussirait pas, cette fois, à se séparer de lui ensuite. Après la naissance de Fleurette, il lui avait fallu des mois pour ne plus ressentir la douleur du désir et le désespoir qui la paralysaient quand elle voyait James ou le touchait. Il n'était en effet pas toujours possible d'éviter tout contact, tant il aurait été étrange que James ne lui tendît soudain plus la main pour l'aider à monter en voiture ou ne la débarrassât pas de sa selle une fois Igraine à l'écurie. Quand leurs doigts se rencontraient alors, il se produisait en elle comme une explosion d'amour et de regret que venait aussitôt étouffer le «plus jamais, plus jamais» qu'elle se répétait inlassablement. Un jour, Dieu merci, cela alla mieux. Elle apprit à se contrôler, et les souvenirs s'estompèrent. Mais recommencer était inconcevable. Un autre homme, alors? Non, ça, elle ne le pourrait pas non plus. Avant James, cela lui avait été égal : elle ne faisait guère de différence entre un homme et un autre. Mais maintenant… Il n'y avait pas d'issue. Sauf miracle, Gérald devrait se faire à l'idée que Fleurette serait son unique héritière.

Ce qui ne dérangerait pas Gwyneira. Elle aimait Fleurette, en qui elle se retrouvait, mais aussi tout ce qu'elle avait aimé en James. Fleurette était une aventurière gaie, têtue et drôle. Elle trouvait assez de camarades pour jouer parmi les enfants maoris, car elle parlait couramment leur langue. Mais elle aimait surtout Ruben, le fils d'Hélène. Le gamin, d'une bonne année son aîné, était son héros et son modèle. En sa compagnie, elle parvenait à rester assise sans bouger, et sans même bavarder, pendant les leçons d'Hélène.

Or, cela ne serait aujourd'hui pas possible. Gwyn appela en soupirant Kiri pour qu'elle desservît la table du petit-déjeuner. Kiri n'y aurait sans doute pas pensé toute seule. Elle venait de se marier et n'avait que son époux en tête. Il ne manquait plus qu'elle annonçât qu'elle était enceinte, se disait Gwyn, pour provoquer chez Gérald une nouvelle explosion de dépit. Ensuite, il lui faudrait convaincre la même Kiri de faire briller l'argenterie et s'entendre avec Moana à propos du dîner. Un plat avec de l'agneau. Et du *Yorkshire pudding*, ce ne serait pas mal non plus. Mais d'abord, Fleurette…

Celle-ci n'était pas restée inactive pendant que ses parents prenaient leur petit-déjeuner. Comme elle entendait partir tôt, il convenait de seller ou de harnacher le cheval.

Gwyneira prenait généralement la petite devant elle sur Igraine, mais Lucas préférait que «ses dames» partent en voiture. Il avait tout spécialement commandé à cette fin un dogcart qu'elle conduisait à merveille. La légère voiture à deux roues s'adaptait fort bien à tous les terrains, et Igraine la tirait sans peine par les chemins les plus cahoteux. Certes, on ne pouvait pas couper par les champs, pas plus qu'on ne pouvait franchir d'un bond les obstacles. Il n'était donc pas question du raccourci par le bush. Que Gwyneira et Fleurette préfèrent aller à cheval n'avait donc rien d'étonnant. C'est d'ailleurs la décision qu'avait prise Fleurette en cette journée.

— Tu peux seller Igraine, monsieur James? avait-elle demandé.

— Avec la selle pour dames ou une autre, miss Fleurette? demanda McKenzie. Vous savez ce qu'a dit votre père.

Lucas songeait sérieusement à faire venir d'Angleterre un poney pour que Fleurette apprît à monter correctement en amazone. Gwyneira avait déclaré que sa fille aurait largement passé l'âge de monter sur un poney avant que ce dernier arrivât. En attendant, elle lui apprenait à monter à califourchon sur Madoc. L'étalon étant d'humeur très pacifique, le problème était plutôt de tenir la chose secrète.

— Avec une selle pour des gens normaux! décréta la fillette.

James ne put s'empêcher de rire.

— Une vraie selle, très bien, mylady! Vous partez donc seule, aujourd'hui?

— Non, maman arrive tout de suite. Mais elle doit encore servir de «cible» à grand-père. C'est ce qu'elle a dit à papa. Va-t-il vraiment tirer sur elle, monsieur James?

Non, si j'arrive à l'empêcher, se dit McKenzie *in petto*. Personne, à la ferme, n'ignorait que Gérald tourmentait sa belle-fille. Si les ouvriers vouaient une solide inimitié à Lucas, ils éprouvaient de la compassion pour sa femme. Et parfois, les gaillards s'approchaient dangereusement de la vérité quand ils se moquaient de leurs patrons.

— Si miss Gwyn avait un mari normal, remarquaient-ils habituellement, le vieux serait déjà dix fois grand-père!

Il n'était pas rare qu'ils s'offrent plaisamment à jouer eux-mêmes les «taureaux», rivalisant de propositions visant à satisfaire à la fois la belle patronne et son beau-père.

James essayait de mettre un terme à ces plaisanteries, mais ce n'était pas toujours facile. Si au moins Lucas s'était efforcé de se rendre utile à la ferme! Mais il n'apprenait rien dans ce domaine et, d'année en année, se renfrognait et se butait toujours davantage quand son père le forçait à aller dans les étables et aux champs.

Tout en sellant Igraine, James bavarda encore un peu avec Fleurette. Il le cachait bien, mais il aimait sa fille et n'arrivait pas à voir en elle une Warden. Ce tourbillon roux était son enfant, et il était parfaitement égal qu'elle ne fût «qu'une» fille. Il attendit patiemment que, grimpée sur une caisse, elle eût fini de brosser la queue d'Igraine.

Gwyneira entra dans l'écurie quand James était en train de serrer la sangle de selle et, comme toujours, elle eut une réaction instinctive en le voyant. Un éclair dans les yeux, une légère rougeur sur le visage… puis, aussitôt, une maîtrise de soi absolue.

— Oh, James, vous avez déjà sellé? Je ne peux malheureusement pas partir avec Fleurette, nous attendons une visite.

— Ah oui, ce commerçant anglais. J'aurais dû songer que vous seriez empêchée, dit-il en s'apprêtant à desseller.

— Nous n'allons pas à l'école? demanda Fleurette, mécontente. Mais alors je vais rester bête, maman!

C'était le nouvel argument pour aller tous les jours ou presque chez Hélène. Celle-ci l'avait utilisé envers un enfant maori adepte de l'école buissonnière et Fleurette n'avait pas manqué de graver la remarque dans sa mémoire.

James et Gwyn éclatèrent de rire.

— Ma foi, c'est un risque que nous ne pouvons pas courir, répondit James en affichant un air sérieux. Si vous le permettez, miss Gwyn, je la conduirai moi-même à l'école.

Gwyneira le considéra avec étonnement.

— Vous avez le temps? Je croyais que vous aviez l'intention de vérifier l'état des enclos des brebis.

— Mais c'est sur le chemin, rétorqua-t-il en lui faisant un clin d'œil.

En vérité, les enclos se trouvaient non pas à proximité du chemin d'Haldon, mais du raccourci secret d'Hélène à travers le bush.

— Bien sûr, il faudra y aller à cheval. Atteler me ferait perdre beaucoup trop de temps.

— S'il te plaît, maman! implora Fleurette, en se préparant à piquer une colère au cas où sa mère oserait refuser.

Par chance, il ne fut pas difficile de convaincre cette dernière. Sans enfant déçue et pleurnichant à ses côtés, son travail, qui ne l'enchantait guère, avancerait plus vite.

— Bon, d'accord, dit-elle. Amusez-vous bien. J'aimerais pouvoir vous accompagner.

Gwyneira observa avec envie James sortir son hongre et soulever Fleurette pour la mettre en selle. Elle se tenait, belle et droite comme un i, ses boucles rousses se balançant au rythme du pas du cheval. James monta en selle avec autant d'aisance. Gwyn eut un instant d'inquiétude en les regardant partir tous les deux.

Personne en dehors d'elle ne remarquait donc la ressemblance entre l'homme et la fillette?

De son bureau, suivant des yeux les cavaliers, Lucas Warden, peintre et observateur exercé, aperçut la silhouette de Gwyneira, seule dans la cour. Il crut lire dans ses pensées.

Il était satisfait, dans son monde à lui, mais parfois… parfois il aurait préféré aimer cette femme.

2

Georges Greenwood fut aimablement reçu dans les Canterbury Plains. Le nom de Peter Brewster lui ouvrait rapidement les portes des fermiers, mais il aurait certainement été aussi le bienvenu sans recommandation. Il en avait déjà fait l'expérience dans les fermes australiennes et africaines : quand on vivait dans l'isolement que connaissaient ces colons, toute visite était motif à réjouissance. Il écouta donc avec patience Mme Beasley se plaindre du personnel, s'émerveilla devant ses rosiers et, avec son mari, parcourut à cheval les pâturages pour y admirer les moutons. Les Beasley avaient tout mis en œuvre afin de transformer leur ferme en un petit coin d'Angleterre. Georges ne put réprimer un sourire quand Mme Beasley évoqua ses efforts pour bannir durablement les patates douces de sa cuisine.

Il remarqua très vite qu'à Kiward Station il en allait très différemment. La maison et le jardin offraient le spectacle d'un mélange étonnant : quelqu'un s'efforçait dans la mesure du possible d'imiter le style de vie anglais, tandis que la culture maorie s'y maintenait néanmoins. Dans le jardin par exemple, les ratas et les roses coexistaient pacifiquement ; sous des cordylines étaient disposés des bancs aux sculptures typiquement maories et la remise à outils était couverte de feuilles de palmiers Nikau, selon la plus stricte tradition maorie. La bonne qui lui ouvrit portait l'uniforme des domestiques anglais mais marchait pieds nus, et l'homme à tout faire le salua d'un cordial *haere mai*, formule de bienvenue maorie.

Georges se souvint de ce qu'il avait entendu dire au sujet des Warden. La jeune femme était issue d'une famille noble et, d'après l'ameublement du salon de réception, ne manquait pas de goût. Elle paraissait d'ailleurs angliciser son environnement avec plus d'acharnement encore que Mme Beasley : combien de visiteurs dans l'année déposaient-ils leur carte de visite dans la coupe d'argent posée sur une gracieuse petite table ? Georges n'y manqua pas, ce qui lui valut un sourire radieux de la part de la jeune femme rousse qui entrait au même moment. Elle portait une élégante robe beige avec des broderies d'un indigo aussi lumineux que celui de ses yeux. Son teint, en revanche, n'avait pas la pâleur à la mode chez les dames de Londres. Elle avait le visage hâlé et ne cherchait manifestement pas à décolorer ses taches de rousseur. Sa coiffure, d'un style très recherché, n'était pourtant pas, avec ses quelques boucles folles, un modèle de rigueur.

— Nous allons la laisser là, expliqua-t-elle en jetant un œil sur la carte de visite. Cela réjouira mon beau-père. Bonjour et bienvenue à Kiward Station ! Je suis Gwyneira Warden. Entrez et prenez vos aises. Mon beau-père ne devrait pas tarder. Ou bien préférez-vous faire un brin de toilette d'abord et vous changer pour le dîner ? Ce sera un dîner en grande pompe…

Elle savait qu'avec cet appel du pied elle outrepassait les limites du savoir-vivre. Mais ce jeune homme n'avait pas l'air de s'attendre, en plein bush, à un dîner à plusieurs plats pour lequel les convives revêtaient des habits de soirée. S'il se montrait en pantalon de cheval et en veste de cuir, comme à présent, Lucas serait consterné et Gérald peut-être vexé.

— Georges Greenwood, se présenta, avec un sourire, l'homme qui, par chance, n'était pas fâché. Merci pour l'indication. Je commencerais volontiers par me laver un peu. Vous avez une maison superbe, madame Warden.

Suivant Gwyneira dans le salon, il tomba en admiration devant les meubles impressionnants et l'immense cheminée.

— À titre personnel, je trouve tout ça un peu grand, remarqua la maîtresse de maison, mais mon beau-père en a confié la conception aux architectes les plus célèbres. Les meubles viennent tous d'Angleterre. Cléo, descends de ce tapis de soie! Et ne t'avise pas de venir y mettre bas tes petits!

La jeune femme s'était adressée à une chienne border collie au ventre rebondi, couchée sur un magnifique tapis persan, devant la cheminée. L'animal se leva, vexé, et fila vers un autre tapis, sans doute tout aussi précieux.

— Elle se sent très importante quand elle est pleine, expliqua Gwyneira en caressant la chienne. Mais elle en a le droit. Elle donne naissance aux meilleurs chiens de berger de la région. Les Canterbury Plains fourmillent à présent de petits Cléo. Le plus souvent d'ailleurs des petits-enfants, car je ne la fais que rarement couvrir. Il ne faut pas qu'elle engraisse trop!

Georges fut surpris. D'après les récits du directeur de la banque et de Peter Brewster, il s'était imaginé la maîtresse de maison de Kiward Station sous les traits d'une femme prude et extrêmement distinguée. Mais elle venait de parler avec un grand naturel d'élevage de chiens et non seulement laissait un chien de berger entrer dans la maison, mais l'autorisait de plus à se coucher sur des tapis de soie! Sans parler qu'elle n'avait pas eu le moindre mot pour les pieds nus de la bonne.

La jeune femme conduisit ensuite son hôte dans une chambre, ordonnant à un domestique d'aller chercher ses sacoches.

— Et dis à Kiri, s'il te plaît, qu'elle mette ses chaussures! Lucas piquerait une crise si elle le servait dans cette tenue!

— Maman, pourquoi dois-je mettre des chaussures? Kiri n'en porte pas, elle!

Alors qu'il s'apprêtait à descendre manger, Georges venait de rencontrer Gwyneira et sa fille dans le couloir, devant sa chambre. Il avait fait de son mieux, question vêtements. Le costume marron clair était un peu froissé, mais, confectionné sur mesure, il était bien plus seyant que les confortables habits de cuir achetés en Australie.

Gwyneira et la ravissante fillette rousse qui se querellait à haute voix avec elle étaient très élégantes.

La mère portait une robe du soir turquoise qui, sans être de la dernière mode, était d'une coupe d'un tel raffinement qu'elle aurait fait sensation dans les meilleurs salons de Londres, si, du moins, elle avait été portée par une femme aussi belle que Gwyneira. On avait fait mettre à la petite fille une robe-tunique vert clair que sa masse de cheveux roux aux reflets dorés cachait presque complètement. Comme ils n'étaient pas du tout attachés, ils rebiquaient un peu sur les côtés. Des chaussures d'un vert tendre étaient assorties à la jolie robe, mais la petite préférait manifestement les avoir à la main qu'aux pieds.

— Elles me serrent, prétexta-t-elle.

— Fleurette, elles ne te serrent pas ! déclara sa mère. Nous les avons achetées il y a à peine un mois, et elles étaient presque trop grandes. Personne, même toi, ne grandit aussi vite ! Et quand bien même elles serreraient ! Une lady supporte ce genre de petite douleur sans se plaindre !

— Comme les Indiens ? Ruben dit qu'en Amérique ils ont des poteaux de torture et qu'ils s'amusent à se faire mal pour voir qui est le plus courageux. C'est son père qui le lui a dit. Mais Ruben trouve ça bête, et moi aussi.

— Qu'est-ce que cela a à voir avec les ladies ? s'exclama Gwyneira en regardant Georges comme pour lui demander de l'aide. Allez, Fleurette. Voici un gentleman. Il vient d'Angleterre, comme moi et la maman de Ruben. Si tu te conduis correctement, peut-être qu'il te saluera d'un baisemain et t'appellera mylady. Mais uniquement si tu mets tes chaussures !

— M. James m'appelle toujours mylady, même quand je me promène pieds nus.

— Mais il ne vient sans doute pas d'Angleterre, plaisanta Georges, poursuivant le jeu. Et il n'a certainement pas encore été présenté à la reine…

Les Greenwood avaient récemment eu cet honneur, et la mère de Georges vivrait à coup sûr de ce souvenir jusqu'à la fin de ses jours. Cela sembla moins impressionner Gwyneira – à l'inverse de sa fille.

— C'est vrai? À la reine? Tu as vu une princesse?

— Toutes les princesses, affirma Georges. Et toutes portaient leurs chaussures.

— Bon, d'accord, soupira Fleurette en enfilant ses mocassins.

— Merci beaucoup, vous m'avez vraiment aidée, dit la mère avec un clin d'œil dans la direction de Georges. Fleurette ne sait pas encore avec certitude si elle sera une princesse indienne du Far West ou si elle épousera un prince et élèvera des poneys dans son château. De plus, elle trouve Robin des Bois extrêmement attirant et songe à vivre comme une hors-la-loi. Je crains qu'elle n'opte pour la dernière solution. Elle aime passionnément manger avec les doigts et elle a commencé à s'exercer au tir à l'arc.

Ruben avait récemment confectionné un arc pour lui et son amie.

Georges haussa les épaules.

— Oui, bien sûr, mais lady Marian mangeait à coup sûr avec un couteau et une fourchette. Et puis, dans la forêt de Sherwood, on ne va pas très loin sans chaussures.

— Ça, c'est un argument! dit Gwyneira en riant. Venez, mon beau-père nous attend certainement.

Côte à côte, ils descendirent tous trois l'escalier.

James avait accompagné Gérald Warden dans le salon. Cela arrivait rarement, mais il y avait en ce jour des factures à signer, que McKenzie avait rapportées d'Haldon.

Warden voulait expédier rapidement cette affaire : les Candler avaient besoin de leur argent et McKenzie, le lendemain, partirait de très bonne heure prendre en charge la prochaine livraison. Kiward Station ne cessait de s'agrandir ; en ce moment, c'était une étable que l'on construisait. L'élevage des bovins connaissait un grand essor depuis la ruée vers l'or en Otago : il fallait nourrir tous ces chercheurs qui n'appréciaient rien tant qu'un bon steak. Les fermiers de Canterbury menaient tous les mois à Queenstown des troupeaux entiers. Le vieil homme, assis près de la cheminée, était en train d'étudier les factures. Regardant autour de lui la pièce luxueusement aménagée, James se demandait quel effet cela ferait d'habiter ici. Entre tous ces meubles brillants, ces tapis moelleux… avec une cheminée chauffant agréablement la pièce et que, rentrant chez soi, on n'avait pas besoin d'allumer. À quoi bon, sinon, avoir des domestiques ? James trouvait tout cela tentant, mais très étrange en même temps. Il n'en avait ni besoin ni envie. Gwyneira, peut-être ? Eh bien, si c'était nécessaire pour l'avoir à lui seul, il construirait une maison comme celle-ci et porterait des costumes comme ceux de Lucas et Gérald.

On entendit des voix dans l'escalier. James, curieux, leva les yeux. À la vue de Gwyneira dans sa robe du soir – mais également de sa fille qu'il avait rarement vue si bien habillée –, il eut le souffle coupé, son cœur battant la chamade. Il crut d'abord reconnaître Lucas dans l'homme les accompagnant. Très droit, élégant habit de soirée… puis il constata que c'était un autre homme qui descendait les marches. En fait, il aurait dû s'en aviser plus tôt, car il n'avait encore jamais vu Gwyneira rire et plaisanter avec autant de décontraction en compagnie de Lucas. Cet homme, en revanche, l'amusait manifestement. Gwyneira le taquinait, ou bien sa fille, ou bien les deux, et il répliquait avec autant d'entrain et de plaisir. Qui était-ce, bon Dieu ? Qui lui donnait le droit de faire le malin avec sa Gwyneira ?

En tout cas, l'inconnu avait fière allure. Un beau visage fin et des yeux marron, vifs et légèrement moqueurs. Presque dégingandé, il était néanmoins grand et vigoureux et il se déplaçait avec souplesse. Tout son maintien exprimait la confiance en soi et la hardiesse.

Et Gwyn? James remarqua l'éclair familier dans ses yeux quand elle l'aperçut. Mais était-ce vraiment dans son regard l'étincelle qui jaillissait des cendres de leur ancien amour à chacune de leurs rencontres, ou bien n'était-ce que l'expression de sa surprise à le voir ici? La méfiance s'empara soudain de lui. Gwyneira ne laissa pas voir si elle avait remarqué son air renfrogné.

— Monsieur Greenwood! s'écria Gérald en tendant la main au visiteur. Excusez-moi, je vous prie, de n'avoir pas été là pour vous accueillir. Mais je vois que Gwyneira vous a déjà montré la maison.

Effectivement, cela devait être le commerçant anglais dont la venue avait bousculé l'emploi du temps de Gwyneira. À présent, en tout cas, elle n'en paraissait plus fâchée et elle invita Greenwood à prendre place.

James, lui, ne fut pas invité à s'asseoir. La jalousie de McKenzie se transforma en colère.

— Les factures, monsieur Gérald, intervint-il.

— Ah oui, c'est vrai, les factures! Tout est en ordre, McKenzie. Je les signe tout de suite. Un whisky, monsieur Greenwood? Vous allez nous parler de notre bonne vieille Angleterre!

Gérald signa distraitement les papiers et toute son attention se reporta sur le visiteur… et la bouteille de whisky. La petite flasque qu'il avait toujours sur lui devait être vide depuis le début de l'après-midi, ce qui expliquait sa mauvaise humeur: McAran avait raconté à James une scène désagréable ayant opposé Gérald à Lucas dans les étables. Le conflit avait éclaté à propos d'une vache qui avait eu du mal à vêler. Lucas, une nouvelle fois, n'avait pas été à la hauteur car il ne supportait pas la vue du sang. Le vieux

Warden n'avait donc certainement pas eu une bonne idée en lui confiant, à lui précisément, l'élevage des bovins. McKenzie pensait que la culture des champs aurait mieux convenu à Lucas. Lucas était un homme de tête et pas un manuel, et, quand il s'agissait de calculer les rendements, d'utiliser des engrais à bon escient et de trouver un bon rapport entre coûts et profits, il n'avait pas son pareil. En revanche, il perdait son sang-froid sitôt qu'une brebis pleine se mettait à bêler.

Cet après-midi, les choses s'étaient manifestement encore envenimées. Tout compte fait, une chance pour Gwyn. Quand Gérald déchargeait sa colère sur son fils, sa belle-fille était épargnée. En tout cas, elle s'acquittait fort bien de son rôle de maîtresse de maison. Cet hôte-là, au moins, n'avait pas à se plaindre de son accueil!

— Autre chose, McKenzie? demanda Gérald en servant le whisky.

James s'excusa précipitamment et sortit. Fleurette le suivit.

— Tu as vu? dit-elle. Je porte des chaussures, comme une princesse.

James, aussitôt radouci, sourit.

— Elles sont vraiment belles, mylady. Mais vous êtes toujours ravissante, quoi que vous ayez aux pieds.

— Tu dis ça parce que tu n'es pas un gentleman, dit-elle, fronçant les sourcils. Les gentlemen ne respectent une dame que si elle porte des chaussures. C'est ce qu'a dit M. Greenwood.

En temps normal, James se serait amusé de cette remarque. Cette fois, sa colère se réveilla. Comment ce type se permettait-il de monter sa fille contre lui? Il eut de la peine à se contenir.

— Eh bien, mylady, vous feriez mieux de vous entourer d'hommes véritables plutôt que de fantoches bien vêtus et portant de grands noms! Si le respect ne dépend que des chaussures, il sera vite éculé lui aussi!

Ces mots effrayèrent l'enfant, mais ils frappèrent de plein fouet Gwyneira qui avait suivi sa fille.

Désemparée, elle leva les yeux vers James, mais il ne lui retourna qu'un regard noir avant de se retirer dans les communs. Aujourd'hui, il allait s'offrir lui aussi une bonne rasade de whisky. Qu'elle boive donc du vin avec ce riche prétentieux !

Le plat principal était de l'agneau avec un gratin de patates douces, ce qui confirma que Georges ne s'était pas trompé dans ses supputations : la maîtresse de maison ne se souciait guère de cultiver les traditions, même si la bonne portait à présent des chaussures et servait tout à fait correctement. Celle-ci témoignait au demeurant au maître de Kiward Station un respect si grand qu'il confinait à la peur. Le vieux monsieur devait être d'un tempérament emporté. Bien que déjà un peu éméché, il parlait de tout avec animation, ayant une opinion sur le moindre sujet. Le jeune monsieur, Lucas, donnait en revanche l'impression d'une personne calme, presque souffrante. On aurait dit, lorsque son père défendait des points de vue trop radicaux, qu'il en éprouvait une douleur physique. Sinon, il était sympathique, très bien élevé, un authentique gentleman. C'est avec gentillesse mais fermeté qu'il corrigeait l'attitude de sa fille à table, paraissant accorder de l'importance à la manière de traiter un enfant. Fleurette ne se disputait pas avec lui comme avec sa mère ; elle étalait sagement sa serviette sur ses genoux et portait les morceaux de viande à sa bouche à l'aide de la fourchette au lieu d'y mettre simplement les doigts, comme jadis les farouches gaillards de la forêt de Sherwood. Mais peut-être la présence de Gérald y était-elle aussi pour quelque chose. En tout cas, dans cette famille, personne n'élevait la voix devant lui.

En dépit d'un certain mutisme autour de lui, Georges ne s'ennuya pas une seconde durant la soirée. Gérald savait parler de la vie à la ferme de manière divertissante, confirmant ce qu'on lui avait dit à Christchurch : le vieux Warden s'y entendait en matière de moutons et de laine, il avait eu du flair pour le projet des bovins et faisait tourner sa ferme à la perfection. Georges aurait certes aimé continuer de bavarder avec Gwyneira, tandis qu'il trouvait Lucas beaucoup moins ennuyeux que ne le lui avaient laissé entendre Peter Brewster et Reginald Beasley. Gwyneira lui avait confié que c'était son époux qui avait peint les portraits du salon. Elle l'avait dit en hésitant, avec même un peu de raillerie dans la voix, mais Georges avait considéré les tableaux avec beaucoup d'attention. Il ne prétendait pas s'y connaître en matière d'art, mais il avait souvent été invité, à Londres, à des vernissages ou à des ventes aux enchères. Un artiste comme Lucas Warden y aurait certainement trouvé des admirateurs et, avec un peu de chance, y aurait connu célébrité et richesse. Georges s'était demandé s'il n'aurait pas valu la peine d'emmener quelques œuvres à Londres. Il aurait assurément pu les vendre. D'un autre côté, il aurait couru le risque de s'aliéner la faveur de Gérald Warden. Avoir un artiste dans la famille, c'était certainement ce que le vieux souhaitait le moins au monde.

De toute façon, la conversation n'aborda pas, ce soir-là, le domaine artistique. Gérald ne cessa d'accaparer le visiteur d'Angleterre, vidant dans la soirée une bouteille entière de whisky et paraissant ne s'être même pas aperçu que Lucas s'était retiré dès qu'il l'avait pu. Gwyneira avait elle aussi quitté la table à la fin du repas pour mettre sa fille au lit. On n'employait donc pas de nurse ici, ce que Georges trouva étrange. Le fils de la maison avait pourtant manifestement bénéficié d'une éducation anglaise de base. Pourquoi Gérald ne le faisait-il pas pour sa petite-fille ? Était-il déçu du résultat ? Ou bien pour l'unique raison qu'il s'agissait d'une fille ?

Le lendemain matin, en revanche, Georges eut avec le jeune couple une conversation plus approfondie. Gérald ne se montra pas au petit-déjeuner, du moins pas à l'heure habituelle. Il payait le tribut de ses libations de la veille. Gwyneira et Lucas se montrèrent aussitôt plus détendus. Lucas s'informa de la vie culturelle londonienne, manifestement heureux que Georges eût plus à dire que «exaltant» ou «édifiant». Il sembla grandir en s'entendant féliciter pour ses portraits et invita sur-le-champ Georges dans son atelier.

— Venez quand vous voulez! Ce matin, vous allez visiter la ferme, je suppose, mais cet après-midi…

Georges acquiesça, bien qu'hésitant. Gérald lui avait promis de faire un tour de la propriété à cheval, ce qui l'intéressait fort, car, à ce qu'il avait entendu dire, Kiward Station servait de modèle aux autres exploitations de l'île du Sud. Mais Gérald ne se montrait toujours pas…

— Oh, je peux vous accompagner, proposa Gwyneira spontanément, en réponse à une prudente allusion de Georges. Lucas aussi, bien sûr… mais je ne suis pas sortie hier de toute la journée. Si ma compagnie vous agrée…

— À qui n'agréerait-elle pas? répondit-il galamment, même s'il n'attendait pas grand-chose de cette sortie à cheval avec elle.

À vrai dire, il avait espéré être initié par un professionnel aux arcanes de l'élevage et de la gestion des pâturages. Il fut d'autant plus étonné quand, peu après, il rencontra à nouveau Gwyneira dans les écuries.

— Sellez Morgaine, s'il vous plaît, monsieur James, ordonna-t-elle au contremaître. Elle a un grand besoin d'être dressée, mais, quand Fleurette est de la partie, je n'aime pas la monter, elle est trop fougueuse…

— Pensez-vous que le jeune homme de Londres est à la hauteur de votre fougue? demanda ironiquement le gardien.

Gwyneira fronça les sourcils et Georges se demanda pourquoi elle ne remettait pas l'impertinent à sa place.

— Je l'espère, se contenta-t-elle de répondre. Sinon, il sera à la traîne. Mais il ne tombera pas. Puis-je vous laisser

Cléo? Ça ne lui plaira pas, mais ce sera une longue sortie, et elle est déjà bien pleine.

La petite chienne, comme toujours sur les talons de sa maîtresse, parut avoir compris car elle rentra la queue entre ses pattes, l'air penaud.

— Ce seront les derniers chiots, Cléo, promis! la consola Gwyneira. Je pars avec M. Georges jusqu'aux guerriers de pierre. On va voir si on arrive à tomber sur quelques-uns des jeunes béliers. Est-ce que je peux, en route, m'occuper de quelque chose?

Le jeune homme accueillit ces mots avec une grimace presque douloureuse. Ou ironique? Réagissait-il ainsi à sa proposition de se rendre utile au travail de la ferme?

En tout cas, il ne répondit pas. C'est un autre ouvrier qui le fit, incidemment.

— Oh oui, miss Gwyn. L'un des petits béliers, le jeune prodige promis par M. Gérald à M. Beasley, n'arrête pas de s'échapper. Il batifole autour des brebis et affole les troupeaux. Si vous pouviez le ramener? Ou le mener, lui et l'autre jeune bélier, directement chez les Beasley afin qu'on ait la paix. T'es d'accord, James?

Ce dernier fit oui de la tête.

— De toute façon, ils doivent partir la semaine prochaine. Vous prenez Daimon, miss Gwyn?

Quand fut prononcé le nom de «Daimon», un grand chien blanc et noir se dressa.

— Non, je prends Cassandra et Catriona. Je vais voir comment elles progressent. Ça fait déjà un bon bout de temps qu'on travaille avec elles.

Les deux chiennes ressemblaient à Cléo. Gwyneira les présenta à Georges comme ses filles. Sa jument fougueuse était, de son côté, la descendante de deux chevaux qu'elle avait amenés d'Angleterre. Gwyneira la montait à califourchon, et de nouveau elle sembla échanger d'étranges regards avec le contremaître quand il la lui amena.

— J'aurais parfaitement pu monter en amazone, remarqua Gwyneira, qui aurait aimé observer les convenances devant son hôte londonien.

Georges ne comprit pas la réponse, mais vit la jeune femme rougir de colère.

— Allons, il y a décidément dans cette ferme beaucoup d'hommes qui ont trop bu hier ! lâcha-t-elle d'un air furieux, mettant sa jument au trot.

Georges, déconcerté, la suivit.

McKenzie resta seul. Il aurait aimé se gifler. Comment avait-il pu se laisser aller de la sorte ? Il ne cessait de se répéter sa remarque impertinente : « Excusez-moi, mais votre fille a dit que vous préfériez les selles pour gens normaux. Mais si mylady désire aujourd'hui jouer les poupées… »

C'était impardonnable ! Et si Gwyneira n'était pas encore venue d'elle-même à envisager à quoi ce prétentieux Anglais pourrait éventuellement être bon, il était sûr et certain qu'il lui en avait donné l'idée.

Georges fut étonné de la compétence avec laquelle Gwyneira guida la visite, une fois qu'elle se fut calmée et qu'elle eut suffisamment tenu la bride à sa jument pour que la monture de location du visiteur réussît à la suivre. Connaissant manifestement à fond le programme d'élevage de Kiward Station, Gwyneira donnait des indications détaillées sur les ascendants de chacune des bêtes et commentait les succès et les échecs.

— Aujourd'hui comme hier, nous élevons des welsh mountains de pure race et les croisons avec des cheviots, ce qui donne un parfait mélange. Les uns et les autres sont de type « down ». Avec une livre de laine des welsh mountains, on peut filer entre trente-six et quarante-huit écheveaux, avec celle des cheviots entre quarante-huit et cinquante-six. Ça se complète. La qualité de la laine est régulière. En revanche, travailler avec des mérinos n'est pas l'idéal. C'est ce que nous ne cessons de dire à ceux qui veulent obtenir de nous des welsh mountains de race pure, mais la plupart se croient plus malins. Les mérinos fournissent certes de la laine fine : avec une livre, on file de soixante à soixante-dix écheveaux. Bon, d'accord, mais on ne peut pas les élever ici quand ils sont de race pure, car ils ne sont pas assez robustes. Et on n'obtient pas de résultats réguliers quand on les croise avec d'autres races.

Georges ne comprenait que la moitié de ces explications, mais il était très impressionné. Il le fut plus encore quand ils eurent atteint les contreforts des hautes terres, là où les jeunes béliers paissaient en liberté. Les chiennes commencèrent par rassembler les troupeaux, puis, ayant isolé les deux bêtes à vendre – Gwyneira les reconnut aussitôt –, elles les menèrent sans problème jusqu'à la vallée. Les cavaliers les accompagnèrent à leur pas. Georges profita de l'occasion pour enfin quitter le sujet «moutons» et poser une question qui lui tenait bien davantage à cœur.

— On m'a dit à Christchurch que vous connaissiez Hélène O'Keefe…, commença-t-il avec prudence, ce qui lui valut sur-le-champ de se voir donner un rendez-vous par la maîtresse de Kiward Station.

Il devrait dire à Gérald son intention de se rendre le lendemain à Haldon, et Gwyneira, qui devait conduire Fleurette à l'école d'Hélène, proposerait de l'accompagner sur une partie du trajet. En réalité, il la suivrait jusqu'à la ferme des O'Keefe.

Le cœur de Georges se mit à battre à tout rompre : il reverrait Hélène le lendemain !

3

Si Hélène avait eu à qualifier son existence durant ces dernières années – sincèrement et sans les embellissements avec lesquels elle se consolait et dont elle espérait qu'ils impressionnaient les destinataires de ses lettres en Angleterre –, elle aurait choisi le mot «survie».

Alors que, à son arrivée, la ferme d'Howard semblait une entreprise prometteuse, le déclin était ininterrompu depuis la naissance de Ruben. Le nombre des moutons augmentait certes, mais la qualité de la laine baissait et les pertes du printemps étaient accablantes. De plus, inspiré par les essais fructueux de Gérald, Howard s'essayait depuis quelque temps à l'élevage des bovins.

— C'est insensé! avait commenté Gwyneira à l'intention d'Hélène. Les bœufs ont besoin d'infiniment plus d'herbe et de fourrage d'hiver que les moutons. À Kiward Station, ce n'est pas un problème. Avec la terre que nous venons de défricher, on pourrait nourrir deux fois plus de moutons que nous n'en avons. Mais votre terre est pauvre et située en altitude. L'herbe y pousse en plus petite quantité et c'est à peine si vous parvenez déjà à nourrir vos moutons. Et maintenant des bœufs, par-dessus le marché! C'est sans espoir. On pourrait tenter le coup avec des chèvres. Mais le mieux serait de vous défaire de tout votre bétail qui se balade partout et de repartir avec quelques bons moutons. La qualité plutôt que la quantité.

Hélène, pour qui jusqu'ici un mouton était un mouton, subit une série d'exposés sur les races et les croisements et, tandis qu'elle écoutait au début plutôt avec ennui, prêtait de plus en plus d'attention aux cours de son amie. À en croire celle-ci, Howard avait eu affaire, pour l'achat de ses moutons, à des maquignons assez douteux, à moins qu'il n'eût tout simplement pas voulu dépenser ce qu'il aurait fallu. En tout cas, ses bêtes étant le résultat de mauvais croisements, il ne fallait pas s'attendre à une qualité de laine régulière, quel que soit le soin qu'on mît à choisir le fourrage et à herbager les bêtes.

— Cela se voit rien qu'à la couleur, Hélène ! Elle est différente d'une bête à l'autre. Les nôtres, en revanche, se ressemblent comme deux gouttes d'eau. C'est ce qu'il faut, cela te permet de vendre de grandes quantités de laine d'excellente qualité et d'obtenir de bons prix.

Le comprenant, Hélène tentait de temps en temps, avec prudence, d'influer en ce sens sur Howard. Mais, peu réceptif à ses propositions, il la rabrouait dès qu'elle abordait le sujet. D'une manière générale, il ne souffrait aucune critique, ce qui ne lui créait pas que des amis chez les maquignons et les négociants en laine. Il avait fini par se fâcher avec presque tous, à l'exception de Peter Brewster, qui, patient, ne lui offrait certes pas des prix exceptionnels pour sa laine de médiocre qualité, mais la lui prenait tout de même. Hélène préférait ne pas penser à ce qui se passerait si Brewster partait effectivement pour l'Otago. Ils dépendraient alors de son successeur, et il ne fallait pas s'attendre à des efforts diplomatiques de la part d'Howard. L'homme se montrerait-il néanmoins compréhensif, ou bien éviterait-il tout simplement de passer par la ferme lors de ses tournées d'achat ?

La famille vivait en tout cas désormais au jour le jour et, sans l'aide des Maoris qui donnaient en permanence aux enfants de l'école du gibier, des poissons ou des légumes, Hélène n'aurait bien souvent plus su à quel saint se vouer. Il était par ailleurs exclu d'espérer engager quelqu'un pour s'occuper des étables et du ménage : au contraire, ne pouvant même pas se payer les services d'un Maori, Howard avait de plus en plus fréquemment recours à Hélène pour le travail de la ferme. La plupart du temps, elle s'y montrait en dessous de tout et Howard la réprimandait quand, au lieu de mettre la main à la pâte, elle rougissait au spectacle d'une brebis en train d'agneler ou bien fondait en larmes, ne supportant pas de voir tuer une bête.

— Ne fais pas tant de manières! criait-il en l'obligeant à regarder et à l'aider.

Elle essayait de ravaler son dégoût et sa peur, accomplissant stoïquement ce qu'il exigeait d'elle. Mais elle ne supportait pas de le voir traiter de la même façon son fils, ce qui se produisait de plus en plus souvent. Howard était impatient de voir le garçon grandir et se rendre «utile», alors qu'on pouvait dès à présent voir que Ruben ne serait guère apte aux travaux de la ferme. Il avait certes, extérieurement, quelque ressemblance avec Howard : grand, la chevelure noire, épaisse et bouclée, on devinait qu'il serait un jour vigoureux. Mais il avait les yeux gris et rêveurs de sa mère et il était d'une nature peu compatible avec la rudesse du travail aux champs. Il faisait en effet la fierté d'Hélène par son amabilité, sa courtoisie, sa sociabilité et, de surcroît, sa grande intelligence. À cinq ans, il savait déjà lire et dévorait de gros pavés comme *Robin des Bois* ou *Ivanhoé*. Il résolvait en classe des opérations réservées aux élèves de douze ou treize ans et parlait couramment le maori. Il n'était en revanche guère brillant dans les travaux manuels ; même la petite Fleurette se montrait plus habile que lui à lancer les flèches des arcs qu'ils avaient confectionnés pour jouer à Robin des Bois.

De bonne volonté, il s'efforçait, quand Hélène lui demandait quelque chose, de lui donner satisfaction. Mais il avait peur du ton rugueux de son père, et les histoires que lui racontait ce dernier pour l'endurcir le terrifiaient. Aussi les rapports entre père et fils se détérioraient-ils d'année en année : Hélène voyait déjà se profiler un désastre analogue à celui de Kiward Station, où s'affrontaient Gérald et Lucas. Malheureusement sans la fortune qui permettrait un jour à Lucas d'embaucher un bon gérant.

Quand elle songeait à cela, Hélène regrettait parfois que son mariage n'eût pas été comblé par la naissance d'autres enfants. Quelque temps après la naissance de Ruben, Howard avait certes repris ses visites chez elle, dans la chambre, mais sans résultat. Cela tenait peut-être à l'âge d'Hélène ou bien à ce qu'Howard ne lui faisait plus aussi régulièrement l'amour que durant la première année. La mauvaise volonté qu'y mettait manifestement sa femme, la présence de l'enfant dans la même pièce et l'augmentation de sa consommation d'alcool n'étaient pas de nature à le stimuler. Il cherchait son plaisir à la table de jeu d'Haldon plus souvent que dans le lit conjugal. Hélène ne voulait pas savoir s'il y avait là-bas des femmes et si d'éventuels gains au jeu ne se perdaient pas, à l'occasion, dans la poche d'une prostituée.

Mais la présente journée s'annonçait bien. N'ayant pas bu la veille, Howard était parti dès potron-minet dans la montagne pour voir où en étaient les brebis. Hélène avait trait les vaches, Ruben ramassé les œufs, et les enfants maoris n'allaient pas tarder à arriver. Hélène espérait aussi que Gwyneira viendrait. Fleurette allait pleurnicher si elle manquait à nouveau la classe. En vérité, elle était encore trop petite, mais elle brûlait de savoir lire pour ne plus avoir à attendre que sa mère eût la patience de lui faire la lecture. Son père montrait de ce point de vue une plus grande longanimité, mais ses livres ne lui plaisaient pas. Les histoires de sages petites filles tombées dans la misère et le malheur et ne s'en sortant ensuite que grâce à la chance ou au hasard l'ennuyaient. Elle aurait certainement mis le feu à la maison de la méchante marâtre, des parents nourriciers ou des sorcières plutôt que d'alimenter la cheminée ! Elle préférait s'entendre raconter les aventures de Robin des Bois et de ses compagnons ou parcourir le monde avec Gulliver. Hélène eut un sourire en pensant à cette petite tornade. À peine croyable que le paisible Lucas en fût le père!

Le trot rapide avait donné un point de côté à Georges Greenwood. Se pliant cette fois aux règles de la bien-séance, Gwyneira avait fait atteler. Sa jument Igraine tirait l'élégant deux-roues avec tant d'ardeur qu'elle aurait gagné n'importe quelle course de trot attelé. Le cheval de Georges devait parfois galoper pour la suivre et secouait passablement son cavalier, tant il se donnait de mal pour rester à hauteur. De plus, d'humeur à bavarder, la jeune femme confiait à son interlocuteur nombre de détails à propos d'Howard et d'Hélène. Vivement intéressé, celui-ci s'efforçait de ne pas se laisser distancer malgré ses douleurs dans tout le corps.

Peu avant d'arriver à la ferme, pour ne pas risquer de renverser un des enfants maoris en route pour l'école, Gwyn ralentit l'allure. Il ne fallait pas non plus blesser le petit brigand de grand chemin qui devait les épier depuis la traversée de la rivière. Gwyneira s'attendait manifeste-ment à quelque chose de ce genre, mais Georges eut bel et bien un coup au cœur quand un petit garçon aux cheveux noirs, le visage peint en vert, un arc et une flèche à la main, jaillit du sous-bois.

— Halte! Que faites-vous dans mes forêts? Déclinez vos noms et qualités!

— Mais vous me connaissez pourtant bien, maître Robin! protesta Gwyn en riant. Regardez-moi! Ne suis-je pas la duègne de lady Fleurette, la dame de votre cœur?

— C'est pas vrai! Je suis Petit Jean! cria Fleurette. Et lui, c'est un messager de la reine, ajouta-t-elle, montrant Georges du doigt. Il vient de Londres!

— Est-ce notre bon roi Richard Cœur de Lion qui vous envoie? Ou bien venez-vous de la part de Jean, le traître? s'enquit Ruben, méfiant. Ou peut-être, porteurs du trésor pour la libération du roi, êtes-vous envoyés par la reine Aliénor?

— Précisément! déclara Georges, solennel, tant il trouvait mignon le petit garçon déguisé en brigand et usant d'un vocabulaire choisi. Et je dois aujourd'hui encore partir pour la Terre sainte. Alors, acceptez-vous de nous laisser passer? Sir…?

— Sir Ruben! déclara le bambin. Ruben des Bois, pour vous servir!

Fleurette sauta de la voiture.

— Il n'a pas de trésor, cafarda-t-elle. Il veut juste rendre visite à ta maman. Mais il vient vraiment de Londres!

Gwyneira se remit en route. Les enfants trouveraient bien tout seuls le chemin de la ferme.

— C'était Ruben, expliqua-t-elle à Georges. Le fils d'Hélène. Un enfant éveillé, n'est-ce pas?

Georges acquiesça. Pour ce qui est de cet aspect des choses, elle n'a pas manqué son affaire, songea-t-il. Il revit en pensée cet après-midi infiniment ennuyeux avec son frère William, au cours duquel Hélène avait pris sa décision. Mais, avant qu'il eût pu dire quelque chose, la ferme des O'Keefe leur apparut. Georges fut aussi horrifié à cette vue qu'Hélène six ans plus tôt. D'autant que la cabane n'était plus neuve, comme alors, mais montrait des signes de délabrement.

— Ce n'est pas ce qu'elle s'était imaginé, dit-il tout bas.

Gwyneira arrêta son dogcart devant la ferme et détela sa jument, ce qui laissa à Georges le temps de regarder autour de lui. Il nota que les étables étaient petites et peu nombreuses, les vaches maigres et que le mulet n'était plus dans la force de l'âge. Il vit le puits dans la cour – Hélène devait à l'évidence aller chercher l'eau dans des seaux – et le billot pour le bois de chauffage. Le maître des lieux assurait-il lui-même, en ce domaine, l'approvisionnement, ou Hélène devait-elle manier la hache quand elle avait besoin de se chauffer?

Contournant la cabane, Gwyneira l'arracha à ses pensées:

— Venez, l'école est de l'autre côté. Il faut parcourir un bout de chemin dans le bush. Les Maoris ont bâti quelques huttes dans le petit bois, entre la maison d'Hélène et leur village. Mais on ne peut les voir de la maison. Howard, en effet, ne veut pas voir les enfants à proximité. Cette affaire de l'école ne lui plaît pas, de toute façon: il aurait préféré qu'Hélène l'aide plus à la ferme. Mais c'est finalement mieux ainsi. Lorsqu'il a un besoin urgent de quelqu'un, Hélène lui envoie un des garçons les plus âgés. Ils sont plus aptes qu'elle à ce genre de travail.

Georges en était parfaitement convaincu. Il pouvait à la rigueur l'imaginer tenir un ménage, mais Hélène en train de castrer un agneau ou aidant à vêler? Jamais de la vie!

Le sentier menant au bois était visiblement fréquenté, mais ici aussi Georges voyait des signes révélateurs du triste état de la ferme. Il y avait dans les enclos quelques béliers et des brebis, mais, maigres, la laine collée et sale, ils n'avaient pas bonne mine. Les clôtures n'étaient pas entretenues, les fils de fer étaient distendus et les portes de guingois dans leurs gonds. Aucune comparaison avec la ferme des Beasley ou même celle de Kiward Station.

En revanche, on entendait des rires d'enfants provenant du bois. La bonne humeur y régnait manifestement.

— Au commencement, lisait une claire voix d'enfant avec un accent comique, Dieu créa le ciel et la terre, *rangi* et *papa*.

— Hélène a parfois du mal avec la conception maorie de l'histoire de la Création, remarqua Gwyneira en souriant à Georges. Elle est certes assez spéciale, mais les enfants la formulent à présent de manière qu'Hélène ne rougisse plus.

Georges, à travers les buissons, scrutait l'intérieur des huttes sans murs, mais recouvertes de palmes. Assis par terre, les enfants écoutaient la petite fille lire les événements du premier jour de la Création. Puis ce fut le tour d'un autre enfant. À cet instant, Georges aperçut Hélène. Assise à un pupitre improvisé, droite et mince, elle était exactement la même que dans son souvenir. Portant une robe usée, mais propre et montante, elle était restée la gouvernante correcte et maîtresse de soi de jadis. Le cœur de Georges s'affola quand, appelant un autre élève, elle tourna la tête vers lui. Hélène… Pour lui, elle était toujours belle et le demeurerait à jamais, même si, sous le poids des ans, elle avait changé. À un point qui l'effraya. Hélène Davenport-O'Keefe avait beaucoup vieilli. Le soleil n'avait pas épargné son délicat teint blanc. Son visage, autrefois mince, était émacié, marqué par les soucis. Ses cheveux, une longue et lourde tresse lui tombant dans le dos, étaient certes toujours d'un châtain lumineux. Écartant machinalement de son visage quelques mèches qui s'étaient détachées, elle plaisantait avec les élèves. Plus souvent qu'avec William et lui, constata Georges. D'une manière générale, elle paraissait plus souple qu'autrefois, trouvant visiblement plaisir à fréquenter les enfants maoris. Son petit Ruben l'influençait aussi manifestement d'une façon favorable. Il était en train de se faufiler dans la classe avec Fleurette. Arrivant en retard, ils espéraient ne pas être remarqués. Peine perdue, bien sûr. Hélène interrompit le cours après le troisième jour de la Création.

— Fleurette Warden. Je suis heureuse de te voir. Mais ne penses-tu pas qu'une lady salue poliment quand elle rejoint un groupe? Et toi, Ruben O'Keefe, es-tu malade pour avoir le visage si vert? Cours vite au puits et lave-toi afin d'avoir l'air d'un gentleman. Où est donc ta mère, Fleurette? Serais-tu par hasard venue, aujourd'hui encore, avec M. McKenzie?

Faisant non de la tête, Fleurette confia d'un air important:

— Maman est à la ferme avec monsieur… un nom qui se termine en «wood», confia-t-elle. Mais je suis venue en courant parce que j'ai pensé que vous lisiez la suite de l'histoire. Notre histoire, pas les vieilles bêtises de *rangi* et de *papa*.

Hélène roula des yeux effarés.

— Fleurette, on n'écoute jamais assez l'histoire de la Création ! Et nous avons ici quelques enfants qui ne la connaissent pas encore, du moins pas la version chrétienne. Assieds-toi et écoute. On va voir ce qui se passe ensuite…

Hélène allait appeler l'enfant suivant quand Fleurette aperçut sa mère.

— Voilà maman et monsieur…

Hélène scruta les buissons – et resta comme pétrifiée en reconnaissant Georges Greenwood. Elle pâlit brièvement, avant de rougir. Était-ce la joie ? La peur ? La honte ? Georges espéra que la joie l'emportait. Il sourit.

Hélène rassembla ses livres d'un geste nerveux.

— Rongo…, commença-t-elle, son regard passant par-dessus la troupe enfantine pour s'arrêter sur une fillette plus âgée qui, jusqu'ici, n'avait pas suivi le cours avec beaucoup d'attention.

Celle-ci était à l'évidence du nombre des enfants à qui la Genèse était familière. Elle avait préféré se plonger dans le nouveau livre que Fleurette elle aussi trouvait plus intéressant.

— Rongo, il faut que je vous laisse seuls quelques minutes. J'ai de la visite. Peux-tu assurer le cours ? Veille, s'il te plaît, à ce que les enfants lisent correctement, ne racontent pas n'importe quoi et ne bavardent pas.

Rongo acquiesça et se leva. Pleinement consciente de ses responsabilités de maîtresse auxiliaire, elle s'assit au pupitre et appela une fillette.

Pendant que la petite s'efforçait de lire en balbutiant l'histoire du quatrième jour de la Genèse, Hélène rejoignit Gwyneira et Georges. Comme jadis, ce dernier admira son maintien. Toute autre femme eût essayé de remettre sa chevelure en ordre, de lisser sa robe ou d'arranger sa mise d'une manière ou d'une autre. Hélène n'en fit rien. Elle se dirigea vers le visiteur, droite, d'un pas paisible, et lui tendit la main.

— Georges Greenwood! Comme je suis heureuse de vous revoir!

Le visage de Georges resplendit, reflétant de nouveau l'ardeur et l'espoir qui habitaient jadis l'adolescent.

— Vous m'avez reconnu, miss Hélène! s'écria-t-il. Vous n'avez pas oublié.

Hélène rougit légèrement. Il parlait de sa promesse d'alors, de sa puérile toquade et de sa tentative de l'empêcher de partir pour une vie nouvelle.

— Comment pourrais-je vous oublier, Georges? dit-elle gentiment. Vous étiez l'un de mes élèves les plus prometteurs. Et, à ce que je vois, vous réalisez votre rêve de parcourir le monde.

— Pas tout à fait le monde entier, miss Hélène... Ou dois-je dire madame O'Keefe? demanda-t-il avec, dans le regard, son ancienne effronterie.

— Tout le monde dit «miss Hélène», répondit-elle en haussant les épaules.

— M. Greenwood est ici pour monter à Christchurch une succursale de son entreprise, expliqua Gwyneira. Il va reprendre le commerce de Peter Brewster si celui-ci part pour l'Otago...

Hélène eut un sourire un peu forcé. Elle se demanda si ce serait une bonne ou une mauvaise chose pour Howard.

— C'est... c'est très bien, dit-elle, hésitante. Et vous êtes ici pour faire la connaissance de vos clients? Howard ne rentrera que dans la soirée...

Georges lui adressa un sourire moqueur.

— Je suis surtout ici pour vous revoir, miss Hélène. M. Howard peut attendre. Je vous l'ai déjà dit, mais vous ne m'avez pas écouté.

— Georges, tu devrais... non mais alors! le reprit-elle de son ancienne voix de gouvernante.

Georges s'attendait à ce que suive un «Tu es impertinent!», mais Hélène se retint. Elle parut même effrayée de l'avoir involontairement tutoyé. Il se demanda si la manière dont l'avait présenté Gwyneira y était pour quelque chose. Hélène avait-elle peur du nouveau négociant en laine? Elle aurait eu bien des raisons, à en croire ce qui se disait…

— Comment va votre famille, Georges? demanda Hélène, tentant une diversion. Je serais heureuse de bavarder un peu plus avec vous, mais les enfants ont marché trois miles pour venir à l'école et je ne peux les décevoir. Avez-vous le temps d'attendre?

— Vous savez que je peux attendre, miss Hélène. Et j'ai toujours goûté votre enseignement. Puis-je participer à votre cours?

Hélène se détendit.

— L'éducation n'a jamais nui à personne. Venez avec nous.

Les enfants maoris, étonnés, s'écartèrent quand Georges s'assit par terre au milieu d'eux. Hélène leur expliqua en anglais et en maori qu'il était un ancien élève de la lointaine Angleterre et qu'il était celui qui, de tous, avait fait le plus long chemin pour venir à l'école. Les enfants rirent, et Georges, derechef, constata à quel point le ton d'Hélène, dans ses leçons, avait changé. Elle plaisantait beaucoup moins autrefois.

Les enfants saluèrent leur nouveau condisciple dans leur langue, ce qui donna à celui-ci l'occasion d'apprendre ses premiers mots de maori. Le cours terminé, il était capable de lire le premier paragraphe de la Genèse, les enfants n'ayant cessé de le corriger en riant. Ensuite, les plus âgés furent autorisés à lui poser des questions, et Georges parla du temps où il était élève, d'abord auprès d'Hélène, chez lui, à Londres, puis au *college* d'Oxford.

— Qu'est-ce qui te plaisait le mieux? demanda avec curiosité l'un d'eux, qu'Hélène appelait Reti et qui parlait très bien l'anglais.

— Les cours de miss Hélène, bien sûr. Par beau temps, nous restions dehors, comme ici. Et ma mère tenait à ce que miss Hélène joue au croquet avec nous. Mais elle n'a jamais pu apprendre, elle perdait toujours, répondit-il en adressant un clin d'œil à Hélène.

Reti ne fut pas surpris.

— Quand elle est arrivée ici, elle ne savait pas non plus traire les vaches, confia-t-il. C'est quoi, le croquet, monsieur Georges? Faut-il savoir y jouer si on veut travailler à Christchurch? Je voudrais en effet travailler chez les Anglais et devenir riche.

Cette remarque n'échappa pas à Georges, et il se promit de reparler à Hélène de ce garçon prometteur. Un Maori bilingue pouvait être fort utile dans son entreprise.

— Si tu veux passer pour un gentleman et faire la connaissance d'une lady, tu devras jouer assez bien au croquet pour savoir perdre avec dignité, rétorqua-t-il.

Hélène leva les yeux au ciel. Gwyneira trouva qu'elle avait soudain l'air très jeune.

— Tu peux nous apprendre ce jeu? intervint Rongo. Une lady doit certainement aussi savoir y jouer.

— Absolument! confirma Georges avec sérieux. Mais je ne sais pas si j'ai le temps. Je…

— Je peux vous l'apprendre, moi! s'écria Gwyneira, saisissant l'occasion de libérer Hélène de son travail. Qu'en pensez-vous? Si nous interrompions pour aujourd'hui la lecture et le calcul et fabriquions des maillets et des arceaux? Je vous montrerai comment on s'y prend et miss Hélène aura alors le temps de s'occuper de son visiteur. Elle veut certainement lui montrer la ferme…

Hélène et Georges lui lancèrent un regard reconnaissant. Hélène se doutait bien que, fillette, Gwyneira n'avait pas dû se passionner outre mesure pour ce jeu si lent, mais elle y était certainement meilleure qu'elle-même et Georges réunis.

— Donc, nous avons besoin d'une balle… non, pas une si grosse balle, Ruben, une petite… oui, cette pierre fera l'affaire. Et de petits arceaux… les tresser, oui, c'est une bonne idée, Tani.

Les enfants étaient déjà pleinement absorbés par cette nouvelle occupation quand Hélène et Georges s'éloignèrent. Elle le mena chez elle par le chemin qu'il venait d'emprunter. Elle se montra gênée par l'état de la ferme.

— Mon mari n'a pas encore eu le temps de réparer les enclos après l'hiver, s'excusa-t-elle lorsqu'ils les longèrent. Nous avons beaucoup de bêtes en altitude, dispersées dans les pâturages, et en ce moment, au printemps, il naît sans cesse des agneaux…

Bien que sachant combien les hivers étaient cléments en Nouvelle-Zélande, Georges s'abstint de tout commentaire. Howard aurait pu entretenir sans problème les clôtures pendant la saison froide.

Hélène le savait aussi, bien sûr. Elle garda un instant le silence, puis, se tournant soudain vers lui :

— Oh, Georges, j'ai tellement honte ! Que devez-vous penser de moi après avoir vu ça, ici, et compte tenu de mes lettres…

Il eut un coup au cœur en voyant l'altération de ses traits.

— Je ne comprends pas ce que vous voulez dire, miss Hélène, objecta-t-il avec douceur. J'ai vu une ferme… pas grande, pas somptueuse, mais solidement bâtie et aménagée avec amour. Et les bêtes ne sont certes pas des bêtes de concours, mais elles sont nourries et les vaches sont traites. Et le mulet semble vous porter une grande affection ! ajouta-t-il avec un clin d'œil, Nepumuk ayant poussé son braiment habituel quand Hélène était passée devant son paddock. Je vais sans doute aussi, rencontrant votre époux, faire la connaissance d'un gentleman s'efforçant de bien nourrir sa famille et d'exploiter sa ferme d'une manière exemplaire. Ne vous faites pas de soucis, miss Hélène.

Le regardant avec incrédulité, elle finit par sourire.

— Vous voyez les choses en rose, Georges !

— C'est vous qui me rendez optimiste, miss Hélène, dit-il en haussant les épaules. Où que vous soyez, je ne vois plus que beauté et bonté.

Hélène piqua un fard.

— Georges, s'il vous plaît. Cela devrait appartenir au passé…

Georges lui sourit d'un air ironique. Cela appartenait-il au passé? D'une certaine manière, oui, il ne pouvait le nier. Certes, son cœur avait battu plus vite quand il l'avait revue, il était heureux de la contempler, de l'entendre, de constater qu'elle maîtrisait toujours aussi bien son numéro d'équilibriste entre bienséance et originalité. Mais il n'avait plus à lutter constamment contre le désir de s'imaginer l'embrassant et lui faisant l'amour. Cela appartenait au passé. Il éprouvait encore à la rigueur une vague tendresse pour la femme devant lui. Cela se serait-il passé de la même manière si elle ne l'avait pas repoussé jadis? Sa passion aurait-elle cédé le pas à l'amitié et au sens des responsabilités? Peut-être même avant la fin de ses études, et donc avant d'avoir pu s'unir à elle par les liens du mariage? Et l'aurait-il alors effectivement épousée, ou bien aurait-il espéré que cet amour jadis brûlant retrouvât son ardeur auprès d'une autre?

Il n'aurait pu répondre à aucune de ces questions avec certitude, hormis la dernière.

— Quand je dis «pour toujours», je ne parle pas à la légère. Mais je ne vous importunerai pas davantage avec cela. Vous n'allez certainement pas vous enfuir avec moi, n'est-ce pas?

De nouveau, l'ancien sourire moqueur et effronté. Hélène fit non de la tête en offrant une carotte à Nepumuk.

— Je ne pourrai jamais abandonner mon mulet, plaisanta-t-elle, des larmes dans les yeux.

Georges était si tendre et si innocent, comme avant. Comme il rendrait heureuse la jeune fille qui prendrait un jour ses promesses au sérieux!

— Mais entrons et parlez-moi de votre famille!

L'intérieur de la cabane correspondait à ce que Georges avait imaginé: des meubles simples, mais rendus confortables par la main d'une ménagère infatigable, propre et active. Une nappe de couleur et une cruche contenant des fleurs ornaient la table ; les chaises étaient munies de coussins cousus à la main. Il y avait devant la cheminée un rouet et le vieux fauteuil à bascule d'Hélène ; sur une étagère étaient soigneusement rangés ses livres. Il y en avait même quelques nouveaux. Des cadeaux d'Howard ou des « prêts » de Gwyneira ? Kiward Station possédait une riche bibliothèque, même si Georges avait du mal à s'imaginer Gérald en grand lecteur.

Georges parla de Londres pendant qu'Hélène, lui tournant le dos, préparait le thé ; elle ne voulait sans doute pas montrer ses mains. Des mains rugueuses, usées par le travail. Où étaient les doigts délicats et soignés de son ancienne gouvernante ?

— Ma mère anime toujours ses organisations charitables ; elle n'a quitté que le comité de l'orphelinat, après le scandale de l'époque. Elle vous en veut d'ailleurs encore, Hélène. Ces dames sont fermement convaincues que vous avez gâté les fillettes sur le bateau.

— J'aurais quoi ? demanda Hélène, abasourdie.

— En tout cas, vos « manières émancipées » – je cite – auraient amené les fillettes à oublier la soumission et le dévouement qu'elles doivent à leurs employeurs. C'est seulement pour cette raison que se serait produit cet éclat. Sauf que c'est vous qui avez dévoilé au pasteur Thorne le pot aux roses ! Mme Baldwin n'en avait soufflé mot à personne.

— Georges, c'étaient des petites filles déboussolées ! L'une a été livrée à un maniaque sexuel, l'autre vendue comme une esclave : une famille de huit enfants, Georges, dans laquelle une fillette de dix ans tout au plus devait vaquer aux soins du ménage, accouchements compris. Pas étonnant qu'elle se soit enfuie ! Et les patrons de Laurie ne valaient guère mieux. J'entends encore cette horrible Mme Lavender : « Non, si nous prenons les deux, elles passeront leur journée à bavarder au lieu de travailler.» Alors que la petite pleurait toutes les larmes de son corps…

— Sait-on ce que sont devenues ces deux fillettes? Vous n'avez plus rien écrit à leur sujet.

On aurait dit que le jeune homme avait appris par cœur chacune des lettres d'Hélène.

— On sait seulement que Marie et Laurie ont disparu le même jour. Une semaine exactement après leur séparation forcée. On suppose qu'elles en étaient convenues. Ce que je ne crois pas. Marie et Laurie n'avaient pas besoin de se mettre d'accord. Chacune savait toujours ce que pensait l'autre. C'en était presque inquiétant. Ensuite, on n'a plus entendu parler d'elles. J'ai peur qu'elles aient péri. Deux petites filles dans cette nature sauvage… Ce n'est pas comme si, éloignées l'une de l'autre de deux miles seulement, elles avaient pu se rencontrer sans peine. Ces… ces *chrétiens*! cracha-t-elle. Ils ont envoyé Marie dans une ferme au-delà d'Haldon et Laurie est restée à Christchurch. Entre elles, près de cinquante miles de bush! Je n'ose pas penser à ce qui leur est arrivé.

Hélène versa le thé et s'assit à table à côté de Georges.

— Et la troisième? s'inquiéta-t-il. Que s'est-il passé?

— Daphnée? Oh, ce fut un scandale. Nous ne l'avons appris que des semaines plus tard. Elle s'est enfuie. Mais auparavant, elle a ébouillanté son patron, ce Morrison, en pleine figure. D'abord, on a cru qu'il ne survivrait pas, puis il s'est remis, mais il est aveugle et défiguré. Dorothée dit qu'il ressemble au monstre qu'il a toujours été. Les Morrison viennent en effet faire leurs achats à Haldon. La femme s'est épanouie après… cet accident. Daphnée est recherchée, mais s'il ne lui vient pas l'idée d'aller se promener justement dans la gendarmerie de Christchurch, on ne la retrouvera pas. Si vous voulez mon avis, elle avait de bonnes raisons d'agir ainsi et de prendre la fuite. Je me demande seulement quel avenir elle a encore…

— Sans doute le même qui l'attendait à Londres. Pauvre enfant. Mais le comité de l'orphelinat a entendu chanter pouilles pour tout cela, le révérend Thorne y a veillé. Quant à Baldwin...

— Celui-là, il a vu Harper lui passer sous le nez, poursuivit Hélène avec un sourire presque triomphant. Envolé, le rêve de devenir un jour évêque de Canterbury! Cela me procure une espèce de joie maligne qui n'a rien de chrétien! Mais continuez à parler de votre famille! Votre père...

— ... remplit toujours ses fonctions dans Greenwood Enterprises. La firme croît et prospère. La reine soutient le commerce extérieur, et, dans les colonies, d'immenses fortunes se bâtissent, souvent aux dépens des indigènes. J'ai vu certaines choses... Vos Maoris devraient s'estimer heureux qu'aussi bien les immigrants blancs qu'eux-mêmes aient des prédispositions pacifiques. Mais ni mon père ni moi n'y pouvons rien changer, nous profitons aussi de l'exploitation de ces pays. En Angleterre, l'industrialisation est en plein essor, avec des excès qui me plaisent aussi peu que les abus outre-mer. Dans nombre d'usines, l'état des choses est effrayant. À bien y réfléchir, nulle part je ne me suis autant plu qu'ici, en Nouvelle-Zélande. Mais je m'écarte...

S'interrompant, Georges se rendit compte qu'il n'avait pas fait cette remarque uniquement pour flatter Hélène. Ce pays lui plaisait vraiment. Le calme et la droiture des gens, l'immensité des paysages, le spectacle des montagnes majestueuses, les vastes fermes, les pâturages à l'herbe drue où broutaient des moutons et des bœufs bien gras, sans compter Christchurch, sur le point de devenir, à l'autre bout du monde, une ville typiquement anglaise, siège d'un évêché et d'une université.

— Que devient William? intervint Hélène.

Levant les yeux au ciel, Georges soupira.

— William n'est pas allé au *college*, mais vous ne vous y attendiez pas vraiment, n'est-ce pas?

Hélène fit non de la tête.

— Il a eu toute une série de précepteurs qui furent tour à tour congédiés par ma mère, sous le prétexte qu'ils étaient trop sévères avec lui, puis par mon père parce qu'ils ne lui apprenaient rien. Depuis un an, il travaille dans notre entreprise, si tant est qu'on puisse parler de travail. En réalité, il tue le temps, ne manquant pas, pour cela, de compagnons, voire de compagnes. Après le pub, il a en effet découvert les filles. Malheureusement, avant tout celles des rues. Les ladies lui font peur, tandis que les filles légères l'admirent. Mon père en est malade et ma mère ne se rend compte de rien encore. Mais qu'adviendra-t-il lorsque…

Il ne termina pas sa phrase, pourtant Hélène comprit parfaitement ce qu'il voulait dire. Le jour où son père mourrait, ils seraient les deux héritiers de l'entreprise. Georges devrait soit payer sa part à William – ce qui ruinerait une entreprise de cette taille –, soit continuer à le supporter dans l'affaire. Hélène tenait pour peu vraisemblable que cette dernière solution fût durable.

Plongés dans leurs pensées, ils buvaient leur thé en silence, quand la porte s'ouvrit à la volée, laissant passer Fleurette et Ruben.

— Nous avons gagné! proclama Fleurette, radieuse, agitant un maillet improvisé. Ruben et moi sommes les vainqueurs!

— Vous avez triché, les gronda Gwyneira qui les suivait et qui, en nage elle aussi, un peu salie, paraissait s'être bien amusée. Ruben, je t'ai vu faire passer, en te cachant, la boule sous le dernier arceau!

— C'est vrai, Ruben? demanda Hélène en fronçant les sourcils. Et tu n'as rien dit?

— Avec ces drôles de maillets, on ne peut pas être pré… pré… Comment dit-on déjà, Ruben? intervint Fleurette, prenant la défense de son ami.

— Précis, compléta le gamin. Mais la direction y était!

— Quand je serai en Angleterre, je vous enverrai de vrais maillets, promit Georges avec un sourire. Mais alors, fini la combine!

— Vraiment? demanda Fleurette.

Ruben, en revanche, avait d'autres idées en tête. D'un œil brillant d'intelligence, il dévisageait Hélène et le visiteur qu'elle connaissait manifestement très bien. Il se tourna enfin vers Georges.

— Tu viens d'Angleterre. Es-tu mon véritable père?

Gwyn en eut le souffle coupé cependant qu'Hélène rougissait.

— Ruben! Ne dis donc pas de bêtises! Tu sais très bien que tu n'as qu'un père! le rabroua-t-elle, puis, tournée vers Georges: J'espère que vous n'interprétez pas mal ses propos! C'est seulement que Ruben... il n'entretient pas les meilleurs rapports avec son père et, depuis quelque temps, il s'abandonne à une idée fixe selon laquelle Howard... bref, qu'il aurait peut-être un autre père, quelque part en Angleterre. Je crois que cela vient de ce que je lui parle tellement de son grand-père. Ruben lui ressemble beaucoup, vous savez. Et il comprend les choses de travers. Tu vas t'excuser immédiatement, Ruben!

— Pas besoin d'excuses. Je suis flatté, au contraire. Qui n'aimerait pas être apparenté à Ruben des Bois, archer intrépide et joueur de croquet exceptionnel! Que penses-tu de ça, Ruben: pourrais-je être ton oncle? On peut avoir plusieurs oncles.

Ruben réfléchit.

— Ruben! Il va nous envoyer des maillets! s'écria Fleurette. C'est très bien, un oncle comme ça. Tu peux être *mon* oncle, monsieur Greenwood.

Elle avait, incontestablement, un grand sens pratique. Gwyneira leva les yeux au ciel.

— Si à l'avenir elle se montre toujours aussi ouverte aux considérations financières, elle n'aura pas de mal à trouver un époux.

— Mon époux sera Ruben. Et Ruben m'épousera, n'est-ce pas? déclara-t-elle, brandissant le maillet d'un air propre à dissuader celui-ci de toute réponse négative.

Hélène et Gwyneira se regardèrent, désemparées. Puis elles éclatèrent de rire et Georges intervint.

— Quand pourrai-je parler au père du fiancé? demanda-t-il avec un regard vers le soleil déclinant. J'ai promis à M. Warden d'être de retour pour le dîner et j'aimerais tenir cette promesse. Ma conversation avec M. O'Keefe devra donc attendre jusqu'à demain. Lui serait-il possible de me recevoir le matin, miss Hélène?

Celle-ci se mordit les lèvres.

— Je lui transmettrai votre demande, et je sais que l'affaire devrait être pour lui prioritaire. Mais Howard est parfois... eh bien, un peu bizarre. Si jamais il se met en tête que vous essayez de lui imposer un rendez-vous...

Elle avait visiblement du mal à parler de l'entêtement et de la fierté déplacée d'Howard, d'autant plus qu'elle ne pouvait avouer que ses humeurs et ses décisions étaient souvent le résultat de lubies ou du whisky. Elle parlait d'une voix calme et posée, mais Georges lisait dans son regard, comme jadis à la table du dîner chez les Greenwood. Il y lisait la colère et la révolte, le désespoir et le mépris. À l'époque, ces sentiments étaient tournés contre sa mère si superficielle, aujourd'hui contre l'homme dont elle avait un jour pensé qu'elle pourrait l'aimer.

— Ne vous faites pas de soucis, miss Hélène. Vous n'êtes pas obligée de dire que je viens de Kiward Station. Dites simplement que je suis passé en me rendant à Haldon et que j'aimerais visiter la ferme et proposer quelques affaires.

— J'essaierai.

Gwyneira et les enfants étaient déjà sortis pour atteler. Hélène entendit les enfants se disputer l'étrille et la brosse. Georges ne semblait plus si pressé. Il regarda encore un peu autour de lui dans la cabane avant de faire mine de vouloir partir. Hélène luttait avec elle-même. Elle avait envie de lui parler, mais n'allait-il pas mal comprendre ce qu'elle voulait lui demander? Elle décida finalement d'aborder à nouveau le sujet «Howard». Si Georges reprenait le commerce local de la laine, toute son existence dépendrait de lui. Et Howard n'allait peut-être rien avoir d'autre en tête que l'envie d'offenser le visiteur venu d'Angleterre.

— Georges…, commença-t-elle, hésitante. Quand vous parlerez avec Howard, demain, soyez patient, s'il vous plaît. Il est très orgueilleux et se fâche pour un rien. La vie lui a joué de mauvais tours et il a de la peine à se contrôler. Il n'est… il n'est…

«Pas un gentleman», voulait-elle dire, mais elle en fut incapable.

Georges secoua la tête en souriant. Ses yeux si souvent moqueurs exprimèrent de la douceur et un peu de l'ancien amour.

— Ne le dites pas, miss Hélène! Je suis certain que je parviendrai avec votre époux à un accord satisfaisant pour les deux parties. En matière de diplomatie, j'ai finalement été à bonne école, ajouta-t-il en lui adressant un clin d'œil.

Hélène eut un sourire timide.

— Alors, à demain, Georges.

— À demain, Hélène!

Ayant d'abord eu l'intention de lui tendre la main, Georges changea d'avis. Une fois, une seule fois, il allait l'embrasser. Il l'entoura d'un bras léger et lui effleura la joue de ses lèvres. Hélène le laissa faire, puis elle aussi, s'abandonnant à un instant de faiblesse, s'appuya quelques secondes contre son épaule. Peut-être qu'un jour quelqu'un serait fort comme elle, mais autrement. Peut-être qu'un jour quelqu'un tiendrait ses promesses.

4

— Voyez-vous, monsieur O'Keefe, j'ai déjà rendu visite à plusieurs fermiers de la région, dit Georges, assis sur la véranda de la cabane d'Hélène, en compagnie d'Howard qui venait de servir le whisky, ce qui avait tranquillisé Hélène : son époux ne buvait qu'avec des hommes qui lui plaisaient, et la visite de la ferme s'était donc bien passée. Et je dois avouer, poursuivit Georges d'une voix grave, que je suis préoccupé…

— Préoccupé ? grogna Howard. Dans quelle mesure ? Il y a pourtant ici des masses de laine pour votre négoce. Vous n'avez pas de souci à vous faire. Et si la mienne ne vous convient pas… eh bien, ce n'est pas la peine de me raconter des histoires. Je chercherai alors un autre acheteur, conclut-il en vidant son verre et en le remplissant derechef.

— Pourquoi refuserais-je vos produits, monsieur O'Keefe ? s'étonna Georges. Au contraire, je suis très intéressé par une collaboration. Justement en raison de mes préoccupations. Voyez-vous, ayant déjà visité plusieurs exploitations, j'ai l'impression que certains éleveurs aspirent à conquérir une position de monopole. Je pense surtout à Gérald Warden, de Kiward Station.

— Ça, on peut le dire ! s'irrita Howard, qui avala une nouvelle rasade. Ces types veulent tout le marché pour eux… les meilleurs prix pour la meilleure laine… Rien que le nom qu'ils se donnent : «barons des moutons» ! Un ramassis de prétentieux !

Georges approuva, mais avec une certaine réserve, et trempa les lèvres dans son whisky.

— J'exprimerais cela avec plus de précautions, mais sur le fond vous n'avez pas tort. Et vous ne manquez pas de perspicacité quand vous évoquez les prix : Warden et les autres gros producteurs les tirent vers le haut. Bien entendu, ils élèvent en même temps les exigences de qualité, mais, en ce qui me concerne… eh bien, je serais dans une meilleure position pour négocier s'il y avait plus de diversité.

— Donc, vous allez acheter de plus grandes quantités aux petits éleveurs ? demanda Howard, les yeux brillant à la fois d'intérêt et de méfiance : existait-il un négociant achetant en toute connaissance de cause une marchandise de moindre qualité ?

— J'aimerais le faire, monsieur O'Keefe. Mais il faut bien entendu que la qualité soit aussi au rendez-vous. Si vous voulez mon avis, il faut briser le cercle vicieux dans lequel sont enfermés les petits fermiers. Vous ne l'ignorez pas : ils ont peu de terres, trop de bêtes, plutôt de moindre qualité de surcroît, les rendements sont relativement acceptables sur le plan de la quantité, mais médiocres pour ce qui est de la qualité. Il ne reste alors de la recette pas assez pour se procurer de meilleures bêtes reproductrices et améliorer à long terme les produits.

— Ah, çà alors, vous avez raison ! C'est ce que j'essaie d'expliquer depuis des années à ce type de la banque de Christchurch ! J'ai besoin d'un prêt…

Georges hocha la tête d'un air dubitatif.

— C'est d'un excellent cheptel de reproducteurs que vous avez besoin. Pas seulement vous, d'autres petits éleveurs aussi. Un apport d'argent peut être utile, mais ce n'est pas obligatoire. Imaginez que vous achetiez un bélier primé et que, l'hiver suivant, il meure…

Georges craignait surtout que le prêt termine dans le pub d'Haldon, au lieu d'être investi dans l'achat d'un bélier, mais il avait longuement affûté ses arguments.

— C'est bien là le ris… le risque, confirma Howard, qui commençait à avoir la langue lourde.

— Un risque que vous ne pouvez courir, monsieur O'Keefe. Vous avez une famille, vous ne pouvez courir le risque d'être chassé de votre maison et de votre bien. Non, c'est autre chose que je vous propose. J'envisage que mon entreprise achète quelques bêtes de première qualité et les mette sous forme de prêt à la disposition des éleveurs. Pour ce qui est du remboursement, nous trouverons toujours un terrain d'entente. Pour l'essentiel, vous aurez à soigner les animaux et à les rendre en bon état au bout d'un an. Une année durant laquelle un bélier aura couvert tout votre troupeau de brebis ou bien une femelle aura mis au monde deux agneaux qui constitueront la base d'un nouveau troupeau. Est-ce qu'une telle collaboration vous intéresserait?

— Et, à terme, Warden prendra un coup de vieux en voyant tous les éleveurs autour de lui posséder des moutons de race, jubila Howard, levant son verre comme pour boire à la santé de son interlocuteur.

— Ma foi, M. Warden n'en sera pas plus pauvre. Mais vous et moi bénéficierons de meilleures conditions pour nos affaires. D'accord? demanda Georges en tendant la main au mari d'Hélène.

De la fenêtre, Hélène vit Howard toper. Elle ignorait de quoi il retournait, mais il avait rarement eu l'air aussi satisfait. Et Georges avait sur le visage l'expression malicieuse qu'elle connaissait si bien. Il lui adressa de loin un clin d'œil. Si elle se l'était reproché la veille, elle était aujourd'hui heureuse de l'avoir embrassé.

En quittant Kiward Station le lendemain pour regagner Christchurch, Georges était très content de lui. Même la mine renfrognée de ce McKenzie, l'impertinent garçon d'écurie, ne put le mettre de mauvaise humeur. Le gaillard avait tout simplement omis, ce jour-là, de seller son cheval. La veille, en effet, quand Georges était parti avec Gwyneira pour la ferme d'Hélène, un éclat avait failli se produire. McKenzie, par inadvertance, avait équipé la jument de Gwyn de la selle pour dames, alors que celle-ci lui avait ordonné de lui préparer sa monture pour une autre sortie à cheval avec le visiteur. Sur quoi elle lui avait adressé une remarque désagréable à laquelle il avait répondu sèchement, Georges n'ayant entendu que les mots «comme une lady». Pour toute réponse, Gwyneira, furieuse, avait soulevé la petite Fleurette, que McKenzie s'apprêtait à asseoir sur Igraine, derrière elle, et l'avait placée sur la selle devant Georges.

— Auriez-vous l'amabilité de prendre Fleurette avec vous? avait-elle demandé d'un ton sucré, tout en lançant au gardien un regard presque triomphant. Sur la selle de dame, je ne peux la tenir.

McKenzie avait lancé à Georges un regard assassin quand celui-ci avait entouré la petite d'un bras afin qu'elle ne tombe pas. Il y avait quelque chose entre cet homme et la maîtresse de Kiward Station… Mais Gwyneira était sans aucun doute de taille à se défendre au cas où elle se sentirait importunée. Georges décida de ne pas se mêler de l'affaire et de ne surtout pas en parler à Gérald ou à Lucas Warden. Rien de tout cela ne le regardait et, surtout, il avait besoin que Gérald fût de la meilleure humeur possible. Après un copieux dîner d'adieu et trois whiskys, il lui avait soumis une offre d'achat pour tout un troupeau de moutons welsh mountains de pure race. Une heure plus tard, il s'était considérablement appauvri, mais la ferme d'Hélène serait bientôt peuplée des meilleures bêtes reproductrices que la Nouvelle-Zélande pouvait offrir. Afin d'éviter d'éveiller la méfiance d'Howard, il ne lui restait plus qu'à trouver plusieurs autres petits fermiers ayant besoin d'une aide pour se lancer. Mais ce ne serait certainement pas difficile : Peter Brewster accepterait bien de lui fournir quelques noms.

Cette extension nouvelle de l'entreprise – c'est en effet ainsi que Georges avait dû présenter à son père son engagement dans l'élevage de moutons – rendait nécessaire une prolongation de son séjour dans l'île. Il fallait répartir les moutons et surveiller les éleveurs intéressés au projet. Cette dernière obligation n'avait certes rien d'absolu, car Brewster lui indiquerait sans doute des partenaires qui s'y connaissaient dans leur travail et étaient tombés dans le besoin sans s'endetter. Mais, s'il fallait aider durablement Hélène, il devrait guider et contrôler Howard en permanence, sous prétexte de l'aider et de le conseiller dans son combat contre son ennemi intime, Warden. O'Keefe n'obéirait pas, selon toute vraisemblance, à de simples instructions. Surtout si elles provenaient d'un régisseur employé des Greenwood.

Georges devait donc rester, une idée qui, à mesure qu'il parcourait à cheval les Canterbury Plains, le séduisait davantage. Durant les longues heures passées en selle, il avait le temps de réfléchir, y compris sur sa situation en Angleterre. Après un an seulement de codirection de l'entreprise, William avait désespéré son frère. Alors que son père fermait délibérément les yeux, Georges, lors de ses pourtant rares séjours à Londres, s'apercevait des erreurs de William et des pertes parfois énormes qu'elles entraînaient. La soif de voyage de Georges s'expliquait aussi par là : il s'évitait ainsi d'être le témoin des désordres. Il lui suffisait de voir, à peine avait-il posé le pied sur le sol d'Angleterre, les chefs de bureau et les administrateurs, angoissés, se tourner vers lui :

— Vous devez faire quelque chose, monsieur Georges !

— J'ai peur qu'on m'accuse de malversation, monsieur Georges, si les choses continuent ainsi, mais que puis-je faire ?

— Monsieur Georges, j'ai donné les bilans à M. William, mais j'ai l'impression qu'il n'arrive pas à les lire.

— Parlez à votre père, monsieur Georges !

Georges l'avait fait, bien sûr, mais c'était un combat perdu d'avance. Leur père tentait toujours d'occuper utilement son cadet dans l'entreprise. Au lieu de limiter son influence, il lui confiait de plus en plus de responsabilités, dans l'espoir de lui mettre le pied à l'étrier. Mais Georges était las de tout cela et redoutait, en outre, de se retrouver devant un champ de ruines quand son père se retirerait des affaires.

Or, cette succursale en Nouvelle-Zélande offrait une alternative. Si seulement il parvenait à convaincre son père de lui laisser l'entière possession de l'affaire à Christchurch, à titre d'avance sur l'héritage en quelque sorte! Il pourrait alors bâtir ici quelque chose, à l'abri des frasques de William. Au début, bien entendu, il serait obligé de vivre sur un pied plus modeste qu'en Angleterre, mais des demeures comme celle de Kiward Station étaient de toute façon quelque peu déplacées dans ce pays récemment mis en valeur. En outre, Georges n'aimait pas le luxe. Une maison confortable en ville, un bon cheval pour ses tournées dans la campagne et un pub agréable pour s'y détendre le soir et y avoir des conversations stimulantes : il trouverait tout cela à Christchurch! Le mieux serait bien sûr une famille. Il n'avait jusqu'ici jamais songé à fonder un foyer, en tout cas pas depuis qu'Hélène l'avait éconduit. Mais maintenant, ayant revu son premier amour et rompu avec ses rêveries juvéniles, cette idée ne le quittait plus. Un mariage en Nouvelle-Zélande, une «histoire d'amour» qui toucherait le cœur de sa mère et l'amènerait peut-être à soutenir son projet… Mais avant tout un bon prétexte pour rester dans ce pays. Il décida d'étudier un peu la situation à Christchurch dans un premier temps, et peut-être aussi de demander conseil aux Brewster et au directeur de la banque. Peut-être connaissaient-ils une jeune fille susceptible de lui convenir. Mais il avait avant tout besoin d'un chez-soi. Le White Hart était certes un hôtel convenable, mais il ne pouvait lui servir de toit durable dans sa nouvelle patrie…

Georges s'attaqua à l'entreprise «achat ou location d'une maison» dès le lendemain. La nuit avait été agitée au

White Hart. D'abord, un groupe avait joué de la musique de danse dans la salle du bas, puis les hommes présents, se disputant les filles, en étaient venus aux mains, incident qui avait donné à Georges le sentiment que la recherche de l'âme sœur devait être, en Nouvelle-Zélande, un chemin semé d'embûches. La petite annonce à laquelle Hélène avait répondu lui apparut soudain sous un autre jour. La recherche d'un logement se révéla elle aussi difficile. En général, ceux qui venaient ici n'achetaient pas de maison, ils en construisaient une. Les maisons à vendre étaient rares, donc convoitées. Les Brewster eux-mêmes avaient depuis longtemps loué leur demeure de Christchurch, bien avant l'arrivée de Georges. Ils ne voulaient pas non plus la vendre, l'avenir en Otago leur semblant encore incertain.

Georges se rendit donc aux rares adresses qu'on lui donna à la banque, au White Hart et dans quelques pubs. C'étaient le plus souvent des logements assez sordides. En règle générale, des familles ou des dames âgées et seules recherchaient des sous-locataires. Certes, c'était une alternative avantageuse et bienséante à l'hôtel à laquelle les immigrants étaient heureux de recourir durant la période où ils cherchaient à s'installer dans le pays. Mais cela ne convenait pas à Georges, habitué qu'il était à des demeures magnifiques.

Déçu, il finit par aller flâner dans le nouveau parc, sur les rives de l'Avon. En été, des régates s'y disputaient et l'on y trouvait des emplacements pour les pique-niques. Au printemps, comme aujourd'hui, ces derniers étaient peu fréquentés. Le temps, encore instable, permettait tout au plus de passer quelques instants sur les bancs, au bord de la rivière. Pour le moment, il n'y avait du monde que sur les principaux chemins. Y flâner donnait néanmoins l'illusion d'être en Angleterre, à Oxford ou à Cambridge. Des nurses promenaient des enfants ; les plus grands jouaient au ballon dans l'herbe et quelques couples d'amoureux cherchaient timidement l'ombre des arbres. Tout cela eut sur Georges un effet apaisant, même si cela ne suffit pas à le distraire de ses idées noires. Il venait de visiter le dernier des biens à louer, une remise que l'on ne pouvait qualifier de maison qu'au prix d'un gros effort d'imagination et qui, pour sa rénovation, coûterait au moins autant de temps et d'argent que la construction d'une maison. De plus, elle était mal située. Sans un miracle, Georges devrait se mettre dès le lendemain en quête d'un terrain, et donc envisager malgré tout de bâtir.

Las, de mauvaise humeur, il suivait le flot des promeneurs, contemplant les canards et les cygnes sur la rivière, quand son attention fut attirée par une jeune femme gardant deux enfants non loin de lui. La fillette, qui pouvait avoir sept ou huit ans, était potelée et avait une chevelure épaisse et bouclée, presque noire. Elle bavardait gaiement avec sa nurse tout en jetant aux canards du pain rassis depuis un ponton. Le petit garçon, un chérubin blond, se révélait en revanche une véritable calamité publique. Ayant quitté le chemin, il pataugeait dans la boue de la rive.

Cela inquiétait manifestement la nurse.

— Robert, ne t'approche pas tant de la rivière ! Combien de fois devrai-je te le répéter ? Nancy, surveille ton frère !

La jeune femme – Georges estima qu'elle devait avoir au maximum dix-huit ans – était debout, assez désemparée, au bord de la rive boueuse. Elle portait des chaussures à lacets, noires et parfaitement lustrées, avec une robe bleu foncé, fort simple. Si elle suivait le petit dans cette eau boueuse, elle les abîmerait. Il en allait de même pour la fillette devant elle. Elle était proprement et coquettement vêtue et avait certainement reçu l'ordre de ne pas se salir.

— Il ne m'écoute pas, missy ! dit sagement la petite.

Le gamin avait déjà maculé de boue son costume de marin.

— Je viendrai si tu me fabriques des bateaux en papier ! cria-t-il à sa nurse. Puis on ira au lac pour les mettre à l'eau.

Le «lac» n'était qu'une grande flaque laissée en hiver par la rivière en crue. Elle n'avait pas l'air très propre, mais au moins n'y avait-il pas de courant dangereux.

La jeune fille hésitait. Elle savait certainement qu'il ne fallait pas se laisser entraîner dans des négociations, mais elle n'avait manifestement pas envie de patauger à son tour dans la boue et de ramener le petit de force. Elle décida pour finir de lui faire une contre-proposition.

— Mais d'abord, nous allons travailler tes devoirs. Je ne veux pas que tu ne saches de nouveau rien quand ton père t'interrogera ce soir.

Georges hocha la tête. Dans des situations semblables, Hélène n'avait jamais cédé à William. Mais cette gouvernante était nettement plus jeune et avait à l'évidence moins d'expérience. Elle semblait désespérée ; elle n'avait pas d'ascendant sur l'enfant. Elle était jolie malgré sa mine maussade, avec un doux visage en forme de cœur, une peau très claire, des yeux d'un bleu lumineux et des lèvres rose pâle. Ses fins cheveux blonds étaient noués sur la nuque en un chignon assez lâche. Ou bien ils étaient trop délicats pour qu'on pût les relever, ou bien la jeune fille était une piètre coiffeuse. L'élégante coiffe était assortie à la robe. Tout était d'une grande simplicité, mais sans aucun rapport avec une tenue de domestique. Georges revint sur sa première impression : ce n'était pas une nurse, mais une préceptrice.

— Je résous un problème, puis j'ai le bateau ! cria Robert avec culot.

Il venait de découvrir une passerelle assez vétuste, s'avançant au-dessus de la rivière, sur laquelle il marchait en équilibre avec grand plaisir. Georges prit peur. Jusqu'ici, l'enfant n'avait été que désobéissant, mais il était à présent en réel danger. Le courant était très fort. La préceptrice en était, elle aussi, consciente, mais ne voulut pas abandonner sans combattre.

— Tu résous trois problèmes, proposa-t-elle d'une voix cassée.

— Deux! trancha le garçonnet – il devait avoir dans les six ans – en se balançant sur une planche branlante.

Georges en eut assez. Avec ses lourdes bottes de cheval, ce serait un jeu d'enfant de franchir l'étendue de boue. En trois foulées, il fut sur la passerelle, attrapa le petit malgré ses protestations et le ramena sans autre forme de procès à sa préceptrice.

— Voilà, je crois qu'il vous avait échappé! annonça-t-il en riant.

La jeune femme hésita, ne sachant ce qu'il convenait de faire en pareille situation. Puis le soulagement l'emporta et elle sourit à son tour. Le spectacle de Robert gigotant tel un chiot récalcitrant sous le bras de l'inconnu était en effet comique. Sa sœur pouffait, heureuse de ce qui lui arrivait.

— Trois problèmes, jeune homme, et je te relâche, déclara Georges.

Robert acquiesça dans un gémissement. Georges le reposa à terre. La préceptrice le prit aussitôt par le collet et le fit asseoir de force sur le banc le plus proche.

— Merci beaucoup, dit-elle, les yeux baissés avec décence. J'étais inquiète. Il est souvent vilain…

Georges lui adressa un signe de tête amical, s'apprêtant à partir. Quelque chose le retint pourtant. Aussi rechercha-t-il un banc, non loin de la jeune fille qui maintenant obligeait son élève à se tenir tranquille. Tout en le maintenant assis, elle tentait de lui arracher, à défaut de solution, une réponse à une question de calcul.

— Deux et deux, combien cela fait-il, Robert? Nous l'avons calculé avec des cubes en bois, tu te souviens?

— J'sais pas. On fabrique le bateau, maintenant? répondit l'enfant en se trémoussant.

— Après le calcul. Regarde, Robert, voici trois feuilles, et en voilà deux autres. Ça fait combien?

Il suffisait de compter, mais le gamin était buté, ne manifestant pas le moindre intérêt. Georges, en pensée, revit William. La jeune femme ne perdit pas patience.

— Compte, tout simplement, Robert.

— Un, deux, trois, quatre… Quatre, missy!

La préceptrice soupira, imitée par la petite Nancy.

— Recompte, Robert!

L'enfant était de mauvaise volonté et stupide. À chaque exercice dont la préceptrice s'efforçait à grand-peine de lui faire découvrir la solution, la pitié de Georges grandissait. Il ne devait pas être aisé de rester aimable, et pourtant la jeune femme souriait stoïquement, tandis que Robert ne cessait de crier «Le bateau! Le bateau!». Elle céda seulement une fois qu'il eut enfin résolu le troisième problème, le plus facile. Elle ne manifesta en revanche ni patience ni adresse pour la confection des bateaux. Le modèle dont Robert finit par se satisfaire ne s'avéra guère en état de tenir la mer. Aussi le petit fut-il rapidement de retour, interrompant le cours de calcul qu'elle donnait à Nancy. La fillette était une bonne élève et, contrairement à l'enseignante, avait remarqué que Georges les écoutait. Chaque fois qu'elle donnait la solution d'un problème, elle lui lançait un regard de triomphe. Lui concentrait plutôt son attention sur la jeune préceptrice. Elle exposait ses problèmes d'une voix claire et douce, prononçant les *s* d'un ton maniéré, un peu comme quelqu'un appartenant aux classes supérieures d'Angleterre ou qui, ayant zézayé enfant, devait contrôler son expression. Georges trouva cela ravissant. Mais Robert venait de troubler sa tranquillité ainsi que celle de sa sœur. Georges savait exactement ce que la petite ressentait, de même qu'il lut dans les yeux de la jeune fille la même impatience réprimée que jadis dans ceux d'Hélène.

— Il a chaviré, missy! Fais-en un autre! exigea-t-il en lançant son bateau trempé sur les genoux de la préceptrice.

Georges décida de s'immiscer à nouveau.

— Viens! Je sais les fabriquer, interpella-t-il le garçon. Je vais te montrer comment plier, tu n'auras plus besoin de personne.

— Mais il ne fallait pas…, dit-elle avec un regard plein de désarroi. Robert, tu embêtes ce monsieur !

— Mais non, se défendit Georges. Au contraire. J'aime fabriquer des bateaux en papier, et je n'en ai pas fait depuis près de dix ans. Il est temps que je m'y réessaie, sinon je vais oublier.

Tout en jetant des regards à la dérobée à la jeune femme qui continuait à calculer avec Nancy, il confectionna rapidement un bateau, puis tenta d'expliquer à Robert comment s'y prendre, mais le gamin ne s'intéressait qu'au produit fini.

— Viens, on va le mettre à l'eau, l'invita-t-il tout de même. Dans la rivière !

— Il n'est pas question de la rivière ! s'écria la préceptrice en se levant d'un bond.

Bien que contrariant certainement Nancy, elle était prête à accompagner Robert au «lac» pourvu qu'il ne s'exposât pas à de nouveaux risques. Georges la suivit, admirant sa démarche légère et gracieuse. Cette jeune fille n'était pas une campagnarde comme quelques-unes de celles qu'il avait vues danser la veille au White Hart. Elle était une petite lady.

— Ce garçon est difficile, n'est-ce pas ? compatit Georges.

— Oui, mais Nancy est gentille. Et peut-être que Robert va s'amender…

— Vous croyez ? Vous avez de l'expérience en la matière ?

— Non, dit-elle en haussant les épaules, c'est ma première place.

— Après l'école de formation des institutrices ? s'enquit Georges, qui la trouvait très jeune pour une enseignante formée à ce métier.

— Non, je n'ai pas fréquenté d'école ; il n'en existe pas encore en Nouvelle-Zélande, du moins pas ici, dans l'île du Sud, répondit-elle un peu gênée. Mais je sais lire et écrire, je parle un peu le français et très bien le maori. J'ai lu les classiques, même si ce n'est pas en latin. Et les enfants sont encore loin d'aller au *college*.

— Et ça vous plaît ?

Elle le regarda en fronçant les sourcils. Georges lui indiqua un banc à côté du «lac» et fut heureux qu'elle acceptât de s'asseoir.

— L'enseignement? Ma foi, pas toujours. Existe-t-il un travail salarié qui n'ait que des bons côtés?

Georges s'assit à son tour et se lança:

— Puisque nous en sommes à bavarder, puis-je me présenter? Georges Greenwood, de Greenwood Enterprises à Londres, Sydney et, depuis peu, Christchurch.

Si elle était impressionnée, elle n'en laissa rien paraître. Elle se contenta de donner son nom, tranquillement mais non sans fierté:

— Élisabeth Godewind.

— Godewind? On dirait un nom danois. Mais vous n'avez pas d'accent scandinave.

— Non, je suis originaire de Londres. Mais ma mère nourricière était suédoise. Elle m'a adoptée.

— Juste une mère, pas de père?

Georges s'en voulut de se montrer si curieux.

— Mme Godewind avait déjà un certain âge quand je suis arrivée chez elle. Comme demoiselle de compagnie, en quelque sorte. Ensuite, elle a voulu me léguer sa maison et la solution la plus simple était de m'adopter. Rencontrer Mme Godewind a été ce qui m'est arrivé de mieux…

La jeune fille était au bord des larmes. Georges détourna pudiquement le regard et en profita pour jeter un coup d'œil sur les enfants: Nancy cueillait des fleurs et Robert faisait son possible pour couler le deuxième bateau. Ayant entre-temps sorti son mouchoir, Élisabeth avait repris contenance.

— Je vous prie de m'excuser. Mais il n'y a que neuf mois qu'elle est morte, et la douleur est toujours là.

— Mais, puisque vous avez du bien, pourquoi avez-vous cherché du travail? poursuivit Georges, fasciné mais conscient qu'il était malséant de tant insister.

— Nous vivions grâce à la pension de Mme Godewind. Mais, après son décès, nous n'avons plus eu que la maison.

Nous avons d'abord essayé de prendre des locataires, mais ce ne fut pas une réussite. Je n'ai pas l'autorité nécessaire et Jones, l'homme à tout faire, en a encore moins. Les gens ne payaient pas leur loyer, se montraient insolents, salissaient tout et menaient Jones et sa femme à la baguette. C'était devenu insupportable, nous n'étions plus chez nous. Alors j'ai cherché un emploi. M'occuper d'enfants me plaît davantage. Je ne suis d'ailleurs avec eux que la journée. Le soir, je rentre chez moi.

Elle était donc libre le soir! Georges se demanda s'il oserait lui proposer un rendez-vous. Pour un dîner à White Hart, peut-être, ou une promenade? Mais non, elle le refuserait. C'était une jeune fille bien éduquée; cette conversation dans un parc était déjà à la limite de la bienséance. Une invitation sans l'entremise d'une famille amie, sans duègne, hors du cadre convenu était impensable. Pourtant, on n'était pas à Londres, sacrebleu! Ils étaient à l'autre bout du monde, et il ne voulait en aucun cas la perdre de vue. Il devait oser. Elle devait oser aussi... Nom d'un chien, Hélène avait bien osé, elle! Se tournant vers la jeune fille, Georges tenta de mettre dans son regard le plus de charme possible, mais aussi de sérieux.

— Miss Godewind, dit-il posément, la question que je voudrais vous poser bouscule toutes les conventions. Je pourrais bien entendu y mettre les formes, par exemple en vous suivant discrètement, en trouvant le nom de vos employeurs. Je demanderais ensuite à un membre de la bonne société de Christchurch de m'introduire auprès d'eux, et j'attendrais enfin que quelqu'un nous présente un jour officiellement. Mais d'ici là, vous en aurez peut-être épousé un autre, et puis je n'aime pas régler mes affaires par l'entremise d'autrui. Par conséquent, si vous ne désirez pas passer le reste de votre vie à vous ronger les sangs à cause d'enfants comme Robert, écoutez-moi: vous êtes une femme jolie, séduisante et cultivée, possédant une maison à Christchurch... En un mot, vous êtes exactement ce que je cherche.

Trois mois plus tard, Georges Greenwood épousait Élisabeth Godewind. Les parents du fiancé n'étaient pas présents. Son père avait dû renoncer au voyage en raison d'obligations professionnelles, mais il avait transmis au couple sa bénédiction, ses vœux de bonheur, et transféré à Georges, en cadeau de mariage, la propriété des succursales de Nouvelle-Zélande et d'Australie. Mme Greenwood raconta à ses amies que son fils avait épousé la fille d'un capitaine suédois, laissant entendre une parenté avec la famille royale suédoise. Elle ne devait jamais apprendre qu'en réalité Élisabeth était née à Queens et que le comité de son orphelinat l'avait envoyée en exil dans le nouveau monde. D'ailleurs, rien ne laissait deviner ses origines. Elle était ravissante dans sa robe en dentelle blanche, dont Nancy et Robert tenaient sagement la traîne. Hélène surveillait le garçonnet avec méfiance et Georges était ainsi assuré qu'il ne se permettrait aucun écart. Georges s'étant fait entre-temps un nom comme négociant en laine, et Mme Godewind ayant été un pilier de la paroisse, l'évêque insista pour marier lui-même le jeune couple.

Ensuite, la fête se déroula en grande pompe dans l'hôtel White Hart, Gérald Warden et Howard O'Keefe s'enivrant dans deux coins opposés du salon. En dépit des tensions entre les deux hommes, Hélène et Gwyneira ne se laissèrent pas démonter et obtinrent que Ruben et Fleurette jettent ensemble des fleurs sur le chemin des époux. Gérald Warden parut s'aviser pour la première fois que le mariage d'Howard avait été comblé par la naissance d'un beau garçon, ce qui eut pour effet de le mettre encore de plus méchante humeur. O'Keefe avait donc un héritier pour sa misérable ferme! Gwyneira, elle, était toujours aussi mince qu'une baguette d'osier. Gérald entama un tête-à-tête avec sa bouteille de whisky et Lucas, le surveillant, fut heureux de pouvoir se retirer avec Gwyneira dans leur chambre d'hôtel avant que la fureur de son père se déchargeât une nouvelle fois avec fracas. Pendant la nuit, il tenta de se rapprocher de sa femme, qui, comme toujours, se montra consentante et fit de son mieux pour l'encourager. Mais il fut une nouvelle fois défaillant.

5

Après le passage de Georges, il avait fallu longtemps pour que les rapports entre James et Gwyneira s'apaisent. La jeune femme était furieuse, le contremaître blessé. Mais ils avaient surtout pris l'un et l'autre conscience que rien n'appartenait vraiment au passé. Le cœur de Gwyn saignait toujours lorsqu'elle voyait avec quel désespoir James la suivait des yeux. Quant à ce dernier, il ne supportait pas d'imaginer Gwyneira dans les bras d'un autre. Mais renouer leur liaison était inconcevable : la jeune femme savait qu'elle serait incapable de l'abandonner s'il la touchait une fois encore.

D'un autre côté, la vie à Kiward Station devenait insupportable. Gérald se soûlait quotidiennement et ne laissait pas une minute de paix à Lucas et à sa femme. Ils subissaient ses attaques même en présence d'invités. Gwyneira était maintenant en proie à un tel désespoir qu'elle osa aborder avec son époux le problème de ses difficultés sexuelles.

— Écoute, mon chéri, dit-elle à voix basse, un soir où il gisait de nouveau à côté d'elle, épuisé par ses efforts et malade de honte.

Elle lui avait timidement proposé de le stimuler en maniant son sexe – en quelque sorte la chose la plus indécente à laquelle une lady et un gentleman pouvaient se livrer –, mais elle avait, sur ce point, connu avec James des expériences prometteuses. Néanmoins, Lucas n'avait guère manifesté plus qu'un semblant d'érection, même lorsqu'elle avait caressé et massé doucement la peau tendre et lisse de son sexe. Il fallait faire quelque chose. Elle avait donc décidé d'en appeler à l'imagination de Lucas :

— Écoute, si je ne te plais pas… à cause de mes cheveux roux ou parce que tu préfères les femmes bien en chair… pourquoi n'imagines-tu pas tout simplement que tu es avec une autre ? Je ne t'en voudrais pas.

— Tu es si gentille, soupira-t-il en l'embrassant tendrement sur la joue. Si compréhensive. Je regrette tout ça infiniment.

Honteux, il voulut se détourner.

— Les regrets ne me feront pas tomber enceinte ! rétorqua-t-elle sèchement. Pense donc à quelque chose qui t'excite.

Il essaya. Mais quand une image se dessina devant ses yeux et l'excita effectivement, l'horreur qu'il en ressentit lui fit l'effet d'une douche froide. Ce n'était pas possible ! Il ne pouvait pas faire l'amour à sa femme tout en pensant au corps svelte et si bien bâti de Georges Greenwood…

La situation dégénéra un soir de décembre, à la fin d'une journée d'été torride, sans un souffle d'air. Cela arrivait rarement dans les Canterbury Plains et la chaleur suffocante éprouvait les nerfs de tous les habitants de Kiward Station. Fleurette pleurnichait et Gérald s'était montré odieux toute la journée. Le matin, il avait invectivé les ouvriers parce que les brebis n'étaient pas encore dans les montagnes, alors qu'il avait précédemment ordonné à James de ne partir avec les troupeaux qu'après la naissance du dernier agneau. L'après-midi, il était entré en rage en voyant Lucas assis au jardin, avec Fleurette, en train de dessiner au lieu de se rendre utile aux écuries. Il avait fini par se disputer avec Gwyneira, qui lui avait rétorqué qu'il n'y avait pour le moment rien à faire avec les moutons et qu'il valait mieux les laisser tranquilles en pleine chaleur.

Tout le monde était impatient qu'il plût et l'on pouvait effectivement s'attendre à un orage d'un instant à l'autre. Pourtant, quand le soleil se coucha et que le dîner fut annoncé, aucun nuage n'était apparu dans le ciel. Gwyneira alla se changer dans la fournaise de sa chambre. Elle n'avait pas faim ; elle n'avait qu'une envie : s'asseoir dans la véranda du jardin pour attendre que la nuit apportât un peu de fraîcheur. Peut-être même aurait-elle senti les premiers souffles de l'orage – voire les aurait appelés, car les Maoris croyaient à la magie en matière de phénomènes atmosphériques. Et Gwyneira avait eu en effet toute la journée l'impression étrange d'être un élément de la terre et du ciel, maîtresse de la vie et de la mort. Une euphorie qui s'emparait d'elle quand elle assistait et aidait à la naissance d'une nouvelle vie. Elle se souvenait très exactement de l'avoir ressentie pour la première fois lors de la naissance de Ruben. Ce jour-là, la responsable était Cléo. Le matin, la chienne avait mis au monde cinq chiots splendides. Elle était à présent dans son panier, sur la terrasse, allaitant ses petits, et elle aurait sûrement accueilli avec joie la compagnie de Gwyneira. Mais Gérald tenait à ce qu'elle fût présente à table – trois longs services dans la lourde atmosphère d'une incertitude permanente.

Gwyneira et Lucas avaient appris depuis longtemps à peser leurs mots devant Gérald : la jeune femme savait donc que mieux valait ne pas évoquer les chiots de Cléo, ni les aquarelles que Lucas avait envoyées la veille à Christchurch. Georges Greenwood voulait les faire parvenir à une galerie de Londres où, il en était certain, le talent de Lucas serait apprécié. Mais il fallait en même temps entretenir la conversation à table pour ne pas laisser Gérald choisir lui-même les sujets, à coup sûr désagréables.

Gwyneira ôta sa robe d'après-midi avec mauvaise humeur : elle était lasse de devoir sans cesse se changer pour le dîner et, par cette chaleur, le corset la serrait. Elle décida de s'en passer, étant assez mince pour entrer sans peine dans l'ample robe d'été choisie pour ce soir-là. Sans l'armature de baleines, elle se sentit tout de suite plus à l'aise. Relevant rapidement ses cheveux, elle descendit les escaliers en courant. Lucas et Gérald attendaient déjà devant la cheminée, l'un et l'autre un verre de whisky à la main. Au moins l'atmosphère était-elle encore paisible. Gwyneira sourit aux deux hommes.

— Fleurette est-elle déjà au lit? s'enquit Lucas. Je ne lui ai pas encore souhaité bonne nuit…

Ce n'était à l'évidence pas un bon sujet de conversation. Gwyneira devait en changer au plus vite.

— Elle était morte de fatigue. Votre séance de dessin dans le jardin l'a certes beaucoup intéressée, mais ça l'a également épuisée, par cette chaleur. Et puis, bien sûr, l'excitation provoquée par l'arrivée des chiots…

Gwyn se mordit les lèvres. C'était justement la mauvaise piste. Comme de bien entendu, Gérald bondit sur l'occasion.

— La chienne a donc de nouveau mis bas, grogna-t-il. Et de nouveau sans problème, hein? Si seulement madame en prenait de la graine! Les choses sont tellement simples chez ces femelles! En chaleur, couvertes, des petits! Qu'est-ce qui ne fonctionne pas chez vous, princesse? Tu n'es jamais en chaleur, ou bien…

— Père, nous allons dîner, l'interrompit Lucas, comme toujours d'un ton mesuré. Je t'en prie, calme-toi et n'offense pas Gwyneira. Elle n'y peut rien.

— C'est ta faute, espèce de… parfait gentleman! éructa Gérald. Tu as donc du sang de navet avec toute cette bonne éducation, hein?

— Gérald, pas devant les domestiques, intervint Gwyneira avec un regard de côté vers Kiri qui entrait pour servir le premier plat.

Un plat léger, une salade. Gérald n'en mangerait guère. La soirée n'en passerait que plus vite, espéra sa belle-fille. Le dîner terminé, elle pourrait se retirer.

Malheureusement, Kiri, d'ordinaire sociable et sans problème, fut à l'origine d'un incident. Déjà fort pâle durant toute la journée, elle avait à présent l'air fatiguée. Gwyneira voulut l'interroger à ce propos, mais y renonça, Gérald réprouvant les conversations familières avec les domestiques. Aussi s'abstint-elle de toute remarque sur la maladresse et l'inattention avec lesquelles Kiri servait. Après tout, chacun, un jour ou l'autre, connaissait un mauvais jour.

Devenue excellente cuisinière, Moana savait exactement ce qu'aimaient ses patrons. Connaissant la prédilection de Gwyn et de Lucas pour la légère cuisine d'été, elle savait aussi que Gérald tenait à avoir au moins un plat de viande. Il y eut donc de l'agneau comme plat principal, et Kiri, en entrant, donna l'impression d'être encore plus exténuée qu'un instant plus tôt. L'odeur du rôti se mêla au lourd parfum des roses que Lucas avait cueillies dans le jardin. Gwyneira trouva ce cocktail fort pénétrant, presque écœurant. Kiri parut partager cette impression. Alors qu'elle allait servir à Gérald une tranche d'agneau, elle vacilla. Gwyneira bondit en la voyant s'effondrer à côté de la chaise du maître de maison.

Sans se demander une seule seconde si c'était convenable ou non, elle s'agenouilla près de Kiri et la secoua, tandis que Lucas s'efforçait de ramasser les débris du plat et de nettoyer tant bien que mal le jus qui maculait le tapis. Witi, tout en aidant son maître, appela Moana. Celle-ci accourut et rafraîchit le front de Kiri avec un chiffon mouillé d'eau froide.

Gérald contemplait cette agitation d'un air sombre. L'incident avait encore accru sa mauvaise humeur. Nom d'un chien! Kiward Station devait être une demeure de haute tenue! Avait-on déjà entendu dire que, dans les maisons de maître londoniennes, les bonnes tombaient à la renverse et qu'ensuite la moitié des habitants, maîtresse et jeune maître compris, s'affairaient auprès d'elle?

Ça n'avait pas l'air très grave. Kiri revenait déjà à elle. Horrifiée, elle découvrit le désordre qu'elle avait provoqué.

— Pardon, monsieur Gérald! Se reproduira pas, promis! dit-elle, tournée avec crainte vers le maître de maison qui la toisait avec hostilité.

Witi essuyait son costume taché de sauce.

— Mais ce n'est pas ta faute, Kiri! s'écria Gwyn sur un ton amical. Par une chaleur pareille, ça peut arriver.

— C'est pas chaleur, miss Gwyn, c'est bébé, expliqua Moana. Kiri va avoir enfant en hiver. C'est pour ça elle se sent mal tout le temps et peut pas sentir viande. Moi lui dire pas servir, mais…

— Je regrette, miss Gwyn…, continua à se lamenter Kiri.

Gwyneira se dit avec un soupir muet que c'était le sommet de cette soirée manquée. Cette malheureuse était-elle obligée de raconter cette histoire devant Gérald? D'un autre côté, Kiri n'était pas responsable de son malaise. Gwyneira se força à sourire de manière apaisante.

— Ce n'est pas une raison pour t'excuser, Kiri! Au contraire, tu dois te réjouir. Mais il te faudra te ménager un peu ces prochaines semaines. Rentre chez toi à présent et couche-toi. Witi et Moana débarrasseront…

Kiri partit en se répandant à nouveau en excuses et en faisant au moins trois fois la révérence devant Gérald. Gwyneira espéra que cela allait le calmer, mais il ne changea pas de physionomie, pas plus qu'il ne fit mine de rassurer la jeune fille.

Moana essaya de sauver une partie du plat principal, mais Gérald la chassa avec impatience.

— Laisse ça, fillette! De toute façon, ça m'a coupé l'appétit. Disparais, va chez ton amie… ou bien fais-toi aussi engrosser. Mais fous-moi la paix!

Le vieil homme se leva pour aller au meuble-bar. Un autre whisky double. Gwyneira devina ce qui les attendait, son mari et elle. Les domestiques devaient eux aussi l'avoir compris.

— Tu as entendu, Moana… toi aussi, Witi. Le maître vous donne congé pour ce soir. Ne vous souciez pas de la cuisine. Si ça nous dit tout à l'heure, j'irai chercher moi-même le dessert. Vous nettoierez le tapis demain. Profitez de votre soirée.

— Au village, danses pour la pluie, miss Gwyn, expliqua Witi comme pour s'excuser. Être utile.

Comme pour le prouver, il ouvrit le haut de la demi-porte donnant sur la terrasse. Gwyneira espéra que cela donnerait un petit souffle d'air, mais la chaleur était toujours aussi écrasante dehors. On entendait des battements de tambour et des chants en provenance du village maori.

— Tu vois, dit amicalement Gwyneira à Witi, tu pourras te rendre plus utile au village qu'ici. Allez-y. M. Gérald ne se sent pas bien…

Elle fut soulagée quand la porte se referma derrière les domestiques. Sans perdre un instant à débarrasser la cuisine, ils allaient rassembler leurs affaires et auraient disparu dans quelques minutes.

— Un sherry pour te remettre de cette frayeur, ma chérie? demanda Lucas.

Elle accepta. Ce n'était pas la première fois qu'elle aurait aimé se soûler sans scrupules, comme les hommes. Mais Gérald ne lui laissa pas le temps de savourer son sherry. Ayant avalé son whisky d'un trait, les yeux rouges, il regardait fixement le couple.

— Cette petite traînée de Maorie est donc elle aussi enceinte. Et le vieil O'Keefe a un fils. Tout le monde ici est fécond, partout on entend des bêlements, des cris et des glapissements. Il n'y a que chez vous qu'il ne se passe rien. À quoi cela tient-il, miss Pruderie et monsieur Couille-Molle? Qui est le fautif?

Gwyn, confuse, regardait le fond de son verre. Le mieux était de ne pas entendre. De dehors leur parvenaient toujours les battements de tambour. Elle essaya de se concentrer sur ce bruit et d'oublier Gérald. Lucas, au contraire, tenta de calmer le jeu.

— Nous ne savons pas à quoi cela tient, père. C'est sans doute la volonté de Dieu. Tu sais bien que tous les mariages n'ont pas le bonheur d'avoir plusieurs enfants. Mère et toi, vous n'avez bien eu que moi…

— Ta mère…, éructa Gérald en saisissant à nouveau la bouteille et, sans plus se donner la peine de remplir un verre, en buvant au goulot. Ta merveilleuse mère ne pensait qu'à ce type, ce… Toutes les nuits, elle m'a cassé les oreilles, de quoi faire perdre toute envie, même au meilleur étalon.

Il lança un regard chargé de haine au portrait de sa défunte épouse.

Gwyneira l'observait avec une crainte croissante. Jamais le vieil homme ne s'était laissé aller à de tels excès. Jusqu'ici, il avait toujours parlé de la mère de Lucas avec respect. La jeune femme savait que Lucas vouait un véritable culte à son souvenir.

En proie à l'indignation, elle sentit soudain la peur s'insinuer en elle. Elle eut envie de s'enfuir à toutes jambes. Elle chercha un prétexte, mais ne trouva pas d'échappatoire. Gérald ne l'aurait même pas écoutée. Il se tourna alors vers Lucas.

— Mais moi, je n'ai pas failli, fanfaronna-t-il, la bouche pâteuse. Car toi, au moins, tu es un homme… ou, du moins, tu en as l'air! Mais l'es-tu vraiment, Lucas Warden? Es-tu un homme? Prends-tu ta femme comme un homme?

Gérald se leva et se dirigea sur Lucas avec une attitude menaçante. Gwyneira vit dans ses yeux flamber la fureur.

— Père…

— Réponds, espèce de couille molle! Sais-tu comment on s'y prend? Ou bien es-tu une tante, comme on le chuchote dans les écuries? Oh oui, ils chuchotent, Lucas! Le petit Jonny Oates dit que tu n'arrêtes pas de lui lancer des regards. Qu'il a de la peine à se défendre de toi… C'est vrai, ça? demanda Gérald en foudroyant son fils du regard.

Lucas devint écarlate.

— Je ne lance de regards à personne, murmura-t-il.

Du moins ne l'avait-il pas fait consciemment. Se pouvait-il que ces hommes devinent ses pensées les plus secrètes, les plus honteuses?

Gérald cracha à ses pieds avant de détourner de lui son attention et de s'intéresser à Gwyneira.

— Et toi, petite princesse si prude? Tu ne sais donc pas l'exciter? Tu t'y connais pourtant quand il s'agit d'allumer les mâles! Je pense encore à la manière dont tu m'as regardé, au pays de Galles… Une petite garce, me suis-je dit, bien trop belle pour un vieil aristocrate d'Angleterre… Celle-là, il lui faut un homme véritable. Et, dans les écuries, ils te jettent de ces regards, princesse! Tous ces types en pincent pour toi, tu t'en es aperçue? Tu les y encourages, hein? Mais avec ton époux si distingué tu es froide comme un glaçon!

Gwyneira s'enfonça dans son siège. Les regards brûlants du vieil homme la remplissaient de honte. Elle aurait aimé porter une robe moins décolletée, moins légère. Les yeux de Gérald allaient de son visage à l'échancrure de son corsage. S'il continuait à la détailler, il allait remarquer…

— Et aujourd'hui? s'exclamait-il déjà d'une voix railleuse et méprisante. Tu n'as pas mis de corset, princesse? Tu espères qu'un homme véritable passe par là, quand ta couille molle de mari sera dans son petit lit?

Gwyneira bondit de son siège à l'instant où Gérald porta la main sur elle. Instinctivement, elle recula. Gérald la suivit.

— Ah bon, quand tu vois un homme véritable, tu te sauves. C'est bien ce que je pensais… miss Gwyn! Tu te fais prier! Mais un homme véritable n'abandonne pas comme ça…

Gérald l'empoigna par le corsage. Gwyneira trébucha sous la charge. Lucas se jeta entre eux deux.

— Père, tu t'oublies!

— Ah bon? Je m'oublie? Non, non, mon cher fils! rétorqua-t-il en donnant une bourrade en pleine poitrine à Lucas, qui n'osa pas riposter. Qu'est-ce qui m'a pris de t'acheter ce pur-sang? Bien trop bon pour toi, bien trop bon… J'aurais dû la prendre pour moi. À l'heure qu'il est, j'aurais une écurie pleine d'héritiers.

Gérald se pencha sur Gwyneira qui était retombée dans son fauteuil. Elle tenta de se relever et de s'enfuir, mais, d'un coup, il la jeta par terre et fut sur elle avant qu'elle eût réussi à s'asseoir.

— Je vais vous montrer comment on s'y prend, moi, haleta-t-il.

Il était complètement ivre, mais, si sa voix l'avait abandonné, ses forces non. Gwyneira lut dans ses yeux un désir brutal. Paniquée, elle essaya de se souvenir. Que s'était-il passé au pays de Galles? L'avait-elle aguichée? Avait-il toujours ressenti cela à son égard, mais avait-elle été trop aveugle pour s'en apercevoir?

— Père…, tenta Lucas en saisissant son père sans conviction par-derrière, mais le poing de Gérald fut plus rapide.

Ivre ou non, ses coups touchaient juste. Lucas fut projeté en arrière et perdit connaissance pour quelques secondes. Gérald déboutonna son pantalon. Gwyneira entendit Cléo se mettre à aboyer sur la terrasse. Inquiète, la chienne grattait contre la porte.

— Je vais t'apprendre, princesse… je vais te montrer comment on s'y prend…

Gwyneira poussa un gémissement quand, ayant déchiré sa robe sans autre forme de procès et froissé ses sous-vêtements de soie, il s'enfonça brutalement en elle. Elle sentit son haleine chargée de whisky, sa sueur et la sauce renversée sur sa chemise. Elle fut submergée par l'envie de vomir. Elle vit la haine et le triomphe dans ses yeux où brillait la méchanceté. La tenant allongée d'une main, de l'autre il lui pétrissait les seins en embrassant sa gorge avec avidité. Elle le mordit lorsqu'il voulut introduire sa langue dans sa bouche. Le premier choc passé, elle commença à lutter et se défendit de manière si désespérée qu'il dut la maintenir à deux mains. Mais il poussait toujours en elle, et la douleur était quasi insupportable. Elle comprenait enfin ce que voulait dire Hélène et se raccrocha aux paroles de son amie : « Au moins, c'est vite fini... »

Découragée, elle cessa de se débattre. Elle entendait les battements de tambour, les aboiements hystériques de Cléo. Pourvu qu'elle n'essaye pas de sauter par la demi-porte. Gwyn se força au calme. Ce serait bientôt terminé...

Remarquant sa résignation, Gérald la prit pour du consentement.

— À présent... ça te plaît, hein, princesse ? bégaya-t-il en haletant, puis plus fort encore : Ah, ça te plaît ! Tu en veux... tu en veux encore, hein ? C'est autre chose, non ? Un homme vrai de vrai, hein ?

Gwyneira n'avait plus la force de l'injurier. La douleur et l'humiliation semblaient sans fin, les secondes duraient des heures. Gérald gémissait, haletait et proférait des mots incompréhensibles qui, se mêlant aux battements de tambour et aux aboiements, donnaient une cacophonie assourdissante. Gwyneira ignorait si elle-même criait ou si elle supportait la torture en silence. Elle voulait seulement que Gérald la laissât, même si cela signifiait qu'il...

Elle ressentit un violent dégoût quand il finit par se répandre en elle. Elle se sentait salie, souillée, humiliée. Elle détourna la tête avec désespoir quand, hors d'haleine, il s'effondra sur elle, pressant son visage brûlant contre sa gorge. Le poids de son corps la clouait au sol. Elle avait l'impression de ne plus pouvoir respirer. Elle tenta de le repousser, mais en vain. Pourquoi ne bougeait-il plus ? Était-il mort ? Elle ne l'aurait pas plaint. Si elle avait eu un couteau, elle le lui aurait plongé dans le corps.

Enfin, il remua. Il se releva sans la regarder. Qu'éprouvait-il ? De la satisfaction ? De la honte ?

Le vieil homme était là, chancelant, puis il reprit sa bouteille.

— J'espère que cela vous a servi de leçon, à vous deux…, dit-il du bout des lèvres, sans triompher, plutôt comme s'il regrettait déjà un peu, puis, jetant un regard de côté sur Gwyneira qui gémissait toujours : T'as pas eu de chance si cela a été douloureux. Mais, pour finir, ça t'a plu, princesse, pas vrai ?

Gérald monta les escaliers en trébuchant, sans se retourner. Gwyneira sanglotait sans bruit.

Lucas finit par se pencher sur elle.

— Ne me regarde pas ! Ne me touche pas !

— Je ne vais rien te faire, ma chérie…, protesta-t-il en s'efforçant de l'aider à se relever, mais elle le repoussa.

— Disparais, sanglota-t-elle. C'est trop tard, maintenant tu ne peux plus rien faire.

— Mais…, dit-il après une hésitation. Qu'aurais-je bien pu faire ?

Une foule d'idées seraient venues d'un coup à Gwyneira. Il n'aurait même pas eu besoin d'un couteau, le tisonnier en fer, juste à côté de lui, aurait suffi pour assommer son père. L'idée ne lui en était même pas venue. D'autres choses, à l'évidence, l'intéressaient.

— Mais… mais ça ne t'a pas plu, n'est-ce pas ? demanda-t-il tout bas. Tu n'as pas vraiment…

Chacun de ses muscles avait beau être douloureux, la rage aida Gwyneira à se relever.

— Et quand bien même cela serait, espèce… espèce de couille molle ! lui hurla-t-elle.

Jamais elle ne s'était sentie outragée, trahie à ce point. Comment cet abruti pouvait-il croire qu'elle avait pu prendre du plaisir à cette humiliation ? Elle n'eut soudain plus qu'une envie, offenser à son tour Lucas.

— Qu'arriverait-il si un autre y parvenait réellement mieux que toi ? Irais-tu le provoquer en duel, cet homme, le père de Fleurette ? Oui ? Ou bien baisserais-tu à nouveau pavillon, comme à l'instant, au moment d'affronter un vieil homme ? Bon Dieu, j'en ai assez de toi ! Et de ton père, ce vieillard si vert et si gaillard ! Et, au fait, c'est quoi une «tante», Lucas ? Est-ce là encore une chose qu'il faut dissimuler aux ladies ?

Gwyneira vit la douleur dans ses yeux et oublia sa colère. Qu'était-elle en train de faire ? Pourquoi se vengeait-elle sur Lucas de ce qu'avait commis son père ? Lucas n'était pas responsable de ce qu'il était.

— Ah, et puis je ne veux pas le savoir, dit-elle. Disparais de ma vue, Lucas. Fiche le camp. Je ne veux plus te voir. Je ne veux voir personne. Fiche le camp, Lucas Warden ! Disparais !

Enfermée dans son chagrin et sa douleur, elle ne l'entendit pas partir. Elle essayait de concentrer son attention sur le tambour pour ne pas avoir à entendre les pensées qui lui martelaient le crâne. Puis elle se rappela la chienne. Ses aboiements avaient cessé. Cléo geignait, sans plus. Gwyneira se traîna jusqu'à la porte de la terrasse, la laissa entrer et rentra à l'intérieur le panier contenant les chiots au moment où tombèrent les premières gouttes. Cléo léchait les larmes sur son visage, tandis qu'elle écoutait la pluie crépiter sur les dalles de la terrasse... *Rangi* pleurait.

Gwyneira pleurait.

Elle parvint à gagner sa chambre lorsque, l'orage ayant éclaté sur Kiward Station et l'air ayant fraîchi, elle eut un peu repris ses esprits. Elle finit par s'endormir sur le moelleux tapis bleu pâle que Lucas avait autrefois choisi pour elle, avec, à ses côtés, la chienne et sa portée.

Elle ne se rendit absolument pas compte que Lucas quitta la maison au petit jour.

Le matin, Kiri s'abstint de toute remarque sur le spectacle qui s'offrit à ses yeux quand elle entra dans la chambre de Gwyneira. Elle n'évoqua ni le lit non défait, ni la robe déchirée, ni le corps souillé de sang de sa maîtresse. Oui, cette fois, elle avait saigné...

— Faut laver vous, miss. Après ça ira mieux, sûr, compatit-elle. M. Lucas pas fait exprès. Hommes ivres, dieux du temps en colère, mauvaise journée, hier…

Gwyneira se laissa conduire dans la salle de bains. Kiri, ayant fait couler de l'eau, voulut y ajouter de l'extrait de fleurs, mais Gwyneira le lui interdit. Le parfum de rose de la veille était un souvenir trop présent.

— Moi porter petit-déjeuner dans chambre, oui? Moana a fait gaufres pour dire excuses à M. Gérald. Mais M. Gérald pas encore réveillé…

Gwyneira se demanda comment elle pourrait à nouveau se montrer devant Gérald Warden. Après s'être savonnée à plusieurs reprises et avoir éliminé de son corps la sueur et la puanteur de cet homme, elle se sentit un peu mieux. La plaie était toujours à vif, chaque geste était douloureux, mais cela passerait. L'humiliation, en revanche, ne la quitterait pas jusqu'à la fin de ses jours.

Dans la chambre, Kiri avait ouvert les fenêtres et fait disparaître sa robe en lambeaux. Le monde, au-dehors, avait été comme lavé par l'orage. L'air était pur et frais. Gwyneira prit une profonde respiration, cherchant à apaiser les pensées qui tourbillonnaient dans sa tête. Ce qu'elle avait vécu la veille était terrible, mais pas plus que ce qui advenait à maintes femmes chaque nuit. En s'en donnant la peine, elle parviendrait à oublier. Elle devait faire comme si rien ne s'était passé…

Elle sursauta pourtant quand la porte s'ouvrit. Cléo, sentant la tension de sa maîtresse, grogna. Ce n'étaient que Kiri et Fleurette. La fillette était de mauvaise humeur, mais Gwyn ne pouvait lui en vouloir. Habituellement, c'est elle qui réveillait l'enfant d'un baiser. Puis Lucas, elle et Fleurette prenaient leur petit-déjeuner ensemble. Cette heure en famille, sans Gérald encore en train de cuver son whisky, était pour eux un moment sacré. Gwyn avait pensé que Lucas s'occuperait de sa fille ce matin, mais celle-ci avait manifestement été livrée à elle-même. Sa tenue était d'ailleurs étrange : elle portait une petite redingote enfilée, tel un poncho, par-dessus une robe boutonnée de travers.

— Papa est parti, dit la petite.

— Non, Fleurette, papa n'est certainement pas parti. Il est peut-être sorti se promener à cheval. Il… nous… Nous nous sommes un peu disputés avec grand-père hier…

L'aveu ne lui était pas agréable, mais Fleurette avait si souvent été témoin de leurs affrontements que ce n'était pas nouveau pour elle.

— Oui, peut-être que papa est sorti à cheval, dit-elle. Avec Flyer. Lui non plus il n'est plus là, d'après M. James. Mais pourquoi papa sort-il avant le petit-déjeuner ?

Gwyneira aussi était surprise. Se changer les idées en galopant un peu dans la nature lui ressemblait à elle plus qu'à Lucas. D'ailleurs, il sellait rarement lui-même. On disait en plaisantant qu'il demandait aux bergers de lui amener son cheval même pour les travaux de la ferme. Et pourquoi avait-il choisi le cheval le plus vieux ? Lucas n'aimait certes guère monter, mais il était un excellent cavalier. Cette bête âgée, que Fleurette elle-même montait à l'occasion, l'ennuierait. Mais peut-être Fleurette et Lucas se trompaient-ils et que les disparitions de Lucas et de Flyer n'avaient rien à voir l'une avec l'autre. Le cheval pouvait s'être échappé, comme cela arrivait souvent.

— Papa va certainement revenir bientôt, dit Gwyneira. As-tu déjà jeté un œil dans l'atelier ? Allez, mange une gaufre.

Kiri avait servi le petit-déjeuner sur une petite table près de la fenêtre. Elle versa du café à Gwyneira. Fleurette eut elle aussi droit à une goutte, avec beaucoup de lait.

— Pas être dans sa chambre, miss, remarqua la bonne. Witi a vérifié. Lit pas défait. Certainement quelque part dans la ferme. A honte à cause…, ajouta-t-elle, avec, pour sa maîtresse, un regard qui en disait long.

Gwyneira était soucieuse. Lucas n'avait pas de raison d'être honteux… ou bien tout de même ? Gérald ne l'avait-il pas tout autant humilié qu'elle? Et elle-même... Elle l'avait traité d'une manière impardonnable.

— Nous allons tout de suite nous mettre à sa recherche, Fleurette. On va le trouver, dit la jeune femme, ne sachant si c'était elle ou sa fille qu'elle entendait tranquilliser.

Elles ne trouvèrent Lucas ni dans la maison, ni dans la ferme. Flyer n'était pas non plus réapparu. James, en revanche, leur apprit qu'il manquait une très vieille selle et une bride plusieurs fois rapiécée.

— Se passe-t-il quelque chose que je devrais savoir? demanda-t-il à voix basse, surpris de la pâleur de la jeune femme et de sa démarche pesante.

— Rien qui te regarde, répondit-elle, se résignant à le blesser lui aussi, après avoir blessé Lucas.

James, elle le savait, aurait tué Gérald.

6

Lucas ne réapparut pas les semaines suivantes. Ce qui, étonnamment, contribua à apaiser un peu les rapports entre Gwyneira et Gérald, obligés qu'ils étaient de trouver des arrangements, ne fût-ce que pour s'occuper de Fleurette. D'abord, la crainte qu'il fût arrivé quelque chose à Lucas, voire qu'il eût attenté à ses jours, les unit d'une certaine manière. On fouilla en vain les environs de la ferme et, après mûre réflexion, Gwyneira élimina l'hypothèse d'un suicide. Inventoriant ses affaires, elle avait constaté que quelques vêtements manquaient : à sa grande surprise, ceux qu'il aimait le moins. Il avait emporté des habits de travail, des vêtements pour la pluie, du linge et très peu d'argent. Cela concordait avec la disparition d'un vieux cheval et d'une selle usagée : il ne voulait manifestement rien recevoir de Gérald ; la rupture devait s'effectuer proprement. Gwyneira était peinée qu'il l'eût quittée sans un mot. À sa connaissance, il n'avait pris avec lui aucun souvenir, ni d'elle, ni de leur fille, sauf un couteau de poche qu'elle lui avait offert. Elle n'avait donc jamais compté à ses yeux ; la vague amitié au sein du couple n'avait pas valu, pour lui, la peine de rédiger une lettre d'adieu.

Gérald s'informa de son fils à Haldon – ce qui alimenta les rumeurs – et à Christchurch, avec plus de discrétion et l'aide de Georges Greenwood. Sans résultat. On n'avait vu Lucas Warden ni dans l'une ni dans l'autre localité.

— Dieu sait où il peut être, se plaignit Gwyneira à Hélène. En Otago, dans un camp de chercheurs d'or, ou sur la côte occidentale, peut-être même sur l'île du Nord. Gérald va lancer des recherches, mais c'est peine perdue. Si Lucas ne veut pas qu'on le retrouve, on ne le retrouvera pas.

Haussant les épaules, Hélène mit sur le feu la théière.

— Peut-être est-ce mieux ainsi. Ce n'était pas bon pour lui de vivre indéfiniment sous la dépendance de Gérald. Maintenant, il peut faire ses preuves, et Gérald va arrêter de t'asticoter parce que tu n'as plus d'enfants. Mais pourquoi a-t-il disparu si soudainement? Il n'y a vraiment eu aucune raison, aucune dispute?

Gwyneira répondit que non, mais rougit. Elle n'avait parlé du viol à personne, même pas à sa meilleure amie. Si elle gardait la chose pour elle, le souvenir – du moins l'espérait-elle – finirait pas s'estomper. Ce serait alors comme si cette soirée n'avait jamais eu lieu, comme s'il ne s'était agi que d'un cauchemar. Gérald semblait penser comme elle. Il se montrait d'une extrême politesse envers elle, la regardait rarement et veillait scrupuleusement à ne pas la toucher. Ils se voyaient aux repas, pour ne pas donner de motifs de commérages aux domestiques, et parvenaient à avoir des conversations n'engageant à rien. Gérald buvait toujours autant, mais généralement après le repas, quand Gwyneira s'était retirée. Elle prit à son service, comme femme de chambre, l'élève préférée d'Hélène, Rongo qui avait maintenant quinze ans, en exigeant qu'elle dormît dans ses appartements pour l'avoir en permanence sous la main. Elle espérait ainsi empêcher Gérald de se livrer à d'autres agressions. Mais ses craintes n'étaient pas fondées. L'attitude du vieil homme était irréprochable. Gwyneira aurait de la sorte fini par oublier un jour ou l'autre cette funeste nuit d'été, si elle n'avait eu des suites. N'ayant pas eu ses règles pour la seconde fois, Gwyneira dut se rendre à l'évidence: elle était enceinte.

— Je n'en veux pas! dit-elle en sanglotant après être accourue chez Hélène à bride abattue.

Elle n'aurait pu attendre la fin de la classe avant de parler à son amie. À voir sa mine horrifiée, celle-ci comprit qu'il s'était passé un événement terrible. Elle donna congé aux enfants, envoya Fleurette et Ruben jouer dans le bush, et prit Gwyneira dans ses bras.

— A-t-on retrouvé Lucas? demanda-t-elle à voix basse.

Gwyneira la regarda comme si elle avait perdu l'esprit.

— Lucas? Pourquoi Lucas... Oh, c'est bien pire, Hélène, je suis enceinte et je ne veux pas de cet enfant!

— Tu es toute retournée, murmura Hélène en entraînant son amie chez elle. Viens, je vais te préparer un thé et nous parlerons de ça. Pourquoi diable ne te réjouis-tu pas de cette naissance? Tu as essayé pendant des années d'en avoir un, et maintenant... Ou bien as-tu peur que l'enfant arrive trop tard? Il n'est pas de Lucas?

Hélène regardait son amie d'un air interrogateur. Elle avait parfois flairé qu'il y avait des mystères autour de la naissance de Fleurette : l'éclair dans les yeux de Gwyn à la vue de James McKenzie ne pouvait échapper à une femme. Pourtant, ces derniers temps, elle les avait rarement vus ensemble. Et Gwyn n'aurait pas eu la stupidité de prendre un amant sitôt son mari parti! Ou bien Lucas était-il parti parce qu'il y avait déjà un amant? Hélène n'arrivait pas à le croire. Gwyn était une lady. Certainement pas sans faille, mais d'une discrétion à toute épreuve!

— L'enfant est un Warden, répondit Gwyneira d'un ton ferme. Il n'y a pas le moindre doute à ce sujet. Mais je n'en veux pas pour autant!

— Mais ce n'est pas à toi d'en décider, objecta Hélène, désemparée de ne pas comprendre ce qui se passait dans la tête de son amie. Quand on est enceinte, on est enceinte...

— Allons donc! Il doit y avoir un moyen de se débarrasser de l'enfant. Il se produit toujours des fausses couches.

— Mais pas chez des jeunes femmes en bonne santé comme toi! Pourquoi ne vas-tu pas voir Matahorua? Elle pourra certainement te dire si l'enfant est bien formé.

— Peut-être pourra-t-elle m'aider... peut-être connaît-elle un breuvage ou quelque chose de ce genre. Sur le bateau, Daphnée avait parlé à Dorothée de «faiseuses d'anges»...

— Gwyn, tu ne dois pas penser à ce genre de choses! s'effraya Hélène qui, à Liverpool, avait entendu parler à voix basse de ces faiseuses d'anges – son père avait d'ailleurs enterré quelques-unes de leurs victimes. C'est un péché! Et c'est dangereux! Tu peux en mourir. Et pourquoi, juste ciel...

— Je vais voir Matahorua! déclara Gwyn. N'essaie pas de m'en dissuader. Je ne veux pas de cet enfant!

Matahorua invita Gwyneira à l'accompagner derrière la maison commune, jusqu'à une rangée de rochers où elles seraient seules. Elle aussi avait dû comprendre, à la tête de la jeune femme, que quelque chose de grave était arrivé. Mais, cette fois, elles devraient se passer d'interprète: Gwyn, n'ayant aucune envie d'avoir une confidente, avait laissé Rongo à la maison.

En proposant à Gwyn de s'asseoir sur un rocher, Matahorua fit une grimace difficile à interpréter. Elle se voulait certainement amicale, c'était sans doute même un sourire, mais Gwyneira lut sur son visage comme une menace. Les tatouages, sur le visage de la vieille magicienne, modifiaient sans cesse sa physionomie et ses mimiques, et sa silhouette projetait des ombres étranges.

— Bébé. Moi savoir déjà par Rongo. Bébé fort... Beaucoup de force. Mais aussi beaucoup de colère...

— Je ne veux pas du bébé! lança Gwyneira sans regarder la vieille femme. Peux-tu faire quelque chose?

Matahorua chercha le regard de Gwyn.

— Moi faire quoi? Tuer le bébé?

Gwyneira se raidit. Jusqu'ici, elle n'avait pas osé se formuler la chose aussi brutalement. Mais c'était bien ce dont il s'agissait. La culpabilité s'empara d'elle.

Matahorua examina avec attention son visage et son corps. Comme toujours, on aurait dit que son regard traversait la personne en face d'elle pour se porter au loin, dans un monde connu d'elle seule.

— Important pour toi, bébé mourir?

Gwyneira sentit soudain la colère monter en elle.

— Est-ce que je serais ici, sinon?

— Bébé fort. Si bébé mourir, toi mourir aussi. Si important?

Gwyneira frémit. Comment Matahorua pouvait-elle en être aussi certaine? Pourquoi ne mettait-on jamais en doute ses paroles, aussi absurdes qu'elles puissent sembler? Savait-elle réellement lire l'avenir? Gwyneira réfléchit. Elle n'éprouvait rien pour l'enfant en elle, tout au plus de l'aversion et de la haine, exactement ce qu'elle éprouvait à l'égard du père. Mais cette haine n'était pas violente au point qu'il valût la peine de mourir à cause d'elle! Elle était jeune et aimait la vie. En outre, on avait besoin d'elle. Que deviendrait Fleurette si, après son père, elle perdait sa mère? Gwyneira décida d'en rester là. Peut-être pourrait-elle se contenter de mettre au monde cet enfant du malheur et de l'oublier ensuite? Que Gérald s'en occupe!

Matahorua se mit à rire.

— Moi voir, toi pas mourir. Toi vivre, bébé vivre… pas heureux. Mais vivre. Et il y aura quelqu'un qui veut…

— Qui veut quoi?

— Il y aura quelqu'un qui veut enfant. Finalement. Fait… cercle rond, dit la vieille femme en décrivant un cercle avec les doigts.

Puis, fouillant dans sa poche, elle sortit un morceau de jade presque rond et le tendit à Gwyneira.

— Voilà pour bébé.

Gwyneira prit la petite pierre et remercia. Elle ne savait pas pourquoi, mais elle se sentait mieux.

Cela n'empêcha naturellement pas Gwyneira d'essayer par tous les moyens de provoquer une fausse couche. Elle travaillait dans le jardin jusqu'à épuisement, de préférence courbée en deux, mangeait des pommes vertes à en mourir d'indigestion, et montait la dernière fille d'Igraine, une pouliche fougueuse. Au grand étonnement de James, elle insista même pour qu'on habituât l'animal rétif à accepter la selle pour dame, ultime tentative dictée par le désespoir, car Gwyneira, bien entendu, n'ignorait pas que cette selle était plus sûre que l'autre. Les accidents avec ce genre de selle proviennent en effet presque toujours de ce que, si le cheval tombe, la cavalière ne peut se libérer du siège et risque de rouler sous l'animal, genre d'accident fréquemment mortel. Mais Viviane, la jument, était aussi solide sur ses pattes que sa mère, sans compter que Gwyneira n'avait toujours pas l'intention de mourir en même temps que l'enfant. Mais son dernier espoir se fondait sur les violentes secousses provoquées par le trot, auxquelles, sur une selle de ce type, on ne pouvait facilement se soustraire. Au bout d'une demi-heure d'un train d'enfer, c'est à peine si elle parvenait à tenir sur sa monture, tellement les points de côté étaient douloureux. L'enfant, lui, n'en était absolument pas dérangé. Il passa sans problème les trois premiers mois critiques, et Gwyneira pleura de rage quand elle vit que son ventre commençait à s'arrondir. Au début, elle tenta de dissimuler ces rondeurs révélatrices en serrant plus fort son corset, mais à la longue cela devint insupportable. Elle se résigna donc à son sort et se prépara à affronter les inévitables félicitations. Qui pourrait deviner combien le petit Warden qui grandissait en elle était indésirable?

Les femmes, à Haldon, s'aperçurent immédiatement de la grossesse de Gwyneira et mirent sans attendre en marche la machine aux cancans : Mme Warden enceinte et M. Warden disparu, cela ouvrait la porte aux spéculations les plus fantaisistes. Gwyneira s'en moquait. Elle redoutait plutôt la réaction de Gérald. Et surtout celle de James. Il n'allait pas tarder à s'en apercevoir ou à en entendre parler. Et elle ne pouvait lui avouer la vérité. En fait, elle le fuyait depuis la disparition de Lucas, parce qu'elle lisait sur son visage les questions qu'il se posait. Maintenant, il exigerait des réponses. Si Gwyneira s'était préparée à affronter des reproches et de la colère, elle n'avait pas prévu sa véritable réaction. Elle fut donc totalement prise au dépourvu quand, un beau matin, elle le trouva dans l'écurie, en tenue de cheval et vêtements de pluie – la bruine ayant recommencé de tomber –, les sacoches de selle pleines. Il était en train d'attacher une sacoche de randonnée supplémentaire sur le dos de son cheval.

— Je m'en vais, Gwyn, dit-il d'un ton paisible en réponse à son regard perplexe. Tu peux imaginer pourquoi.

— Tu t'en vas ? répéta-t-elle, ne comprenant toujours pas. Où ? Que…

— Je pars, Gwyneira. Je quitte Kiward Station et je vais chercher un autre travail, assena-t-il, lui tournant le dos.

— Tu m'abandonnes ?

Les mots avaient jailli avant qu'elle eût pu les retenir. La douleur avait été trop soudaine, le choc trop violent. Comment pouvait-il la laisser seule, maintenant ? James éclata de rire, mais d'un rire de désespoir plus que d'amusement.

— Ça t'étonne ? Tu penses avoir des droits sur moi ?

— Bien sûr que non, balbutia Gwyn cherchant un appui contre la porte de l'écurie. Mais je pensais que tu…

— Tu n'attends tout de même pas de moi des déclarations d'amour, non ? Pas après ce que tu as fait, dit-il tout en continuant à resserrer sa selle comme s'il avait une conversation banale.

— Mais je n'ai rien fait ! se défendit la jeune femme, consciente toutefois que ses propos sonnaient faux.

— Ah non? s'écria-t-il en se retournant et en la toisant avec froideur. Et ça, c'est la réédition de l'immaculée conception? demanda-t-il en montrant son ventre. Ne me raconte pas d'histoires, Gwyneira! Dis-moi plutôt la vérité. Qui a été l'étalon, cette fois? Venait-il d'une meilleure écurie que moi? Avait-il un meilleur pedigree? Des titres de noblesse, peut-être?

— James, je n'ai jamais voulu…

Elle ne savait que dire. Elle aurait préféré lui exposer toute la vérité, décharger sa conscience. Mais alors il défierait Gérald, il y aurait des morts, ou au moins des blessés, et ensuite chacun saurait qui était le père de Fleurette.

— C'était ce Greenwood, n'est-ce pas? Un vrai gentleman. Un type présentant bien, cultivé, aux belles manières et assurément très discret. Dommage que tu ne l'aies pas connu à l'époque, quand nous…

— Ce n'est pas Georges! Qu'est-ce que tu vas t'imaginer là? Il est venu pour Hélène. Et maintenant, il est marié à Christchurch. Il n'y a jamais eu de motif à ta jalousie, plaida-t-elle, détestant le ton suppliant de sa voix.

— Et qui est-ce donc? demanda-t-il, avançant vers elle d'un air presque menaçant et lui saisissant les avant-bras comme pour la secouer. Dis-le-moi, Gwyn! Quelqu'un de Christchurch? Le jeune lord Barrington? Il te plaît, celui-là, non? Dis-le-moi, Gwyn. J'ai le droit de le savoir!

— Je ne peux pas te le dire, et tu n'as aucun droit à faire valoir…

— Et Lucas? Il a découvert le pot aux roses, hein? Il t'a prise sur le fait, Gwyn? Au lit avec un autre? Il t'a fait surveiller et il t'a demandé des comptes? Que s'est-il passé entre toi et Lucas?

Gwyneira le regarda avec désespoir.

— Il n'y a rien eu de tel. Tu ne comprends pas…

— Alors explique-moi, Gwyn! Explique-moi pourquoi ton mari t'a quittée en cachette, et pas que toi, le vieux, l'enfant, l'héritage. J'aimerais comprendre…

Ses traits s'adoucirent, mais il la tenait toujours d'une poigne de fer. Gwyn se demanda pourquoi elle n'avait pas peur. En réalité, elle n'avait jamais eu peur de James. Derrière la méfiance et la colère, elle lisait toujours l'amour dans ses yeux.

— Je ne peux pas, James. Je ne peux pas. Je t'en prie, accepte-le, je t'en prie, ne m'en veux pas. S'il te plaît, ne m'abandonne pas!

Elle se laissa aller contre son épaule. Elle voulait être proche de lui, peu importait qu'elle fût la bienvenue ou non. James ne la repoussa pas, mais il ne l'enlaça pas non plus. Il se contenta de lui lâcher les bras et de l'écarter avec douceur jusqu'à ce que leurs corps ne se touchent plus.

— Quoi qu'il se soit passé, Gwyn, je ne peux pas rester. Peut-être le pourrais-je si tu avais une explication pour tout cela… si tu me faisais vraiment confiance. Mais je ne te comprends pas. Tu es si obstinée, si préoccupée de ton nom et de l'héritage que même maintenant tu entends rester fidèle au souvenir de ton époux… et pourtant tu es enceinte d'un autre…

— Lucas n'est pas mort! réussit à dire Gwyneira.

— C'est sans importance. Qu'il soit mort ou vivant, jamais tu ne voudras prendre mon parti. Et je commence à en avoir assez. Te voir tous les jours sans pouvoir prétendre à rien te concernant est intolérable. J'essaie depuis cinq ans, Gwyn, mais chaque fois que mes yeux tombent sur toi, j'ai envie de te toucher, de t'embrasser, d'être avec toi. Au lieu de quoi il n'y a plus entre nous que des «miss Gwyn» par-ci et des « M. James» par-là. Tu es polie et distante, bien que le désir se lise sur tes traits comme sur les miens. Ça me tue, Gwyn. Je l'aurais supporté tant que toi aussi tu l'aurais supporté. Mais à présent… c'est trop, Gwyn. Cet enfant, c'est trop. Dis-moi au moins de qui il est!

Elle refusa de nouveau de la tête. Elle en fut déchirée, mais elle ne put avouer la vérité.

— Je regrette, James. Je ne peux pas. Si tu dois partir à cause de ça, eh bien pars !

Elle étouffa un sanglot. James mit la bride au cheval et le mena vers la porte. Comme toujours, Daimon suivit. James caressa le chien.

— L'emmènes-tu ? demanda Gwyn d'une voix étranglée.

— Il ne m'appartient pas. Je ne peux emmener le meilleur reproducteur de Kiward Station.

— Mais tu vas lui manquer…, parvint-elle à dire, l'observant, le cœur lourd, attacher le chien.

— Moi aussi, beaucoup de choses vont me manquer, mais nous apprendrons tous à nous y faire.

Le chien protesta bruyamment quand James s'apprêta à quitter l'écurie.

— Je te le donne ! dit-elle, souhaitant soudain qu'il gardât au moins un souvenir d'elle, d'elle et de Fleurette, de leurs journées dans les montagnes, du concours de chiens lors de son mariage, de tout ce qu'ils avaient fait ensemble, des pensées qu'ils avaient partagées…

— Tu ne peux me l'offrir, il ne t'appartient pas. M. Gérald l'a acheté au pays de Galles, tu ne te rappelles pas ?

Oh mais si, elle se le rappelait ! Tout comme elle se rappelait le pays de Galles et les propos courtois alors échangés avec Gérald. Elle l'avait pris pour un gentleman, un peu exotique peut-être, mais respectable. Elle se souvenait aussi fort bien des premiers jours avec James, quand elle lui avait enseigné les ficelles nécessaires à l'entraînement des jeunes chiens. Il l'avait prise au sérieux, toute jeune fille qu'elle fût.

Elle regarda autour d'elle. Les chiots de Cléo avaient à présent l'âge d'être sevrés, mais ils suivaient encore leur mère. Aussi s'affairaient-ils à présent autour de Gwyneira. Elle souleva le plus fort et le plus beau, une jeune chienne, presque noire, avec le même sourire que Cléo.

— Mais celle-là, je peux te l'offrir. Elle m'appartient. Prends-la, James ! S'il te plaît, prends-la !

D'un geste spontané, elle mit le chiot dans les mains de James. La chienne fit aussitôt mine de lui lécher le visage. James sourit et cligna des yeux pour que Gwyn ne vît pas les larmes qui s'y accumulaient.

— Elle s'appelle Vendredi, n'est-ce pas? Vendredi, le compagnon de solitude de Robinson…

— Tu n'es pas obligé d'être seul…, dit-elle doucement.

— Plus maintenant, acquiesça-t-il en caressant le chien. Merci beaucoup, miss Gwyn.

— James…, dit-elle en s'approchant de lui et en levant les yeux vers lui. James, j'aimerais que ce soit ton enfant.

Il lui donna sur les lèvres un baiser léger, doux et apaisé, comme seul Lucas lui en avait donné jusqu'ici.

— Je te souhaite bonne chance, Gwyn. Je te souhaite bonne chance.

James parti, elle pleura sans retenue, le regardant, de sa fenêtre, s'éloigner à travers champs, le petit chien posé devant lui, sur la selle. Il se dirigeait vers les hautes terres. Ou bien allait-il en direction d'Haldon en empruntant le raccourci? Peu importait, elle l'avait perdu. Elle avait perdu deux hommes. À part Fleurette, il ne lui restait plus que Gérald et ce maudit enfant dont elle ne voulait pas.

Gérald Warden n'évoqua jamais la grossesse de sa belle-fille, pas même lorsqu'elle fut si évidente que chacun la voyait du premier coup d'œil. La question d'une personne venant aider à l'accouchement ne fut donc pas soulevée. Pas de sage-femme à la maison, pas de consultation de médecin pour surveiller l'évolution de la grossesse. Gwyneira, de son côté, tenta d'ignorer son état dans la mesure du possible. Jusque dans les ultimes semaines, elle monta les chevaux les plus fougueux, évitant de penser à la naissance. Peut-être l'enfant ne survivrait-il pas si elle accouchait sans assistance compétente.

Contrairement aux espoirs d'Hélène, les sentiments de Gwyneira envers l'enfant n'avaient pas évolué durant la grossesse. Elle n'évoquait même pas les premiers mouvements de cette vie nouvelle, manifestations qui, pour Ruben et Fleurette, avaient suscité tant d'enthousiasme. Un jour où l'enfant gigota si violemment qu'il lui arracha un gémissement, au lieu d'un commentaire joyeux sur la bonne santé indubitable du futur nouveau-né, elle lâcha, furieuse :

— Voilà qu'il devient encore insupportable. Il est temps que j'en sois enfin débarrassée !

Hélène se demanda ce qu'elle entendait par là. Une fois né, le bébé n'allait pas disparaître, mais faire valoir bruyamment ses droits. Peut-être les sentiments maternels de Gwyn s'éveilleraient-ils alors ?

Mais ce serait d'abord le tour de Kiri. La jeune Maorie était heureuse d'avoir un enfant et cherchait continuellement à associer sa maîtresse à sa joie. Elle comparait en riant la grosseur de leurs ventres respectifs, taquinant Gwyn en lui disant que son bébé était plus jeune mais plus grand. Effectivement, le ventre de la seconde était devenu énorme. Elle essayait de le dissimuler le mieux possible, mais parfois, dans ses moments les plus difficiles, elle redoutait de mettre des jumeaux au monde.

— Impossible, décréta Hélène. Matahorua s'en serait aperçue.

Rongo riait elle aussi des craintes de sa maîtresse.

— Non, un seul bébé dedans. Mais beau bébé, fort. Naissance pas facile, miss Gwyn. Mais pas danger. Ma grand-mère dit ce sera enfant magnifique.

Quand commencèrent les douleurs chez Kiri, Rongo disparut. Élève appliquée de Matahorua, elle était, en dépit de son jeune âge, très recherchée comme sage-femme, si bien qu'elle passait nombre de nuits au village maori. Un matin, elle en revint tout heureuse. Kiri avait donné naissance à une fille bien portante. Trois jours après, elle présentait déjà fièrement sa fille à Gwyneira.

— Moi l'appeler Marama. Joli nom pour joli enfant. Veut dire «lune». Je l'amène au travail avec moi. Pourra jouer avec enfant de miss Gwyn!

Gérald Warden aurait certainement sur ce point une opinion différente, mais Gwyneira se garda de tout commentaire. Si Kiri voulait avoir son enfant auprès d'elle, qu'elle l'amène. Gwyneira ne se privait désormais plus de contredire son beau-père. Il battait généralement en retraite sans mot dire. Les rapports de force à Kiward Station avaient changé.

Cette fois, il n'y avait personne au jardin quand Gwyneira fut prise de douleurs, et personne n'était dans les transes au salon. Gwyn ignorait si quelqu'un avait informé Gérald de l'imminence de la naissance, et cela lui était d'ailleurs égal. Au demeurant, le vieil homme passait vraisemblablement à nouveau la nuit dans ses appartements en compagnie d'une bouteille, si bien que tout serait terminé avant qu'il eût été en mesure de comprendre l'information.

Comme Rongo l'avait prédit, la naissance ne fut pas aussi aisée que celle de Fleurette. L'enfant était nettement plus gros, et Gwyneira, peu coopérative. Pour Fleurette, attendant l'heure de la délivrance avec impatience, elle avait obéi à chaque mot de la sage-femme, s'efforçant d'être une mère modèle. Maintenant, hébétée, elle subissait passivement, supportant les douleurs parfois de manière stoïque, parfois en se révoltant. Le souvenir des douleurs endurées lors de la conception de l'enfant la poursuivait. Le corps de Gérald pesait de nouveau sur elle, elle sentait sa sueur. Elle vomit à plusieurs reprises entre les contractions, se sentant faible et abattue, et elle finissait par hurler sa colère et sa douleur. À la fin, exténuée, elle ne souhaitait plus que mourir. Ou, mieux encore, que meure cet être s'accrochant en elle tel un parasite.

— Mais sors donc! gémissait-elle. Sors donc et laisse-moi en paix…

Au bout de deux jours de tourments et, pour finir, de haine frôlant la démence contre tous les responsables de cette torture, elle mit au monde un fils. Elle ne ressentit que du soulagement.

— Magnifique petit garçon, miss Gwyn! rayonna Rongo. Comme avait dit Matahorua. Attendez, moi essuyer, puis vous le prendre. Nous donner lui un peu de temps avant de couper cordon…

— Non, coupe le cordon, Rongo, dit Gwyneira avec violence. Et emmène-le. Je ne veux pas le tenir. J'ai sommeil… je veux me reposer…

— Mais vous pouvez tout de suite. D'abord regarder bébé. Là, il est pas mignon?

Ayant soigneusement nettoyé le bébé, Rongo le posa sur la poitrine de Gwyn. Il fit mine de vouloir téter. Gwyneira le repoussa. Il était bien portant, il était parfait avec ses minuscules doigts, ses minuscules orteils, pourtant elle ne l'aimait pas.

— Emmène-le, Rongo! ordonna-t-elle.

Rongo fut sidérée.

— Mais où l'emmener, miss Gwyn? Lui avoir besoin de vous. Avoir besoin de sa mère!

— Porte-le à M. Gérald. Il voulait un héritier, il en a un. À lui de voir qu'en faire. Maintenant, laisse-moi en paix! Allez, dépêche-toi, Rongo! Oh non, voilà que ça recommence, gémit Gwyneira. La délivrance ne pourrait-elle donc pas attendre deux ou trois heures?

— Miss Gwyn fatiguée maintenant. Normal, tempéra Kiri quand Rongo, tout émue, arriva dans la cuisine, le bébé dans les bras.

Kiri et Moana étaient en train de ranger, après le dîner que Gérald avait pris seul. La petite Marama sommeillait dans une corbeille.

— Ça, pas normal! s'obstina Rongo. Matahorua a sorti mille enfants, mais mères réagissent pas comme miss Gwyn.

— Ah, chaque mère différente…, affirma Kiri, songeant au matin où elle avait trouvé sa maîtresse couchée sur le plancher de ses appartements, les vêtements déchirés. Tout laissait penser que l'enfant avait été conçu cette nuit-là et que Gwyn avait de bonnes raisons de ne pas l'aimer.

— Et quoi je fais avec lui? demanda Rongo, perplexe. Moi pas pouvoir l'amener à M. Gérald. Lui pas aimer avoir enfants autour de lui.

L'idée fit rire Kiri.

— Bébé a besoin de lait, pas de whisky. Commencera bien assez tôt! Non, non, Rongo, laisse le bébé ici, dit-elle en déboutonnant sa pimpante robe de domestique, puis, prenant le bébé des bras de Rongo, elle lui présenta un sein rebondi: Ça, bien meilleur.

Le nouveau-né n'attendit pas une seconde pour se mettre à téter avidement. Kiri le berçait avec douceur. Quand il se fut endormi contre sa poitrine, elle le mit à côté de Marama, dans la corbeille.

— Dis à miss Gwyn qu'il a bien mangé.

Gwyneira ne voulut pas le savoir. Elle dormait déjà et, le lendemain matin, elle ne demanda pas non plus de nouvelles de l'enfant. Elle ne manifesta d'émotion qu'au moment où Witi lui apporta un bouquet de fleurs en montrant la carte qui y était attachée.

— De M. Gérald.

Une expression de répulsion et de haine, mais aussi de curiosité, parcourut son visage. Elle arracha la carte.

Je te remercie pour Paul Gérald Terence.

Poussant un cri, Gwyneira envoya les fleurs à travers la pièce et déchira la carte en mille morceaux.

— Witi! ordonna-t-elle au domestique dans ses petits souliers. Ou Rongo, plutôt, parce que toi tu n'as pas ta langue dans ta poche! Va tout de suite trouver M. Gérald et tu lui diras que l'enfant s'appellera Paul Terence tout court et que sinon, je l'étrangle dans son berceau!

Witi ne comprit rien de ce qui se passait, mais Rongo eut l'air horrifiée.

— Moi lui dire, promit-elle à voix basse.

Trois jours plus tard, l'héritier des Warden fut baptisé du nom de Paul Terence Lucas. Sa mère n'assista pas à la cérémonie ; elle était indisposée. Mais ses domestiques n'étaient pas dupes : Gwyneira n'avait pas encore accordé un seul regard à l'enfant.

7

— Quand te décideras-tu à me présenter Paul? demanda Hélène.

Immédiatement après la naissance, Gwyneira n'avait bien sûr pas pu monter à cheval, et maintenant encore, quatre semaines plus tard, elle était venue avec Fleurette dans la voiture. Pour la troisième fois déjà, à vrai dire. Elle se rétablissait à vue d'œil. Hélène ne comprenait donc pas pourquoi elle venait sans le bébé. Après la naissance de Fleurette, Gwyn n'avait eu de cesse de montrer sa petite fille à son amie. Elle n'évoquait en revanche pour ainsi dire jamais son fils. Même lorsque Hélène lui demandait des nouvelles, Gwyn ne répondait que d'un geste dédaigneux.

— Oh, un de ces jours. C'est pénible de le traîner avec soi, et il pleure sans arrêt quand on l'enlève à Kiri et Marama. Il se sent bien avec elles, alors à quoi bon?

— Mais j'aimerais bien le voir enfin, persista Hélène. Qu'est-ce qu'il t'arrive, Gwyn? Il y a quelque chose qui cloche chez lui?

Fleurette et Ruben étaient partis à l'aventure dès l'arrivée de Gwyn, et les enfants maoris ne venaient pas ce jour-là en raison d'une fête dans leur village. Hélène trouvait que c'était le moment idéal pour sonder son amie.

Celle-ci secoua la tête avec indifférence.

— Qu'est-ce qui pourrait clocher chez lui? Il ne lui manque rien. C'est un bébé vigoureux et c'est un garçon. Enfin! J'ai accompli mon devoir et fait ce qu'on attendait de moi, dit-elle en jouant avec sa tasse de thé. Et raconte-moi à présent ce qu'il y a de neuf. L'orgue pour l'église d'Haldon est-il arrivé ? Et le révérend se console-t-il que ce soit toi qui en joues parce qu'il ne trouve pas d'organiste homme ?

— Laisse tomber l'orgue, Gwyn ! rétorqua Hélène, se réfugiant derrière des mots intransigeants, mais plutôt désemparée. Je t'ai posé des questions à propos de ton bébé ! Que t'arrive-t-il ? Tu parles avec plus d'enthousiasme du premier chiot venu que de Paul. C'est tout de même ton fils… tu devrais être folle de joie ! Et que se passe-t-il du côté du grand-père, qui devrait être si fier ? À Haldon, on raconte qu'il y a quelque chose de bizarre avec ce bébé, car Gérald n'a même pas payé une tournée au pub pour fêter sa naissance.

— J'ignore ce que Gérald a dans la tête. On ne pourrait pas changer de sujet ? éluda Gwyn en prenant négligemment un biscuit.

Si elle s'était écoutée, Hélène l'aurait secouée.

— Non, on ne peut pas, Gwyn ! Tu vas me dire tout de suite ce qu'il se passe ! Avec toi, avec l'enfant ou avec Gérald, il s'est forcément passé quelque chose. En veux-tu à Lucas de t'avoir abandonnée ?

— Allons donc ! J'ai oublié depuis longtemps. Il devait avoir de bonnes raisons.

En réalité, elle ne savait pas bien ce qu'elle éprouvait à son égard. D'un côté, elle était furieuse qu'il l'eût laissée seule avec son dilemme, d'un autre côté elle comprenait sa fuite. Mais, depuis le départ de James et la naissance de Paul, elle n'était plus qu'effleurée par les émotions ; on aurait dit qu'elle maintenait ses sentiments sous une couche de fumée. Si elle ne sentait rien, elle n'offrait pas de prise aux attaques.

— Des raisons qui n'avaient rien à voir avec toi ? Ou avec le bébé ? continua à la harceler Hélène. Ne me raconte pas d'histoires, Gwyn, tu ne peux faire comme si de rien n'était. Bientôt, tout le monde ne parlera plus que de ça.

À Haldon, on commence à chuchoter; les Maoris parlent aussi. Tu sais qu'ils élèvent leurs enfants en commun et que le mot «mère» n'a pas le même sens que pour nous. D'ailleurs, entretenir Paul ne pose aucun problème à Kiri. Mais manifester un tel désintérêt à l'égard du bébé… Tu devrais demander conseil à Matahorua!

— Elle me conseillera quoi? Peut-elle faire revenir Lucas? Peut-elle…

Elle se tut, effrayée : elle avait failli révéler ce que personne au monde ne devait savoir.

— Elle pourrait peut-être t'aider à mieux t'entendre avec ton enfant, insista Hélène. Pourquoi ne l'allaites-tu pas, au fait? Tu n'as pas de lait?

— Kiri a du lait pour deux… Et puis je suis une lady. En Angleterre, il n'est pas d'usage, pour les femmes comme moi, d'allaiter leurs enfants.

— Tu es folle, Gwyn! s'exclama Hélène que la colère gagnait peu à peu. Cherche-toi au moins de meilleures excuses. Personne ne croira ton histoire de lady! Donc, je te le redemande : Lucas est-il parti parce que tu étais enceinte?

— Lucas n'est au courant de rien pour le bébé, dit Gwyneira tout bas.

— Tu l'as donc trompé? C'est ce qui se chuchote à Haldon, et si les choses continuent comme ça…

— Bon Dieu, combien de fois devrai-je te le répéter? Ce maudit enfant est un Warden!

Gwyneira exhala d'un seul coup toute la colère accumulée et se mit à sangloter. Elle n'avait pas mérité ça. Elle s'était montrée d'une telle discrétion, lors de la conception de Fleurette, que personne ne doutait de sa légitimité. Et l'authentique Warden allait passer pour un bâtard? Pendant que Gwyneira pleurait, Hélène réfléchissait de toutes ses forces : Lucas ignorait tout de la grossesse et, à en croire Matahorua, la difficulté qu'éprouvait jusque-là Gwyneira à avoir des enfants tenait à lui. Si donc c'était un Warden qui avait conçu cet enfant…

— Oh, mon Dieu, Gwyn…

Hélène comprit qu'elle ne devrait jamais exprimer son soupçon, mais la scène se dévoilait d'un coup avec netteté devant ses yeux. C'est Gérald qui avait certainement mis Gwyneira enceinte – et rien n'indiquait que celle-ci eût été consentante ! Elle prit son amie dans ses bras pour la réconforter.

— Oh, Gwyn, j'ai été si bête. J'aurais dû comprendre sur-le-champ. Au lieu de te tourmenter de mille questions. Mais tu… tu dois oublier maintenant ! Peu importe comment Paul a été conçu. Il est ton fils !

— Je le hais ! sanglota Gwyneira.

— Tu racontes des bêtises. Tu ne peux haïr un petit enfant. Quoi qu'il se soit passé, Paul n'y peut rien. Il a droit à une mère, Gwyn. Tout comme Fleurette et Ruben. Est-ce que tu crois que la conception de celui-ci m'a fait particulièrement plaisir ?

— Mais tu as tout de même agi de ton plein gré ! s'emporta Gwyn.

— L'enfant s'en moque. Je t'en prie, Gwyn, essaie au moins. Viens avec le petit, présente-le aux femmes d'Haldon, sois un peu fière de lui ! Avec de l'amour, ça s'arrangera !

Pleurer avait fait du bien à Gwyneira, et qu'Hélène fût à présent au courant sans la condamner la soulageait. Son amie n'avait manifestement pas imaginé une seconde que Gwyn eût volontairement couché avec Gérald, un cauchemar qui la poursuivait depuis qu'elle s'était sue enceinte. Depuis le départ de James, c'était un bruit qui courait dans l'écurie, et Gwyn était heureuse qu'il eût échappé à cela. Elle n'aurait pas supporté qu'il la questionnât encore. Et pourtant, en tant qu'éleveur, il était parfaitement capable de comprendre le raisonnement qui amenait ses ouvriers et ses amis à formuler cette hypothèse. Une fois avérée l'impuissance de Lucas, résoudre le problème de l'héritier avec

Gérald tombait sous le sens. Gwyn se demanda pourquoi, quand elle cherchait un père pour son premier enfant, elle n'avait pas eu cette idée… Peut-être parce que le père de Lucas se montrait si agressif à son égard qu'elle craignait de se retrouver seule avec lui. Mais Gérald lui-même avait souvent dû caresser l'idée, ce qui expliquait sans doute sa colère et le fait qu'il se fût mis à boire. Peut-être cela avait-il servi à refouler le désir interdit et le projet monstrueux d'engendrer sans autre forme de procès son propre «petit-fils».

Tandis qu'elle conduisait la voiture sur le chemin du retour, Gwyneira était profondément absorbée par ses pensées. Par chance, elle n'avait pas à s'occuper de Fleurette, qui, heureuse et fière, allait à cheval à côté de la chaise. Georges Greenwood avait offert à Paul, pour son baptême, un poney. Il avait dû envisager ce projet de longue date et commander la petite jument en Angleterre dès qu'il avait eu vent de la grossesse de Gwyn. Fleurette avait bien entendu aussitôt accaparé le poney et s'en était d'emblée débrouillée à merveille. Il était plus que certain qu'elle ne s'en séparerait pas quand Paul grandirait. Gwyn devrait alors trouver une solution, mais cela ne pressait pas. Elle devait d'abord faire cesser la rumeur qui courait à Haldon selon laquelle Paul était un bâtard. Il n'était pas admissible que l'héritier des Warden fût l'objet de messes basses ; elle devait défendre son propre honneur et celui de son nom !

Arrivée à Kiward Station, elle se rendit directement à ses appartements pour y prendre l'enfant. Comme elle s'y attendait, le berceau était vide. Elle trouva Kiri à la cuisine, en train de donner le sein aux deux nourrissons.

Gwyn se força à sourire.

— Ah, voilà mon garçon, dit-elle d'un ton aimable. Quand il aura fini, pourrai-je… pourrai-je le prendre dans mes bras ?

Si elle trouva ce souhait étrange, Kiri n'en laissa rien paraître et, au contraire, adressa à Gwyn un sourire radieux.

— Bien sûr ! Sera heureux de voir maman !

Il n'en fut rien : sitôt passé des bras de Kiri à ceux de sa mère, Paul se mit à hurler.

— Pas être grave, murmura Kiri, gênée. Seulement pas l'habitude.

Gwyn berça l'enfant dans ses bras, s'efforçant de refouler l'impatience qui aussitôt la submergeait. Hélène avait raison, l'enfant n'y était pour rien. Et, si elle était objective, elle devait admettre qu'il était un mignon petit garçon, avec ses grands yeux bleus et ronds comme des billes. Ses cheveux, frisés et rebelles, fonçaient déjà, et la noblesse de sa bouche rappela Lucas à Gwyn. Il ne devrait pas être trop difficile d'apprendre à aimer cet enfant… Mais il allait d'abord lui falloir faire taire les ragots.

— Je le prendrai à présent plus souvent avec moi afin qu'il s'habitue, déclara-t-elle à Kiri, stupéfaite mais heureuse. Je l'emmènerai demain à Haldon. Tu peux m'accompagner si tu veux.

J'espère qu'il ne va pas brailler tout le temps, se dit-elle quand, au bout d'une demi-heure, le garçon ne s'était toujours pas calmé dans ses bras. C'est seulement quand elle l'eut posé à côté de Marama, dans leur berceau improvisé – Kiri l'aurait volontiers porté en permanence si Gérald ne le lui avait pas interdit pendant les heures de travail –, qu'il se calma. En son absence, Moana chantait à l'intention des enfants tout en cuisinant. Chez les Maoris, toute femme de la tribu ayant l'âge voulu était considérée comme une mère.

Mme Candler et Dorothée furent ravies de se voir enfin présenter l'héritier des Warden. Mme Candler, qui ne se lassait pas de regarder Paul, offrit une sucette à Fleurette. Gwyneira savait qu'on allait maintenant procéder au test d'intégrité physique ; aussi autorisa-t-elle volontiers sa vieille amie à défaire Paul de ses couvertures et de ses langes et à le prendre dans ses bras. Le petit était de fort bonne humeur. Les secousses dans la voiture lui avaient plu, ainsi qu'à Marama. Les deux enfants avaient dormi durant le trajet, et Kiri leur avait donné le sein peu avant leur arrivée. Ils étaient à présent bien éveillés et Paul examinait Mme Candler de ses grands yeux attentifs. Il gigotait avec entrain. Les soupçons des ménagères d'Haldon qui supputaient que l'enfant était peut-être handicapé étaient donc certainement dissipés. Il restait le problème de l'ascendance.

— Ces cheveux noirs! Et ces longs cils! Le portrait même de son grand-père! roucoula Mme Candler.

Gwyneira lui fit remarquer la forme des lèvres et du menton qui rappelait aussi bien Gérald que Lucas.

— Est-ce qu'entre-temps le père a appris l'heureux événement? intervint une autre commère qui interrompit ses achats pour contempler le bébé. Ou bien est-il toujours… oh, pardon, cela ne me regarde pas!

Gwyneira eut un sourire insouciant.

— Oh mais oui, bien sûr! Mais nous n'avons pas encore reçu ses félicitations. Mon époux séjourne en Angleterre, madame Brennerman, même si mon beau-père ne l'approuve pas. De là toutes ces cachotteries. Vous savez comment sont les choses. Mais Lucas a reçu d'une célèbre galerie d'art l'invitation à y exposer ses œuvres…

Ce qui n'était qu'un demi-mensonge. Georges Greenwood avait en effet amené plusieurs galeries londoniennes à s'intéresser aux tableaux de Lucas. Gwyneira n'avait eu connaissance de ces nouvelles qu'après la fuite de Lucas. Elle n'avait de toute façon pas à mettre ces dames au courant de pareils détails!

— Oh, c'est merveilleux, s'extasia Mme Candler. Et nous qui pensions déjà… ah bah, laissez! Et le fier grand-père? Les hommes du pub ont regretté qu'il n'ait pas fêté cette naissance!

Gwyneira se força à prendre l'air dégagé, mais avec une pointe de préoccupation sur ses traits.

— M. Gérald ne s'est pas toujours senti très bien ces derniers temps, affirma-t-elle, ce qui n'était pas non plus très éloigné de la réalité, son beau-père devant quotidiennement lutter contre les effets du whisky absorbé la veille. Mais il projette bien sûr une grande fête. Peut-être de nouveau dans le jardin, le baptême s'étant, il faut bien l'avouer, déroulé de manière très spartiate. Mais nous allons réparer cela, n'est-ce pas, Paul ?

Elle reprit l'enfant des bras de Mme Candler, bénissant le ciel de ce qu'il n'eût pas la mauvaise idée de hurler.

Une première bonne chose de faite ! La conversation passa de Kiward Station au mariage projeté entre Dorothée et le cadet des Candler. L'aîné avait épousé deux ans auparavant Francine, la jeune sage-femme. Le second bourlinguait quelque part dans le monde. Mme Candler confia avoir reçu récemment de lui une lettre de Sydney.

— Je crois qu'il est tombé amoureux, ajouta-t-elle avec un sourire espiègle.

Gwyneira se réjouit sincèrement du bonheur des futurs jeunes mariés, même si elle parvenait sans mal à deviner ce qui attendait Mme Candler. Le bruit selon lequel «Léon Candler épouse une détenue de la colonie pénitentiaire de Botany Bay» n'allait pas tarder à faire passer au second plan l'annonce assez peu sensationnelle que «Lucas Warden expose des œuvres d'art à Londres».

— N'hésitez pas à m'envoyer Dorothée pour la robe de mariée, dit-elle aimablement au moment de prendre congé. Je lui ai jadis promis de lui prêter la mienne le moment venu.

J'espère qu'au moins cela lui portera chance, se dit Gwyn en conduisant Kiri et sa troupe jusqu'à la voiture.

En tout cas, sa visite à Haldon avait été un succès.

Au tour de Gérald, à présent.

— Nous allons donner une fête ! déclara Gwyneira sitôt entrée dans le salon, enlevant résolument des mains de Gérald la bouteille de whisky et l'enfermant dans la vitrine prévue à cet effet. Nous allons la fixer et l'organiser. Tu as besoin pour cela d'avoir les idées claires.

Gérald paraissait déjà un peu gris. Du moins avait-il les yeux un peu vitreux. Il était néanmoins en mesure de suivre Gwyneira.

— Que… qu'y a-t-il donc à fêter? s'enquit-il, la bouche lourde.

Gwyneira le foudroya du regard.

— La naissance de ton «petit-fils»! dit-elle. On appelle ça un heureux événement! Et tout Haldon attend que tu le célèbres comme il le mérite.

— Une belle… une belle fête, quand la mère fait la gueu… la gueule et que le père… que le père se trimballe Dieu sait où, railla Gérald.

— Tu es tout de même un peu responsable si Lucas et moi manquons d'enthousiasme! répliqua Gwyneira. Mais je ne fais pas la gueule. Je serai là, je sourirai et tu liras une lettre de Lucas qui, à notre grand regret, séjourne toujours en Angleterre. Il y a le feu, Gérald! À Haldon, ça jase à notre propos. On murmure que Paul… euh, eh bien, qu'il ne serait pas un Warden…

La fête eut lieu trois semaines plus tard. Gérald se montra affable et fit tirer une salve d'honneur. Gwyneira ne cessa de sourire, expliquant aux invités rassemblés que Paul portait les prénoms de ses deux arrière-grands-pères. Elle fit en outre remarquer à presque tous les membres de la paroisse la ressemblance manifeste du petit avec Gérald. Paul, pour sa part, sommeillait dans les bras de la nurse. Gwyn évita sagement de le présenter elle-même. Il hurlait toujours comme un écorché quand elle le portait et elle réagissait alors avec dépit et impatience. Elle voyait bien qu'il fallait que cet enfant fût accepté au sein de la famille et qu'elle devait lui faire toute sa place, mais elle ne parvenait pas à éprouver d'affection pour lui. Paul était toujours un étranger et, pis encore, chaque fois qu'elle apercevait son visage, elle revoyait la figure grimaçante et pleine de désir de Gérald lors de la sinistre nuit. La fête enfin terminée, Gwyneira se réfugia dans l'écurie et pleura sans retenue dans la crinière d'Igraine, ainsi qu'elle le faisait quand, enfant, elle pensait que tout était perdu. Elle aurait tant aimé que rien ne se fût passé. Elle regrettait James, et même Lucas. Elle n'avait toujours aucune nouvelle de son mari et les recherches de Gérald étaient restées vaines. Le pays était trop vaste : quiconque voulait s'y perdre s'y perdait.

8

— Frappe, mais frappe donc, Luke! Un seul coup, avec de l'élan, derrière la tronche. Il sentira rien!

Tout en parlant, Roger régla le compte d'un autre bébé phoque dans toutes les règles de l'art : la bête mourut sans que sa peau fût abîmée. Les chasseurs tuaient avec un gourdin qu'ils abattaient sur l'occiput de leur proie. Le seul sang versé était à l'occasion celui qui coulait du nez des jeunes animaux. Ensuite, on les écorchait sans prendre la peine de vérifier s'ils étaient bien morts.

Lucas Warden leva son gourdin, mais ne réussit pas à l'abattre sur le petit être qui le regardait, plein de confiance, de ses grands yeux d'enfant. Sans même parler des plaintes des mères tout autour de lui. Les hommes ne s'intéressaient qu'à la peau souple et précieuse des jeunes. Ils parcouraient les bancs de sable sur lesquels les mères élevaient leurs petits et tuaient ceux-ci sous les yeux de leurs génitrices. Lucas devait lutter pour ne pas vomir. Il ne comprenait pas l'indifférence avec laquelle les hommes agissaient. La souffrance des bêtes semblait ne pas les intéresser le moins du monde, ils plaisantaient même, amusés de voir ces animaux pacifiques attendre les chasseurs sans tenter de se défendre. Lucas s'était associé à ce groupe trois jours plus tôt, mais n'avait encore tué aucun phoque. Au début, ils avaient à peine remarqué qu'il se contentait de dépouiller et de charger les fourrures sur des voitures et des brancards. Mais voilà qu'ils exigeaient à présent de lui qu'il prît aussi part à l'abattage. Il avait une terrible envie de vomir. Était-ce cela qui faisait de vous un homme? Qu'y avait-il, dans le fait de tuer des animaux inoffensifs, de plus honorable que de peindre ou d'écrire? Mais Lucas ne voulait plus se poser ce genre de questions. Il était ici pour faire ses preuves, bien décidé à effectuer le travail qui avait permis à son père de jeter les bases de sa fortune. Il s'était même d'abord engagé sur un baleinier, mais s'était honteusement défilé. Il refusait de l'avouer, mais il avait fui, bien qu'ayant déjà signé son contrat et alors que l'homme qui l'avait enrôlé lui plaisait fort…

Lucas avait rencontré Copper dans un pub près de Greymouth, un homme grand, aux cheveux noirs encadrant un visage anguleux et tanné. C'était aussitôt après sa fuite de Kiward Station, alors qu'il était encore si plein de colère et de haine envers Gérald qu'il avait de la peine à garder les idées claires. Il était parti à bride abattue vers la côte ouest, un eldorado pour les «hommes rudes» qui se donnaient fièrement le nom de *coasters* et qui gagnaient leur subsistance en chassant la baleine ou le phoque et, depuis peu, en cherchant de l'or. Il voulait montrer à tous de quoi il était capable, gagner sa vie, se révéler un «homme véritable» et revenir un jour glorieusement chez lui, chargé de… oui, de quoi au fait? D'or? Il aurait alors été mieux inspiré de s'équiper d'une pelle et d'une batée et de partir pour les montagnes au lieu de s'engager sur un baleinier. Mais il n'avait pas encore pris la peine de réfléchir. Il ne voulait qu'une chose : partir, partir loin, si possible s'embarquer, et battre son père avec ses propres armes. Après avoir péniblement franchi les montagnes, il était arrivé à Greymouth, une misérable colonie qui n'avait pas grand-chose à offrir à part un débit de boissons et un embarcadère. Il trouva néanmoins dans le pub un coin où dormir au sec. Pour la première fois depuis des jours, il avait enfin un toit sur la tête. Ses couvertures étaient encore humides et sales depuis les nuits en plein air. Il se serait volontiers offert un bain, mais Greymouth n'était pas équipé pour cela, ce qui n'étonna pas Lucas outre mesure : les « hommes véritables » se lavaient, semble-t-il, rarement. La bière et le whisky coulaient en revanche à flots. Quelques verres plus tard, Lucas avait informé Copper de ses projets. Que le *coaster* ne lui opposât pas immédiatement un refus lui redonna courage.

— T'as pas la tête d'un pêcheur de baleines ! observa-t-il en regardant longuement le fin visage de Lucas et ses doux yeux gris. Mais t'es pas non plus un gringalet, poursuivit-il en lui prenant le bras et en lui tâtant les muscles. Pourquoi pas ? D'autres que toi ont appris à se servir d'un harpon, après tout. Puis, le regard soudain perplexe : Mais pourras-tu rester seul trois ou quatre ans ? Les jolies filles des ports ne te manqueront pas ?

Lucas avait déjà entendu dire que, sur un baleinier, on s'engageait désormais pour deux, voire quatre ans. L'époque bénie était révolue où l'on tombait fréquemment sur des cachalots tout près de la côte de l'île du Sud – les Maoris les chassaient même à bord de leurs canoës. Il fallait partir au large pour les trouver, naviguer pendant des mois, des années. Mais cela ne préoccupait pas Lucas le moins du monde. La compagnie des hommes lui paraissait attrayante, à condition de n'être pas tenu à l'écart comme à Kiward Station, en sa qualité de fils du patron. Il se tirerait bien d'affaire – mieux, il gagnerait respect et considération ! Lucas était pleinement déterminé et Copper, loin de vouloir le rejeter, le détaillait avec intérêt, lui tapant sur l'épaule et lui tâtant le bras de ses grosses pattes de charpentier et de pêcheur expérimenté. Lucas eut un peu honte de ses mains soignées, aux rares callosités et aux ongles relativement propres. À Kiward Station, les hommes le charriaient parfois, prétendant qu'il les nettoyait régulièrement, mais Copper s'abstint de toute remarque sur ce point.

Pour finir, Lucas avait suivi son nouvel ami sur son bateau et, après avoir été présenté au capitaine, avait signé un contrat le liant pour trois ans au *Pretty Peg*, un voilier ventru, pas trop gros, qui avait l'air aussi indestructible que son propriétaire. Robert Milford, bien que petit, était en effet une montagne de muscles. Copper parlait de lui avec beaucoup de respect, louant ses capacités de chef harponneur. Milford gratifia Lucas d'une vigoureuse poignée de main, lui indiqua son salaire – qui lui parut d'une extrême modicité – et ordonna à Copper de lui attribuer une couchette. Le *Pretty Peg* était sur le point d'appareiller. Lucas n'avait que deux jours pour vendre son cheval, transporter ses affaires à bord et prendre possession de la couchette sale à côté de celle de Copper. Mais cela l'arrangeait : si Gérald le faisait rechercher, il serait depuis longtemps en mer avant que l'information arrivât dans le trou perdu qu'était Greymouth.

Cependant, le séjour à bord ne tarda pas à le dégriser. Dès la première nuit, les puces l'empêchèrent de dormir, tandis qu'il devait lutter contre le mal de mer. Malgré ses efforts pour se dominer, son estomac se rebellait dès que le bateau roulait dans les vagues. C'était pire encore dans l'obscurité des entrailles du navire. Aussi essaya-t-il de dormir sur le pont. Le froid et l'humidité – par forte mer, le pont était balayé par les vagues – eurent tôt fait de le renvoyer à l'intérieur. À nouveau, il fut la cible des railleries, mais cela lui fut moins pénible qu'avant car Copper était de son côté.

— C'est que c'est un fin petit monsieur, notre Luke ! disait-il, bon enfant. Faut encore qu'y s'habitue. Mais attendez qu'y soit baptisé à l'huile de baleine. Ce sera un bon, croyez-moi !

Copper était estimé de l'équipage. Charpentier capable, il passait de plus pour un redoutable harponneur.

Son amitié faisait du bien à Lucas, et les attouchements furtifs que Copper paraissait rechercher à l'occasion ne lui étaient pas désagréables. Peut-être même y aurait-il pris plaisir si les conditions d'hygiène n'avaient pas été aussi catastrophiques. Il n'y avait que peu d'eau potable et il ne venait à l'idée de personne de la gaspiller pour se laver. Les hommes ne se rasaient pour ainsi dire jamais et ne possédaient pas de linge de rechange. Au bout de quelques nuits, leurs réduits puaient plus encore que les étables de Kiward Station. Lucas se lavait tant bien que mal avec de l'eau de mer, mais ce n'était pas chose aisée et cela provoquait de nouvelles risées. Il se sentait sale, son corps était couvert de piqûres de puces, et il avait honte de son état. Honte totalement superflue, car les autres paraissaient contents de leur promiscuité et peu gênés par la puanteur de leurs corps. Lucas était seul à en souffrir.

Comme il y avait peu à faire – le bateau aurait pu avoir un équipage plus réduit car il n'y avait de travail pour tous qu'avec le début de la chasse –, les hommes passaient beaucoup de temps à se distraire ensemble. Ils racontaient des histoires, fanfaronnant sans complexe, braillaient des chansons paillardes et jouaient aux cartes. Lucas avait jusqu'ici méprisé le poker et le blackjack, pas assez distingués à ses yeux, mais il en connaissait les règles et ne se fit donc pas remarquer. Il n'avait malheureusement pas hérité des talents de son père. Il ne savait ni bluffer ni montrer un visage impassible. On lisait ses pensées sur son visage et, en peu de temps, il eut dilapidé son argent et ne put honorer ses pertes. Cela aurait mal tourné si Copper ne l'avait protégé.

L'homme le courtisait si visiblement que Lucas s'en inquiéta. Ce n'était pas désagréable, mais cela devrait un jour ou l'autre sauter aux yeux! Lucas pensait encore avec horreur aux allusions des bergers, à Kiward Station, quand il préférait la compagnie du jeune Dave à celle des hommes plus âgés. Les remarques de l'équipage du *Pretty Peg* restaient toutefois modérées. Il existait des liens d'amitié étroits entre certains hommes sur les bateaux de pêche et la nuit, parfois, on entendait dans les couchettes des bruits qui faisaient monter le rouge au visage de Lucas – tout en suscitant en lui désir et envie. Était-ce là ce dont il avait rêvé à Kiward

Station et à quoi il pensait quand il essayait de faire l'amour à Gwyneira? Il savait que cela avait au moins un rapport, mais quelque chose en lui refusait de penser à l'amour dans un tel environnement. Étreindre des corps puants et sales, qu'ils fussent féminins ou masculins, n'avait rien d'attirant. Et cela n'avait rien à voir non plus avec ses désirs cachés qui se nourrissaient d'un unique modèle, celui que lui avait offert la littérature : l'idéal grec de l'homme prenant soin d'un garçon bien fait de sa personne, pour non seulement lui dispenser de l'amour mais aussi le faire bénéficier de sa sagesse et de son expérience de la vie.

Pour être franc, Lucas devait s'avouer qu'il détestait chacune des minutes passées à bord du *Pretty Peg*. Vivre quatre années ainsi était au-delà de ses capacités d'imagination, mais il lui était impossible de résilier son contrat. Et le bateau ne toucherait terre nulle part avant des mois. Il était vain de songer à fuir. Aussi Lucas n'avait-il d'autre espoir que de s'habituer un jour à la promiscuité, aux rigueurs de la mer et à la puanteur. Cette dernière circonstance se révéla la plus simple à surmonter. Au bout de quelques jours, il sentit moins de répulsion pour Copper et les autres, sans doute parce qu'il dégageait maintenant les mêmes odeurs pestilentielles. Le mal de mer diminua lui aussi peu à peu : certains jours, Lucas ne vomissait qu'une fois.

Mais arriva l'heure de la première chasse, et tout changea.

Au fond, ce fut un extraordinaire coup de chance pour le capitaine du *Pretty Peg* qu'un jour, au petit matin, deux semaines après l'appareillage, le timonier aperçût un cachalot. Son cri de joie réveilla l'équipage. Les hommes se ruèrent sur le pont, follement excités à l'idée de la chasse imminente, ardeur d'autant plus compréhensible qu'en cas de succès les attendaient des primes qui amélioreraient leur maigre paie. En arrivant sur le pont, Lucas vit d'abord le capitaine. Les sourcils froncés, il regardait dans la direction de la baleine qui, en vue encore de la côte néo-zélandaise, jouait dans les vagues.

— Quelle bête magnifique! jubilait Milford. Gigantesque! J'espère que nous l'attraperons! Car nous aurons rempli alors la moitié de nos tonneaux! L'animal est gras comme un cochon!

Les hommes partirent d'un rire énorme, mais Lucas, lui, ne parvenait pas à considérer comme une proie le majestueux cachalot qui s'offrait sans crainte à leurs regards. Lucas n'avait jamais vu ces gigantesques mammifères. Presque aussi volumineux que le *Pretty Peg*, le cachalot glissait sur l'eau avec élégance et, plein de joie de vivre aurait-on dit, sautait, se dressait hors de l'eau et se retournait comme un cheval rétif. Comment allaient-ils venir à bout d'un tel monstre? Et quel intérêt avaient-ils à détruire tant de beauté? Lucas ne se lassait pas de contempler la grâce et la légèreté dont faisait montre le cétacé, en dépit de sa masse.

Les autres membres de l'équipage, en revanche, étaient insensibles à ce spectacle. Se répartissant en différentes équipes, ils se regroupèrent autour de leur chef de canot. Copper, qui appartenait manifestement à ceux qui commandaient une chaloupe, adressa un signe à Lucas.

— C'est le moment! cria le capitaine, courant sur le pont pour veiller à ce que tous les canots fussent prêts.

Il avait sa propre équipe, formée de gens expérimentés. Les petites embarcations furent mises à l'eau avec six rameurs à leur bord. S'étaient joints à eux le chef et le harponneur, parfois aussi un barreur. Les harponneurs parurent bien frêles à Lucas, en comparaison de l'animal qu'ils affrontaient. Mais Copper se contenta de rire quand il le lui fit remarquer.

— C'est le nombre qui compte, mon gars! Bien sûr, un seul coup le chatouille juste, mais six le mettent hors de combat. Ensuite, nous le tirerons le long du bateau et nous le dépècerons. Un travail de forçats, mais qui rapporte. Le patron n'est pas radin. Si on l'attrape, celui-là, chacun en retirera quelques dollars en plus. Alors, mets-en un coup !

La mer n'était pas trop forte ce jour-là, si bien que les canots arrivèrent rapidement à proximité du cétacé qui, d'ailleurs, ne semblait pas avoir l'intention de fuir. Au contraire, paraissant trouver distrayant le fourmillement d'embarcations autour de lui, il exécuta une série de sauts supplémentaires comme pour divertir les spectateurs – jusqu'à ce que le premier harpon le frappe. Le harponneur du canot de tête avait enfoncé son arme dans une nageoire. Effrayée et furieuse, la bête se débattit et fonça en ligne droite sur le canot de Copper.

— Attention à la queue ! S'il est sérieusement touché, il va donner des coups autour de lui. Pas trop près, les gars !

Copper donnait ses ordres sans quitter des yeux la cage thoracique du cachalot. Il finit par réussir son coup, plantant le harpon à un bien meilleur endroit que le premier. Le cétacé s'affaiblit visiblement. Une pluie de harpons s'abattit alors sur lui. Avec un mélange de fascination et d'horreur, Lucas le vit se cabrer sous l'attaque et tenter enfin de fuir. Mais il était à présent prisonnier. Les harpons étaient en effet munis de câbles permettant de tirer la proie vers le bateau. Presque folle de douleur et de peur, la baleine tirait sur ses liens, arrivant parfois à arracher un harpon. Son sang s'écoulait de dizaines de blessures, et l'eau rougie écumait. Lucas était dégoûté par ce spectacle, par la mise à mort sans pitié du colosse majestueux. Le combat dura des heures ; les hommes s'épuisaient à ramer, à harponner, à tirer sur les cordes. Lucas ne s'aperçut pas que des ampoules se formaient et éclataient sur ses mains. Il n'eut pas peur non plus quand Copper, résolu à se distinguer, s'approcha très près de la bête qui, dans son agonie, battait l'eau avec l'énergie du désespoir. Lucas n'éprouvait plus que répugnance et pitié envers la créature qui luttait jusqu'à son dernier souffle. C'est à peine s'il parvenait à croire qu'il prenait part à cette lutte inégale, mais il ne pouvait non plus abandonner son équipe. Il était bel et bien dans le coup et, d'ailleurs, sa vie dépendait de l'issue du combat. Il aurait toujours le temps de réfléchir plus tard…

Le cachalot finit par flotter, immobile. Lucas ne savait s'il était mort ou totalement épuisé, mais les hommes réussirent en tout cas à le tirer le long du bâtiment. Ensuite, ce fut presque pire encore. La boucherie commença. Les hommes enfonçaient de longs couteaux dans le corps du cétacé pour découper le lard qu'on faisait chauffer immédiatement sur le pont pour le transformer en huile. Lucas espérait que l'animal était bien mort quand les premiers morceaux furent jetés sur le pont où, quelques minutes plus tard, on pataugeait dans le sang et la graisse. Quelqu'un ouvrit le crâne de la bête pour en extraire le spermaceti à partir duquel, à en croire Copper, on fabriquait des bougies, des nettoyants ou des produits d'entretien de la peau. D'autres recherchaient dans les intestins l'ambre gris si précieux pour l'industrie des parfums. L'odeur était épouvantable, et Lucas eut des frissons en songeant à toutes les eaux de senteur que Gwyneira et lui possédaient. Jamais il n'aurait imaginé qu'elles contenaient des éléments provenant d'intestins nauséabonds !

Entre-temps, on avait allumé du feu sous de gigantesques chaudrons et l'odeur de lard en train de bouillir envahit le bateau. L'air était imprégné d'une graisse qui semblait se déposer sur les voies respiratoires. Lucas se pencha pardessus le bastingage sans réussir à échapper à la puanteur. Il aurait aimé vomir, mais son estomac était vide. Peu avant, il avait eu soif, mais il n'arrivait maintenant pas à imaginer qu'une quelconque boisson eût un autre goût que celui de l'huile de baleine. Il se souvint vaguement qu'enfant on lui en avait fait ingurgiter et qu'il avait trouvé cela atroce. Or, il se retrouvait en plein cauchemar, au milieu d'énormes morceaux de lard et de viande qu'on jetait dans des chaudrons avant de verser dans des tonneaux l'huile ainsi obtenue. Le matelot chargé de remplir les tonneaux et de les empiler lui demanda de venir l'aider à les fermer. Il s'exécuta tout en essayant de ne pas regarder à l'intérieur des chaudrons où bouillaient les débris de baleine.

Ses compagnons, loin d'être dégoûtés, étaient mis en appétit par les odeurs et se réjouissaient à l'idée d'un prochain repas de viande fraîche. À leur grand regret, la viande de baleine ne se conservant pas car elle pourrissait trop vite, on abandonna en mer, une fois débarrassé de son gras, le corps du cétacé. Le cuisinier découpa néanmoins de la chair pour deux jours, promettant un festin à l'équipage. Lucas savait qu'il n'en toucherait pas un seul morceau.

L'animal ayant enfin été détaché du bateau, le pont resta encombré de morceaux de lard et chacun pataugeait dans le sang et les mucosités. La préparation de l'huile allait se poursuivre pendant des heures et des heures, et il se passerait plusieurs jours avant que le pont fût nettoyé. Lucas se demandait si cela serait même possible, en tout cas sûrement pas à l'aide des balais et des seaux d'eau qu'on utilisait habituellement pour récurer. Il faudrait sans doute attendre, pour que disparussent toutes les traces de l'abattage, la prochaine tempête qui balaierait le pont. Lucas souhaitait presque qu'elle se produisît le plus tôt possible. Plus il pensait à cette journée fatidique, plus la panique le gagnait. Il parviendrait peut-être à s'habituer aux conditions de navigation, à la promiscuité, à la saleté et à l'odeur des corps, mais pas à des journées comme celle-là, pas à voir abattre et dépecer un animal énorme mais de toute évidence pacifique. Il se demandait comment il allait pouvoir supporter de vivre trois ans ainsi.

Le fait que le *Pretty Peg* eût aussi rapidement pêché sa première baleine fut heureusement une chance pour lui. Le capitaine décida de faire relâche à Westport et d'y livrer le butin avant de repartir au large. C'était une perte de quelques jours, mais la fraîcheur de l'huile promettait un bon prix et cela permettrait de vider les tonneaux pour la suite de l'expédition. Ralphie, un blondinet de petite taille, d'origine suédoise, rêvait déjà tout haut des femmes de Westport.

— C'est encore un trou, mais en plein développement. Il n'y avait jusqu'ici que des pêcheurs de baleines et des chasseurs de phoques, mais des chercheurs d'or y arrivent. Il paraît même qu'il y a là de vrais mineurs. Je ne sais qui m'a parlé de gisements de charbon. En tout cas, il y a un pub et quelques filles complaisantes! J'y ai vu une fois une rouquine, un sacrément bon placement pour une paie, croyez-moi, les gars!

Copper s'approcha par-derrière de Lucas, appuyé contre le bastingage, épuisé et dégoûté.

— Tu penses toi aussi au bordel? Ou bien qu'est-ce que tu penserais de fêter ici, sans attendre, le succès de notre chasse?

Ayant posé la main sur l'épaule de Lucas, il la laissa descendre lentement le long de son bras, presque comme une caresse. Lucas ne pouvait pas ne pas comprendre l'invitation que contenaient les propos de Copper, mais il hésitait. Certes, il avait une dette envers ce compagnon plus âgé qui s'était montré bienveillant envers lui. Et puis, une vie durant, n'avait-il pas eu continuellement en tête l'envie de coucher avec un homme? Quand il se satisfaisait lui-même, n'était-ce pas des images d'hommes qui lui apparaissaient, y compris quand – Dieu lui vienne en aide! – il était au lit avec son épouse?

Mais ici… Lucas avait lu les textes des Grecs et des Romains. Le corps masculin était alors l'idéal de la beauté par excellence; l'amour entre des hommes et des adolescents ne choquait pas tant qu'il n'y avait pas contrainte. Il avait admiré les reproductions des statues de corps masculins de l'époque. Comme ils étaient beaux! Lisses, propres et appétissants… Il s'était planté devant la glace pour se comparer à ces modèles, imitant leurs poses, s'imaginant entre les bras d'un mentor, d'un amant. Cet homme, toutefois, ne ressemblait en rien à ce matelot, certes amical et gentil, mais massif et malodorant. Il n'y avait aucun moyen de se laver sur le *Pretty Peg*. Les hommes allaient se glisser entre leurs couvertures, couverts de sueur et de crasse, souillés de sang et de glaires… Lucas évita le regard pressant de Copper.

— Je ne sais pas… La journée a été longue… j'ai sommeil…

— Va tranquillement te coucher, mon gars. Repose-toi. Peut-être que je pourrai plus tard… eh bien, t'apporter quelque chose à manger. Ce serait pas mal non plus si je trouvais un peu de whisky…

— Une autre fois, Copper. Peut-être à Westport. Tu… je… Ne le prends pas mal, mais j'ai besoin d'un bain.

— Mon petit gentleman! éclata Copper d'un rire assourdissant. Bon, d'accord, je veillerai personnellement, à Westport, à ce que les filles te préparent un bain – ou, mieux encore, pour nous deux! Moi aussi, ça ne me ferait pas de mal! Ça te plairait?

Lucas acquiesça. L'essentiel était que l'homme le laissât en paix aujourd'hui. Plein de haine et de dégoût envers lui-même et les hommes avec qui il s'était acoquiné ici, il se retira sur sa couche infestée de puces. Peut-être les puces seraient-elles au moins repoussées par l'odeur de l'huile et de la sueur? Espoir vite déçu! Au contraire, cela semblait les attirer. Lucas en écrasa des dizaines et ne s'en sentit que plus souillé encore. Néanmoins, tandis qu'il écoutait les rires, les chants et les cris sur le pont – le capitaine avait, semble-t-il, effectivement distribué du whisky –, un plan mûrit en lui. Il quitterait le *Pretty Peg* à Westport. Certes, il romprait alors son contrat, mais tout cela était insupportable!

La fuite n'avait en fait présenté aucune difficulté. Toutefois, il avait dû abandonner toutes ses affaires sur le bateau. S'il avait emporté son sac de couchage et ses quelques vêtements pour la brève sortie à terre autorisée par le capitaine, il aurait éveillé les soupçons. Il prit tout de même un peu de linge de rechange: Copper lui avait promis un bain, ce qui était un prétexte valable. Ce dernier se moqua bien entendu de lui, mais cela lui était égal. Il n'attendait qu'une occasion pour se sauver. Elle se présenta très vite, Copper ayant entrepris de négocier l'octroi d'un baquet avec une jolie rousse. Les autres matelots, dans le pub, ne prêtèrent pas attention à Lucas ; ils n'avaient en tête que leur whisky ou s'absorbaient dans la contemplation des rondeurs de la fille. Lucas n'avait encore rien commandé et ne commit donc pas de grivèlerie quand il quitta furtivement le local pour se cacher dans les écuries. Puis, ayant trouvé, comme il s'y attendait, une sortie à l'arrière, il traversa la cour d'une forge, longea l'entrepôt d'un fabricant de cercueil, puis des maisons en cours de construction. Westport était bien un trou, mais effectivement en plein essor.

La localité était située au bord de la Buller River. Là, à proximité de l'embouchure, la rivière était large, les eaux paisibles. Lucas vit des plages de sable entrecoupées de rives rocheuses. Mais surtout, immédiatement derrière Westport, il arriva à l'orée d'une immense forêt, d'un vert intense, qui paraissait totalement inexplorée. Lucas inspecta les alentours : il était seul. Il allait pouvoir s'enfuir sans être vu. Il se mit à remonter la rivière en courant, se cachant parmi les fougères. Au bout d'une heure, il estima être assez loin pour s'autoriser un moment de détente. Le capitaine ne s'apercevrait pas si vite de son absence, car le *Pretty Peg* ne devait appareiller que le lendemain matin. Copper le chercherait, bien sûr, mais certainement pas au bord de la rivière, du moins pas tout de suite. Ensuite, il inspecterait sans doute la rive, mais en se limitant aux environs de Westport. Lucas se serait néanmoins volontiers enfoncé aussitôt dans la jungle si le dégoût pour son corps souillé ne l'en avait empêché. Il lui fallait prendre le temps de se laver. Il se déshabilla en frissonnant, cacha ses vêtements derrière des rochers, ne conservant que son linge de corps et faisant son deuil d'une chemise et d'un pantalon trop sales pour être débarrassés du sang et du gras qui les souillaient. Quand il oserait abandonner sa solitude, il ne posséderait plus que ce qu'il avait sur le corps. Mais cela valait toujours mieux que de participer au dépeçage sur le *Pretty Peg*.

Ensuite, il se laissa glisser dans l'eau glaciale de la Buller River. Quoique transi de froid, il plongea pour ramasser un caillou avec lequel il se frotta le corps jusqu'à ce que celui-ci devînt rouge comme une écrevisse. C'est à peine s'il sentait encore le froid. Il finit pourtant par sortir de l'eau, enfila ses habits propres et chercha un chemin dans la jungle. La forêt était terrifiante, humide et touffue, pleine de plantes gigantesques et inconnues. Néanmoins, son intérêt pour la faune et la flore de son pays lui fut utile. Il avait vu dans des livres nombre des fougères géantes dont les feuilles, parfois enroulées sur elles-mêmes telles d'énormes chenilles, donnaient l'impression d'être vivantes. Il s'occupa l'esprit à retrouver leur nom. Elles n'étaient pas vénéneuses, et même le plus gros weta des arbres était moins agressif que les puces du bateau. Il n'eut pas peur non plus des divers cris d'animaux. Il n'y avait ici que des insectes et des oiseaux, essentiellement des perroquets, aux cris certes bizarres, mais totalement inoffensifs. Le soir, il se confectionna un lit de fougères et dormit non seulement plus confortablement, mais aussi plus paisiblement que sur le *Pretty Peg*. Bien qu'ayant tout perdu, il se réveilla animé d'un courage renouvelé, alors qu'il s'était enfui, rompant son contrat de travail et laissant derrière lui des dettes de jeu impayées. Au moins, pensat-il avec amusement, personne ne m'appellera de sitôt un « gentleman » !

Il serait volontiers resté dans la jungle, mais, en dépit de l'extraordinaire fertilité de cet univers végétal, il n'y avait rien de comestible, du moins pour Lucas : un Maori, ou un véritable coureur des bois, aurait sans doute eu une tout autre opinion. Les gargouillis de son estomac l'obligèrent à se mettre en quête d'une agglomération. Oui, mais laquelle ?

Westport était hors de question. Chacun devait y savoir que le capitaine du *Pretty Peg* recherchait un matelot en fuite. Le bateau était même peut-être toujours à quai.

Puis il se souvint que, la veille, Copper avait parlé de bancs de phoques dans la baie de Tauranga, à douze miles de Westport. Les chasseurs de phoques devaient tout ignorer du *Pretty Peg* ou, en tout cas, ne guère s'y intéresser. En revanche, la chasse devait être florissante à Tauranga ; il y trouverait certainement du travail. Il se mit en route gaiement. Chasser les phoques ne pouvait être pire que pêcher la baleine…

En effet, les chasseurs de Tauranga l'avaient accueilli amicalement, et la puanteur, dans leur campement en plein air, demeurait dans les limites du supportable. Les hommes n'étaient pas entassés comme sur le bateau. Ils comprirent évidemment que quelque chose ne tournait pas rond chez lui, mais ne posèrent pas de questions sur son apparence déguenillée, son manque d'équipement et d'argent. Ils rejetèrent d'un geste de la main ses explications cousues de fil blanc.

— C'est pas grave, Luke, tu mourras pas de faim ici. Rends-toi utile, assomme quelques bébés phoques. À la fin de la semaine, nous emporterons les peaux à Westport. Tu auras de nouveau de l'argent, lui déclara Norman, l'aîné des chasseurs, en tirant tranquillement sur sa pipe.

Lucas eut la vague impression qu'il n'était pas le seul, ici, à avoir faussé compagnie à quelqu'un. Lucas aurait même fini par se sentir bien en compagnie de ces *coasters* taciturnes et flegmatiques, s'il n'y avait eu cette foutue chasse ! En admettant qu'on pût appeler ainsi cette manière d'assommer de jeunes bêtes sans défense sous les yeux de leurs mères. Hésitant, il considéra le gourdin entre ses mains et le petit animal devant lui…

— Allez, vas-y, Luke ! À toi cette peau ! Tu crois qu'on te donnera de l'argent à Westport, samedi, parce que tu nous auras aidés à écorcher ? Ici, tout le monde s'entraide, mais il n'y a d'argent que pour les peaux qu'on rapporte en personne!

Lucas ne vit pas d'échappatoire. Il ferma les yeux et frappa.

9

À la fin de la semaine, Lucas était en possession de près de trente peaux de phoque, mais, plus encore qu'après l'épisode sur le *Pretty Peg*, la honte et la haine de soi l'accablaient. Il était fermement décidé à ne pas revenir sur les bancs de phoques après le week-end à Westport. Il devait y avoir, dans la localité, des emplois qui lui conviendraient mieux, même si cela le condamnait à admettre qu'il n'était pas un homme véritable.

L'acheteur des peaux, un petit homme nerveux qui tenait également le bazar de Westport, se montra tout à fait optimiste à cet égard. Comme Lucas l'avait espéré, il n'établit aucun rapport entre le nouveau chasseur de phoques et l'homme qui s'était enfui du *Pretty Peg*. Peut-être manquait-il d'imagination ou s'en moquait-il, tout simplement. En tout cas, il lui donna quelques cents pour chaque peau et répondit ensuite obligeamment à ses questions sur un éventuel travail à Westport, Lucas s'abstenant bien sûr de lui avouer que tuer lui était pénible. Il prétendit en avoir assez de la solitude et de la compagnie masculine sur les bancs de phoques.

— J'aimerais habiter en ville, affirma-t-il. Peut-être trouver une femme, fonder une famille… En fait ne plus voir de cadavres de baleines et de phoques, continua-t-il en posant sur la table l'argent du sac de couchage et des vêtements qu'il venait d'acheter.

Le commerçant et les nouveaux amis de Lucas éclatèrent de rire.

— Bon, du travail, tu en trouveras facilement. Mais une fille ? Les seules filles ici sont celles de l'établissement de Jolanda, au-dessus du pub. Bien sûr qu'elles seraient en âge de se marier !

Trouvant la plaisanterie bonne, les compagnons de Lucas rirent de plus belle.

— Tu vas pouvoir le leur demander tout de suite ! déclara Norman, bon enfant. Tu nous accompagnes au pub ?

Lucas ne pouvait pas refuser. Il aurait préféré économiser son maigre pécule, mais un whisky ne lui déplairait pas. Un peu d'alcool lui permettrait peut-être d'oublier les yeux des phoques et les battements de queue frénétiques du cachalot.

Le commerçant lui indiqua d'autres sources possibles de revenus à Westport. Le forgeron avait peut-être besoin d'un compagnon. Lucas avait-il déjà travaillé le fer ? Celui-ci se maudit de n'avoir même pas eu l'idée, à Kiward Station, de s'intéresser à la manière dont James McKenzie s'y prenait pour ferrer les chevaux. Il savait monter à cheval, mais c'était tout.

L'homme ne se trompa pas sur le silence de son interlocuteur.

— Pas artisan pour un sou, hein ? Rien appris, sauf casser la tête des phoques. Mais le bâtiment serait une possibilité ! Les charpentiers sont sans cesse à la recherche de main-d'œuvre. Ils ont de la peine à satisfaire les commandes, tout le monde veut d'un seul coup des maisons au bord de la Buller. Ce sera bientôt une vraie ville ici ! Mais ils ne paient pas des masses, aucun rapport avec ce que tu gagnes avec ça, dit le marchand en montrant les peaux.

— Je sais. Mais je vais quand même me renseigner. Je… je me suis toujours vu travailler un jour le bois.

Le pub était petit et pas très propre. Mais Lucas constata avec soulagement qu'aucun des clients ne se souvenait de lui. Ils n'avaient vraisemblablement pas accordé grande attention aux matelots du *Pretty Peg*. Seule la jeune fille rousse sembla le jauger du regard en nettoyant la table, avant de déposer deux verres de whisky devant Norman et Lucas.

— Désolée que ça soit aussi propre que dans une porcherie, dit-elle. J'ai déjà dit à miss Jolanda que le Chinois fait mal le ménage – le «Chinois» était le barman à l'apparence quelque peu exotique. Enfin, tant que personne ne se plaint… Juste un whisky, ou bien vous voulez aussi manger un morceau?

Lucas aurait volontiers mangé quelque chose. N'importe quoi, pourvu que ça ne sente ni la mer, ni le goémon, ni le sang, quelque chose qui ne soit pas cuit à la va-vite sur le feu des chasseurs de phoques et à moitié cru. De plus, la fille avait l'air attentive à la propreté. Peut-être la cuisine n'était-elle pas aussi crasseuse qu'on pouvait le craindre au premier coup d'œil.

— On a faim, petite! dit Norman en riant. D'autant qu'une sucrerie comme toi, on n'a pas ça au camp…, plaisanta-t-il en pinçant les fesses de la serveuse.

— Tu sais que ça coûte un cent, non? Je vais le dire à miss Jolanda, elle le mettra sur ta note. Mais je ne veux pas être pingre: pour le même prix, tu peux aussi profiter de ceci, déclara la rouquine en montrant sa poitrine.

Sous les hurlements de joie de ses compagnons, Norman ne se fit pas prier et avança la main. Mais la serveuse se déroba adroitement.

— Il y en aura plus quand tu auras payé.

Les hommes rirent en la voyant s'éloigner d'une démarche raide. Elle portait des chaussures hautes, d'un rouge provocant, et une robe avec diverses nuances de vert, une robe déjà vieille et reprisée, mais propre. Les volants de dentelle qui la rendaient aguichante étaient soigneusement amidonnés et repassés. Cette jeune fille rappela un peu Gwyneira à Lucas. Bien sûr, l'une était une lady et cette presque enfant une putain, mais elle avait aussi des cheveux roux et frisés, une peau claire et, dans le regard, cette étincelle qui témoignait qu'elle n'était pas femme à se soumettre humblement à son destin. Ce bouge, pour cette fille, ne représentait certainement pas un terminus.

— Mignonne, la souris, hein? commenta Norman qui avait perçu le regard de Lucas mais l'interprétait de manière erronée. Daphnée. Le meilleur élément de miss Jolanda et, de plus, son bras droit. Sans elle, tout irait à vau-l'eau ici, c'est moi qui te le dis. Elle contrôle tout. Si la vieille était maligne, elle adopterait la souris. Mais elle ne pense qu'à elle. Un jour ou l'autre, la petite mettra les voiles en emportant les meilleures attractions. Comment on fait? Tu la veux d'abord? Ou tu as envie de quelque chose de corsé? demanda-t-il en clignant de l'œil à la ronde.

Lucas ne sut que dire. Heureusement, Daphnée revint avec la seconde tournée de whisky.

— Les filles sont prêtes en haut, annonça-t-elle en distribuant les verres. Buvez tranquillement, je rapporterai la bouteille si ça vous chante. Et puis vous monterez. Mais ne vous faites pas attendre trop longtemps. Vous savez bien, un peu de gnôle augmente le plaisir, mais trop rend tout ramollo…

Avec autant de vivacité que Norman tout à l'heure quand il lui avait pincé les fesses, elle se vengea en l'empoignant entre les jambes.

Il fit un bond en arrière, mais finit par rire.

— J'ai droit à un cent pour ça, moi aussi?

— Peut-être un baiser? susurra-t-elle en s'esquivant avec souplesse, avant que Norman eût pu répondre.

Les hommes saluèrent sa sortie par des sifflets admiratifs. Lucas but son whisky et se sentit pris de vertige. Comment sortir d'ici? Daphnée ne l'excitait pas le moins du monde. Et pourtant elle semblait avoir jeté son dévolu sur lui. Son regard venait de s'attarder sur son visage et son corps mince et musclé. Lucas savait que les femmes le trouvaient séduisant : il ne devait guère en aller autrement chez les putains de Westport que chez les rombières de Christchurch. Que faire si Norman l'entraînait dans cette aventure ?

Il songea à s'enfuir de nouveau, mais il n'en était pas question. N'ayant, sans cheval, aucune chance de quitter Westport, il devait provisoirement rester en ville. Ce qui deviendrait impossible si, dès le premier jour, il se couvrait à jamais de ridicule.

La plupart des hommes titubaient légèrement quand Daphnée revint et pressa l'assistance de monter. Aucun n'était toutefois assez ivre pour ne pas s'apercevoir d'une éventuelle défaillance de Lucas. Et cette Daphnée qui ne cessait de le caresser du regard !

Elle mena les hommes dans un salon avec des sièges en peluche et de petites tables d'apparence fort vulgaire. Quatre filles en déshabillé les y attendaient, ainsi que, bien entendu, miss Jolanda, une petite femme adipeuse aux yeux froids qui commença par faire payer un dollar à chacun des clients.

— Comme ça, au moins, aucun ne partira sans payer, dit-elle placidement.

Lucas s'acquitta de sa part en grinçant des dents. Il n'allait bientôt plus rien lui rester de ses gains de la semaine. Daphnée le conduisit à l'un des fauteuils rouges et lui mit un autre verre de whisky dans la main.

— Bon alors, l'étranger, comment vais-je pouvoir te rendre heureux ? souffla-t-elle.

Elle était la seule à ne pas porter de négligé. Elle se débarrassa alors, comme incidemment, de son corselet.

— Je te plais ? Mais je te préviens : je suis d'un rouge ardent, comme le feu ! Plus d'un s'y est brûlé…, lui glissat-elle en lui frôlant le visage d'une de ses longues mèches.

Lucas ne réagit pas.

— Non ? murmura Daphnée. Tu n'oses pas ? Tatata ! Mais bon, peut-être que tu en pinces pour d'autres éléments. Nous avons quelque chose pour chacun. Le feu, l'air, l'eau, la terre…, dit-elle en montrant tour à tour trois filles s'affairant autour des autres hommes.

La première était une créature blafarde, à l'apparence presque éthérée, aux cheveux lisses d'un blond pâle. Elle avait des membres graciles, presque maigres, mais, sous la fine chemise, se dessinaient de gros seins. Lucas trouva ce spectacle répugnant. Il serait à coup sûr incapable de se forcer à aimer une fille comme ça. Une blondinette habillée en bleu, aux yeux brillants, couleur topaze, incarnait l'«eau». Très vive, elle était en train de plaisanter avec Norman, manifestement ravi. La «terre» était une fille à la peau brune, aux boucles noires : incontestablement, parmi la troupe de miss Jolanda, la créature la plus exotique, même si elle n'était pas vraiment belle. Elle avait des traits un peu vulgaires, le corps trapu. Elle paraissait pourtant charmer l'homme avec lequel elle était en train de flirter. Lucas était vraiment surpris par les critères qui guidaient les hommes dans leur choix d'une partenaire sexuelle. Daphnée était en tout cas la plus jolie des filles. Lucas aurait dû se sentir flatté qu'elle eût jeté son dévolu sur lui. Si seulement elle l'avait un peu excité…

— Dis-moi, vous n'avez pas plus jeune à offrir ? finit-il par demander.

Une telle formulation le dégoûta, mais, s'il devait sauver la face cette nuit, ce serait tout au plus avec une fille aussi mince qu'un garçon qu'il y parviendrait.

— Plus jeune que moi encore ? s'exclama Daphnée, stupéfaite.

Elle avait raison, elle était très jeune ; Lucas estima qu'elle avait dix-neuf ans au maximum. Mais, avant qu'il eût pu répondre, elle le dévisagea plus attentivement.

— Je sais maintenant où je t'ai déjà vu ! Tu es le gars qui a échappé aux pêcheurs de baleines ! Pendant que le gros pédé, ce Copper, commandait un bain pour lui et pour toi ! J'avais failli crever de rire, un type qui n'avait sans doute jamais encore touché un savon ! Ma foi, c'était donc un amour pas partagé… bien que… Tu en pinces pour les garçons, dis donc ?

Lucas rougit violemment, ce qui lui évita de répondre à cette remarque formulée autant comme une constatation que comme une question. Daphnée sourit, à la fois narquoise et compréhensive.

— Sauf que ta fine équipe n'en sait rien, c'est ça? Et tu ne veux pas qu'ils s'en aperçoivent. Attends, mon ami, j'ai ce qu'il te faut. Non, pas un garçon, on n'a pas l'article en magasin. Mais quelque chose de tout à fait spécial… Ça t'intéresse?

— Quoi… qu'est-ce qui m'intéresse? balbutia Lucas.

L'offre de Daphnée était peut-être une issue. Quelque chose de spécial, d'exceptionnel, n'exigeant pas de lui un rapport sexuel? Il pressentit que le reste de son pécule allait y passer.

— C'est une sorte de… euh, de danse exotique. Deux filles très jeunes, quinze ans à peine. Des jumelles. Je te garantis que tu n'as encore jamais rien vu de semblable!

— Combien? demanda-t-il, se résignant à son sort.

— Deux dollars! Un pour chacune d'elles. Et pour moi, celui que tu as déjà payé. Je ne laisse pas les petites seules avec des types!

— Avec… euh, avec moi, elles ne risquent rien.

Daphnée éclata de rire. Un rire que Lucas trouva jeune et rafraîchissant.

— Je veux bien te croire. Bon, à titre exceptionnel. Tu es fauché ou quoi? Tout est resté sur le *Pretty Peg*, hein? Tu es vraiment un héros! Mais maintenant, en route pour la chambre un. Je t'envoie les filles. Et moi, je vais m'occuper de faire le bonheur d'oncle Norman!

Elle rejoignit Norman d'un pas nonchalant. À côté d'elle, la fille aux cheveux blonds parut plus transparente encore. Daphnée avait incontestablement du rayonnement. Mieux, elle n'était pas loin de posséder du style.

Lucas entra dans la chambre et le décor était bien tel qu'il s'y attendait : la pièce était meublée comme un hôtel de troisième catégorie, de la peluche partout, un large lit…

Devait-il s'y allonger? Ou cela effraierait-il les fillettes? Lucas se décida pour un fauteuil, en partie aussi parce que le lit lui parut peu digne de confiance. Il venait en effet de se débarrasser des puces du *Pretty Peg*.

L'arrivée des jumelles fut annoncée par des murmures et des exclamations d'admiration en provenance du «salon» qu'elles étaient obligées de traverser. Pouvoir commander ce numéro était manifestement considéré comme un luxe et un honneur particulier. Daphnée n'avait-elle pas, d'ailleurs, clairement indiqué que les fillettes étaient placées sous sa protection?

Visiblement gênées d'être observées malgré la pèlerine qui dissimulait leurs formes aux regards concupiscents, soudées l'une à l'autre, elles entrèrent dans la chambre et soulevèrent la gigantesque capuche sous laquelle se cachaient leur deux têtes réunies, une fois qu'elles se jugèrent en sécurité. Dans la mesure où l'on pouvait parler de sécurité en un tel lieu… Elles gardaient la tête baissée, attendant sans doute que Daphnée entre et les présente. Celle-ci ne venant pas, l'une d'elles finit par lever les yeux. Lucas aperçut un visage mince et des yeux bleu clair, pleins de méfiance.

— Bonsoir, monsieur. Nous sommes honorées que vous nous ayez engagées, récita-t-elle. Je suis Marie.

— Et moi, je suis Laurie, déclara la seconde. Daphnée nous a dit que vous…

— Je me contenterai de vous regarder, n'ayez crainte, les rassura Lucas d'un ton amical.

Il n'aurait jamais touché ces enfants, mais, d'un certain point de vue, elles correspondaient vraiment à ses fantasmes : quand, ayant ôté leur vêtement, elles furent nues devant lui comme le jour de leur naissance, il découvrit qu'elles avaient la silhouette d'un jeune garçon.

— J'espère que notre numéro vous plaira, dit gentiment Laurie en prenant la main de sa sœur, geste touchant qui était plus une recherche de protection que le début d'un acte sexuel.

Lucas se demanda comment ces fillettes s'étaient retrouvées ici. Au lieu de se glisser sous les draps du lit, elles s'agenouillèrent face à face et commencèrent à s'étreindre et à s'embrasser. Durant la demi-heure qui suivit, Lucas vit des gestes et des positions qui tour à tour lui firent monter le rouge au visage et lui glacèrent le sang. Pourtant, malgré l'indécence de leurs postures, il n'arrivait pas à les trouver repoussantes. Elles lui rappelaient par trop ses propres rêves : s'unir à un corps semblable au sien, une union pleine d'amour, dans la dignité et le respect mutuel. Il ne pouvait dire si elles éprouvaient du plaisir à agir avec une telle impudeur, mais il avait le sentiment que non. Elles montraient un visage trop détendu et serein ; il ne lisait sur leurs traits ni extase ni jouissance. Il y avait pourtant indiscutablement de l'amour dans les regards qu'elles échangeaient et, dans leurs caresses, de la tendresse. Leur jeu érotique jetait le spectateur dans le trouble : peu à peu, leurs corps semblaient se fondre et les fillettes se ressemblaient tant que cela finit par créer chez Lucas l'illusion d'avoir devant lui une déesse à quatre bras et deux têtes en train de danser, telles qu'il en avait vu sur des images venues de l'Inde. Le spectacle avait pour lui un charme étrange, même s'il aurait préféré les dessiner plutôt que faire l'amour avec elles. Leur danse s'apparentait presque à de l'art.

Finalement, elles s'immobilisèrent, étroitement enlacées sur le lit, ne se séparant que lorsque Lucas les applaudit. Laurie vérifia l'état de l'entrejambe du spectateur quand elle eut repris ses esprits.

— Ça ne vous a pas plu ? s'inquiéta-t-elle en constatant que le pantalon de l'homme n'était pas ouvert et qu'il ne s'était visiblement pas masturbé. Nous… nous pourrions aussi vous caresser, mais…

Proposition qui, à en juger par leur mine, ne les enthousiasmait guère, mais il y avait certainement des hommes qui réclamaient qu'on leur rendît leur argent quand ils n'avaient pas atteint l'orgasme.

— En général, c'est Daphnée qui s'en charge, compléta Marie.

— Ce n'est pas la peine, merci. Votre danse m'a beaucoup plu. Comme le disait Daphnée, quelque chose de très particulier. Mais comment l'idée vous en est-elle venue ? On ne s'attend pas à voir ça dans ce genre d'établissement.

Soulagées, les fillettes remirent leur pèlerine, mais restèrent assises sur le bord du lit. Elles ne considéraient manifestement plus Lucas comme une menace.

— Oh, c'est une idée de Daphnée ! reconnut franchement Laurie.

Elles avaient l'une et l'autre une voix douce, un peu chantante, ce qui était un indice de plus de ce qu'elles étaient à peine sorties de l'enfance.

— Il fallait bien que nous gagnions notre vie, poursuivit Marie. Mais nous ne voulions pas… nous ne pouvions pas… Coucher avec un homme pour de l'argent est impie.

Lucas se demanda si c'était aussi Daphnée qui le leur avait appris, elle qui, apparemment, ne partageait pas cette conviction.

— Encore que, bien sûr, c'est parfois nécessaire ! compléta Laurie, prenant la défense de ses collègues. Mais Daphnée dit que, pour ça, il faut être adulte. Seulement… miss Jolanda n'était pas de cet avis, et alors…

— Alors Daphnée a sorti cette histoire d'un de ses livres. Un drôle de livre plein de… cochonneries.

— Mais nous ne sommes pas impies ! décréta Marie d'un ton pénétré.

— Vous êtes d'honnêtes jeunes filles, les approuva Lucas, qui ressentit soudain le besoin d'en savoir plus sur leur compte. D'où venez-vous ? Daphnée n'est tout de même pas votre sœur ?

Laurie allait répondre quand Daphnée entra. Elle eut l'air soulagée de trouver les fillettes habillées et en train de bavarder avec leur étrange client.

— Tu es satisfait? demanda-t-elle avec, elle aussi, un regard sur sa braguette.

— Tes protégées m'ont bien diverti. Elles allaient me raconter d'où elles viennent. Vous vous êtes enfuies de quelque part, non? Vos parents sont-ils au courant de vos activités?

— Ça dépend de ce qu'on croit. Si ma mère et celle de ces deux-là sont dans le ciel, sur un nuage, en train de jouer de la harpe, elles doivent nous voir. Mais si elles ont atterri là où terminent habituellement les gens comme nous, elles ne voient que la racine des pissenlits.

— Vos parents sont donc morts, constata Lucas sans faire écho à son cynisme. Je suis navré. Mais comment vous êtes-vous retrouvées ici?

Daphnée se campa devant lui avec autorité.

— Écoute un peu, Luke, puisque c'est comme ça que t'appellent tes amis. S'il y a une chose qu'on n'aime pas, c'est les curieux. Pigé?

Lucas voulut répondre qu'il ne pensait pas à mal. Au contraire, il se demandait comment il pouvait les aider à sortir de leur misère. Laurie et Marie n'étaient pas encore des prostituées, et une fille aussi délurée et futée que Daphnée n'aurait pas de mal à trouver un autre emploi. Mais il était pour l'heure au moins aussi démuni qu'elles. Davantage même, car elles lui avaient soutiré trois dollars, dont il ne leur resterait sans doute qu'un seul une fois que Jolanda aurait prélevé sa dîme.

— Excusez-moi, se contenta-t-il de dire. Je ne voulais pas vous froisser. Écoutez, je… j'ai besoin d'un endroit où dormir cette nuit. Je ne peux pas rester ici. Aussi engageantes que soient les chambres…, plaisanta-t-il, provoquant de nouveau le rire cristallin de Daphnée et les gloussements des jumelles. Mais ce serait trop cher pour moi. Y aurait-il une place dans l'écurie ou quelque chose de ce genre?

— Tu ne veux pas retourner sur les bancs de phoques? s'étonna Daphnée.

— Non, je cherche un emploi où coule moins de sang. On m'a dit que les charpentiers embauchent.

Daphnée jeta un œil sur les mains fines de Lucas, certes moins soignées qu'un mois plus tôt, mais beaucoup moins calleuses que celles d'un Norman ou d'un Copper.

— Alors veille à ne pas te taper trop souvent sur les doigts. Tu saignerais plus qu'un phoque assommé par un gourdin. Et ta peau a moins de valeur que la sienne, mon gars!

— Je prendrai soin de moi, dit-il en riant. En espérant que les puces ne m'auront pas vidé de mon sang avant. Si je ne me trompe, ça pullule ici aussi, non? remarqua-t-il en se grattant l'épaule, ce qui n'était pas digne d'un gentleman, mais les gentlemen n'avaient pas non plus pour habitude de se promener couverts de piqûres d'insectes.

— Ça doit venir du salon, dit Daphnée en haussant les épaules. Cette chambre est propre : ça choquerait que les jumelles fassent leur numéro couvertes de boutons. C'est aussi pour ça que nous ne laissons dormir ici aucun de ces gaillards malpropres. Le mieux est que tu essaies dans l'écurie de louage. Les jeunes de passage y dorment. Et David la tient correctement. Il te plaira. Mais ne va pas le corrompre!

Sur ces mots, elle prit congé de Lucas et fit sortir les fillettes. Lucas prit son temps, car ses compagnons s'attendaient certainement à ce qu'il se fût déshabillé. À son entrée dans le salon, il fut accueilli par des vivats. Norman leva son verre à sa santé.

— Il est comme ça, notre Luke! Il fornique avec les trois plus belles filles et il a tout du sou neuf quand il ressort! Est-ce que j'aurais pas entendu çà et là, sur lui, des allusions malveillantes? Allez, grouillez-vous, les gars, excusez-vous avant qu'il se tape vos pépées par-dessus le marché!

10

Lucas se laissa fêter un petit moment avant de se rendre à l'écurie de louage. Daphnée n'avait pas menti. Les lieux donnaient une impression favorable. Cela sentait le cheval, mais l'allée était balayée, les bêtes se trouvaient dans des box ; les selles et les harnachements étaient vieux mais bien entretenus. Une lanterne dispensait une lumière faible, suffisante pour s'orienter et voir les chevaux même la nuit, mais sans les déranger.

Lucas chercha où dormir. Il semblait être le seul à passer la nuit ici. Il se demandait déjà s'il n'allait pas s'installer n'importe où sans autre forme de procès quand il entendit dans l'obscurité une voix claire, plus craintive qu'agressive, lui demander :

— Qui va là ? Dis qui tu es et ce que tu veux, étranger !

Lucas leva les bras en feignant d'être effrayé.

— Luke… euh… Denward. Je n'ai pas de mauvaises intentions, je cherche juste un endroit pour dormir. Et cette jeune fille, miss Daphnée, m'a dit que…

— Nous laissons dormir ici ceux qui y ont logé leur cheval, répondit la voix, déjà plus proche.

Son propriétaire, un garçon blond de seize ans peut-être, finit par se montrer, passant la tête par-dessus la paroi d'un box.

— Mais vous n'avez pas de cheval !

— C'est exact. Mais je pourrais néanmoins m'acquitter de quelques cents. Et je n'ai pas non plus besoin d'un box entier.

— Comment êtes-vous arrivé ici, sans cheval? demanda le garçon avec curiosité.

Lucas put alors le détailler de la tête aux pieds. Très grand, du genre échalas, il avait des traits encore enfantins. Dans la pénombre, Lucas ne put déterminer la couleur de ses grands yeux clairs. Mais le garçon avait l'air ouvert et amical.

— Je viens des bancs de phoques, dit Lucas, comme si cela suffisait à expliquer comment on pouvait franchir les Alpes sans cheval.

Mais peut-être le garçon en conclurait-il de lui-même que l'étranger était arrivé par bateau. Lucas espéra que cela ne lui remettrait pas immédiatement en mémoire le déserteur du *Pretty Peg*.

— Vous avez chassé le phoque? J'y ai aussi pensé, car ça rapporte. Mais je n'ai pas pu… la manière dont ces bêtes vous regardent…

Cela fit chaud au cœur de Lucas.

— C'est exactement à cause de ça que je cherche un nouveau travail, confia-t-il au garçon.

— Vous pourriez donner un coup de main aux charpentiers ou aux bûcherons. Ce n'est pas le travail qui manque. Lundi, je vous emmènerai avec moi; je suis aussi dans le bâtiment.

— Je croyais que tu étais garçon d'écurie. Comment t'appelles-tu? David?

— C'est comme ça qu'on m'appelle. En réalité, je m'appelle Steinbjörn. Steinbjörn Sigleifson. Mais personne n'arrive à prononcer mon nom. Alors cette Daphnée m'a baptisé David, tout court. Comme David Copperfield. Je crois que ce type a écrit un livre.

Souriant, Lucas s'étonna à nouveau au sujet de Daphnée: une barmaid lisant Dickens?

— Et où appelle-t-on ses enfants «Steinbjörn Sigleifson»? demanda Lucas.

Entre-temps, David l'avait conduit dans un réduit aménagé confortablement, des ballots de paille servant de table et de sièges, du foin faisant office de lit. David indiqua à Lucas qu'il pouvait lui aussi prendre du foin, dans un coin, pour sa propre couche.

— En Islande, répondit-il tout en l'aidant à s'installer. C'est de là que je viens. Mon père était pêcheur de baleines. Ma mère, elle, voulait s'en aller, elle était irlandaise. Elle aurait aimé retourner sur son île, mais sa famille a alors émigré en Nouvelle-Zélande. Elle a voulu à tout prix les rejoindre, car elle ne supportait plus le climat d'Islande, l'obscurité et le froid en permanence... Ensuite, elle est tombée malade et elle est morte pendant la traversée. Un jour de grand soleil. C'était important pour elle, je crois...

— Mais tu avais toujours ton père avec toi? s'enquit Lucas en étendant son sac de couchage.

— Oui, mais pas pour longtemps. Ayant entendu dire qu'on pêchait ici la baleine, il est devenu tout feu tout flamme. De Christchurch, nous sommes allés jusque sur la côte ouest, où il s'est aussitôt enrôlé sur une baleinière. Il voulait m'emmener comme mousse, mais ils n'en avaient pas besoin. C'est tombé à l'eau.

— Il t'a laissé seul? s'indigna Lucas. Quel âge avais-tu? Quinze ans?

— Quatorze, répondit David avec flegme. Assez pour m'en tirer tout seul, a dit mon père. Alors que je ne parlais même pas l'anglais. Pourtant, comme vous voyez, il avait raison. Je suis ici, je vis et je ne crois pas que j'aurais été un bon chasseur. J'avais envie de vomir chaque fois que mon père rentrait à la maison, empestant l'huile de baleine.

Pendant qu'ils s'installaient à leur aise dans leurs sacs de couchage, le jeune garçon raconta ce qu'il avait vécu parmi les rudes gaillards de la côte ouest. Apparemment aussi peu à l'aise en leur compagnie que Lucas, il avait été heureux de trouver cet emploi. Il entretenait les écuries et pouvait en échange y dormir. La journée, il travaillait dans le bâtiment.

— J'aimerais devenir charpentier et construire des maisons, finit-il par avouer à Lucas.

— Pour construire des maisons, il faut que tu deviennes architecte, Dave. Mais ce n'est pas facile.

— Je sais. C'est cher, aussi. Il faut aller longtemps à l'école. Mais je ne suis pas bête, je sais même lire.

Lucas décida de lui offrir le premier exemplaire de *David Copperfield* qui lui tomberait entre les mains. Il se sentait inexplicablement heureux quand ils se souhaitèrent une bonne nuit, s'enroulant dans leurs sacs. Lucas écouta les bruits que le garçon émettait dans son sommeil, sa respiration régulière, songeant à la souplesse de ses gestes, en dépit de sa maigreur, à sa voix vive et claire. Il aurait pu aimer un garçon comme lui…

David tint parole et, dès le lendemain, présenta Lucas au propriétaire de l'écurie qui lui accorda volontiers un endroit pour dormir, sans même lui réclamer d'argent.

— Aide un peu David dans l'écurie, le gamin travaille trop de toute façon. Tu t'y connais en chevaux?

Lucas expliqua qu'il savait étriller, seller et monter, ce qui sembla satisfaire le propriétaire. David passa le dimanche à nettoyer les écuries de fond en comble – en semaine, il n'en avait guère le temps – et Lucas l'aida obligeamment. Le garçon bavardait sans cesse, parlant de ses aventures, de ses rêves, Lucas se montrant un auditeur attentif et maniant la fourche avec un entrain inattendu chez lui : jamais encore un travail ne lui avait procuré un tel plaisir!

Le lundi, David l'emmena avec lui sur son chantier. Le contremaître l'affecta aussitôt à une colonne de bûcherons. Il fallait défricher la forêt vierge pour les nouvelles constructions. Les bois précieux qu'on abattait à cette occasion étaient soit stockés à Westport pour une utilisation ultérieure, soit vendus dans d'autres endroits de l'île, voire en Angleterre. Le prix du bois était élevé et ne cessait d'augmenter; en outre, des vapeurs circulaient à présent entre l'Angleterre et la Nouvelle-Zélande, ce qui simplifiait le transport de biens encombrants.

Les charpentiers de Westport ne voyaient toutefois pas plus loin que le chantier suivant. Presque aucun d'eux n'avait appris son métier, a fortiori n'avait entendu parler d'architecture. Ils bâtissaient de simples cabanes en rondins pour lesquelles ils assemblaient de non moins rustiques meubles. Lucas déplorait ce gaspillage des espèces précieuses, d'autant plus que le travail dans la jungle était dur et dangereux ; les blessures occasionnées par des scies ou la chute des arbres étaient continuelles. Mais il ne se plaignait pas. Depuis qu'il avait rencontré David, il était plus insouciant, toujours de bonne humeur. Le garçon recherchait d'ailleurs lui aussi sa compagnie, s'entretenant des heures avec lui. Il découvrit très vite que son aîné avait beaucoup plus de connaissances que lui et qu'il avait réponse à beaucoup plus de questions que tous les autres autour de lui. Dans ces conditions, Lucas avait parfois beaucoup de peine à ne pas révéler des détails susceptibles de trahir ses origines. Il ne se distinguait à présent guère, du moins extérieurement, des autres *coasters*. Ses vêtements étaient élimés et il ne possédait pratiquement pas de rechange. C'était un tour de force de rester propre. À sa grande joie, David accordait lui aussi une grande importance à l'hygiène corporelle et se lavait régulièrement dans la rivière. Il ne craignait manifestement pas le froid. Alors que le seul fait de s'approcher de l'eau glaciale faisait grelotter Lucas, c'est en riant que son compagnon traversait la rivière à la nage.

— Mais elle n'est pas froide ! taquinait-il Lucas. Tu devrais voir les rivières dans mon pays ! Je les traversais avec mon cheval alors que des plaques de glace flottaient encore sur l'eau.

En contemplant David patauger sur la rive, nu et ruisselant, et s'étirer sans complexe, Lucas croyait voir s'animer sous ses yeux une de ses chères statues grecques. Pour lui, ce n'était pas le David de Dickens, mais celui de Michel-Ange. Le principal intéressé avait certes pour l'instant aussi peu entendu parler du peintre et sculpteur italien que de l'écrivain anglais. Lucas pouvait du moins aider en ce domaine. Il dessina à grands traits sur une feuille de papier les sculptures les plus célèbres.

Dave fut stupéfait, les garçons de marbre l'intéressant au demeurant moins que le talent de dessinateur de Lucas.

— J'essaie souvent de dessiner des maisons, confia-t-il à son aîné. Mais ça cloche toujours quelque part.

Ému, Lucas expliqua à David où était le problème, l'initiant à l'art du dessin en perspective. David apprenait vite. Ils consacrèrent désormais chacune de leurs minutes de loisir à l'enseignement. Les ayant observés un jour, le maître d'œuvre retira sur-le-champ Lucas de l'équipe de bûcherons et l'intégra à celle des constructeurs. Lucas n'avait que des connaissances réduites en architecture, maîtrisant les seules notions de base que tout amateur d'art acquiert nécessairement quand il s'intéresse aux églises de Rome et aux palais de Florence. Mais c'était beaucoup plus que ce que savaient la plupart des ouvriers du bâtiment ; Lucas était de surcroît doué en mathématiques. Il se rendit très vite utile en dessinant des plans et en formulant, pour la construction de la scierie, des indications bien plus précises que celles données jusqu'ici par les artisans. Il n'était bien sûr pas le plus habile dans le maniement du bois, mais David avait des talents en ce domaine et ne tarda pas à fabriquer des meubles d'après les plans de son ami. Les futurs habitants de cette demeure – le marchand de peaux et son épouse – furent absolument enthousiasmés quand ils découvrirent les premiers résultats.

Naturellement, Lucas ne pouvait s'empêcher d'aspirer à une plus grande intimité physique avec son élève et ami. Il rêvait de tendres étreintes, s'éveillant alors avec une érection ou, pis encore, entre des couvertures trempées. Mais il se retenait de toutes ses forces. Dans la Grèce antique, une relation amoureuse entre un mentor et un garçon était tout ce qu'il y avait de normal ; dans la bourgade de Westport, ils seraient l'objet de la plus féroce réprobation s'ils s'y abandonnaient. Pourtant, David se rapprochait physiquement de son ami en toute ingénuité. Parfois, après avoir nagé, l'adolescent, s'étant allongé nu, à côté de lui, pour se faire sécher au soleil, l'effleurait d'un bras ou d'une jambe. L'hiver terminé et la chaleur revenue, Lucas s'adonna lui aussi aux joies de la baignade et David le provoquait alors en des luttes au corps à corps. Il ne pensait à rien de mal quand il enserrait Lucas de ses jambes ou pressait son torse contre son dos. Celui-ci était alors heureux que la Buller River fût assez froide, même en plein été, pour mettre rapidement fin à ses érections. Partager le lit de David aurait été la concrétisation de ses rêves, mais il savait qu'il devait se modérer. Ce qu'il vivait alors était plus qu'il n'aurait jamais osé espérer. Aller au-delà aurait été présomptueux. Il savait aussi que son bonheur ne serait pas éternel. Un jour, David serait adulte, tomberait peut-être amoureux d'une fille et l'oublierait. Mais Lucas espérait que, d'ici là, l'adolescent aurait assez appris pour gagner sa vie comme ébéniste. Il ferait pour sa part ce qui était en son pouvoir. Il entreprit de lui enseigner aussi des notions élémentaires de mathématiques et de calcul, afin qu'il ne devînt pas seulement un bon artisan mais également un commerçant avisé. Il aimait ce garçon d'une manière désintéressée, avec dévouement et tendresse. Il jouissait de chaque journée passée avec lui, tentant de ne pas penser à la fin inévitable. David était si jeune! Ils avaient à coup sûr devant eux des années à vivre ensemble.

Mais David – ou Steinbjörn, comme il s'appelait toujours lui-même en son for intérieur – ne partageait pas cette forme d'abstinence. Il était intelligent, travailleur, désireux de réussir et de vivre. Il était surtout amoureux, secret qu'il n'aurait jamais avoué, pas même à Lucas, son paternel ami. Cet amour expliquait d'ailleurs pourquoi il avait accepté de bonne grâce le prénom qu'on lui avait attribué et mettait à profit chaque minute de loisir pour avancer dans la lecture de *David Copperfield*. Il pouvait parler du roman avec Daphnée, de manière parfaitement naturelle, en toute innocence, sans que personne pût soupçonner qu'il se consumait d'amour pour elle. Il savait bien qu'il n'avait et n'aurait jamais sa chance! Elle ne l'emmènerait sans doute même pas dans sa chambre s'il parvenait à économiser l'argent d'une nuit. Il n'était pour elle qu'un enfant méritant d'être protégé, comme les jumelles, et certainement pas un client.

D'ailleurs, David ne le souhaitait pas non plus. Il ne voyait pas Daphnée comme une prostituée, mais comme une épouse à ses côtés. Un jour, il gagnerait assez d'argent pour la racheter à Jolanda et la persuader qu'elle méritait une vie honorable. Il emmènerait aussi volontiers les jumelles : dans ses rêves, financer leur entretien n'était pas un problème pour lui.

Or, pour que ses rêves deviennent réalité, il avait besoin d'argent, de beaucoup d'argent, et vite! Voir Daphnée servir au pub puis disparaître au premier étage avec le premier client venu lui déchirait le cœur. Elle n'allait pas faire ça éternellement et, surtout, elle ne resterait pas éternellement ici. Elle ne cessait de pester contre le joug de Jolanda. Un jour ou l'autre, elle disparaîtrait pour tenter un nouveau départ.

À moins que David ne prît les devants en la demandant en mariage.

Cependant, il n'ignorait pas qu'il ne pourrait gagner l'argent nécessaire en continuant à travailler dans le bâtiment, ni même comme ébéniste. Il devait faire fortune rapidement ; or, comme par l'effet du hasard, de nouvelles perspectives s'ouvraient justement dans cette région de l'île du Sud. À quelques miles en amont de Westport, sur la Buller River, on avait trouvé de l'or. De plus en plus de chercheurs d'or envahissaient la ville, en quête de vivres, de pelles et de batées, avant de disparaître dans la jungle ou dans les montagnes. Au début, personne ne les avait pris au sérieux, mais, quand les premiers revinrent, gonflés d'orgueil, ayant dans une bourse attachée à leur ceinture une petite fortune en pépites, la fièvre de l'or s'empara également des *coasters* installés dans les environs de Westport.

— Pourquoi ne pas essayer nous aussi, Luke? demanda David un jour où, assis au bord de la rivière, il vit une bande de chercheurs d'or passer dans des canots.

Lucas était en train d'expliquer à son ami une technique de dessin particulière et, surpris, il leva les yeux.

— Essayer quoi? Chercher de l'or? Ne sois pas ridicule, David, ce n'est pas fait pour nous.

— Pourquoi?

Les grands yeux brûlant de désir de David firent battre le cœur de Lucas. Son appétit n'avait encore rien de commun avec la cupidité des chercheurs confirmés qui avaient souvent fréquenté d'autres fouilles avant d'avoir vent des découvertes faites aux environs de Westport. On ne lisait pas dans ses yeux le reflet d'anciennes déceptions, d'hivers interminables dans des campements précaires, d'étés torrides passés à creuser, à détourner des ruisseaux et à passer au crible des tonnes de sable, tout en continuant à espérer, espérer, espérer… jusqu'au jour où c'étaient à nouveau d'autres que soi qui trouvaient dans la rivière des pépites grosses comme le doigt ou, dans la roche, de riches filons. Non, David ressemblait davantage à un enfant dans un magasin de jouets. Il se voyait déjà en possession de nouveaux trésors, à condition que son père, peu porté à des achats, ne vînt briser son rêve. Lucas soupira. Il aurait aimé exaucer les souhaits de son ami, mais il ne voyait aucune chance de réussir.

— David, nous ne connaissons rien à ce travail, dit-il amicalement. Nous ne saurions même pas où chercher. Et puis je ne suis ni trappeur ni aventurier. Comment pourrions-nous nous en sortir là-bas?

Pour être totalement sincère, Lucas aurait dû ajouter que les heures passées dans la jungle après sa fuite du

Pretty Peg lui avaient amplement suffi. Si l'univers végétal si singulier de cette région le fascinait, l'idée de s'y égarer le rendait nerveux. Surtout que, jadis, il avait eu la rivière pour s'orienter. Pour cette nouvelle aventure, ils devraient s'en éloigner. D'accord, on pouvait toujours suivre un ruisseau, mais Lucas ne partageait pas l'optimisme de David, qui se figurait que l'or, là-bas, vous tombait littéralement dans les mains.

— Je t'en prie, Luke, nous pouvons au moins essayer! Nous ne sommes pas obligés de tout abandonner ici. Accorde-nous un week-end. M. Miller me prêtera certainement un cheval. Nous remonterons la rivière vendredi soir; samedi, nous jetterons un coup d'œil là-haut…

— Où est ce «là-haut», David? En as-tu la moindre idée?

— Rochford a trouvé de l'or dans la Lyell Creek et dans la Buller Gorge. Lyell est à quarante miles d'ici, en amont…

— Et les chercheurs d'or s'y marchent certainement déjà sur les pieds, remarqua Lucas, sceptique.

— Nous ne sommes pas obligés de chercher là! Il y a sans doute de l'or partout, nous aurons de toute façon besoin de notre propre concession. Allez, Luke, ne joue pas les trouble-fête! Un week-end!

L'adolescent se mettant à supplier, Lucas se sentit flatté. L'adolescent aurait en définitive pu se joindre à une quelconque troupe de chercheurs, mais, manifestement, il voulait rester avec lui. Lucas hésitait néanmoins. L'aventure lui semblait trop risquée. Prudent de nature, il voyait trop clairement les dangers d'une chevauchée dans la forêt vierge, sur des sentiers inconnus, loin de toute agglomération. Peut-être n'aurait-il jamais accepté si Norman et quelques autres chasseurs de phoques n'étaient entrés dans l'écurie un peu plus tard. Ils saluèrent Lucas gaiement, n'oubliant pas d'évoquer bruyamment sa nuit avec les jumelles. Norman lui tapa sur l'épaule avec vigueur.

— Putain, et nous qui croyions que tu avais du sang de navet! Qu'est-ce que tu fais maintenant? J'ai entendu dire que tu étais une grosse pointure dans le bâtiment! C'est bien pour toi. Mais ça ne va pas t'enrichir. Écoute, nous allons remonter la Buller pour chercher de l'or. T'as pas envie de venir avec nous? Tenter ta chance, toi aussi?

Occupé à seller et à équiper de sacoches les mulets loués par le groupe de Norman, David lança au vieil homme un regard brillant d'enthousiasme.

— Avez-vous déjà fait ça? Laver de l'or, je veux dire?

— Moi non. Mais Joe, là, oui, quelque part en Australie. Il nous montrera. Il paraît que ce n'est pas difficile de tenir une batée dans l'eau et d'attendre que les pépites s'y rassemblent! dit-il en riant.

Lucas, en revanche, soupira. Il pressentait la suite.

— Tu vois, Luke. Tout le monde dit que c'est facile! ne manqua pas de remarquer David. Essayons, je t'en prie!

Voyant l'ardeur dans les yeux du garçon, Norman sourit aux deux amis.

— Ma foi, ce garçon est tout feu tout flamme! Il ne restera pas longtemps ici, Luke! Alors, vous faites quoi? Vous venez avec nous ou vous réfléchissez encore?

S'il y avait quelque chose qui n'enchantait pas Lucas, c'était bien de partir chercher de l'or avec cette troupe. D'un côté, c'était bien sûr tentant de laisser l'organisation à d'autres, ou au moins de leur transférer une partie du travail. Certains devaient avoir plus d'expérience que lui comme trappeurs. Mais ils n'avaient certainement aucune notion de minéralogie. S'ils trouvaient un jour de l'or, ce serait par hasard et il fallait d'ores et déjà s'attendre à des querelles. Lucas refusa d'un signe de la main.

— Nous ne pouvons pas partir comme ça, à l'improviste, expliqua-t-il. Mais tôt ou tard… À la revoyure, Norm!

Celui-ci prit congé d'une poignée de main, dont les doigts de Lucas mirent plusieurs minutes à se remettre.

— À la revoyure, Luke! En espérant que nous serons alors riches tous les deux!

Ils partirent le samedi avant l'aube. M. Miller, le propriétaire, avait effectivement prêté à David son seul cheval disponible. Celui-ci monta donc derrière Lucas, les sacoches posées à cru. Ils n'avanceraient pas très vite ainsi, mais le cheval était vigoureux, et la forêt de toute façon si épaisse qu'il était pratiquement impossible d'y galoper ou d'y trotter. D'abord peu enthousiaste, Lucas commença peu à peu à trouver du plaisir à la chevauchée. Il avait plu récemment, mais le soleil brillait. Des nappes de brume s'élevaient au-dessus de la jungle, recouvrant les sommets des montagnes et baignant le paysage d'une lumière étrange, irréelle. Le cheval, une bête calme, avait le pied sûr, et Lucas sentait derrière lui le corps du garçon se retenant à lui, collé contre son dos et les bras autour de sa taille. Lucas sentait jouer ses muscles, et son souffle sur sa nuque lui procurait de délicieux frissons. David finit même par s'assoupir, laissant aller sa tête sur l'épaule de son ami. La brume s'étant dissipée, la rivière étincelait sous le soleil, reflétant de temps à autre les falaises qui se dressaient maintenant tout près des rives. Elles finirent par enserrer le cours d'eau au point de barrer le passage. Obligé de revenir un peu sur ses pas pour les franchir, Lucas découvrit une espèce de sentier muletier – peut-être tracé par des Maoris ou des chercheurs d'or les ayant précédés – qui leur permettrait de suivre le cours de la rivière par les hauteurs. De temps en temps, ils tombaient sur des emplacements où des expéditions avaient découvert des gisements de charbon ou d'or. Pour lui, tout ici se ressemblait : un paysage de montagne où les rochers étaient plus rares que les collines couvertes de fougères. De loin en loin, des parois abruptes menant à un haut plateau, souvent des ruisseaux qui se jetaient dans la Buller River par des cascades. Ils aperçurent aussi des plages de sable, au bord de la rivière, qui invitaient à l'arrêt. Lucas se demanda s'il n'aurait pas mieux valu entreprendre cette équipée avec un canoë. D'ailleurs, le sable des rives contenait peut-être de l'or, bien que Lucas dût s'avouer qu'il n'avait aucune connaissance en ce domaine. Si seulement il s'était autrefois intéressé à la géologie et à la minéralogie plutôt qu'aux plantes et aux insectes ! D'après la configuration du terrain, la nature de la terre et la forme des rochers, il était certainement possible de conclure ou non à la présence d'or. Mais non, il avait préféré dessiner des wetas ! Il en arrivait peu à peu à l'idée que son entourage – surtout Gwyneira – n'avait pas eu entièrement tort : ses goûts artistiques l'avaient poussé dans des domaines peu lucratifs ; sans l'argent de son père, il était un minable, et ses chances de gérer un jour avec succès la ferme étaient quasi nulles. Gérald avait raison : il avait échoué sur toute la ligne.

Tandis que Lucas s'abandonnait à ces sombres pensées, David s'éveilla dans son dos.

— Hé, j'ai dormi ! annonça-t-il d'une voix joyeuse. Mon Dieu, Luke, quel spectacle ! Est-on à la Buller Gorge ?

Au-dessous du sentier, la rivière se frayait un chemin entre des falaises. La vue sur la gorge et les montagnes alentour avait de quoi couper le souffle.

— Je suppose, répondit Lucas. Mais si quelqu'un a trouvé de l'or ici, il n'a pas laissé de panneaux indicateurs.

— Ça aurait été trop facile ! Et vu le temps qu'on a mis à se décider, tout aurait déjà disparu. Dis donc, j'ai faim ! On fait une halte ?

Mais Lucas ne trouvait pas idéal pour une pause ce chemin rocailleux qui n'offrait pas d'herbe pour le cheval. Aussi convinrent-ils de continuer à avancer une demi-heure pour trouver un meilleur emplacement.

— Ici, d'ailleurs, on ne dirait pas qu'il y a de l'or, estima David. Tant qu'à s'arrêter, je voudrais bien explorer un peu.

Ils ne tardèrent d'ailleurs pas à atteindre un haut plateau sur lequel poussaient les fougères habituelles, mais aussi une belle herbe pour le cheval. La Buller coulait très loin en contrebas, mais, directement à l'aplomb de leur campement, il y avait une petite plage de sable doré.

— Quelqu'un a-t-il jamais eu l'idée de laver ici? remarqua David, pris de la même idée que Lucas précédemment. Ce sable est peut-être plein de pépites!

— Ce ne serait pas un peu trop simple? sourit Lucas, amusé par l'ardeur de l'adolescent.

Mais David ne lâcha pas prise.

— Justement! C'est pour ça que personne n'a essayé! Je te parie qu'ils resteront babas si, comme ça, en passant, nous tamisons quelques pépites!

— Tente ta chance à un endroit plus facile d'accès. Ici, il faudrait savoir voler pour descendre.

— Encore une raison pour laquelle personne n'a encore essayé ici. Luke, notre or est là! J'en suis sûr et certain! Je descends!

Lucas, inquiet, hocha la tête. Le garçon n'en démordait pas.

— David, la moitié des chercheurs d'or parcourent cette rivière en long et en large. Ils sont déjà passés par ici et ont sans doute fait halte sur cette plage. Il n'y a pas d'or, crois-moi!

— Comment peux-tu en être sûr? s'exclama David en bondissant sur ses pieds. Moi, en tout cas, je crois en ma bonne étoile! Je descends voir!

Tandis que Lucas regardait dans le vide avec effroi, David cherchait par où entreprendre sa descente.

— David, ça fait au moins cinquante mètres de haut! Et c'est à pic! Tu ne peux pas descendre par là!

— Mais bien sûr que je peux! répondit l'adolescent en disparaissant derrière le rebord de la falaise.

— David! s'écria Lucas. David, attends! Laisse-moi au moins t'encorder!

Bien qu'ignorant si les cordes qu'il avait emportées étaient assez longues, Lucas cherchait fiévreusement dans les sacoches. Mais David n'attendit pas. Bien qu'insensible au vertige et intrépide, il n'était pourtant pas un grimpeur expérimenté, capable de déceler si une saillie était solide ou instable. C'est ainsi que, ne voyant pas que la terre, sur une proéminence apparemment sûre mais recouverte d'un peu d'herbe, était mouillée et glissante, il y prit appui de tout son poids.

Lucas l'entendit crier avant d'avoir rassemblé toutes les cordes. Sa première réaction fut de courir jusqu'à la falaise, mais il pensa que David devait être mort. Personne ne pouvait survivre à une telle chute. Il se mit à trembler et appuya quelques secondes son front contre les sacoches. Il se demanda s'il aurait le courage de regarder d'en haut le corps disloqué de l'être aimé.

Soudain se fit entendre une voix faible, étouffée.

— Luke… À l'aide! Luke!

Il courut. Ce n'était pas possible, il ne pouvait…

Puis il aperçut le garçon, peut-être vingt mètres plus bas, gisant sur une avancée de la roche. Il saignait au-dessus de l'œil et avait une jambe bizarrement repliée, mais il était vivant.

— Luke, je crois que je me suis cassé la jambe! Ça fait très mal…

David, terrorisé, semblait au bord des larmes, mais il vivait. Et il n'était pas en grand danger pour l'instant, car la vire était assez large pour un corps. Lucas devrait descendre en rappel, encorder le garçon et l'aider à remonter. Il envisagea de se servir du cheval, mais il y renonça car il n'avait pas de selle à laquelle fixer la corde. Et puis il ne connaissait pas l'animal. S'il avançait pendant qu'ils étaient suspendus à la corde, il pouvait les tuer. L'attacher à un rocher, alors! Une fois enroulée autour du rocher le plus proche de l'abîme, la corde se révéla trop courte pour descendre jusqu'à la rivière, mais elle suffisait amplement pour parvenir jusqu'à David.

— J'arrive, David! Ne bouge surtout pas!

Lucas se glissa par-dessus le rebord de la falaise. Son cœur cognait et sa chemise était trempée de sueur. Lucas ne s'était jamais risqué à escalader: il avait peur du vide.

La descente en rappel fut pourtant plus facile qu'envisagé. Le rocher n'était pas lisse, et Lucas trouvait des prises, ce qui lui redonna espoir pour la remontée à venir. Il devait seulement éviter de regarder en bas…

David s'était rapproché du bord de l'éperon et attendait Lucas, les bras écartés. Mais celui-ci avait mal apprécié la distance. Il s'avéra que, parvenu à hauteur de David, il se trouvait un peu trop à gauche. Il allait devoir se balancer avec la corde pour que son ami puisse en saisir le bout. À cette idée, Lucas se sentit pris de nausées. Jusqu'à présent, il s'était toujours appuyé au rocher, mais il allait devoir s'en détacher. Il prit une profonde inspiration.

— J'arrive, David! Attrape la corde et tire. Dès que j'aurai pris pied, tu te pousses vers moi et je te saisis. Je te tiendrai, n'aie pas peur!

David acquiesça. Le visage très pâle, noyé de larmes, il avait néanmoins l'air calme. Il était adroit, il arriverait sûrement à attraper la corde.

Lucas lâcha le rocher. Il se repoussa avec vigueur dans l'espoir d'atterrir du premier coup auprès de David, évitant ainsi de trop se balancer. Mais, ayant mal calculé la direction de son élan, il resta trop loin de son ami. Au retour du balancier, il reprit appui sur un pied et se lança à nouveau. Cette fois, il réussit. David attrapa la corde tandis que Lucas cherchait où poser le pied.

Mais la corde céda soudain! Le rocher là-haut avait dû bouger, ou bien le nœud n'avait pas tenu. Son corps, un instant, sembla ne glisser qu'imperceptiblement. Il poussa un cri, puis tout se passa en un éclair. La corde se défit totalement au sommet de la falaise. Lucas tomba et David se cramponna à l'extrémité qu'il tenait entre ses mains. Il tenta désespérément d'arrêter la chute de son ami, mais, de sa position allongée, c'était chose vaine. La corde glissait de plus en plus vite entre ses mains. Si elle lui filait entre les doigts jusqu'au bout, non seulement Lucas s'écraserait au sol, mais lui-même se priverait de toute chance de survie.

Avec une corde, en revanche, il lui serait peut-être possible de descendre en rappel jusqu'au lit de la rivière. Sinon, il mourrait de faim et de soif sur sa vire. Cette pensée traversa l'esprit de Lucas tandis qu'il chutait. Il fallait prendre une décision : David ne pouvait le retenir et, à supposer que lui-même arrivât jamais vivant en bas, il serait à coup sûr grièvement blessé. La corde ne servirait alors à aucun des deux. Lucas résolut de faire enfin quelque chose de bien dans sa vie.

— Ne lâche pas la corde ! cria-t-il à David. Ne la lâche pas, quoi qu'il arrive !

La corde filait de plus en plus vite entre les doigts de David. Ils devaient déjà être brûlés ; la douleur allait peut-être l'obliger à lâcher de toute façon.

Lucas leva les yeux vers lui, vit le visage désespéré et néanmoins si beau, un visage qu'il aimait au point d'accepter de mourir pour lui. Il lâcha la corde.

Le monde était un océan de douleurs qui, tels des coups de couteau, parcouraient le dos de Lucas. Il n'était pas mort, mais il aurait souhaité l'être. Ce n'était plus qu'une question de secondes. Après une chute de près de vingt mètres, Lucas s'était écrasé sur la « plage d'or » de David. Il ne pouvait plus bouger les jambes, et il avait le bras gauche paralysé par une fracture ouverte ; l'os brisé avait transpercé la chair.

Il serra les dents pour ne pas crier et entendit David hurler d'en haut.

— Tiens bon, Luke, j'arrive !

L'adolescent n'avait pas lâché la corde et l'avait solidement attachée quelque part sur le rocher. Lucas pria le ciel pour que David ne tombât pas à son tour, mais, au fond de son cœur, il savait que les nœuds de son ami tenaient. Tremblant de peur et de douleur, il regarda le garçon descendre en rappel. En dépit de sa jambe cassée et de ses doigts certainement à vif, il descendit avec habileté le long de la paroi et finit par se retrouver sur la rive, le poids de son corps portant sur sa jambe saine, mais il lui fallut ramper pour arriver jusqu'à Lucas.

— J'ai besoin d'une béquille, dit-il avec un enjouement feint. Puis nous essaierons de retourner chez nous en suivant la rivière. Qu'as-tu, Luke ? Je suis heureux que tu sois en vie ! Ton bras guérira et...

S'accroupissant à côté de Lucas, il examina son bras.

— Je... je vais mourir, David, chuchota Lucas. Il n'y a pas que le bras. Mais toi... toi, tu vas rentrer chez nous, promets-moi de ne pas abandonner...

— Je n'abandonne jamais ! plaisanta l'adolescent, mais sans trouver la force de rire. Et toi...

— Je... Écoute, David, pourrais-tu... voudrais-tu... me prendre dans tes bras ? lâcha soudain Lucas, incapable de se maîtriser plus longtemps. Je... j'aimerais...

— Tu voudrais voir la rivière ? Elle est magnifique, elle brille comme de l'or. Mais... peut-être vaut-il mieux que tu restes tranquillement allongé...

— Je vais mourir, David, une seconde plus tôt ou plus tard... s'il te plaît...

Quand David le redressa, une douleur fulgurante le parcourut. Mais elle disparut aussitôt : Lucas ne sentait plus que le bras de son ami autour de son corps, son haleine, l'épaule contre laquelle il s'appuyait. Il sentait l'odeur de sa sueur, qui lui parut plus douce que celle des roses de Kiward Station, et entendait les sanglots que David n'arrivait plus à réprimer. Lucas pencha la tête et, furtivement, déposa un baiser sur la poitrine de son ami. L'adolescent, qui n'avait rien remarqué, serra pourtant le mourant plus fort contre lui.

— Tout ira bien, chuchota-t-il. Tout ira bien. Tu vas dormir un peu, et puis...

Steinbjörn Sigleifson, comme jadis sa propre mère l'avait fait avec lui, berça Lucas dans ses bras. Lui aussi puisait du réconfort dans cette étreinte qui tenait éloignée la peur de se retrouver bientôt seul sur ce bout de plage, blessé, sans couverture ni provisions. Il enfonça son visage dans les cheveux de son ami, se colla contre son corps, cherchant une protection.

Lucas ferma les yeux, s'abandonnant totalement au bonheur. Tout était bien. Il avait ce qu'il avait toujours désiré. Il avait trouvé sa place.

11

Laissant son cheval dans l'écurie de louage de Westport, Georges Greenwood demanda au propriétaire de le nourrir. L'homme inspirait confiance ; les lieux étaient relativement bien entretenus. La petite ville à l'embouchure de la Buller River était plaisante. Elle était encore minuscule : à peine deux cents habitants. Mais des chercheurs d'or toujours plus nombreux venaient s'ajouter à eux et, à plus long terme, on exploiterait le charbon dans la région, matière première qui intéressait Georges. Beaucoup plus que l'or ! Ceux qui avaient découvert les gisements de charbon cherchaient des investisseurs souhaitant ouvrir un jour une mine et, dans un premier temps, construire une ligne de chemin de fer. En effet, tant qu'il ne serait pas possible de transporter le charbon à bas prix, son extraction resterait non rentable. Pour un négociant, il était toujours bon d'explorer les lieux d'éventuelles affaires. Or, cet été, son entreprise de Christchurch, en plein essor, lui permettait pour la première fois d'aller d'une ferme à une autre sans but commercial précis. En janvier, après les périodes exténuantes de la tonte et de l'agnelage, il pouvait se risquer à ne pas se soucier personnellement, pendant quelques semaines, du cas Howard O'Keefe. À cette seule pensée, Georges se mit à soupirer. Grâce à son aide et à ses conseils, grâce à l'amélioration des reproducteurs, la ferme du mari d'Hélène était enfin bénéficiaire, mais Howard était toujours aussi peu fiable. Il avait tendance à s'emporter et à boire, n'acceptait les conseils qu'à contrecœur et, quand c'était le cas, ne les acceptait que de Georges lui-même, pas de ses subordonnés, et surtout pas de Reti, l'ancien élève d'Hélène, qui devenait peu à peu son bras droit. Il devait donc se rendre de Christchurch à Haldon chaque fois qu'il voulait parler à Howard, l'exhorter par exemple à finir au plus tard en avril la redescente des troupeaux afin de ne pas perdre de moutons en cas d'hiver précoce. Malgré tout le plaisir qu'avaient à se retrouver Georges, Élisabeth et Hélène, le jeune et brillant homme d'affaires avait d'autres problèmes à régler que ceux d'un petit éleveur. Et puis l'entêtement d'Howard et son comportement envers Hélène et Ruben l'irritaient. Ceux-ci s'attiraient régulièrement la colère de leur époux et père, sous le prétexte paradoxal que, selon Howard, Hélène se préoccupait trop des intérêts de la ferme, et Ruben pas assez. Hélène avait depuis longtemps compris que l'aide de Georges était seule en mesure non seulement de sauver l'exploitation, mais aussi d'améliorer leur existence. Contrairement à son époux, elle comprenait les conseils de Georges et ses raisons. Elle pressait Howard de les suivre, ce qui le mettait aussitôt hors de lui.

Les choses se compliquaient quand Georges était amené à la défendre. Une autre source de conflit était l'admiration que vouait le petit Ruben à «oncle Georges» : Howard ne la supportait pas! Greenwood procurait au gamin tous les livres qu'il souhaitait, lui offrait des verres grossissants et des boîtes à herboriser. Howard, pour sa part, n'avait que mépris pour les activités scientifiques, estimant que, destiné à reprendre la ferme, Ruben n'avait besoin que des notions de base en lecture, écriture et calcul. Or, Ruben ne s'intéressait pas du tout au travail de la ferme et très modérément à la flore et à la faune, ses «recherches» en ce dernier domaine lui étant plutôt inspirées par son amie Fleurette. Ruben avait en commun avec sa mère le goût et les talents pour les sciences humaines. Il lisait déjà les auteurs classiques dans leur langue et son sens prononcé de la justice le prédestinait plutôt à une carrière d'ecclésiastique ou à des études juridiques. Georges ne le voyait pas fermier. Un grave conflit entre père et fils paraissait inévitable à terme. Greenwood redoutait aussi que sa propre collaboration avec O'Keefe ne finît par se rompre. Il préférait ne pas penser aux conséquences pour Hélène et Ruben. Mais il s'occuperait de cela plus tard.

Son escapade sur la côte ouest représentait en quelque sorte des vacances ; il voulait mieux connaître l'île du Sud et découvrir de nouveaux marchés. Il était en outre poussé dans ce périple par une autre tragédie entre père et fils : même s'il ne l'avouait à personne, Georges était à la recherche de Lucas Warden.

Cela faisait plus d'un an que l'héritier de Kiward Station avait disparu. Les bavardages à Haldon avaient cessé pour l'essentiel et les bruits au sujet de l'enfant de Gwyneira s'étaient tus. On admettait généralement que son époux séjournait à Londres. Comme la plupart des habitants de l'agglomération ne l'avaient jamais vu, ils ne regrettaient pas son absence. En outre, le banquier local n'étant pas très discret, les succès financiers de Lucas en Angleterre faisaient en permanence l'objet de rumeurs. Les gens d'Haldon croyaient bien sûr que Lucas gagnait tout cet argent en peignant là où il était. En réalité, les galeries de Londres ne vendaient que des tableaux peints depuis longtemps. Sur l'insistance de Georges, Gwyneira avait envoyé à Londres, à trois reprises, un choix d'aquarelles et de peintures à l'huile. La cote des œuvres ne cessait de grimper. Or, Georges avait sa part des gains ainsi réalisés, ce qui – indépendamment de sa curiosité – était pour lui une raison supplémentaire de retrouver la trace de l'artiste disparu.

Georges, en effet, se posait des questions : il trouvait que les recherches de Gérald avaient été superficielles. Il se demandait notamment pourquoi le vieux Warden n'avait pas au moins envoyé des émissaires à la recherche de son fils, à défaut de se mettre lui-même en route, ce qui n'aurait pas été un problème pour quelqu'un qui, comme lui, connaissait la côte ouest comme sa poche. Or, cette côte mise à part, il n'y avait guère d'endroits où Lucas aurait pu se cacher. Si ce dernier ne s'était pas procuré de faux papiers – ce que Georges tenait pour invraisemblable –, il n'avait pas quitté l'île : on pouvait se fier aux listes des passagers, et le nom de Lucas ne figurait sur aucune d'elles. Il ne séjournait pas non plus dans une ferme à moutons de la côte est ; le bruit s'en serait répandu. Et Lucas était tout bonnement trop «anglais» pour trouver refuge au sein d'une tribu maorie. Il n'aurait pu s'adapter au style de vie ; en outre, il connaissait à peine un mot de leur langue. Il restait donc la côte ouest et ses quelques bourgades. Pourquoi Gérald ne les avait-il pas mieux passées au crible ? Que s'était-il passé pour que le vieux Warden fût manifestement heureux d'être débarrassé de son fils ? Et pourquoi avait-il réagi avec tant de réticence, presque contraint et forcé, à la naissance pourtant tant attendue d'un petit-fils ? Georges voulait une réponse à ses interrogations, et Westport était déjà la troisième ville où il allait s'enquérir de Lucas. Mais auprès de qui ? Du propriétaire de l'écurie ? Ce serait en tout cas un début.

Ce dernier secoua la tête.

— Un jeune gentleman, avec un hongre âgé ? Pas que je sache. Et de toute façon, des gentlemen, ici, on n'en voit pas souvent. Mais il se peut que je n'en aie rien su. J'avais ici, il y a peu, un garçon d'écurie, mais il… Bah, c'est une très longue histoire. En tout cas, on pouvait lui faire toute confiance, et il s'occupait souvent tout seul des gens qui ne restaient qu'une nuit. Le mieux, c'est de vous renseigner au pub. La petite Daphnée, c'est sûr que rien ne lui échappe… En tout cas, rien de ce qui touche aux hommes !

Georges, comme il se doit, rit de ce qui était manifestement une plaisanterie, même s'il ne l'avait pas totalement comprise, et remercia l'homme pour cette indication. Il comptait de toute manière se rendre au pub. Il était en effet possible qu'on y louât des chambres. Et puis il avait faim.

Le bar le surprit aussi agréablement que l'écurie de louage. Ici aussi régnaient l'ordre et une relative propreté. À vrai dire, le café et le bordel ne semblaient guère être choses distinctes. La jeune fille rousse qui, à peine fut-il entré, lui demanda ce qu'il désirait était très maquillée et avait la tenue voyante d'une entraîneuse de bar.

— Une bière, quelque chose à manger et une chambre, si vous en avez, commanda Georges. Et je cherche une jeune fille du nom de Daphnée.

— Pour la bière et le sandwich, ce sera vite réglé, dit la rouquine en souriant, mais nous ne louons les chambres qu'à l'heure. Si vous me réservez moi aussi et si vous n'êtes pas pingre, je vous laisserai roupiller ensuite à votre gré. Qui m'a si chaudement recommandée pour que vous me demandiez, à peine débarqué?

Georges lui rendit son sourire.

— C'est donc toi Daphnée. Mais je suis obligé de te décevoir. Tu ne m'as pas été recommandée pour ta trop grande discrétion, mais plutôt parce que tu connais tout le monde ici. Le nom de Lucas Warden te dit-il quelque chose?

— De but en blanc, non. Mais il me semble que j'ai déjà entendu ce nom… Je vais vous chercher à manger et y réfléchir pendant ce temps.

Georges sortit quelques pièces de sa poche, espérant qu'elles l'inciteraient à ne rien lui cacher. Mais ce fut une vaine précaution : elle ne semblait pas jouer la comédie ; au contraire, elle était radieuse quand elle revint de la cuisine.

— Il y avait un M. Warden sur le bateau avec lequel je suis venue d'Angleterre! déclara-t-elle avec empressement. Je savais bien que le nom ne m'était pas inconnu. Cet homme ne s'appelait pas Lucas, mais Harald, ou quelque chose comme ça. Et il était déjà assez âgé. Pourquoi vous voulez savoir tout ça?

502

Georges était stupéfait. Il ne se serait jamais attendu à obtenir ici de tels renseignements. Mais Daphnée et sa famille avaient dû venir à Christchurch sur le *Dublin*, comme Hélène et Gwyneira. Rencontre étrange, mais, dans l'immédiat, cela ne l'avançait guère.

— Lucas Warden est le fils de Gérald. Un homme grand et mince, très blond, les yeux gris, avec d'excellentes manières. Et on a de bonnes raisons de supposer qu'il est quelque part sur la côte ouest.

L'expression de sincérité, sur les traits de Daphnée, céda la place à la méfiance.

— Et vous êtes à sa poursuite ? Vous êtes policier, ou quoi ?

— Un ami, répondit Georges. Un ami porteur de bonnes nouvelles. Je suis certain que M. Warden serait heureux de me voir. Par conséquent, si vous savez quoi que ce soit…

— Ce serait de toute façon sans importance, murmura-t-elle. Puisque vous voulez le savoir, il y a eu ici quelqu'un du nom de Luke – j'ignore le nom de famille – qui correspondait à votre description. Mais, je vous le disais à l'instant, c'est sans importance à présent. Luke est mort. Pourtant, si vous y tenez, vous pouvez parler à David… s'il accepte de vous parler. Jusqu'à présent, il ne parle presque à personne. Il est assez mal en point.

Georges prit peur. Il savait que la jeune fille ne se trompait pas. Il ne devait pas y avoir des milliers d'hommes comme Lucas Warden sur la côte ouest, et cette fille n'avait pas les yeux dans sa poche. Il se leva. Le sandwich était certes tentant, mais il avait perdu l'appétit.

— Où vais-je trouver ce David ? s'inquiéta-t-il. Si Lucas… s'il est vraiment mort, je veux le savoir. Sans attendre.

— Je suis navrée, monsieur, s'il s'agit vraiment de votre Lucas. C'était un brave type. Un peu bizarre, mais un type bien. Venez, je vous conduis à David.

Au grand étonnement de Georges, ils ne quittèrent pas l'établissement, mais montèrent à l'étage. C'est là que devaient se trouver les chambres de l'hôtel de passe…

— Je croyais que vous ne louiez pas pour de longues périodes, remarqua-t-il quand, d'un pas résolu, la jeune femme traversa un salon sur lequel donnaient plusieurs chambres dotées d'un numéro.

— C'est bien pour ça que miss Jolanda a poussé les hauts cris quand j'ai fait porter David ici. Mais où aurait-on pu le conduire, malade comme il était ? Nous n'avons pas encore de toubib. C'est le barbier qui a posé des attelles à sa jambe. Ils ne pouvaient tout de même pas le coucher dans l'étable, dans l'état où il était, fiévreux et à moitié mort de faim ! J'ai donc mis ma chambre à sa disposition. Les clients, je m'en occupe à présent dans la même chambre que Mirabelle, et la vieille me soustrait la moitié de mes gains pour la location. Alors que les types paient volontiers pour un numéro à deux. Je suis sûre que je rapporte autant qu'avant. Mais bon, la vieille est un vrai rapace. Je ne vais pas tarder à mettre les voiles. Dès que David sera guéri, je prendrai mes petites et je chercherai quelque chose d'autre.

Elle avait donc déjà aussi des enfants. Georges soupira. Cette fille devait avoir une vie difficile ! Puis son attention se reporta sur la chambre qu'ouvrait Daphnée et sur le jeune homme couché sur le lit.

David n'était qu'un adolescent. Il disparaissait presque dans le lit double, et sa jambe droite, éclissée et bandée, tenue en l'air par un système compliqué d'étriers et de cordes, renforçait cette impression. Il était allongé, les yeux fermés. Sous ses cheveux blonds ébouriffés, il avait un joli visage, mais pâle et rongé par le chagrin.

— David ? l'interpella affectueusement Daphnée. Tu as de la visite. Un monsieur de…

— Christchurch, compléta Georges.

— Il dit qu'il a connu Luke. David, quel était le nom de famille de Luke ? Tu le sais, non ?

Ayant entre-temps jeté un bref regard dans la pièce, Georges n'avait plus besoin de la réponse. Sur la table de nuit, il y avait un bloc à croquis rempli de dessins au style absolument typique.

— Denward, répondit l'adolescent.

Une heure plus tard, Georges connaissait le fin mot de l'histoire. David lui avait parlé des derniers mois de Lucas ici, comme ouvrier du bâtiment, puis comme dessinateur, avant de lui narrer leur malheureuse équipée de chercheurs d'or.

— Tout est ma faute! dit-il avec désespoir. Luke ne voulait pas… Et puis, il a fallu que j'essaie de descendre au pied de cette falaise. C'est moi qui l'ai tué! Je suis un assassin!

— Tu as commis une erreur, mon garçon, peut-être même plusieurs. Mais si cela s'est passé comme tu le dis, c'était un accident. Si Lucas avait mieux fixé sa corde, il serait encore en vie. Cela ne sert à rien que tu t'adresses des reproches sans fin.

Georges garda pour lui l'idée que cet accident était tout à fait en rapport avec la nature profonde de Lucas, cet artiste désespérément inapte à la vie pratique. Et pourtant, quel talent, quel gâchis!

— Comment as-tu été sauvé? demanda-t-il. Je veux dire, si j'ai bien compris, vous étiez tout de même assez loin d'ici.

— Nous… nous n'étions pas si loin que ça. Nous nous étions trompés dans nos calculs. Je pensais que nous avions parcouru une quarantaine de miles, alors qu'en réalité nous en avions fait quinze. Mais de toute façon c'était trop pour moi… avec ma jambe blessée. J'étais sûr que j'allais mourir. Mais d'abord… d'abord, j'ai enterré Lucas. Sur la plage. Pas très profondément, je le crains, mais… mais il n'y a pas de loups ici, n'est-ce pas?

Georges lui assura qu'aucun animal sauvage de Nouvelle-Zélande ne pourrait déterrer le mort.

— Et j'ai attendu… attendu de mourir à mon tour. Trois jours, je crois… À un moment, je ne sais plus quand, j'ai commencé à avoir la fièvre, je n'ai plus réussi à me traîner jusqu'à la rivière pour boire… Notre cheval étant entre-temps rentré à l'écurie, M. Miller a pensé que quelque chose clochait. Aussitôt, il a voulu organiser une battue, mais les hommes se sont moqués de lui. Luke… Luke n'était pas très habile avec les chevaux, vous savez. Tout le monde a cru qu'il l'avait mal attaché et qu'il s'était sauvé. Mais, comme nous ne revenions pas, ils ont fini par envoyer un canot. Ils m'ont trouvé tout de suite. Il a suffi de pagayer deux heures, ils ont dit. Mais je n'ai rien vu de tout ça. Quand je suis revenu à moi, j'étais ici…

Georges caressa les cheveux de l'adolescent. David paraissait si jeune. Georges ne put s'empêcher de penser à l'enfant que portait son Élisabeth. Dans quelques années, il aurait peut-être un fils comme lui, aussi travailleur, aussi courageux, mais – il l'espérait – né sous une meilleure étoile que ce jeune homme. Qu'est-ce que Lucas pouvait bien avoir vu en David? Le fils qu'il désirait ou plutôt l'amant? Georges n'était pas idiot, et il venait de la grande ville. Il savait qu'il existait des penchants homosexuels, et les manières de Lucas – jointes à l'absence d'enfants du couple pendant des années – avaient d'emblée éveillé en lui le soupçon que le jeune Warden était plus attiré par les garçons que par les filles. Mais cela ne le regardait pas. Quant à David, les regards enamourés qu'il lançait à Daphnée ne laissaient aucun doute sur son orientation sexuelle. Mais Daphnée les laissait sans réponse. Une autre inévitable déception pour le garçon.

Georges réfléchit un bref instant.

— Écoute, David, dit-il alors. Lucas Warden… Luke Denward… n'était pas si seul au monde que tu l'as cru. Il avait une famille et je crois que sa femme a le droit d'apprendre comment il est mort. Quand tu iras mieux, un cheval t'attendra à l'écurie de louage. Tu pourras alors aller dans les Canterbury Plains et rendre visite à Gwyneira Warden à Kiward Station. Tu feras ça… pour Luke?

— Si vous dites qu'il l'aurait souhaité, acquiesça David d'un air sérieux.

— C'est certainement ce qu'il aurait voulu, David. Et ensuite, tu iras à Christchurch et tu viendras me voir dans ma société, Greenwood Enterprises. Tu n'y trouveras sans doute pas de l'or, mais un travail plus lucratif que celui de garçon d'écurie. Si tu es un garçon intelligent – et tu l'es à coup sûr, sinon Lucas ne t'aurait pas pris sous sa protection –, tu pourras à la longue parvenir à l'aisance.

David acquiesça à nouveau, mais cette fois de mauvaise grâce. Daphnée, en revanche, lança un regard amical à Georges.

— Vous lui donnerez un travail où il sera assis, n'est-ce pas ? s'assura-t-elle en reconduisant le visiteur. Le barbier dit qu'il boitera, sa jambe est fichue. Il ne peut plus travailler ni dans le bâtiment ni dans l'écurie. Mais si vous lui procurez un emploi de bureau… Il changera de point de vue pour ce qui est des filles. Ce fut bien pour lui de ne pas s'enticher de Luke, mais je ne suis pas non plus la fiancée qu'il lui faut.

Elle parlait d'un ton calme, sans aucune amertume, et Georges ressentit un léger regret à l'idée que cette créature dynamique et intelligente fût une fille. Si elle avait été un homme, elle aurait eu sa chance dans ce pays neuf. Mais elle ne pouvait être que ce qu'elle serait sans doute aussi devenue à Londres, une prostituée.

Il s'écoula plus de six mois avant que Steinbjörn Sigleifson conduisît son cheval jusqu'à Kiward Station. Il était longtemps resté sans pouvoir se lever, puis avait dû réapprendre à marcher. Quitter Daphnée et les jumelles avait aussi été difficile, en dépit de leurs exhortations à partir enfin. En définitive, il n'avait plus eu le choix. Miss Jolanda insistait pour qu'il libérât la chambre et, même si M. Miller lui permettait de s'installer dans l'écurie comme auparavant, il était dans l'incapacité de lui en assurer la contrepartie. Il n'y avait d'ailleurs pas de travail pour un estropié à Westport : les *coasters* le lui avaient fait savoir sans ménagements.

L'adolescent avait retrouvé en grande partie sa mobilité, mais il boitait et ne pouvait rester longtemps debout. Il avait donc fini par partir et contemplait à présent avec stupéfaction la façade de la demeure où avait vécu Lucas Warden. Il ne comprenait toujours pas pourquoi son ami avait quitté Kiward Station, mais il avait dû avoir des raisons sérieuses pour abandonner un tel luxe. Gwyneira Warden était peut-être une redoutable mégère! Steinbjörn – depuis qu'il avait quitté Daphnée, il ne voyait pas pourquoi il aurait gardé le nom de David – envisagea sérieusement de faire demi-tour séance tenante. Qui pouvait prévoir en effet ce qu'elle allait lui dire? Peut-être qu'elle aussi allait le tenir pour responsable de sa mort.

— Qu'est-ce que tu fais ici? Dis-moi ton nom et ce que tu veux!

Steinbjörn sursauta en entendant cette voix d'enfant derrière lui. Elle venait des buissons en contrebas, et le jeune Islandais – élevé dans la croyance en des fées et des elfes vivant dans les rochers – crut tout d'abord avoir affaire à un esprit.

La fillette qui surgit alors derrière lui, montée sur un poney, paraissait en fait appartenir au monde d'ici-bas, même si la cavalière et son cheval semblaient sortir tout droit de Lilliput. Steinbjörn n'avait jamais vu de poney si petit, alors même que les chevaux de son île natale n'étaient pas de grande taille. Mais cette minuscule jument alezane – dont la robe s'accordait parfaitement avec la chevelure d'un blond roux de la cavalière – avait tout d'un pur-sang miniature. La fillette vint se placer juste à côté de lui.

— Alors, ça vient? demanda-t-elle d'un ton effronté.

Steinbjörn ne put réprimer un rire.

— Je m'appelle Steinbjörn Sigleifson, et je cherche lady Gwyneira Warden. C'est bien Kiward Station ici, n'est-ce pas?

— Oui, mais maintenant c'est la tonte des moutons, et maman n'est pas à la maison. Hier, elle surveillait le hangar trois, aujourd'hui elle est au numéro deux. Elle se relaie avec le contremaître. Grand-père s'occupe du hangar un.

Bien qu'ignorant de quoi parlait la petite, Steinbjörn la crut.

— Tu peux m'y emmener?

— Tu es un visiteur, n'est-ce pas? dit-elle en fronçant les sourcils. Je devrais donc te faire entrer chez nous et tu devrais déposer ta carte dans la coupe en argent. Alors Kiri viendrait te souhaiter la bienvenue, ensuite Witi, puis tu irais dans le petit salon et on te servirait du thé... Ah oui, et il faudrait aussi que je te tienne compagnie, comme dit miss Hélène. C'est-à-dire parler avec toi du temps et de choses comme ça. Tu es bien un gentleman?

Steinbjörn n'y comprenait toujours goutte, mais ne pouvait dénier à la fillette un talent certain pour la conversation.

— Au fait, je suis Fleurette Warden, et elle, c'est Minty, précisa-t-elle en montrant le poney.

Steinbjörn considéra aussitôt l'enfant avec un plus grand intérêt. Fleurette Warden : ce devait être la fille de Luke! Il avait donc également abandonné cette ravissante enfant... Steinbjörn comprenait de moins en moins son ami.

— Je crois que je ne suis pas un gentleman, finit-il par avouer. En tout cas, je n'ai pas de carte. Est-ce qu'on ne pourrait pas simplement... Je veux dire, tu ne peux pas simplement me conduire à ta mère?

Ne nourrissant manifestement pas non plus beaucoup de goût pour les entretiens courtois, Fleurette se laissa attendrir. Plaçant son poney devant le cheval du visiteur, elle l'obligea à aller à son rythme. Minty avançait à petits pas très rapides, et Fleurette la conduisait avec une parfaite maîtrise. En route, elle confia à son nouvel ami qu'elle arrivait de l'école où elle ne pouvait normalement se rendre seule, mais en ce moment oui, parce que, pendant la tonte, il n'y avait personne pour l'accompagner. Elle parla de son ami Ruben et de son petit frère Paul, qu'elle trouvait assez niais car il ne savait pas parler, crier seulement – surtout quand elle le prenait dans ses bras.

— Il ne nous aime pas, il n'aime que Kiri et Marama, dit-elle. Regarde, c'est le hangar deux. Je te parie que maman est dedans !

Les hangars étaient des bâtiments en longueur qui, abritant plusieurs enclos, permettaient aux tondeurs de travailler même par temps pluvieux. Derrière et devant se trouvaient d'autres enclos où étaient parqués les moutons non encore tondus et où les autres attendaient d'être ramenés dans leurs pâturages. Bien que ne s'y connaissant guère en moutons, Steinbjörn en avait vu beaucoup dans son pays natal, suffisamment pour que le profane qu'il était s'aperçût qu'il avait affaire ici à des bêtes exceptionnelles. Avant d'être tondus, les moutons de Kiward Station ressemblaient à des pelotes de laine sur pattes, grosses boules bien propres et duveteuses. Ensuite, ils traversaient un bain désinfectant et, s'ils paraissaient un peu déplumés, ils n'en semblaient pas moins bien nourris et alertes. Fleurette avait entre-temps attaché sa monture devant le hangar. Steinbjörn l'imita et la suivit à l'intérieur, où l'accueillit aussitôt une forte odeur de crotte, de sueur et de suint, à laquelle la fillette ne prêta aucune attention. Elle se faufilait avec assurance au travers du chaos apparent des hommes et des bêtes. Steinbjörn, fasciné, observait les tondeurs saisir d'un seul geste les animaux, les coucher sur le dos et les débarrasser de leur laine en un tournemain. On aurait dit qu'ils rivalisaient d'ardeur, s'interpellant et annonçant avec des cris de triomphe des chiffres à leur surveillant.

Celui qui tenait ici les comptes devait faire extrêmement attention. Mais la jeune femme qui déambulait au milieu des hommes et notait leurs résultats n'avait pas l'air débordée. Décontractée, elle plaisantait avec les tondeurs, ne mettant jamais en doute leurs annonces. Gwyneira Warden était vêtue d'une simple robe de cavalière et avait négligemment noué en une tresse ses longs cheveux roux. Petite, elle avait visiblement autant d'énergie que sa fille et, comme elle tournait son visage vers lui en cet instant, Steinbjörn eut le souffle coupé par tant de beauté. Qu'est-ce qui avait bien pu pousser Luke Warden à abandonner une telle femme ? Steinbjörn ne se lassait pas de détailler ses nobles traits, ses lèvres sensuelles et ses yeux fascinants, d'un bleu indigo. Il ne prit conscience qu'il la dévorait des yeux qu'à l'instant où le sourire céda la place à une expression d'irritation sur le visage de la jeune femme. Il détourna aussitôt le regard.

— Voici maman. Et voici Stein… Stein… Bon, un nom avec Stein, annonça Fleurette, s'essayant à une présentation en bonne et due forme.

Steinbjörn avait repris ses esprits et s'avança vers Gwyneira en boitant.

— Lady Warden ? Steinbjörn Sigleifson. Je viens de Westport. M. Greenwood m'a prié… eh bien, j'étais avec votre mari défunt quand…, balbutia-t-il en lui tendant la main.

— Mme Warden, pas lady Warden, le corrigea-t-elle mécaniquement. Mais soyez le bienvenu. Georges m'a effectivement parlé de… Mais nous ne pouvons nous entretenir ici. Attendez un instant.

Cherchant des yeux autour d'elle, elle trouva parmi les tondeurs un homme d'un certain âge, aux cheveux noirs, et échangea quelques mots avec lui. Puis elle annonça aux autres qu'Andy McAran allait assurer la surveillance.

— Et j'espère que vous garderez votre avance ! Vous êtes largement en tête devant le un et le trois. Ne vous laissez pas dépasser ! Vous le savez : un tonnelet d'excellent whisky attend les vainqueurs !

Adressant un signe amical aux ouvriers, elle se tourna vers Steinbjörn.

— Venez, nous allons à la maison. Mais avant, passons prendre mon beau-père. Il doit lui aussi entendre ce que vous avez à dire.

Sa fille et le jeune homme la suivirent jusqu'aux chevaux. Gwyneira monta sans aide et sans peine sur une vigoureuse jument baie. L'adolescent aperçut alors les chiens qui ne la lâchaient pas d'une semelle.

— Est-ce que par hasard on n'aurait pas besoin de vous ici, Finn et Flora? Allez, retournez au hangar! Toi, Cléo, tu m'accompagnes.

Le hangar un, où Gérald était le surveillant, se trouvait à l'ouest de la maison. Les cavaliers parcoururent un petit mile, Gwyneira gardant le silence et Steinbjörn évitant de lui adresser la parole. Seule Fleurette se chargea d'entretenir la conversation, parlant avec animation de l'école où, le jour même, il y avait manifestement eu un conflit.

— M. Howard était très fâché contre Ruben, parce qu'il était à l'école et ne l'avait pas aidé pour les moutons. Alors que les tondeurs arrivent dans quelques jours. M. Howard a encore des bêtes sur les pâturages d'altitude. C'est Ruben qui devait aller les chercher, mais il ne sait pas s'y prendre avec les moutons! Je lui ai dit que je l'aiderais demain. J'emmènerai Finn ou Flora, et ça sera fait en un clin d'œil.

— Sauf qu'O'Keefe ne sera pas particulièrement heureux qu'une Warden aille chercher ses moutons pendant que son fils étudie le latin… Veille à ce qu'il ne te tire pas dessus!

Steinbjörn trouvait la manière de s'exprimer de la mère aussi étrange que celle de sa fille, mais Fleurette parut comprendre.

— Il pense que Ruben devrait aimer faire tout ça, parce qu'il est un garçon, expliqua-t-elle.

Gwyneira poussa un soupir et arrêta son cheval devant un hangar ressemblant en tous points au premier.

— Il n'est pas le seul à penser comme ça. Ici… Venez, monsieur Sigleifson, c'est ici que travaille mon beau-père. Ou attendez plutôt là, je reviens avec lui. Il y a là-dedans autant de vacarme que dans mon hangar…

Mais Steinbjörn, déjà descendu de cheval, la suivit. Il n'aurait pas été poli de saluer le vieil homme du haut de sa selle. De plus, il détestait que les gens le ménagent à cause de sa claudication.

Si l'agitation, dans ce hangar, était aussi vive et bruyante que dans celui de Gwyneira, il y régnait une tout autre atmosphère, beaucoup plus tendue, moins amicale. Les hommes paraissaient d'ailleurs plus bousculés et pressés que motivés. Et l'homme vigoureux et assez âgé qui circulait entre les tondeurs était plus porté au reproche qu'à la plaisanterie. Il y avait de plus une bouteille de whisky à moitié vide et un verre à côté de la table sur laquelle il notait les résultats. Il était justement en train de boire une rasade quand Gwyneira entra.

Steinbjörn se retrouva en face d'un visage bouffi, marqué par l'alcool, et d'yeux injectés de sang.

— Que fais-tu ici? aboya-t-il. Les cinq mille moutons du hangar deux, c'est déjà fini?

Gwyneira fit signe que non. Steinbjörn remarqua le regard préoccupé et réprobateur qu'elle jeta sur la bouteille.

— Non, Gérald, c'est Andy qui surveille. Je lui ai laissé mon poste. Et je crois que tu devrais venir, toi aussi. Gérald, voici M. Sigleifson. Il est venu nous raconter la mort de Lucas.

Le visage du vieil homme n'exprima que du mépris.

— Et c'est pour ça que tu laisses le hangar en plan? Pour entendre ce que le mignon de ton suceur de queues de mari a à nous dire?

Gwyneira eut l'air effrayée, mais elle fut soulagée de voir que le jeune visiteur ne paraissait rien comprendre. Elle avait déjà remarqué son accent nordique: il n'avait sans doute pas entendu ces paroles, voire ne les avait pas comprises.

— Gérald, ce jeune homme est le dernier à avoir vu Lucas en vie, tenta-t-elle à nouveau, gardant son calme, mais le vieux la foudroya du regard.

— Et il l'a embrassé en guise d'adieu, hein? Épargne-moi ces histoires, Gwyn. Lucas est mort. Qu'il repose en paix, mais laisse-moi aussi tranquille, s'il te plaît! Et je ne veux pas retrouver ce gaillard chez moi quand j'aurai terminé ici!

Warden se détourna. Gwyneira mena Steinbjörn jusqu'à la sortie.

— Excusez-le! C'est le whisky qui parle en mon beau-père. Il n'a jamais pu surmonter le fait que Lucas… eh bien, était comme il était, et qu'il ait fini par quitter la ferme… Par déserter, comme dit Gérald. Alors que Dieu sait qu'il y est pour beaucoup. Mais ce sont de vieilles histoires, monsieur Sigleifson. Je vous remercie d'être venu, en tout cas. Entrons. Vous accepterez bien un rafraîchissement…

C'est à peine si Steinbjörn osa entrer dans la demeure. Il était sûr d'y commettre impair sur impair. Luke avait parfois attiré son attention sur les règles de tenue à table et de politesse. Daphnée semblait d'ailleurs disposer de quelque compétence en ce domaine. Mais lui-même était novice en la matière et redoutait de se ridiculiser devant Gwyneira. Celle-ci, pourtant, le fit entrer avec beaucoup de simplicité par une porte latérale, le débarrassa de sa veste et ne sonna pas la bonne. Elle tomba en plein salon, sur la nurse Kiri. Gérald, depuis quelque temps, ne s'opposait plus à ce que la jeune femme traînât les enfants avec elle pendant qu'elle vaquait aux travaux du ménage. Il avait fini par comprendre que, s'il reléguait Kiri à la cuisine, c'est là que Paul grandirait.

Gwyneira salua Kiri et sortit l'un des bébés du panier.

— Monsieur Sigleifson, voici mon fils Paul, dit-elle, mais les derniers mots se perdirent dans les cris assourdissants du bébé, qui n'appréciait pas du tout d'être arraché à sa sœur de lait Marama.

Paul étant un bébé, Steinbjörn se dit qu'il était né pendant l'absence de Luke.

— Je renonce, soupira Gwyneira en reposant l'enfant. Kiri, pourrais-tu, s'il te plaît, emmener les enfants? Fleurette aussi, il faut qu'elle mange quelque chose, et ce dont nous avons à discuter n'est pas destiné à des oreilles d'enfant. Et peut-être pourrais-tu nous préparer un thé – ou un café si vous préférez, monsieur Sigleifson?

— Appelez-moi Steinbjörn, la pria timidement le jeune homme. Ou David. Luke m'appelait David.

Gwyneira effleura du regard les traits du garçon et ses cheveux en désordre, et elle eut un sourire.

— Il a toujours été un peu jaloux de Michel-Ange, remarqua-t-elle. Venez, asseyez-vous. Vous avez fait une longue route…

À son grand étonnement, Steinbjörn trouva que converser avec Gwyneira Warden n'était pas difficile. Il avait d'abord craint qu'elle n'eût rien su à propos de la mort de Lucas, mais Georges Greenwood lui avait préparé le terrain. Ayant surmonté le premier choc depuis longtemps, Gwyneira se contenta, pleine de compassion, de poser des questions sur la manière dont ils s'étaient connus et sur les longs mois qu'ils avaient passés ensemble. Le garçon finit par narrer les circonstances de la mort de son ami, s'en attribuant à nouveau la responsabilité.

Mais, partageant le point de vue de Greenwood sur le sujet, Gwyneira s'exprima plus crûment encore.

— Qu'y pouviez-vous, si Lucas était incapable de faire un nœud? C'était un homme bon, et Dieu sait combien je l'estimais. Et, comme il apparaît maintenant, il était aussi un artiste doué. Mais désespérément inadapté à la vie quotidienne. Et puis… je crois qu'il avait toujours rêvé d'être un héros. Et il a fini par y arriver, non?

— Tout le monde parle de lui avec un grand respect, madame Warden, approuva-t-il. Les gens de là-bas se demandent s'ils ne doivent pas donner son nom à la falaise. La falaise… d'où nous sommes tombés.

— Je crois que cela aurait été son rêve le plus cher, dit-elle tout bas, émue.

Steinbjörn eut peur qu'elle ne fondît en larmes, car il n'avait aucune idée de la manière dont on consolait une lady. Pourtant, elle se reprit et continua à l'interroger. Elle posa – ce qui l'étonna fort – beaucoup de questions au sujet de Daphnée, dont elle se souvenait très bien. Ayant entendu Georges raconter sa rencontre avec la jeune fille, Hélène avait aussitôt écrit à Westport, mais n'avait pas reçu de réponse. Steinbjörn confirmait à présent l'hypothèse d'Hélène selon laquelle la rousse Daphnée de Westport était bel et bien son ancienne protégée. Il parla aussi des jumelles. À cette nouvelle, Gwyneira fut au comble de la joie.

— Donc, Daphnée a retrouvé les fillettes! Comment s'y est-elle prise? Et elles sont en bonne santé? Daphnée s'occupe d'elles?

— Eh bien, elles…, commença Steinbjörn en rougissant un peu, elles font aussi quelque chose. Elles dansent. Tenez… Lucas les a peintes.

Le garçon sortit des sacoches qu'il avait apportées avec lui dans la maison un carton qu'il se mit à feuilleter. Ce n'est qu'à l'instant où il les eut trouvés qu'il prit conscience que les dessins n'étaient sans doute pas à mettre sous les yeux d'une lady. Pourtant, Gwyneira ne broncha pas en les examinant. Pour approvisionner les galeries londoniennes, elle avait inventorié le contenu du bureau de Lucas et perdu sa naïveté d'il y a quelques mois encore. Lucas avait déjà peint des nus, d'abord des garçons dans des poses rappelant celle du *David* de Michel-Ange, mais aussi des hommes dans des positions beaucoup plus équivoques. Quelques-uns des tableaux portaient des traces trahissant un usage fréquent. Lucas les avait sans doute souvent sortis, regardés et…

Gwyneira s'aperçut que les nus des jumelles, et surtout une étude de la jeune Daphnée, portaient eux aussi des empreintes de doigts. Lucas? Ce n'était guère plausible!

— Daphnée vous plaît, n'est-ce pas? demanda-t-elle avec prudence au jeune visiteur.

Steinbjörn rougit davantage encore.

— Oh oui, beaucoup! Je voulais l'épouser. Mais elle ne veut pas de moi.

Il y avait dans sa voix toute la douleur de l'amoureux éconduit. Jamais ce jeune homme n'avait été le «mignon» de Lucas!

— Vous en épouserez une autre, le consola-t-elle. Vous… Les filles vous plaisent, n'est-ce pas?

Steinbjörn la considéra comme si elle venait de poser la question la plus stupide qu'on eût jamais posée. Puis, sans se faire prier, il parla de ses projets. Il allait rendre visite à Georges Greenwood et entrer dans sa société.

— En fait, je préférerais construire des maisons, avoua-t-il d'un air peiné. Je voulais devenir architecte. Lucas disait que j'étais doué. Mais il faudrait pour cela que j'aille étudier en Angleterre, et c'est au-dessus de mes moyens. Ah, encore ceci…, dit-il en refermant le carton des esquisses de Lucas et en le poussant vers Gwyneira. Je vous ai apporté les travaux de Luke. Tous ses dessins… M. Greenwood pense qu'ils ont de la valeur. Je ne veux pas m'enrichir grâce à eux, mais si je pouvais peut-être en garder un… Celui de Daphnée…

Gwyneira sourit.

— Vous pouvez tous les garder. C'est sûrement ce qu'aurait voulu Lucas, dit-elle, puis, réfléchissant une seconde et paraissant avoir pris une décision, elle ordonna : Enfilez votre veste, David, nous allons à Haldon. Il y a encore une chose qu'aurait voulue Lucas.

Le directeur de la banque d'Haldon pensait visiblement que Gwyneira avait perdu la raison. Il trouvait mille motifs de s'opposer à son désir. Il finit néanmoins par céder à son exigence. À contrecœur, il mit au nom de Steinbjörn Sigleifson le compte où était versé l'argent provenant de la vente des tableaux de Lucas.

— Vous le regretterez, madame Warden! C'est une fortune qui s'amasse là. Vos enfants…

— Mes enfants possèdent déjà une fortune. Ils sont les héritiers de Kiward Station et ma fille, elle au moins, n'a que faire de l'art. Nous n'avons pas besoin de cet argent, mais ce jeune homme était l'élève de Lucas. Ils avaient des affinités. Lui a besoin de cet argent, il saura l'apprécier, et il doit l'avoir ! Tenez, David, il faut signer.

En voyant la somme inscrite sur le papier, Steinbjörn eut le souffle coupé. Mais Gwyneira lui sourit amicalement.

— Allez, n'hésitez pas ! Je dois retourner à mon hangar de tonte, pour augmenter la fortune de mes enfants ! Et c'est vous qui, à Londres, vous occuperez au mieux de cette galerie. Afin de ne pas vous retrouver lésé quand vous vendrez les tableaux restants. Vous voilà pour ainsi dire l'administrateur de l'héritage artistique de Lucas. Faites-en bon usage !

Steinbjörn Sigleifson n'hésita pas plus longtemps et signa en bas du document. Le « David » de Lucas avait trouvé sa mine d'or.

Arrivée

Canterbury Plains – Otago
1870-1877

1

— Paul, Paul, où es-tu encore fourré ?

Bien que sachant qu'il ne l'entendrait pas, Hélène appelait le plus récalcitrant de ses élèves. Paul Warden n'était certainement pas en train de jouer sagement avec les enfants maoris, tout près de l'école improvisée. Une disparition de sa part était en général synonyme de difficultés. Ou bien il était quelque part en train de se battre avec son ennemi juré, Tonga, le fils du chef de la tribu de Maoris installée à Kiward Station, ou bien il guettait Ruben et Fleurette pour leur jouer un tour. Des tours pas toujours drôles. Ruben avait été désespéré quand Paul, récemment, avait renversé un encrier sur son tout dernier livre. Cela avait été doublement fâcheux : d'une part, le fils d'Hélène désirait depuis longtemps ce recueil de lois qu'il n'avait pu recevoir, d'Angleterre, que grâce à Georges Greenwood, d'autre part le livre coûtait fort cher. Gwyneira leur avait bien sûr remboursé la somme, mais le geste de son fils l'avait autant bouleversée qu'Hélène.

— Ce n'est pourtant plus un petit garçon ! s'énervait-elle, son fils de onze ans debout, impassible, à côté d'elle. Paul, tu savais combien coûte ce livre ! Tu crois qu'à Kiward Station l'argent pousse sur les arbres ?

— Non, sur les moutons ! répliqua-t-il non sans à-propos. Et on peut se payer toutes les semaines un gros pavé comme ça si on en a envie !

Tout en parlant, il regardait Ruben d'un air méchant. Il n'ignorait rien des situations économiques respectives dans les Canterbury Plains. Certes, Howard O'Keefe gagnait beaucoup mieux sa vie depuis que Greenwood Enterprises le protégeait, mais il n'était pas près de se voir attribuer, comme Gérald, le titre de baron des moutons. À Kiward Station, les troupeaux et l'aisance n'avaient cessé de croître ces dix dernières années, si bien que, pour Paul, il n'était guère de souhait qu'il ne pût satisfaire. Or, il désirait moins des livres qu'un poney très rapide ou des jouets comme des fusils ou des pistolets. Il aurait même reçu une carabine à air comprimé si Georges ne l'avait systématiquement «oubliée» dans ses commandes en Angleterre.

Hélène observait l'évolution de Paul avec inquiétude. À son avis, on ne lui fixait pas assez de limites. Gwyneira comme Gérald lui faisaient certes des cadeaux coûteux, mais se souciaient sinon fort peu de lui. Il avait également échappé dans une large mesure à l'influence de Kiri, sa mère nourricière. Il avait depuis longtemps fait siennes les conceptions de son grand-père, qu'il idolâtrait, selon lesquelles la race blanche était supérieure. Ce qui occasionnait de perpétuelles querelles avec Tonga. Le fils du chef était tout aussi plein d'assurance que l'héritier du baron des moutons, et les deux garçons se livraient à des batailles acharnées pour savoir à qui appartenait le pays où vivaient aussi bien les proches de Tonga que les Warden. Cela aussi inquiétait Hélène. Tonga, très vraisemblablement, succéderait à son père, de même que Paul hériterait de Gérald. Si subsistait alors cette hostilité entre les deux hommes, la situation serait difficile. Et, à chaque nez en sang avec lequel un des garçons rentrait chez lui, le fossé entre eux se creusait.

Heureusement, il y avait Marama. Son existence tranquillisait un peu Hélène, car la fille de Kiri, la «sœur de lait» de Paul, possédait une espèce de sixième sens pour les bagarres des deux garçons et avait coutume de toujours surgir sur les lieux de l'affrontement pour le régler. Si elle était là, en train de jouer paisiblement à la marelle avec quelques amies, Paul et Tonga n'étaient pas occupés à se voler dans les plumes. Marama sourit à Hélène d'un air complice. C'était une enfant ravissante, du moins selon les critères d'Hélène. Elle avait un visage plus fin que celui des autres fillettes maories, une peau veloutée couleur chocolat. Elle n'était pas encore tatouée et ne porterait sans doute jamais les parures traditionnelles. Les Maoris se détachaient de plus en plus de cette coutume et abandonnaient même peu à peu leur tenue habituelle. Ils s'efforçaient visiblement de conformer leurs mœurs à celles des *Pakeha* – ce qu'Hélène trouvait réjouissant, mais qui la remplissait parfois d'un vague regret.

— Où est Paul, Marama ? demanda Hélène.

Paul et Marama avaient l'habitude de venir ensemble à l'école depuis Kiward Station. Si Paul, contrarié pour une raison quelconque, était rentré chez lui avant l'heure, elle l'aurait su.

— Il est reparti, miss Hélène. Il est sur le point de découvrir un secret, révéla Marama d'une voix claire.

La petite était une excellente chanteuse, talent fort apprécié des gens de son peuple. Hélène soupira. Ils venaient de lire quelques livres où il était question de pirates et de chasse aux trésors, de pays et de jardins mystérieux, et toutes les fillettes étaient à la recherche de roseraies enchantées, tandis que les garçons dessinaient à tour de bras des cartes révélant les emplacements de trésors cachés. Ruben et Fleurette l'avaient fait eux aussi, au même âge, mais, chez Paul, il fallait toujours redouter des secrets bien moins innocents. Récemment, il avait par exemple mis Fleurette dans tous ses états en enlevant Minette, sa monture préférée, issue de la jument Minty et de l'étalon Madoc, et en la cachant dans la roseraie de Kiward Station. Depuis la mort de Lucas, l'endroit n'était guère entretenu et, bien entendu, personne n'eut l'idée d'aller y chercher le cheval, cela d'autant moins que Minette avait été enlevée dans la ferme des O'Keefe et non dans son écurie. Hélène était déjà aux cent coups en pensant que Gérald allait tenir son mari pour responsable de cette perte. Finalement, Minette avait attiré l'attention par ses hennissements et ses galopades dans le jardin. Mais elle avait auparavant brouté à satiété l'herbe qui l'envahissait désormais. Durant ces longues heures, Fleurette s'était déjà imaginé son cheval errant sur les hautes terres, enlevé peut-être par des voleurs de bétail.

Les voleurs de bétail, justement… Encore un sujet d'inquiétude pour les fermiers des Canterbury Plains depuis quelques années. Alors que les Néo-Zélandais, une décennie plus tôt, se vantaient de ne pas descendre de forçats, à la différence des Australiens, et de constituer au contraire une société de colons honnêtes, des éléments criminels avaient fait ici aussi leur apparition. Phénomène tout naturel, au fond : la richesse du cheptel de fermes comme Kiward Station et la fortune croissante de leurs propriétaires ne pouvaient que susciter des convoitises. À cela s'ajoutait qu'il n'était plus aussi facile qu'auparavant, pour les nouveaux immigrants, de s'élever dans l'échelle sociale : les premières familles étaient établies, on ne pouvait plus acquérir de la terre pour rien ou presque, les baleines et les phoques se faisaient rares. Il est vrai qu'en revanche il y avait toujours de spectaculaires découvertes d'or. On pouvait donc encore s'enrichir du jour au lendemain, mais pas nécessairement dans les Canterbury Plains. Or, ces derniers temps, c'étaient précisément les contreforts des Alpes et les pâturages des grands barons des moutons que de redoutables voleurs de bétail avaient choisis comme théâtre d'opération. Et tout avait commencé avec la disparition d'un homme qui, pour Hélène et les Warden, était une vieille connaissance : James McKenzie.

Hélène n'avait tout d'abord pas voulu croire Howard le jour où, rentrant du pub dans tous ses états, il avait accusé de ces méfaits l'ancien contremaître de Gérald.

— Va savoir pourquoi Warden a foutu ce type à la porte ! Mais à présent, c'est nous tous qui payons la note ! Les ouvriers parlent de lui comme d'un héros. Il ne vole que les meilleures bêtes, qu'ils disent, celles des richards. Il ne toucherait pas à celles des petits éleveurs. Tu parles d'une connerie ! Comment pourrait-il les distinguer ? Mais ils éprouvent une joie maligne. Je ne serais pas étonné si une bande se formait prochainement autour de ce type.

Comme Robin des Bois, avait songé Hélène avant de se reprocher ses fantasmes romantiques.

— Comment un homme seul pourrait-il mener tout ça à bien ? remarqua-t-elle à l'adresse de Gwyneira. Rassembler les moutons, les sélectionner, les tondre, les mener au-delà des montagnes… Il faut une bande pour cela.

— Ou bien un chien, comme Cléo…, dit Gwyneira avec gêne, songeant au chiot qu'elle avait offert à James en guise de cadeau d'adieu.

McKenzie était un excellent dresseur de chiens. Vendredi ne devait guère le céder à sa mère à présent – mieux, elle l'avait depuis longtemps dépassée. Cléo était très âgée et quasi sourde. Elle suivait certes toujours sa maîtresse telle son ombre, mais on ne pouvait plus l'utiliser comme chien de berger. Les hymnes à la gloire de James ne tardèrent d'ailleurs pas à associer à ses exploits ceux de son chien non moins extraordinaire. Aussi ne fut-ce pas une surprise pour Gwyneira quand le nom de Vendredi fut prononcé pour la première fois.

Gérald ne fit heureusement aucune remarque sur les qualités de berger de James et sur l'absence du chiot, absence qui n'avait pourtant pas pu lui échapper jadis. Il est vrai que Gérald et Gwyneira avaient d'autres choses en tête durant cette funeste année, et le baron des moutons avait sans doute tout simplement oublié la petite chienne. En tout cas, il perdait chaque année – tout comme Howard, les Beasley et les autres assez gros éleveurs – quelques têtes de bétail à cause de McKenzie. Hélène aurait aimé savoir ce qu'en pensait Gwyneira, mais son amie évitait dans la mesure du possible de parler de cet homme.

Hélène était maintenant lasse de chercher Paul. Elle allait commencer son cours, avec ou sans lui. La probabilité qu'il finît néanmoins par se montrer était d'ailleurs assez grande. Paul respectait Hélène, peut-être même était-elle le seul être à qui il obéît. Elle se demandait parfois si la jalousie n'expliquait pas sa perpétuelle agressivité à l'égard de Ruben, de Fleurette et de Tonga. Le fils du chef de tribu, un garçon éveillé, était un de ses élèves favoris, tandis que son fils et sa camarade avaient avec elle des rapports privilégiés. Paul, au contraire, sans être stupide, ne brillait pas particulièrement par ses performances scolaires. Il préférait faire le pitre en classe, se rendant la vie difficile, et à elle aussi par la même occasion.

Ce jour-là pourtant, il y avait peu de chances que Paul revînt à l'école avant la fin du cours. Il s'était trop éloigné pour cela. Dès que Ruben s'était adressé à sa sœur Fleurette avec des airs de conspirateur, il avait marché sur les talons de ses deux aînés. Les secrets, il le savait, étaient toujours mêlés à quelque chose d'interdit, et, pour Paul, il n'y avait rien de plus beau que de surprendre Fleurette en train de commettre une bêtise. Il n'avait alors aucun scrupule à la dénoncer, même si les résultats n'étaient que rarement satisfaisants. Kiri ne punissait jamais les enfants, et la mère de Paul était assez patiente quand elle surprenait Fleurette à raconter des histoires ou quand, au cours de leurs jeux, il leur arrivait de briser un verre ou un vase. Ce genre de désagréments n'arrivait que rarement à Paul. Naturellement adroit, il avait de plus été pratiquement élevé parmi les Maoris. La démarche souple du chasseur, l'aptitude à s'approcher sans bruit de sa proie, il avait acquis tout cela, comme son rival Tonga. Les hommes maoris ne faisaient pas de différence entre ce petit *Pakeha* et leur propre progéniture. Quand il y avait des enfants, on s'occupait d'eux, et il était du devoir des chasseurs d'initier les garçons à leur art, les femmes, pour leur part, éduquant les fillettes.

Paul avait toujours été un de leurs élèves les plus doués. En cet instant, il suivait Fleurette et Ruben sans se faire remarquer. Dommage qu'il ne s'agît dans le cas présent, selon toute vraisemblance, que d'un secret du jeune O'Keefe, et non d'une faute de sa sœur ! À quoi bon se faire sermonner pour mouchardage, alors que la punition de Ruben serait sans doute légère ? Il aurait été plus intéressant de cafarder le garçon auprès de son père, mais Paul se tenait loin d'Howard O'Keefe. Sachant que le mari d'Hélène et son grand-père ne s'aimaient pas, il n'irait pas prêter main-forte à des ennemis de Gérald : question d'honneur ! Paul espérait que son grand-père appréciait son attitude. Il essayait en permanence de l'impressionner, mais, le plus souvent, le vieux Warden l'ignorait. Paul ne lui en voulait pas. Son grand-père avait plus important à faire que jouer avec de petits garçons : à Kiward Station, il était finalement un peu comme le bon Dieu. Un jour ou l'autre, pourtant, Paul réussirait un coup de maître et Gérald serait bien obligé de le remarquer ! Le gamin ne souhaitait rien d'autre que des félicitations de sa part.

Mais, pour l'instant, que pouvaient bien avoir à dissimuler Ruben et Fleurette ? La méfiance de Paul avait été éveillée quand Ruben, au lieu de prendre son cheval, avait grimpé sur Minette, Fleurette derrière lui. Et surtout, quelle étrange manière de monter ! Minette n'était pas sellée, si bien que les deux cavaliers avaient pris place sur son échine. Ruben tenant les rênes, Fleurette se serrait contre lui, pressant sa joue contre son dos, les yeux fermés. Ses cheveux bouclés lui tombaient librement sur les épaules : Paul se souvint qu'un des gardiens des troupeaux avait dit que la petite était à croquer. Ce qui signifiait que ce type aurait bien aimé coucher avec elle. Paul n'avait au demeurant qu'une vague idée de ce que «coucher» voulait dire. Mais une chose était certaine : Fleurette serait la dernière à lui venir à l'esprit pour ce genre de choses. Il était inconcevable, pour lui, d'associer le mot beauté à sa sœur. Pourquoi diable se blottissait-elle ainsi contre Ruben? Avait-elle peur de tomber? Invraisemblable, tant Fleurette était bonne cavalière.

Il lui fallait s'approcher et entendre leurs messes basses. Quel dommage que son poney Minty fît des pas aussi petits et précipités! Impossible d'avancer du même pas que Minette de manière à passer inaperçu. En fait, ils n'étaient manifestement pas sur leurs gardes, car les bruits de sabots ne pouvaient leur échapper. Seule Gracie, la chienne qui suivait Fleurette aussi fidèlement que Cléo sa mère, jetait des regards méfiants dans les buissons alentour. Mais elle n'aboierait pas, car elle connaissait Paul.

— Tu crois qu'on va les trouver, ces maudits moutons? demanda à cet instant Ruben d'une voix nerveuse, presque inquiète.

Fleurette, à contrecœur, décolla la tête du dos de son ami.

— Oui, c'est sûr, murmura-t-elle. Ne te fais pas de soucis. Gracie les rassemblera en un clin d'œil. Nous… aurons même le temps de nous reposer.

Paul vit avec stupéfaction les mains de l'adolescente jouer le long de la chemise du garçon et ses doigts, par les boutonnières, presser sa poitrine nue. Et il n'en était pas indisposé! Au contraire, d'un geste rapide, il caressa derrière lui le cou de sa compagne.

— Ah, je me demande… ces moutons… mon père me tuera si je ne les ramène pas.

C'était donc ça! Ruben avait à nouveau laissé échapper les moutons. Paul n'eut aucun mal à s'imaginer lesquels : la veille, en route pour l'école, il avait vu avec quel amateurisme on avait réparé la clôture de l'enclos pour les jeunes béliers.

— As-tu au moins réparé la clôture? demanda Fleurette.

Ils longeaient la rive herbeuse d'un ruisseau, cachée entre des rochers et des palmiers Nikau. Les petites mains brunes de Fleurette lâchèrent la poitrine de Ruben pour se saisir des rênes. Elle arrêta Minette, glissa de son dos et se jeta sur l'herbe, où elle s'étira d'une manière provocante. Ruben attacha la jument à un arbre et s'allongea à côté d'elle.

— Attache-la bien, sinon elle va s'en aller…, ordonna Fleurette.

Bien qu'ayant les yeux à demi clos, elle avait remarqué que le nœud était mal fait. Elle aimait son ami, mais elle se désespérait de sa gaucherie, comme jadis sa mère déplorait la maladresse de celui que Fleurette tenait pour son père. Ruben, en revanche, n'avait pas de dispositions artistiques, il voulait aller à Dunedin pour étudier le droit à l'université en cours de fondation. Hélène soutiendrait son projet dont, pour plus de sûreté, il ne s'était pas encore ouvert à son père.

Le jeune garçon se releva de mauvais gré. Néanmoins, il n'en voulait pas à Fleurette de sa fermeté. Il connaissait ses faiblesses et admirait sans réserve son sens pratique.

— Je réparerai la clôture demain, dit-il, ce qui fit hocher la tête d'incompréhension à Paul, caché derrière un rocher. Si Ruben enfermait les béliers dans l'enclos endommagé, ils n'attendraient pas le lendemain pour s'échapper!

Fleurette était du même avis.

— Mais je peux t'aider, proposa-t-elle.

Puis ils se turent un petit moment. Enrageant de ne rien voir, Paul se faufila entre les rochers à la recherche d'un poste d'observation plus favorable. Ce qu'il vit faillit lui couper le souffle. Les baisers et les caresses qu'échangeaient Ruben et Fleurette approchaient de ce qu'il s'imaginait sous le terme de «coucher». Allongée dans l'herbe, ses cheveux étalés comme un tissu lumineux, la jeune fille avait sur le visage une expression de ravissement. Ayant défait son corsage, Ruben lui embrassait les seins et les caressait. Paul lui aussi les découvrait avec grand intérêt. Cela faisait bien cinq ans qu'il n'avait plus vu sa sœur nue. Ruben avait également l'air heureux ; il prenait son temps, ne donnant pas à son corps ce mouvement frénétique de va-et-vient que Paul avait observé chez l'homme d'un couple maori qu'il avait épié un jour, de loin. Il n'était également qu'à demi allongé sur Fleurette : ils ne «couchaient» donc pas vraiment encore. Paul n'en était pas moins certain que cette nouvelle intéresserait beaucoup son grand-père.

Ayant passé les bras autour de Ruben, Fleurette lui caressait maintenant le dos. Finalement, ses doigts se faufilèrent sous la ceinture de sa culotte de cavalier et poursuivirent leurs cajoleries sous le tissu. Ruben se mit à gémir de plaisir et la recouvrit totalement de son corps.

Eh bien, si, ils «couchaient» quand même…

— Non, pas ça, chéri…, dit Fleurette en repoussant doucement Ruben, sans paraître avoir peur, mais d'un ton décidé. Nous devons nous préserver pour notre nuit de noces…

Les yeux grands ouverts maintenant, elle sourit à Ruben. Le jeune homme sourit en retour. Il était beau garçon, ayant surtout hérité de son père les traits un peu accusés, très virils, et les cheveux noirs et frisés. Sinon, il tenait plutôt d'Hélène. Il avait le visage plus mince que celui d'Howard, des yeux gris et rêveurs. Il était en outre plus grand, élancé et musclé, sans aucune graisse. Son regard exprimait un grand désir, moins concupiscent qu'empreint d'une joie anticipée. Fleurette poussa un soupir de bonheur. Elle se sentait aimée.

— S'il y a jamais une nuit de noces…, dit Ruben, l'air préoccupé. J'ai l'impression que ton grand-père et mon père n'en seraient pas particulièrement heureux.

— Mais nos mères ne s'y opposeront pas, rétorqua-t-elle, optimiste. Ils devront bien se faire une raison. Qu'ont-ils donc l'un contre l'autre ? Je trouve qu'une haine pareille, des années durant, c'est maladif !

Ruben acquiesça. S'il était d'un naturel conciliant, Fleurette, elle, était plus emportée. On l'aurait volontiers crue capable de haïr une vie entière. Ruben, qui se l'imaginait souvent brandissant l'épée de la vengeance, sourit, puis, retrouvant son sérieux :

— Je connais l'histoire ! confia-t-il à son amie. Oncle Georges l'a fait cracher à ce bavard de banquier d'Haldon et l'a ensuite racontée à ma mère. Tu veux savoir ?

Paul dressa l'oreille. De mieux en mieux ! Aujourd'hui, il allait apprendre non seulement les secrets de Fleurette et de Ruben, mais encore des détails de l'histoire familiale !

— Tu plaisantes ? s'écria Fleurette. Je brûle de le savoir ! Pourquoi tu ne m'en as encore jamais parlé ?

— Peut-être étions-nous trop occupés pour ça ? répondit-il, espiègle, en l'embrassant.

Paul soupira. Non, ils n'allaient pas remettre ça ! Il ne devait pas tarder à partir s'il voulait être à peu près à l'heure à la maison. Sa mère et Kiri allaient poser des questions si Marama arrivait seule, et elles sauraient alors qu'il avait manqué l'école !

Mais Fleurette avait elle aussi plus envie d'entendre l'histoire que de nouvelles caresses. Elle repoussa Ruben avec délicatesse et s'assit. Tandis qu'il racontait, elle en profita néanmoins, collée contre lui, pour reboutonner son corsage. Elle avait dû prendre conscience qu'il était temps de se mettre à la recherche des moutons.

— Donc, mon père et ton grand-père étaient là dès les années 1840, quand il n'y avait guère de colons, juste des chasseurs de baleines et de phoques. Mais, à l'époque, ça rapportait encore bien et ils étaient tous deux d'excellents joueurs de poker et de blackjack. En tout cas, ils avaient une fortune en poche à leur arrivée dans les Canterbury Plains. Mon père n'était que de passage : il voulait rejoindre la région d'Otago, car il avait entendu dire qu'on y trouvait de l'or. Warden, songeant plutôt à élever des moutons, essayait de le convaincre d'investir son argent dans les bêtes. Et dans la terre. Gérald eut tout de suite d'excellentes relations avec les Maoris, avec qui il se mit à magouiller. Les Kai Tahu se prêtaient d'ailleurs volontiers au jeu. La tribu avait déjà vendu des terres et ils s'entendaient bien avec les acheteurs.

— Et alors? Ils ont acheté de la terre…

— Pas si vite. Mon père n'arrivant pas à se décider, les négociations traînaient en longueur. Ils logeaient chez des colons, les Butler. Et Léonard Butler avait une fille, Barbara.

— Ma grand-mère! s'écria Fleurette.

— Exact. Sauf qu'elle aurait dû devenir ma grand-mère. En tout cas, mon père tomba amoureux d'elle, et elle de lui sans doute. Mais le père de Barbara était moins enthousiaste. Toujours est-il qu'Howard pensa qu'il avait besoin de plus d'argent pour l'impressionner…

— Donc il est parti pour l'Otago, y a trouvé de l'or et, entre-temps, Barbara avait épousé Gérald? Mon Dieu, que c'est triste, Ruben!

— Ce n'est pas tout à fait comme ça. Howard a voulu gagner son argent sur place, et tout de suite. Il y a eu alors une partie de cartes…

— Et il a perdu? C'est Gérald qui a tout empoché?

— Fleurette, laisse-moi finir! s'agaça Ruben, attendant qu'elle s'excusât d'un signe de tête pour poursuivre. Howard s'était auparavant déclaré prêt à devenir l'associé de Gérald dans son élevage. Ils avaient même déjà un nom pour la ferme : Kiward Station, pour «O'Keefe» et «Warden». Mais ensuite, il a non seulement perdu son argent, mais aussi celui que Gérald lui avait donné pour payer la terre aux Maoris!

— Oh non! s'exclama Fleurette, comprenant d'un coup la fureur de Gérald. Mon grand-père a certainement voulu le tuer!

— En tout cas, il y a eu des scènes assez horribles. Pour finir, M. Butler a prêté un peu d'argent à Gérald, ne serait-ce que pour ne pas perdre la face devant les Maoris, à qui des promesses d'achat avaient été faites. Gérald acheta alors une partie des terres qui constituent actuellement Kiward Station, et Howard ne voulut pas être en reste. Il espérait certainement toujours épouser Barbara. En tout cas, il investit ses derniers sous dans un terrain rocailleux, peuplé de quelques moutons à moitié morts de faim. Notre merveilleuse ferme! Entre-temps, Barbara avait été promise à Gérald, la somme prêtée par le père servant de dot. Par la suite, elle a encore hérité des terres du vieux Butler. Rien d'étonnant, donc, à l'ascension fulgurante de Gérald!

— Et à la haine d'Howard envers lui! Quelle histoire horrible! Et la pauvre Barbara! A-t-elle aimé Gérald?

— Oncle Georges n'a rien dit à ce sujet, répondit Ruben avec un haussement d'épaules. Mais, si elle voulait vraiment épouser mon père… il est peu probable qu'elle ait eu pour Gérald un amour extraordinaire.

— Ce que Gérald n'a pas dû pardonner à Howard. À moins qu'il lui en ait voulu d'avoir été obligé d'épouser Barbara? Non, ce serait trop horrible!

Fleurette était effectivement devenue toute pâle. Les histoires ne la laissaient jamais insensible.

— Tels sont en tout cas les secrets de Kiward Station et d'O'Keefe Station, conclut Ruben. Et c'est avec cet héritage que nous allons bientôt nous présenter devant mon père et ton grand-père pour leur expliquer que nous voulons nous marier. Des conditions on ne peut plus favorables, tu ne trouves pas? demanda-t-il avec un rire amer.

Des conditions pires encore si Gérald a vent de la chose, pensa Paul avec une joie maligne. Son escapade dans les contreforts des Alpes avait vraiment été fructueuse! Mais il fallait songer à s'éclipser. Sans bruit, il retourna à son cheval.

2

Paul arriva à la ferme des O'Keefe pour la fin du cours, mais il évita, bien sûr, de se faire voir d'Hélène, préférant attendre les enfants de Kiward Station un peu plus loin sur le chemin. Marama, heureuse, lui sourit et grimpa derrière lui sur le poney.

Tonga observa la scène d'un air pincé. Que Paul eût une monture, alors que lui-même devait parcourir à pied le long trajet jusqu'à l'école ou loger dans une autre tribu pendant le temps scolaire, était pour lui comme un couteau dans une plaie. En général, il préférait effectuer le trajet car il aimait être au cœur des événements et ne pas perdre des yeux son ennemi. Surtout, il ne supportait pas la gentillesse que Marama témoignait à Paul. Il ressentait l'affection qu'elle lui portait comme une trahison, sentiment que les adultes de sa tribu ne partageaient pas. Pour les Maoris, Paul était le frère de lait de Marama et elle l'aimait tout naturellement. Ils ne considéraient pas les *Pakeha* comme des ennemis, et encore moins leurs enfants. Tonga, lui, pensait de plus en plus différemment. Depuis quelque temps, il désirait nombre de choses dont bénéficiaient Paul et les autres Blancs. Lui aussi aurait aimé posséder des chevaux, des livres et des jouets, ainsi qu'une maison comme Kiward Station. Sa famille et sa tribu ne le comprenaient pas – Marama non plus – et il se sentait floué.

— Je dirai à miss Hélène que tu as séché son cours ! cria-t-il à son ennemi intime tandis que celui-ci s'éloignait au trot de son poney.

Paul ne fit qu'en rire. Tonga, de colère, grinça des dents. Il ne moucharderait certainement pas. Il n'était pas digne d'un fils de chef de s'abaisser à trahir. La punition relativement légère que Paul recevrait n'en valait pas la peine.

— Où étais-tu? demanda Marama de sa voix chantante, une fois qu'ils furent suffisamment loin de Tonga. Miss Hélène t'a cherché.

— J'ai découvert des secrets! déclara-t-il d'un air important. Tu ne vas pas y croire!

— Tu as trouvé un trésor? demanda-t-elle d'un ton assez indifférent.

Comme la plupart des Maoris, elle ne s'intéressait guère à ce que les *Pakeha* considéraient comme précieux. Si on lui avait présenté un lingot d'or et un jade, elle aurait sans doute choisi le second.

— Non, un secret, je te dis! Sur Ruben et Fleurette. Ils couchent ensemble!

Paul attendit avec impatience une réaction admirative de Marama. Elle ne le fut guère.

— Ah, mais je le sais, qu'ils s'aiment! Tout le monde le sait! répondit-elle avec flegme.

Elle estimait sans doute tout naturel qu'ils donnent à leurs sentiments une expression physique. Dans les tribus régnait une morale sexuelle très lâche. Dans la mesure où un couple s'aimait à l'abri des regards, on n'y prêtait tout simplement pas attention. Mais, si les mêmes installaient une couche commune dans la maison collective, ils étaient considérés comme mariés. Cela ne donnait lieu à aucune manifestation spectaculaire et, généralement, les parents ne s'étaient pas entendus au préalable. Il était également plutôt inhabituel d'organiser une grande fête pour un mariage.

— Mais ils ne peuvent pas se marier! triompha Paul. Parce qu'il y a une très ancienne brouille entre mon grand-père et le père de Ruben.

Ce qui provoqua l'hilarité de Marama.

— Ce n'est pas M. Gérald et M. Howard qui se marient, c'est Ruben et Fleurette!

— Tu ne comprends rien! Il s'agit de l'honneur de la famille! Fleurette trahit ses ancêtres…

— Qu'est-ce que les ancêtres viennent faire là-dedans? Les ancêtres veillent sur nous, ils veulent notre bonheur. On ne peut pas les trahir. C'est du moins ce que je crois. En tout cas, je n'ai jamais entendu parler de ça. Et puis il n'est pas encore question de mariage.

— Ça ne va pas tarder! déclara Paul d'un ton haineux. Dès que j'aurai raconté à mon grand-père ce que je sais sur Fleurette et Ruben, il sera très vite question de tout ça, crois-moi!

Marama soupira. Elle espéra qu'elle ne serait alors pas dans la grande demeure, car elle avait toujours un peu peur quand M. Gérald se mettait en colère. Elle aimait bien miss Gwyn et Fleurette. Elle ne comprenait pas ce que Paul avait contre elles. Mais M. Gérald… Elle décida d'aller au village, au lieu de seconder sa mère à Kiward Station. Peut-être pourrait-elle au moins apaiser Tonga, qui l'avait tout à l'heure regardée d'un air furieux quand elle avait rejoint Paul sur le cheval. Et Marama détestait qu'on lui en voulût.

Gwyneira attendait son fils dans le salon de réception qu'elle avait fini par transformer en une espèce de bureau. Jamais les visiteurs ne déposaient de carte. Elle pouvait donc utiliser la pièce à d'autres fins. Elle ne craignait plus les réactions de son beau-père. Gérald lui laissait désormais les mains libres pour toutes les décisions concernant la maison et n'émettait d'ailleurs que rarement des objections quand elle se mêlait des affaires de la ferme. Ils coopéraient donc sans problème dans ce domaine aussi. L'un comme l'autre étaient des éleveurs-nés et, depuis l'acquisition de bovins quelques années auparavant, les champs de compétence respectifs étaient de plus en plus clairement délimités: Gérald s'occupait des vaches longhorn, Gwyneira surveillait l'élevage des moutons et des chevaux. La deuxième tâche était la plus lourde, mais jamais le fait que Gérald fût souvent trop ivre pour prendre rapidement des décisions n'était évoqué. Les travailleurs s'adressaient tout simplement à Gwyn quand il leur semblait inutile d'informer le maître de l'exploitation, et ils recevaient en retour des ordres clairs. Gwyneira avait ainsi accepté son existence et fait la paix avec Gérald. Depuis qu'elle connaissait l'histoire de celui-ci et d'Howard, elle ne pouvait plus le détester aussi profondément que dans les années qui avaient suivi la naissance de Paul. Elle avait compris qu'il n'avait jamais aimé Barbara Butler. Ses prétentions, l'idée qu'elle se faisait de la vie dans un manoir et de l'éducation d'un fils destiné à devenir un gentleman l'avaient peut-être fasciné, mais avaient certainement aussi fini par le décourager. Il manquait à Gérald le naturel d'un gentilhomme campagnard ; il était un joueur, un baroudeur, un aventurier et, avant tout, un excellent fermier et négociant. Il n'avait pas été et n'avait jamais voulu être le « gentleman » plein d'égards avec qui, après avoir renoncé à son véritable amour, Barbara entendait mener un mariage de raison. La rencontre avec Gwyneira devait lui avoir ouvert les yeux sur le genre de femmes qui l'attirait. Et que Lucas restât de bois devant elle avait dû le mettre en rage. Gwyneira avait fini par acquérir la certitude que Gérald avait éprouvé comme de l'amour pour elle quand il l'avait amenée à Kiward Station et que, durant cette terrible nuit de décembre, il ne s'était pas seulement déchargé de sa colère face à l'impuissance de Lucas, mais aussi de la très longue frustration de ne pouvoir être qu'un « père » pour la femme qu'il désirait.

Gwyn était à présent certaine que Gérald regrettait son acte, même s'il n'avait jamais eu un mot d'excuse. Le fait qu'il bût de plus en plus immodérément, mais, en même temps, sa retenue et sa patience à son égard – et à l'égard de Paul – étaient des signes éloquents.

Abandonnant les papiers qu'elle lisait, elle leva la tête quand son fils surgit dans la pièce.

— Salut, Paul! Pourquoi es-tu si pressé? demanda-t-elle en souriant.

Elle avait pourtant de la peine, comme toujours, à se réjouir sans réserve du retour de son fils. Faire la paix avec Gérald était une chose, aimer Paul, une autre. Elle n'y arrivait simplement pas. Elle ne pouvait l'aimer comme elle aimait Fleurette, naturellement, sans réserve. Quand, face à lui, elle voulait éprouver un sentiment, elle devait faire intervenir la raison. Il était beau avec ses cheveux bouclés d'un brun tirant sur le roux, couleur héritée de Gwyneira. Mais, loin de frisotter comme celle de sa mère, sa tignasse avait l'épaisseur qui caractérisait aujourd'hui encore la chevelure de Gérald. Si ses traits rappelaient ceux de Lucas, ils n'en avaient ni la mollesse ni l'expression d'irrésolution; il avait le regard clair, dur souvent, sans la douceur et la rêverie qui embuaient les yeux de son demi-frère. Intelligent, ses dons relevaient pourtant davantage du domaine scientifique qu'artistique. Il serait certainement un jour un bon commerçant. Et il était adroit de ses mains. Gérald n'aurait pu souhaiter meilleur héritier pour la ferme. Gwyneira trouvait néanmoins qu'il manquait parfois d'intuition dans ses rapports avec les animaux et surtout les hommes de Kiward Station, idée qu'elle se reprochait aussitôt. Elle voulait voir en lui ce qu'il y avait de bon, l'aimer, mais, quand elle le voyait, elle n'éprouvait pas plus d'émotion qu'à la vue de Tonga, par exemple. Un garçon gentil, futé et qui serait certainement à la hauteur de ses tâches. Mais cela n'avait rien à voir avec l'amour profond, déchirant, qu'elle portait à Fleurette.

Elle espérait que Paul ne remarquait pas cette absence de sentiment. Aussi s'efforçait-elle d'être amicale et patiente envers lui. Cette fois encore, elle lui pardonna de bonne grâce d'avoir cherché à passer à côté d'elle sans la saluer.

— Il s'est passé quelque chose, Paul? s'inquiéta-t-elle. Tu as eu des problèmes à l'école?

Elle savait qu'Hélène n'avait pas toujours la tâche facile avec lui et elle connaissait sa rivalité permanente avec Ruben et Tonga.

— Non, rien. Il faut que je parle à grand-père, maman. Où est-il?

Gwyn, regardant la grande horloge du bureau, constata qu'il restait encore une heure avant le dîner. Gérald devait prendre l'apéritif.

— Là où il est toujours à cette heure. Au salon. Et tu sais bien que ce n'est pas le meilleur moment pour lui parler. Surtout quand on n'est ni lavé, ni coiffé. Si tu veux écouter mon conseil : va dans ta chambre et change-toi avant de te présenter à lui.

Certes, Gérald lui-même ne prenait plus tellement au sérieux le changement de tenue avant le dîner, de même que Gwyneira ne se changeait que si elle revenait des écuries. Elle garderait pour le dîner la robe d'après-midi qu'elle avait sur le dos. Mais il arrivait à Gérald de se montrer sévère envers les enfants; plus exactement, il ne recherchait, à ce moment de la journée, qu'un prétexte pour se quereller avec quelqu'un, l'heure d'attente avant le repas en commun étant, de ce point de vue, la plus dangereuse. Une fois à table, son taux d'alcoolémie ne laissait généralement plus redouter de violents éclats.

Paul envisagea rapidement l'alternative. S'il allait le voir maintenant, Gérald, en entendant cette nouvelle, exploserait de colère, bien sûr, mais, en l'absence de la «victime», cela n'aurait guère d'effet. Il valait mieux dénoncer Fleurette en sa présence; il aurait alors plus de chances de profiter pleinement de la scène qui s'ensuivrait. Et puis sa mère avait raison : si Gérald était vraiment de mauvaise humeur, il ne le laisserait peut-être même pas annoncer sa nouvelle et déchargerait sa fureur sur lui.

Aussi décida-t-il de gagner sa chambre. Il apparaîtrait au dîner correctement vêtu, tandis que Fleurette arriverait à coup sûr en retard, et en robe de cavalière. Il la laisserait balbutier ses excuses avant de lancer sa bombe! Content de son plan, il monta dans sa chambre, celle occupée par son père autrefois, les jouets et les accessoires de pêche ayant remplacé les livres et le matériel de dessin. Jouissant d'avance de son effet, il se changea avec soin.

Fleurette n'avait pas fait des promesses en l'air. Une fois les bêtes retrouvées, ce qui n'avait pas été difficile car les jeunes béliers avaient cherché à rejoindre les hautes terres où paissaient les brebis, sa chienne Gracie les avait effectivement rassemblées en un éclair. Flanqués de Gracie et de Minette, elles se laissèrent ramener sans trop de difficultés vers la ferme. Le groupe était d'ailleurs réduit et Gracie ne souffrait aucune escapade. Aussi Fleurette réussit-elle à refermer le treillis derrière les bêtes bien avant la tombée de la nuit et, surtout, bien avant le retour d'Howard, qui s'occupait de ses derniers bœufs. Ceux-ci allaient être enfin vendus, après qu'Howard, ignorant les conseils de Georges Greenwood, se fut obstiné à voir dans l'élevage de bovins une bouée de secours pour son exploitation. O'Keefe Station ne s'y prêtait pas, seuls les moutons et les chèvres pouvaient y prospérer dans une certaine mesure.

Fleurette vérifia la hauteur du soleil. Il n'était pas tard, mais si, comme promis, elle aidait Ruben à réparer la clôture, elle ne serait pas à l'heure pour le dîner. Ce n'était pas très grave en réalité, car son grand-père se retirait générale-ment dans ses appartements avec un dernier whisky, dès le repas terminé. Sa mère et Kiri lui garderaient quelque chose à manger. Mais Fleurette n'aimait pas procurer au personnel un surcroît de travail. Et elle n'avait pas envie de risquer de tomber sur Howard et ensuite, comble de l'horreur, de débarquer au milieu du dîner. D'un autre côté, elle pou-vait difficilement laisser Ruben réparer seul la clôture. Les béliers se retrouveraient à coup sûr dans les hautes terres dès le lendemain.

À son grand soulagement, Fleurette vit alors arriver la mère de Ruben, avec le mulet chargé d'outils et de matériel de réparation.

— Rentre tranquillement chez toi, Fleurette, nous allons le faire, dit-elle affectueusement. C'est très gentil de ta part d'avoir aidé Ruben à ramener les moutons. Tu ne mérites vraiment pas d'avoir des ennuis si tu rentres en retard.

— Je serai demain à l'école, miss Hélène, répondit Fleurette avec un signe de gratitude de la tête.

Ce n'était plus qu'un prétexte pour continuer à voir Ruben chaque jour. En réalité, Fleurette avait pour ainsi dire terminé sa scolarité. Elle savait compter, lire et écrire, avait lu, au moins partiellement, les classiques les plus importants, même si, contrairement à Ruben, ce n'était pas dans la langue originale. Pour elle, connaître le grec et le latin était totalement superflu. Il n'y avait donc guère de choses qu'Hélène aurait encore pu lui apprendre. En fait, Gwyneira avait fait porter à l'école nombre des livres de botanique et de zoologie de Lucas après sa mort. Fleurette s'y plongeait avec intérêt, pendant que Ruben se consacrait aux études qu'il comptait entreprendre et pour lesquelles il devait, l'année suivante, aller à Dunedin. Hélène préférait ne pas penser à la manière dont elle pourrait le faire accepter à Howard. De plus, ils n'avaient pas l'argent nécessaire ; Ruben, au moins aussi longtemps qu'il ne se serait pas distingué au point de se voir accorder une bourse, devrait accepter l'aide de Georges. Mais des études à Dunedin le sépareraient de Fleurette. Hélène, comme Marama, avait découvert leur amour et en avait même parlé avec Gwyn. Les deux mères n'avaient rien contre cette liaison, mais elles redoutaient les réactions de Warden et d'O'Keefe et étaient d'accord pour considérer que l'affaire pouvait encore attendre quelques années. Ruben venait d'avoir dix-sept ans, tandis que Fleurette n'en avait pas encore seize. Ils étaient trop jeunes pour s'unir définitivement.

Ruben aida Fleurette à remettre à la jument la selle qu'elle avait enlevée pour pouvoir monter à deux. Il l'embrassa furtivement. Sa main caressa tendrement celle de Fleurette, qui lui fit un sourire radieux. Ruben la suivit des yeux aussi longtemps qu'il vit luire ses cheveux d'un roux doré dans la lumière du soir. La voix d'Hélène le tira de sa rêverie.

— Allez, arrive, Ruben, la clôture ne se relèvera pas toute seule. Il faut avoir fini avant le retour de ton père!

Fleurette avança bon train et serait presque arrivée à l'heure pour le repas si, ne trouvant personne dans les écuries à qui confier Minette, elle n'avait dû s'en occuper elle-même. Quand elle l'eut bouchonnée, abreuvée et attachée devant sa ration de fourrage, le premier plat avait certainement déjà été servi. Elle soupira. Elle pouvait bien entendu se faufiler dans la maison et ne pas paraître au dîner. Mais elle eut peur que Paul ne l'eût aperçue à son arrivée dans la cour. Elle avait vu bouger quelque chose derrière sa fenêtre, et il ne manquerait pas de la moucharder. Elle se résigna donc à affronter l'inévitable. Au moins aurait-elle quelque chose à manger. Après la journée dans les hautes terres, elle mourait de faim. Elle décida de prendre l'affaire avec optimisme et, en entrant dans la salle à manger, afficha un large sourire.

— Bonsoir, grand-père, bonsoir, maman! Je suis un petit peu en retard aujourd'hui parce que je me suis emmêlée dans mes calculs quand… euh… quand…

C'était trop bête, aucune excuse ne lui venait à l'esprit. Elle ne pouvait tout de même pas dire à Gérald qu'elle avait passé la journée à rassembler les moutons d'Howard O'Keefe!

— Quand tu as aidé ton amoureux à faire la chasse aux moutons? demanda Paul.

Gwyneira sursauta.

— Paul, qu'est-ce que cela signifie? Faut-il donc que tu agaces continuellement ta sœur?

— C'est vrai ou ce n'est pas vrai? insista Paul avec insolence.

— Je…, commença Fleurette en rougissant.

— Avec qui as-tu fait la chasse aux moutons? s'enquit Gérald, déjà passablement ivre.

Les choses en seraient peut-être restées là si des bribes de ce que Paul venait de dire n'étaient parvenues jusqu'à son esprit embrumé.

— Avec… euh, avec Ruben. Lui et miss Hélène avaient laissé échapper quelques béliers et…

— Lui et son foutu père, tu veux dire! C'est bien de ce foutu vieux d'être trop stupide ou trop avare pour enfermer ses bêtes! Et le jeune monsieur, son fils, doit demander à une fille de l'aider à rassembler des moutons! dit Gérald en riant.

Paul fronça les sourcils. L'affaire ne prenait pas du tout le tour escompté.

— Fleurette baise avec Ruben! cria-t-il, ne récoltant d'abord, pendant quelques secondes, qu'un silence stupéfait.

Puis Gwyneira fut de nouveau la première à réagir.

— Paul, où as-tu appris de telles expressions? Tu vas t'excuser sur-le-champ et…

— Un… un moment! l'interrompit Gérald d'une voix mal assurée mais tout à fait audible. Qu'est-ce que… que dit le garçon? Elle… baise avec le fils O'Keefe?

Gwyneira espéra que Fleurette se contenterait de nier, mais il suffisait de regarder la jeune fille pour comprendre qu'il y avait au moins un peu de vrai dans l'affirmation de Paul.

— Ce n'est pas ce que tu penses, grand-père! dit Fleurette, essayant de se défendre. Nous… eh bien, nous… euh, nous ne couchons pas ensemble, nous…

— Ah non? Vous faites quoi, alors? tonna Gérald.

— Mais je les ai vus, je les ai vus! chantonna Paul.

Gwyneira, d'une voix sévère, lui ordonna de se taire.

— Nous… nous nous aimons. Nous voulons nous marier, parvint à dire la jeune fille.

Voilà, c'était dit ! Même si ce n'étaient pas les circonstances idéales pour une telle révélation. Gwyneira tenta de dédramatiser.

— Fleurette, ma petite, tu n'as pas encore seize ans ! Et Ruben s'en va à l'université l'année prochaine…

— Vous voulez quoi ? brailla Gérald. Vous marier ? Tu veux épouser le rejeton de cet O'Keefe ? Tu as perdu la tête, Fleurette ?

Fleurette haussa les épaules. On ne pourrait en tout cas pas l'accuser de lâcheté.

— On ne choisit pas, grand-père. Nous nous aimons. C'est ainsi, et on ne peut rien y changer.

— C'est ce qu'on va voir ! coupa Gérald en se levant d'un bond. Tu ne reverras pas ce gaillard ! Dans un premier temps, tu es privée de sorties ! Plus d'école ! Déjà que je me demandais ce que la bonne femme d'O'Keefe pouvait encore t'apprendre ! Maintenant, je pars pour Haldon et je vais choper ce type ! Witi ! Apporte-moi mon fusil !

— Gérald, tu exagères ! intervint Gwyneira, essayant de garder son calme, dans l'espoir de persuader Warden de renoncer à sa folle idée de demander sur-le-champ des explications à Ruben – ou à Howard ? Cette enfant n'a pas seize ans et est amoureuse pour la première fois. Personne ne parle encore de mariage…

— L'enfant héritera d'une partie de Kiward Station, Gwyneira ! Alors bien sûr que le père O'Keefe pense au mariage. Mais je vais tirer cette affaire au clair une fois pour toutes ! Tu vas enfermer la petite. Et que ça saute ! Pas la peine qu'elle mange ! Qu'elle jeûne et réfléchisse à ses péchés !

Prenant le fusil que lui avait apporté Witi, toute tremblante, il enfila un ciré et sortit en trombe. Fleurette fit mine de le suivre.

— Il faut que j'aille prévenir Ruben.

— Où vas-tu prendre un cheval? Les chevaux de selle sont tous à l'écurie et partir en pleine nature, sans selle, sur l'un des jeunes chevaux… Non, je ne te le permettrai pas, Fleurette, tu te romprais le cou. Sans compter que Gérald te rattraperait. Laisse les hommes régler ça entre eux! Je suis sûr qu'il n'arrivera rien de fâcheux. S'il rencontre le père, ils s'engueuleront, se battront peut-être…

— Et s'il tombe sur Ruben? demanda Fleurette, soudain pâle.

— Il le tuera, se réjouit Paul.

C'était une erreur. Il avait attiré sur lui l'attention de la mère et de la fille.

— Petit bâtard, sale mouchard! cria Fleurette. Tu vois ce que tu as provoqué, espèce de misérable rat? Si Ruben meurt, je…

— Fleurette, calme-toi, ton ami ne va pas mourir, dit sa mère avec plus de conviction qu'elle n'en avait en réalité.

Elle connaissait le tempérament emporté de Gérald; il était de nouveau très ivre. Elle comptait à vrai dire sur la nature conciliante de Ruben. Le fils d'Hélène ne se laisserait certainement pas provoquer.

— Et toi, Paul, disparais immédiatement dans ta chambre. Je ne veux plus te voir ici, au moins jusqu'à après-demain. Tu es privé de sorties…

— Fleurette aussi, Fleurette aussi!

— C'est tout à fait différent, Paul, dit Gwyneira d'un ton sévère, et, une nouvelle fois, elle eut de la peine à éprouver de la sympathie pour cet enfant qu'elle avait mis au monde. Grand-père punit Fleurette parce qu'il pense qu'elle est tombée amoureuse du garçon qu'il ne fallait pas. Mais moi, je te punis parce que tu es méchant, que tu espionnes et dénonces, et qu'en plus tu y prends plaisir! Ce n'est pas ainsi que se comporte un gentleman, Paul Warden. Seul un monstre se conduit ainsi!

À l'instant même où elle prononça ce mot, Gwyneira sut que Paul ne le lui pardonnerait jamais. Mais elle était hors d'elle. Elle ne ressentait plus que de la haine pour cet enfant qu'on lui avait imposé, qui avait en définitive été la cause de la mort de Lucas et qui faisait tout pour détruire l'existence de Fleurette et l'harmonie, déjà précaire, de la famille d'Hélène.

Paul regarda sa mère, livide comme une morte à la vue des abîmes s'ouvrant dans ses yeux. Ce n'était pas un accès de fureur comme chez Fleurette ; Gwyneira paraissait croire ce qu'elle disait. Il éclata en sanglots malgré la décision qu'il avait prise un an plus tôt d'être un homme et de ne plus jamais pleurer.

— Alors, ça vient ? Disparais ! poursuivit-elle, se haïssant de parler ainsi, mais incapable de se retenir. Disparais dans ta chambre !

Paul se rua hors de la pièce. Fleurette regarda sa mère avec stupéfaction.

— Tu as été dure, remarqua-t-elle, ramenée à la réalité.

Gwyneira prit son verre de vin, les doigts tremblants, puis, se ravisant, alla à l'armoire murale et se versa un brandy.

— Je crois que nous avons toutes les deux besoin de nous calmer, Fleurette. Ensuite, nous pourrons attendre. Gérald finira bien par revenir, s'il n'est pas tombé en chemin et ne s'est pas rompu le cou.

Elle avala son brandy.

— Et pour ce qui est de Paul… Je regrette.

Warden traversa le bush comme s'il avait le diable aux trousses. Sa fureur contre le jeune O'Keefe était à son comble. Jusqu'ici, il n'avait jamais considéré Fleurette comme une femme. Elle avait toujours été une enfant pour lui, la petite fille de Gwyneira, mignonne, certes, mais relativement inintéressante. Et voilà qu'elle était prête à voler de ses propres ailes, qu'elle rejetait la tête en arrière avec autant de fierté que jadis Gwyneira à dix-sept ans, et qu'elle répliquait avec la même assurance. Et Ruben, ce petit salopard, qui osait l'approcher ! Une Warden ! Qui lui appartenait !

Warden ne s'apaisa un peu qu'en atteignant la ferme d'O'Keefe et en comparant avec les siennes les granges, les étables minables et, surtout, la maison d'habitation. Howard ne pouvait sérieusement penser attirer ici sa petite-fille par un mariage.

Une lumière brillait derrière les fenêtres. Le cheval d'Howard et le mulet étaient dans l'enclos devant la maison. Ce salopard était donc chez lui, et sans doute aussi son malotru de fils, car Gérald apercevait trois silhouettes autour de la table. Il lança négligemment les rênes de son cheval autour d'un piquet de la clôture et sortit son fusil de son étui. Un chien aboya quand il se dirigea vers la cabane, mais personne ne réagit à l'intérieur.

Gérald ouvrit la porte à la volée. Comme il s'y attendait, il trouva Howard, Hélène et leur fils, assis devant un ragoût. Effrayés, ils tournèrent tous les trois la tête vers la porte, incapables de réagir sur le coup. Gérald profita de l'effet de surprise. S'engouffrant dans la maison, il renversa la table en se précipitant sur Ruben.

— Cartes sur table, petit gars ! Qu'est-ce que tu fabriques avec ma petite-fille ?

Sous sa poigne, Ruben se tortillait.

— Monsieur Warden… ne pouvons-nous pas… parler comme des gens raisonnables ?

Gérald vit rouge. Son fils, ce raté, aurait réagi exactement de la même manière à pareille accusation. Il frappa. Son crochet du gauche projeta Ruben au beau milieu de la pièce. Hélène poussa un cri. Au même instant, Howard réussit à toucher Gérald. À vrai dire, avec moins de précision. Il venait de rentrer du pub d'Haldon. Lui non plus n'était pas tout à fait à jeun. Gérald encaissa son coup de poing sans problème et concentra de nouveau son attention sur Ruben, qui, saignant du nez, reprenait ses esprits.

— Monsieur Warden, je vous en prie…

Howard fit une prise de tête à Gérald avant que celui-ci eût pu s'en prendre à nouveau à son fils.

— Bon, d'accord! Parlons comme des gens raison-nables! siffla-t-il. Qu'y a-t-il, Warden, pour que tu débarques ici et que tu agresses mon fils?

Gérald tenta de se retourner pour le regarder.

— Ton foutu salopard de fils a séduit ma petite-fille! Voilà ce qu'il y a!

— Tu as *quoi*? demanda Howard en lâchant Gérald et en s'adressant à Ruben. Dis-moi sur-le-champ que ce n'est pas vrai!

Le visage de Ruben était éloquent, tout comme, un peu plus tôt, celui de Fleurette.

— Je ne l'ai pas séduite! rectifia-t-il néanmoins. Juste…

— Juste quoi? Un petit peu dépucelée? gronda Gérald.

Ruben était livide.

— Je vous prie de ne pas parler de Fleurette sur ce ton, dit-il avec calme. Monsieur Warden, j'aime votre petite-fille. Je vais l'épouser.

— Tu vas quoi? hurla Howard à son tour. Je comprends maintenant que la petite sorcière t'a tourné la tête…

— Tu n'épouseras jamais Fleurette, espèce de petit salaud! fulmina Gérald.

— Monsieur Warden! Peut-être pouvons-nous nous exprimer de manière moins dramatique, tenta Hélène.

— J'épouserai Fleurette quoi qu'il arrive, peu importe ce que vous avez tous les deux contre ce projet, affirma Ruben d'un ton calme et convaincu.

Howard empoigna son fils par le plastron comme Gérald l'avait fait avant lui.

— Tu vas fermer ta gueule! Et toi, Warden, disparais d'ici! Et que ça saute! Et tu as intérêt à enfermer ta putain de petite-fille. Je ne veux plus la voir par ici, tu m'entends? Explique-le-lui, ou je m'en chargerai moi-même et, après, personne ne la séduira plus jamais…

— Fleurette n'est pas…

— Monsieur Warden! s'exclama Hélène en se plaçant entre les deux hommes. Je vous en prie, allez-vous-en. Howard ne le dit pas sérieusement. Et en ce qui concerne Ruben… Nous avons tous ici le plus grand respect pour Fleurette. Les enfants ont peut-être échangé quelques baisers, mais…

— Tu ne la toucheras plus jamais! cria Gérald en faisant mine de frapper à nouveau Ruben, puis y renonçant, tant l'adolescent, étranglé par la prise de son père, était sans défense.

— Il ne la touchera plus, je te le promets. Et maintenant, fous le camp! Je vais régler ça avec lui, Warden, tu peux y compter!

Hélène se demanda soudain si elle voulait vraiment que Gérald parte. Il y avait tant de menace dans la voix d'Howard qu'elle craignait pour Ruben. Howard était déjà furieux avant l'irruption de Gérald. Il avait été obligé, en arrivant, d'enfermer les jeunes béliers car les réparations d'Hélène et de Ruben n'avaient pas résisté à la soif de liberté de ceux-ci. Par chance, Howard avait réussi à faire entrer les bêtes dans l'étable avant qu'ils aient pu se sauver vers les hautes terres. Ce travail supplémentaire n'avait bien entendu pas amélioré son humeur. Il gratifia Ruben d'un regard assassin à l'instant où Gérald quittait la cabane.

— Alors, comme ça, tu fricotes avec la petite Warden, dit-il. Et tu caresses toujours de grands projets, n'est-ce pas? J'ai rencontré le jeune Maori de Greenwood au pub, et cet imbécile m'a félicité parce que tu es admis à l'université de Dunedin! Pour des études de droit! Oui, tu ne le sais pas encore, c'est le genre de lettres que tu te fais remettre par ce cher oncle Georges! Mais je vais t'en faire passer le goût! Compte en même temps que moi, Ruben O'Keefe! Compter, tu as appris à le faire. Et le droit, c'est la même chose que la justice, pas vrai? Œil pour œil, dent pour dent! Nous allons étudier ensemble ce droit-là. Ça, c'est pour les moutons! dit-il en assenant un premier coup à son fils. Et ça, c'est pour la fille! poursuivit-il en le frappant d'un crochet. Ça, pour oncle Georges! insista-t-il en le frappant de l'autre poing.

Ruben s'écroula par terre.

— Pour les études de droit!

Le coup de pied dans les côtes arracha un gémissement à l'adolescent.

— Et ça, parce que tu te crois supérieur aux autres !

Howard lança un autre coup de pied, cette fois dans la région des reins. Ruben se tordit de douleur. Hélène essaya d'éloigner Howard de son fils.

— Et ça, c'est pour toi, pour t'apprendre à toujours être de mèche avec ce petit salopard !

Le coup atteignit la lèvre supérieure d'Hélène. Elle tomba, mais en essayant toujours de protéger son garçon. Howard sembla néanmoins reprendre ses esprits. Le sang sur le visage d'Hélène le dégrisa.

— Vous ne méritez même pas ça… tas de…, balbutia-t-il tout en se dirigeant, les jambes raides, vers l'armoire de la cuisine où Hélène rangeait le whisky.

Du bon, pas le moins cher. Elle le gardait en réserve pour les visiteurs ; c'était surtout Georges Greenwood qui avait besoin de se réconforter quand il en avait fini avec Howard. Celui-ci se mit à boire, à même la bouteille, de longues gorgées. Au moment de la remettre dans l'armoire, il se ravisa et l'emporta.

— Je vais dormir dans l'écurie, annonça-t-il. Je ne veux plus vous voir…

Hélène se sentit soulagée quand il disparut.

— Ruben… Est-ce grave ? Es-tu… ?

— Tout va bien, maman, murmura-t-il.

Son apparence témoignait pourtant du contraire. Du sang coulait de plaies ouvertes au-dessus d'un œil et des lèvres ; il saignait en outre de plus en plus fort du nez et il avait du mal à se redresser. Son œil gauche enflait de seconde en seconde. Hélène l'aida à se relever.

— Viens, allonge-toi sur le lit. Je vais te soigner, lui proposa-t-elle.

— Je ne veux pas me mettre dans son lit ! dit-il d'un ton ferme et en se traînant vers l'étroit lit de camp, à côté de la cheminée, où il avait l'habitude de dormir l'hiver.

En été, depuis des années, il cherchait une couche dans l'écurie afin de ne pas gêner ses parents. Quand Hélène s'approcha de lui avec une écuelle d'eau et un chiffon pour lui laver la figure, il se mit à trembler.

— Ce n'est rien, maman… Mon Dieu, j'espère que Fleurette ne risque rien.

Hélène lui tamponna les lèvres avec prudence.

— Il n'arrivera rien à Fleurette. Mais comment a-t-il découvert ça? Mon Dieu, j'aurais dû garder ce Paul à l'œil!

— Ils auraient de toute façon fini par l'apprendre, objecta Ruben. Et alors… Je partirai d'ici dès demain, maman. Prépare-toi à ça. Je ne resterai pas un jour de plus dans sa maison…

— Demain, tu ne seras pas rétabli, et il vaut mieux ne rien précipiter. Georges Greenwood…

— Oncle Georges ne peut plus nous être d'une aide quelconque, maman. Je ne pars pas pour Dunedin, je pars pour l'Otago. Il y a de l'or là-bas. Je… j'en trouverai, et je viendrai chercher Fleurette. Et toi aussi. Il… ne faut plus qu'il te frappe!

Hélène se tut. Elle enduisit les plaies de son fils d'un baume rafraîchissant et resta assise auprès de lui jusqu'à ce qu'il s'endormît, se rappelant toutes les nuits qu'elle avait passées ainsi, quand, malade ou ayant fait un cauchemar, il voulait simplement qu'elle fût à côté de lui. Ruben l'avait toujours rendue heureuse. Mais Howard venait également de détruire cela. Hélène ne dormit pas cette nuit-là.

Elle pleura.

3

Fleurette s'endormit en pleurant elle aussi. Tout comme Gwyneira et Paul, elle entendit Gérald rentrer tard dans la soirée, mais aucun n'eut le courage de demander au vieil homme ce qui s'était passé. Le lendemain matin, Gwyneira fut la seule qui descendit déjeuner. Gérald cuvait son whisky et Paul n'osait pas se montrer tant qu'il n'aurait pas l'occasion de ranger son grand-père de son côté et d'obtenir la levée de son interdiction de sortie. Paralysée par la peur, ressassant les idées les plus noires, Fleurette était recroquevillée sur son lit, serrant Gracie contre elle comme sa mère serrait jadis Cléo. C'est dans cette position que Gwyneira la trouva après avoir été avertie par Andy McAran qu'un visiteur imprévu était réfugié dans l'écurie. Avant de se glisser dans la chambre de sa fille, Gwyneira s'était soigneusement assurée de ce que rien ne bougeait, ni chez Gérald, ni chez Paul.

— Fleurette? Fleurette, il est 9 heures! Que fais-tu encore au lit? demanda-t-elle en hochant la tête du même air de reproche que si, s'agissant d'une journée ordinaire, elle avait laissé passer l'heure de l'école. Habille-toi, mais vite. Il y a quelqu'un pour toi à l'écurie. Et il ne peut pas attendre longtemps, poursuivit-elle avec un sourire complice.

— Il y a quelqu'un, maman? s'écria Fleurette en se levant d'un bond. Qui? Ruben? Oh, si c'est Ruben, s'il est vivant…

— Bien sûr qu'il est vivant, Fleurette. Ton grand-père a la menace facile et la main leste. Mais il n'est pas homme à tuer quelqu'un! Par contre, s'il trouve ce garçon chez nous, je ne réponds de rien.

Gwyneira aida sa fille à enfiler une robe de cavalière.

— Mais tu veilles à ce qu'il ne vienne pas, hein? Et Paul..., dit Fleurette qui parut craindre autant son frère que son grand-père. C'est un tel salaud! Mais, au fait, tu ne crois tout de même pas que Ruben et moi...

— Je le crois trop intelligent pour courir le risque de te mettre enceinte, dit Gwyneira, prosaïque. Et toi, tu es aussi intelligente que lui. Ruben veut faire des études à Dunedin, et tu dois attendre encore quelques années avant de songer à te marier. Et alors, un jeune avocat travaillant peut-être dans la société de Georges Greenwood aura plus de chances d'être accepté qu'un jeune éleveur dont le père vit au jour le jour. Ne perds pas cela de vue quand tu le rencontreras. Encore que... D'après ce que m'a raconté McAran, il serait aujourd'hui bien en peine d'engrosser qui que ce soit...

Cette dernière remarque raviva les pires craintes de sa fille. Oubliant de prendre son ciré – il pleuvait en effet à torrents –, elle jeta un châle sur ses épaules et descendit l'escalier en toute hâte. Elle ne s'était pas non plus brossé les cheveux. Il lui aurait fallu pour cela des heures, car si, d'ordinaire, elle les peignait et les tressait le soir, elle n'en avait pas eu la force la veille. Bien que passablement ébouriffée, elle parut, aux yeux de Ruben, la plus jolie fille qu'il eût jamais vue. En revanche, Fleurette fut plutôt épouvantée par l'aspect de son ami. Il était plus allongé qu'assis sur un tas de foin. Chaque geste lui était douloureux. Il avait le visage enflé, un œil totalement fermé et ses plaies suintaient encore.

— Oh! mon Dieu, Ruben! C'est mon grand-père? s'écria-t-elle, tentant de l'étreindre, mais il l'en empêcha.

— Attention, gémit-il. Mes côtes... J'ignore si elles sont cassées ou juste contusionnées... en tout cas, ça fait horriblement mal.

Fleurette s'y prit avec plus de douceur. Se blottissant contre lui, elle pressa le visage tuméfié de son ami dans le creux de son épaule.

— Que le diable l'emporte! enragea-t-elle. Tu parles, qu'il ne tuerait personne! Pour un peu, tu y restais!

— Ce n'était pas M. Warden, mais mon père. Et ils ont presque agi en parfaite entente! Ils sont ennemis jurés, mais, en ce qui nous concerne ils sont totalement d'accord. Je pars de chez moi, Fleurette. Je n'en peux plus!

Stupéfaite, la jeune fille le dévisagea.

— Tu pars? Tu me laisses?

— Dois-je attendre ici qu'ils nous tuent tous les deux? On ne peut éternellement se voir en cachette, surtout avec le petit espion d'ici. C'est bien Paul qui nous a dénoncés, n'est-ce pas?

— Oui, et il recommencera. Mais tu... tu ne peux pas partir sans moi! Je t'accompagne! décréta-t-elle, soudain raide et résolue, déjà en train de préparer ses affaires en pensée. Tu m'attends, je n'ai pas besoin de grand-chose. Dans une heure, nous serons partis!

— Ah, Fleurette, ce n'est pas possible. Je ne t'abandonne pas. Je penserai à toi à toute heure du jour et de la nuit. Je t'aime. Mais je ne peux vraiment pas t'emmener avec moi en Otago...

Ruben la caressait avec des gestes maladroits tandis qu'elle réfléchissait fiévreusement : fuir avec lui revenait à s'exposer à une poursuite implacable, car Gérald lancerait à coup sûr des hommes à leurs trousses. Mais, dans l'état où il était, Ruben ne pouvait pas soutenir un train rapide... Et puis, qu'est-ce que c'était que cette histoire d'Otago?

— Je croyais que tu voulais aller à Dunedin? l'interrogea-t-elle en l'embrassant sur le front.

— J'ai changé d'avis. Nous avons toujours cru que ton grand-père autoriserait le mariage dès que je serais avocat. Mais, depuis hier soir, j'en suis convaincu, il s'y opposera toujours. Si nous voulons arriver à quelque chose, je dois gagner de l'argent. Pas un peu, mais une fortune. Et en Otago, on a trouvé de l'or…

— Tu veux prospecter ? s'étonna-t-elle. Mais… qui te dit que tu en trouveras ?

In petto, Ruben estima que la question était sensée, puisqu'il n'avait pas la moindre idée de la manière dont on s'y prenait. Mais, diantre, d'autres y étaient bien arrivés, non ?

— Dans la région de Queenstown, tout le monde en trouve, affirma-t-il. Il y a des pépites grosses comme des ongles !

— Et elles se baladent comme ça dans la nature ? demanda Fleurette, méfiante. Tu n'as pas besoin d'une concession ? D'un équipement ? Tu as de l'argent, Ruben ?

— Un peu, quelques économies. Oncle Georges m'a payé quand j'ai donné un coup de main, l'an passé, dans sa société, et aussi quand j'ai servi d'interprète auprès des Maoris lorsque Reti n'était pas disponible. Bien sûr, ce n'est pas grand-chose.

— Je n'ai rien du tout, s'inquiéta Fleurette. Sinon, je te l'aurais donné. Mais que dirais-tu d'un cheval ? Comment comptes-tu arriver au lac Wakatipu ?

— J'ai le mulet de ma mère.

Fleurette leva les yeux au ciel.

— Nepumuk ? Tu comptes franchir les montagnes avec le vieux Nepumuk ? Quel âge a-t-il ? Vingt-cinq ans ? C'est absolument impossible, Ruben, prends l'un de nos chevaux !

— Pour que le vieux Warden me fasse pourchasser comme voleur de chevaux ?

— Prends Minette, elle est petite, mais vigoureuse. Et elle est à moi. Personne ne peut m'interdire de te la prêter. Mais tu devras veiller sur elle, tu entends ? Et tu dois me la ramener.

— Tu sais bien que je reviendrai dès que je le pourrai !

Se relevant avec peine, Ruben attira son amie contre lui. Elle sentit le goût de son sang quand il l'embrassa.

— Je reviendrai te chercher. C'est... c'est certain, comme il est certain que demain le soleil se lèvera! Je trouverai de l'or et je viendrai te chercher! Tu me crois, Fleurette?

Acquiesçant, la jeune fille répondit à son étreinte avec toute la tendresse et la douceur dont elle était capable. Elle ne doutait pas de son amour. Si seulement elle pouvait être aussi certaine de sa future richesse...

— Je t'aime et je t'attendrai! dit-elle.

Ruben l'embrassa une fois encore.

— Je ferai vite. Il n'y a pas encore tant de chercheurs d'or à Queenstown. Ce n'est encore qu'un tuyau. Il y aura donc une foule de bonnes concessions et de l'or à foison, et...

— Mais tu reviendras même si tu ne trouves pas d'or, n'est-ce pas? Nous imaginerons alors autre chose!

— Je trouverai de l'or! affirma Ruben. C'est la seule possibilité. Mais il faut que je parte. Je suis ici depuis trop longtemps. Si ton grand-père me voit...

— Ma mère monte la garde. Reste là, Ruben, je vais seller Minette, c'est à peine si tu tiens debout. Le mieux serait que tu te cherches un abri et que tu guérisses. Nous pourrions...

— Non, Fleurette, ne prenons pas de risques supplémentaires, abrégeons les adieux. Je m'en sortirai, tout ça n'est pas très grave. Mais toi, arrange-toi pour renvoyer d'une manière ou d'une autre le mulet à ma mère.

Ruben fit mine d'aller aider Fleurette à seller. Elle s'apprêtait à mettre la bride à Minette, quand Kiri apparut sur le pas de la porte, deux sacoches de selle rebondies à la main. Elle adressa un sourire à Fleurette.

— Voici! Ta mère envoie ça. Pour le garçon qui n'est pas là, dit-elle, son regard, conformément aux instructions, traversant Ruben sans le voir. Un peu de provisions de voyage, pour quelques jours, et des affaires chaudes, de M. Lucas encore. Il aura besoin, elle pense.

Ruben voulut d'abord refuser, mais la Maorie, l'ignorant, déposa les sacoches et fit aussitôt demi-tour. Fleurette attacha les sacoches et conduisit Minette à l'extérieur.

— Fais bien attention à lui! chuchota-t-elle à la jument. Et ramène-le-moi!

Ruben eut toutes les peines du monde à se mettre en selle, mais réussit ensuite à se pencher pour un dernier baiser.

Fleurette le suivit des yeux tandis qu'il disparaissait derrière le rideau de pluie qui cachait les Alpes. Elle avait le cœur brisé de le voir assis de travers sur sa selle, tordu de douleur. Ils n'auraient jamais réussi à s'enfuir ensemble : Ruben ne pouvait avancer que s'il n'était pas poursuivi.

Paul, ayant repris son poste d'observation à la fenêtre, vit lui aussi le garçon s'éloigner. Il se demanda s'il allait réveiller son grand-père. Mais, avant qu'il eût réussi à lui parler, Ruben serait loin. Sans oublier que sa mère l'avait certainement à l'œil. Il n'avait rien oublié de son accès de colère de la veille. Ainsi se trouvait confirmé ce qu'il avait toujours pressenti : Gwyneira aimait beaucoup plus sa fille que lui. Il n'avait rien à attendre d'elle. En revanche, il y avait de l'espoir du côté de son grand-père. Lui était prévisible. S'il arrivait à bien le prendre, Gérald se rangerait de son côté. Paul décida qu'il y aurait désormais deux fractions dans la famille Warden : sa mère et Fleurette d'une part, Gérald et Paul de l'autre. Il ne lui restait plus qu'à convaincre son grand-père qu'il pouvait lui être très utile.

Gérald fulmina quand il découvrit où avait disparu la jument Minette. C'est à grand-peine que Gwyneira parvint à l'empêcher de frapper Fleurette.

— Au moins ce gaillard est-il maintenant parti! finit-il par se consoler. À Dunedin ou n'importe où ailleurs, je m'en fous. S'il se montre ici à nouveau, je l'abattrai comme un chien enragé, que ce soit bien clair, Fleurette! Mais d'ici là, toi aussi tu seras partie. Je vais te marier au premier homme qui conviendra !

— Elle est beaucoup trop jeune pour se marier, dit Gwyneira.

Au fond, elle aussi remerciait le ciel que Ruben eût quitté les Canterbury Plains. Fleurette ne lui avait pas dit où il était parti, mais elle pouvait l'imaginer. La pêche à la baleine et au phoque de l'époque de Lucas avait cédé la place à la ruée vers l'or. Quiconque voulait faire rapidement fortune et montrer qu'il était un homme rêvait d'aller en Otago. À vrai dire, elle était aussi pessimiste que sa fille quant aux talents de Ruben comme prospecteur.

— Elle était assez âgée pour se donner à ce bâtard dans le bush. Elle peut donc aussi partager la couche d'un homme honorable. Quel âge a-t-elle ? Seize ans ? L'année prochaine, elle en aura dix-sept. Elle pourra alors se fiancer. Je me souviens très bien d'une fille qui, à dix-sept ans, est venue en Nouvelle-Zélande…

Gérald ne quittait pas Gwyneira des yeux. Elle pâlit et sentit monter en elle un sentiment proche de la panique. Quand elle avait dix-sept ans, Gérald était tombé amoureux d'elle et l'avait conduite outre-mer, pour son fils. Le vieil homme n'était-il pas en train de considérer Fleurette d'un autre œil ? Gwyneira, jusqu'ici, ne s'était pas particulièrement souciée de sa ressemblance avec sa fille. Mis à part que Fleurette était encore plus gracile que Gwyn à son âge, ses cheveux plus foncés et ses yeux d'une autre couleur, on aurait pu confondre la fille et sa mère plus jeune… Le mouchardage de Paul en aurait-il fait prendre conscience à Gérald ?

Fleurette se mit à sangloter et s'apprêtait à répliquer qu'elle n'épouserait jamais et en aucun cas un autre homme que Ruben O'Keefe, quand Gwyneira, se ressaisissant, lui ordonna de se taire d'un hochement de tête et d'un signe de la main. Une dispute n'aurait rien arrangé. D'autant moins qu'il ne serait pas simple de trouver un jeune homme «qui convienne». Les Warden étant l'une des familles les plus anciennes et les mieux considérées de l'île du Sud, peu de gens pouvaient rivaliser avec eux sur le plan social ou financier. Les fils de ces familles se comptaient sur les doigts des deux mains, et ils étaient tous fiancés, mariés ou beaucoup trop jeunes. Le fils du jeune lord Barrington, par exemple, venait d'avoir dix ans, tandis que l'aîné de Georges Greenwood n'en avait que cinq. Une fois sa colère dissipée, Gérald s'en apercevrait lui aussi. En revanche, le danger dans sa propre maison paraissait plus réel, mais sans doute se faisait-elle des idées. Durant toutes ces années, Gérald ne l'avait touchée qu'une fois, totalement ivre et sous le coup d'une forte émotion, et il paraissait jusqu'ici regretter son acte. Il n'y avait donc pas de raisons de s'affoler.

Gwyneira s'efforça au calme. Dans quelques semaines, ce moment fâcheux serait oublié.

Mais elle se trompait. Certes, il ne se passa rien dans un premier temps, mais, huit semaines après le départ de Ruben, Gérald se rendit à une rencontre d'éleveurs à Christchurch. Le motif officiel de ce «banquet suivi d'une beuverie», selon les termes de Gwyneira, était la recrudescence des vols de bétail dans les Canterbury Plains. Durant les derniers mois, près de mille moutons s'étaient évanouis dans la région, et le nom de McKenzie ne cessait de revenir dans les conversations.

— Dieu seul sait où il va avec les bêtes, tonnait Gérald. Mais c'est lui à coup sûr qui est là-dessous. Ce gaillard connaît les hautes terres comme sa poche. Nous allons multiplier les patrouilles, mettre sur pied une véritable milice !

Gwyneira haussa les épaules, espérant que personne ne remarquait que son cœur battait toujours aussi violemment quand elle pensait à James. Elle sourit en silence de ses audaces, se demandant ce qu'il dirait en apprenant qu'il y aurait quelques patrouilles supplémentaires dans les montagnes. Pour l'heure, seules quelques parties des Préalpes avaient été explorées et exploitées ; la région, immense, devait recéler encore bien des vallées et des pâturages ignorés. Il était absolument impossible de surveiller les troupeaux, même si les éleveurs, pour la forme au moins, envoyaient des gardiens dans les hautes terres. Ils y passaient six mois de l'année dans des cabanes en rondins rudimentaires, construites à cet effet, à deux le plus souvent, tuant le temps en jouant aux cartes, en chassant et en pêchant, échappant à tout contrôle de la part de leurs employeurs. Les plus scrupuleux surveillaient les moutons, d'autres ne les voyaient pratiquement jamais. Un homme disposant d'un bon chien de berger pouvait dérober chaque jour des dizaines de bêtes sans que cela se remarque immédiatement. Si James avait effectivement trouvé un lieu encore inconnu pour s'y réfugier et, surtout, un système pour écouler le bétail volé, les barons des moutons ne le surprendraient jamais, sauf de manière fortuite.

Les activités de McKenzie offraient néanmoins des sujets de conversation et des occasions bienvenues d'organiser des rencontres d'éleveurs ou des expéditions communes dans les hautes terres. Cette fois encore, on allait beaucoup parler et peu réaliser. Gwyneira était heureuse de n'y être jamais invitée. C'était certes elle qui, de fait, dirigeait l'élevage des moutons à Kiward Station, mais seul Gérald était pris au sérieux. Elle fut soulagée de le voir quitter la ferme, accompagné – chose étonnante – de Paul. Depuis l'histoire avec Ruben et Fleurette, le garçon et son grand-père s'étaient rapprochés. Gérald avait à l'évidence compris qu'engendrer un héritier ne suffisait pas et qu'il fallait aussi initier le futur propriétaire de Kiward Station au travail de la ferme et l'intégrer à la société de ses pairs. Paul, assis fièrement sur sa monture, partait donc pour Christchurch en compagnie de Gérald. Fleurette put alors se détendre un peu. Gérald lui prescrivait toujours aussi sévèrement où elle devait se rendre et à quelle heure elle devait être rentrée, tandis que Paul la surveillait de près, dénonçant à son grand-père le moindre de ses manquements. Après quelques altercations,

Fleurette avait pris son mal en patience, mais cette situation lui pesait. Elle prenait néanmoins grand plaisir à dresser son nouveau cheval, Niniane, la fille d'Igraine, tâche que Gwyneira lui avait en effet confiée. La jument de quatre ans avait le tempérament et l'allure de sa mère et, quand Gwyn voyait sa fille traverser les prés à fond de train sur son dos, elle était envahie par le même malaise que récemment dans le salon : Gérald devait lui aussi s'imaginer avoir devant les yeux la Gwyneira d'antan. Aussi jolie, aussi fougueuse et aussi pleinement hors de sa portée !

Les craintes de Gwyneira étaient alimentées par la manière dont il réagissait à cette situation : d'humeur exécrable, il nourrissait une colère inexplicable contre tous ceux qu'il rencontrait et buvait davantage encore qu'à l'accoutumée. Seul Paul avait le pouvoir de l'apaiser durant ces soirées. Le sang de Gwyn se serait glacé dans ses veines si elle avait su ce qu'ils se racontaient alors dans le fumoir.

Gérald commençait toujours par demander à Paul de lui parler de l'école et de ses aventures dans le bush, et, invariablement, celui-ci finissait par médire de Fleurette, qu'il ne décrivait jamais comme l'innocente et charmante petite diablesse qu'avait été sa mère, mais comme un être dépravé, fourbe et vindicatif. Gérald supportait alors plus aisément d'être habité de fantasmes interdits, si leur objet était la petite garce qu'on lui disait. Néanmoins, il savait qu'il devait se débarrasser au plus vite de la jeune fille.

L'occasion se présenta à Christchurch. À leur retour de la réunion des éleveurs, ils étaient accompagnés de Reginald Beasley.

Gwyneira accueillit aimablement le vieil ami de la famille et lui présenta à nouveau ses condoléances pour la mort soudaine de son épouse, l'année précédente. Elle avait succombé à une attaque d'apoplexie dans sa roseraie. Gwyneira pensait qu'au fond la vieille dame n'aurait pu souhaiter plus belle mort, ce qui n'enlevait rien au fait qu'elle manquait beaucoup à M. Beasley. La maîtresse de maison pria Moana de préparer un bon repas et choisit un vin de première qualité. Beasley avait la réputation d'être un gourmet et un amateur de vin. Effectivement, quand Witi déboucha la bouteille à table, sa face ronde et rouge s'illumina.

— Je viens aussi de recevoir une livraison des meilleurs vins du Cap, déclara-t-il en s'adressant tout particulièrement à Fleurette. Certains sont très légers, très appréciés des dames. Que préférez-vous, miss Fleurette, le vin blanc ou le rouge?

La jeune fille ne s'était jamais posé cette question. Elle buvait rarement du vin. Mais Hélène lui avait appris à se conduire comme une dame.

— Cela dépend, monsieur Beasley, répondit-elle poliment. Les vins rouges sont souvent lourds et les blancs sont parfois un peu acides. Je me contenterais de vous laisser choisir le vin qui convient.

M. Beasley, très satisfait de cette réponse, s'étendit alors longuement sur les raisons qui le faisaient désormais presque préférer les vins d'Afrique du Sud aux vins français.

— Le Cap est d'ailleurs beaucoup plus proche, finit par déclarer Gwyneira afin de mettre un terme à la conversation. Et le vin de là-bas est aussi bien meilleur marché.

Fleurette ricana intérieurement. Elle aussi avait songé à cet argument, mais miss Hélène lui avait enseigné qu'une dame ne parlait jamais d'argent avec un monsieur. Sa mère n'avait à l'évidence pas fréquenté la même école qu'elle.

Beasley, fort prolixe, expliqua alors que les considérations financières ne jouaient aucun rôle dans l'affaire, avant d'enchaîner sur des investissements beaucoup plus coûteux qu'il avait faits récemment. Il avait importé d'autres moutons, agrandi son élevage de bovins…

Fleurette se demanda pourquoi le petit baron des moutons ne cessait de la fixer comme si elle devait nourrir un intérêt personnel pour le nombre de têtes que comptait son troupeau de cheviots. Son intérêt ne s'éveilla qu'au moment où la conversation en vint à l'élevage des chevaux. Beasley élevait depuis toujours des pur-sang.

— Nous pourrions cependant tout à fait les croiser avec l'un de vos cobs, si un pur-sang était trop fougueux pour vous, expliqua-t-il à Fleurette. Ce serait à tout le moins un début intéressant…

Elle fronça les sourcils. Elle avait de la peine à imaginer un pur-sang plus allant que Niniane, même si, bien sûr, il était plus rapide. Mais pourquoi diable devait-elle s'intéresser à une reconversion dans les pur-sang? Sa mère estimait qu'ils étaient beaucoup trop délicats pour les longues et rudes chevauchées à travers le bush.

— On le fait souvent en Angleterre, interrompit Gwyneira, à présent aussi troublée que Fleurette par le comportement de leur invité.

C'était elle, tout de même, l'éleveur de chevaux de la famille! Pourquoi Beasley ne s'adressait-il pas à elle quand il était question de croisements?

— Cela donne parfois d'excellents chevaux pour la chasse aux renards, poursuivit-elle. Mais ils ont souvent la rudesse et l'entêtement des cobs, doublés de l'explosivité et du caractère craintif du pur-sang. Je n'en voudrais certainement pas pour ma fille.

— Oh, ce n'était qu'une proposition, dit Beasley avec un sourire conciliant. Miss Fleurette doit bien entendu avoir carte blanche pour le choix de ses chevaux. Nous pourrions organiser une chasse un de ces jours. Je ne l'ai pas pratiquée ces dernières années, mais… Une partie de chasse vous serait-elle agréable, miss Fleurette?

— Naturellement. Pourquoi pas? répondit-elle, médiocrement intéressée.

— Nous manquons toujours aussi cruellement de renards, coupa Gwyn avec un sourire. Avez-vous pensé à en introduire quelques-uns?

— Dieu nous en préserve! s'emporta Gérald, la conversation changeant alors de cours pour se concentrer sur la pauvreté de la faune en Nouvelle-Zélande.

Dans ce domaine, Fleurette put apporter quelque contribution, si bien que le dîner s'acheva sur une note animée. Elle s'excusa aussitôt et se retira dans sa chambre. Depuis peu, elle passait ses soirées à écrire de longues lettres à Ruben, qu'elle expédiait d'Haldon, en dépit du pessimisme du postier, «Ruben O'Keefe, mines d'or, Queenstown» ne lui semblant pas être une adresse très fiable. Les lettres ne lui étaient pas retournées.

Gwyneira s'affaira d'abord dans la cuisine, puis se décida à rejoindre un moment les hommes. S'étant servi un verre de porto dans le salon, elle se dirigea vers la pièce attenante où ils avaient l'habitude, après le dîner, de fumer, de boire et, à l'occasion, de jouer aux cartes.

— Vous aviez raison, elle est ravissante!

Reconnaissant la voix de Beasley, Gwyneira s'arrêta devant la porte entrebâillée.

— Au début, j'étais un peu sceptique, une fille si jeune, presque une enfant encore. Mais maintenant que je l'ai vue! Elle est déjà très mûre pour son âge. Et si bien éduquée! Une vraie petite lady.

— Je vous l'avais dit. Elle est mûre pour le mariage. Entre nous, on doit déjà faire un peu attention. Vous savez vous-même ce qu'il en est, tous ces hommes qu'il y a dans les fermes. De quoi faire perdre la raison à plus d'une petite chatte quand vient l'époque des chaleurs.

Beasley gloussa.

— Mais elle est bien tout de même... Je veux dire, comprenez-moi bien, je ne fais pas une fixation là-dessus, je me serais de toute façon intéressé à une... euh, peut-être une veuve, plutôt de mon âge. Mais si, à cet âge, elles ont déjà des liaisons...

— Reginald, je vous en prie! l'interrompit Gérald d'un ton sévère. L'honneur de Fleurette est au-dessus de tout soupçon. Si j'envisage un mariage précoce, c'est justement pour qu'il en soit longtemps ainsi. La pomme est mûre, si vous voyez ce que je veux dire!

Beasley rit à nouveau.

— Oui, j'en ai une vision proprement paradisiaque! Mais quelle est l'opinion de la jeune fille à ce sujet? Comptez-vous transmettre ma demande en mariage ou bien dois-je me... euh, me déclarer moi-même?

Gwyneira n'en croyait pas ses oreilles. Fleurette et Reginald Beasley? L'homme devait avoir largement dépassé la cinquantaine, être même plutôt dans la soixantaine. Assez vieux pour être le grand-père de Fleurette!

— J'en fais mon affaire! Elle sera certainement un peu surprise. Mais elle sera d'accord, soyez sans crainte! C'est tout de même une lady, comme vous disiez.

Gérald souleva une nouvelle fois la bouteille de whisky.

— À notre future alliance, dit-il en souriant. À Fleurette!

— Non, non, et encore une fois non!

Du fumoir où Gérald lui avait demandé de venir, la voix de Fleurette traversa le salon et parvint à Gwyneira dans son bureau. Le ton n'était pas véritablement celui d'une dame, plutôt celui d'une jeune fille jouant la scène de sa vie face à son grand-père. Gwyneira avait préféré ne pas être directement associée à ce numéro mélodramatique. Que Gérald s'explique seul avec Fleurette; elle pourrait toujours intervenir ensuite en conciliatrice. Il fallait surtout éconduire Beasley sans le vexer. Même si ce dernier aurait mérité une bonne leçon! Comment pouvait-il s'imaginer fiancé à une jeune fille de seize ans! Gwyneira s'était tout de même assurée que Gérald n'était pas trop ivre et avait mis sa fille en garde.

— Dis-toi bien une chose, Fleurette, il ne peut pas t'y obliger. Peut-être en ont-ils déjà parlé autour d'eux, ce qui créera un petit scandale. Mais je peux t'assurer que Christchurch en a déjà vu d'autres. Aussi garde ton calme, mais donne clairement ton avis.

À vrai dire, garder son calme n'était pas dans les cordes de Fleurette.

— Me soumettre? lança-t-elle à Gérald. Il n'en est pas question! Plutôt que d'épouser ce vieux type, je me jetterai à l'eau! Je suis sérieuse, grand-père, je me noierai dans le lac!

Gwyneira ne put s'empêcher de sourire. De qui Fleurette tenait-elle ce talent théâtral? Sans doute l'avait-elle puisé dans l'un des livres d'Hélène. En réalité, elle ne courrait pas grand risque à tomber dans une eau si peu profonde, sans compter que, grâce à Ruben et à ses amis maoris, elle était une excellente nageuse.

— Ou bien j'entrerai dans un couvent! continua la jeune fille.

Il n'y en avait pas encore en Nouvelle-Zélande, mais elle l'avait sans doute oublié. Gwyneira parvenait encore à prendre la chose sous son aspect comique, quand, soudain, elle fut alarmée par le son de la voix de Gérald. Ce n'était pas normal… Le vieil homme semblait avoir bu beaucoup plus qu'elle ne l'avait cru. Pendant qu'elle préparait sa fille à l'entretien? Ou bien maintenant, tandis que Fleurette proférait ses menaces puériles?

— Mais tu n'as aucune envie d'entrer dans un couvent, Fleurette! C'est le dernier endroit où tu souhaiterais finir, toi qui prends déjà plaisir à te vautrer dans le foin avec ton cochon de petit ami! Attends un peu, ma petite, d'autres que toi n'ont pu faire autrement que se laisser apprivoiser. Tu as besoin d'un mari, tu…

Fleurette sembla avoir elle aussi perçu la menace.

— Ma mère non plus n'est pas d'accord pour que je me marie si tôt, dit-elle d'une voix sensiblement plus faible.

Réponse qui décupla la fureur de Gérald.

— Ta mère fera ce que je déciderai! Tu vas changer de ton, je te le promets! hurla-t-il en tirant en arrière la jeune fille qui avait ouvert la porte pour lui échapper. Vous allez faire ce que je veux!

Gwyneira, qui venait de s'approcher du fumoir, se précipita, terrifiée. Elle vit Gérald projeter Fleurette dans un fauteuil où, terrorisée et en pleurs, elle se recroquevilla. Gérald fit mine de se jeter sur elle, cassant une bouteille de whisky dans sa hâte. Une bouteille déjà vide ! L'idée qu'elle était aux trois quarts pleine quelques instants plus tôt traversa l'esprit de Gwyneira.

— Ah, la pouliche est rétive, hein ? siffla Gérald. Elle n'a pas encore connu la bride ? Eh bien, on va arranger ça. Tu vas apprendre à te soumettre à ton cavalier…

Gwyneira l'arracha à sa fille. La fureur et la peur lui donnèrent une énergie farouche. Elle avait revu dans ses yeux l'étincelle qui, depuis un certain soir, la tourmentait dans ses cauchemars.

— Comment oses-tu la toucher ? Laisse-la tranquille !

Gérald tremblait des pieds à la tête.

— Ôte-la de ma vue ! dit-il, les dents serrées. Interdiction de sortir ! Jusqu'à ce qu'elle ait réfléchi à la proposition de Beasley. Je la lui ai promise ! Je ne renierai pas ma parole !

Reginald Beasley avait attendu en haut, dans ses appartements, mais la scène ne lui avait pas échappé. Très embarrassé, il croisa Gwyneira et sa fille dans l'escalier.

— Miss Gwyn… Miss Fleurette… Pardonnez-moi, je vous en prie !

Beasley était à jeun et un seul regard sur le visage hagard de Fleurette et les yeux furibonds de sa mère lui apprit qu'il n'avait aucune chance.

— Je… je ne pouvais pas soupçonner que pour vous… euh, ma demande en mariage fût aussi inacceptable. Voyez-vous, je ne suis plus de la première jeunesse, mais je ne suis pas non plus si âgé, et je… je vous respecterais…

Gwyneira le foudroya du regard.

— Monsieur Beasley, ma fille ne veut pas être respectée, mais d'abord devenir adulte. Et ensuite, elle voudra certainement un mari de son âge et qui, au moins, se déclare en personne au lieu de charger un autre vieux bouc de la mettre dans son lit. Me suis-je clairement exprimée ?

Elle avait voulu rester polie, mais la vue de Gérald penché sur Fleurette l'avait terriblement effrayée. Elle devait d'abord se débarrasser de ce vieux prétendant. Ce ne serait pas difficile. Mais ensuite, elle devrait trouver un moyen d'écarter la menace que représentait Gérald. Elle-même ne s'était pas rendu compte du baril de poudre sur lequel elle était assise. Il lui fallait protéger Fleurette !

— Miss Gwyn, je… Comme je le disais, je suis désolé. Et, dans ces conditions, je serais tout à fait disposé… euh, à annuler les fiançailles.

— Je ne suis pas fiancée avec vous ! s'exclama Fleurette d'une voix tremblante. Je ne peux pas, je…

Gwyneira la poussa un peu à l'écart.

— Cette décision me réjouit et vous honore, déclarat-elle à Beasley avec un sourire contraint. Peut-être pourrezvous alors la faire savoir à mon beau-père afin qu'on n'ait plus à parler de cette pénible affaire. Je vous ai toujours estimé et je ne souhaite pas perdre un ami de la maison.

Elle passa majestueusement à côté de lui, Fleurette trébuchant à ses côtés. Celle-ci parut vouloir ajouter quelque chose, mais Gwyneira l'entraîna.

— Ne lui parle pas de Ruben, il se sentirait encore davantage atteint dans son honneur, siffla-t-elle à sa fille. Reste dans ta chambre jusqu'à ce qu'il soit parti. Et ne sors pas tant que ton grand-père est soûl !

Gwyneira referma la porte de la chambre en tremblant. Le pire avait été écarté. Ce soir, Gérald boirait en compagnie de Beasley, et aucun autre éclat n'était à redouter. Et, demain, il aurait honte de cette scène. Mais ensuite ? Combien de temps les reproches que se ferait Gérald suffiraient-ils à le tenir éloigné de sa petite-fille ? La porte d'une chambre serait-elle assez solide pour l'arrêter si, à nouveau ivre, il se mettait en tête de «dresser» sa petite-fille à l'intention d'un futur époux?

Sa décision était prise. Elle devait aider sa fille à partir.

4

Mettre en œuvre cette résolution se révéla difficile. Gwyneira ne trouva ni prétexte pour éloigner la jeune fille, ni famille convenable prête à l'accueillir. Elle avait songé à un foyer ayant des enfants, car on manquait toujours de préceptrices à Christchurch, et une employée de maison aussi jolie et bien éduquée serait la bienvenue pour partager la vie quotidienne de toute famille. En réalité, seuls les Barrington et les Greenwood auraient pu être intéressés. Or, Antonia Barrington, une jeune femme plutôt insignifiante, rejeta aussitôt l'idée quand Gwyn tâta prudemment le terrain. Celle-ci ne lui en voulut pas : les premiers regards que lança le jeune lord sur la jolie Fleurette la persuadèrent que ce serait tomber de Charybde en Scylla.

Élisabeth Greenwood, en revanche, aurait volontiers accueilli Fleurette. L'amour et la fidélité de Georges étaient au-dessus de tout soupçon. Il était toujours un « oncle » respecté aux yeux de la jeune fille et, dans son ménage, elle aurait pu apprendre la comptabilité et la gestion d'une entreprise. Mais les Greenwood étaient sur le point de partir pour l'Angleterre. Les parents de Georges souhaitaient faire la connaissance de leurs petits-enfants et Élisabeth était très excitée à cette perspective.

— J'espère seulement que sa mère ne me reconnaîtra pas, confia-t-elle à Gwyneira. Elle croit en effet que je suis originaire de Suède. Si elle s'aperçoit que…

Gwyneira secoua la tête en souriant. Il était totalement impossible de reconnaître dans cette belle jeune femme, dont les manières raffinées faisaient d'elle un des piliers de la bonne société de Christchurch, l'orpheline timide et à moitié morte de faim qui avait quitté Londres quelque vingt ans plus tôt.

— Elle t'aimera, rassura-t-elle sa cadette. Il suffira que tu ne te trahisses pas. Essaie de prendre un accent suédois ou quelque chose de ce genre. Tu diras que tu as grandi à Christchurch, ce qui n'est pas faux. Voilà pourquoi tu parles anglais, un point c'est tout!

— Mais ils entendront bien que j'ai l'accent cockney, s'inquiéta Élisabeth.

— Élisabeth, en comparaison de toi, nous parlons tous un mauvais anglais, lui rétorqua Gwyn en riant. À l'exception, bien sûr, d'Hélène qui a déteint sur toi. Ne t'inquiète pas.

— Pourquoi pas! Georges dit de toute façon que je ne serai pas obligée de parler beaucoup, que sa mère préfère faire la conversation toute seule…

Gwyneira éclata de rire à nouveau. Les conversations avec Élisabeth étaient toujours rafraîchissantes. Elle était beaucoup plus intelligente que Dorothée, gentille mais un peu ennuyeuse, et que la jolie Rosemarie qui, entre-temps, s'était fiancée avec le compagnon boulanger de son père nourricier. Une nouvelle fois, elle se demanda ce qu'il était advenu des trois autres fillettes qui avaient voyagé avec elle sur le *Dublin*. Hélène avait récemment reçu une lettre de Westport dans laquelle une certaine Jolanda expliquait d'un ton vindicatif que Daphnée avait disparu sans laisser de traces, avec les jumelles, emportant les revenus d'un week-end entier. La dame avait le culot de réclamer à Hélène le remboursement de la somme. Celle-ci avait laissé la lettre sans réponse.

Gwyneira avait finalement pris congé d'Élisabeth, non sans lui avoir remis la liste d'achats que toute femme de

Nouvelle-Zélande confiait à une amie en partance pour la mère patrie. On pouvait bien sûr, par l'intermédiaire de la société de Georges, commander pratiquement tout ce qui s'achetait à Londres, mais les femmes n'aimaient pas confier certains de leurs désirs les plus intimes à des listes. Élisabeth promit de vider pour Gwyneira les magasins de Londres de leur contenu, et celle-ci s'en alla fort satisfaite de cette visite – mais sans avoir résolu le problème de Fleurette.

Durant les mois qui suivirent, la situation se détendit à Kiward Station. Après son coup d'éclat, Gérald était revenu sur terre. Il fuyait sa petite-fille, tandis que Gwyneira veillait à ce que celle-ci agît de même. Le vieil homme, par ailleurs, redoublait d'efforts pour associer Paul au travail de la ferme. Ils disparaissaient, tôt le matin, en route pour des pâturages et ne rentraient que tard. Ensuite, Gérald buvait certes son whisky du soir, mais sans atteindre le niveau d'ébriété de ses buveries antérieures qui duraient parfois une journée entière. D'après les récits du grand-père, Paul s'en sortait bien, alors que Kiri et Marama étaient plutôt préoccupées. Gwyneira surprit un jour une conversation entre son fils et la jeune fille maorie, conversation qui l'inquiéta sérieusement.

— Wiramu n'est pas un mauvais gars, Paul ! Il est travailleur, bon chasseur et bon berger. Ce n'est pas juste de le renvoyer !

Marama était en train de nettoyer l'argenterie dans le jardin. Contrairement à sa mère, ce travail lui plaisait ; elle aimait ce métal brillant. Parfois, elle chantait tout en frottant, ce qui mécontentait Gérald, car il n'appréciait pas la musique des Maoris. Gwyn non plus, à qui elle rappelait les battements de tambour de la nuit fatidique. Elle aimait en revanche les ballades que Marama chantait d'une voix douce, et, étonnamment, Paul paraissait lui aussi les écouter avec plaisir. Ce jour-là pourtant, fier de lui, il racontait sa sortie de la veille avec Gérald. Visitant des pâturages sur le chemin menant aux montagnes, ils avaient rencontré ce jeune Maori, Wiramu, qui rapportait à sa tribu, à Kiward Station, le produit d'une partie de pêche à la ligne particulièrement fructueuse. Ce n'était pas en soi une raison de le punir, mais le garçon faisait partie d'une des patrouilles de gardiens que Gérald venait de déployer pour mettre un terme aux activités de McKenzie. Wiramu aurait donc dû se trouver dans les hautes terres et non chez sa mère, dans son village. Pris de colère, Gérald l'avait sévèrement réprimandé, laissant à Paul le soin de déterminer la punition. Paul avait décidé de congédier Wiramu sans délai.

— Grand-père ne le paie pas pour qu'il pêche à la ligne! déclara-t-il, l'air important. Il doit rester à son poste!

— Mais je croyais que les patrouilles circulaient un peu partout au hasard. Donc, peu importe où Wiramu se trouvait. Et tous les hommes pêchent. Il faut bien qu'ils pêchent et chassent. Est-ce que vous leur fournissez des vivres?

— Bien sûr que ça importe, triompha Paul. McKenzie ne vole pas les moutons ici, près de la maison. C'est dans les hautes terres que les hommes doivent patrouiller. Et ils peuvent pêcher et chasser pour subvenir à leurs propres besoins. Mais pas pour tout le village, assena-t-il, certain de son bon droit.

— Mais ce n'est pas ce qu'ils font! insista Marama.

Elle chercha désespérément à expliquer à Paul le point de vue des siens, ne comprenant pas pourquoi c'était si difficile. Paul était pour ainsi dire né chez les Maoris. N'y avait-il donc rien appris, en dehors des techniques de pêche et de chasse?

— Mais ils ont découvert la rivière et le pays qui l'entoure. Personne n'y avait encore pêché, leurs nasses étaient pleines. Ils ne pouvaient pas manger tout cela d'un coup, ils ne pouvaient non plus faire sécher le poisson, car il faut bien qu'ils prennent le temps de patrouiller. Si l'un d'eux n'était pas allé au village, le poisson aurait pourri. Et ce serait une honte, Paul, tu le sais bien! On ne laisse pas pourrir la nourriture, les dieux ne le veulent pas!

C'est le groupe, essentiellement constitué de Maoris, qui avait chargé Wiramu de porter le poisson au village et d'informer les anciens de l'énorme richesse en poissons du cours d'eau en question. Les terres environnantes étaient elles aussi fertiles et giboyeuses. La tribu pouvait très bien aller s'y installer un certain temps pour pêcher et chasser. Ce serait pour Kiward Station quelque chose de positif car, à proximité de leur campement, personne ne s'aventurerait à voler du bétail. Mais ni Gérald ni son petit-fils n'avaient pu ou voulu voir si loin. Ils avaient au contraire mécontenté les Maoris. Les amis de Wiramu se garderaient désormais de surprendre le moindre voleur de bétail.

— Le père de Tonga dit qu'il va revendiquer les nouvelles terres pour lui et sa tribu, expliqua encore Marama. Wiramu l'y conduira. Si M. Gérald s'était montré gentil à son égard, c'est à vous qu'il l'aurait montré, et vous auriez pu le faire arpenter!

— Nous le trouverons, nous aussi! crâna Paul. Nous n'avons pas besoin pour ça d'être gentils avec un bâtard venu on ne sait d'où.

Marama renonça à rappeler à son ami que Wiramu n'était pas un bâtard, mais le neveu, très estimé, du chef.

— Tonga dit que les Kai Tahu vont faire enregistrer à Christchurch leurs droits de propriété sur cette terre, poursuit-elle au contraire. Il sait aussi bien lire et écrire que toi, et Reti est aussi là pour apporter son aide. Cela a été une erreur de renvoyer Wiramu, Paul! Vraiment une erreur stupide!

Paul, furieux, se leva, renversant au passage l'écrin contenant les couverts que Marama venait de laver. Il l'avait à coup sûr fait exprès, car il n'était pas maladroit d'ordinaire.

— Tu es une fille et tu n'es qu'une Maorie. Comment peux-tu savoir ce qui est stupide?

Marama ramassa l'argenterie en riant avec calme. Elle n'était pas fille à prendre trop vite la mouche.

— Tu verras bien qui obtiendra ces terres! se contenta-t-elle de dire.

Cette conversation renforça les craintes de Gwyneira. Paul se faisait inutilement des ennemis. Il confondait fermeté et dureté, ce qui était peut-être normal à son âge. Mais Gérald aurait dû le critiquer pour cela plutôt que d'apporter de l'eau à son moulin. Comment pouvait-il confier à un garçon de douze ans le soin de déterminer si un travailleur devait être congédié ou non?

Fleurette, elle, reprenait sa vie habituelle, rendant même souvent visite à Hélène, bien entendu uniquement quand elle savait que Paul et Gérald étaient partis et qu'elle ne risquait pas non plus de voir surgir Howard à l'improviste. Gwyn, plus prudente, préférait les rencontres entre femmes, à Haldon. Elle avait renvoyé son mulet à Hélène.

Fleurette écrivait toujours de longues lettres à Queenstown, sans recevoir davantage de réponse. Hélène était elle aussi fort inquiète pour son fils.

— S'il était au moins parti pour Dunedin, soupirait-elle.

Depuis peu, il y avait à Haldon un salon de thé où les femmes honorables pouvaient s'asseoir et échanger des nouvelles.

— Il aurait pu y être employé comme commis ou quelque chose d'analogue. Mais prospecteur d'or…

— Il veut devenir riche, disait Gwyn en haussant les épaules. Et peut-être aura-t-il de la chance, il paraît que les réserves d'or sont fabuleuses là-bas.

— Gwyn, j'aime mon fils par-dessus tout. Mais pour qu'il en trouve, il faudrait que l'or pousse sur les arbres et lui tombe sur la tête. Il tient de mon père, qui n'était heureux que dans son cabinet de travail, plongé dans des textes en hébreu. Chez Ruben, ce sont des textes juridiques. Je pense qu'il serait un bon avocat, un bon juge, il aurait d'excellents rapports avec les gens, c'est quelqu'un de très sociable. Mais détourner des ruisseaux pour laver de l'or, creuser des galeries ou quoi que ce soit de ce genre, ce n'est pas son domaine.

— Pour moi, il y arrivera, intervenait Fleurette, la confiance illuminant son visage. Il fera tout pour moi. En tout cas, il essaiera !

Toujours est-il que c'était l'audace grandissante de James McKenzie, et non les éventuelles réussites de Ruben en tant que chercheur d'or, qui défrayait la chronique à Haldon. Pour l'heure, c'était un gros éleveur du nom de John Sideblossom qui avait le plus à se plaindre de lui.

Cet homme vivait à l'extrémité ouest du lac Pukati, assez haut dans les montagnes. Il ne venait que rarement à Haldon et presque jamais à Christchurch, mais possédait d'immenses propriétés dans les contreforts des Alpes. Vendant ses bêtes à Dunedin, il n'appartenait donc pas à la clientèle de Georges Greenwood.

Gérald semblait néanmoins le connaître. Il fut effectivement aussi heureux qu'un enfant le jour où il apprit que Sideblossom souhaitait rencontrer, à Haldon, des éleveurs partageant son point de vue : il était partisan d'organiser une expédition punitive contre McKenzie.

— Il est persuadé que ce McKenzie est dans sa région, expliqua Gérald devant son traditionnel whisky d'avant le dîner. Quelque part, plus haut que les lacs, où il a dû découvrir de nouvelles terres. John parie qu'il disparaît par un col que nous ne connaissons pas. Et il mise sur des opérations couvrant de larges territoires. Nous allons regrouper tous nos gens et enfin forcer l'animal dans sa tanière.

— Sideblossom sait-il de quoi il parle ? s'informa Gwyneira d'un ton indifférent.

Ces dernières années, presque tous les barons des moutons des Canterbury Plains avaient, assis au coin de la cheminée, projeté ce genre de battues qui, le plus souvent, n'avaient pas eu lieu, trop peu de personnes se rassemblant pour passer au peigne fin le territoire de leurs voisins. On avait besoin d'un personnage plus charismatique que Reginald Beasley pour unir des éleveurs aussi individualistes.

— Ça, fais-moi confiance! tonitrua Gérald. Johnny Side-blossom est le type le plus fortiche que tu puisses imaginer! Je le connais depuis l'époque où je chassais la baleine, c'était encore un petit jeunot, de l'âge de Paul aujourd'hui…

Paul dressa l'oreille.

— Il s'était enrôlé comme mousse, avec son paternel. Mais le vieux buvait comme un trou et, un jour où il était au harpon, le cachalot s'est mis à se débattre comme un fou et il a été jeté à la baille. Plus exactement, c'est le bateau qui a chaviré, et tout le monde a sauté à l'eau. Seul le petit est resté jusqu'à la dernière seconde, et il a eu le temps de lancer son harpon avant que le bateau se retourne. C'est lui qui a tué la baleine, Johnny Sideblossom! À douze ans! Son vieux y a laissé sa peau, mais le gamin ne s'est pas dégonflé pour autant. Il est devenu le harponneur le plus redouté de la côte ouest. Dès qu'il a entendu dire qu'on avait trouvé de l'or près de Westport, il y est parti. Il a monté et descendu la Buller River, toujours avec succès. Il a fini par acheter des terres près du lac Pukaki. Et les meilleures bêtes, même certaines des miennes. Si je me souviens bien, ce voyou de McKenzie lui a conduit un de mes troupeaux. Ça doit bientôt faire dans les vingt ans…

Dix-sept, rectifia Gwyneira en pensée. Elle se souvint que, si James s'était battu pour cette mission, c'était essentiellement afin d'éviter de la rencontrer. Avait-il alors trouvé le pays de ses rêves et prolongé son excursion?

— Je vais lui écrire que nous pouvons organiser cette réunion ici! poursuivit Gérald. Oui, c'est une bonne idée! J'en inviterai quelques autres et nous passerons enfin aux choses sérieuses! Nous l'attraperons, ce coquin, pas de problème. Quand Johnny entreprend quelque chose, c'est pour de bon!

Gérald était prêt à prendre la plume sur-le-champ, mais Kiri servit le repas. Il s'occupa néanmoins dès le lendemain de son projet et Gwyn soupira à la pensée des beuveries qui précéderaient la grande expédition punitive. Elle était pourtant curieuse de voir ce Sideblossom : si la moitié des histoires que Gérald racontait à table à son sujet était vraie, ce devait être un sacré bonhomme, et peut-être un redoutable adversaire pour James.

Presque tous les éleveurs de la région acceptèrent l'invitation de Gérald et, cette fois, ce n'était pas seulement pour faire la fête. McKenzie avait poussé le bouchon trop loin, tandis que Sideblossom semblait être effectivement un meneur d'hommes. Gwyneira le trouvait impressionnant. Il montait un puissant étalon noir, à la fois élégant et bien dressé. C'est sans doute avec lui qu'il parcourait ses pâturages. L'homme était de grande taille, dépassant de près d'une tête ses collègues les plus vigoureux. Solidement bâti, musclé, le visage bronzé, il avait d'épais cheveux noirs et bouclés qu'il portait mi-longs, ce qui renforçait la rudesse d'aspect du personnage. Avenant, l'esprit pétillant, c'est lui qui, d'emblée, dominait les débats, tapant sur l'épaule de vieux amis, partant d'un rire tonitruant avec Gérald et buvant le whisky comme de l'eau, sans en paraître affecté. Il était d'une politesse recherchée avec Gwyneira et les rares femmes ayant accompagné leurs époux. Gwyn, pourtant, ne l'aimait pas, sans qu'elle eût su dire pourquoi. Elle ressentit d'emblée une certaine aversion à son égard. Cela tenait-il à la minceur et à la dureté de lèvres dessinant un sourire qui ne se reflétait pas dans ses yeux ? Ou bien aux yeux eux-mêmes, si sombres qu'ils paraissaient noirs, froids comme la nuit, des yeux ne cessant d'évaluer l'interlocuteur ? Gwyneira sentit ses regards inquisiteurs s'attarder sur elle, moins sur son visage que sur sa taille, toujours aussi mince, et ses formes féminines. Jeune fille, elle aurait rougi d'être ainsi détaillée, mais à présent, sûre d'elle, elle ne baissait pas les yeux. Elle était la maîtresse des lieux, lui un simple invité. Elle n'était pas intéressée par quelque contact que ce fût dépassant ce cadre.

Elle aurait aimé tenir Fleurette à l'écart de ce vieil ami et compagnon de beuverie de Gérald, mais ce ne fut bien sûr pas possible, la jeune fille étant attendue au banquet du soir. Gwyn rejeta l'idée de mettre sa fille en garde, car celle-ci aurait fait en sorte de s'enlaidir, ce qui aurait inévitablement suscité le courroux de Gérald. Aussi se contenta-t-elle d'observer avec méfiance son inquiétant invité quand Fleurette descendit l'escalier, aussi rayonnante et joliment apprêtée que l'avait été Gwyneira lors de sa première soirée à Kiward Station. Elle portait une robe crème toute simple qui mettait en valeur le léger hâle de sa peau claire. Les manches, le décolleté et la taille étaient ornés d'applications de dentelle anglaise dorée et brune, applications assorties à la couleur noisette des yeux, un brun inhabituel, avec des reflets d'or. Elle n'avait pas relevé ses cheveux, se contentant de les natter, sur les côtés, en deux tresses minces attachées sur l'arrière. L'ensemble, fort seyant, avait pour effet principal de lui dégager la figure. Elle se coiffait toujours elle-même, ayant depuis sa tendre enfance refusé l'aide des bonnes sur ce point.

Sa silhouette et sa coiffure non apprêtée lui conféraient la délicatesse et la grâce d'un génie aérien. Malgré sa ressemblance avec sa mère et la similitude de leurs tempéraments, Fleurette avait un rayonnement différent : elle paraissait plus souple, plus docile que ne l'avait été Gwyn dans sa jeunesse. Il y avait, dans l'éclat de ses yeux, plus de douceur et moins de défi.

Les hommes, dans la pièce, la fixaient, fascinés, mais, tandis que la plupart étaient visiblement sous le charme, Gwyneira lut le désir dans le regard de Sideblossom. Elle trouva qu'il gardait un peu trop longtemps la main de Fleurette dans la sienne, quand il la salua avec courtoisie.

— Y a-t-il une Mme Sideblossom ? demanda Gwyn, une fois les convives à table.

Elle avait pris place à côté de John Sideblossom, mais il lui accordait si peu d'attention que cela frisait l'impolitesse. Il n'avait d'yeux que pour Fleurette, qui conversait d'un air ennuyé avec le vieux lord Barrington. Celui-ci avait transmis à son fils son affaire de Christchurch pour s'installer dans une ferme des Canterbury Plains où il élevait avec un succès très relatif des chevaux et des moutons.

John Sideblossom regarda Gwyn comme s'il découvrait sa présence.

— Non, il n'y a plus de Mme Sideblossom, dit-il. Mon épouse est décédée il y a trois ans, lors de la naissance de mon fils.

— Je suis désolée, répondit Gwyn, qui avait rarement été aussi sincère en formulant cette phrase de circonstance. Pour l'enfant aussi qui, si j'ai bien compris, a survécu.

— Oui, il grandit en compagnie de mes employées maories, ce qui n'est pas une situation particulièrement favorable. Tant qu'il est petit, ça peut aller, mais, à la longue, il me faudra bien trouver une solution. Sauf qu'il n'est pas aisé de trouver une jeune fille qui fasse l'affaire…

Tout en parlant, il gardait les yeux fixés sur Fleurette, ce qui irritait Gwyneira. L'homme parlait d'une jeune fille comme il aurait parlé d'un pantalon de cheval!

— Votre fille est-elle déjà promise? s'enquit-il fort prosaïquement. Elle me paraît très bien éduquée.

De stupéfaction, Gwyn ne sut trop que dire. En tout cas, cet homme ne perdait pas de temps en préliminaires.

— Fleurette est encore très jeune, éluda-t-elle.

— Cela ne joue pas en sa défaveur, objecta-t-il. J'ai toujours pensé qu'il n'était jamais trop tôt pour marier les donzelles, ça leur évite de mal tourner. Et puis elles mettent au monde plus facilement quand elles sont jeunes. C'est ce que m'a dit la sage-femme à la mort de Marylee. Marylee avait déjà vingt-cinq ans.

Sur ces mots, il se détourna de Gwyneira, un propos de Gérald ayant attiré son attention. Quelques minutes plus tard, il bavardait à bâtons rompus avec d'autres éleveurs.

Bien que bouillant intérieurement, Gwyneira resta impassible. Elle était habituée à ce que les jeunes filles fussent courtisées non en raison de leur personnalité, mais pour des motifs d'ordre dynastique ou financier. Mais ce type allait trop loin. Ne serait-ce que dans sa manière de parler de sa femme! À l'entendre, on aurait dit qu'elle était morte de vieillesse!

Un peu plus tard, quelques groupes terminant dans le salon les conversations engagées à table, dans l'attente que les dames se retirent dans le salon de Gwyneira pour boire le thé ou une liqueur et les hommes dans le refuge de Gérald pour fumer et savourer un whisky, Sideblossom se dirigea droit sur Fleurette.

Ne pouvant se dérober à une conversation avec lady Barrington, Gwyneira, nerveuse, le vit de loin l'aborder. Mais il se comportait apparemment avec politesse, jouant même de son charme. Souriant d'abord avec gêne, Fleurette se laissa ensuite entraîner dans une conversation qui, à en juger par l'expression de leurs visages, tournait autour des chiens et des chevaux. Si ce n'avait été le cas, elle n'aurait pas paru aussi attentive et intéressée, pensa Gwyn. Ayant réussi à se débarrasser de lady Barrington et à se rapprocher, sans se faire remarquer, de Sideblossom et de sa fille, elle constata qu'elle avait vu juste.

— Bien sûr que je vous montrerai avec plaisir ma jument. Si vous êtes d'accord, nous pourrions faire une sortie à cheval demain. J'ai observé votre étalon, il est superbe! disait-elle, semblant apprécier son interlocuteur. Ou bien partez-vous demain déjà?

La plupart des présents rentreraient chez eux dès le lendemain. Une expédition punitive ayant été décidée, les éleveurs allaient recruter, dans leur entourage, des gens souhaitant y prendre part. Certains d'entre eux étaient prêts à y participer en personne, d'autres avaient promis de fournir au moins quelques cavaliers armés.

— Non, je resterai ici quelques jours, miss Warden, répondit John Sideblossom. Les gens de la région de Christchurch se rassembleront chez vous avant de rejoindre en groupe ma ferme, qui sera le point de départ des diverses opérations. C'est donc volontiers que j'accepte votre proposition. Mon étalon a du sang arabe dans les veines. J'avais réussi, voici quelques années, à acquérir à Dunedin un pur-sang arabe que j'ai croisé avec nos chevaux de la ferme. Cela a donné de très belles bêtes, parfois un peu légères.

Gwyneira fut d'abord soulagée. Tant qu'ils discutaient élevage, Sideblossom saurait se conduire. Et peut-être plaisait-il effectivement à Fleurette. Leur union serait bien assortie : Sideblossom jouissait d'une bonne considération et possédait presque plus de terres encore que Gérald Warden, même si elles étaient moins fertiles. Bien sûr, l'homme était assez âgé, mais cela restait dans le domaine du possible. Si seulement elle n'avait pas ressenti ce profond malaise en sa présence ! Il faisait montre d'une telle froideur, d'une telle insensibilité ! Et puis il y avait naturellement le problème de Ruben O'Keefe. Fleurette ne renoncerait certainement pas de son plein gré à son amour pour lui.

Les jours suivants, la compagnie de Sideblossom sembla toutefois lui être agréable. L'homme était un cavalier intrépide, ce qui plaisait à Fleurette, et il se montrait bon conteur tout en sachant écouter. Il avait du charme et un côté espiègle qu'elle trouvait séduisant. Elle rit beaucoup quand, lors d'une partie de tir aux pigeons d'argile avec Gérald, Sideblossom, dédaignant le pigeon, coupa d'un tir bien ajusté la tige d'une des roses du jardin pour la lui offrir. Fleurette parut flattée. Paul, en revanche, en fut contrarié. Il admirait Sideblossom depuis les récits que lui en avait fait son grand-père et, maintenant qu'il le connaissait en chair et en os, il l'idolâtrait. John, à vrai dire, ne se souciait guère de lui. Soit il buvait et parlait avec Gérald, soit il s'occupait de Fleurette. Paul cherchait comment lui dire la vérité sur sa sœur. Mais, dans l'immédiat, aucune occasion ne s'offrit à lui.

Sideblossom, en homme habitué à obtenir ce qu'il convoitait, n'y allait pas par quatre chemins. Il avait choisi

Kiward Station afin de mobiliser les éleveurs des Canterbury Plains. Mais, ayant fait la connaissance de Fleurette, il décida très vite de faire d'une pierre deux coups. Il avait besoin d'une gentille femme, et voici que se présentait à l'improviste une candidate qui lui convenait. Jeune, désirable, bien née et manifestement cultivée. Il pourrait se dispenser d'engager un précepteur pour son petit Thomas, au moins les premières années. L'union avec les Warden lui ouvrirait des portes nouvelles dans la bonne société de Christchurch et de Dunedin. S'il avait bien compris, la mère de Fleurette appartenait même à la noblesse anglaise. Bien sûr, la jeune fille avait des allures de sauvageonne et la mère, une nature dominatrice. Lui n'aurait en tout cas jamais permis à sa femme de se mêler de diriger la ferme et encore moins de conduire les troupeaux ! Mais c'était le problème de Warden ; il se chargerait, lui, de mettre Fleurette au pas. Il ne voyait pas d'inconvénient à ce qu'elle emmenât les animaux qui lui tenaient visiblement à cœur : la jument mettrait au monde des poulains fantastiques et la chienne serait aussi à coup sûr d'un bon rapport. Mais quand Fleurette serait enceinte, elle ne pourrait bien sûr plus la commander elle-même. Sideblossom, sans plus attendre, entreprit de conquérir les bonnes grâces de Gracie, ce qui lui valut un surcroît de sympathie auprès de Fleurette. Au bout de trois jours, le fermier eut la conviction qu'elle ne repousserait pas sa demande en mariage et que Gérald serait heureux d'une telle union pour sa petite-fille.

C'est avec des sentiments mi-figue mi-raisin que Gérald observait le manège de John. Cette fois, sa petite-fille ne manifestait pas d'hostilité, et il trouvait même qu'elle flirtait de manière impudente avec son vieil ami. Mais de la jalousie se mêlait au soulagement. John allait obtenir ce à quoi lui-même ne pouvait prétendre. Sideblossom ne serait pas obligé de prendre Fleurette par la force, elle se donnerait à lui. Gérald noya ses pensées interdites dans le whisky.

Au moins ne fut-il pas pris au dépourvu quand son ami, le quatrième jour, s'ouvrit à lui de ses projets de mariage.

— Tu sais, mon vieux, que son avenir sera bien assuré chez moi. Lionel Station est une grande exploitation. Bien sûr, la demeure n'est sans doute pas aussi prestigieuse que celle-ci, mais elle est confortable. Le personnel n'y manque pas, loin de là. Tout le monde sera aux petits soins pour elle. Elle devra bien entendu s'occuper de mon enfant. Mais elle ne tardera sans doute pas à en avoir elle-même, ils grandiront tous ensemble. Vois-tu une objection à ce que je la demande en mariage ?

Sideblossom se servit un whisky. Gérald l'imita. Son ami avait raison ; ce qu'il proposait était la meilleure des solutions.

— Je n'ai pas d'objection. La ferme n'a certes pas beaucoup d'argent liquide pour la dot, mais tu te satisferais peut-être d'un troupeau de moutons ? On pourrait aussi envisager deux poulinières…

Les deux hommes passèrent l'heure suivante à négocier la dot de Fleurette. Pour ce qui était de maquignonner, nul ne pouvait leur en remontrer. Propositions et contre-propositions se succédèrent. Gwyneira, qui tendait l'oreille de temps à autre, n'était pas inquiète. Elle crut comprendre qu'il s'agissait de renouveler le sang des troupeaux de moutons de Lionel Station. Pas une fois ne fut prononcé le nom de Fleurette.

— Je… je dois te mettre en garde ! ajouta Gérald, une fois que les compères eurent topé, d'accord sur la hauteur de la dot, et avalé quelques verres supplémentaires de whisky. La… la petite… n'est pas… n'est pas simple. Elle s'est laissée aller à une aventure avec un jeune voisin… rien que des bêtises, le gaillard a d'ailleurs de… depuis fiché le camp. Mais tu co… tu connais les bonnes femmes…

— Je n'ai pas eu l'impression que Fleurette était mal disposée à mon égard, s'étonna Sideblossom, apparemment en possession, comme toujours, de ses moyens, bien que la première bouteille de whisky fût vide depuis belle lurette. Pourquoi ne pas battre le fer tant qu'il est chaud? Demandons-lui! Allez, fais-la venir! Je suis en parfaite disposition pour un baiser de fiançailles! Et, comme demain les autres éleveurs seront de retour, on pourra annoncer la nouvelle.

Rentrant d'une promenade à cheval et s'apprêtant à se changer pour le dîner, Fleurette fut étonnée en entendant frapper timidement à sa porte.

— Miss Fleurette, M. Gérald vouloir parler avec vous. Il... comment il a dit? Il prie vous de venir de suite dans sa pièce, dit Witi, se demandant visiblement s'il devait ajouter une remarque personnelle, puis, se lançant néanmoins : Vaut mieux faire vite. Les hommes ont bu beaucoup whisky, peu de patience.

Après l'affaire avec Reginald Beasley, Fleurette se méfiait des invitations impromptues dans le fumoir. Instinctivement, elle décida de ne pas s'habiller trop élégamment et, négligeant la robe de soie que Kiri lui avait préparée, remit sa robe de cheval. Elle aurait aimé consulter sa mère, mais ne savait où la trouver. Les nombreux visiteurs s'ajoutant au travail de la ferme lui prenaient beaucoup de temps. Certes, il n'y avait pas grand-chose à faire en ce moment – en janvier, la tonte et l'agnelage terminés, la plupart des moutons paissaient en liberté dans les hautes terres –, mais comme l'été était particulièrement pluvieux cette année-là, il fallait faire face à d'incessantes réparations et la récolte des foins était aléatoire. Fleurette décida de ne pas attendre plus longtemps. Quoi que lui voulût son grand-père, c'est avec lui qu'elle devait régler le problème. Et elle ne risquait guère d'être agressée puisque Witi avait dit «les hommes». Sideblossom serait donc présent et jouerait un rôle modérateur en cas de besoin.

Sideblossom fut désagréablement surpris en voyant Fleurette en habit de cheval et les cheveux en désordre. Elle aurait pu s'attifer un peu mieux, même si elle était incontestablement charmante dans cette tenue. Non, en définitive, un peu de romantisme n'était pas si grave.

— Miss Fleurette, permettez-vous que je parle le premier? commença-t-il en s'inclinant cérémonieusement. Je suis finalement le plus concerné et ne suis pas homme à faire présenter par d'autres une demande en mariage.

Percevant dans le regard effrayé de Fleurette une lueur de nervosité, il se sentit encouragé à poursuivre.

— Je vous ai vue pour la première fois il y a trois jours seulement, miss Fleurette, mais vous m'avez charmé dès le premier instant avec vos yeux magnifiques et votre doux sourire. Votre amabilité ces derniers jours m'a en outre laissé espérer qu'à vous aussi ma compagnie n'était pas totalement désagréable. Voilà pourquoi – je suis un homme de décision, miss Fleurette, et je pense que vous apprendrez à aimer cela en moi –, voilà pourquoi j'ai décidé de demander votre main à votre grand-père. Il a donné son accord chaleureux à cette union. Je me permets donc, maintenant, avec l'assentiment de votre tuteur, de vous demander votre main.

Souriant, Sideblossom fléchit un genou jusqu'à le poser sur le sol devant Fleurette. Gérald réprima un rire en voyant que Fleurette ne savait où porter son regard.

— Je… monsieur Sideblossom, c'est très aimable à vous, mais j'aime quelqu'un d'autre, réussit-elle finalement à dire. Mon grand-père a dû déjà vous en informer, et…

— Miss Fleurette, l'interrompit Sideblossom avec assurance, dans mes bras vous oublierez bien vite celui que vous croyez aimer, qui que ce soit.

— Je ne l'oublierai jamais, sir! Je lui ai promis de l'épouser…

— Fleurette, cesse donc avec ces foutues bêtises! s'emporta Gérald. John est l'homme qu'il te faut! Pas trop jeune, pas trop vieux, assorti à toi sur le plan social et riche par-dessus le marché. Que veux-tu de plus?

— Je veux aimer mon mari! se désespéra Fleurette. Et je…

— L'amour vient avec le temps, déclara Sideblossom. Allons, jeune fille! Tu as passé ces trois derniers jours en ma compagnie. Je ne peux être si déplaisant à tes yeux.

L'impatience se lisait dans son regard.

— Vous… vous ne me déplaisez pas, mais… mais ce n'est pas une raison pour que je… que je vous épouse. Je vous ai trouvé gentil, mais… mais…

— Cesse tes simagrées, Fleurette, l'interrompit Sideblossom, qui se moquait pas mal de ses objections. Dis oui, et nous parlerons ensuite des modalités. Je pense que nous célébrerons la noce dès l'automne, aussitôt terminée cette fâcheuse affaire avec James McKenzie. Tu peux peut-être déjà venir à Lionel Station… accompagnée de ta mère, bien entendu, il faut que tout se déroule selon les règles…

Fleurette prit une profonde inspiration, partagée entre la colère et la panique. Pourquoi diable personne ne voulait l'écouter? Elle décida de dire de manière claire, sans ambages, ce qu'elle pensait. Il fallait tout de même que ces hommes soient capables d'admettre les plus simples évidences!

— Monsieur Sideblossom, grand-père…, se lança-t-elle en élevant la voix. Je l'ai déjà dit et redit, et je commence à en avoir assez de toujours devoir me répéter. Je ne vous épouserai pas! Je vous remercie de votre demande et j'apprécie à sa juste valeur votre inclination, mais je suis déjà liée. Et maintenant je retourne dans ma chambre. Excuse mon absence au dîner, grand-père, s'il te plaît, je suis indisposée.

Se forçant à ne pas sortir de la pièce en courant, elle se retira d'un pas lent et mesuré, fièrement, la tête haute, sans refermer la porte derrière elle. Mais elle traversa ensuite le salon et grimpa l'escalier comme si elle avait le diable aux trousses. Le mieux était de s'enfermer dans sa chambre jusqu'au départ de Sideblossom. Elle avait vu une lueur mauvaise dans ses yeux. L'homme n'avait certainement pas l'habitude d'être éconduit. Et quelque chose lui disait qu'il pouvait devenir dangereux quand tout ne marchait pas à sa guise.

5

Le lendemain, Kiward Station se remplit d'hommes et de chevaux. Les barons des moutons des Canterbury Plains avaient bien fait les choses : les effectifs de l'« expédition punitive » étaient désormais ceux d'une compagnie. Rares étaient les recrues des amis de Gérald qui plaisaient à Gwyneira. Il n'y avait guère de bergers maoris parmi eux et relativement peu d'employés des fermes. Les éleveurs avaient vraisemblablement recherché des hommes dans les pubs ou les baraques attribuées aux colons nouvellement arrivés ; Gwyneira trouva que nombre d'entre eux avaient l'allure d'aventuriers, quand ce n'était pas tout simplement de sombres vauriens. C'est également pour cette raison qu'elle fut heureuse que Fleurette se tînt à l'écart des écuries. D'autant que Gérald avait vu grand et épuisait généreusement ses réserves d'alcool. Les hommes buvaient et festoyaient dans les hangars de tonte, tandis que les bergers de Kiward Station, généralement de vieux amis de McKenzie, embarrassés et mécontents, boudaient les festivités.

— Bon Dieu, miss Gwyn, confia Andy McAran, résumant en peu de mots leurs réserves. Ils vont chasser James comme s'il s'agissait d'un loup galeux. Ils parlent sérieusement de le tirer à vue ! Il n'a quand même pas mérité qu'on lance à ses trousses cette racaille. Tout ça pour quelques moutons !

— La racaille ne connaît pas les hautes terres, répondit Gwyneira, ne sachant si c'était elle qu'elle rassurait ou son vieux berger. Ils vont se marcher sur les pieds et McKenzie va mourir de rire à les voir faire! Attends un peu, tout ça va tourner en eau de boudin. Si seulement ils étaient déjà partis! Moi non plus, je n'aime pas voir ces gens ici, dans notre ferme. J'ai déjà renvoyé chez elles Kiri et Moana, et surtout Marama. Et j'espère que les Maoris surveillent leur campement. Vous gardez un œil sur nos chevaux et les harnachements? Je n'ai pas envie que quelque chose disparaisse.

Une surprise très désagréable attendait Gwyneira en ce domaine. Certains des hommes étant venus à pied, Gérald – avec une forte gueule de bois dans un premier temps, puis de nouveau ivre sur le coup de midi et furieux de la nouvelle rébellion de Fleurette – promit de leur prêter des chevaux de Kiward Station. Comme il n'avait pas mis aussitôt Gwyn au courant, elle n'eut pas le temps de faire venir des chevaux de trait des pâturages d'été, si bien que, l'après-midi, les hommes se partagèrent avec des cris de joie leurs précieux cobs. Depuis la fenêtre de sa chambre, Fleurette assista, impuissante, au spectacle d'individus s'essayant tour à tour à monter Niniane.

— Maman, il ne peut pas la leur céder comme ça! Elle est à nous!

— Il les prête seulement. Mais ça ne me plaît pas non plus. La plupart de ces gaillards ne savent pas monter. Ce qui n'est pas sans présenter quelque avantage. Regarde comment les chevaux essaient déjà de les désarçonner. Mais, à leur retour, il faudra reprendre tout l'apprentissage.

— Mais Niniane…

— Je n'y peux rien, mon enfant. Ils veulent aussi emmener ma Morgaine. Je pourrai peut-être en reparler demain avec Gérald, mais aujourd'hui il est dans tous ses états. Et ce Sideblossom se conduit comme s'il était un associé. Il indique à ces types où s'installer, leur donne des ordres et fait comme si je n'existais pas. Quand il sera parti, je ne le regretterai pas. Ce soir, d'ailleurs, tu ne viendras pas au banquet. J'ai réglé le problème. Tu es malade. Je ne veux pas que tu voies Sideblossom !

En secret, Gwyneira avait déjà prévu de mettre ses chevaux en sécurité pendant la nuit. En aucun cas elle n'enverrait ses précieuses juments reproductrices dans les hautes terres avec cette troupe. Elle s'était entendue avec Andy McAran, Poker Livingston et les autres fidèles pour éloigner les juments pendant la nuit. Qu'elles s'égaillent un peu partout dans les pâturages ! Durant les prochains jours, elle aurait assez de temps pour les rassembler. Les hommes seraient obligés d'aller chercher les chevaux de trait. Cela créerait sans doute un peu d'ébullition le lendemain matin, mais Sideblossom ne repousserait pas l'expédition pour la seule raison qu'il y avait là d'autres chevaux.

Elle ne s'ouvrit pas de son plan à Fleurette. Elle redoutait trop que sa fille voulût y prendre sa part.

— Ta Niniane sera de retour après-demain au plus tard ! la consola-t-elle. Elle va désarçonner son pseudo-cavalier et rentrer à la maison. Elle ne tolérera pas d'être traitée ainsi. Mais il faut que je me change pour aller dîner avec les chefs de guerre. Quel déploiement de forces pour un homme seul !

Gwyn partie, Fleurette continua à ruminer sa colère. Elle ne pouvait se résigner à l'impuissance. C'était pure méchanceté de la part de Gérald de se débarrasser de Niniane. Un plan mûrit en elle. Elle allait mettre sa jument en sécurité pendant que les hommes s'enivreraient au salon. Mais pour cela, elle devait sortir de sa chambre sans attendre, car on ne pouvait pas se rendre aux écuries sans traverser le salon, et celui-ci était certainement désert à cette heure. Les convives se changeaient. Et dehors régnait le plus grand des chaos. Personne ne la reconnaîtrait si elle dissimulait ses cheveux sous un châle et faisait vite. Il n'y avait que quelques pas de la porte de la cuisine à la grange. Si quelqu'un l'apercevait, il la prendrait pour une bonne.

Son plan aurait peut-être réussi si Paul ne l'avait pas surprise. Il était encore d'humeur exécrable, car John

Sideblossom, son idole, ne lui prêtait aucune attention et Gérald l'avait rabroué quand il lui avait demandé de participer à l'expédition. Contraint à l'oisiveté, il traînait du côté des écuries et vit sa sœur se cacher dans la grange. Il n'eut pas de peine à comprendre ce qu'elle avait en tête. Mais il allait se débrouiller pour que Gérald la prît sur le fait.

Gwyneira dut beaucoup prendre sur elle pour supporter le banquet. Elle était la seule femme, et tous les hommes avaient déjà un peu bu au moment de passer à table. Ils vidèrent encore quelques verres avant de s'asseoir et qu'on leur serve du vin. Il ne fut pas nécessaire d'attendre pour que de premiers convives se mettent à déparler. Tous riaient aux plaisanteries les plus stupides, racontaient des histoires paillardes, et leur comportement, même à l'égard de Gwyneira, était tout sauf celui de gentlemen. Mais elle ne se sentit vraiment mal à l'aise qu'au moment où, le premier plat servi, Sideblossom s'avança vers elle.

— Il faut que nous ayons un petit entretien, miss Gwyn, dit-il avec la manière directe qui lui était propre.

Une nouvelle fois, il donnait l'impression d'être à jeun au milieu de cette bande d'ivrognes. Le connaissant pourtant un peu mieux désormais, elle eut tôt fait de déceler en lui les premiers signes d'ébriété. Il avait les paupières plus lourdes et son regard, loin d'être aussi clair et distant qu'à l'ordinaire, vacillait un peu, soupçonneux. Il contenait ses sentiments, mais on les sentait bouillonner en lui.

— Vous savez, je pense que j'ai demandé hier la main de votre fille. Et Fleurette m'a éconduit.

— C'est son droit. Dans les contrées civilisées, on demande leur avis aux jeunes filles avant de les marier. Et si vous ne plaisez pas à Fleurette, je n'y peux rien.

— Vous pourriez intercéder en ma faveur…

— Je crains que cela ne soit vain, répondit Gwyneira, sentant que, chez elle aussi, les sentiments commençaient à affleurer. Et d'ailleurs, je ne le ferais pas sans autre précaution. Je ne vous connais pas très bien, monsieur Sideblossom, mais ce que j'ai vu ne me plaît pas...

— Ah, tiens! Je ne vous plais pas! Et qu'avez-vous à me reprocher, lady Warden? demanda-t-il froidement.

Gwyneira soupira. Elle ne souhaitait pas s'embarquer dans une discussion... mais, bon, si telle était son envie!

— Cette expédition guerrière contre un homme seul me paraît disproportionnée. Et vous avez une mauvaise influence sur les autres éleveurs. Sans vos insinuations, jamais un lord Barrington ne se serait abaissé à s'associer à une bande de brutes. Vous vous comportez à mon égard de manière blessante, et je ne parle pas de votre conduite avec Fleurette. Monsieur Sideblossom, dans votre situation, un gentleman essaierait de faire changer d'avis la jeune fille, tandis que vous tentez de régler le problème par le biais du cheval. Car c'est vous qui avez eu cette idée, non? Gérald est trop ivre pour de telles intrigues!

Gwyneira parlait sur un ton saccadé, sous l'emprise de la colère. Elle était à bout. Et voilà que Paul s'était joint à eux, ne perdant pas un mot de sa sortie!

— *Touché*[1], ma chère! dit Sideblossom en riant. C'était une petite action de rétorsion. Je n'aime pas qu'on me désobéisse. Mais, vous verrez, je finirai par l'avoir, votre petite. Au retour, je continuerai ma cour, même contre votre volonté, madame!

Gwyneira n'avait qu'une envie : en finir avec cette conversation.

— Dans ce cas, je vous souhaite bien du plaisir, dit-elle avec raideur. Et toi, Paul, monte avec moi, s'il te plaît. Je déteste que tu me suives en catimini et m'espionnes!

Le garçon sursauta. Mais ce qu'il venait d'entendre valait de se faire réprimander. Ce n'était pas à Gérald qu'il devait dénoncer Fleurette. Il lui en coûterait beaucoup plus si c'était cet homme qui mettait en échec son «vol de chevaux».

---

1. En français dans le texte.

Tandis que Gwyneira se retirait chez elle, Paul fit demi-tour sur le palier et se mit en quête de Sideblossom. Visiblement, la compagnie des autres éleveurs ennuyait de plus en plus ce dernier. Rien d'étonnant à cela : à part lui, tous étaient déjà ivres morts.

— Vous… vous voulez épouser ma sœur ? lui demanda Paul à brûle-pourpoint.

Étonné, Sideblossom le toisa.

— J'en ai l'intention, oui. Encore quelqu'un qui est contre ? s'amusa-t-il.

— En ce qui me concerne, je n'ai rien contre. Mais vous devez savoir quelque chose à son sujet. Fleurette se donne toujours l'air si sage. Mais en réalité elle a déjà eu un ami, Ruben O'Keefe.

— Je sais, dit-il avec indifférence.

— Mais elle ne vous a pas tout dit ! triompha-t-il. Elle ne vous a pas dit qu'elle a couché avec lui ! Mais moi, je l'ai vu !

L'intérêt de Sideblossom s'éveilla soudain.

— Que dis-tu ? Ta sœur n'est plus vierge ?

Paul haussa les épaules. Le mot « vierge » ne lui disait rien.

— Vous n'avez qu'à lui demander ! Elle est dans la grange !

John Sideblossom trouva Fleurette dans le box de Niniane. Elle était en train de se demander ce qu'elle devait faire. Se contenter de lâcher Niniane en liberté ? Elle risquait alors de ne pas vouloir quitter l'écurie, pour rester en compagnie des autres chevaux. Peut-être valait-il mieux partir avec elle et la mener dans un pâturage un peu éloigné. C'était hasardeux, car elle devrait revenir à pied et passer devant les bâtiments annexes pleins d'hommes ivres.

Tout en réfléchissant, elle grattait doucement la jument sous le toupet et lui parlait. Les autres chevaux s'agitaient et Gracie reniflait dans la paille. Aussi Fleurette n'entendit-elle pas la porte s'ouvrir. Quand Gracie, inquiète, se mit à aboyer, il était trop tard. John Sideblossom, debout dans l'allée, fixait Fleurette avec un sourire mauvais.

— Tiens, tiens, ma petite. Alors, comme ça, on traîne dans les écuries la nuit. Je suis surpris de te trouver ici toute seule.

Effrayée, Fleurette se réfugia instinctivement derrière son cheval.

— Ces écuries sont à nous, lui lança-t-elle. Je peux venir ici à l'heure qui me plaît. Et je ne traîne pas, je viens voir mon cheval.

— Tu viens voir ton cheval. Comme c'est touchant, dit l'homme en avançant.

Fleurette eut l'impression qu'un fauve s'approchait d'elle. Dans ses yeux, elle vit de nouveau la lueur inquiétante de l'autre jour.

— Tu n'attends pas quelqu'un d'autre, par hasard ?

— Je ne sais pas de quoi vous parlez, dit-elle, espérant s'exprimer d'un ton ferme.

— Tu le sais très bien. Tu joues avec moi l'agneau innocent qui s'est promise à un jeunot, alors que tu couches avec lui dans le foin ! Ne te donne pas la peine de nier, Fleurette, je le sais de source sûre, même si je ne vous ai pas pris sur le fait ce soir. Mais tu as de la chance, mon chou. J'accepte la marchandise qui a déjà servi. Je ne goûte pas particulièrement les vierges effarouchées. Ça ne rapporte que la fatigue de les dépuceler. Pas de problème, tu pourras tout de même te marier en blanc. Mais je vais pouvoir dès maintenant m'offrir un petit avant-goût, qu'en penses-tu ?

D'un geste rapide, il tira Fleurette de derrière le cheval. Niniane, effrayée, se réfugia dans un coin du box. Gracie se mit à aboyer.

— Lâchez-moi ! cria Fleurette en donnant un coup de pied à son agresseur, mais Sideblossom se contenta de rire et la plaqua contre le mur de l'écurie de ses bras vigoureux, tandis que ses lèvres couraient sur son visage.

— Vous êtes soûl, lâchez-moi !

Elle essaya de le mordre, mais, en dépit de tout le whisky qu'il avait avalé, Sideblossom avait encore d'excellents réflexes. Il recula brusquement et la frappa au visage. Elle tomba à la renverse sur une balle de paille. L'homme se jeta sur elle avant qu'elle eût pu se relever et s'enfuir.

— Eh bien, montre-moi donc ce que tu as à offrir…, dit-il en lui arrachant son corsage et en admirant ses rondeurs encore modestes.

— Pas mal… De quoi remplir la main ! dit-il en lui prenant les seins.

Fleurette tenta une nouvelle fois de lui donner un coup de pied, mais il l'immobilisa en posant sa jambe sur son genou.

— Arrête donc de gigoter comme un cheval qu'on monte pour la première fois ! Tu as pourtant de l'expérience, d'après ce qu'on m'a raconté. Alors laisse-moi…

Il cherchait la fermeture de la jupe, mais, déconcerté par l'élégante robe de cavalière, il tâtonnait. Fleurette voulut crier et, comme il l'en empêchait, elle lui mordit la main.

— J'aime qu'une femme ait du tempérament ! se moqua-t-il.

Maintenant, Fleurette sanglotait. Gracie aboyait toujours, des aboiements hystériques et perçants. Puis une voix cinglante perça le tumulte.

— Lâchez ma fille avant que mon tempérament prenne le dessus !

Gwyneira, debout sur le seuil, tenait un fusil qu'elle dirigeait sur John Sideblossom. Fleurette reconnut derrière elle Andy McAran et Poker Livingston.

— Hé, doucement, je…, balbutia Sideblossom en lâchant Fleurette et en levant les mains en un geste d'apaisement.

— Fleurette, est-ce qu'il t'a fait quelque chose ? s'inquiéta Gwyn en tendant l'arme à Andy et en prenant sa fille dans ses bras.

— Non. Il… il venait de m'empoigner. Oh, maman, c'était affreux !

— Je sais, mon enfant. Mais c'est fini. Rentre vite à la maison. À ce que j'ai vu, la fête est terminée au salon. Mais il se peut que ton grand-père soit encore en train de picoler dans le fumoir avec les derniers irréductibles. Sois prudente. J'arrive tout de suite.

Fleurette ne se fit pas prier. Frissonnante, elle rajusta sur sa poitrine les lambeaux de son corsage et s'enfuit. Elle se rua vers la grange et, de là, vers la porte de la cuisine. Elle avait hâte de se retrouver en sécurité dans sa chambre : sa mère pouvait compter sur elle pour traverser le salon à toute vitesse…

— Où est Sideblossom?

Gérald Warden était loin d'avoir terminé sa soirée. Il était ivre, tout comme les éleveurs qui continuaient à porter des toasts dans le fumoir, mais cela ne l'empêcha pas de proposer une partie de cartes. Reginald Beasley, soûl comme il l'avait rarement été, avait déjà donné son accord, et Barrington n'y était pas hostile. Il manquait un quatrième homme. Or, pour Gérald, Sideblossom était depuis toujours le compagnon rêvé quand il s'agissait de plumer ses partenaires au blackjack.

— L'est parti tout à l'heure. Sans doute au lit, répondit Barrington. Tiennent plus l'coup, les… les jeunots…

— Johnny Sideblossom a jamais refusé une dernière tournée! objecta Gérald, prenant la défense de son ami. Jusqu'ici, il a toujours été le dernier à rouler sous la table. Doit pas être loin…

Gérald était tellement ivre qu'il regarda sous la table. Beasley jeta un œil dans le salon, n'y trouva que Paul, apparemment plongé dans un livre, mais attendant en réalité. À un moment ou à un autre, Fleurette et Sideblossom devraient bien revenir. Une nouvelle chance de compromettre sa sœur s'offrirait alors.

— Vous cherchez M. Sideblossom? demanda-t-il poliment, d'une voix si forte que chacun, dans le fumoir, put l'entendre. Il est dans l'écurie avec ma sœur.

Gérald se rua hors du fumoir, plein d'une fureur que seul le whisky peut provoquer.

— Cette maudite petite catin! D'abord, on lui donnerait le bon Dieu sans confession, puis elle disparaît dans le foin avec Johnny! Elle sait pourtant parfaitement que c'est le genre de chose qui fait grimper la dot. S'il l'accepte encore, ça va me coûter la moitié de ma ferme!

Il était suivi de Beasley, presque aussi indigné que lui. Elle avait refusé sa demande en mariage, mais voilà qu'elle se vautrait dans le foin avec Sideblossom!

Les hommes se demandèrent d'abord s'ils emprunteraient l'entrée principale ou la porte de la cuisine pour surprendre le couple, si bien que le silence régna pendant quelques secondes. Il fut rompu par le bruit de la porte de la cuisine: Fleurette se glissa dans le salon et, à sa grande frayeur, se retrouva face à son grand-père et à ses compagnons de beuverie.

— Espèce de petite dévergondée! rugit Gérald en lui donnant sa deuxième claque de la soirée. Où est fourré ton amant, hein? Où est Johnny? Quel diable d'homme c'est, pour te coucher dans le foin quasiment sous mes yeux! On ne se conduit pas comme ça, Fleurette, ça ne va pas!

Il la frappa à la poitrine, mais elle resta debout, bien que ne parvenant pas à maintenir fermés les lambeaux de son corsage. Elle poussa un gémissement quand ses seins s'offrirent au regard des hommes devant elle.

À cette vue, Gérald reprit ses esprits. S'il avait été seul, ce n'est certainement pas la honte qui se serait emparée de lui, mais là, son sens des affaires prit le dessus. Après une telle histoire, jamais il ne pourrait marier Fleurette à quelqu'un de convenable. Seul Sideblossom entrait désormais en ligne de compte. En d'autres termes, il devait à présent sauver l'honneur de sa petite-fille!

— Couvre-toi et file dans ta chambre! lui ordonna-t-il en détournant les yeux. Demain, nous annoncerons tes fiançailles, même si je dois traîner ce gaillard à l'autel l'arme au poing. Et toi de même! Fini les simagrées!

Fleurette était trop terrorisée et épuisée pour répondre. Rajustant son corsage, elle grimpa l'escalier quatre à quatre.

Une heure plus tard, sa mère la trouva blottie sous sa couverture, en sanglots et grelottante. Gwyneira tremblait aussi, de colère plus que d'autre chose. De colère contre elle-même pour avoir sonné les cloches à Sideblossom et conduit les chevaux à l'abri au lieu d'accompagner Fleurette. Au demeurant, cela n'aurait pas servi à grand-chose. Elles auraient dû subir ensemble les débordements verbaux de Gérald, et non séparément, à une heure d'intervalle. Car, bien entendu, les hommes ne s'étaient pas encore retirés. Après l'humiliation que Gwyneira lui avait fait subir dans l'écurie, Sideblossom les avait rejoints et leur avait raconté Dieu sait quoi. Toujours est-il que Gérald attendait à présent sa belle-fille pour l'abreuver de plus ou moins les mêmes reproches et les mêmes menaces que ceux adressés tout à l'heure à sa petite-fille. Pas plus que ses «témoins», il n'avait intérêt à une présentation des faits différente. Demain, il n'en démordait pas, Fleurette et John se fianceraient.

— Et... et le pire, c'est qu'il a raison..., sanglotait Fleurette. Plus... plus personne ne me croira. Ils... ils vont raconter ça dans toute la région. Si maintenant je dis «non», devant le... devant le pasteur, ils se moqueront de moi.

— Eh bien, qu'ils rient! affirma Gwyneira. Tant que je serai ici, tu n'épouseras pas ce Sideblossom!

— Mais... mais grand-père est mon tuteur. Il me forcera.

Gwyneira prit une décision. Fleurette devait partir. Et elle ne partirait que si elle lui révélait la vérité.

— Écoute, Fleurette, Gérald Warden ne peut te forcer à rien. Il n'est pas non plus à proprement parler ton tuteur...

— Mais...

— Il passe pour ton tuteur parce qu'il est considéré comme ton grand-père. Mais il ne l'est pas. Lucas Warden n'était pas ton père.

Voilà, c'était dit! Gwyneira se mordit les lèvres. Fleurette ravala ses sanglots.

— Mais…

S'asseyant à côté de sa fille, Gwyneira la prit dans ses bras.

— Écoute! Lucas, mon mari, était quelqu'un de bien. Mais il… eh bien, il ne pouvait pas engendrer d'enfants. Nous avons essayé, mais ça ne marchait pas. Et ton grand… et Gérald Warden nous rendait la vie impossible parce qu'il n'avait pas d'héritier pour Kiward Station. Alors j'ai… alors j'ai…

— Tu as… trompé mon… ton mari, je veux dire? demanda Fleurette, dont la voix trahissait le désarroi.

— Pas avec le cœur, si tu me comprends. Juste pour avoir un enfant. Ensuite, je lui suis restée fidèle.

Fleurette fronça les sourcils et Gwyneira vit littéralement les idées se bousculer dans sa tête.

— Et d'où sort Paul, alors? demanda-t-elle au bout de quelques instants.

Gwyneira ferma les yeux. Non, pas ça…

— Paul est un Warden, répondit-elle. Mais ne parlons pas de Paul, Fleurette, je crois que tu devrais partir…

Elle parut ne pas l'entendre.

— Qui est mon père? demanda-t-elle à voix basse.

Sa mère réfléchit un instant. Puis elle décida de lui dire la vérité.

— Notre contremaître d'alors. James McKenzie.

Fleurette ouvrit de grands yeux.

— *Le* McKenzie?

— Lui-même. Je suis navrée…

D'abord restée sans voix, Fleurette finit par sourire.

— C'est excitant. Vraiment romantique. Tu te rappelles que Ruben et moi, nous jouions à Robin des Bois? Et voilà que je suis pour ainsi dire… la fille d'un *yeoman*!

— Fleurette, montre-toi un peu adulte! La vie dans les hautes terres n'est pas romantique, elle est rude, périlleuse. Tu sais ce que Sideblossom veut faire de James s'il le trouve.

— Tu l'aimais? demanda Fleurette, les yeux brillants. Ton James, je veux dire? Tu as été triste de le voir partir? Pourquoi est-il parti, d'ailleurs? À cause de moi? Non, ce n'est pas possible. Je me souviens de lui. Un homme de grande taille, aux cheveux bruns? Il me faisait monter sur son cheval et riait sans arrêt…

Gwyneira acquiesça, le cœur lourd. Mais elle ne pouvait encourager Fleurette dans ses rêveries.

— Je ne l'aimais pas. Ce fut juste un accord entre nous, une espèce de… d'affaire. Quand tu es née, c'était terminé. Et son départ n'a rien à voir avec toi.

À strictement parler, ce n'était pas un mensonge. Son départ avait à voir avec Gérald et avec Paul. La douleur était toujours là. Mais Fleurette ne devait rien en savoir!

— Arrêtons là, Fleurette, sinon on va y passer la nuit. Or, il faut que tu sois partie d'ici avant qu'ils ne célèbrent les fiançailles demain, ce qui n'arrangerait vraiment rien. Prépare quelques affaires. Je vais chercher de l'argent dans mon bureau. Je vais te donner tout ce que j'ai, mais ce n'est pas beaucoup, car la plupart des rentrées vont directement à la banque. Andy ne doit pas encore dormir, il pourra aller chercher Niniane. Ensuite, tu fonces sans demander ton reste. Demain, quand tous ces types auront cuvé leur vin, il faut que tu sois loin.

— As-tu quelque chose contre le fait que j'aille retrouver Ruben?

— Je me sentirais beaucoup mieux si j'étais certaine que tu le retrouves. Mais c'est pour toi l'unique possibilité, du moins tant que les Greenwood sont en Angleterre. Nom d'un chien! J'aurais dû te faire partir avec eux! Mais c'est trop tard. Trouve ton Ruben, épouse-le et sois heureuse!

— Et toi? demanda Fleurette à voix basse en l'étreignant.

— Je reste ici. Il faut bien que quelqu'un s'occupe de la ferme, et j'aime ça, tu le sais. Quant à Gérald et Paul… eh bien, je les prends comme ils sont.

Une heure plus tard, Fleurette galopait sur Niniane en direction des montagnes. Elle était convenue avec sa mère qu'elle ne se rendrait pas directement à Queenstown. Gérald se douterait qu'elle était partie à la recherche de Ruben, et il enverrait des hommes à sa poursuite.

— Cache-toi durant quelques jours dans les hautes terres, Fleurette, lui avait-elle conseillé. Ensuite, tu longeras les Alpes en direction de l'Otago. Tu trouveras peut-être Ruben quelque part en chemin. À ce que je sais, Queenstown n'est pas le seul endroit où l'on a trouvé de l'or.

— Mais Sideblossom part aussi pour les hautes terres, objecta Fleurette. S'il me cherche…

— Fleurette, la route pour Queenstown est un chemin battu, mais les hautes terres sont immenses. Il ne te trouvera pas, tu seras pour lui comme une aiguille dans une botte de foin. Allez, vas-y.

Fleurette avait fini par se rendre aux raisons de sa mère, mais elle était terrorisée maintenant qu'elle conduisait son cheval vers Haldon, puis vers les lacs où, quelque part, se trouvait la ferme de Sideblossom. Et où, quelque part, son père avait son campement… L'idée la remplit soudain d'un bonheur étrange. Elle ne serait pas seule dans les hautes terres. James McKenzie était lui aussi un fuyard.

6

Le pays au-dessus des lacs Tekapo, Pukaki et Ohau était magnifique. Fleurette ne se lassait pas du spectacle des lacs et des ruisseaux clairs comme du cristal, des roches aux formes étranges et du velours des prairies. Au loin, majestueuses, s'élevaient les Alpes. Sideblossom avait raison : il restait peut-être encore des vallées et des lacs à découvrir. Exaltée, Fleurette menait sa jument toujours plus loin en direction des montagnes. Elle avait le temps. Peut-être allait-elle même trouver de l'or ! À vrai dire, elle n'avait pas la moindre idée de l'endroit où il convenait d'en chercher. Elle avait, sans découvrir la moindre pépite, observé attentivement les ruisseaux glacés où elle buvait et faisait, en frissonnant, une toilette sommaire. Elle avait en revanche attrapé des poissons et, au bout de trois jours, s'était enhardie au point d'allumer un feu pour les faire griller. Auparavant, elle s'attendait à chaque instant à voir surgir les hommes de Sideblossom. Mais elle se rangeait de plus en plus à l'avis de sa mère : le pays était beaucoup trop vaste pour être entièrement exploré. Ses poursuivants ne sauraient par où commencer, et puis il avait plu entre-temps. Même s'ils avaient recours à des limiers – et, à Kiward Station, on ne disposait pas de cette sorte de chiens –, il y avait longtemps que sa trace était effacée et froide.

Fleurette se déplaçait à présent sans problème dans ces hautes terres. Elle avait assez souvent joué avec des enfants maoris de son âge et rendu visite à ses amis dans les villages pour savoir où trouver des racines comestibles, pétrir la farine et faire du pain *takakau*, pêcher et allumer un feu. Elle laissait peu de traces de son passage. Elle recouvrait soigneusement de terre ses foyers après les avoir éteints et enterrait ses déchets. Il était absolument certain qu'elle n'était pas suivie. Dans quelques jours, elle tournerait en direction de l'est, du lac Wakatipu, de Queenstown.

Si seulement elle n'avait pas eu à affronter cette aventure dans une pareille solitude ! Au bout de près de deux semaines, Fleurette se sentait seule. Se blottir, la nuit, contre Gracie était agréable, mais c'était désormais d'une compagnie humaine qu'elle avait envie.

Il n'y avait d'ailleurs pas qu'elle à regretter l'absence de congénères. Niniane, bien qu'obéissant sagement à Fleurette, hennissait parfois longuement, perdue dans cette immensité.

Ce fut finalement Gracie qui trouva de la compagnie. La petite chienne avait pris de l'avance, pendant que Niniane assurait son pas sur un sentier caillouteux. Fleurette devait elle aussi se concentrer sur son chemin, si bien qu'elle fut absolument stupéfaite de découvrir, derrière un mur de rocher dissimulant une plaine herbeuse, deux chiens aux pelages identiques, qui jouaient ensemble. Elle crut d'abord à une hallucination. Mais, si Gracie s'était subitement dédoublée devant ses yeux, les deux chiens auraient dû bouger de manière symétrique ! Or, ils sautaient l'un contre l'autre, face à face, se poursuivaient et s'amusaient visiblement. Et pourtant, ils se ressemblaient comme deux gouttes d'eau !

Fleurette s'approcha pour rappeler Gracie, si bien qu'elle finit par voir quelques différences entre les deux chiens. Le nouveau était un peu plus grand que Gracie, avait un museau un peu plus long. Mais c'était un border collie de pure race, sans aucun doute. D'où venait-il ? Fleurette était certaine que les border collies ne vagabondaient et ne chassaient pas. Ils ne s'aventureraient pas si loin dans les hautes terres sans leur maître. Et, à en juger à son apparence, cet animal n'était pas abandonné.

— Vendredi! appela une voix d'homme. Vendredi, où es-tu? Il est temps de les ramener!

Fleurette regarda autour d'elle, mais n'aperçut personne. Vendredi, la chienne, se tourna vers l'ouest, où la plaine s'étendait à l'infini. Mais alors on aurait dû voir son maître! C'était étrange! Vendredi, de son côté, rechignait à se séparer de Gracie. Mais celle-ci, prenant soudain le vent, se tourna vers Fleurette les yeux brillants, et, comme tirées par la même ficelle, les deux chiennes s'élancèrent d'un même mouvement.

Fleurette les suivit dans une prairie qui semblait s'étendre à perte de vue, mais s'aperçut rapidement que ce n'était qu'un effet d'optique : la prairie n'avait pas l'horizon pour limite, mais descendait en une succession de gradins que Vendredi et Gracie étaient en train de dévaler. Fleurette vit alors ce qui les attirait de manière aussi impérieuse. Sur la terrasse inférieure s'offrant maintenant à sa vue broutaient une cinquantaine de moutons sous la garde d'un homme tenant un mulet par la bride. Apercevant Vendredi suivie comme son ombre par Gracie, il resta quelques secondes aussi désorienté que Fleurette, puis tourna des yeux méfiants dans la direction d'où venait la chienne. Fleurette engagea Niniane dans la descente. La curiosité l'emportait sur la crainte. Le berger inconnu n'avait en effet pas l'air dangereux et, tant qu'elle était à cheval, elle ne risquait rien. Avec un mulet aussi lourdement chargé, l'homme ne pouvait assurément pas la poursuivre.

Entre-temps, Gracie et Vendredi avaient entrepris de regrouper les moutons. Elles travaillaient de concert avec autant de naturel que si elles n'avaient jamais fait que ça.

L'homme resta comme pétrifié quand il vit approcher la jument.

Fleurette avait devant elle un visage anguleux, hâlé, avec une barbe brune fournie, des cheveux bruns déjà parsemés de mèches grises. L'homme était vigoureux, mais mince. Ses vêtements étaient usagés, la selle du mulet râpée mais en bon état, bien entretenue. Le berger la regardait comme il aurait regardé un fantôme.

— Ce ne peut être elle, murmura-t-il quand elle arrêta sa monture devant lui. Ce n'est pas possible... et ce ne peut être non plus le chien. Elle... elle doit aller sur ses vingt ans. Dieu du ciel...

L'homme luttait pour retrouver ses esprits. Il s'accrocha à la selle du mulet comme pour se retenir.

— Je ne sais pas qui je ne peux être, monsieur, dit Fleurette en haussant les épaules, mais vous avez un joli chien.

L'inconnu reprenait manifestement ses esprits. Il inspira et expira profondément, regardant néanmoins toujours la jeune fille avec incrédulité.

— Je ne peux que vous retourner le compliment, dit-il avec un peu plus d'aisance. Est... est-elle dressée? Comme chien de berger, je veux dire?

Fleurette n'avait pas l'impression que l'homme s'intéressait à Gracie; il voulait manifestement gagner du temps pendant que son cerveau travaillait fiévreusement. Elle acquiesça cependant et chercha autour d'elle une tâche qui permettrait à sa chienne de faire ses preuves. Elle donna alors un ordre et Gracie fila comme une flèche.

— Le grand bélier, là, à droite. Elle va le faire passer entre les rochers, là-bas.

Fleurette s'approcha des rochers en question, tandis que Gracie, qui avait déjà isolé le bélier, attendait d'autres instructions, Vendredi aux aguets derrière elle, prête à venir en aide à l'autre chienne. Mais celle-ci n'avait besoin de personne. Le bélier passa entre les rochers et partit au trot. L'homme approuva d'un signe de tête et d'un sourire, visiblement plus détendu. Il avait trouvé ce qu'il cherchait à savoir.

— La brebis, là derrière, dit-il à son tour, montrant une bête corpulente et sifflant Vendredi.

Sur quoi, la chienne fit le tour du troupeau en un éclair, isola elle aussi la bête désignée et la mena en direction des rochers. Mais, la brebis se montrant moins docile que le bélier, la chienne dut s'y prendre à trois fois avant de réussir à lui faire franchir le passage.

— Gagné ! s'écria Fleurette.

Une lueur s'alluma dans les yeux de l'homme, où elle crut deviner de la tendresse.

— Vous avez de beaux moutons, se dépêcha-t-elle de poursuivre, et je m'y connais. Je suis... d'une ferme à moutons.

— Vous êtes Fleurette Warden, de Kiward Station. Grands dieux ! J'ai d'abord cru que je voyais des revenants ! Gwyneira, Cléo, Igraine... Vous êtes tout le portrait de votre mère ! Et vous montez avec autant d'élégance. Mais c'était prévisible. Je vous revois, enfant, pleurnicher pour que je vous prenne en selle. Mais vous ne vous souvenez sans doute pas de moi. Si vous permettez que je me présente... James McKenzie.

Après avoir soutenu son regard, Fleurette finit par baisser les yeux, embarrassée. Qu'attendait-il d'elle ? Devait-elle feindre de n'avoir pas entendu parler des vols de bétail qu'on lui imputait ? Sans parler du fait, toujours inconcevable pour elle, qu'il était son père ?

— Je... Écoutez, vous ne devez pas croire que je suis venue ici pour vous arrêter ou... Je...

McKenzie éclata de rire puis, se reprenant, déclara à Fleurette devenue adulte avec autant de sérieux que jadis à la fillette de quatre ans :

— Je ne pensais pas du tout à ça, miss Fleurette. Vous avez toujours eu un faible pour les *yeomen*. N'avez-vous pas, un certain temps, été en cheville avec un certain Ruben des Bois ?

Voyant tout à coup de l'espièglerie illuminer son regard, elle le reconnut. Enfant, elle l'appelait monsieur James et il avait toujours été un ami pour elle. Elle perdit toute gêne.

— Mais je le suis toujours, dit-elle, continuant le jeu. Ruben des Bois et moi, nous nous sommes promis l'un à l'autre… C'est une des raisons de ma présence ici.

— Ha ha, la forêt de Sherwood doit être trop petite pour le nombre de vos admirateurs. Là, je peux vous aider, lady Fleurette… À vrai dire, nous devrions commencer à mettre les moutons en sécurité. Je sens que cela commence à sentir mauvais ici. Voulez-vous m'accompagner, miss Fleurette, pour m'en dire un peu plus sur vous et votre mère ?

— Volontiers. Mais… vous feriez mieux de partir pour un endroit où vous seriez vraiment en sécurité. Et peut-être tout simplement rendre les moutons. M. Sideblossom est en route avec une troupe… une demi-armée, dit ma mère. Mon grand-père en est lui aussi. Ils veulent vous arrêter et me…

Fleurette inspecta soudain les alentours avec méfiance. Elle s'était sentie en sécurité jusqu'ici, mais, si Sideblossom avait vu juste, elle se trouvait à présent sur les terres de Lionel Station, les terres de ce dernier. Et il disposait peut-être d'indices lui permettant de savoir à peu près où se trouvait McKenzie.

— Vous, miss Fleurette ? s'étonna James en riant à nouveau. Qu'avez-vous donc fait pour qu'on envoie une troupe à vos trousses ?

— Oh, c'est une longue histoire…, dit-elle en soupirant.

— Bien, remettons cela à plus tard, quand nous serons à l'abri. Contentez-vous de me suivre. Votre chienne peut aider Vendredi. Nous n'en partirons que plus vite.

Il siffla sa chienne qui, d'évidence, savait exactement ce qu'il attendait d'elle. Elle rassembla les bêtes sur le côté de la terrasse, vers l'ouest, dans la direction des Alpes. McKenzie monta sur le mulet.

— Vous n'avez pas de crainte à avoir, miss Fleurette. La région où nous allons est totalement sûre.

— Appelez-moi simplement Fleurette, dit-elle en le rejoignant. Tout ça est de toute façon… très étrange, mais cela est encore plus étrange quand mon… quand quelqu'un comme vous m'appelle miss…

McKenzie la scruta du regard. Tous deux avancèrent côte à côte et en silence pendant un certain temps, tandis que les chiens conduisaient le troupeau au travers d'une contrée rocailleuse, peu engageante. L'herbe y était rare et le sentier pentu. Fleurette se demanda si McKenzie la menait vraiment dans les montagnes.

— Comment êtes-vous… je veux dire, comment en êtes-vous venu à…, finit-elle par lancer, tandis que Niniane cheminait habilement sur le sol caillouteux.

Le chemin, de plus en plus difficile, suivait à présent le lit étroit d'un ruisseau et passait entre deux parois abruptes.

— Vous étiez tout de même contremaître à Kiward Station, et…

— Tu veux dire, pourquoi un travailleur estimé et bien payé devient un voleur de bétail? l'interrompit-il avec un rire amer. Ceci aussi est une longue histoire…

— Mais le chemin n'est pas court non plus…

McKenzie la caressa à nouveau de son regard tendre.

— Bon, d'accord, Fleurette. Quand je suis parti de Kiward Station, j'avais en fait l'intention d'acheter de la terre pour créer un élevage de moutons. J'avais des économies et, quelques années plus tôt, j'aurais sans doute réussi. Mais maintenant…

— Qu'y a-t-il maintenant?

— Il n'est quasiment plus possible d'acheter des pâturages à des prix abordables. Les gros éleveurs – Warden, Beasley, Sideblossom – raflent tout ce qui se présente. Le pays des Maoris passe depuis quelques années pour être propriété de la Couronne. Les Maoris ne peuvent acheter de terres sans l'autorisation du gouverneur. Et seuls quelques candidats triés sur le volet l'obtiennent. De plus, les limites sont très floues. C'est par exemple à Sideblossom qu'appartiennent les pâturages entre le lac et les montagnes. Jusqu'à présent, il n'a revendiqué que les terres allant jusqu'aux terrasses où nous nous sommes rencontrés. Mais s'il en découvre d'autres, il prétendra qu'elles lui appartiennent aussi. Et personne ne s'y opposera, à moins que les Maoris ne se décident enfin à faire valoir leurs droits, ce qu'ils ne font pour ainsi dire jamais. Ils ont en effet un tout autre rapport à la terre que nous. Notamment ici, dans les Préalpes, où ils ne s'établissent jamais durablement. Ils y viennent tout au plus quelques semaines en été pour pêcher et chasser. Les éleveurs ne les en empêchent pas – du moins, pas les plus intelligents. Ceux qui le sont moins s'en irritent. C'est alors que se produisent les incidents qu'on enregistre en Angleterre sous le nom de «guerres des Maoris».

Fleurette fit signe qu'elle comprenait. Miss Hélène avait évoqué ces révoltes, mais elles s'étaient essentiellement produites dans l'île du Nord.

— En tout cas, je n'ai pas trouvé de terre à l'époque, poursuivit McKenzie. Mon argent aurait tout juste suffi pour une ferme minuscule, et je n'aurais pas eu de quoi acheter du bétail. Je suis donc parti pour l'Otago afin d'y chercher de l'or. Mais j'aurais bien sûr préféré faire mes propres découvertes. Je m'y connais en effet un petit peu en ce domaine, Fleurette, j'étais de la ruée vers l'or en Australie. Je me suis donc dit qu'un petit détour ne me ferait pas de mal… Et, ma foi, voilà ce que j'ai trouvé ici.

D'un ample geste du bras, McKenzie présenta le paysage qui s'offrait soudain à eux. Fleurette écarquilla les yeux : le lit du ruisseau s'était élargi durant les dernières minutes et le regard embrassait maintenant un haut plateau couvert d'herbe grasse, de vastes pâturages s'étalant jusqu'à des pentes douces. Les moutons s'égaillèrent aussitôt.

— Permettez que je vous présente McKenzie Station! dit James avec un sourire. Pour l'instant, habitée par moi et une tribu maorie seulement. Elle ne passe par ici qu'une fois par an et elle est en aussi bons termes que moi avec M. Sideblossom. Depuis quelque temps, ce dernier ne cesse en effet d'enclore de grandes surfaces et, ce faisant, il a coupé les Maoris de l'un de leurs sanctuaires. En tout cas, nous sommes bons amis, eux et moi. Nous campons ensemble, nous échangeons des cadeaux… Ils ne me trahiront pas.

— Et où vendez-vous vos moutons?

— Tu veux vraiment tout savoir! Mais bon! Je connais à Dunedin un négociant pas très regardant sur l'origine des bêtes. Et je vends aussi des bêtes que j'élève moi-même. Quand des animaux reproducteurs sont marqués, je ne les vends pas, ils restent ici; je ne vends ensuite que leurs petits. Bon, allons voir mon campement. Assez rudimentaire, mais je ne veux pas construire de cabane. Au cas où un berger s'aventurerait jusqu'ici, expliqua McKenzie en menant Fleurette près d'une tente et d'un foyer. Tu peux attacher ton cheval, j'ai tendu des cordes entre les arbres. Il y a suffisamment d'herbe, et il s'entendra bien avec le mulet. Une belle bête. Une parente de la jument de Gwyn?

— Sa fille. Et Gracie, que voici, est la fille de Cléo. Elle lui ressemble donc.

— Une vraie réunion de famille. Vendredi est aussi une fille de Cléo. C'est Gwyn qui me l'a donnée comme cadeau d'adieu…

À l'évocation de Gwyneira, il y eut de nouveau dans ses yeux une expression de tendresse. Fleurette réfléchit. L'histoire de sa conception se résumerait à une simple relation d'ordre commercial? Le visage de James s'inscrivait en faux contre cette idée. Et Gwyneira lui avait en plus donné un chiot lors de son départ, alors qu'elle se montrait d'ordinaire si possessive avec la progéniture de Cléo. Cela donna à penser à Fleurette.

— Ma mère doit vous avoir passablement aimé…, avança-t-elle prudemment.

— Peut-être pas assez… Mais maintenant, Fleurette, comment va-t-elle? Et le vieux Warden? Le jeune est mort, ai-je entendu dire. Mais tu as un frère?

— J'aimerais mieux ne pas en avoir, dit Fleurette avec véhémence en même temps qu'elle prenait soudain conscience avec joie que Paul n'était qu'un demi-frère.

— C'est donc ça, la longue histoire, répondit McKenzie avec un sourire. Tu veux du thé, Fleurette, ou préfères-tu un whisky? demanda-t-il en rallumant le feu et en mettant de l'eau à bouillir. Ma foi, je vais m'en offrir un. Pour me remettre de ma frayeur à la vue d'un fantôme!

Remplissant un gobelet, il but à sa santé. Fleurette hésita avant de répondre:

— Une gorgée seulement. Ma mère dit que ça agit parfois comme un remède…

James McKenzie était un bon auditeur. Assis à côté du feu, il écouta l'histoire de Fleurette avec Ruben et Paul, Beasley et Sideblossom.

— Tu es donc maintenant en route pour Queenstown, conclut-il. À la recherche de ton Ruben… Mon Dieu, si ta mère avait eu à l'époque autant de cran que toi… Se mordant les lèvres, il poursuivit, mais d'un ton plus paisible: Si tu veux, nous pourrons faire un bout de chemin ensemble. L'équipée de ce Sideblossom n'est pas sans danger. Je crois que je vais mener les moutons à Dunedin et disparaître quelques mois. On verra, peut-être que la chance me sourira sur les terres aurifères!

— Oh, ça serait bien, murmura Fleurette.

En matière d'or, McKenzie paraissait savoir de quoi il parlait. Si elle le persuadait de s'associer à Ruben, l'aventure pourrait peut-être même se conclure par un succès. James lui tendit la main.

— Buvons à la réussite de notre association! Mais tu sais à quoi tu t'exposes. S'ils nous attrapent, tu seras impliquée, car je suis un voleur de bétail. Selon la loi, tu devrais me livrer à la police.

— Je ne suis pas tenue de vous dénoncer, corrigea-t-elle. Pas en tant que membre de la même famille. Pour dire plus simplement les choses, vous êtes… vous êtes mon père.

Le visage de James s'illumina.

— Gwyneira te l'a donc dit! Et t'a-t-elle parlé de nous, Fleurette? A-t-elle peut-être dit… a-t-elle enfin dit qu'elle m'aimait?

Fleurette se mordit la lèvre inférieure. Elle ne pouvait lui répéter les paroles de Gwyneira. Mais elle était dans le même temps convaincue que ce n'était pas la vérité. Elle avait vu dans les yeux de sa mère la même lueur que dans ceux de James.

— Elle… elle s'inquiète pour toi, finit-elle par dire, ce qui était d'ailleurs la vérité. Je suis certaine qu'elle aimerait te revoir.

Fleurette passa la nuit dans la tente de James. Lui-même dormit auprès du feu. Ils voulaient partir tôt le lendemain matin, mais prirent néanmoins le temps de pêcher dans un ruisseau et de faire cuire du pain azyme pour la route.

— Au moins jusqu'à ce que nous ayons laissé les lacs derrière nous, je voudrais ne pas faire de halte, expliqua McKenzie. Nous marcherons pendant la nuit, afin de traverser aux heures les plus sombres les régions habitées. C'est fatigant, Fleurette, mais jusqu'ici ça n'a jamais été dangereux. Les grandes fermes sont à l'écart. Et, dans les petites, les gens sont muets et aveugles. Ils trouvent parfois en guise de récompense un animal jeune et robuste au milieu de leurs moutons, une bête ne provenant pas d'une des grandes exploitations, mais née ici. La qualité des petits troupeaux tout autour des lacs ne cesse de s'améliorer.

— N'y a-t-il vraiment pas d'autre moyen de sortir d'ici qu'en suivant le lit du ruisseau? demanda alors Fleurette en riant.

— Non. Tu peux encore te diriger à cheval vers le sud en longeant le pied des montagnes. C'est le trajet le plus aisé, car on descend en pente douce et ensuite, à un moment donné, il suffit de suivre un ruisseau en direction de l'est. Mais c'est aussi le chemin le plus long. Il mène plutôt dans le Fjordland que dans les Canterbury Plains. Un chemin de fuite, mais pas un trajet de routine. Eh bien, selle ton cheval. Nous allons partir, avant que Sideblossom soit à nos trousses.

Il ne semblait pas trop soucieux. Il mena les moutons – un troupeau non négligeable – en empruntant le chemin par lequel ils étaient venus la veille. Les bêtes n'acceptèrent que de mauvaise grâce de quitter ces pâturages familiers, les béliers qui appartenaient «en propre» à McKenzie étant les plus ardents à pousser des bêlements de protestation quand les chiens les rassemblèrent.

À Kiward Station, Sideblossom n'avait pas perdu de temps à rechercher les chevaux. Que les hommes montent des chevaux de trait ou des bêtes d'élevage lui était indifférent, l'essentiel étant qu'ils avancent. Ce qui devint plus important encore quand on découvrit que Fleurette s'était enfuie.

— Je vais choper l'un et l'autre! tonna-t-il, rouge de colère. Le gaillard et la fille. On le pendra pour célébrer nos noces! Allons, partons, Warden, en selle – non, pas après le petit-déjeuner! Je veux poursuivre cette petite garce tant que la piste est chaude.

Ils perdirent leur temps, bien entendu. Fleurette n'avait pas laissé de traces. Les hommes qui prirent la direction des lacs et de la ferme de Sideblossom ne pouvaient que supposer et espérer être sur ses talons. Warden présumait lui aussi que Fleurette s'était enfuie vers les hautes terres. Il envoya quelques hommes sur des chevaux rapides dans la direction de Queenstown, mais sans conviction. Niniane n'était pas un cheval de course. Si Fleurette voulait semer ses poursuivants, elle n'avait d'autre choix que la montagne.

— Et où comptez-vous chercher maintenant ce McKenzie? demanda Reginald Beasley, découragé, quand la troupe finit par arriver à Lionel Station.

Le site, en bordure du lac, était idyllique avec, pour toile de fond, le monde infini des Alpes, où McKenzie pouvait trouver mille refuges.

Sideblossom eut un rire grinçant.

— Nous avons un petit éclaireur, confia-t-il à ses hommes. Je pense qu'il se montrera désormais disposé à nous conduire. Quand je suis parti de la ferme, il était encore… comment dire… assez peu coopératif…

— Un éclaireur? s'étonna Barrington. Ne parlez donc pas par énigmes!

Sideblossom sauta de cheval.

— Peu avant mon départ pour les Plains, j'ai envoyé un jeune Maori chercher quelques chevaux dans les hautes terres. Mais il ne les a pas trouvés. Il a prétendu qu'ils s'étaient échappés. Nous l'avons alors… euh, un peu mis sous pression, et il a parlé d'un col ou du lit d'une rivière, ou quelque chose comme ça. En tout cas, il doit y avoir par là-bas des territoires inconnus. Il nous montrera ce passage demain. Sinon, je le mettrai au pain sec et à vl'eau!

— Vous avez enfermé ce garçon? s'exclama Barrington, choqué. Qu'en dit sa tribu? N'allez quand même pas vous mettre à dos vos Maoris…

— Oh, ça fait une éternité que le gamin travaille pour moi. Il n'appartient vraisemblablement pas aux tribus locales. Et quand bien même, je m'en fiche! En tout cas, il nous conduira à ce col demain.

L'éclaireur se révéla un garçon petit, malingre et complètement terrorisé. Ayant passé les journées d'absence de Sideblossom dans une grange obscure, il n'était plus qu'une loque agitée de tremblements. Barrington supplia Sideblossom de commencer par libérer l'enfant, mais le fermier se contenta de rire.

— Si je le laisse partir maintenant, il disparaîtra. Il pourra décamper dès demain, une fois qu'il nous aura montré le chemin. Et nous partirons de bonne heure, messieurs, sitôt le soleil levé. Donc, usez modérément du whisky au cas où vous le supporteriez mal!

Cette réflexion fut naturellement plutôt mal accueillie par les fermiers des Plains, les plus modérés des éleveurs, tels Beasley ou Barrington, ayant de toute façon déjà perdu beaucoup de leur enthousiasme pour leur chef charismatique: à la différence des premières expéditions, celle-ci n'avait plus rien d'une aimable partie de chasse et s'apparentait plutôt à une opération militaire.

Sideblossom avait ratissé systématiquement la partie des Préalpes dominant les Canterbury Plains, divisant ses gens en petites troupes qu'il soumettait à une surveillance pointilleuse. Jusque-là, les participants avaient pensé qu'il avait pour principal objectif de retrouver McKenzie, mais, à présent que Sideblossom dévoilait qu'il possédait des indices concrets sur le refuge du voleur de bétail, ils comprenaient qu'ils avaient passé le plus clair de leur temps à rechercher la trace de Fleurette Warden. Ce que nombre d'entre eux trouvaient exagéré, estimant que Fleurette ne tarderait pas à se manifester. Et si elle ne voulait pas épouser Sideblossom, eh bien, c'était à elle d'en décider.

Bon gré mal gré, ils obéirent néanmoins aux ordres du fermier, renonçant à l'idée longtemps caressée qu'un bon dîner et un whisky d'excellente qualité précéderaient la capture du voleur de bétail.

— La fête, déclara Sideblossom, les privant de leurs dernières illusions, ce sera pour après la chasse!

McKenzie et Fleurette auraient peut-être encore pu fuir si les chiens, devant eux, n'avaient pas déjà poussé les moutons au-delà d'un coude de la rivière, juste à l'endroit où son lit s'élargissait. Les moutons, de plus, bêlaient à qui mieux mieux, facilitant l'approche des poursuivants qui, à la vue du troupeau, se disposèrent en éventail afin de lui barrer le passage.

McKenzie aperçut tout d'abord Sideblossom en tête du détachement. Stoppant son mulet, il demeura comme figé sur place.

— Les voilà! Ils sont deux! cria soudain un des poursuivants, tirant McKenzie de son immobilité.

Désespéré, il chercha par où fuir. S'il faisait demi-tour, il aurait certes une petite avance, les hommes devant traverser un troupeau de quelque trois cents bêtes serrées dans le lit de la rivière. Mais leurs chevaux étaient rapides et lui n'avait qu'un mulet, chargé de surcroît de tous ses effets. La situation était sans issue. Pas pour Fleurette, à vrai dire.

— Fleurette, fais demi-tour! Prends le chemin que je t'ai indiqué. J'essaie de les retenir.

— Mais tu… nous…

— Va, Fleurette! dit-il en portant la main au sac qu'il avait à la ceinture.

Sur quoi, quelques-uns des poursuivants ouvrirent le feu, heureusement sans grande conviction. James sortit une petite bourse et la lança à la jeune fille.

— Prends ça! Et maintenant, vas-y, nom d'un chien, vas-y!

Entre-temps, Sideblossom avait réussi à engager son étalon à l'intérieur du troupeau et arrivait à quelque distance de McKenzie. Quelques secondes encore, et il reconnaîtrait Fleurette qui avait jusque-là été masquée par des rochers. Elle réprima une violente envie de prêter main-forte à son père: il avait raison, ils n'avaient aucune chance. Le cœur lourd, mais avec des gestes précis, elle fit faire volte-face à Niniane, pendant que McKenzie se dirigeait lentement vers Sideblossom.

— À qui appartiennent ces moutons? hurla l'éleveur d'une voix haineuse.

McKenzie, impassible, le toisa.

— Quels moutons?

Du coin de l'œil, Fleurette eut encore le temps d'apercevoir Sideblossom tirer son père à bas de son mulet et, hors de lui, se mettre à le frapper. Puis elle partit au grand galop en direction des hautes terres «McKenzie». Gracie la suivit. Elle respira quand, ayant franchi le dangereux passage rocheux, elle fonça vers le sud. Personne ne la rattraperait.

7

Queenstown, située dans une baie naturelle du lac Waka-tipu, était entourée de montagnes puissantes et abruptes. La nature alentour était grandiose : un immense lac d'un bleu d'acier, de vastes forêts et des prairies d'un vert lumineux, de majestueux massifs montagneux, un monde rude et certainement inexploré encore. La ville, elle, était minuscule. Même Haldon faisait figure de grande cité comparée à cette poignée de maisons d'un étage construites à la va-vite. L'unique bâtiment qui attirait le regard était une construction en bois, de deux étages, portant l'inscription «Hôtel Daphnée».

Tandis qu'elle remontait à cheval la poussiéreuse rue principale, Fleurette luttait contre la déception. Queenstown passant pour être le centre de la ruée vers l'or en Otago, elle s'attendait à une ville plus grande. D'un autre côté, il n'était guère possible de laver de l'or dans la rue principale ; les hommes devaient vivre dans leurs concessions, quelque part dans le bush autour de la ville. Et si l'on pouvait embrasser l'endroit du regard, il lui serait d'autant plus aisé d'y découvrir Ruben. Bravement, elle se dirigea vers l'hôtel, devant lequel elle attacha Niniane. Déjà surprise que l'établissement ne possédât pas d'écurie, elle s'aperçut dès l'entrée qu'il n'avait rien de commun avec l'hôtel de Christ-church, où elle était parfois descendue avec sa famille. Pas de réception ici, mais une buvette. L'hôtel faisait donc en même temps office de pub.

— Ce n'est pas encore ouvert! annonça une voix féminine quand Fleurette s'approcha.

Une jeune femme blonde qui s'affairait derrière le comptoir la contemplait avec stupéfaction.

— Vous êtes… une nouvelle? Je croyais qu'elles arriveraient avec la diligence. Pas avant la semaine prochaine…

La jeune femme avait des yeux bleus, d'une grande douceur, et une peau très claire, très délicate. Fleurette lui sourit.

— Je voudrais une chambre, dit-elle, un peu déconcertée par cet accueil étrange. C'est bien un hôtel, ici?

— Vous voulez… maintenant? Seule? s'étonna la jeune femme en la dévisageant.

Fleurette rougit. Bien sûr, il était inhabituel de voir une fille de son âge voyager seule.

— J'arrive juste. Je viens retrouver mon fiancé.

La femme parut soulagée.

— Alors le… fiancé arrive tout de suite? Elle prononça le mot «fiancé» comme s'il s'agissait d'une plaisanterie.

Fleurette se demanda ce que son arrivée avait de si étrange. À moins que la fille ne fût un peu dérangée?

— Non, mon fiancé ne sait pas que je suis ici. Et je ne sais pas non plus exactement où il se trouve. C'est pour ça que j'ai besoin d'une chambre. Je veux au moins savoir où je vais dormir cette nuit. Je peux payer la chambre, j'ai de quoi…

Ce qui était vrai. Elle avait non seulement sur elle la petite somme donnée par sa mère, mais aussi l'argent de la bourse que McKenzie lui avait donnée au dernier moment: une petite fortune en dollars-or, à l'évidence tout ce que son père avait «gagné» ces dernières années grâce aux vols de bétail. Sauf que Fleurette ignorait si elle devait la garder pour lui ou pour elle-même. Mais elle s'occuperait de cette question ultérieurement. La note d'hôtel, en tout état de cause, ne serait pas un problème.

— Vous voulez donc rester toute la nuit? demanda la jeune femme, qui n'avait donc manifestement pas toute sa tête. Je vais chercher Daphnée! décida-t-elle, visiblement soulagée d'avoir eu cette idée, et elle disparut dans la cuisine.

Au bout de quelques minutes, une femme un peu plus âgée fit son apparition. Elle avait quelques rides, traces laissées par de trop longues nuits blanches et l'abus de whisky. Mais ses yeux, d'un vert éclatant, étaient vifs et son abondante chevelure rousse était coquettement relevée.

— Tiens, une rouquine! dit-elle en riant. Et des yeux dorés! Une beauté rare! Eh bien, si tu voulais t'engager chez moi, je n'y verrais rien à redire. Mais Laurie dit que tu ne veux qu'une chambre…

Fleurette raconta une deuxième fois son histoire.

— J'ignore ce que votre employée trouve de drôle là-dedans, dit-elle pour finir, un peu irritée.

— Il n'y a rien de drôle, mais Laurie n'a pas l'habitude des clients d'hôtel. Écoute, petite, j'ignore d'où tu viens, mais je parie sur Christchurch ou Dunedin, où les gens riches descendent dans des hôtels distingués. Chez nous, c'est plutôt un hôtel de passe, si tu vois ce que je veux dire. Les clients louent les chambres pour une heure ou deux et c'est nous qui fournissons la compagnie.

Fleurette piqua un fard. Elle était tombée chez des prostituées! Dans un… non, elle préférait ne pas formuler le mot, même en pensée. Daphnée l'observait en souriant et la retint au moment où elle allait sortir en trombe.

— Attends un peu, petite! Où comptes-tu aller? Tu n'as pas à avoir peur. Ici, personne ne te violera.

Fleurette s'immobilisa. Il était sans doute absurde de s'enfuir. Daphnée n'était pas effrayante, et la fille plus jeune de tout à l'heure encore moins.

— Où est-ce que je peux dormir, alors? Existe-t-il ici aussi une… une…

— Une pension honorable? lui vint en aide Daphnée. Malheureusement, non. Les hommes de passage dans la ville dorment dans l'écurie de louage avec leurs chevaux. Ou bien ils se rendent directement dans l'un des camps de chercheurs d'or où il y a toujours un coin où un nouveau peut dormir.

— Bien. Alors… c'est ce que je vais faire aussi. Peut-être que j'y trouverai mon fiancé, dit-elle crânement en prenant son sac et en s'apprêtant à sortir.

— C'est absolument hors de question, gamine ! Une enfant comme toi, seule au milieu de cent ou deux cents bonshommes morts de faim : ils gagnent à peine de quoi s'offrir ici une fille tous les six mois ! Ce ne sont pas des gentlemen. Et ton « fiancé » ? Comment s'appelle ce garçon ? Peut-être que je le connais.

Fleurette rougit à nouveau, d'indignation cette fois.

— Ruben ne… ne viendrait jamais…

— Il serait alors un phénomène rare au sein de son espèce ! Crois-moi, mon enfant, ils finissent tous par atterrir ici, sauf les pédés. Mais ce n'est apparemment pas le cas de ce garçon.

Bien que ce mot fût de l'hébreu pour elle, Fleurette était certaine que Ruben n'avait jamais fréquenté l'établissement. Elle donna néanmoins le nom à Daphnée qui, après avoir longtemps réfléchi, secoua la tête.

— Jamais entendu parler ! Et j'ai pourtant la mémoire des noms. C'est donc que ton chéri n'a pas encore fait fortune.

— S'il avait fait fortune, il serait venu me chercher, dit-elle avec la plus grande conviction. Mais je dois partir, la nuit va tomber. Où disiez-vous que se trouvent ces campements ?

Daphnée soupira.

— Je ne peux pas t'y envoyer, gamine. Même avec la meilleure volonté du monde, et surtout pas la nuit. Tu n'en sortirais pas indemne. Je n'ai pas d'autre solution que te louer une chambre pour la nuit.

— Mais je… je ne voudrais pas…, balbutia Fleurette, qui ne savait comment se tirer d'affaire, mais ne voyait guère d'alternative.

— Gamine, les chambres ont des portes, et les portes ont des serrures. Tu peux avoir la chambre un. D'ordinaire, c'est celle des jumelles, mais elles ont rarement des clients. Viens, je vais te montrer. Ton chien, dit-elle, montrant Gracie couchée aux pieds de Fleurette, tu peux le prendre avec toi. Il est certainement plus propre que la plupart des bonshommes. Tu n'as rien à craindre, ajouta-t-elle en la voyant hésiter.

Puis elle monta l'escalier.

Fleurette la suivit, nerveuse, mais au second étage, à son grand soulagement, l'hôtel ressemblait davantage au White Hart de Christchurch qu'à un lieu de débauche. Une autre femme blonde, dont la ressemblance avec la première était ahurissante, était en train d'astiquer le couloir. Elle les salua d'un air étonné quand Daphnée et Fleurette passèrent à côté d'elle. Daphnée s'arrêta et lui sourit.

— Je te présente miss… Au fait, tu t'appelles comment? Il faut absolument que je me procure des fiches réglementaires, si je veux à l'avenir louer les chambres pour plus d'une heure ou deux! remarqua-t-elle en clignant de l'œil.

Fleurette réfléchit à toute vitesse. Mieux valait ne pas donner son vrai nom.

— Fleurette, finit-elle par répondre, Fleurette McKenzie.

— Parente d'un certain James? Il a lui aussi un chien comme celui-là.

— Euh… pas que je sache…, balbutia-t-elle en rougissant derechef.

— D'ailleurs, ils l'ont attrapé, le pauvre diable. Et ce Sideblossom, de Lionel Station, veut le pendre, poursuivit Daphnée avant de revenir aux présentations : tu as entendu, Marie? Fleurette McKenzie. Elle a loué une de nos chambres.

— Pour… pour toute la nuit? demanda Marie.

— Pour toute la nuit, Marie, soupira Daphnée. Nous devenons honorables. Voici la chambre un. Entre, gamine!

Fleurette pénétra dans une petite pièce aménagée de manière étonnamment confortable, avec des meubles simples, taillés dans des bois locaux, un grand lit aux draps d'une propreté impeccable. D'ailleurs, l'établissement tout entier respirait l'ordre et la propreté. Fleurette décida de ne plus penser à rien d'autre.

— C'est joli! dit-elle sans mentir. Merci beaucoup, miss Daphnée. Ou bien madame?

— Miss. Dans mon métier, il est plutôt rare qu'on se marie. Et d'ailleurs, après toutes mes expériences des hommes – et il y en a un certain nombre, crois-moi, gamine –, je ne pense pas avoir loupé grand-chose. Bon, je vais te laisser afin que tu fasses un brin de toilette. Marie ou Laurie vont t'apporter de l'eau.

Elle s'apprêtait à refermer la porte, mais Fleurette la retint.

— Oui… non… il faut d'abord que je m'occupe de mon cheval. Où est l'écurie de louage, disiez-vous? Et où pourrais-je peut-être avoir des renseignements sur… mon fiancé?

— L'écurie est au coin de la rue. Tu pourras aussi t'y renseigner, mais je doute que le vieux Ron sache quelque chose. Ce n'est pas vraiment une lumière. Ça m'étonnerait qu'il fasse attention à un client, à son cheval à la rigueur. Peut-être qu'Ethan, le postier, en sait davantage. Il tient, en plus de la poste, la boutique et le télégraphe. Tu ne peux pas le manquer, de l'autre côté de la rue, un peu plus loin. Mais dépêche-toi, il va fermer. C'est toujours lui le premier au pub.

Après avoir remercié Daphnée, Fleurette redescendit avec elle. Elle aussi tenait à en terminer au plus tôt. Quand le pub ouvrirait, mieux vaudrait qu'elle fût retranchée dans sa chambre.

Elle trouva effectivement la boutique sans peine. Ethan, un homme entre deux âges, sec et chauve, était en train de nettoyer les étalages avant de fermer.

— Les chercheurs d'or, je les connais tous, répondit-il à la jeune fille. C'est moi qui reçois leur courrier. Et parfois, il n'y a d'autre adresse que par exemple «John Smith, Queenstown». Ils viennent le chercher ici et il est déjà arrivé que deux John Smith en viennent aux mains…

— Mon ami s'appelle Ruben. Ruben O'Keefe, s'empressa de déclarer Fleurette, bien que son intuition lui soufflât déjà qu'elle n'arriverait pas à grand-chose ici.

Si Ethan disait vrai, les lettres qu'elle lui avait envoyées avaient échoué ici. Et, manifestement, personne n'était venu les prendre. Le postier réfléchit.

— Non, miss, je regrette. Le nom, je le connais, des lettres arrivent pour lui à tout bout de champ. Je les ai toutes ici, mais l'homme lui-même…

— Peut-être a-t-il donné un autre nom! Davenport, par exemple? Ruben Davenport?

— Des Davenport, j'en ai trois, confia Ethan avec flegme. Mais pas de Ruben.

Fleurette fut si déçue qu'elle eut envie de partir. Elle fit néanmoins une ultime tentative.

— Peut-être vous souvenez-vous de son apparence. Un homme grand et mince… en fait, plutôt un jeune homme, il a dix-huit ans. Il a les yeux gris, un peu comme le ciel avant la pluie. Et les cheveux châtain foncé, épais et frisés, tirant un peu sur le roux… Il n'arrive jamais à les peigner, dit-elle d'un ton rêveur, mais la mimique du postier la refroidit sur-le-champ.

— Connais pas! Qu'est-ce que t'en dis, Ron? T'as une idée? demanda Ethan en se tournant vers un homme, petit et obèse, qui venait d'entrer et, attendant son tour, était appuyé au comptoir.

— Quelle sorte de mulet il a? demanda-t-il en haussant les épaules.

Se rappelant que le propriétaire de l'écurie s'appelait Ron, Fleurette reprit espoir.

— Il a un cheval, monsieur! Une petite jument, qui ressemble à la mienne, ici, dit-elle, montrant par la porte ouverte Niniane qui attendait toujours devant l'hôtel. Juste un peu plus petite, et une robe baie. Elle s'appelle Minette.

Ron opina du chef d'un air pénétré.

— Jolie bête! déclara-t-il enfin, sans préciser s'il parlait de Niniane ou de Minette.

D'impatience, Fleurette ne tenait plus en place.

— Ça ressemble au petit Rube Kays. Celui qui possède avec Stue Peters cette drôle de concession, là-haut, au bord de la Shotover River. Stue, tu le connais bien. C'est le…

— Le gars qui se plaint toujours que mon outil ne vaut rien! Ouais, je m'en souviens. Et de l'autre aussi, mais lui parle pas beaucoup. C'est vrai, ils ont un cheval comme ça. Puis, se tournant vers Fleurette: Mais, aujourd'hui, c'est trop tard pour aller là-bas, lady. Il y a au moins deux heures de trajet dans la montagne.

— Et puis, qui sait s'il sera content de te voir? remarqua Ron, jouant les oiseaux de mauvais augure. Je ne veux pas noircir, mais quand un gars prend la peine de changer de nom et de se cacher dans le coin le plus perdu de l'Otago pour que tu ne le trouves pas…

Fleurette devint écarlate, mais elle était trop heureuse de sa découverte pour se fâcher.

— Il sera très heureux de me voir, assura-t-elle. Mais aujourd'hui, il est vraiment trop tard. Est-ce que je peux loger mon cheval chez vous, monsieur… monsieur Ron?

Fleurette passa une nuit étonnamment calme dans sa chambre de l'hôtel Daphnée. Certes lui parvenaient d'en bas les sons d'un piano, et l'on dansait aussi dans le pub, sans compter les incessantes allées et venues dans le couloir jusque vers minuit. Mais cela ne l'importuna pas du tout et elle s'endormit tranquillement. Elle se réveilla de bonne heure, peu surprise de ne trouver quasiment personne debout. Une des jeunes filles blondes l'attendait néanmoins en bas.

— Je dois vous préparer un petit-déjeuner, miss Fleurette. Daphnée estime que vous avez devant vous un long trajet à cheval en remontant la Shotover avant de trouver votre fiancé. Laurie et moi, on trouve ça très romantique!

C'était donc Marie. Fleurette remercia pour le café, le pain et les œufs. Elle ne ressentit aucune gêne quand Marie, en toute confiance, s'assit à côté d'elle après avoir servi à Gracie une écuelle pleine de restes de viande.

— Votre chien est mignon, miss. J'en ai déjà connu un comme lui. Mais ça remonte à loin…

La jeune fille avait l'air perdue dans ses rêves. Elle ne ressemblait pas du tout à l'image que Fleurette se faisait d'une prostituée.

— Autrefois, on espérait nous aussi trouver un gentil garçon, poursuivit Marie tout en caressant Gracie. Mais ce qui est bête, c'est qu'un homme ne peut épouser deux femmes à la fois. Or, on ne veut pas se séparer. Il faudrait trouver des jumeaux.

Fleurette ne put s'empêcher de rire.

— Je croyais qu'on ne se mariait pas dans votre métier, dit-elle, reprenant ce qu'avait dit Daphnée la veille.

Marie la considéra, l'air grave.

— Mais ce n'est pas notre métier, miss. Nous sommes des filles convenables, chacun le sait. Oui, bien sûr, nous dansons un peu. Mais nous ne faisons rien d'impudique. En fait, rien de *vraiment* impudique. Rien avec des hommes.

Fleurette tomba des nues. Un établissement si petit pouvait-il réellement employer deux bonnes?

— Nous faisons aussi le ménage chez M. Ethan et chez le coiffeur, M. Fox, pour gagner un peu plus. Mais toujours de manière honorable, Daphnée y veille. Si quelqu'un nous touche, ça barde. Ça barde pour de bon!

Les yeux d'enfant de Marie brillaient d'un éclat étrange. Elle avait effectivement l'air un peu demeurée. Était-ce pour cette raison que Daphnée prenait en charge les jumelles? Mais elle devait partir à présent. Marie refusa d'un signe de la main quand elle voulut payer la chambre.

— Vous réglerez ça avec Daphnée, miss, quand vous repasserez par ici. D'ailleurs, je suis chargée de vous dire que vous pouvez revenir dès ce soir. Au cas où ça ne… où ça ne marcherait pas avec votre ami…

Fleurette remercia d'un signe de tête tout en souriant intérieurement. Elle était déjà manifestement devenue l'objet de la rumeur publique à Queenstown. Et la *vox populi* ne paraissait pas très optimiste quant à ses affaires amoureuses. Elle était heureuse tandis que, longeant le lac, elle se dirigeait vers le sud, puis, remontant la large rivière, vers l'ouest. Elle ne passa pas devant des campements de chercheurs d'or relativement importants. Ils se trouvaient en effet sur des terres d'anciennes fermes à moutons, le plus souvent plus près de Queenstown que la concession de Ruben. Les hommes y avaient construit des baraquements, mais, aux yeux de Marie, il s'agissait plutôt d'une espèce de réédition de Sodome et Gomorrhe. La jeune femme avait exposé son point de vue d'une manière très évocatrice; elle avait visiblement une bonne connaissance de la Bible. Fleurette était en tout cas heureuse de ne pas avoir à rechercher Ruben au milieu de cette foule d'hommes rudes. Avançant le long de la rivière, elle savourait l'air pur et relativement froid. Dans les Canterbury Plains, en cette fin d'été, il faisait encore chaud, mais, à l'altitude de cette région, les arbres procuraient un avant-goût des merveilleuses couleurs d'automne à venir. Dans deux ou trois semaines, les lupins fleuriraient.

Elle trouvait pourtant étrange que la région fût si déserte. Si on pouvait y délimiter des concessions, elle aurait dû grouiller de chercheurs d'or !

Ethan effectuait des relevés précis de l'emplacement des diverses concessions et lui avait décrit en détail le territoire où prospectaient Ruben et Stue. Mais ils n'auraient de toute façon pas été difficiles à trouver. Ils campaient au bord de la rivière, et Gracie comme Niniane détectèrent leur présence bien avant elle. Niniane dressa les oreilles et émit un hennissement assourdissant qui reçut aussitôt une réponse. Gracie les flaira elle aussi et partit comme une flèche saluer Ruben.

C'est Minette que Fleurette aperçut en premier. La jument, attachée en compagnie d'un mulet un peu à l'écart de la rivière, regardait dans sa direction avec excitation.

Fleurette vit un foyer, plus près de l'eau, ainsi qu'une tente rudimentaire. Trop près de l'eau, pensa-t-elle dans un éclair. Si la rivière enflait subitement, phénomène que les cours d'eau descendant directement de hautes montagnes connaissaient souvent, le campement serait emporté.

— Minette! s'écria Fleurette, et la jument répondit par un ronflement de bonheur.

Niniane se dirigea vers elle. Fleurette se laissa glisser de sa selle pour étreindre son cheval de ses deux bras. Mais où était Ruben? Elle entendit le bruit de scies et de coups de marteau provenant du bois bordant le campement. Bruits qui cessèrent brusquement. Fleurette sourit: Gracie devait avoir découvert Ruben.

Le jeune homme sortit effectivement du bois en courant. Fleurette eut l'impression de vivre un rêve devenu réalité. Ruben était là, elle l'avait trouvé! Il avait bonne mine à première vue. Il avait le visage hâlé et, comme toujours en la voyant, les yeux brillants. Mais, en le prenant dans ses bras, elle sentit ses côtes; il était d'une maigreur effrayante. Ses traits étaient marqués par l'épuisement, les mains rêches et pleines d'écorchures. Ruben était toujours un piètre travailleur manuel.

— Fleurette! Toi ici? Comment m'as-tu trouvé? As-tu perdu patience? Tu es impossible, Fleurette! s'exclama-t-il en riant.

— Je me suis dit que je devais prendre moi-même en main notre enrichissement, lui rétorqua-t-elle en exhibant la bourse de son père. Regarde, tu n'as plus besoin de trouver de l'or. Mais ce n'est pas pour ça que je suis partie. J'ai été obligée… j'ai…

Sans un regard pour la bourse, Ruben lui prit la main.

— Tu me raconteras ça plus tard. Je vais d'abord te montrer le campement. C'est un endroit merveilleux, ici, rien à voir avec la vieille bergerie infâme où nous avons commencé à loger. Viens, Fleurette…

— On va d'abord attacher mon cheval, Ruben! Au fait, comment as-tu réussi à ne pas perdre Minette pendant tous ces mois?

— C'est elle qui a veillé à ne pas me perdre, plaisanta Ruben. C'était sa mission, non? Avoue-le, Fleurette! Tu lui as dit de bien prendre soin de moi! poursuivit-il en caressant Gracie qui sautait contre ses jambes en gémissant.

Une fois Niniane solidement attachée à côté de Minette et du mulet, Fleurette accepta de visiter le campement.

— C'est là que nous dormons… Ce n'est pas grandiose, mais c'est propre. Tu n'imagines pas à quoi ça ressemblait dans les fermes… et puis ici, le ruisseau. Il charrie de l'or! s'enthousiasma-t-il en montrant un ruisselet coulant allègrement en direction de la rivière.

— À quoi le voit-on? s'enquit Fleurette.

— On ne le voit pas, on le sait! expliqua Ruben. Il faut l'extraire par lavage. Je te montrerai comment. Mais nous construisons une rampe de lavage. Tiens, voici Stue!

Le compagnon de Ruben venait à leur rencontre. Il fut d'emblée sympathique à Fleurette, un géant musclé, aux cheveux d'un blond clair, des yeux bleus rieurs dans une face large et amicale.

— Stuart Peter, pour vous servir, m'dame! dit-il en tendant à Fleurette un énorme battoir qui engloutit sa main délicate. Vous êtes aussi jolie que le prétendait Ruben, si vous me permettez cette remarque!

— Vous êtes un flatteur, Stue! dit Fleurette en riant et en jetant un œil sur l'ouvrage auquel il travaillait à l'instant – un canal en bois, plat, à l'inclinaison assurée par des montants, alimenté par une petite chute d'eau.

— C'est une rampe de lavage, s'empressa d'expliquer Ruben. On met les alluvions ici, puis on fait couler de l'eau dessus. Le sable s'en va et l'or reste piégé derrière les traverses…

— Les tasseaux, corrigea Stuart.

— Vous vous y connaissez en orpaillage, monsieur Peters ? demanda Fleurette, impressionnée.

— Stue. Appelez-moi Stue. Eh bien, en réalité, je suis forgeron, admit Stuart. Mais, un jour, j'ai aidé à construire un truc de ce genre. C'est très facile, en fait. Même si les vieux orpailleurs voudraient en faire une science. À cause de la vitesse d'écoulement et ce genre de choses…

— Mais ce sont des bêtises ! l'approuva Ruben. Si quelque chose est plus lourd que le sable, il met plus de temps à être lavé, c'est logique. Ça n'a rien à voir avec la vitesse de l'eau. Donc, l'or doit rester piégé ici !

Fleurette n'était pas convaincue. À la vitesse à laquelle l'eau coulait ici, les pépites d'or seraient fatalement entraînées, au moins les plus petites. Mais cela dépendait bien sûr de la taille des pépites que voulaient recueillir les garçons. Peut-être qu'on pouvait se permettre de ne tamiser que les plus grosses ici. Aussi acquiesça-t-elle sagement, retournant au campement avec les deux garçons qui étaient vite tombés d'accord pour s'offrir une pause. Peu après, du café bouillait dans un récipient de fortune. Fleurette, sans avoir l'air d'y toucher, remarqua l'équipement rudimentaire des deux chercheurs d'or. Ils ne possédaient qu'une casserole et deux couverts. Elle dut partager avec Ruben son gobelet de café. Tout cela ne respirait pas la réussite.

— C'est que nous ne faisons que commencer, se défendit Ruben, Fleurette ayant fait une remarque prudente. Nous n'avons jalonné la concession qu'il y a deux semaines, et nous en sommes à construire notre rampe de lavage.

— Ça irait beaucoup plus vite si Ethan, le requin de Queenstown, ne nous vendait pas des outils de merde ! râla Stuart. C'est vrai, Fleurette, en deux jours, nous avons déjà usé deux lames de scie. Avant-hier, c'est une bêche qui s'est cassée. Une bêche ! Le genre de truc qui, en temps ordinaire, dure toute une vie. Et j'ai beau changer les manches tous les deux jours, je n'arrive jamais à les faire tenir. J'ignore pourquoi Ethan vend cet article qui coûte cher et ne vaut rien.

— Mais la concession est belle, hein? demanda Ruben, regardant, ravi, son bout de terrain sur la rive.

Fleurette ne put faire autrement que lui donner raison. Mais elle l'aurait trouvée plus belle encore si elle avait vu de l'or.

— Qui… euh, qui vous a conseillé de jalonner cette concession? s'enquit-elle prudemment. Je veux dire, vous êtes tout seuls ici pour l'instant. C'était un tuyau confidentiel?

— C'était une intuition! déclara Stuart avec fierté. Nous avons vu l'endroit et – bingo! – voilà notre concession. C'est là que nous allons faire fortune!

— En d'autres termes, dit Fleurette en fronçant les sourcils, en d'autres termes… Personne n'a trouvé d'or jusqu'ici dans les environs?

— Pas beaucoup, concéda Ruben, mais personne n'a cherché!

Les deux garçons la regardèrent, quêtant une approbation. Fleurette eut un sourire contraint et décida de prendre les choses en main.

— Avez-vous déjà essayé de laver l'or vous-mêmes? Dans le ruisseau, je veux dire. Tu voulais me montrer comment on s'y prend.

Ruben et Stuart acquiescèrent en chœur.

— On en a trouvé un peu, affirmèrent-ils en allant chercher une batée.

— On va te montrer, et après tu pourras laver un peu, pendant qu'on continuera à construire la rampe! déclara Ruben. Tu vas nous porter chance, c'est sûr!

Fleurette n'ayant pas besoin de deux professeurs et Stuart désirant laisser seuls les deux amoureux, il s'éloigna. Les heures suivantes, ils ne le virent ni ne l'entendirent, à l'exception de quelques jurons quand un outil se brisait.

Fleurette et Ruben profitèrent d'abord de leur solitude pour refaire connaissance. Il leur fallut retrouver le goût de leurs baisers et constater avec quel naturel le corps de chacun réagissait au contact de l'autre.

— Est-ce que tu vas m'épouser, à présent? finit par demander Fleurette. Je veux dire… ce n'est guère possible que je vive ici avec vous, sans que nous soyons mariés.

— C'est vrai, ce n'est pas possible. Mais l'argent… Fleurette, je vais être franc. Jusqu'à présent, je n'ai rien mis de côté. Le peu que j'ai gagné sur les terres aurifères des environs de Queenstown a servi à nous équiper. Et le peu que nous avons ramassé ici a servi à remplacer nos outils. Stuart a raison : le vieil Ethan ne vend que de la camelote. Quelques vieux orpailleurs ont encore des batées, des bêches et des pioches rapportées d'Australie. Mais ce que nous achetons ne résiste que quelques jours et coûte les yeux de la tête !

— Alors, il vaut mieux que nous dépensions cela pour autre chose ! s'écria-t-elle en riant, exhibant à nouveau la bourse de son père.

Ruben y prêta attention cette fois, et la vue des dollars-or le plongea dans un authentique ravissement.

— Fleurette ! C'est merveilleux ! D'où tiens-tu cela ? Ne me dis pas que tu as dévalisé ton grand-père ! Mais tant d'argent ! On va pouvoir terminer notre rampe, bâtir une cabane, peut-être engager des auxiliaires ! Fleurette, avec cet argent, on va pouvoir faire cracher à cette terre tout l'or qu'elle renferme !

Gardant pour elle ce qu'elle pensait de ce projet, elle raconta d'abord l'histoire de sa fuite.

— Je n'arrive pas à y croire ! James McKenzie est ton père !

Fleurette avait soupçonné Ruben d'être plus ou moins au courant, leurs mères n'ayant quasiment pas de secrets l'une pour l'autre et ce que Hélène savait finissant toujours par arriver aux oreilles de son fils. Pourtant, il ne s'était douté de rien et il supposa que sa mère n'avait pas non plus été mise dans le secret.

— J'ai toujours pensé qu'il y avait un mystère autour de Paul. Ma mère donnait l'impression de savoir quelque chose. Mais personne à part elle. Moi, je n'ai jamais rien su.

Puis, les deux hommes s'étant remis à leur travail, Fleurette entreprit de se servir de la batée. Elle avait toujours cru qu'on tamisait l'or, mais, en réalité, la méthode reposait sur le principe du lavage. Il fallait une certaine adresse pour imprimer un mouvement giratoire à la batée tout en l'inclinant de manière à faire peu à peu couler et donc éliminer les particules de terre les plus fines. À la fin, il ne restait plus qu'une pincée de sable noir dans laquelle apparaissaient enfin des traces d'or. Ruben éprouvait bien des difficultés à effectuer ce geste, mais Fleurette eut tôt fait d'acquérir le tour de main. Ruben et Stuart l'admirèrent pour ce don naturel. Pour sa part, elle était moins enthousiaste car, en dépit de son habileté, des traces d'or n'apparaissaient qu'exceptionnellement dans la batée. Le soir, elle avait fourni près de six heures de travail intense tandis que les hommes avaient mis hors d'usage deux autres scies sans avoir pour autant sensiblement progressé dans la construction de la rampe. Fleurette, de toute façon, n'y accordait plus grande importance. Elle estimait qu'il était vain de vouloir trouver de l'or ici grâce à une rampe de lavage. Les insignifiantes traces d'or qu'elle avait lavées aujourd'hui auraient été entraînées par le courant. Et l'effort en valait-il la peine? Stuart estima son butin à moins d'un dollar.

Les hommes continuaient pourtant à rêver de richesse tout en faisant griller les poissons que Fleurette avait pêchés dans le ruisseau. Amère, elle se dit qu'en vendant du poisson elle aurait gagné davantage qu'avec tout ce lavage.

— Demain, il faudra aller à Queenstown pour acheter de nouvelles lames de scie, soupira Stuart avant de prétendre qu'il dormirait tout aussi bien sous les arbres, près des chevaux, que dans la tente, se montrant une nouvelle fois très compréhensif envers le jeune couple.

— Et pour nous marier, dit Ruben fort sérieusement en prenant Fleurette dans ses bras. Crois-tu que ce serait grave si nous anticipions un peu et fêtions dès ce soir notre nuit de noces?

Fleurette fit non de la tête et se pelotonna contre lui.

— Nous ne le dirons à personne! répondit-elle.

8

Le lever du soleil sur les montagnes paraissait avoir été commandé pour un jour de mariage. Les Alpes, rouges et mauves, resplendissaient, l'air embaumait l'odeur de la forêt et de l'herbe humide, et le murmure du ruisseau, se mêlant au bruit plus lointain de la rivière, était comme une douce musique de noces. Fleurette se sentit heureuse et comblée quand elle se réveilla dans les bras de Ruben et sortit la tête de la tente. Gracie lui lécha le nez en guise de bonjour. Fleurette la caressa.

— Mauvaise nouvelle, Gracie, mais j'ai trouvé quelqu'un qui embrasse mieux que toi, dit-elle en riant. Fonce réveiller Stuart, je prépare le petit-déjeuner. Une longue journée nous attend, Gracie! Ne laissons pas les hommes faire la grasse matinée!

Bonne pâte, Stuart ferma les yeux sur le fait que Fleurette et Ruben se lâchaient à peine la main pendant les préparatifs de leur tournée en ville. De ce point de vue, les deux hommes trouvèrent étrange que Fleurette insistât pour emporter une bonne moitié de leur équipement ménager.

— Mais on reviendra au plus tard demain, protesta Stuart. Bien sûr, si on met le paquet et qu'on achète tout ce qu'il faut pour une exploitation minière, ça peut durer un peu plus longtemps, mais…

Fleurette fit un signe de dénégation. Durant la nuit, elle ne s'était pas contentée de goûter à des plaisirs nouveaux, elle avait aussi sérieusement réfléchi. Elle ne voulait en aucun cas engloutir l'argent de son père dans une exploitation minière qui ne donnerait rien. Bien entendu, elle devait d'abord l'expliquer avec diplomatie à Ruben.

— Écoutez un peu, les gars, votre histoire de mine ne rime à rien, commença-t-elle avec prudence. Vous dites vous-mêmes que l'outillage est défectueux. Croyez-vous qu'avoir maintenant plus d'argent y changera quelque chose ?

— Absolument pas. Le vieux Ethan continuera à nous vendre des outils inutilisables, fulmina Stuart.

— Alors, ne faisons pas les choses à moitié. Tu es forgeron. Es-tu capable de distinguer un bon outil d'un mauvais ? Pas seulement quand tu t'en sers, mais dès l'achat ?

— Je pense bien ! Si j'ai le choix…

— Bon, l'interrompit Fleurette. Nous allons donc louer une charrette à Queenstown, voire l'acheter. Nous y attellerons les cobs ; à elles deux, elles peuvent tirer pas mal de poids ! Et puis nous partirons pour… Quelle est la grande ville la plus proche ? Dunedin ? Alors, va pour Dunedin. Là, nous achèterons des outils et tout le matériel nécessaire aux chercheurs d'or.

— Excellente idée, approuva Ruben avec admiration. La concession ne va pas s'envoler pendant ce temps. Mais n'achetons pas tout de suite une charrette, Fleurette, nous pouvons charger le mulet.

— Nous achèterons la charrette la plus grande que les cobs puissent tirer et la chargerons d'autant de matériel qu'il sera possible. Nous le rapporterons à Queenstown et le vendrons aux chercheurs. S'ils se plaignent tous du magasin d'Ethan, nous devrions tirer notre épingle du jeu !

L'après-midi du même jour, le juge de paix de Queenstown maria Fleurette McKenzie et Ruben Kays, qui, pour la circonstance, se souvint de son vrai nom, O'Keefe. Fleurette avait revêtu sa robe couleur crème qui n'était même pas chiffonnée, Marie et Laurie ayant tenu à la repasser avant la cérémonie. Tout excitées, elles lui avaient aussi, pour le trajet jusqu'au pub où, en l'absence d'église, eut lieu le mariage, piqué des fleurs dans les cheveux et avaient décoré de couronnes les harnais de Niniane et de Minette. Stuart servit de témoin à Ruben, Daphnée se porta garante pour Fleurette, tandis que Marie et Laurie ne cessaient de pleurer, si grande était leur émotion.

Ethan remit à Ruben, en guise de cadeau de noces, son courrier de l'année écoulée. Fleurette racontant à qui voulait l'entendre qu'elle avait retrouvé son fiancé grâce aux compétences de Ron en matière de chevaux, celui-ci paradait, au comble de la fierté. Pour finir, elle se fendit d'une pièce d'or et invita toute la ville à venir fêter son mariage – invitation qui lui permit de faire la connaissance des habitants, mais aussi de les sonder. C'est ainsi que le coiffeur, un des tout premiers à être venus là chercher de l'or, lui confirma que personne n'en avait trouvé dans les environs de la concession de Ruben.

— Mais, de toute façon, miss Fleurette, expliqua-t-il, ça ne rapporte que fort peu. Trop de monde pour trop peu d'or. Bien sûr, il y a toujours quelqu'un pour dénicher une pépite géante. Mais il claque aussitôt tout son argent. Et puis, ça se monte à combien en réalité? Deux cents, peut-être trois cents dollars pour les plus chanceux. Ça ne suffit même pas pour une ferme et quelques bêtes. Sans compter que les gars perdent alors la tête et investissent dans l'achat de toujours plus de concessions, la construction de toujours plus de rampes, l'emploi de toujours plus d'aides maories. À la fin, ils n'ont plus un sou, et les trouvailles se font attendre. Comme coiffeur et barbier, par contre… Il y a dans la région des milliers d'hommes qui doivent se faire couper les cheveux. Et il y en a toujours un pour se donner un coup de hache dans la jambe, pour se bagarrer ou tomber malade d'une manière ou d'une autre…

Fleurette pensait de même. En revanche, les questions qu'elle posa à la douzaine d'orpailleurs qui s'étaient retrouvés à l'établissement de Daphnée et qui faisaient honneur au whisky gratuit faillirent déclencher une émeute. La seule évocation des outils livrés par Ethan échauffa les esprits, au point que Fleurette finit par se dire que fonder un magasin d'équipement lui permettrait certes de s'enrichir, mais sauverait aussi au moins une vie humaine : si les choses restaient en l'état, le lynchage guettait Ethan.

Pendant ce temps, Ruben s'entretenait avec le juge de paix. L'homme n'était pas juriste et travaillait en réalité comme fabricant de cercueils et fossoyeur.

— Il faut bien que quelqu'un le fasse, dit-il, haussant les épaules, en réponse à Ruben qui voulait savoir comment il avait été élu à cette fonction. Les gens ont pensé que je serais intéressé à les empêcher de s'entretuer. Cela m'épargnerait bien du travail...

Fleurette observait cet entretien d'un œil curieux. Si Ruben trouvait une raison d'étudier le droit, il serait moins enthousiaste, au retour de Dunedin, pour s'occuper aussitôt de sa concession.

Ils passèrent leur seconde nuit de noces dans le confortable lit à deux places de la chambre un.

— À l'avenir, nous l'appellerons la suite des noces, décréta Daphnée.

— En tout cas, c'est pas tous les jours qu'y en a une qui se fait dépuceler ici ! ricana Ron.

Stuart, qui avait déjà bien sacrifié au whisky, lui confia sous le manteau :

— Cette fois non plus !

Vers midi, le lendemain, les trois amis se mirent en route pour Dunedin. Ruben avait acheté une charrette à son nouvel ami, qui lui avait déclaré :

— Tu peux l'avoir sans problème, jeune homme, les quelques cercueils annuels, je peux aussi bien les transporter au cimetière sur la brouette !

Fleurette, de son côté, avait eu des conversations avec les rares femmes honorables du lieu – la femme du juge de paix et celle du coiffeur –, au terme desquelles elle établit une autre liste d'achats.

Quand, deux semaines plus tard, ils revinrent avec la charrette pleine à craquer, il ne leur manquait plus qu'une remise pour commencer la vente. Fleurette n'avait en effet rien prévu dans ce domaine, escomptant que le beau temps se maintiendrait. Or l'automne, à Queenstown, était pluvieux et il neigeait en hiver. Il se trouva que personne n'était mort depuis quelque temps, si bien que le juge de paix mit son entrepôt à cercueils à leur disposition pour la vente. Il fut le seul à se désintéresser des nouveaux outils. En échange, il se fit expliquer par Ruben les ouvrages de droit dont l'achat avait amputé de plusieurs dollars la fortune de Fleurette.

La vente du chargement rapporta de quoi renflouer la caisse. Les chercheurs d'or dévalisèrent la boutique de Ruben et Stuart ; deux jours après l'ouverture, tous les outils étaient vendus. Il fallut un peu plus de temps aux dames pour faire leur choix, d'autant plus que la femme du juge de paix se fit quelque peu prier avant de transformer son salon en cabinet d'essayage pour la gent féminine locale.

— Vous pourriez utiliser la pièce à côté de l'entrepôt, avait-elle objecté en lançant un regard réprobateur à Daphnée et à ses filles, qui brûlaient déjà d'impatience à l'idée d'essayer les robes et les dessous achetés par Fleurette. Là où Frank met les morts en temps ordinaire…

— Si elle est libre, avait rétorqué Daphnée avec un haussement d'épaules, je n'y vois pas d'inconvénient. Et puis, si elle ne l'est pas, parions que ce sera la première fois qu'un de ces pauvres diables aura réussi une aussi jolie sortie !

Il ne fut pas difficile de convaincre Stuart et Ruben de la nécessité d'un nouveau voyage à Dunedin et, une fois terminée la seconde opération commerciale, Stuart, tombé amoureux fou de la fille du coiffeur, ne voulut plus entendre parler de retourner dans les montagnes. Ayant pris en charge la comptabilité, Ruben vérifia, à son grand étonnement, ce que Fleurette avait compris depuis longtemps : chacun de leurs voyages rapportait plus qu'une année dans les champs aurifères. Les dernières callosités et blessures de ses mains guéries, après six semaines où celles-ci n'avaient plus eu qu'à manier la plume en lieu et place de la pelle et de la pioche, il était totalement acquis à la cause du négoce.

— Il faudrait construire une remise, finit-il par déclarer, une sorte de magasin, cela nous permettrait d'élargir notre assortiment.

— Des ustensiles de ménage, approuva Fleurette. Les femmes ont un besoin urgent de casseroles convenables et de belle vaisselle… Ne dis pas non, Ruben. À la longue, la demande va augmenter dans ce domaine, car il va y avoir de plus en plus de femmes. Queenstown devient une vraie ville !

Six mois plus tard, les O'Keefe fêtèrent l'ouverture de l'Entrepôt O'Kay, à Queenstown. C'est Fleurette qui avait eu l'idée du nom. Elle en était très fière. Outre les nouveaux locaux commerciaux, la jeune entreprise possédait désormais deux autres charrettes et six lourds chevaux de trait. Fleurette pouvait donc monter à nouveau ses cobs, tandis que les morts de la commune avaient retrouvé leur droit à un enterrement digne, leur cercueil étant tiré par des chevaux et non chargé sur une brouette. Après avoir consciencieusement contribué à asseoir les relations commerciales avec Dunedin, Stuart Peter renonça à son poste de responsable des achats. Voulant se marier, il était las des incessants voyages jusqu'à la côte. Avec la part des bénéfices qui lui revenait, il ouvrit à Queenstown une forge qui se révéla sans attendre une «mine d'or» nettement plus lucrative que chacune des concessions de la région. Pour le remplacer à la tête de l'entreprise de transports, Ruben et Fleurette engagèrent un chercheur d'or d'un certain âge, Léonard McDunn, un homme flegmatique, qui s'y connaissait en chevaux et savait s'y prendre avec les gens. Si Fleurette se faisait encore du souci, c'était en raison des livraisons pour dames.

— Je ne peux pas sérieusement lui demander de choisir les dessous, se plaignit-elle auprès de Daphnée avec qui elle avait lié amitié, au grand dam des femmes honorables de Queenstown, passées entre-temps de deux à trois. Il rougit déjà quand il doit m'apporter le catalogue. Je vais devoir l'accompagner là-bas au moins une fois sur deux ou trois…

— Envoie mes jumelles. Elles ne sont pas très intelligentes et on ne peut pas s'en remettre à elles pour les négociations, par exemple, mais elles ont du goût, je m'y suis toujours fiée. Elles savent comment une dame s'habille et ce dont nous avons besoin à l'hôtel. Et puis ça les sortira et elles gagneront un peu d'argent.

Quoique sceptique au début, Fleurette se laissa vite convaincre. Marie et Laurie rapportèrent de Dunedin une association idéale de vêtements décents et de dessous coquins qui, à la surprise de Fleurette, eurent un succès fou, et pas seulement auprès des prostituées. La jeune femme de Stuart acheta en rougissant un corset noir, et quelques chercheurs d'or s'imaginèrent devoir offrir à leurs femmes maories des dessous de couleur. Fleurette doutait fort que cela pût déchaîner l'enthousiasme des femmes en question, mais, les affaires étant les affaires… Et il y avait désormais de discrets cabinets d'essayage, munis de grands miroirs, à la place de l'estrade destinée aux cercueils.

Le travail à l'entrepôt laissait à Ruben assez de temps pour étudier le droit, matière qui lui plaisait toujours autant, même s'il avait définitivement enterré son rêve de devenir avocat. Il eut bientôt la joie de mettre en pratique ses connaissances. Le juge de paix lui demandait de plus en plus souvent conseil et finit par l'associer à ses audiences. Ruben s'y montrait courtois et correct, si bien que, à l'occasion de l'élection suivante, le juge sortant créa la surprise : il ne se représenta pas et proposa Ruben comme successeur.

— Examinez un peu la situation ! déclara-t-il dans son allocution. Avec moi, il y avait toujours un conflit d'intérêts. Si j'empêchais que les gens s'entretuent, nous n'avions plus besoin de cercueils. À voir ainsi les choses, mes fonctions risquaient de mener mon entreprise à sa perte. Avec le jeune O'Keefe, il en va différemment, car ceux qui se défoncent le crâne cessent alors d'avoir besoin d'outils. Il a, lui, intérêt à maintenir la paix et l'ordre. Donc, élisez-le et laissez-moi tranquille !

Les citoyens suivirent son conseil et Ruben fut élu à une large majorité. Bien que peu convaincue par l'argumentation du sortant, Fleurette se réjouit pour Ruben.

— On peut aussi se défoncer le crâne avec nos outils, souffla-t-elle à Daphnée. Et j'espère bien que Ruben ne va pas trop souvent détourner ses clients d'une aussi louable activité.

La seule ombre au tableau dans le bonheur des jeunes gens était l'absence de contacts avec leurs familles. Ils auraient aimé écrire à leurs mères mais n'osaient pas.

— Je ne veux pas que mon père sache où je suis, expliquait Ruben quand Fleurette en émettait l'idée. Et mieux vaut que tu restes cachée de ton grand-père. Qui sait ce qui pourrait leur passer par la tête ? Tu étais mineure quand nous nous sommes mariés, ils pourraient vouloir nous faire des difficultés. Et puis j'ai peur que mon père ne décharge sa colère sur ma mère. Ce ne serait pas la première fois. D'ailleurs, je n'ose pas penser à ce qui s'est produit après mon départ.

— Mais il faudra bien qu'on les mette au courant, objecta Fleurette. Tu sais quoi ? Je vais écrire à Dorothée. Dorothée Candler. Elle informera ma mère.

Ruben se prit la tête à deux mains.

— Tu es folle ou quoi? Si tu écris à Dorothée, Mme Candler le saura. Autant vaudrait que tu le proclames toi-même sur la place du marché d'Haldon. Si tu veux écrire à quelqu'un, fais-le plutôt à Élisabeth Greenwood. J'ai davantage confiance en sa discrétion.

— Mais oncle Georges et Élisabeth sont en Angleterre!

— Et alors? Ils vont bien revenir un jour. Nos mères peuvent patienter jusque-là. Et puis, qui sait? Peut-être miss Gwyn apprendra-t-elle quelque chose par l'intermédiaire de James McKenzie. Il est encore en prison quelque part dans le Canterbury. Elle a peut-être pris contact avec lui.

9

James McKenzie fut jugé à Lyttelton. Il y eut d'abord une belle pagaille à ce sujet, car Sideblossom voulait que le procès eût lieu à Dunedin, expliquant qu'il y aurait dans cette ville plus de chances de découvrir les receleurs, et donc de mettre toute la bande hors d'état de nuire.

Mais lord Barrington s'y opposa énergiquement. À son avis, Sideblossom voulait que sa victime fût transférée à Dunedin parce qu'il connaissait les juges de cette ville et avait ainsi meilleur espoir de voir pendu le voleur de bétail.

À la vérité, c'est ce que Sideblossom aurait aimé faire de ses propres mains, sans tapage, sitôt McKenzie tombé entre ses filets. Triomphe qu'il s'était attribué sans vergogne : n'était-ce pas lui qui avait assommé et capturé McKenzie ? De l'avis des autres hommes de la troupe, la bagarre dans le lit de la rivière n'avait pas été nécessaire. Au contraire, si Sideblossom n'avait pas jeté le voleur à bas de son mulet pour le rouer de coups, ils auraient pu se lancer à la poursuite de son complice. Le deuxième homme – certains prétendaient qu'il s'agissait d'une jeune fille – leur avait ainsi échappé.

Les autres éleveurs n'avaient pas non plus apprécié la manière dont Sideblossom avait traîné le prisonnier derrière lui, attaché à son cheval. Ils ne voyaient aucune raison à ce que l'homme, déjà passablement abîmé, fût contraint d'aller à pied alors qu'on disposait de son mulet. À un moment donné, les hommes pondérés, Barrington et Beasley notamment, avaient pris sur eux de blâmer Sideblossom pour son comportement. McKenzie ayant commis la plupart de ses méfaits dans la province de Canterbury, il avait été décidé à la quasi-unanimité que c'était là qu'il devrait en répondre. Passant outre les protestations de Sideblossom, ceux qui s'étaient ralliés à l'avis de Barrington avaient libéré de ses chaînes le voleur de bétail dès le lendemain de son arrestation, en échange de sa promesse de ne pas essayer de s'enfuir, et l'avaient emmené à Lyttelton, où il avait été incarcéré dans l'attente du procès. Sideblossom avait insisté pour conserver son chien, ce qui sembla affecter davantage McKenzie que son passage à tabac et son enfermement dans la grange, pieds et poings liés même durant la nuit. D'une voix rauque, il supplia les hommes de laisser le chien le suivre.

Mais Sideblossom se montra inflexible sur ce point.

— L'animal pourra travailler pour moi, déclara-t-il. On va bien trouver quelqu'un pour le commander. Un chien de berger de cette classe vaut de l'or. Je le garde, ce sera une petite compensation pour les dégâts que m'a causés ce lascar.

C'est ainsi que Vendredi ne put suivre son maître, glapissant à fendre le cœur à son départ.

— Je souhaite bien du plaisir à John, remarqua Gérald. Ces cabots sont formés à l'image de leur berger.

Durant le conflit, Gérald avait été quelque peu partagé. D'une part, Sideblossom était l'un de ses plus anciens amis ; d'autre part, il ne pouvait se mettre à dos les gens de Canterbury. De plus, comme presque tout le monde, il éprouvait, bien malgré lui, une certaine estime pour ce génial voleur de bétail. Ses propres pertes le rendaient certes furieux, mais, joueur dans l'âme, il comprenait parfaitement que quelqu'un fût amené à suivre des chemins peu honorables pour survivre. Et quand le même réussissait pendant plus de dix ans à ne pas se faire pincer, cela commandait le respect.

Après la perte de Vendredi, McKenzie sombra dans un mutisme qu'il ne rompit pas une fois avant que se referment derrière lui les grilles de la prison de Lyttelton.

Les gens de Canterbury étaient déçus : ils auraient aimé apprendre de sa bouche comment McKenzie avait commis ses vols, comment s'appelaient ses receleurs et qui était le mystérieux complice en fuite. Ils n'eurent néanmoins pas longtemps à attendre le procès. Il fut fixé au mois suivant, sous la présidence du juge Stephen.

Lyttelton possédant désormais sa propre salle d'audience, les débats ne se menaient plus dans un pub ou en plein air, comme à l'époque héroïque. La salle se révéla néanmoins trop petite pour contenir tous les citoyens désireux de voir de leurs propres yeux le tristement célèbre voleur de bétail. Même les éleveurs lésés et leurs familles durent arriver de bonne heure pour obtenir une bonne place. C'est pourquoi Gérald, Gwyneira et Paul, tout excité, descendirent dès la veille au White Hart de Christchurch afin de rejoindre ensuite Lyttelton en franchissant le Bridle Path en voiture.

— Tu veux dire «à cheval», s'étonna Gwyneira quand Gérald lui annonça son projet. C'est tout de même le Bridle Path !

— Tu vas être soufflée de voir combien le chemin a changé, s'amusa Gérald. Il est bien aménagé, maintenant, et carrossable. Nous arriverons donc reposés et convenablement vêtus.

Le jour de l'audience, il portait l'un de ses plus beaux complets. Et Paul, dans son premier costume trois pièces, avait l'air d'un adulte.

Gwyneira, elle, n'arrivait pas à déterminer ce qu'il convenait de faire. Si elle était franche avec elle-même, elle devait reconnaître ne s'être plus souciée de sa tenue depuis des années. Mais elle avait beau se dire que la question de savoir ce qu'une dame d'un certain âge, dans la mesure où elle était vêtue correctement et sans ostentation, devait porter lors d'une audience n'avait guère d'importance, son cœur battait très fort à la seule idée de revoir James. Le pire était que lui aussi la verrait et la reconnaîtrait. Qu'éprouverait-il alors? Ses yeux brilleraient-ils comme jadis, en un temps où elle n'avait pas su apprécier ce regard à son juste prix? Ou ressentirait-il plutôt de la pitié parce qu'elle avait vieilli, que des rides marquaient son visage où les soucis et la peur avaient laissé leur empreinte? Peut-être l'indifférence l'emporterait-elle tout simplement? Peut-être n'était-elle plus qu'un lointain et pâle souvenir pour lui, après ses dix années de galère? Et si le mystérieux «complice» était effectivement une femme, qui était-ce? Sa femme?

Gwyneira s'en voulait de remuer de telles pensées – de vrais rêves de petite fille quand elle se remémorait les semaines passées dans l'intimité de James: non, il ne pouvait avoir oublié les journées passées au bord du lac, les heures d'enchantement dans le cercle de rochers! Ah, mais si! se reprenait-elle: ils s'étaient séparés brouillés, jamais il ne lui avait pardonné d'avoir mis Paul au monde.

Elle finit par opter pour une robe simple, bleu foncé, avec une cape, une robe munie sur le devant de boutons d'écaille qui étaient de vrais petits bijoux. Kiri lui avait relevé les cheveux en une coiffure sévère mais égayée par un coquet petit chapeau assorti à la robe. Gwyneira avait l'impression d'avoir passé des heures devant la glace pour faire bouffer une boucle, déplacer d'un demi-centimètre le chapeau et disposer la manchette de la robe de manière à mettre en valeur le bouton d'écaille. Quand elle prit place dans la voiture, elle était pâle d'impatience et de peur, mais ressentait aussi une espèce de joie. Elle allait devoir se pincer les joues pour leur redonner quelque couleur avant d'entrer dans la salle d'audience. Mieux valait cela que rougir! Elle espérait que cela ne lui arriverait pas en voyant James. Elle frissonna, mais se persuada que c'était seulement en raison de la fraîcheur de cette journée d'automne. Ses doigts ne tenaient pas en place. Elle pétrissait nerveusement les rideaux de la fenêtre.

— Qu'y a-t-il donc, mère ? finit par lui demander Paul, ce qui la fit sursauter.

Paul avait le don de mettre le doigt sur les faiblesses humaines. Il ne devait en aucun cas s'apercevoir qu'il y avait eu quelque chose entre elle et McKenzie.

— Es-tu nerveuse à cause de M. McKenzie ? revint-il à la charge. Grand-père dit que tu l'as connu. Lui aussi le connaît. Il était contremaître à Kiward Station. Bizarre qu'il ait ensuite disparu et se soit mis à voler des moutons, non ?

— Oui, très bizarre, réussit à dire Gwyneira. Je... nous n'aurions pas cru cela de lui !

— Et on va peut-être maintenant le pendre ! glissa Paul avec délectation. Est-ce que nous assisterons à la pendaison, grand-père ?

— Cette canaille ne sera pas pendue, grommela Gérald. Il a de la chance d'avoir Stephen pour juge. Ce n'est pas un éleveur. Que ce McKenzie ait poussé des gens au bord de la ruine, il s'en moque...

Gwyneira faillit sourire. À sa connaissance, les vols n'avaient pas été plus que des piqûres de moustique pour la totalité d'entre eux.

— Mais il va passer quelques années derrière les barreaux. Et qui sait, peut-être va-t-on aujourd'hui en apprendre un peu plus sur ceux qui étaient derrière. Il ne peut quand même pas avoir fait ça tout seul...

Gérald ne croyait pas à l'histoire de la femme accompagnant McKenzie. Il pensait plutôt à un jeune complice, mais n'avait vu qu'une ombre.

— Connaître le receleur serait intéressant. De ce point de vue, nous aurions eu de meilleures chances si le gaillard avait été jugé à Dunedin. Sur ce point, Sideblossom avait raison. Tiens, le voilà, d'ailleurs ! Regardez ! Je savais bien qu'il ne manquerait pas le procès de notre lascar !

Sideblossom, sur son étalon noir, dépassa la voiture des Warden en saluant courtoisement. Gwyneira soupira : elle se serait volontiers passée de revoir le baron des moutons de l'Otago !

Il n'en voulait manifestement pas à Gérald d'avoir pris le parti des gens de la province de Canterbury car, arrivé le premier, il avait réservé des sièges dans la salle d'audience pour Gérald et sa famille. Il salua Gérald avec chaleur, Paul avec un peu de condescendance et Gwyneira avec une froideur glaciale.

— Votre charmante fille est-elle réapparue ? demandat-il ironiquement quand elle s'assit sur l'une des quatre places réservées, mais le plus loin possible de lui.

Gwyneira ne répondit pas. Paul, en revanche, se dépêcha d'assurer à son idole qu'on n'avait plus entendu parler de Fleurette :

— À Haldon, il se murmure qu'elle doit avoir atterri dans un lieu de débauche ! lança-t-il, sur quoi Gérald le réprimanda sèchement.

Gwyneira, elle, ne réagit pas. Durant les dernières semaines, elle avait pris l'habitude de ne pas répondre à Paul. Il y avait belle lurette que le garçon avait échappé à son influence, à supposer qu'elle en eût jamais eu. Il n'écoutait plus que Gérald, ne fréquentait plus guère les cours d'Hélène. Gérald ne cessait de parler d'engager un précepteur, mais Paul estimait que ses connaissances scolaires étaient amplement suffisantes pour un fermier et éleveur. Dans son travail à la ferme, il continuait d'ailleurs à absorber comme une éponge le savoir-faire des bergers et des tondeurs. Il était sans conteste l'héritier souhaité par Gérald, à défaut d'être le partenaire dont rêvait Georges Greenwood. Reti, le jeune Maori qui dirigeait les affaires de Georges pendant le séjour de ce dernier en Angleterre, se plaignait auprès de Gwyneira. À son avis, Gérald était en train de couver un deuxième Howard O'Keefe, avec moins d'expérience mais beaucoup plus de pouvoirs.

— Le garçon ne veut déjà plus rien entendre, dit-il un jour. Les employés de la ferme ne l'aiment pas, et les Maoris le détestent littéralement. Mais M. Gérald lui passe tout. La surveillance d'un hangar à tonte! Un gamin de douze ans!

Gwyneira avait déjà appris tout cela de la bouche des tondeurs qui se sentaient victimes d'injustices. Désireux de se faire mousser en remportant la traditionnelle compétition entre les hangars, Paul avait enregistré nettement plus de tontes qu'il n'y en avait eu en réalité. Cela n'était certes pas pour déplaire aux tondeurs qui, après tout, étaient payés à la pièce. Mais, ensuite, la quantité de laine recueillie n'avait pas correspondu aux chiffres notés par ses soins. Gérald s'était fâché et en avait rendu responsables les tondeurs du hangar. Ceux des autres hangars s'étaient plaints, alléguant une tricherie et une injuste répartition des primes. Il en était résulté une grande confusion et Gwyneira avait dû augmenter les salaires de chacun afin que les colonnes de tondeurs reviennent l'année suivante.

Elle était lasse du comportement de Paul. Elle aurait voulu l'envoyer en Angleterre pour quelques années ou dans un internat à Dunedin. Mais Gérald ne voulait pas en entendre parler. Aussi agissait-elle envers son fils comme elle avait toujours agi avec lui: elle l'ignorait.

À présent, dans la salle d'audience, Dieu merci, il se tenait tranquille, prêtant l'oreille à la conversation entre Gérald et Sideblossom. La salle se remplit rapidement. Gwyneira adressa un signe de la main à Reti, l'un des derniers à entrer. Il eut quelque mal à s'installer, quelques *Pakeha* refusant de faire place à un Maori, mais il lui suffit de citer le nom de Greenwood pour résoudre le problème.

À 10 heures pile, le juge Stephen ouvrit les débats. Pour la plupart des présents, les choses ne devinrent intéressantes qu'à l'entrée de l'accusé. L'apparition de James McKenzie provoqua un mélange d'insultes et d'acclamations, les unes et les autres le laissant de marbre. Gardant la tête baissée, il parut content que le juge mît fin aux manifestations.

Gwyneira avait la vue masquée par le dos d'un grand fermier derrière lequel elle s'était assise – choix malheureux, car Paul et Gérald étaient mieux lotis qu'elle, mais qui lui avait été imposé par son refus de se retrouver à côté de Sideblossom. Elle put enfin contempler James lorsqu'il fut conduit à côté de son avocat commis d'office, un homme qui semblait sans ressort. Ayant pris place, il leva la tête.

Depuis plusieurs jours, Gwyneira se demandait ce qu'elle éprouverait en sa présence. Le reconnaîtrait-elle ? Retrouverait-elle chez lui ce qui jadis l'avait si fort… impressionnée ? Ensorcelée ? Mais il y avait douze ans de cela ! Peut-être son émotion était-elle superflue. Peut-être ne serait-il plus qu'un étranger pour elle, un étranger qu'elle n'aurait même pas reconnu dans la rue.

Pourtant, le premier regard qu'elle jeta sur l'homme de haute taille assis au banc des accusés la détrompa. James n'avait guère changé. Au moins pas à ses yeux. Au vu des dessins publiés dans les journaux relatant son arrestation, elle s'attendait à découvrir un individu barbu et négligé. Or James, rasé de près, était vêtu simplement mais proprement. Il était toujours svelte et sec, le jeu des muscles sous la chemise blanche quelque peu usagée trahissant sa force. Il avait le visage hâlé, sauf aux endroits que la barbe recouvrait naguère. Ses lèvres paraissaient minces : c'était, Gwyneira l'avait maintes fois vérifié, le signe qu'il était préoccupé. Et puis ses yeux… Ils n'avaient rien perdu, absolument rien, de leur éclat et de leur hardiesse. On n'y voyait plus, bien sûr, le rire ironique d'antan, mais de la tension et peut-être quelque chose comme de la peur. Les rides étaient là, plus profondes. Tout d'ailleurs, dans son apparence, évoquait davantage de rudesse, de maturité, de gravité. Gwyneira l'aurait reconnu du premier coup d'œil. Oh oui, elle l'aurait reconnu entre tous les hommes de l'île, si ce n'est du monde entier.

— James McKenzie !

— Monsieur le juge ?

Gwyneira aurait aussi reconnu sa voix, une voix profonde et chaude qui pouvait être si tendre, mais qui devenait ferme et assurée quand il criait des ordres à ses hommes ou aux chiens de berger.

— Monsieur McKenzie, vous êtes accusé d'avoir commis d'importants vols de bétail dans les Canterbury Plains et dans la région de l'Otago. Vous reconnaissez-vous coupable?

— Dans la région, les vols sont nombreux, répondit James en haussant les épaules. Je ne vois pas en quoi cela me concerne…

— Des personnes honorables témoignent vous avoir rencontré avec un troupeau de moutons volés au-dessus du lac Wanaka, dit le juge après avoir repris son souffle. Reconnaissez-vous au moins cela?

— Il y a beaucoup de McKenzie et beaucoup de moutons! rétorqua James avec le même haussement d'épaules.

Gwyn faillit se mettre à rire, mais aussitôt après elle s'inquiéta. Cette défense était le plus sûr moyen de pousser le juge à bout. De plus, nier était vain. Le visage de James portait encore les traces de sa bagarre avec Sideblossom. Lequel Sideblossom avait été lui aussi pas mal amoché, constata Gwyneira en découvrant à la sauvette, avec une certaine satisfaction, que l'œil de ce dernier était encore plus gonflé et bleu que celui de James.

— Quelqu'un, dans la salle, peut-il attester qu'il s'agit bien ici du voleur de bétail McKenzie et non de quelqu'un d'autre du même nom? demanda le juge avec un soupir.

Sideblossom se leva.

— Je peux l'attester. Et nous avons ici une preuve qui lèvera tous les doutes, dit-il en se tournant vers l'entrée de la salle où il avait placé un de ses hommes. Lâche le chien! ordonna-t-il.

— Vendredi!

Une petite ombre noire traversa la salle en coup de vent, droit sur l'accusé qui, d'un seul coup, sembla oublier le rôle qu'il s'était imaginé devoir tenir devant le tribunal. Se penchant, il attrapa la chienne et la caressa.

— Vendredi!

Le juge leva les yeux au ciel.

— Nous aurions pu nous épargner cet épisode dramatique, mais soit! Inscrivez au procès-verbal que l'homme a été confronté au chien qui surveillait le troupeau des moutons volés et qu'il l'a reconnu comme étant le sien. Monsieur McKenzie, vous n'allez pas maintenant me raconter que ce chien a lui aussi un sosie.

James eut son ancien sourire.

— Non, il n'y a pas deux chiens comme celui-ci! Monsieur le juge, nous… nous pouvons abréger cette audience. Je dirai et j'avouerai tout si vous m'assurez que Vendredi restera avec moi. Même en prison. Regardez cette bête, il est manifeste qu'elle a peu mangé depuis qu'elle a été séparée de moi. Cette chienne n'est d'aucune utilité à ce… d'aucune utilité à M. Sideblossom, elle n'obéit à personne…

— Monsieur McKenzie, les débats ne portent pas sur votre chien! intervint le juge d'un ton sévère. Mais puisque vous êtes prêt à avouer: les vols à Lionel Station, Kiward Station, Beasley Farms, Barrington Station… Tout cela vous est-il imputable?

McKenzie réagit par un haussement d'épaules maintenant familier.

— Des vols, il y en a beaucoup. Je l'ai déjà dit. Il se peut bien que j'aie emmené un mouton ou l'autre… un chien comme ça a en effet besoin d'entraînement, dit-il en montrant Vendredi, ce qui déclencha un tonnerre de rires dans la salle. Mais mille moutons…

Le juge soupira derechef.

— Très bien. Vous vous obstinez. Appelons donc les témoins. Le premier est Randolph Nielson, contremaître aux fermes Beasley…

L'audition de Nielson fut la première d'une longue série qui vit des travailleurs et des éleveurs témoigner que, dans les fermes en question, des centaines de bêtes avaient été volées. Beaucoup avaient ensuite été retrouvées plus tard dans le troupeau de McKenzie. Tout cela était lassant, et James aurait pu abréger les choses, mais, désormais buté, il disait ne rien savoir du bétail volé.

Tandis que les témoins débitaient chiffres et dates, son regard errait dans la salle et il caressait Vendredi pour la rassurer. À l'approche du procès, d'autres choses l'avaient davantage tourmenté que la peur de la pendaison. L'audience aurait lieu à Lyttelton, dans les Canterbury Plains, c'est-à-dire relativement près de Kiward Station. Serait-elle là? Gwyneira viendrait-elle? Pendant les nuits précédant les procès, il se remémora chaque instant passé avec elle, le moindre événement qu'ils avaient vécu ensemble. De leur première rencontre dans l'étable jusqu'à la séparation, quand elle lui avait offert Vendredi. Après l'avoir trompé? Depuis lors, il ne s'était pas passé une journée sans qu'il réfléchît à cette question. Qu'était-il arrivé? Qui lui avait-elle préféré? Et pourquoi avait-elle eu l'air si désespérée quand il l'avait pressée de répondre? Alors qu'elle aurait dû être satisfaite, l'affaire conclue avec l'autre ayant été aussi efficace que la leur…

James aperçut Reginald Beasley au premier rang, à côté des Barrington. Il avait aussi soupçonné le jeune lord, mais Fleurette, en réponse à ses questions prudentes, lui avait affirmé qu'il n'avait guère de contacts avec les Warden. N'aurait-il pas continué à s'intéresser à Gwyneira s'il avait été le père de son fils? En tout cas, il s'occupait de manière touchante de ses enfants, assis sur le banc entre lui et sa femme, un être insignifiant. Georges Greenwood n'était pas là. Mais lui aussi, à en croire Fleurette, n'entrait guère en ligne de compte. Il entretenait des liens étroits avec tous les fermiers, mais il avait toujours plutôt protégé Ruben, le fils d'Hélène O'Keefe.

Et elle était là, au troisième rang, à demi cachée par quelques robustes éleveurs attendant vraisemblablement leur tour pour témoigner. Elle le cherchait du regard, obligée de se contorsionner pour ne pas le perdre de vue, mais cela était pour elle un jeu d'enfant, mince et souple comme elle était! Oh oui, elle était belle! Aussi belle, vive et attentive qu'autrefois. Comme toujours, ses cheveux se rebellaient contre la coiffure stricte qu'elle avait voulu leur imposer. Elle était pâle, les lèvres légèrement entrouvertes. James ne tenta pas d'accrocher son regard, cela aurait été trop douloureux. Plus tard peut-être, quand son cœur ne cognerait plus aussi fort et quand il ne craindrait plus que ses yeux ne trahissent ce qu'il éprouvait toujours pour elle… Dans l'immédiat, se forçant à détourner le regard, il le laissa errer sur les rangées de bancs. Il s'attendait à voir Gérald à côté de Gwyneira, mais c'était un enfant qui était assis là, un garçon d'à peu près douze ans. James retint son souffle. Ce devait être Paul, bien sûr, son fils. Il était assez grand pour accompagner son grand-père et sa mère à cette audience. James le dévisagea. Peut-être que ses traits trahiraient son géniteur… Certes, Fleurette ne lui ressemblait guère, mais cela pouvait varier d'un enfant à l'autre. Et chez celui-ci…

McKenzie se figea quand il étudia de plus près le visage du garçon. Ce n'était pas possible! Mais c'était pourtant vrai… l'homme à qui Paul ressemblait à s'y méprendre était assis juste à côté de lui: Gérald Warden! Le même menton anguleux, des yeux marron, rapprochés, au regard vif, le nez charnu. Une expression de froide détermination chez l'un et chez l'autre. Pas de doute possible, cet enfant était un Warden. Les pensées se bousculèrent dans la tête de James. Si Paul était le fils de Lucas, pourquoi celui-ci s'était-il enfui sur la côte ouest? À moins que…

La révélation, tel un coup de poing dans l'estomac, lui coupa le souffle. Le fils de Gérald! Ce ne pouvait être que ça, l'enfant ne présentait pas la moindre ressemblance avec le mari de Gwyneira. Et ce devait être aussi la raison de la fuite de Lucas. Il n'avait pas surpris sa femme en train de le tromper avec un étranger, mais avec son propre père…

Mais c'était impossible, voyons! Jamais Gwyneira ne se serait donnée à Gérald de son plein gré. Et si cela avait été le cas malgré tout, elle aurait agi avec discrétion. Lucas n'en aurait jamais rien su. Dans ces conditions… Gérald avait dû entraîner Gwyneira de force dans son lit.

James fut envahi de remords et d'une froide colère contre lui-même. Il comprenait enfin pourquoi Gwyn ne pouvait rien dire, pourquoi elle lui avait fait face, malade de honte, anxieuse et désemparée. Elle ne pouvait le lui avouer, car cela aurait rendu les choses pires. Il aurait tué le vieux.

Et lui, par-dessus le marché, avait abandonné Gwyneira. Il avait tout aggravé en la laissant seule avec Gérald et en l'obligeant à élever ce malheureux enfant dont Fleurette n'avait parlé qu'avec un profond dégoût. James sentit le désespoir monter en lui. Jamais Gwyneira ne pourrait le lui pardonner. Il aurait dû comprendre ce qui s'était passé ou, au moins, accepter sans poser de questions son refus de parler. Il aurait dû lui faire confiance. Dans ces conditions…

James jeta une nouvelle fois un regard furtif sur son fin visage. La peur le prit quand, levant soudain la tête, elle le fixa. Tout soudain fut effacé. La salle d'audience se brouilla devant ses yeux et devant ceux de Gwyneira. Il n'y avait jamais eu de Paul Warden. Seuls, ils se faisaient face au milieu d'un cercle magique. Il la revit, jeune fille s'étant embarquée avec intrépidité pour l'aventure en Nouvelle-Zélande, totalement désemparée devant la nécessité de devoir dénicher du thym pour confectionner un repas à l'anglaise. Il se rappela son rire quand il lui avait offert le petit bouquet. Et puis la question étrange qu'elle lui avait posée soudain: voulait-il devenir le père de son enfant? Les journées ensemble au bord du lac et dans les montagnes. L'incroyable sensation le jour où il avait pour la première fois tenu Fleurette dans ses bras.

En cet instant se renoua entre Gwyneira et James un lien longtemps défait qui jamais plus ne se romprait.

— Gwyn…

Les lèvres de James prononcèrent son nom en silence et Gwyneira eut un léger sourire, comme si elle l'avait compris. Non, elle ne lui en voulait pas. Elle lui avait tout pardonné – et elle était libre. Elle était maintenant enfin libre pour lui. Si seulement il avait pu lui parler ! Ils devaient tenter un nouveau départ, ils étaient faits l'un pour l'autre. S'il n'y avait pas ce maudit procès ! S'il était libre lui aussi ! Pourvu, Dieu du ciel, qu'on ne le pende pas...

— Monsieur le juge, je pense que nous pouvons abréger cette affaire ! lança James quand le juge allait appeler un nouveau témoin.

— Vous voulez avouer ? s'étonna le juge Stephen, levant les yeux, plein d'espoir.

McKenzie fit signe que oui. Pendant une heure, il raconta ses vols et expliqua comment il menait les moutons à Dunedin.

— Mais vous devez comprendre que je ne peux dire le nom du négociant qui m'achetait les bêtes. Il ne m'a jamais demandé le mien, ni moi le sien.

— Mais vous devez pourtant bien savoir qui il est ! se fâcha le juge.

— Je connais un nom, dit James en haussant une nouvelle fois les épaules, mais quant à savoir si c'est le sien ! Et puis je ne suis pas un traître, monsieur le juge. Cet homme ne m'a pas trompé, il m'a payé correctement, n'exigez pas de moi que je manque à ma parole.

— Et ton complice ? brailla quelqu'un dans la salle. Qui était le gaillard qui nous a filé sous le nez ?

McKenzie réussit à prendre l'air déconcerté.

— Quel complice ? J'ai toujours travaillé seul, monsieur le juge, seul avec mon chien. Je le jure.

— Et qui était alors l'homme qui était avec vous lors de votre arrestation ? insista le juge. Certains pensent d'ailleurs que c'était une femme...

— Oui, c'est exact, monsieur le juge, dit James, tête basse.

Gwyneira sursauta. Une femme, donc! James s'était marié ou, au moins, vivait avec quelqu'un! Pourtant… quand il l'avait regardée… elle avait bien cru que…

— Qu'est ce que signifie votre «Oui, c'est exact»? s'énerva le juge. Un homme, une femme, un fantôme?

— Une femme, monsieur le juge, dit McKenzie, la tête toujours baissée. Une jeune fille maorie avec laquelle je vivais.

— Et c'est à une Maorie que tu laisses ton cheval quand toi, tu vas à dos de mulet, et là-dessus elle s'enfuit comme un diable? s'écria quelqu'un dans l'assistance, déclenchant des rires. Mon œil!

Le juge réclama le silence.

— Je dois avouer, remarqua-t-il ensuite, que cette histoire me paraît étrange à moi aussi.

— Cette jeune fille m'était très chère, dit McKenzie sans s'émouvoir. Elle était… ce qui m'est le plus cher au monde. Je lui donnerais toujours le meilleur des chevaux, je ferais tout pour elle. Je donnerais ma vie pour elle. Et pourquoi une fille ne saurait-elle pas monter à cheval?

Gwyneira se mordit les lèvres. James avait donc trouvé un nouvel amour. Et s'il sauvait sa peau, il retournerait vers cette fille…

— Tiens, tiens! dit sèchement le juge. Une jeune fille maorie. Et cette belle enfant a-t-elle aussi un nom et une tribu?

McKenzie réfléchit brièvement.

— Elle n'appartient à aucune tribu. Elle… ça nous entraînerait trop loin de l'expliquer ici, mais elle est née de l'union d'un homme et d'une femme qui n'ont jamais partagé la même couche dans une maison commune. Et pourtant leur union a été comblée. Elle a eu lieu afin de… afin de…, hésita-t-il en cherchant à croiser le regard de Gwyneira. Pour sécher les larmes d'un Dieu.

Le juge fronça les sourcils.

— Je dois dire que je me serais passé de cette initiation aux cérémonies païennes de la procréation. Il y a des enfants dans la salle! La jeune fille, bannie de sa tribu, n'avait donc pas de nom…

— Si, elle avait un nom. Elle s'appelait Pua… Pakupaku Pua, déclara James en regardant Gwyneira droit dans les yeux.

Elle espéra que personne ne se souciait d'elle en cet instant, car elle passait par toutes les couleurs. Si ce qu'elle croyait était vrai…

Le tribunal s'étant retiré quelques minutes plus tard pour délibérer, elle se faufila en toute hâte entre les rangées, sans s'être au préalable excusée auprès de Gérald ou de Sideblossom. Elle cherchait quelqu'un en mesure de confirmer son idée, quelqu'un parlant mieux le maori qu'elle. Hors d'haleine, elle se retrouva face à Reti.

— Reti, quelle chance que vous soyez là! Reti, que… que veut dire «pua». Et «pakupaku»?

Le jeune homme se mit à rire.

— C'est un nom que vous devriez connaître, miss Gwyn. «Pua» veut dire «fleur», et «pakupaku»…

— Veut dire «petit»…, murmura Gwyneira, qui, de soulagement, crut qu'elle allait se mettre à crier, pleurer et danser.

Mais elle se contenta de sourire. La jeune fille s'appelait Petite Fleur. Elle comprenait maintenant ce que signifiait le regard implorant de James. Il avait trouvé Fleurette.

McKenzie fut condamné à cinq ans de détention dans la prison de Lyttelton. Bien sûr, il ne put pas conserver son chien. John Sideblossom fut chargé de s'occuper de l'animal s'il y tenait. Le juge Stephen se moquait pas mal de cette affaire: il redit avec force que le tribunal n'avait pas compétence en matière d'animaux domestiques.

Ce qui se passa ensuite fut affreux. Les huissiers et l'officier de police furent obligés d'employer la force pour séparer James de Vendredi. La chienne, elle, mordit Sideblossom quand il la mit en laisse. Paul raconta ensuite avec un sourire mauvais qu'il avait vu le voleur pleurer.

Gwyneira ne l'écouta pas. Elle n'assista pas non plus à la lecture de la sentence. Elle était trop bouleversée. Paul aurait posé des questions en la voyant dans cet état, et elle avait craint sa redoutable intuition. Elle préféra donc attendre à l'extérieur, prétextant avoir besoin d'air frais et d'un peu de mouvement. Afin de fuir la foule attendant la sentence à l'extérieur, elle se promena autour du tribunal, ce qui lui donna l'occasion inespérée d'une dernière entre-vue avec James. Le condamné se débattait sous la prise de deux hommes robustes l'entraînant de force, par une porte de derrière, vers la voiture de la prison. À la vue de Gwyn, il cessa sa résistance acharnée.

— Je te reverrai, dirent ses lèvres en silence. Gwyn, je te reverrai !

10

Six mois à peine s'étaient écoulés depuis le procès quand Gwyneira fut dérangée dans son travail par une fillette maorie tout excitée. Elle avait eu une matinée active, une nouvelle fois assombrie par un conflit avec Paul. Il avait injurié deux bergers maoris, et cela peu avant la tonte et le départ des troupeaux pour les hautes terres, alors qu'on avait vraiment besoin de tout le monde. Les deux hommes étaient irremplaçables, deux travailleurs de confiance, expérimentés. Que, profitant de l'hiver, ils eussent participé à l'une des migrations traditionnelles de leur tribu ne justifiait en rien de les offenser. Le phénomène était absolument normal : quand les provisions stockées pour l'hiver étaient épuisées, les Maoris partaient chasser dans d'autres régions. Les maisons du bord du lac étaient alors abandonnées du jour au lendemain, et personne ne venait plus travailler, à l'exception des quelques fidèles employés de maison. Pour les *Pakeha* nouvellement arrivés dans le pays, cette coutume avait de quoi surprendre, mais pas pour les colons de plus longue date. Et cela d'autant moins que les tribus ne disparaissaient pas n'importe quand, mais uniquement quand on ne trouvait plus rien à manger à proximité des villages. Quand arrivait l'époque d'ensemencer leurs champs, d'aider à la tonte et d'estiver les troupeaux, elles revenaient. C'était donc le cas des deux travailleurs de Gwyneira, qui ne comprenaient absolument pas pourquoi Paul les avait grossièrement rudoyés à cause de leur absence.

— M. Paul savoir pourtant que nous revenir, expliqua l'un d'eux avec amertume. Lui a partagé longtemps campement avec nous. Était comme fils avec nous, comme frère de Marama. Mais maintenant… que des disputes. Juste parce que disputes avec Tonga. Lui dire que nous écoutons pas lui, écoutons que Tonga. Et que Tonga vouloir que nous partir. Mais c'est idiot. Tonga pas encore porter *toki-poutangata*, hache du chef… et M. Paul pas encore chef de la ferme !

Gwyneira soupira. Pour l'instant, la dernière remarque de Ngopini lui donnait une belle occasion d'apaiser les hommes. De même que Tonga n'était pas encore le chef, Paul n'était pas encore propriétaire de la ferme ; il n'était donc habilité ni à réprimander ni à congédier qui que ce fût. Largement pourvus en graines de semence à titre de réparation, les Maoris se déclarèrent prêts à continuer de travailler pour Gwyneira. Pourtant, si Paul prenait un jour l'entreprise en main, les gens le fuiraient. Tonga déplacerait sans doute tout le campement afin de ne plus avoir à le rencontrer.

Elle alla voir son fils pour lui parler de tout cela, mais Paul se contenta de hausser les épaules.

— Alors j'embaucherai de nouveaux colons. Ils sont plus faciles à diriger ! Et Tonga n'osera pas partir. Les Maoris ont besoin de l'argent qu'ils gagnent ici et de la terre où ils vivent. Et qui les laissera s'installer chez lui ? Le pays appartient maintenant en totalité aux éleveurs blancs, et ils n'ont pas besoin de fauteurs de troubles !

Contrariée, Gwyneira dut s'avouer que Paul avait raison. La tribu de Tonga ne serait nulle part la bienvenue. Cette pensée, pourtant, loin de la tranquilliser, l'angoissa. Tonga était une tête brûlée. Personne ne pouvait dire ce qui arriverait quand il apprendrait comment s'était conduit Paul.

Et voilà qu'une fillette maorie entrait de surcroît dans l'écurie où Gwyneira sellait son cheval. Encore une Maorie manifestement effarouchée. Pourvu qu'elle n'ait pas elle aussi à se plaindre de Paul !

Mais la fillette n'appartenait pas à la tribu des environs de la ferme. Gwyneira reconnut une des élèves d'Hélène. S'approchant timidement, la petite fit une révérence devant elle, à la manière d'une sage écolière anglaise.

— Miss Gwyn, c'est miss Hélène qui m'envoie pour vous dire que quelqu'un vous attend à la ferme O'Keefe. Vous devriez venir vite, avant la nuit, avant le retour de M. Howard, s'il ne se rend pas au pub ce soir, annonça l'enfant dans un excellent anglais.

— Qui donc peut bien m'attendre là-bas, Mara? Tout le monde sait où j'habite…

— C'est un secret! déclara la petite, l'air important. Et je ne dois le dire à personne, à vous seulement!

Gwyneira sentit son cœur s'affoler.

— Fleurette? Est-ce ma fille? Fleurette est-elle revenue?

Elle avait peine à le croire, tant elle espérait que sa fille, mariée avec Ruben, vivait quelque part en Otago.

— Non, miss, c'est un homme… euh, un gentleman. Et je dois vous dire qu'il faut que vous fassiez vite, dit la gamine en faisant une nouvelle révérence.

— C'est bien, mon enfant. Va vite chercher une friandise à la cuisine. Moana vient de faire cuire des gâteaux secs. Pendant ce temps, j'attelle la chaise. Comme ça, je te ramènerai chez toi.

— Je suis bonne marcheuse, miss Gwyn. Prenez plutôt votre cheval. Miss Hélène dit qu'il faut faire très vite!

Bien que n'y comprenant plus rien, Gwyneira obéit et continua à seller son cheval. Il n'y aurait donc pas d'inspection des hangars à tonte aujourd'hui! Qui pouvait bien être ce mystérieux visiteur? Elle harnacha à la hâte Raven, une fille de la jument Morgaine, hâte qui eut l'heur de plaire à la monture: sitôt dépassés les bâtiments de Kiward Station, elle s'empressa de se mettre au trot. Le raccourci entre les deux fermes avait entre-temps si bien été battu que Gwyn n'avait presque plus besoin de tenir les rênes pour aider le cheval dans les passages délicats. Raven franchit le ruisseau d'un bond puissant. Gwyneira songea avec un sourire triomphant à la dernière chasse organisée par Reginald Beasley. Le fermier était remarié avec une veuve de son âge, une excellente ménagère qui entretenait la roseraie avec un soin scrupuleux. Elle ne semblait pas, en revanche, d'un tempérament fougueux, si bien que Beasley cherchait son plaisir, aujourd'hui comme hier, dans l'élevage de chevaux de course. Que Gwyneira et Raven eussent jusqu'ici gagné toutes les courses derrière un leurre lui restait donc sur l'estomac. Il envisageait d'ailleurs de construire une véritable piste où les cobs ne distanceraient plus ses pur-sang.

Peu avant la ferme d'Hélène, Gwyneira fut contrainte de tenir sa jument en bride pour ne pas écraser les enfants revenant de l'école.

Tonga et un ou deux autres Maoris du village au bord du lac la saluèrent d'un air plutôt renfrogné. Seule Marama, à son habitude, était souriante.

— Nous lisons un nouveau livre, miss Gwyn! expliqua-t-elle, toute contente. Un livre pour les adultes! De Bulwer-Lytton. Un auteur très célèbre en Angleterre! Le livre parle d'un camp des Romains, c'est une très ancienne tribu en Angleterre. Leur camp est à côté d'un volcan et celui-ci entre en éruption. C'est tellement triste, miss Gwyn... J'espère que les filles resteront en vie. Glaucus aime tellement Ione[1]! Mais les gens devraient être moins bêtes. On n'établit pas son campement si près des montagnes de feu. Et surtout une ville grande comme ça, avec des maisons pour y dormir et tout le reste! Vous croyez que Paul aura envie de le lire? Il lit si peu ces derniers temps, miss Hélène dit que ce n'est pas bien pour un gentleman. J'irai le voir après et je le lui porterai!

Marama s'éloigna en sautillant et Gwyneira sourit intérieurement. Elle riait encore quand elle s'arrêta dans la cour de la ferme.

---

1. Résumé très libre du roman *Les Derniers Jours de Pompéi*.

— Tes élèves font preuve d'un solide bon sens, taquina-t-elle Hélène, qui était sortie en entendant le bruit des sabots et parut soulagée en reconnaissant Gwyneira. Je ne savais pas ce que je n'aimais pas chez Bulwer-Lytton, mais Marama met le doigt dessus : tout est la faute des Romains. S'ils n'avaient pas construit au pied du Vésuve, Pompéi n'aurait pas été engloutie, et M. Bulwer-Lytton aurait pu s'épargner d'écrire ces cinq cents pages. Tu devrais seulement expliquer à tes élèves que ça ne se passe pas en Angleterre…

Hélène se força à sourire.

— Marama est une élève futée, dit-elle. Mais viens, Gwyn, il ne faut pas perdre de temps. Si Howard le trouve ici, il le tuera. Il est toujours furieux que Warden et Sideblossom l'aient ignoré quand ils ont monté leur troupe…

— Quelle troupe ? Et qui Howard tuerait-il ?

— Eh bien, McKenzie. James McKenzie ! Ah oui, c'est vrai, je n'avais pas dit son nom à Mara, par précaution. Mais il est ici, Gwyn. Et il veut te parler de toute urgence !

Gwyneira crut que ses jambes allaient se dérober sous elle.

— Mais… James est en prison, à Lyttelton. Il ne peut pas…

— Il s'est évadé, Gwyn ! Va maintenant, donne-moi ton cheval. McKenzie est dans la grange.

Gwyneira vola littéralement jusqu'à la grange. Ses pensées s'entrechoquaient. Que lui dire ? Que voulait-il lui dire ? Mais James était là… il était là, ils allaient…

James prit Gwyneira dans ses bras dès qu'elle franchit le seuil de la grange. Elle n'eut pas le temps de se défendre, et ne le souhaitait pas non plus. Soupirant de soulagement, elle se blottit contre son épaule. Treize années avaient passé, mais c'était aussi merveilleux. Elle était en sécurité. Il pouvait se passer n'importe quoi autour d'elle : quand James refermait les bras autour de son corps, elle était à l'abri du monde.

— Gwyn, cela fait si longtemps… Je n'aurais jamais dû t'abandonner, chuchota-t-il, la bouche dans ses cheveux.

J'aurais dû comprendre ce qui s'était passé... Au lieu de ça...

— J'aurais dû te le dire. Mais je ne pouvais pas prononcer un seul mot... Nous devons cesser à présent de nous excuser, nous avons toujours su ce que nous voulions, répondit-elle en lui souriant avec malice.

McKenzie ne se lassait pas de lire le bonheur sur son visage échauffé par la course à cheval. Il embrassa la bouche qui s'offrait à lui.

— Bon, venons-en au fait! dit-il ensuite d'un ton grave, tandis que ses yeux trahissaient l'éternel espiègle. Tirons d'abord quelque chose au clair, et je veux entendre la vérité, rien que la vérité. Maintenant qu'il n'y a plus d'époux à qui tu dois être loyale et pas d'enfant à qui il faut mentir : est-ce qu'à l'époque ce n'était vraiment qu'un marché, Gwyn? Le seul problème était-il d'avoir un enfant? Ou bien m'as-tu aimé? Au moins un peu?

Gwyneira sourit, puis plissa le front comme si elle réfléchissait intensément.

— Un peu? Oui, à bien y réfléchir, je t'ai un peu aimé.

— Bien, dit James, gardant lui aussi son sérieux. Et à présent que tu as réfléchi plus avant à ce sujet et que tu as élevé une fille si merveilleuse? Que tu es libre et que personne ne peut plus te donner d'ordres? M'aimes-tu toujours un peu?

— Je ne crois pas, déclara-t-elle avec lenteur. Maintenant, je t'aime beaucoup!

James la reprit dans ses bras. Elle savoura son baiser.

— M'aimes-tu au point de venir avec moi? demanda-t-il. De t'enfuir avec moi? La prison, c'est horrible, Gwyn. Il faut que j'en sorte!

— Qu'est-ce que tu t'imagines? Où comptes-tu aller? Comptes-tu te remettre à voler des moutons? Cette fois, s'ils t'attrapent, tu seras pendu! Et moi, ils me jetteront en prison.

— Ils ne m'ont pas trouvé pendant plus de dix ans, s'entêta-t-il.

— Parce que tu as découvert cette terre et ce défilé, soupira Gwyneira. Une cachette idéale. Ils lui ont d'ailleurs donné le nom de McKenzie Highland. Il est probable qu'elle s'appellera encore ainsi quand personne ne se souviendra plus ni de Sideblossom ni de Warden.

L'idée arracha à James un ricanement, mais elle poursuivit :

— Tu ne penses tout de même pas sérieusement que nous allons trouver quelque chose de semblable ? Il faut que tu fasses tes cinq ans de prison, James. Quand tu seras vraiment libre, on verra comment faire. De toute façon, je ne peux pas partir comme ça. Les gens d'ici, les bêtes, la ferme… James, tout cela dépend de moi. L'élevage des moutons. Gérald boit plus qu'il ne travaille et, quand il travaille, il ne s'occupe plus que des bovins. Mais même pour ça, il s'en remet de plus en plus à Paul…

— Alors que le garçon n'est pas particulièrement aimé, grommela James. Fleurette m'a raconté deux ou trois choses à ce sujet. L'officier de police de Lyttelton aussi. Je sais pour ainsi dire tout ce qui se passe dans les Canterbury Plains. Mon geôlier s'ennuie et je suis le seul avec qui il puisse parler toute la journée…

Gwyneira sourit car, ayant rencontré cet homme à l'occasion d'événements mondains, elle savait qu'il était bavard.

— C'est vrai que Paul est difficile, avoua-t-elle. C'est pourquoi les gens ont d'autant plus besoin de moi. Du moins pour l'instant. Dans cinq ans, tout aura changé. Paul sera alors presque majeur et il ne se laissera plus dicter quoi que ce soit par moi. Je ne sais d'ailleurs pas si j'aimerais vivre dans une ferme dirigée par lui. Mais peut-être pourrons-nous obtenir un bout de terre. Après tout ce que j'ai fait pour Kiward Station, j'y ai droit.

— Ça ne suffira pas pour élever des moutons, objecta James.

— Peut-être pour élever des chiens ou des chevaux ? Ton Vendredi est célèbre, et ma Cléo… elle vit encore, mais elle n'en a plus pour longtemps. Les fermiers se battraient pour un chien formé par toi!

— Mais cinq ans, Gwyn...

— Plus que quatre et demi! dit-elle en se blottissant à nouveau contre lui.

À elle aussi, cinq années paraissaient une éternité, mais elle ne voyait pas d'autre solution. En tout cas, pas une fuite dans les hautes terres ou dans un campement de chercheurs d'or.

— Bon, d'accord, soupira James. Mais laisse-moi ma chance! Je suis libre! Je n'ai pas l'intention de retourner de moi-même dans une cellule. S'ils ne m'attrapent pas, j'irai jusque dans les champs aurifères. Et, crois-moi, Gwyn, je trouverai de l'or!

— Tu as bien trouvé Fleurette, sourit Gwyneira. Mais ne me refais jamais le coup de la femme maorie! J'ai cru que mon cœur allait cesser de battre quand tu as parlé de ton grand amour!

— Que pouvais-je faire d'autre? Leur révéler que j'ai une fille? Ils ne rechercheront pas une fille maorie, ils savent qu'ils n'ont aucune chance. Bien que Sideblossom se doute, bien entendu, que c'est elle qui a tout l'argent.

— Quel argent, James?

— Eh bien, vu que les Warden n'ont pas été à la hauteur dans ce domaine, révéla James avec un sourire malicieux plus large encore, je me suis permis de donner à ma fille une dot convenable. L'argent que j'ai gagné avec les moutons toutes ces années. Crois-moi, Gwyn, j'étais un homme riche! Et j'espère que Fleurette saura s'en servir de manière réfléchie.

— Ça me rassure. J'avais peur pour elle et Ruben. C'est un brave garçon, mais il est la maladresse en personne. Ruben, chercheur d'or… ce serait comme si toi, tu te lançais dans le métier de juge de paix.

McKenzie eut un regard réprobateur.

— Oh, mais j'ai un grand sens de la justice, miss Gwyn! Pourquoi, à ton avis, me compare-t-on à Robin des Bois? Je n'ai volé que les richards, jamais ceux qui gagnent leur pain à la sueur de leur front! D'accord, ma méthode est peut-être un peu non conventionnelle...

— Disons que tu n'es pas un gentleman et que je ne suis pas non plus une lady, après tout ce que je me suis permis avec toi, dit Gwyneira en riant de bon cœur. Mais, si tu veux le savoir, cela m'est égal!

Ils s'embrassèrent de nouveau et James coucha tendrement Gwyn dans le foin. Mais leurs caresses furent interrompues par l'entrée d'Hélène.

— Navrée de vous déranger, mais des policiers partent juste d'ici. J'ai eu une peur bleue, mais ils voulaient simplement poser des questions et n'ont pas fouillé la ferme. Sauf que, à ce qu'il semble, le pays est en émoi. Les gros éleveurs sont au courant de votre évasion, monsieur McKenzie. Ils ont aussitôt dépêché des gens chargés de vous arrêter. Mon Dieu, vous n'auriez pas pu attendre quelques semaines de plus? En pleine tonte, personne ne vous aurait donné la chasse, mais à présent il y a assez de travailleurs qui n'ont pas grand-chose à faire depuis des mois et qui brûlent de partir à l'aventure. En tout cas, le mieux est de rester ici jusqu'à la tombée de la nuit, puis de disparaître le plus vite possible. De préférence retourner en prison. Vous rendre serait le plus sûr. Mais c'est votre affaire. Et toi, Gwyn, rentre chez toi au plus vite aussi. Il ne faut pas éveiller les soupçons! Ce n'est pas un jeu, monsieur McKenzie. Les hommes qui sont venus ici ont l'ordre de vous tirer dessus!

Gwyneira tremblait de peur en donnant un baiser d'adieu à James. Elle allait de nouveau craindre pour sa vie, alors qu'ils venaient de se retrouver. Elle aussi lui recommanda de retourner à Lyttelton, mais en vain. Il voulait aller en Otago pour récupérer Vendredi avant toute autre chose – «Une pure folie», commenta Hélène – puis gagner les champs aurifères.

— Est-ce que tu peux au moins lui donner quelque chose à manger en chemin? demanda Gwyn d'une voix pitoyable quand son amie sortit avec eux de la grange. Et merci encore, Hélène. Je sais les risques que tu as pris.

— Si, pour nos deux enfants, tout s'est passé comme envisagé, il est tout de même le beau-père de Ruben... Ou vas-tu encore nier que Fleurette est de lui?

— Tu l'as toujours su, Hélène! C'est toi-même qui m'as emmenée chez Matahorua et tu as entendu ce qu'elle m'a conseillé. Et n'ai-je pas choisi un homme bon?

James fut repris une nuit plus tard, mais il eut de la chance dans son malheur. Il tomba en effet entre les mains d'une troupe de Kiward Station conduite par ses vieux compagnons, Andy McAran et Poker Livingston. S'ils avaient été seuls, ils l'auraient sans doute laissé courir. Mais, étant en compagnie de deux nouveaux employés, ils refusèrent de prendre ce risque. Ils se gardèrent toutefois d'obéir aux ordres et de tirer. Le très sage McAran était du même avis qu'Hélène et que Gwyneira:

— Si un homme de Beasley ou de Barrington t'aperçoit, il t'abattra comme un chien! Sans même parler de ceux de Sideblossom! Warden, entre nous, est lui-même un truand. Il a une espèce de compréhension envers toi. Mais tu as profondément déçu Barrington, car tu avais promis de ne pas t'enfuir.

— Mais seulement sur le chemin pour Lyttelton! s'écria James, défendant son honneur. Ça ne valait pas pour les cinq années de prison!

— En tout cas, il est furieux, dit Andy en haussant les épaules. Beasley, lui, a la frousse de perdre encore des moutons. Les deux étalons qu'il a fait venir d'Angleterre lui coûtent une fortune. Sa ferme est endettée jusqu'au cou. Il sera sans pitié! Le mieux est que tu purges ta peine.

L'officier de police, quant à lui, ne fut pas fâché de revoir son prisonnier.

— C'est moi le fautif, grogna-t-il. À l'avenir, je vous enfermerai à double tour, McKenzie! Vous l'avez bien cherché!

McKenzie passa sagement en prison les trois semaines qui suivirent, mais, quand il s'évada à nouveau, ce fut dans des circonstances telles qu'elles conduisirent cette fois l'officier de police devant la porte de Gwyneira, à Kiward Station.

Elle passait en revue un groupe de brebis avec leurs agneaux avant leur départ pour les hautes terres, quand elle vit approcher Laurence Hanson, juché sur un cheval. Il n'avançait que lentement car il tirait derrière lui, attachée à une laisse, une petite boule noire. Le chien ne se débattait pas violemment, il se contentait de faire quelques pas quand il risquait d'être étranglé. Ensuite, il recommençait à s'arc-bouter des quatre pattes.

Gwyn s'inquiéta. Un des chiens de la ferme s'était-il enfui ? Cela n'était jamais arrivé. Et si c'était le cas, ce ne serait tout de même pas au chef de la police de prendre le problème en charge. Elle prit rapidement congé des deux bergers maoris, qui partirent pour les hautes terres avec leurs bêtes.

— Je vous verrai à l'automne ! dit-elle aux hommes qui allaient passer l'été auprès des moutons, dans une cabane d'alpage. Veillez surtout à ce que mon fils ne vous voie pas ici avant !

Croire que les Maoris passeraient tout l'été dans les pâturages sans venir de loin en loin rendre visite à leurs femmes était pure illusion. Mais peut-être les femmes monteraient-elles les rejoindre. On ne pouvait le savoir, tant les tribus étaient mobiles. Gwyneira savait seulement que Paul désapprouverait l'une et l'autre solutions.

Puis elle rentra à la maison pour accueillir l'officier de police. Il avançait d'ailleurs à sa rencontre. Il savait où étaient les écuries et souhaitait manifestement y mettre son cheval. Il n'était donc pas pressé. Gwyn, contrariée, soupira. Elle avait autre chose à faire que passer la journée à bavarder. D'un autre côté, il allait certainement lui donner des tas de renseignements sur James.

Quand elle le rejoignit devant les écuries, Hanson était occupé à délier le chien dont il avait attaché la laisse à sa selle. Un border collie sans aucun doute, mais dans un état épouvantable, le pelage terne et collé, si maigre qu'on pouvait lui compter les côtes en dépit des longs poils. Quand le shérif se pencha vers lui, le chien montra les dents et grogna, chose inhabituelle chez un border. Gwyneira reconnut aussitôt la chienne.

— Vendredi! dit-elle tendrement. Laissez-moi faire, shérif, peut-être qu'elle se souvient. Elle a été à moi, après tout, pendant cinq mois.

Hanson ne parut pas convaincu que la chienne pût se souvenir de la femme qui lui avait dispensé ses premières leçons, mais Vendredi réagit à sa voix. En tout cas, elle ne se rebella pas quand Gwyneira détacha la laisse de la selle.

— Où l'avez-vous trouvée? On dirait bien, en effet...

— C'est la chienne de McKenzie, oui. Elle est arrivée voici deux jours à Lyttelton, totalement épuisée. McKenzie l'a aperçue de sa fenêtre et a déclenché une émeute. Mais que faire? Je ne peux quand même pas la loger en prison! Où irait-on? Si on en autorise un à garder son chien, l'autre voudra son minet, et si le chat bouffe le canari, ce sera l'émeute.

— Allons, ça n'ira pas jusque-là, sourit Gwyneira.

La plupart des détenus de Lyttelton passaient trop peu de temps en prison pour demander à y avoir un animal domestique. Le plus souvent, ils restaient un jour, le temps de se dégriser.

— En tout cas, c'est impossible! trancha le shérif. J'ai donc emmené l'animal chez moi, mais il n'a pas voulu rester. À peine la porte ouverte, il courait à la prison. La deuxième nuit, McKenzie s'est enfui en cassant la serrure et a volé de la viande chez le boucher. Par chance, ça s'est arrangé: le boucher a prétendu que c'était un cadeau. Donc pas de nouveau procès... et on a récupéré McKenzie dès le lendemain. Mais ça ne peut pas durer comme ça. Cet

homme risque sa vie pour ce cabot. Alors je me suis dit…
Comme vous l'avez élevé, ce chien, et que le vôtre vient
de mourir…

Gwyneira marqua le coup. Elle ne pouvait toujours pas
penser à Cléo sans que les larmes lui montent aux yeux. Elle
n'avait pas encore choisi de remplaçant, la blessure était
trop fraîche. Mais Vendredi était là. Et elle ressemblait tellement à sa mère!

— Vous avez eu une bonne idée, dit-elle. Vendredi peut
rester ici. Dites à M. McKenzie que je la garde, jusqu'à ce
qu'il nous… euh, qu'il vienne la chercher. Mais entrez donc
vous rafraîchir. Vous devez avoir soif après ce long chemin.

Vendredi, allongée à l'ombre, haletait. Elle était toujours
tenue en laisse et, quand elle se pencha pour la dénouer,
Gwyneira savait qu'elle prenait un risque.

— Viens, Vendredi! dit-elle avec douceur.

La chienne la suivit.

11

Un an après la condamnation de James McKenzie, Georges et Élisabeth Greenwood rentrèrent d'Angleterre. Hélène et Gwyneira eurent enfin des nouvelles de leurs enfants. Prenant très au sérieux la recommandation de Fleurette qui voulait une grande discrétion, Élisabeth se rendit à Haldon dans sa propre chaise afin d'y apporter les lettres. Elle n'avait même pas mis son mari au courant quand elle rencontra Hélène et Gwyn dans la ferme des O'Keefe. Ces deux dernières l'assaillirent naturellement de questions sur le voyage qui avait visiblement fait le plus grand bien à la jeune femme : elle semblait plus détendue, plus sûre d'elle.

— Cela s'est merveilleusement passé à Londres, dit-elle d'un air ravi. La mère de Georges, Mme Greenwood, est un peu… eh bien, il faut se faire à elle. Mais elle ne m'a pas reconnue, elle m'a trouvée très bien élevée !

Élisabeth était aussi rayonnante que la fillette de naguère et regardait Hélène comme en quête d'admiration.

— Et M. Greenwood est charmant, très gentil avec les enfants, poursuivit-elle. Le frère de Georges ne m'a pas plu, à vrai dire. Quant à la femme qu'il a épousée ! Quelle vulgarité !

Avec une moue exprimant une certaine suffisance, elle plia soigneusement sa serviette. Gwyneira remarqua qu'elle le faisait avec exactement le geste qu'Hélène avait eu tant de mal à inculquer aux fillettes.

— Maintenant que j'ai trouvé ces lettres, je regrette que nous ayons tant tardé à revenir, s'excusa-t-elle. Vous avez dû être si inquiètes, miss Hélène et miss Gwyn. Mais, à ce qu'il semble, tout va bien pour Fleurette et Ruben.

Les deux femmes étaient effectivement soulagées, en raison non seulement des nouvelles de Fleurette, mais aussi de ce qu'elle écrivait à propos de Daphnée et des jumelles.

— «Daphnée a dû dénicher les petites filles quelque part autour de Lyttelton, lut Gwyn à haute voix. Il semble qu'elles étaient à la rue, vivant de larcins. Daphnée les a prises en charge et s'est occupée d'elles de manière touchante. Miss Hélène peut être fière d'elle, même si, bien sûr… il vaut mieux épeler le mot… elle est une p-u-t-a-i-n. » Gwyn ne put s'empêcher de rire : Ainsi, tu as retrouvé toutes tes ouailles, Hélène. Mais que faire de ces lettres ? Les brûler ? Ça me chagrinerait beaucoup. Pourtant, ni Gérald ni Paul ne doivent les trouver, et Howard encore moins !

— J'ai une cachette, avoua Hélène en se dirigeant vers l'un des placards de sa cuisine, dont une planche du fond n'était pas clouée.

On pouvait déposer derrière cette planche, sans qu'il y paraisse, de petits objets. C'est là qu'Hélène conservait ses économies et quelques souvenirs de l'enfance de Ruben. Un peu gênée, elle montra à ses amies un de ses dessins d'enfant et une boucle de cheveux.

Élisabeth, touchée, avoua à ses deux aînées qu'elle avait toujours sur elle un médaillon renfermant une boucle de Georges.

Gwyneira faillit lui envier cette preuve concrète de l'amour qu'elle portait à son mari, mais, jetant un coup d'œil à la petite chienne couchée devant la cheminée, elle se dit que rien ne pouvait mieux que Vendredi l'unir à James.

Un an plus tard, Gérald et Paul revinrent furieux d'une réunion d'éleveurs à Christchurch.

— Le gouverneur a perdu la tête, pesta Gérald en se servant un whisky, puis, après un instant d'hésitation, un petit verre aussi pour Paul en dépit de ses tout juste quatorze ans. Bannissement à vie! Qui pourra le contrôler? S'il ne se plaît pas là-bas, il sera de retour par le premier bateau!

— Qui sera de retour? interrogea Gwyneira, modérément intéressée.

Le repas allait être servi, et elle se joignit aux deux «hommes» avec un verre de porto, ne serait-ce que pour avoir Gérald à l'œil. Elle n'était pas contente qu'il invitât déjà Paul à boire. Le garçon apprendrait bien assez tôt. De plus, même à jeun, il avait déjà beaucoup de peine à contrôler son tempérament.

— McKenzie! Le maudit voleur de bétail! Le gouverneur l'a gracié!

Gwyneira sentit son sang refluer de son visage. James était libre?

— À vrai dire, à condition qu'il quitte le pays au plus vite. Ils l'envoient en Australie par le prochain bateau. Jusque-là, ça va, il ne sera jamais assez loin! Mais là-bas il sera un homme libre. Qui l'empêchera de revenir? tempêta Gérald.

— Ne serait-ce pas stupide de sa part? demanda Gwyneira d'une voix blanche.

Si James partait vraiment pour toujours en Australie… Elle était heureuse pour lui qu'il fût gracié, mais il serait perdu pour elle.

— Dans les trois ans à venir, bien sûr, intervint Paul en trempant les lèvres dans son whisky tout en ne quittant pas sa mère des yeux.

Gwyn s'efforça de garder contenance.

— Mais ensuite? continua de s'interroger son fils. Sa peine sera purgée. Quelques années encore et elle sera prescrite. Et s'il a assez de jugeote pour ne pas rentrer par Lyttelton, mais peut-être par Dunedin… Il peut aussi changer de nom. Personne ne se soucie de savoir qui figure dans la liste des passagers. Mais qu'est-ce qu'il y a, maman? Tu n'as pas bonne mine…

Gwyneira se raccrocha à l'idée que Paul avait raison. James trouverait un moyen de revenir. Mais elle devait le voir au préalable! Elle voulait l'entendre de sa propre bouche afin de véritablement garder espoir.

Vendredi, à cet instant, se blottit contre Gwyn. Une idée lui vint soudain: la chienne, bien sûr! Elle ramènerait demain Vendredi à l'officier à Lyttelton, afin que ce dernier la rendît à James à sa libération. Elle en profiterait pour demander à voir James afin de parler de la chienne dont elle s'était tout de même occupée pendant près de deux ans. Hanson ne le lui refuserait certainement pas. C'était une bonne pâte, ne soupçonnant rien de ses rapports avec McKenzie. Si seulement cela ne signifiait pas aussi de devoir se séparer de Vendredi! Son cœur saigna à cette pensée. Mais tant pis, Vendredi appartenait à James.

Gérald se mit en colère quand Gwyn annonça qu'elle ramènerait l'animal le lendemain.

— Tu veux que ce type se remette aussitôt à voler en Australie? demanda-t-il ironiquement. Tu es folle, Gwyn!

— Peut-être, mais elle est à lui. Et ce sera plus facile pour lui de trouver un travail convenable s'il apporte son propre chien de berger.

— Il ne va pas chercher un travail convenable! Aventurier un jour, aventurier toujours! s'exclama Paul.

Gérald s'apprêtait à l'approuver quand Gwyn lança avec un sourire:

— J'ai entendu parler de joueurs professionnels qui sont devenus ensuite de très honorables barons des moutons…

Le lendemain, elle partit de bonne heure. Le trajet était long et il fallut cinq heures de train soutenu à la jument Raven avant de franchir le Bridle Path. Vendredi, qui suivait, était épuisée.

— Tu pourras te reposer au poste de police, lui dit Gwyn. Qui sait, peut-être qu'Hanson te laissera rejoindre tout de suite ton maître. Je prendrai une chambre au White Hart. Livrés à eux-mêmes une seule journée, Paul et Gérald ne feront pas de bêtises, espérons-le.

Laurence Hanson était en train de balayer son bureau quand Gwyn ouvrit la porte du poste derrière lequel se trouvaient les cellules des prisonniers. Elle éprouva une vive joie à l'idée de revoir James. Pour la première fois depuis deux ans!

— Madame Warden! Miss Warden! Quelle surprise! s'écria Hanson, radieux. J'espère ne pas devoir votre visite à des événements fâcheux. Vous ne venez pas signaler un crime, par hasard? dit-il avec un clin d'œil.

Il tenait à l'évidence la chose pour impossible : une femme honorable aurait chargé de cette corvée un membre masculin de la famille.

— Et quel chien magnifique est devenue la petite Vendredi! Alors, petite, tu veux toujours me mordre? poursuivit-il en se penchant vers la chienne qui, cette fois, s'approcha en toute confiance. Quel beau pelage! Vraiment, miss Gwyn, vous l'avez bien soignée!

Gwyneira acquiesça.

— C'est elle qui est la cause de ma venue, monsieur l'officier. J'ai entendu dire que M. McKenzie avait été gracié et serait bientôt libéré. J'ai voulu lui ramener son chien.

Hanson fronça les sourcils. Gwyn, qui s'apprêtait à lui demander de la laisser voir James, s'arrêta en voyant sa mine.

— C'est naturellement méritoire de votre part, déclara l'officier de police, mais vous arrivez trop tard. Le *Reliance* a pris la mer ce matin, en direction de Botany Bay. Et, conformément au décret du gouverneur, nous avons conduit M. McKenzie à bord.

Gwyneira crut qu'elle allait défaillir.

— Mais il ne voulait pas m'attendre? Il… il voulait certainement ne pas partir sans son chien…

— Que vous arrive-t-il, miss Gwyn? Vous n'êtes pas bien? Asseyez-vous donc, je vous prépare un thé! dit Hanson en approchant une chaise. Non, bien sûr qu'il ne voulait pas partir sans son chien. Il m'a demandé de l'autoriser à aller le chercher, mais c'était impossible. Et puis… et puis il a prévu que vous viendriez! Je ne l'aurais jamais cru… tout ce chemin pour ce gredin, et entre-temps vous vous êtes aussi attachée à cette bête! Mais il était certain de ce qu'il disait. Il a imploré un sursis, mais l'ordre était formel: expulsion par le premier bateau, et c'était le *Reliance*. Il ne pouvait pas non plus laisser échapper cette chance. Mais attendez, il a laissé une lettre pour vous!

Il se mit à la chercher en prenant son temps. Gwyn eut envie de l'étrangler. Que ne l'avait-il dit plus tôt?

— La voici, miss Gwyn. Je suppose qu'il vous remercie pour la garde du chien…

Hanson lui tendit une enveloppe modeste mais bien fermée et attendit avec impatience. Il ne l'avait certainement pas encore ouverte, se disant qu'elle la lirait en sa présence, plaisir dont Gwyn le priva, bien sûr.

— Le… le *Reliance*, disiez-vous… êtes-vous sûr qu'il a déjà pris la mer? Ne pourrait-il être encore à quai? demanda Gwyn en glissant, apparemment par distraction, la lettre dans une poche de sa robe. Parfois, le départ est retardé…

— C'est une chose que je n'ai jamais vérifiée. Mais si c'est le cas, le bateau n'est pas à quai, il est certainement ancré quelque part dans la baie. Vous ne pourrez monter à bord, à moins d'emprunter une barque…

— Je vais vérifier de mes propres yeux, on ne sait jamais, dit Gwyneira en se levant. Et grand merci avant tout. Également pour… M. McKenzie. Je crois qu'il sait fort bien ce que vous avez fait pour lui.

Elle quitta le bureau avant que Hanson eût le temps de réagir. Elle sauta sur Raven qui attendait dehors et siffla la chienne.

— Viens, nous allons essayer. En route pour le port!

Sitôt le quai atteint, elle vit qu'elle avait perdu. Aucun bateau de haute mer n'était à l'ancre et il y avait plus de mille milles marins jusqu'à Botany Bay. Elle s'adressa néanmoins à l'un des pêcheurs traînant sur le port.

— Il y a longtemps que le *Reliance* est parti?

Jetant un bref coup d'œil à la femme, l'homme montra la mer de la main.

— Tout là-bas, vous le voyez encore, m'dame! Vient de gagner le large, en route pour Sydney, à ce qu'il paraît...

Gwyneira acquiesça. Les yeux brûlants, elle suivit le bateau du regard. Vendredi se fourra contre ses jambes et gémit comme si elle comprenait ce qui se passait. Gwyneira la caressa et sortit la lettre de sa poche.

Gwyneira chérie,
Je sais que tu viendras me voir une dernière fois avant ce funeste voyage, mais il sera trop tard. Tu vas donc devoir continuer à porter mon image dans ton cœur. Moi, en tout cas, il suffit que je pense à toi pour avoir la tienne devant les yeux et il ne passe guère d'heure où je ne le fasse pas. Gwyn, dans les années qui viennent, quelques miles de plus qu'entre Lyttelton et Haldon nous sépareront, mais, pour moi, il n'y a pas de différence. Je t'ai promis de revenir et j'ai toujours tenu mes promesses. Aussi, attends-moi, ne perds pas espoir. Je reviendrai dès qu'il me semblera ne pas courir de risque. Quand tu t'y attendras le moins, je serai là! Pendant ce temps, Vendredi t'aidera à te souvenir de moi. Je te souhaite tout le bonheur du monde, ma lady, et assure aussi Fleurette de mon amour si tu entends parler d'elle.
Je t'aime
James

Gwyneira pressa la lettre contre son cœur et suivit des yeux le bateau qui disparaissait lentement au loin, dans la mer de Tasmanie. James reviendrait s'il survivait à cette aventure. Mais elle savait qu'il considérait cet exil comme une chance. Il préférait la liberté en Australie à l'ennui dans une cellule.

— Et nous n'avons pas eu la chance de partir avec lui, soupira Gwyn en caressant Vendredi. Allez, viens, nous rentrons à la maison.

Les années s'écoulèrent à Kiward Station et chez les O'Keefe avec l'habituelle monotonie. Gwyneira aimait toujours le travail à la ferme, travail qu'Hélène avait d'autant plus en horreur qu'elle devait en fournir sans cesse davantage. Elle ne le supportait que grâce au soutien énergique de Georges Greenwood.

Howard ne se remettait pas de la perte de son fils. Il n'avait pourtant guère eu de mot gentil pour lui tant qu'il était là, et il aurait dû depuis longtemps comprendre que le garçon n'était pas fait pour l'agriculture. Mais Howard était toujours parti de l'idée que, étant l'héritier, il finirait par entendre raison et reprendrait l'exploitation. De plus, durant quelques années, il avait savouré le plaisir de savoir qu'O'Keefe Station avait un héritier, contrairement à la ferme florissante de Gérald Warden. Mais, à présent, Gérald avait à nouveau l'avantage. Son petit-fils reprenait peu à peu avec énergie Kiward Station, tandis que l'héritier des O'Keefe avait disparu. Persuadé qu'elle savait quelque chose car, ayant cessé de pleurer chaque soir dans son oreiller, elle respirait désormais la fierté et la confiance, Howard ne cessait de presser Hélène de lui révéler où se trouvait Ruben. Mais il avait beau la harceler de questions, elle se taisait. Il avait notamment besoin d'un exutoire à sa colère les nuits où, au pub, il avait vu Gérald et Paul, fièrement accoudés au comptoir, discuter avec des commerçants locaux de problèmes touchant à Kiward Station.

Si seulement Hélène lui disait où se cachait le garçon ! Il irait le chercher et le ramènerait de force. Il l'arracherait à cette petite pute qui s'était enfuie peu après lui. Il lui ferait entrer dans la tête, à coups de bâton s'il le fallait, le sens du mot «devoir». À l'idée du plaisir qu'il en tirerait, il serrait les poings.

Pour l'instant, il ne voyait guère pourquoi il devait s'échiner à conserver l'héritage en bon état. Ruben n'aurait qu'à s'atteler à la tâche! S'il lui fallait renouveler les clôtures et réparer les toits des communs, il ne l'aurait pas volé! Howard s'attachait désormais surtout à gagner rapidement de l'argent. Il vendait par exemple de jeunes bêtes prometteuses plutôt que de continuer à les élever et à risquer de les perdre dans les hautes terres. Dommage que Georges Greenwood et le prétentieux garçon maori qu'il lui envoyait toujours comme conseiller ne veuillent pas le comprendre!

— Howard, le résultat de la dernière tonte était totalement insatisfaisant! s'était permis de remarquer Georges à l'adresse de son problématique protégé lors de l'une de ses dernières visites. Une laine de qualité à peine médiocre, assez sale de surcroît. Alors que nous avions atteint un excellent niveau avant! Où sont passés les troupeaux de premier ordre que vous aviez obtenus?

Georges s'efforçait de garder son calme, ne serait-ce que pour Hélène qui, assise à côté d'eux, avait l'air rongée par les soucis et désespérée.

— Il y a quelques mois, on a vendu nos trois meilleurs béliers, intervint Hélène. À Sideblossom.

— Exact! s'écria Howard d'un air triomphant et en se reversant un whisky. Il les voulait absolument. Selon lui, ils étaient meilleurs que tout ce que les Warden offrent à la vente!

Il quêta du regard l'approbation de son vis-à-vis, lequel soupira.

— Bien sûr. Parce que Gwyneira Warden garde pour elle les meilleurs reproducteurs. Elle ne vend que du second choix. Et où en est-on avec cette histoire de bœufs, Howard? Vous en avez encore acheté. Alors que nous étions convenus que votre terre ne se prête pas à leur élevage…

— Warden gagne pas mal d'argent avec ses bœufs! s'obstina Howard, reprenant un argument usé jusqu'à la corde.

Georges dut faire effort sur lui-même pour ne pas le secouer et ne pas non plus retomber dans des reproches sempiternels. Howard, en réalité, ne comprenait rien à rien. Il vendait de précieuses bêtes reproductrices pour acheter du fourrage pour ses bœufs, qu'il écoulait ensuite à un prix équivalent à celui qu'obtenaient les Warden, prix élevé à première vue. Mais seule Hélène saisissait combien le profit réel était faible : elle était en mesure de calculer quand la ferme se retrouverait en passe d'être ruinée comme quelques années auparavant.

Même les Warden, partenaires pourtant plus avisés sur le plan commercial, préoccupaient Georges depuis quelque temps. Certes, l'élevage des moutons et des bœufs était toujours aussi florissant. Des remous se cachaient pourtant sous cette surface lisse. Georges commença à en prendre conscience en constatant que Paul et Gérald n'associaient plus Gwyneira à leurs négociations. Gérald, pour expliquer cette absence, invoquait la nécessité d'initier le jeune aux affaires, disant que la mère, de ce point de vue, l'inhibait plus qu'elle ne l'aidait.

— Elle ne lui laisse pas la bride sur le cou, si vous voyez ce que je veux dire, disait Gérald. Elle sait toujours tout, ça m'énerve parfois aussi. Comment voulez-vous que s'y retrouve un jeune qui débute?

En parlant avec les deux hommes, Georges constata néanmoins très vite que Gérald avait perdu la main quant à l'élevage des moutons et que Paul – ce qui n'avait rien d'étonnant chez un garçon de seize ans – manquait de bon sens et de clairvoyance. Il émettait des théories étranges qui contredisaient les leçons de l'expérience. Il aurait par exemple préféré reprendre l'élevage de mérinos.

— La race des mérinos Fine Wool est excellente, meilleure que celle des Downs. Il suffira de croiser suffisamment de mérinos pour obtenir un hybride qui révolutionnera le marché !

Georges ne put que hocher du chef. Gérald, en revanche, buvait les paroles de l'adolescent, les yeux brillants. Admiration que Gwyneira ne partageait pas, bien au contraire.

— Si je laisse faire ce garçon, tout ira à vau-l'eau ! s'emporta-t-elle quand Georges, le lendemain, chercha à la voir et, quelque peu bouleversé, lui rapporta sa conversation avec Gérald et Paul. À la longue, il héritera de la ferme et je n'aurai plus mon mot à dire. Mais d'ici là il aura le temps de se raisonner. Si seulement Gérald se montrait un peu plus sensé ! Je ne sais pas ce qui lui arrive. Mon Dieu, cet homme s'y connaissait pourtant en élevage de moutons !

— En ce moment, il s'y connaît mieux en whisky qu'en autre chose.

— Oui, il s'abrutit à force de boire. Excusez-moi de parler ainsi, mais toute autre formulation serait en dessous de la réalité. Alors que j'ai grand besoin qu'on m'aide. Les idées de Paul sur l'élevage ne sont, hélas, pas le seul problème. C'est loin d'être le pire. Gérald a une santé de fer et Paul ne reprendra pas la ferme avant des années. Et, même s'il perd quelques moutons dans l'affaire, l'exploitation y survivra. Malheureusement, les conflits avec les Maoris sont d'une brûlante actualité. Chez eux, on ne se pose pas la question de savoir si quelqu'un est majeur ou non, ou bien ils définissent la majorité autrement. En tout cas, ils viennent de choisir Tonga comme chef…

— C'est le garçon qui a suivi l'école d'Hélène ?

— Oui, un enfant très intelligent. Et l'ennemi intime de Paul. Ne me demandez pas pourquoi, mais les deux se sont mis à se battre dès leur plus jeune âge. Je crois que Marama en est la cause. Tonga a des vues sur elle, mais elle a adoré Paul du moment où ils ont partagé le même berceau. Maintenant encore. Aucun des Maoris ne veut plus avoir affaire à Paul, mais Marama est toujours là. Elle lui parle, essaie d'arranger les choses, en vain : il n'a pas conscience d'avoir là un trésor! En tout cas, Tonga le déteste, et je crois qu'il projette quelque chose. Les Maoris sont beaucoup plus renfermés depuis que Tonga porte la hache sacrée. Ils viennent encore travailler, mais ils ne sont plus aussi assidus, plus aussi… naïfs. J'ai l'impression qu'il se trame quelque chose, bien que tout le monde me déclare folle.

Georges réfléchit.

— Je pourrais envoyer Reti en éclaireur. Peut-être aura-t-il vent de quelque chose. Entre eux, ils sont certainement plus bavards. Mais une inimitié entre la direction de Kiward Station et la tribu maorie des rives du lac, c'est inquiétant. Vous avez tout de même besoin de cette main-d'œuvre!

— Et puis je les aime. Kiri et Moana, mes bonnes, sont depuis longtemps mes amies. Mais, aujourd'hui, c'est à peine si elles échangent un mot personnel avec moi. «Miss Gwyn, oui», «miss Gwyn, non», c'est tout ce que j'obtiens d'elles. J'ai tout ça en horreur. Je me suis demandé si je n'allais pas parler à Tonga en personne…

— Voyons d'abord ce que nous obtiendrons avec Reti. Si vous engagez une quelconque négociation par-dessus les têtes de Gérald et Paul, cela n'arrangera rien.

Greenwood sonda le terrain, et ce qu'il apprit fut si alarmant qu'une semaine plus tard il revint à Kiward Station, accompagné de Reti.

Cette fois, il insista pour que Gwyneira assistât à l'entretien avec Gérald et Paul. S'il avait eu le choix, il aurait préféré ne parler qu'avec Gérald et Gwyn, mais le vieux Warden tint absolument à associer son petit-fils.

— Tonga a déposé une plainte auprès des services du gouverneur à Christchurch, mais cela finira par arriver à Wellington. Se référant au traité de Waitangi, il prétend que, lors de l'achat de Kiward Station, les Maoris auraient été floués. Tonga réclame que les titres de propriété soient déclarés nuls et non avenus, ou que soit au moins conclu un arrangement. Ce qui signifie soit la restitution de la terre, soit le versement d'indemnités compensatoires.

Gérald avala d'un trait son whisky.

— Balivernes! Les Kai Tahu n'ont même pas signé le traité à l'époque!

— Oui, mais cela n'enlève rien à sa validité. Tonga alléguera que le traité a jusqu'ici toujours été appliqué quand il était favorable aux *Pakeha*. Il exige à présent que les Maoris bénéficient du même droit, indépendamment de ce qu'a décidé son grand-père en 1840.

— Cette espèce de singe! fulmina Paul. Je vais le...

— Tu te tais! lui intima Gwyneira d'un ton sec. Si tu n'avais pas commencé cette querelle puérile, tout ça ne serait pas arrivé. Les Maoris ont-ils une chance de gagner, Georges?

— Ce n'est pas exclu.

— C'est même fort possible, intervint Reti. Le gouverneur est intéressé à ce que Maoris et *Pakeha* trouvent un accord. La Couronne tient à ce que les conflits, ici, restent dans des limites raisonnables. On ne va pas prendre le risque d'un soulèvement pour une ferme.

— Soulèvement est un bien grand mot! s'énerva Gérald. Nous prendrons nos fusils et nous exterminerons toute cette bande. Voilà comment on est payé de sa bonté. Pendant des années, je les ai laissés s'installer au bord du lac, ils pouvaient se déplacer librement sur mes terres et...

— Et ils ont toujours travaillé pour vous contre des salaires de misère, l'interrompit Reti.

Paul donna l'impression de vouloir se jeter sur lui.

— Un homme jeune et intelligent comme Tonga est tout à fait capable de déclencher un soulèvement, ne vous y trompez pas! insista Georges. S'il monte la tête des autres tribus, à commencer par celle des terres des O'Keefe qui, elles aussi, ont été acquises avant 1840... Et que dire de la tribu de chez les Beasley? Et puis, autre chose encore: croyez-vous que des gens comme Sideblossom ont compulsé les traités avant de subtiliser la terre aux Maoris? Si Tonga commence à étudier les actes, il déclenchera un incendie difficile à arrêter. Et alors, il suffira qu'une jeune…, poursuivit-il en regardant Paul, ou une vieille tête brûlée comme ce Sideblossom tire une balle dans le dos de Tonga pour que tout explose. Le gouverneur serait bien avisé de favoriser un arrangement.

— Y a-t-il déjà des propositions? s'enquit Gwyneira. Avez-vous parlé avec Tonga?

— Il revendique en tout cas la terre où est installée la tribu, commença Reti, suscitant aussitôt des protestations de Gérald et Paul.

— La terre juste à côté de la ferme? Impossible!

— Je ne veux pas de cet individu comme voisin! Exclu!

— Sinon, il serait surtout intéressé par de l'argent, poursuivit Reti.

Gwyn réfléchit.

— L'argent, c'est difficile, il faut le lui faire comprendre. Plutôt la terre. Peut-être pourrait-on procéder à un échange. Laisser vivre si près l'un de l'autre de pareils mauvais coucheurs ne serait sans doute pas très adroit…

— Ça suffit, maintenant! explosa Gérald. Tu ne te figures pas que nous allons négocier avec cet individu, Gwyn? Pas question. Il n'aura ni terre ni argent. Tout au plus une balle entre les deux yeux!

Le conflit s'aggrava quand, le lendemain, Paul assomma un travailleur maori. L'homme affirma n'avoir rien fait, sauf avoir obéi un peu trop lentement à un ordre. Paul expliqua en revanche que le travailleur avait été insolent, ayant fait allusion aux exigences de Tonga. Quelques autres Maoris témoignèrent en faveur de leur compagnon. Kiri refusa, ce soir-là, de servir Paul à table, et même le doux Witi l'ignora. À nouveau complètement ivre, Gérald, écumant de rage, congédia tout le personnel de la maison. Gwyn espéra que les domestiques ne prendraient pas l'affaire trop au sérieux, mais, le lendemain, ni Kiri ni Moana ne vinrent travailler.

Les autres Maoris désertèrent eux aussi les écuries et le jardin. Seule Marama s'affaira plutôt maladroitement dans la cuisine.

— Je ne sais pas bien cuisiner, s'excusa-t-elle auprès de Gwyneira.

Elle réussit toutefois à présenter sur la table du petit-déjeuner les muffins que Paul affectionnait. Mais, dès le déjeuner, elle était arrivée aux limites de son savoir, servant des patates douces et du poisson. Le soir, il y eut de nouveau au menu des patates douces et du poisson, le lendemain midi du poisson et des patates douces.

Ce fut la goutte qui fit déborder le vase : l'après-midi du deuxième jour, Gérald, furieux, se mit en route d'un pas lourd pour gagner le village maori. À mi-chemin, il se heurta à deux hommes armés de javelots qui lui déclarèrent très sérieusement qu'il ne pouvait passer, que Tonga n'était pas au village et que personne d'autre que lui n'était autorisé à discuter.

— C'est la guerre ! dit l'un des jeunes hommes de garde avec flegme. Tonga dire que c'est maintenant la guerre !

— Vous allez devoir aller chercher des travailleurs à Christchurch ou à Lyttelton, constata Andy McAran deux jours plus tard, s'adressant, désolé, à Gwyn.

Le travail de la ferme prenait du retard, mais Gérald et Paul se mettaient en colère quand l'un des hommes en voyait la cause dans la grève des Maoris.

— Les gens du village ne se montreront plus ici tant que le gouverneur n'aura pas statué sur cette question de la terre, continua Andy. Et vous, miss Gwyn, pour l'amour de Dieu, gardez un œil sur votre fils ! M. Paul est sur le point de perdre la tête. Or, dans le village, c'est Tonga qui est déchaîné. Si l'un des deux lève la main sur l'autre, il y aura des morts !

12

Howard O'Keefe cherchait de l'argent. Il y avait long-temps qu'il n'avait été aussi en rage. S'il n'allait pas au pub ce soir, il allait étouffer ! Ou assommer Hélène, bien qu'elle n'y fût cette fois pour rien. Le responsable de son état était plutôt ce Warden, qui avait rendu ses Maoris fous furieux. Et ce raté de Ruben qui traînait on ne savait où au lieu d'aider son père pour la tonte et la garde des troupeaux !

Howard fouilla frénétiquement la cuisine de sa femme. Hélène cachait à coup sûr son argent quelque part, son magot de réserve, comme elle disait, parlant de ce qu'elle prélevait sur les maigres sommes consacrées au train de la maison ! Il y avait du louche là-dessous, pas de doute ! Et puis c'était son argent à lui, après tout. Tout ici lui appartenait !

Il ouvrit un autre placard tout en maudissant à présent Georges Greenwood. Le négociant en laine n'avait pour-tant été, en la circonstance, que le porteur de mauvaises nouvelles. La colonne de tondeurs qui avait l'habitude de travailler dans cette partie des Canterbury Plains, d'abord à Kiward, puis chez lui, ne viendrait pas cette année. Les hommes voulaient gagner l'Otago dès qu'ils auraient ter-miné la tonte chez les Beasley. Une des raisons était qu'il y avait parmi eux de nombreux Maoris qui refusaient de travailler pour les Warden. Ils n'avaient certes rien contre Howard, mais, la dernière fois, les tondeurs s'étaient sentis si mal chez lui et avaient dû effectuer tant de travail supplé-mentaire qu'ils reculaient devant le détour à effectuer.

— Ils sont tous gâtés! pesta Howard, en quoi il n'avait pas totalement tort : les gros éleveurs choyaient en effet leurs tondeurs, qui se considéraient pour leur part comme l'élite des ouvriers agricoles.

Les grandes exploitations rivalisaient de primes pour les meilleurs hangars, assuraient un ravitaillement de premier ordre et, le travail fini, organisaient des fêtes à l'intention de la troupe. Bien entendu, les tondeurs, payés à la tâche, n'avaient rien d'autre à faire que manier le couteau. Amener et ramener les bêtes, les rassembler avant la tonte, tout cela était du ressort des bergers. Seul O'Keefe n'était pas en mesure de rivaliser sur ce plan. Il n'avait que peu d'employés, tous de jeunes Maoris inexpérimentés ayant suivi les cours d'Hélène ; aussi les tondeurs devaient-ils aider à rassembler les bêtes et les répartir dans les paddocks après la tonte afin de libérer la place dans les hangars, Howard ne payant que la tonte et non ce travail supplémentaire. Par-dessus le marché, il avait, l'année précédente, baissé les rémunérations en raison de la qualité insuffisante de la laine dont il rendait les tondeurs responsables, au moins pour une part. Il recevait aujourd'hui la monnaie de sa pièce.

— Vous devriez essayer de trouver de l'aide à Haldon, avait conseillé Georges. À Lyttelton, la main-d'œuvre est certes meilleur marché, mais la moitié vient des grandes villes. Ces gens-là n'ont jamais vu un mouton de leur vie. D'ici que vous ayez appris leur métier à un nombre suffisant d'entre eux, l'été sera passé. Et dépêchez-vous, car les Warden vont aussi se tourner vers Haldon. Mais eux, de toute façon, ont leurs travailleurs habituels qui savent tondre. Bon, ils mettront trois ou quatre fois plus de temps qu'à l'ordinaire, mais miss Gwyn se sortira d'affaire.

Hélène avait suggéré de voir également chez les Maoris s'il n'y aurait pas des candidats à l'emploi. C'était en fait la meilleure idée car, depuis que la tribu de Tonga boycottait les Warden, de nombreux bergers étaient sans travail.

Comme ce n'était pas lui qui avait eu l'idée, Howard grommela certes, mais ne dit rien quand Hélène se mit aussitôt en route pour le village. Lui irait à Haldon et, pour ça, il avait besoin d'argent !

Il avait brisé deux tasses et une assiette en fouillant le troisième placard. Énervé, il fit aussi tomber par terre la vaisselle du dernier élément suspendu. Bah ! ce n'étaient après tout que des tasses à thé ébréchées… mais là ! Stop ! Il y avait là quelque chose ! Brûlant de savoir, il enleva la planche branlante du fond du placard. Ma foi, trois dollars ! Satisfait, il fourra l'argent dans sa poche. Mais qu'est-ce qu'Hélène conservait encore ici ? Avait-elle des secrets ?

Ayant jeté un œil sur le dessin de Ruben et sur sa boucle de cheveux, il les jeta sur le côté. Des trucs sentimentaux ! Mais tiens, tiens… des lettres. Plongeant la main dans la cachette, il en sortit une liasse de lettres soigneusement ficelées. Il lui fallait quelque chose pour déchiffrer l'écriture… Nom de Dieu, qu'est-ce qu'il faisait noir dans cette cabane !

Il plaça les lettres sous la lampe à pétrole de la table. Il vit enfin qui était l'expéditeur.

Ruben O'Keefe, Entrepôt O'Kay, Main Street, Queenstown, Otago.

Ça y était, il était coincé ! Et elle aussi ! Il avait raison : Hélène était depuis longtemps en relation avec son raté de fils ! Cinq années durant, elle l'avait mené en bateau ! Eh bien, elle allait voir ce qu'elle allait voir quand elle rentrerait !

Mais la curiosité l'emporta provisoirement. Qu'est-ce que Ruben fabriquait à Queenstown ? Howard souhaitait ardemment que le garçon tirât le diable par la queue et n'avait guère de doutes à ce sujet. Rares étaient les chercheurs d'or faisant fortune, et Ruben n'était vraiment pas le plus malin d'entre eux. Impatient de savoir, il ouvrit la dernière lettre.

Chère mère!

J'ai la grande joie de t'annoncer la naissance de ta première petite-fille. La petite Elaine Florence a vu la lumière du jour le 12 octobre. Ce fut une naissance facile, et Fleurette se porte bien. Le bébé est si petit et si gracile que j'ai d'abord eu de la peine à croire qu'un être aussi minuscule fût en bonne santé. La sage-femme nous a pourtant assuré que tout était en ordre. Si j'en juge par la vigueur de ses cris, elle sera l'égale de ma chère épouse non seulement pour ce qui est de la grâce, mais aussi de l'énergie. Le petit Stephen est sous le charme et veut sans arrêt la bercer pour l'endormir. Fleurette a peur qu'il renverse le berceau, mais Elaine semble apprécier d'être ainsi ballottée et elle pousse des cris de joie quand il la secoue.

Pour le reste, il n'y a aussi que des bonnes nouvelles à t'annoncer, pour ce qui est de nous ou de l'entreprise. L'Entrepôt O'Kay est florissant, surtout le rayon de la mode féminine. Fleurette avait raison quand elle a eu cette idée. Queenstown devient peu à peu une vraie ville, où la population féminine augmente.

Mon travail de juge de paix continue à bien m'absorber. Prochainement va être créé un poste d'officier de police. La mue de notre cité continue dans toutes les directions.

La seule chose qui manque à notre bonheur est le contact avec toi et la famille de Fleurette. Peut-être que la naissance de notre deuxième enfant serait une bonne occasion de mettre enfin père au courant. S'il apprend que nous avons réussi dans notre vie, il devra bien admettre que j'ai eu raison, jadis, de quitter O'Keefe Station. Notre magasin rapporte beaucoup plus que tout ce que j'aurais pu gagner à la ferme. Je comprends que père tienne à sa terre, mais il doit accepter que je préfère une autre existence. Fleurette aimerait aussi pouvoir vous rendre visite un jour. Elle pense que Gracie est désespérément sous-employée depuis qu'elle n'a que des enfants à surveiller, et plus de moutons.

*Ton fils aimant, ta belle-fille Fleurette et les enfants t'em-
brassent, toi et peut-être père aussi.*

Howard écumait de rage. Un magasin! Ruben n'avait
donc pas pris exemple sur lui, mais – comment aurait-il pu
en être autrement – sur son oncle Georges qu'il idolâtrait!
Celui-ci lui avait peut-être d'ailleurs fourni le capital de
départ, en secret. Tout le monde était au courant, sauf lui!
Et les Warden devaient se moquer de lui! Ils pouvaient, eux,
se satisfaire de voir leur gendre à Queenstown: ils avaient
un héritier!

Howard balaya de la table le paquet de lettres et bondit.
Ce soir, il allait montrer à Hélène ce qu'il pensait de «son
fils aimant» et de «l'entreprise florissante»! Mais il devait
d'abord aller au pub! Voir s'il ne trouverait pas quelques
tondeurs capables – et boire un bon coup! Et au cas où
le Warden traînerait dans le coin...

Howard prit son fusil accroché à côté de la porte. Il allait
voir ce qu'il allait voir, ce salaud! Il allait montrer à tous ces
salopards de quel bois il se chauffait!

Gérald et Paul Warden, assis à une table de coin, dans
le pub d'Haldon, étaient en grande négociation avec trois
jeunes hommes qui venaient de leur proposer leurs services
comme tondeurs. Deux d'entre eux semblaient faire l'affaire,
l'un ayant même déjà travaillé dans une colonne itinérante.
Pourquoi il n'y était plus en odeur de sainteté apparut très
vite: il engloutissait le whisky plus vite encore que Gérald.
Pourtant, compte tenu de la situation présente, il valait de
l'or; il suffirait de le tenir à l'œil. Le deuxième avait travaillé
comme berger dans différentes fermes où il avait appris à
tondre. Il n'était bien sûr pas très rapide, mais il rendrait
des services. Concernant le troisième, Paul hésitait: beau
parleur, il n'était toutefois pas en mesure de prouver son
savoir-faire. Paul décida de proposer aux deux premiers un
contrat et de prendre le troisième à l'essai. Les deux élus

topèrent immédiatement. Le troisième homme, lui, se tourna d'un air intéressé vers le comptoir, où Howard O'Keefe était en train d'annoncer qu'il était à la recherche de tondeurs.

Paul haussa les épaules. Si ce type ne voulait pas travailler à l'essai à Kiward Station, qu'O'Keefe le prenne! Lequel O'Keefe semblait s'intéresser davantage à celui qu'ils avaient choisi en premier, le soiffard. En tout cas, il s'approcha d'eux lentement, s'adressant au dénommé Triffle sans un regard pour Paul et Gérald.

— Salut, Joe! Je cherche deux ou trois bons tondeurs, t'es intéressé?

— Ça serait volontiers, Howard, mais je viens de toper à l'instant. Une offre intéressante, quatre semaines de salaire fixe et une prime pour chaque bête tondue.

Howard, en rage, se planta devant la table.

— Je te propose mieux! déclara-t-il.

Joe secoua la tête d'un air de regret.

— C'est trop tard, Howie, j'ai donné ma parole. Je savais pas qu'il y avait ici une mise aux enchères, sinon j'aurais pris mon temps…

— Et tu te serais fait arnaquer! dit Gérald en éclatant de rire. Ce gars-là fanfaronne, mais il n'a pas réussi à payer ses tondeurs l'année dernière déjà! C'est pour ça qu'aujourd'hui personne ne veut aller chez lui. En plus, il pleut dans ses hangars à tonte.

— Alors je veux un supplément! intervint l'homme qui n'avait pas encore été embauché. Je ne voudrais pas attraper des rhumatismes!

L'éclat de rire fut général et Howard ne se contint plus.

— Ah bon, je ne peux pas payer? se mit-il à brailler. Peut-être que ma ferme ne rapporte pas autant que ta seigneurie de Kiward Station, mais au moins j'ai pas eu pour elle à coucher de force dans mon lit l'héritière des Butler! Est-ce qu'elle a pleuré de m'avoir perdu, Gérald? Est-ce qu'elle t'a raconté comme elle était heureuse avec moi? Et est-ce que ça t'a excité?

Gérald, se levant d'un bond, toisa Howard d'un œil moqueur.

— Est-ce qu'elle m'a excité? Cette pâle petite chose au sang de navet? Écoute-moi bien, Howard, pour ce qui est de moi, tu aurais tranquillement pu la garder! Cette fille maigre comme un clou, je ne l'aurais pas touchée. Mais il a fallu que tu perdes la ferme au jeu! Mon argent, Howard! L'argent que j'avais gagné si péniblement. Et crois-moi si tu veux, mais plutôt que de retourner pêcher la baleine, j'ai préféré grimper sur la petite Barbara! Et je me foutais pas mal de savoir pour qui elle pleurait pendant la nuit de oces!

Howard se rua sur lui.

— Elle m'était promise! hurla-t-il à Gérald. Elle était à moi!

Bien qu'ayant déjà passablement bu, Gérald parvenait encore à esquiver et à parer les coups que lui portait maladroitement son adversaire. Il aperçut alors autour du cou d'Howard la chaînette avec le bijou de jade. Il la saisit brusquement et la brandit afin que chacun, dans le pub, pût la voir.

— C'est pour ça que tu portes toujours son cadeau! Comme c'est touchant, Howie! En témoignage d'amour éternel! Qu'en pense ton Hélène?

Ce fut de nouveau l'hilarité générale dans le pub. En un geste de fureur impuissante, Howard essaya de récupérer son souvenir, mais Gérald n'était nullement disposé à le lui rendre.

— Barbara n'était promise à personne, poursuivit-il au contraire. Le nombre de babioles que vous avez échangées ne change rien à l'affaire! Tu crois vraiment que Butler l'aurait donnée à un sans-le-sou comme toi, joueur en plus? Tu aurais pu aussi te retrouver en prison pour détournement de fonds! Mais, grâce à mon indulgence et à celle de Butler, tu as obtenu ta ferme, tu as eu ta chance! Et qu'en as-tu fait? Tu n'as plus qu'une maison délabrée et quelques moutons malingres! Tu ne mérites pas la femme que tu as commandée en Angleterre! Pas étonnant que ton fils ait fichu le camp!

— Ça aussi, alors, tu le sais déjà! éructa O'Keefe en écrasant son poing sur le nez de Warden. Chacun sait tout de mon merveilleux fils et de sa merveilleuse femme! Tu ne les aurais pas financés, des fois, Warden? Rien que pour me faire une vacherie?

Dans sa rage, Howard était maintenant prêt à tenir pour possible n'importe quoi. Oui, c'était ça! Les Warden étaient derrière ce mariage qui lui avait ravi son fils, derrière le magasin qui permettait à Ruben de se moquer de son père et de la ferme…

O'Keefe, accusant un crochet du droit, se baissa et donna un violent coup de tête dans l'estomac de Gérald. Celui-ci se plia et Howard en profita pour lui lancer un uppercut. Projeté en arrière, Gérald traversa la moitié de la salle à reculons. Son crâne vint heurter le rebord d'une table avec un craquement sinistre.

Un silence horrifié se fit dans le pub quand il s'effondra, inanimé.

Paul vit un filet de sang couler de l'oreille de Gérald.

— Grand-père! Grand-père, tu m'entends?

Horrifié, il s'accroupit près du vieil homme qui gémissait faiblement. Gérald ouvrit lentement les yeux, mais, hagard, parut ne pas voir Paul ni les autres acteurs de la scène. Il tenta avec peine de se redresser.

— Gwyn…, murmura-t-il.

Puis ses yeux devinrent vitreux.

— Grand-père!

— Gérald! Bon Dieu, je n'ai pas voulu ça, Paul! Je n'ai pas voulu ça! répétait Howard O'Keefe, debout devant le cadavre de Warden. Oh! bon Dieu, Gérald…

Les autres hommes sortirent peu à peu de leur torpeur. Quelqu'un cria d'aller chercher un médecin. La plupart, en vérité, n'avaient d'yeux que pour Paul qui, se levant lentement, fixait Howard d'un regard froid comme la mort.

— Vous l'avez tué, dit-il tout bas.

— Mais je…, balbutia Howard en reculant.

La haine qu'exprimaient les yeux de Paul était presque palpable. Howard n'aurait pu dire depuis quand il n'avait pas éprouvé une telle peur. Instinctivement, il chercha à tâtons le fusil qu'il avait posé contre une chaise. Mais Paul fut le plus rapide. Depuis la révolte des Maoris à Kiward Station, il portait ostensiblement un revolver. Pour se défendre, prétendait-il, car Tonga pouvait à tout moment déclencher une attaque. Jusqu'ici, il n'avait jamais sorti son arme de son étui. Même en cet instant, il prit son temps. Il n'avait rien d'un as du pistolet comme on en voyait dans les romans que sa mère, jeune fille, dévorait. Il n'était qu'un tueur froid qui, sortant lentement l'arme de son holster, visa et tira, ne laissant aucune chance à Howard. Les yeux de ce dernier reflétaient encore l'incrédulité et la peur quand la balle le projeta en arrière. Il était mort avant que son corps tombât sur le sol.

— Paul, pour l'amour du ciel, qu'as-tu fait?

Georges était entré dans le pub alors que la bagarre entre Gérald et Howard avait déjà commencé. Il voulut intervenir, mais Paul dirigea l'arme sur lui, une lueur étrange dans le regard.

— J'ai… c'était de la légitime défense! Vous l'avez tous vu! Il a pris son fusil!

— Paul, pose cette arme! dit Georges, uniquement soucieux d'éviter un nouveau bain de sang. Tu raconteras tout cela à l'officier de police. Nous envoyons chercher M. Hanson…

La paisible petite ville de Haldon n'avait toujours pas de shérif.

— Hanson peut aller se faire foutre! J'étais en état de légitime défense, chacun ici peut en témoigner. Et il a tué mon grand-père! dit Paul en s'agenouillant à côté de Gérald. Je l'ai vengé! Ce n'est que justice. Je t'ai vengé, grand-père!

Les épaules du jeune homme tressaillaient au rythme de ses sanglots.

— Faut-il que nous l'arrêtions? demanda à voix basse Clark, le propriétaire du pub.

— Surtout pas! protesta Richard Candler avec un geste de refus. Tant qu'il a une arme… Nous ne sommes tout de même pas las de vivre! Qu'Hanson se débrouille. Ce qu'il faut maintenant, c'est aller chercher le médecin.

Haldon disposait à présent d'un médecin et il avait déjà dû être mis au courant, car il apparut sur ces entrefaites et eut tôt fait de constater la mort d'Howard O'Keefe. Il n'osa pas, en revanche, s'approcher de Gérald tant que Paul, en sanglots, tenait son grand-père dans ses bras.

— Vous ne pouvez pas faire quelque chose pour qu'il le lâche? demanda Clark, tourné vers Georges.

Il tenait manifestement à ce que les cadavres disparaissent le plus rapidement possible de son établissement. Si possible avant l'heure de fermeture, car la nouvelle de la bagarre et le coup de feu allaient certainement relancer les affaires.

— Laissez-le, conseilla Georges. Tant qu'il pleure, il ne tire pas. Et ne l'excitons surtout pas! S'il dit que c'était de la légitime défense, laissons-le dire. Ce qu'il racontera demain à Hanson est une autre affaire.

Paul reprit lentement ses esprits et permit au médecin d'examiner son grand-père. Une dernière lueur d'espoir dans l'œil, il regarda le Dr Miller opérer.

— Je regrette, Paul, finit par dire ce dernier, il n'y a plus rien à faire. Fracture du crâne. Il a heurté le bord de la table. Ce n'est pas l'uppercut qui l'a tué, mais la chute. En fait, c'est un accident, mon garçon, je suis désolé.

Le médecin donna à Paul une tape sur l'épaule pour le consoler. Greenwood se demanda s'il savait que le jeune homme avait abattu Howard.

— Faisons porter les corps aux pompes funèbres. Demain, Hanson pourra les examiner à son tour, ordonna Miller. Quelqu'un peut-il ramener ce garçon chez lui?

Georges se proposa, tandis que les citoyens d'Haldon se montraient plutôt circonspects. On n'était pas habitué aux fusillades ici, même les rixes étaient rares. En temps normal, on aurait d'ailleurs séparé immédiatement les adversaires, mais, dans le cas présent, leur échange verbal avait été trop passionnant. Chacun des présents s'était vraisemblablement réjoui à l'idée de le raconter à son épouse. Demain, songea Georges en soupirant, toute la ville en parlera. Mais au fond, cela n'avait pas d'importance. Le plus urgent était de ramener Paul chez lui, puis de réfléchir à la suite. Un Warden devant un tribunal pour un crime? Tout en Georges se hérissa à cette idée. Il devait exister un moyen de classer l'affaire.

D'ordinaire, Gwyneira dormait déjà quand Paul et Gérald rentraient. Ces derniers mois, elle était plus épuisée que jamais car, outre le travail à la ferme, elle avait en charge la tenue de la maison. Contraint et forcé, Gérald avait accepté l'embauche d'ouvriers agricoles blancs, mais pas de personnel de maison. Marama était donc toujours la seule à lui apporter une aide, une aide bien maladroite en vérité. Elle avait certes aidé sa mère, Kiri, depuis toute petite, mais elle n'avait aucune aptitude pour ce travail. Elle était en revanche douée dans le domaine artistique : déjà considérée comme une petite *tohunga* dans sa tribu, elle apprenait à chanter et à danser à d'autres filles et racontait des histoires pleines d'imagination, mélanges des légendes de son peuple et des contes des *Pakeha*. Elle était capable de tenir un ménage maori, d'allumer un feu et de faire cuire des aliments sur des pierres chaudes ou dans la braise. Mais cirer des meubles, taper des tapis et servir des plats avec style n'était pas dans ses cordes. Or, tout ce qui touchait à la cuisine tenait à cœur à Gérald. Gwyn et Marama s'essayaient donc de concert à réaliser les recettes de la défunte Barbara Warden. Par chance, Marama lisait couramment l'anglais.

Ce soir, Paul et Gérald avaient mangé à Haldon. Marama et Gwyn s'étaient contentées de pain et de fruits, puis elles s'étaient assises devant la cheminée.

Gwyneira s'étant inquiétée de savoir si les Maoris en voulaient à la jeune fille de jouer les «briseuses de grève», Marama, de sa voix chantante, expliqua que non :

— Bien sûr que Tonga est mécontent. Il veut que tout le monde fasse ce qu'il dit. Mais ce n'est pas la coutume chez nous. Nous décidons par nous-mêmes, et je ne me suis pas encore unie à lui dans la maison commune, même s'il pense que je le ferai un jour.

— Ta mère et ton père n'ont-ils pas leur mot à dire sur ce sujet ?

Gwyneira ne comprenait toujours pas les coutumes des Maoris. Elle n'arrivait pas à concevoir que les filles choisissent elles-mêmes les maris et soient assez nombreuses à en changer plusieurs fois.

— Non. Ma mère dit seulement que ce serait bizarre que je couche avec Paul, parce que nous sommes frère et sœur de lait. Ce serait inconvenant s'il était l'un des nôtres, mais il est un *Pakeha* et, de toute façon, fort différent... il n'est pas membre de la tribu.

Gwyn faillit s'étouffer avec son whisky en entendant Marama parler avec autant de naturel de coucher avec son fils de dix-sept ans. À vrai dire, elle commençait à mieux comprendre pourquoi Paul avait des réactions aussi agressives à l'égard des Maoris. Il voulait être exclu de leur communauté. Pour pouvoir un jour s'unir à Marama ? Ou tout simplement pour ne pas passer pour «différent» auprès des *Pakeha* ?

— Donc tu préfères Paul à Tonga ? demanda-t-elle prudemment.

— J'aime Paul, dit Marama avec simplicité. Comme *rangi* aimait *papa*.

— Pourquoi ? demanda Gwyn sans réfléchir.

Puis le rouge lui monta au visage d'avoir ainsi révélé qu'elle ne trouvait rien, chez son fils, qui pût expliquer qu'on l'aime.

— Je veux dire, se reprit-elle, que Paul est difficile et...

— L'amour non plus n'est pas simple. Paul est comme un fleuve impétueux dans lequel on doit patauger avant d'arriver aux fonds poissonneux. Mais c'est un fleuve de larmes, miss Gwyn. Il faut l'apaiser par de l'amour. Alors seulement... il pourra devenir un homme...

Gwyn avait longuement réfléchi aux paroles de la jeune fille. Comme souvent, elle eut honte de tout le mal qu'elle avait infligé à Paul en ne l'aimant pas. Mais, vraiment, elle avait eu si peu de raisons de l'aimer! Alors qu'elle se retournait pour la centième fois dans son lit, Vendredi aboya. C'était inhabituel. Elle entendait bien des voix masculines au rez-de-chaussée, mais la chienne n'avait pas pour habitude de réagir au retour de Gérald et Paul. Arrivaient-ils avec un hôte?

Jetant une robe de chambre sur ses épaules, elle sortit de sa chambre. Il était encore tôt; peut-être les hommes seraient-ils assez à jeun pour l'informer du succès de leur recherche de tondeurs. Et, s'ils avaient entraîné avec eux un compagnon de beuverie, au moins saurait-elle à quoi s'attendre le lendemain matin.

Afin de pouvoir éventuellement revenir en arrière sans être vue, elle descendit sans bruit quelques marches et sa surprise fut grande d'apercevoir Georges Greenwood dans le salon. Il était en train de conduire dans le fumoir un Paul visiblement épuisé et d'y faire de la lumière. Gwyneira les y suivit.

— Bonsoir, Georges... Paul. Où est Gérald? S'est-il passé quelque chose?

Georges ne rendit pas le salut. Il alla droit à la vitrine, en sortit une bouteille de brandy et remplit trois verres.

— Tiens, bois, Paul. Et vous, miss Gwyn, vous allez aussi avoir besoin de boire quelque chose. Gérald est mort, Gwyneira. Howard O'Keefe l'a assommé. Et Paul a tué Howard.

Il fallut un peu de temps à Gwyneira pour comprendre. Elle buvait son brandy à petites gorgées pendant que Georges lui décrivait ce qui s'était passé.

— C'était de la légitime défense ! dit Paul, passant des sanglots à une dénégation entêtée.

Gwyn interrogea Georges du regard.

— On peut voir les choses comme ça, estima Greenwood d'un ton hésitant. O'Keefe avait incontestablement saisi son fusil, mais, en pratique, il lui aurait encore fallu une éternité pour soulever l'arme, enlever la sûreté et mettre en joue. Entre-temps, les hommes présents l'auraient désarmé. Paul, d'un coup de poing bien ajusté, aurait pu lui-même l'arrêter ou au moins lui arracher l'arme des mains. Je crains que les témoins décrivent ainsi les choses.

— Alors, c'était une vengeance ! claironna Paul en avalant son brandy d'un trait. C'est lui qui a tué le premier !

— Entre un coup de poing aux conséquences funestes et un coup de feu en pleine poitrine, il y a une énorme différence ! rétorqua Georges, à présent un peu furieux lui aussi et se saisissant de la bouteille avant que Paul pût se resservir. O'Keefe aurait tout au plus été accusé d'homicide involontaire, à supposer qu'il ait même été poursuivi. La plupart des gens du pub diront que la mort de Gérald a été accidentelle.

— Et, autant que je sache, le droit à la vengeance n'existe pas, soupira Gwyn. On appelle ce que tu as fait, Paul, se faire justice, et c'est répréhensible.

— On ne peut quand même pas m'enfermer ! se plaignit Paul d'une voix cassée.

— Oh si ! le contredit Georges, et j'ai bien peur que l'officier de police t'arrête demain.

Gwyneira lui tendit à nouveau son verre. Elle ne se souvenait pas d'avoir jamais bu plus d'une gorgée de brandy, mais aujourd'hui elle en avait besoin.

— Alors que faire, Georges ?

— Je ne reste pas ici! s'écria Paul. Je vais m'enfuir, partir pour les hautes terres. Je peux vivre comme les Maoris! On ne me trouvera jamais!

— Ne dis pas de bêtises, Paul! le rudoya sa mère.

Georges tournait son verre entre ses mains.

— Peut-être qu'il n'a pas totalement tort, Gwyneira, avança-t-il. Il n'a probablement rien de mieux à faire que de disparaître jusqu'à ce que les choses se soient un peu tassées. Dans un an, les gars du pub auront oublié l'incident. Et, entre nous soit dit, je ne pense pas qu'Hélène O'Keefe déploie beaucoup d'énergie pour obtenir justice. Quand Paul réapparaîtra, l'affaire sera bien sûr jugée. Mais il pourra alors plaider la légitime défense de manière plus crédible. Vous savez comment sont les gens, Gwyn! Demain, ils se souviendront encore que l'un n'avait qu'un vieux fusil et l'autre un revolver à barillet. Dans trois mois, il se dira certainement que les deux étaient armés de canons…

— Au moins, nous nous serons épargné les inconvénients d'un procès tant que dure cette affaire délicate avec les Maoris. Pour Tonga, tout ça est une aubaine… Donnez-moi encore un peu de brandy, Georges, s'il vous plaît. Je n'arrive pas à y croire. Nous sommes assis là à discuter de la manière d'agir la plus habile d'un point de vue stratégique, alors que deux hommes sont morts!

Pendant que Georges s'exécutait, Vendredi aboya à nouveau.

— L'officier de police! s'écria Paul en prenant son revolver, mais Georges arrêta son geste.

— Pour l'amour du ciel, n'aggrave pas ton cas, mon garçon! Si tu tues encore quelqu'un, ou même si tu ne fais que menacer Hanson, tu seras pendu, Paul Warden! Et ni ta fortune ni ton nom ne te sauveront!

— D'ailleurs, ce ne peut pas être lui, remarqua Gwyneira, se levant en chancelant un peu. Même si les gens d'Haldon ont envoyé un coursier à Lyttelton en pleine nuit, Hanson ne pourra être là avant demain après-midi.

Ce n'était pas Hanson, mais Hélène O'Keefe qui, tremblante et dégoulinante, se tenait sur le seuil de la porte menant de la cuisine au salon. Surprise d'entendre des voix dans le fumoir, elle n'avait osé entrer et, inquiète, regardait tour à tour Gwyneira et Georges Greenwood.

— Georges… Qu'est-ce que…? Peu importe. Gwyn, il faut que tu me loges cette nuit. N'importe où, je peux dormir dans l'écurie si tu me procures quelques affaires sèches. Je suis trempée. Nepumuk n'est plus très rapide.

— Mais que fais-tu ici? s'inquiéta Gwyneira en entourant du bras son amie qui n'était encore jamais venue à Kiward Station.

— Je… Howard a trouvé les lettres de Ruben… Il les a jetées à travers la pièce et a cassé la vaisselle… Gwyn, quand il rentrera ivre cette nuit, il me tuera!

L'annonce de la mort d'Howard ne l'affecta pas. Si elle versa des larmes, ce fut en souvenir des souffrances et des injustices subies dans sa nouvelle existence. Il y avait longtemps qu'elle n'aimait plus son mari. Elle se montra en revanche préoccupée à l'idée que Paul fût traîné devant un tribunal.

Gwyneira rassembla tout l'argent de la maison et demanda à Paul de préparer des affaires. Elle savait fort bien, pourtant, qu'elle aurait dû l'aider, qu'il était perdu, épuisé et à coup sûr incapable d'avoir les idées claires. Mais, à l'instant où il montait l'escalier en chancelant, Marama descendait à sa rencontre, avec, à la main, un ballot de vêtements.

— J'ai besoin de tes sacoches de selle, Paul, dit-elle d'une voix douce. Puis nous irons à la cuisine. Il faut bien que nous emmenions de quoi manger quelque temps, tu ne crois pas?

— Nous? demanda Paul, incrédule.

— Bien sûr. Je t'accompagne. Je suis avec toi.

13

Hanson, l'officier de police, ne fut pas peu surpris, le lendemain, de trouver à Kiward Station non pas Paul Warden, mais Hélène O'Keefe. Pareille situation n'avait, à vrai dire, pas de quoi l'enchanter.

— Miss Gwyn, il y a à Haldon des gens qui accusent de meurtre votre fils. Et voilà qu'il s'est dérobé à l'enquête. Je ne sais qu'en penser.

— Je suis persuadée qu'il reviendra, déclara Gwyneira. Tout cela… la mort de son grand-père et puis la subite apparition d'Hélène ici… il a terriblement eu honte. C'était trop pour lui.

— Ma foi, il ne reste qu'à espérer que tout se passe bien. Ne prenez pas la chose à la légère, miss Gwyn. À ce qu'il semble, il a tiré en pleine poitrine. Et O'Keefe, les témoins sont unanimes, était pratiquement désarmé.

— Mais il a été provoqué, intervint Hélène. Mon mari – que Dieu ait son âme – pouvait être très provocateur, shérif. Et le jeune homme n'était sans doute pas à jeun.

— Il a peut-être mal apprécié la situation, ajouta Georges Greenwood. La mort de son grand-père l'avait totalement bouleversé. Puis en voyant Howard O'Keefe se saisir de son arme…

— Vous ne voulez tout de même pas sérieusement rendre la victime responsable? protesta Hanson d'un ton de totale réprobation. Le vieux fusil de chasse ne représentait pas une menace réelle!

— C'est exact, concéda Georges. Ce que je voulais dire, c'était plutôt… eh bien, que ce sont des circonstances on ne peut plus malheureuses. Cette rixe stupide, l'épouvantable accident. Nous aurions tous dû intervenir plus tôt. Mais je pense que l'enquête peut attendre jusqu'au retour de Paul.

— Si jamais il revient! grogna le policier. Ce n'est pas l'envie qui me manque d'organiser une battue.

— Je mets mes hommes à votre disposition, déclara Gwyneira. Croyez-moi: je verrais plus volontiers mon fils sous votre surveillance et protection que seul dans les hautes terres. D'autant plus qu'il n'a aucune aide à attendre des tribus maories.

En cela, elle avait incontestablement raison. Si le shérif renonça provisoirement à ouvrir l'enquête et ne commit pas non plus l'erreur de priver les gros éleveurs de leurs ouvriers en pleine période de tonte pour organiser une battue, Tonga, lui, ne prit pas l'affaire aussi à la légère. Paul avait Marama – peu importait qu'elle l'eût accompagné volontairement ou non –, il avait la fille que lui, Tonga, voulait. Et les murs des maisons *pakeha* ne le protégeaient désormais plus. Il n'y avait plus, d'un côté, le riche éleveur et, de l'autre, le jeune Maori que personne ne prenait au sérieux. Il n'y avait plus que deux hommes dans les hautes terres. Pour Tonga, Paul était hors la loi. Mais il préféra attendre un peu. Il n'avait pas la bêtise des Blancs qui se mettraient à la poursuite du fugitif sans prendre le temps de la réflexion. Un jour ou l'autre, il apprendrait où se cachaient Paul et Marama. Et il les trouverait.

Gwyneira et Hélène enterrèrent Gérald Warden et Howard O'Keefe. Puis la vie reprit ses droits, ce qui, pour Gwyneira, ne changeait pas grand-chose. Elle organisa la tonte et fit une proposition de paix aux Maoris. Avec Reti comme interprète, elle se rendit au village pour engager des négociations.

— Vous aurez la terre où se trouve votre village, déclara-t-elle avec un sourire mal assuré en direction de Tonga qui lui faisait face, le visage impassible, appuyé sur la hache sacrée qui témoignait de sa qualité de chef. Pour le reste, nous devons réfléchir un peu encore. Je n'ai pas beaucoup d'argent liquide, mais, après la tonte, cela ira mieux. Peut-être pourrons-nous vendre aussi des valeurs. Je n'ai pas encore eu le temps d'étudier la succession de M. Gérald. Mais sinon… que diriez-vous de la terre entre nos pâturages enclos et O'Keefe Station?

Tonga leva un sourcil.

— Miss Gwyn, j'apprécie vos efforts, mais je ne suis pas idiot. Je sais parfaitement que vous n'êtes pas habilitée à faire quelque proposition que ce soit. Vous n'êtes pas l'héritière de Kiward Station, la ferme appartenant à votre fils Paul. Et vous n'allez pas prétendre sérieusement qu'il vous aurait donné le pouvoir de négocier avec moi?

Gwyneira baissa les yeux.

— Non. Mais, Tonga, nous vivons ensemble. Et nous avons toujours vécu en paix…

— C'est votre fils qui a rompu cette paix! répondit Tonga d'une voix dure. Il nous a offensés, moi et les miens… Votre M. Gérald a en outre escroqué ma tribu. Cela remonte loin en arrière, je le sais, mais il nous a fallu beaucoup de temps pour le découvrir. Il n'y a jamais eu d'excuses jusqu'ici…

— Je m'excuse! s'empressa Gwyn.

— Ce n'est pas vous qui portez la hache sacrée! Je vous accepte tout à fait comme *tohunga*, miss Gwyn. Vous vous y connaissez mieux en élevage que la plupart de vos hommes. Mais, d'un point de vue juridique, vous n'êtes rien et ne possédez rien. Puis, montrant une fillette jouant au bord du lieu où se déroulait la négociation: Cette enfant peut-elle parler au nom des Kai Tahu? Non. Vous ne pouvez pas davantage parler au nom de la tribu des Warden, miss Gwyn.

— Mais qu'allons-nous faire alors?

— Nous continuons. Nous sommes en guerre. Nous ne vous aiderons pas, au contraire, nous nous opposerons à vous dans la mesure du possible. N'êtes-vous pas surprise que personne ne veuille tondre vos moutons? Nous nous y sommes opposés. Nous barrerons aussi vos routes pour empêcher le transport de votre laine. Nous ne laisserons pas les Warden en paix, miss Gwyn, jusqu'à ce que le gouverneur ait rendu sa sentence et que Paul soit prêt à l'accepter.

— J'ignore combien de temps Paul sera absent.

— Alors nous ne savons pas combien de temps nous lutterons. Je le regrette, miss Gwyn, conclut Tonga en faisant demi-tour.

— Moi aussi, soupira Gwyneira.

Les semaines suivantes, elle se battit pour terminer la tonte des moutons, secondée par les travailleurs de la ferme et les deux tondeurs embauchés par Gérald et Paul. Il fallait continuellement surveiller Joe Triffle, mais, quand on parvenait à l'empêcher de boire, il abattait autant de besogne comme tondeur que trois bergers. Hélène, qui n'avait toujours personne pour l'aider, enviait ce spécialiste à Gwyneira.

— Je te le céderais bien, disait celle-ci, mais, crois-moi, seule, tu n'arriveras pas à le contrôler. Ce n'est possible que si la colonne entière tire dans le même sens. Mais je te les enverrai tous dès que nous aurons fini ici. Si seulement ça ne durait pas aussi longtemps! Parviendras-tu à nourrir les moutons jusque-là?

Les pâturages entourant la ferme n'avaient le plus souvent plus d'herbe à l'époque de la tonte. Aussi les menait-on passer l'été dans les hautes terres.

— Tant bien que mal, murmura Hélène. Je leur donne le fourrage qui était destiné aux bœufs. Georges a en effet vendu ces derniers à Christchurch, sinon je n'aurais même pas pu payer l'enterrement. À la longue, il me faudra vendre la ferme. Je ne suis pas comme toi, Gwyn, je n'y arrive pas toute seule. Et, pour être franche, je n'aime pas les moutons.

Elle caressa maladroitement le jeune chien de berger que Gwyn lui avait offert. Parfaitement dressé, il lui rendait de grands services, même si elle ne le contrôlait qu'imparfaitement. Le seul avantage qu'elle avait sur son amie, c'était ses rapports amicaux avec les Maoris. Ses élèves l'aidaient dans son travail à la ferme, et elle avait au moins des légumes du jardin, du lait, des œufs, souvent de la viande fraîche quand les garçons s'exerçaient à chasser et du poisson donné par les parents des élèves.

— As-tu déjà écrit à Ruben ? demanda Gwyn.

— Oui, mais tu sais le temps qu'il faut : le courrier s'en va d'abord à Christchurch, puis à Dunedin…

— Pourtant, les voitures de l'Entrepôt O'Kay pourraient les emporter. Fleurette a écrit dans sa dernière lettre qu'elle attendait une livraison à Lyttelton. Ils vont donc devoir envoyer quelqu'un la chercher. Ils sont sans doute déjà en route. Mais parlons à présent de ma laine : les Maoris menacent de nous barrer la route de Christchurch, et je crois Tonga capable de voler la laine, en guise d'avance sur les indemnités que le gouverneur lui attribuera. Eh bien, j'ai l'intention de lui gâcher son plaisir. Es-tu d'accord pour que nous l'apportions chez toi, que nous la stockions dans ton écurie jusqu'à ce que tu aies fini ta propre tonte, avant de transporter le tout à Haldon ? Nous arriverons sur le marché un peu plus tard que les autres, mais on n'y peut rien…

Tonga fut furieux, mais le plan de Gwyneira réussit. Tandis que les hommes du premier surveillaient les routes avec un enthousiasme déclinant, Georges Greenwood prit livraison à Haldon de la laine de Kiward Station et d'O'Keefe Station. Les gens de Tonga, qui s'étaient vu promettre des gains substantiels, s'impatientaient, alléguant qu'à cette époque ils avaient l'habitude de gagner de l'argent chez les *Pakeha*.

— Presque assez pour une année entière ! se plaignit un jour le compagnon de Kiri. Au lieu de quoi, nous allons devoir mener une vie de nomades et chasser comme autrefois. Kiri n'a pas envie de passer l'hiver sur les hautes terres !

— Peut-être qu'elle y retrouvera sa fille, répliqua Tonga, furieux. Et son homme *pakeha*. Elle pourra alors se plaindre à lui ; après tout, c'est lui le responsable.

Tonga n'avait toujours pas d'information sur Paul et Marama. Mais il était patient. Il attendait. Puis un chariot bâché finit par tomber dans les mailles de ses barrages. Il ne venait pas de Kiward Station, mais de Christchurch. Il ne transportait pas de laine, mais des vêtements pour dames, et il n'y avait aucune raison valable de l'arrêter. Les hommes de Tonga devenaient pourtant peu à peu incontrôlables. Ce qu'ils déclenchèrent dépassa de loin les prévisions de leur chef.

Léonard McDunn conduisait son lourd équipage sur la route passablement cahoteuse entre Christchurch et Haldon. C'était bien sûr un détour, mais son employeur, Ruben O'Keefe, l'avait chargé de déposer des lettres à Haldon et de jeter également un œil sur une ferme des environs.

— Mais sans vous faire remarquer, McDunn, je vous en prie ! Si mon père découvre que ma mère est en contact avec moi, elle sera dans de beaux draps. Ma femme pense, elle, que le risque est trop grand, mais j'ai comme un mauvais pressentiment... Je n'arrive pas à croire la ferme aussi prospère que ma mère le prétend. Il vous suffira certainement de faire un peu parler les gens à Haldon. Tout le monde se connaît dans ce trou, et la propriétaire du magasin local est très bavarde...

McDunn avait acquiescé et remarqué en riant que cela lui permettrait de travailler un peu la technique des interrogatoires, technique qui, se répétait-il désormais tout joyeux, lui serait maintenant utile : c'était en effet son dernier voyage comme conducteur au service d'O'Keefe. Les habitants de

Queenstown l'avaient récemment élu responsable de la police locale. Homme trapu et calme, d'une cinquantaine d'années, McDunn était homme à apprécier l'honneur qui lui était fait et la plus grande sédentarité liée à cet emploi. Il conduisait les chariots d'O'Keefe depuis quatre ans déjà, et cela suffisait.

Cela ne l'empêchait pas de savourer cette escapade à Christchurch, en raison aussi de l'agréable compagnie dont il bénéficiait. À sa droite, sur le siège du conducteur, était assise Laurie, à sa gauche Marie, quand ce n'était pas l'inverse ; même maintenant, il n'était pas certain de distinguer les jumelles. Elles semblaient d'ailleurs y être indifférentes. L'une comme l'autre prenaient plaisir à l'abreuver de paroles, à le harceler de questions et à contempler le paysage avec une naïveté puérile. McDunn savait qu'elles effectuaient comme acheteuses un travail inappréciable pour l'Entrepôt O'Kay. Elles étaient polies, bien élevées, et savaient même lire et écrire. Elles étaient néanmoins d'un grand naturel, facilement impressionnables et promptes à se réjouir. Mais elles pouvaient aussi sombrer dans des crises de dépression, si on les traitait mal. Ce qui, en réalité, n'arrivait que rarement ; elles étaient le plus souvent d'excellente humeur.

— Est-ce qu'on va bientôt s'arrêter, monsieur McDunn ? demanda gaiement Marie.

— Nous avons acheté de quoi pique-niquer, monsieur McDunn ! Il y a même des cuisses de poulet grillées, de ce restaurant chinois de Christchurch, gazouilla Laurie.

— C'est bien du poulet, n'est-ce pas, monsieur McDunn ? Pas du chien ? Ils ont dit, à l'hôtel, qu'en Chine on mangeait de la viande de chien.

— Pouvez-vous imaginer quelqu'un mangeant Gracie, monsieur McDunn ?

McDunn sourit, l'eau lui venant à la bouche, car il était certain que M. Lin, le Chinois de Christchurch, ne vendait pas des cuisses de chien à ses clients.

— Des chiens de berger comme Gracie sont beaucoup trop chers pour qu'on les mange, dit-il. Qu'avez-vous de plus dans vos paniers? Vous êtes aussi allées chez le boulanger, n'est-ce pas?

— Oh oui, nous avons rendu visite à Rosemarie! Figurez-vous, monsieur McDunn, que nous sommes venues en Nouvelle-Zélande par le même bateau!

— Et maintenant elle est mariée avec le boulanger de Christchurch. N'est-ce pas passionnant?

M. McDunn trouva que se marier avec le boulanger de Christchurch n'avait rien de particulièrement romantique, mais il s'abstint de tout commentaire. Il préféra chercher des yeux une bonne place pour une halte. Ils n'étaient pas pressés. S'il trouvait un endroit propice, il pourrait dételer les chevaux et les laisser brouter pendant deux bonnes heures.

Il arriva alors quelque chose d'extraordinaire. Derrière un virage, ils aperçurent un petit lac et une espèce de barrière. Quelqu'un avait placé un tronc d'arbre en travers de la route, et quelques Maoris montaient la garde, l'air martial et effrayant. Ils avaient le visage recouvert de tatouages et de peintures, le torse nu et luisant, et portaient une espèce de pagne s'arrêtant juste au-dessus du genou. De plus, ils étaient armés de javelots qu'ils brandirent, menaçants, dans la direction de McDunn.

— Faufilez-vous vers l'arrière, les filles! cria celui-ci, s'efforçant néanmoins de ne pas trop les effrayer.

Puis il stoppa.

— Quoi toi vouloir à Kiward Station? demanda l'un des guerriers.

— Est-ce que ce n'est pas là le chemin d'Haldon? Je suis en route pour Queenstown avec des marchandises, répondit le conducteur.

— Toi mentir! brailla le guerrier. Ici, chemin de Kiward Station, pas de Wakatipu. Toi nourriture pour les Warden!

Levant les yeux au ciel, McDunn prit son air le plus flegmatique.

— Je ne suis certainement pas la nourriture des Warden, quels qu'ils soient. Je n'ai même pas chargé des vivres, juste du linge pour dames.

— Dames? Toi montrer!

D'un geste vif, le Maori bondit et, se retrouvant à demi assis sur le siège, se mit à tirer sur la bâche. Effrayées, Marie et Laurie poussèrent un cri. Les autres Maoris hurlèrent des encouragements.

— Eh là, doucement! protesta McDunn. Vous bousillez tout! Je peux vous ouvrir le chariot, mais…

Venant à la grande joie de ses compagnons de couper avec un couteau la fixation de la bâche, l'homme découvrit le chargement ainsi que les jumelles blotties l'une contre l'autre.

McDunn commença à s'inquiéter. Par chance, il n'y avait à l'intérieur ni armes ni objets métalliques qui auraient pu en faire fonction. Il avait bien un fusil, mais aurait été désarmé par les Maoris sans avoir le temps de l'épauler. Même se saisir de son propre couteau aurait été trop risqué. Et puis ces gaillards n'avaient pas l'air de voleurs de grand chemin, plutôt de bergers jouant à la guerre. Pour l'instant, ils ne paraissaient guère menaçants.

Pourtant, cachée à la vue par les dessous féminins que le Maori sortait à présent pour la grande joie de ses compagnons, les étalant sur son torse en ricanant, il y avait une marchandise plus explosive. Si les Maoris trouvaient les tonneaux de brandy et entreprenaient de le goûter, les choses pouvaient mal tourner. Entre-temps, la scène avait attiré l'attention d'autres personnes, car on se trouvait apparemment non loin d'un village. En tout cas, quelques adolescents s'approchaient, ainsi que des adultes, la plupart habillés à l'occidentale et non tatoués. L'un d'eux découvrit, sous une pile de corsets, une caisse de beaujolais de premier choix, une commande personnelle de M. Ruben.

— Vous venir avec, dit l'un des nouveaux arrivants d'un ton sévère. Vin pour les Warden. Moi, domestique chez eux, avant. Moi connaître! Nous emmener vous au chef! Tonga savoir quoi faire!

McDunn n'était que médiocrement enthousiaste à l'idée d'être présenté au grand chef. Il ne croyait toujours pas que leurs vies fussent en danger, mais, s'il conduisait maintenant son chariot dans le camp des mutins, il pouvait faire son deuil du chargement, sans parler peut-être du chariot lui-même et des chevaux.

— Suivre moi! ordonna l'ancien domestique.

McDunn, d'un coup d'œil, étudia les environs. Le sol était relativement plat et, quelques centaines de mètres derrière le chariot, il y avait effectivement un embranchement. C'est sans doute là qu'ils avaient pris la mauvaise route. On se trouvait donc sur une voie privée dont le propriétaire était en conflit avec les Maoris. Le fait que cette voie fût en meilleur état que la route publique expliquait son erreur. S'il réussissait à s'échapper sur sa gauche à travers le bush, il devrait retomber sur la route d'Haldon… Malheureusement, le guerrier maori était toujours devant lui, cette fois prenant la pose, un soutien-gorge sur la tête, une jambe sur le siège, l'autre à l'intérieur du chariot.

— Si tu te fais mal, tu l'auras cherché, murmura McDunn, tout en lâchant la bride aux chevaux.

Il fallut une éternité aux lourds chevaux de trait pour s'ébranler, mais ensuite, Léonard le savait, rien ne les arrêterait. Dès qu'ils eurent avancé de quelques pas, il les lança au trot d'un claquement de langue, tout en opérant un brusque virage à gauche. L'accélération et l'embardée déséquilibrèrent le guerrier en train de faire le pitre avec les dessous. Il ne parvint pas à se saisir de son javelot avant d'être propulsé hors du chariot par le conducteur. Laurie et Marie poussèrent un cri. Léonard espéra que le véhicule ne passait pas sur le corps du Maori.

— Aplatissez-vous, les filles! Et accrochez-vous! cria-t-il tandis qu'une pluie de javelots s'abattait sur les caisses de corsets.

Les deux chevaux de trait étaient à présent au galop. Avec un cheval de selle, il aurait été aisé de rattraper le chariot, mais personne ne les poursuivit, au grand soulagement de McDunn.

— Tout va bien, les filles? s'inquiéta-t-il tout en continuant à stimuler les chevaux, priant le ciel que le terrain ne devînt pas subitement inégal.

Il n'était guère possible de stopper rapidement dans leur élan de si lourdes bêtes, et briser un essieu en cet instant était la dernière chose à faire. Une espèce de chemin ne tarda pourtant pas à se dessiner sur le sol toujours égal. McDunn se demanda si c'était bien la route d'Haldon, car elle était étroite et sinueuse. Mais elle était carrossable, puisqu'on y voyait des traces d'une voiture à cheval, à vrai dire plutôt celles d'un léger buggy que d'un chariot. Les conducteurs ne risquaient donc pas une rupture d'essieu en s'aventurant sur ce chemin cahoteux. McDunn continua à stimuler ses chevaux. C'est seulement quand il eut estimé avoir mis un bon mile entre le campement maori et lui qu'il adopta un train moins soutenu.

Laurie et Marie se faufilèrent vers l'avant du chariot.

— Que s'est-il passé, monsieur McDunn?

— Ils nous voulaient du mal?

— Les indigènes sont pourtant amicaux.

— Oui, Rosemarie dit qu'ils sont gentils!

McDunn fut soulagé d'entendre les jumelles reprendre leur bavardage. Tout paraissait s'être bien passé. Il ne lui restait plus qu'à découvrir où menait ce chemin.

Au terme de cet épisode agité, la faim recommença à torturer les jumelles. Les trois furent d'accord pour déguster sur le siège le pain, les poulets et les délicieux gâteaux de Rosemarie. McDunn n'était toujours pas rassuré. Il avait entendu parler de soulèvements dans l'île du Nord. Mais ici? Au beau milieu des paisibles Canterbury Plains?

La route continuait à sinuer en direction de l'ouest. Ressemblant plutôt à un chemin, mais utilisé tout au long de l'année et donc bien battu, elle n'était certainement pas non plus une voie publique. On avait contourné les taillis et les bosquets sans les abattre. Et voilà que se présentait un ruisseau…

McDunn soupira. Le gué ne paraissait pas dangereux et il avait été franchi à coup sûr peu avant. Mais peut-être pas par un véhicule aussi lourd que le sien. Par précaution, il demanda aux jumelles de descendre et conduisit son attelage avec prudence jusqu'à l'autre rive. Puis, s'étant arrêté pour permettre aux filles de remonter dans le chariot, il sursauta en entendant Marie pousser un cri.

— Regardez, monsieur McDunn ! Des Maoris ! Ils n'ont certainement pas de bonnes intentions !

Paniquées, les jumelles se tapirent de nouveau sous le chargement, tandis que McDunn inspectait les environs, à la recherche de guerriers. Mais il ne vit que deux enfants poussant une vache devant eux.

Ils s'approchèrent. McDunn leur adressa un sourire et les enfants répondirent par un signe timide. Puis, à sa grande surprise, ils le saluèrent en un très bon anglais.

— Bonjour, monsieur.

— Pouvons-nous vous aider, monsieur ?

— Êtes-vous un marchand ambulant, monsieur ? Nous avons lu un texte sur les rétameurs ! confia la fillette en regardant avec curiosité sous la bâche.

— Allons, allons, Kia, c'est encore certainement de la laine qui arrive de chez les Warden. Miss Hélène leur a permis de tout entreposer chez elle, supposa le garçon.

— Ne dis donc pas de bêtises ! Les tondeurs sont ici depuis longtemps et ont déjà apporté toute la laine de Kiward Station. C'est certainement un colporteur !

— Nous sommes bien des marchands, dit McDunn en souriant, mais pas des rétameurs. Nous apportons un chargement à Haldon, mais je crois que nous nous sommes perdus.

— Pas beaucoup, le rassura la fillette.

— Si, en arrivant à la maison, vous prenez le bon chemin d'accès, vous serez, au bout de deux miles, sur la route d'Haldon, précisa le garçon en dévisageant avec étonnement les jumelles qui, entre-temps, s'étaient risquées hors de leur cachette. Pourquoi ces demoiselles se ressemblent tant?

— Voilà de bonnes nouvelles, se réjouit McDunn sans répondre. Pouvez-vous me dire où je me trouve ici? Ce n'est tout de même plus… comment disiez-vous à l'instant? Kiward Station?

Les enfants pouffèrent, comme s'il avait plaisanté.

— Non, c'est O'Keefe Station. Mais M. O'Keefe est mort.

— C'est M. Warden qui lui a tiré dessus! compléta la fillette.

Amusé, McDunn se dit qu'en tant qu'officier de police il ne pouvait souhaiter avoir affaire à des témoins plus bavards. À Haldon, les gens étaient communicatifs, Ruben avait raison.

— Et maintenant, il est dans les hautes terres et Tonga le recherche.

— Chut, Kia, il ne faut pas le dire!

— Vous voulez aller chez miss Hélène, monsieur? Faut-il aller la chercher? Elle est dans le hangar de tonte, ou bien…

— Non, Matiu, elle est dans la maison. Tu ne te rappelles pas? Elle a dit qu'elle devait cuisiner pour tous ces gens…

— Miss Hélène? s'écria Laurie.

— Notre miss Hélène? lui fit écho Marie.

— Elles disent aussi toujours la même chose? s'étonna le garçon.

— Je crois que le mieux est que tu nous conduises à cette ferme, dit simplement McDunn. À ce qu'il semble, nous avons trouvé exactement ce que nous cherchions.

Et M. Howard, pensa-t-il avec un sourire méchant, ne devrait plus être un obstacle.

Une demi-heure plus tard, les chevaux, dételés, étaient dans l'écurie d'Hélène. Celle-ci, bouleversée et stupéfaite, avait pris dans ses bras ses pupilles du *Dublin*, si longtemps perdues. Elle n'arrivait pas à croire que les enfants à demi mortes de faim de jadis fussent devenues ces jeunes femmes joyeuses, un peu plantureuses, qui s'étaient emparées des commandes dans sa cuisine.

— Vous pensez que ça suffira pour toute une troupe d'hommes, miss Hélène?

— Jamais de la vie, miss Hélène, il faut ajouter quelque chose.

— C'est destiné à devenir du pâté, ça, miss Hélène? Alors ajoutons des patates douces et mettons moins de viande.

— D'ailleurs, les gaillards n'en ont pas besoin, sinon ils ne vont plus se sentir!

Les jumelles pouffèrent.

— Et puis ce n'est pas comme ça qu'on pétrit, miss Hélène! Attendez, nous allons d'abord faire du thé!

Pendant des années, Marie et Laurie avaient cuisiné pour les clients dans l'hôtel de Daphnée. Nourrir une colonne de tondeurs n'était donc pas un problème pour elles. Tandis qu'elles s'affairaient, Hélène, assise avec Léonard McDunn à la table de la cuisine, apprenait de sa bouche l'étrange attaque des Maoris qui l'avait conduit jusqu'ici, tandis qu'elle lui racontait comment Howard était mort.

— Bien sûr que je pleure sa mort, dit-elle en lissant la robe bleu foncé et toute simple qu'elle portait presque continuellement depuis l'enterrement, car elle n'avait pas eu de quoi s'acheter des vêtements de deuil. Mais c'est aussi en quelque sorte un soulagement... Excusez-moi, vous devez me trouver totalement sans cœur...

McDunn fit un geste de dénégation. Il ne la trouvait absolument pas insensible. Au contraire, c'est avec émotion qu'il avait peu avant assisté au spectacle de cette femme embrassant longuement les jumelles. Avec ses cheveux bruns et brillants, son visage délicat et ses yeux gris, il la trouvait très séduisante. Certes, elle avait l'air épuisée et elle était pâle sous son hâle. On voyait que la situation la dépassait. Elle était manifestement aussi peu à l'aise dans sa cuisine que dans l'écurie. Tout à l'heure, elle avait été heureuse que les enfants maoris lui proposent de traire la vache.

— Votre fils m'a laissé entendre que son père n'était pas toujours facile à vivre. Qu'allez-vous faire de la ferme à présent ? La vendre ?

— Si quelqu'un en veut, dit Hélène avec résignation. Le plus simple serait de la réunir avec Kiward Station. Howard nous en maudirait de sa tombe, mais cela me serait assez indifférent. En réalité, la ferme n'est pas rentable. Il y a beaucoup de terre, mais elle ne permet pas de nourrir convenablement les bêtes. Pour la mettre en culture, il faudrait s'y connaître et disposer d'un capital de départ. La ferme est ruinée, monsieur McDunn, il faut bien le reconnaître.

— Et votre amie de Kiward Station... elle est la mère de miss Fleurette, n'est-ce pas ? N'est-elle pas intéressée par une reprise ?

— Intéressée, oui... Oh, merci beaucoup, Laurie, vous êtes tout simplement merveilleuses, comment aurais-je fait sans vous ? dit Hélène en tendant sa tasse à Laurie qui s'approchait de la table avec du thé.

Laurie la remplit avec la dextérité que lui avait enseignée Hélène sur le bateau.

— Comment savez-vous qu'il s'agit de Laurie ? s'étonna McDunn. Je ne connais personne qui soit capable de distinguer les deux sœurs.

— Quand on leur laissait le choix, expliqua Hélène en riant, Marie mettait la table et Laurie servait. Notez aussi que Laurie est d'esprit plus ouvert tandis que Marie préfère rester en retrait.

Cela n'avait jamais frappé Léonard. Aussi admira-t-il le sens de l'observation d'Hélène.

— Qu'en est-il donc de votre amie? demanda-t-il, revenant à son sujet.

— Eh bien, Gwyneira a ses propres soucis. Vous êtes vous-même tombé au beau milieu! Ce chef maori essaie de la faire plier, et elle n'a aucun moyen d'entreprendre quoi que ce soit par-dessus la tête de Paul. Peut-être quand le gouverneur aura enfin statué…

— Existe-t-il une chance que ce Paul revienne et règle lui-même ses problèmes?

Léonard jugeait injuste que ces deux femmes dussent faire face seule à pareille situation. Il n'avait certes pas encore rencontré Gwyneira Warden, mais, si elle ressemblait à sa fille, elle était sûrement capable de tenir tête aux insoumis.

— Résoudre des problèmes n'est pas précisément le fort des hommes Warden, dit Hélène avec un sourire amer. Quant au retour de Paul… l'atmosphère change peu à peu à Haldon. Georges Greenwood n'avait pas tort. Si, au début, on aurait aimé le lyncher, c'est maintenant la compassion pour Gwyn qui l'emporte. Les gens pensent qu'elle a besoin d'un homme à la ferme, et ils sont prêts à passer l'éponge sur quelques bricoles comme un meurtre.

— Vous êtes cynique, miss Hélène!

— Je suis réaliste. Paul a tiré sans crier gare sur un homme désarmé. Devant vingt témoins. Mais laissons cela, je ne veux pas non plus qu'il soit pendu. Qu'est-ce que ça changerait? En revanche, s'il revient, l'affaire avec le chef maori ne fera qu'empirer. Et il risque bien d'être finalement pendu, cette fois pour un nouveau meurtre.

— Ce garçon paraît effectivement avoir un faible pour la corde, soupira Léonard. Je…

Il s'interrompit car on frappait à la porte. Laurie ouvrit. Un petit chien lui passa en trombe entre les jambes pour, haletant, aller se camper devant Hélène.

— Marie, vite, arrive! Je crois que c'est miss Gwyn! Et Cléo! Mon Dieu, la chienne est toujours en vie!

Mais Gwyneira parut ne pas remarquer la présence des jumelles ou ne pas les reconnaître, tant elle était furieuse.

— Hélène, parvint-elle à dire, je vais tuer ce Tonga ! Je me suis ressaisie à temps avant de partir pour le village, armée d'un fusil ! Andy dit que ses gens ont attaqué un chariot bâché – Dieu sait ce qu'il venait faire chez nous et où il est passé ! Au village, en tout cas, ils s'amusent follement à courir en tous sens avec des soutiens-gorge et des petites culottes… Oh, excusez-moi, monsieur, je…, bafouilla-t-elle en rougissant quand elle vit qu'Hélène avait un visiteur.

Lequel visiteur se mit à rire.

— Ce n'est rien, madame Warden. Je suis au courant de l'existence de cette lingerie féminine, je dirais même que c'est moi qui l'ai perdue. Le chariot m'appartient. Permettez que je me présente : Léonard McDunn, de l'Entrepôt O'Kay.

— Pourquoi ne venez-vous pas tout simplement avec nous à Queenstown ? demanda McDunn quelques heures plus tard, s'adressant à Hélène.

Gwyneira s'était calmée et, avec Hélène et les jumelles, avait apporté leur repas aux tondeurs affamés. Elle les avait félicités pour la bonne avancée du travail, même si la mauvaise qualité de la laine l'effraya. Elle avait entendu dire qu'O'Keefe produisait beaucoup de rebut, mais elle ne pensait pas que le problème fût aussi grave. Elle était maintenant assise, en compagnie d'Hélène et de McDunn, devant la cheminée, en train d'ouvrir une des bouteilles de beaujolais ayant échappé au pillage.

— À Ruben et à son bon goût ! s'écria-t-elle. Mais d'où tient-il ce talent, Hélène ? C'est certainement la première bouteille de vin qui ait jamais été débouchée dans cette maison, non ?

— Dans les œuvres de Bulwer-Lytton que je lis souvent avec mes élèves, Gwyn, on consomme occasionnellement de l'alcool dans des milieux cultivés, répondit Hélène non sans affectation.

McDunn but une gorgée avant de développer sa proposition concernant Queenstown.

— Sérieusement, miss Hélène, vous souhaitez certainement voir votre fils et vos petits-enfants. C'est l'occasion ou jamais. Nous y serons en quelques jours.

— Maintenant? En pleine tonte? Non.

— Tu ne penses pas vraiment, Hélène, intervint Gwyn en riant, que mes gens tondront un mouton de plus ou de moins selon que tu es avec eux ou non? Et tu ne vas pas non plus ramener les bêtes toi-même dans les hautes terres, n'est-ce pas?

— Mais… mais il faut quelqu'un pour nourrir tous ces gens, objecta Hélène, toujours hésitante.

L'offre la prenait au dépourvu. Elle était pourtant si tentante!

— Chez moi, ils se sont nourris eux-mêmes. O'Toole prépare un bien meilleur *irish stew* que Moana et moi. Quant à toi, mieux vaut ne pas en parler. Tu es ma meilleure amie, Gwyn, mais ta cuisine…

Hélène rougit. En temps ordinaire, elle ne se serait pas formalisée de cette remarque, mais, devant M. McDunn, elle se sentit gênée.

— Autorisez les hommes à abattre quelques moutons, conseilla ce dernier d'un ton tranquille. Je leur laisserai un des tonnelets que j'ai tout de même défendus au péril de ma vie. C'est certes un péché, parce que ce brandy est trop bon pour eux, mais ils vous en seront éternellement reconnaissants!

Hélène sourit.

— Je ne sais pas…, minauda-t-elle.

— Moi, je sais, trancha Gwyn. J'aimerais tant pouvoir y aller moi-même, mais je ne peux m'absenter de Kiward Station. Je déclare donc que tu es notre envoyée commune. Veille à ce que tout se passe bien à Queenstown. Et emmenez le poney pour nos petits-enfants. Je ne veux pas qu'ils soient aussi mauvais cavaliers que toi!

14

Dès le premier coup d'œil, Hélène aima Queenstown, petite ville au bord de l'impressionnant lac Wakatipu. Les coquettes maisons neuves se reflétaient dans l'eau et un petit port accueillait des barques et des bateaux à voile. Des montagnes enneigées encadraient ce tableau enchanteur. Et, surtout, Hélène n'avait pas aperçu un mouton depuis au moins une demi-journée !

— On devient modeste, confia-t-elle à Léonard McDunn, à qui, en huit jours, elle avait plus raconté d'elle-même qu'à Howard durant les années de leur mariage. Quand je suis arrivée à Christchurch, il y a des années de cela, j'ai pleuré parce que la ville n'avait rien de commun avec Londres. Et voilà que je suis heureuse de connaître cette petite ville parce que j'y aurai affaire à des êtres humains, et plus à des ruminants.

— Oh, mais Queenstown a des tas de points communs avec Londres, répliqua McDunn en riant. Vous verrez. Pas la taille, bien sûr, mais l'animation. Ici, la vie bouillonne, miss Hélène, ici on sent le progrès, la vie ! Christchurch est une jolie ville, mais ils s'occupent plus, là-bas, de préserver des valeurs anciennes et de paraître plus anglais que les Anglais. Songez à leur cathédrale et à leur université ! On se croirait à Oxford ! Ici, en revanche, tout est nouveau, tout est en plein essor. Bien sûr, les chercheurs d'or sont des gens un peu sauvages et ils créent pas mal d'ennuis. Quand on pense que le poste de police le plus proche est à quarante miles! Mais ces lascars apportent aussi de l'argent et de la vie dans la ville. Vous vous plairez ici, miss Hélène, croyez-moi!

Hélène se sentit en effet à son aise dès que le chariot descendit à grand fracas la Main Street. Aussi peu pavée que la grande rue d'Haldon, elle était noire de monde: là, un chercheur d'or se querellait avec le postier à qui il reprochait d'avoir ouvert une lettre; un peu plus loin, deux filles pouffaient en guettant, à l'intérieur d'une boutique sans porte, un beau jeune homme qui se faisait couper les cheveux. On s'occupait, dans la forge, à ferrer des chevaux, pendant que deux vieux mineurs parlaient en connaisseurs d'un mulet. On repeignait l'«hôtel» sous la surveillance d'une femme rousse qui, vêtue d'une robe d'un vert criard, jurait comme un charretier.

— Daphnée! s'écrièrent de concert les jumelles qui faillirent tomber de la voiture. Daphnée, nous avons ramené miss Hélène!

Daphnée O'Rourke se retourna. Hélène reconnut son visage de chat. Daphnée avait vieilli, les traits peut-être un peu marqués par la débauche, et elle était très maquillée. Leurs regards se croisèrent. Hélène remarqua avec émotion que Daphnée rougissait.

— Bonjour. Bonjour... miss Hélène!

McDunn n'en crut pas ses propres yeux: Daphnée, toujours si pleine d'assurance, s'inclinant devant son institutrice comme une petite fille!

— Arrêtez, Léonard! cria Hélène.

Sans attendre que le chariot se fût complètement immobilisé, elle sauta du siège et prit Daphnée dans ses bras.

— Ah! mais non, miss Hélène, si quelqu'un nous voyait... vous êtes une lady. Vous ne pouvez vous montrer en compagnie de quelqu'un comme moi, dit la jeune femme en baissant les yeux. Je ne suis pas fière de ce que je suis devenue, miss Hélène.

Celle-ci l'étreignit de nouveau en riant.

— Qu'es-tu devenue qui soit si terrible, Daphnée? Une femme d'affaires! Une merveilleuse mère adoptive pour les jumelles! Personne ne peut souhaiter meilleure élève.

— Peut-être que personne ne vous a encore expliqué quelle… quelle sorte d'affaires je gère, dit-elle à voix basse, rougissant de nouveau.

— Les affaires suivent la loi de l'offre et de la demande. C'est ce que m'a appris un autre de mes élèves, Georges Greenwood. Et, pour ce qui te concerne… eh bien, s'il y avait eu une forte demande de bibles, tu aurais certainement vendu des bibles.

— Avec le plus grand des plaisirs, miss Hélène! pouffa Daphnée.

Laissant l'«hôtelière» en compagnie des jumelles, McDunn conduisit Hélène à l'Entrepôt O'Kay. Si retrouver Daphnée et les jumelles avait été une grande joie, quelle joie plus grande encore fut de pouvoir prendre dans ses bras Ruben, Fleurette et ses petits-enfants!

Le petit Stephen fut aussitôt pendu à ses basques, mais Elaine, il faut le dire, accueillit le poney avec plus d'enthousiasme qu'elle n'en manifesta en voyant sa grand-mère. Hélène eut un regard pour sa tignasse rousse et ses yeux vifs qui étaient déjà d'un bleu plus intense que chez la plupart des bébés.

— C'est à l'évidence la petite-fille de Gwyn, dit Hélène. Elle n'a rien de moi. Prenez garde : pour son troisième anniversaire, elle demandera des moutons!

McDunn régla consciencieusement avec Ruben O'Keefe les comptes de son dernier transport avant de se préoccuper de ses nouvelles fonctions. Il fallut d'abord repeindre le poste de police et, avec l'aide de Stuart Peter, équiper la prison de barreaux. Hélène et Fleurette apportèrent du magasin des matelas et des draps pour aménager les cellules.

— Il ne manque que des fleurs, grommela McDunn.

Stuart fut lui aussi impressionné.

— Je conserve un passe-partout, les taquina le forgeron. Au cas où j'aurais des invités à loger…

— Tu peux tout de suite faire un séjour à l'essai, le menaça McDunn. Mais, sérieusement, je crains que, ce soir, nous ne fassions déjà le plein. Miss Daphnée a prévu une soirée irlandaise. Parions que la moitié de l'assistance finira par se taper dessus!

— Mais ça ne sera pas dangereux au moins, Léonard? s'inquiéta Hélène. Prenez garde à vous! Je… nous… nous avons besoin d'un policier intact!

McDunn était radieux. Qu'Hélène se souciât de lui lui plaisait infiniment.

Moins de trois semaines plus tard, il fut confronté à un problème plus sérieux que les habituels conflits entre chercheurs d'or.

Désemparé, il attendait dans l'Entrepôt O'Kay que Ruben eût le temps de s'occuper de lui. Il entendait rire et parler dans les pièces à l'arrière, mais il ne voulait pas se montrer importun. Il le voulait d'autant moins qu'il était en mission officielle. Ce n'était pas Léonard qui attendait son ami, c'était l'officier de police attendant le juge de paix. Il fut soulagé de voir Ruben s'approcher enfin de lui.

— Léonard! Excusez-moi de vous avoir fait attendre, dit celui-ci d'un ton enjoué, mais nous avons quelque chose à fêter. Il semble bien que je vais devenir père pour la troisième fois! Mais dites-moi d'abord ce qui vous amène. Puis-je vous être utile?

— C'est un problème de service, une sorte de dilemme juridique. Un certain Sideblossom, un riche éleveur qui veut investir dans les mines d'or, sort de mon bureau. Il était fort excité, m'enjoignant d'arrêter un homme qu'il venait de voir dans le camp des chercheurs d'or, un certain McKenzie.

— James McKenzie? Le voleur de bétail?

— Oui. Le nom ne m'était pas inconnu. Il a été arrêté dans les hautes terres voici quelques années et condamné à Lyttelton à une peine de prison.

— Je sais.

— Vous avez toujours eu une bonne mémoire, monsieur le juge, reconnut Léonard. Savez-vous aussi qu'il a été gracié? Sideblossom dit qu'on l'a envoyé en Australie.

— On l'a expulsé, rectifia Ruben. L'Australie était la destination la plus proche. Les gros éleveurs auraient préféré le savoir en Inde ou plus loin encore, de préférence dans l'estomac d'un tigre.

— C'est bien l'impression que m'a donnée ce Sideblossom, dit McDunn en riant. Bref, s'il a raison, McKenzie est revenu alors qu'il était banni à vie. Je devrais donc l'arrêter, selon ce Sideblossom. Mais qu'est-ce que je dois faire? Je peux difficilement l'enfermer à vie. Et accomplir cinq années de prison n'aurait que peu de sens : à proprement parler, il les a déjà purgées. Sans parler que je n'ai pas la place nécessaire. Vous avez une idée, monsieur le juge?

Ruben fit semblant de réfléchir. McDunn eut l'impression qu'il éprouvait plutôt de la joie. Malgré ce McKenzie. Ou à cause de lui?

— Écoutez, Léonard, finit-il par dire. D'abord, il faut que vous vérifiiez si ce McKenzie est bien celui que croit Sideblossom. Ensuite vous l'enfermez, si ce gars est encore en ville. Dites-lui que vous le placez en détention préventive, pour sa protection, parce que Sideblossom a été menaçant et que vous ne voulez pas de problèmes.

McDunn eut un sourire de connivence.

— Mais ne parlez pas de ça à ma femme, reprit Ruben. Ce sera une surprise. Ah oui, avant de l'enfermer, payez à McKenzie un rasage et une coupe de cheveux convenable, si nécessaire. Il va recevoir des visites féminines dès sa descente au Grand Hôtel!

Durant les premières semaines de ses grossesses, Fleurette avait toujours eu la larme facile et, cette fois encore, elle pleura toutes les larmes de son corps lors de sa visite à McKenzie en prison. On ne sut si c'était sous le coup de la joie de le revoir ou sous l'effet du désespoir à l'idée qu'il était à nouveau prisonnier.

James, en revanche, semblait peu inquiet. Il se montra même d'excellente humeur, jusqu'au moment où Fleurette fondit en larmes. Il la tenait maintenant dans ses bras, lui caressant gauchement le dos.

— Ne pleure pas, petite, je ne risque rien ici! Dehors, cela aurait été plus dangereux. J'ai encore maille à partir avec ce Sideblossom!

— Pourquoi a-t-il fallu que tu lui tombes dessus aussitôt? sanglota Fleurette. Qu'est-ce que tu fichais chez les chercheurs d'or? Tu ne voulais tout de même pas obtenir une concession?

McKenzie fit non de la tête. Il n'avait d'ailleurs pas du tout l'apparence d'un de ces aventuriers installant leur campement dans les anciennes bergeries, à proximité des lieux où l'on avait découvert de l'or. McDunn n'avait d'ailleurs pas eu besoin de l'aider à se raser et à se faire couper les cheveux, ni à lui venir en aide financièrement. James avait plutôt l'air d'un riche fermier en voyage. Ni par sa tenue ni par sa propreté, il ne se distinguait de son vieil ennemi Sideblossom.

— J'ai exploité dans ma vie assez de concessions et, en Australie, j'ai même gagné pas mal d'argent sur l'une d'elles. Le secret, c'est de ne pas aller aussitôt le claquer dans un établissement du type de celui de miss Daphnée! dit-il en riant. Ce que je cherchais, c'était ton époux. Il ne m'était pas venu à l'idée qu'il pourrait résider ici, dans la grande rue, occupé à coffrer d'inoffensifs voyageurs.

Il cligna de l'œil en direction de sa fille. Avant de la rencontrer, il avait fait, avec beaucoup de satisfaction, la connaissance de son gendre.

— Et que va-t-il se passer à présent ? s'inquiéta Fleurette. On va te renvoyer en Australie ?

— J'espère que non, soupira McKenzie. Je peux bien sûr payer la traversée sans problème... Ne me regarde pas comme ça, Ruben, tout ça, je l'ai gagné honnêtement ! Je jure ne pas avoir volé un seul mouton là-bas ! Mais ce serait une nouvelle perte de temps. Bien entendu, je reviendrais sur-le-champ, avec d'autres papiers cette fois. Il ne m'arrivera plus ce qui vient de se passer avec Sideblossom. Mais Gwyn devrait attendre pendant ce temps-là. Et je suis certain qu'elle est lasse d'attendre, comme moi !

— Vivre avec de faux papiers n'est pas non plus une solution, remarqua Ruben. Cela irait pour résider à Queenstown, sur la côte ouest ou quelque part dans l'île du Nord. Mais si je vous ai bien compris, vous voulez retourner dans les Canterbury Plains et épouser Gwyneira Warden. Sauf que vous êtes connu comme le loup blanc là-bas !

— C'est vrai. Je devrais enlever Gwyneira. Mais cette fois, je n'aurais aucun scrupule !

— Mieux vaudrait faire les choses dans les règles, objecta Ruben d'un ton sévère. Je vais écrire au gouverneur.

— Mais Sideblossom va lui écrire aussi ! s'écria Fleurette, de nouveau au bord des larmes. M. McDunn a dit qu'il était fou furieux parce que mon père était traité ici comme un prince...

Sideblossom était passé au poste de police à midi, alors que les jumelles avaient servi un véritable festin au gardien et au prisonnier. Il avait réagi de manière fort peu enthousiaste.

— Sideblossom est un fermier et un ancien escroc. Si c'est sa parole contre la mienne, le gouverneur saura choisir, estima Ruben. Je lui donnerai tous les détails nécessaires, y compris la situation financière stable de McKenzie, ses liens familiaux et son intention de se marier. Je soulignerai sa qualification professionnelle et ses mérites. D'accord, il a volé quelques moutons. Mais il a aussi découvert des terres qui portent à présent son nom et sur lesquelles Sideblossom fait paître ses bêtes. Il devrait vous être reconnaissant, James, au lieu de nourrir des projets d'assassinat! Et puis vous êtes un berger et un éleveur de grande expérience, ce qui serait très intéressant pour Kiward Station, surtout après la mort de Gérald Warden.

— Nous pourrions aussi lui fournir un emploi! intervint Hélène. Aimeriez-vous être le régisseur d'O'Keefe Station, James? Ce serait une alternative quand ce cher Paul mettra Gwyneira à la porte, ce qui ne saurait tarder.

— Ou Tonga, observa Ruben.

Ayant étudié la position juridique de Gwyneira dans le conflit qui l'opposait aux Maoris, il était peu optimiste. Du seul point de vue des faits, les prétentions de Tonga étaient justifiées.

— O'Keefe Station me convient aussi bien que Kiward Station, déclara James. Je veux juste vivre avec Gwyneira. Et puis je crois que Vendredi a besoin de moutons.

La lettre de Ruben partit dès le lendemain, mais personne n'escomptait une réponse rapide. James commença donc par s'ennuyer ferme dans sa prison pendant qu'Hélène passait des heures merveilleuses à Queenstown, jouant avec ses petits-enfants, regardant Fleurette asseoir le petit Stephen sur le poney, essayant de consoler Elaine qui protestait contre cette spoliation. À la fois anxieuse et pleine d'espoir, elle visita la petite école qui venait d'ouvrir. Peut-être y avait-il là une occasion de se rendre utile et de rester définitivement à Queenstown? Pour l'instant, il n'y avait à vrai dire que dix élèves dont se débrouillait parfaitement la maîtresse, une jeune femme sympathique venue de Dunedin. Dans le magasin de Ruben et de Fleurette, Hélène n'aurait pas eu non plus grand-chose à faire; les deux jumelles s'y marchaient déjà sur les pieds, rivalisant d'ardeur pour dispenser leur idole, Hélène, d'avoir à lever le petit doigt. Profitant de ses loisirs, elle invita Daphnée à boire le thé, bravant les reproches que cela lui attirerait de la part des honorables dames de Queenstown, et apprit donc enfin ce qui était arrivé à sa pupille après sa fuite de chez son employeur, un obsédé sexuel.

— Quand j'ai eu réglé son compte à ce salopard, je suis d'abord allée à Lyttelton, expliqua Daphnée. J'aurais bien aimé rentrer à Londres par le premier bateau, mais ce n'était bien sûr pas possible. J'ai aussi pensé à l'Australie. Mais ils en ont à revendre, des… euh, des filles légères comme moi qui ne recherchent pas un emploi de vendeuse de bibles. Et puis je suis tombée sur les jumelles. Elles s'étaient retrouvées là sous les mêmes auspices que moi : foutre le camp d'ici, et foutre le camp voulait dire «bateau»!

— Comment vous êtes-vous retrouvées? Vous étiez pourtant dans des régions fort éloignées les unes des autres.

— Elles, ce sont des jumelles. Si l'une a une idée, l'autre a la même. Croyez-moi! Il y a plus de vingt ans que je les connais, et elles sont toujours une énigme pour moi. Si j'ai bien compris ce qu'elles m'ont raconté alors, elles se sont rencontrées sur le Bridle Path. Comment elles ont réussi à arriver jusque-là, je n'en sais fichtre rien. En tout cas, volant de quoi manger, elles traînaient sur le port à la recherche d'un bateau sur lequel se faufiler. Une idée folle, on les aurait découvertes aussitôt. Qu'est-ce que je pouvais faire? Je les ai gardées avec moi. Je me suis montrée gentille avec un matelot et il m'a procuré les papiers d'une fille morte pendant la traversée entre Dublin et Lyttelton. Officiellement, je m'appelle donc Bridey O'Rourke. Les jumelles m'appelant toujours Daphnée, j'ai gardé ce prénom. Il convient d'ailleurs parfaitement à une… je veux dire, c'est un nom biblique, on n'a pas envie de s'en débarrasser.

— Un jour ou l'autre, on va te canoniser, dit Hélène en riant.

Daphnée pouffa, ce qui la fit ressembler à la fillette de jadis.

— Nous sommes alors parties pour la côte ouest. Nous avons d'abord circulé ici et là pour finalement atterrir dans un bordel... euh, dans l'établissement d'une certaine Mme Jolanda. Assez mal tenu. Il m'a d'abord fallu mettre un peu d'ordre et m'occuper de faire entrer de l'argent. C'est là que votre M. Greenwood m'a dénichée. À vrai dire, ce n'est pas à cause de lui que je suis partie. Plutôt parce que Jolanda n'était jamais satisfaite. Elle m'a même avoué un jour son intention de mettre les jumelles aux enchères le samedi suivant! Il serait temps, dit-elle, de les faire chevaucher... euh, que quelqu'un les connaisse, comme dit la Bible.

— Tu as vraiment ta Bible en tête. Un de ces jours, on vérifiera ce que tu sais de *David Copperfield*.

— En tout cas, j'ai encore fait la nouba, et puis nous sommes parties avec la caisse. Ce n'était vraiment pas digne d'une lady.

— Disons... œil pour œil, dent pour dent, remarqua Hélène.

— Ma foi... Et puis nous avons obéi à l'appel de l'or. Avec beaucoup de succès! Je dirai que soixante dix-sept pour cent des revenus de toutes les mines de la région terminent chez moi.

Ruben était troublé, presque un peu inquiet quand, six semaines après l'envoi de sa lettre au gouverneur, il reçut une enveloppe d'aspect tout à fait officiel.

— De Wellington, lui dit le postier d'un air important, quasi solennel. Du gouvernement! Tu vas être anobli, Ruben? La reine va nous rendre visite?

— Peu vraisemblable, Ethan, très peu vraisemblable.

Il réprima son envie d'ouvrir l'enveloppe sur-le-champ, car Ethan regardait par-dessus son épaule avec trop de curiosité, Ron traînant d'ailleurs, à son habitude, dans la boutique de ce dernier.

— Je vous verrai plus tard! lança-t-il aux deux hommes avec un flegme feint.

Sur le chemin de son magasin, il ne cessait de tripoter l'enveloppe et, devant le poste de police, changeant d'avis, il décida d'y entrer. McKenzie était intéressé au premier chef par le contenu de la lettre et il ne devait pas apprendre de seconde main les décisions du gouverneur.

Peu après, Ruben, McDunn et McKenzie étaient penchés sur la lettre, sautant, dans leur impatience, les longs préambules du gouverneur qui soulignait les mérites que s'était acquis Ruben dans l'essor de la ville nouvelle, avant d'entrer dans le vif du sujet :

... nous sommes heureux de pouvoir donner une réponse positive à votre demande de grâce concernant le voleur de bétail James McKenzie dont vous nous avez exposé le cas de manière si claire. Nous sommes nous aussi d'avis que McKenzie peut être utile à la jeune génération de l'île du Sud, dans la mesure où, à l'avenir, il déploiera dans le cadre de la légalité ses dons incontestables. Nous espérons agir ainsi également, et surtout, au mieux des intérêts de Mme Gwyneira Warden, que nous avons malheureusement dû décevoir dans une autre affaire soumise à notre appréciation. Je vous prierai de garder le silence sur le dernier cas, notre jugement n'ayant pas encore été transmis aux intéressés...

— Bon Dieu, il s'agit du problème avec les Maoris ! soupira James. Pauvre Gwyn... À ce qu'il semble, elle est encore seule pour se débrouiller de l'affaire. Il faudrait que je parte sans attendre pour les Canterbury Plains.

— En ce qui me concerne, rien ne s'y oppose, répondit McDunn. Au contraire, ça libérera une chambre dans mon Grand Hôtel !

— Je dois me joindre à vous, James, dit Hélène avec une pointe de regret.

Les jumelles venaient de servir le dernier plat d'un grand repas d'adieu, Fleurette ayant insisté pour régaler son père au moins une fois chez elle avant son départ, pour des années peut-être. Il avait promis de revenir la voir le plus tôt possible en compagnie de Gwyneira, mais Fleurette connaissait la vie dans les grandes fermes : il y avait toujours quelque chose pour empêcher les exploitants de se libérer.

— C'était merveilleux ici, mais il faut que je recommence à m'occuper de la ferme. Et je ne veux pas non plus être éternellement à charge, conclut Hélène en pliant sa serviette.

— Mais tu n'es pas une charge ! protesta Fleurette. Au contraire ! Je me demande comment nous ferions sans toi, Hélène !

— Ne mens pas, Fleurette, tu n'as jamais su le faire. Sérieusement, mon enfant, j'ai beau me plaire ici, il faut que je travaille ! Ma vie durant, j'ai enseigné. Maintenant, à rester oisive et à jouer un peu avec les enfants, j'ai l'impression de perdre mon temps.

Ruben et Fleurette se regardèrent, ne sachant comment commencer. Ruben prit finalement la parole.

— Eh bien, nous voulions t'en parler plus tard, une fois tout en place. Mais, avant que tu t'en ailles précipitamment, le mieux est de cracher le morceau. Fleurette et moi, sans oublier Léonard, nous avons réfléchi à ce que tu pourrais entreprendre.

— Mais j'ai visité l'école, Ruben, et…

— Oublie l'école, Hélène ! intervint Fleurette. Tu as enseigné assez longtemps. On a pensé… eh bien, nous avons tout d'abord l'intention d'acheter une ferme à l'extérieur. Une maison, plutôt, on ne pense pas vraiment à une exploitation. Mais il y a trop de circulation ici, dans la rue principale, trop de bruit… Je veux que les enfants soient plus libres. Tu te rends compte que Stephen n'a encore jamais vu de weta ?

Hélène pensa que son petit-fils pouvait grandir sans cette expérience.

— En tout cas, nous allons quitter cette maison-ci, expliqua Ruben en embrassant d'un geste le joli bâtiment de deux étages, terminé l'année précédente seulement, avec tout l'équipement voulu. Nous pourrions bien sûr le vendre. Mais Fleurette a songé que ce serait le lieu idéal pour un hôtel.

— Un hôtel? s'étonna Hélène.

— Oui! s'écria Fleurette. Regarde! Toutes ces pièces! Nous avions d'emblée compté sur une famille nombreuse. Si tu occupes le rez-de-chaussée et que tu loues les chambres du haut…

— Moi, tenir un hôtel? Tu dérailles!

— Peut-être plutôt une pension, vint en renfort McDunn.

— Oui, concéda Fleurette. Ne te méprends pas sur le mot «hôtel». Ce serait une maison honorable. Pas comme le bouge de Daphnée où se retrouvent des bandits et des filles légères. Non, je pensais… si des gens comme il faut venaient s'installer ici, un médecin ou un employé de banque, ils devraient bien loger quelque part. Et aussi… eh bien, de jeunes femmes…, poursuivit Fleurette en jouant avec un journal qui se trouvait comme par hasard sur la table, la feuille d'information de la communauté anglicane de Christchurch.

— Ce n'est pas ce que je pense, tout de même! s'écria Hélène en lui prenant résolument des mains la gazette ouverte à la page des petites annonces.

Queenstown, Otago. Quelle jeune fille, de foi solide et animée d'un esprit de pionnier, serait intéressée à s'unir par les liens du mariage à un membre de la paroisse, homme aisé et honorable…

Hélène ne sut si elle devait rire ou pleurer.

— À l'époque, c'étaient les éleveurs de moutons, maintenant ce sont les chercheurs d'or. Les honorables femmes de pasteur et les piliers de paroisse savent-elles le mal qu'elles font à ces filles?

— Bon, mais elles viennent de Christchurch, maman, pas de Londres. Si elles ne se plaisent pas, elles seront rentrées chez elles au bout de trois jours, l'apaisa Ruben.

— Et, bien sûr, on les croira sur parole si elles disent qu'elles sont aussi vertueuses et pures qu'à leur départ! ironisa Hélène.

— Si elles ont logé chez Daphnée, non, admit Fleurette. Je n'ai rien contre Daphnée – elle m'aurait d'ailleurs aussitôt engagée quand je suis arrivée ici! dit-elle en riant. Mais si les jeunes filles sont accueillies dans une pension propre et convenable, tenue par Hélène O'Keefe, une notabilité locale? C'est le genre de choses qui se sait vite, chère Hélène. Il se peut qu'à Christchurch même on te recommande aux intéressées ou à leurs parents.

— Et vous aurez l'occasion de remettre la tête à l'endroit à ces jeunes personnes, Hélène, insista McDunn, manifestement aussi peu enchanté qu'elle par cette manière de recruter des fiancées. Obnubilées par les pépites qu'une tête brûlée pourrait avoir en poche, elles ne voient pas, bien sûr, la cabane sordide où elles atterriront demain, quand l'homme partira pour une nouvelle concession.

— Vous pouvez compter sur moi! assura Hélène d'un air furibond. Je ne servirai pas de témoin de mariage à un couple au bout de trois jours!

— Alors, tu le prends, cet hôtel? Tu te sens capable? demanda Fleurette.

— Ma chère Fleurette, répondit Hélène, l'air presque vexée, j'ai appris dans ce pays à lire la Bible en maori, à traire une vache, à tuer des poules et même à aimer un mulet. Je réussirai bien à tenir une petite pension.

Ce fut un éclat de rire général. Mais McDunn donna le signal du départ. Il avait autorisé son ancien prisonnier à rester cette nuit dans sa cellule: un pécheur repenti ne saurait sans risque de rechute passer une nuit chez Daphnée.

En temps normal, Hélène aurait accompagné Léonard pour bavarder encore un peu sur la terrasse, mais, cette fois, McDunn sembla plutôt rechercher la compagnie de Fleurette. L'air presque gêné, il se tourna vers la jeune femme, pendant que James prenait congé d'Hélène et de Ruben.

— Je... euh, je ne voudrais pas être indiscret, miss Fleurette, mais... vous savez que je m'intéresse à miss Hélène...

Fleurette l'écoutait balbutier, les sourcils froncés. Où McDunn voulait-il en venir? S'il s'agissait d'une demande en mariage, il aurait mieux fait de s'adresser directement à Hélène.

Finissant par se ressaisir, Léonard réussit à formuler sa question :

— Eh bien voilà... euh, miss Fleurette : par tous les diables, qu'est-ce que miss Hélène voulait dire avec son histoire de mulet?

15

Jamais encore Paul Warden ne s'était senti aussi heureux.

En vérité, il ne comprenait pas ce qui lui arrivait. Car enfin il connaissait Marama depuis son plus jeune âge; elle avait toujours fait partie de son existence et s'était montrée embarrassante plus souvent qu'à son tour. C'était encore avec des sentiments mêlés qu'il lui avait permis de se joindre à lui dans sa fuite vers les hautes terres et, le premier jour, il avait été pris d'une fureur noire parce que son mulet trottait avec une lenteur désespérante derrière le cheval. Marama était un boulet, il n'avait pas besoin d'elle.

À présent, il avait honte de tout ce qu'il lui avait jeté à la tête pendant le trajet. Mais la jeune fille n'y avait pas prêté attention; elle paraissait d'ailleurs ne jamais entendre quand Paul se laissait aller à la méchanceté. Elle ne voyait que ses bons côtés. Elle souriait quand il était gentil et se taisait quand il cédait à ses travers. Or, depuis sa tendre enfance, il savait que décharger sa colère sur Marama ne procurait aucun plaisir, aussi n'avait-elle jamais été la cible de ses mauvais tours. Et maintenant… Un beau jour durant les derniers mois, il s'était aperçu qu'il aimait Marama, le jour où il avait pris conscience qu'elle ne le régentait pas plus qu'elle ne le critiquait, qu'elle n'avait aucun dégoût à surmonter quand ses yeux tombaient sur lui.

Marama l'avait aidé à trouver un bon emplacement pour son camp. Loin des Canterbury Plains, dans la contrée récemment découverte qu'on appelait les Hautes Terres

McKenzie. Marama lui expliqua qu'elle n'était pas une terre inconnue des Maoris. Elle y était déjà venue, toute petite, avec sa tribu.

— Tu ne te rappelles pas comme tu avais pleuré, Paul ? demanda-t-elle de sa voix chantante. Nous ne nous étions encore jamais quittés et tu appelais Kiri «maman», exactement comme moi. Mais la récolte avait été mauvaise, M. Warden buvait de plus en plus et avait des accès de fureur. Beaucoup d'hommes ne voulaient pas travailler pour lui, et l'époque de la tonte était encore loin…

Paul acquiesça. Gwyneira avait l'habitude, ces années-là, d'accorder des avances aux Maoris pour qu'ils restent jusqu'aux mois de printemps où il y aurait du travail. C'était bien entendu un risque. Certains restaient, certes, et se souvenaient ensuite d'avoir été payés ; d'autres empochaient l'argent et disparaissaient, tandis que d'autres encore, une fois la tonte achevée, avaient oublié l'avance et réclamaient avec hargne la totalité de la paie. Aussi Gérald avait-il fini par abandonner cette pratique : que les Maoris se promènent à leur guise ! D'ici la tonte, ils seraient bien revenus, et, sinon, on trouverait une autre main-d'œuvre. Paul ne se souvenait pas d'avoir lui-même souffert un jour de cette politique.

— Kiri t'a mis dans les bras de ta mère, mais tu n'as pas arrêté de pleurer et de crier. Ta mère a dit qu'elle ne voyait pas d'inconvénient à ce que tu viennes avec nous, mais M. Gérald l'a attrapée pour ça. Je ne me rappelle plus très bien, moi non plus, Paul, mais Kiri me l'a raconté plus tard. Elle dit que tu nous en as toujours voulu de ne pas t'avoir emmené. Mais qu'aurait-elle pu faire ? Miss Gwyn ne pensait certainement pas à mal, elle non plus, elle t'aimait bien.

— Elle ne m'a jamais aimé ! répliqua Paul d'une voix dure.

— Si. Vous étiez seulement deux ruisseaux qui ne se rencontraient pas. Peut-être vous trouverez-vous enfin, un jour. Tous les ruisseaux roulent vers la mer.

Paul voulait installer un camp provisoire, mais Marama désirait une vraie maison.

— Nous n'avons de toute façon rien à faire, Paul! dit-elle calmement. Et tu vas sans doute devoir rester là longtemps. Pourquoi avoir froid?

Paul donc, avec une hache trouvée dans les sacoches de Marama, abattit quelques arbres et, aidé du mulet, les traîna sur une petite éminence au bord d'un ruisseau. C'est Marama qui avait choisi l'emplacement en raison de la présence de rochers gigantesques à proximité. Les esprits étaient heureux en un tel endroit, avait-elle dit. Et des esprits heureux étaient bien disposés à l'égard de nouveaux colons. Elle demanda à Paul de réaliser des sculptures sur les murs afin que la maison soit belle et que *papa* ne se sente pas offensé. Quand tout fut selon ses vœux, elle conduisit Paul avec solennité dans l'intérieur vide, mais relativement spacieux.

— Maintenant, je te prends comme homme, lui annonça-t-elle d'un ton grave. Je coucherai avec toi dans une maison où dormir, même si la tribu n'est pas présente pour l'instant. Quelques-uns de nos ancêtres seront là pour en témoigner. Moi, Marama, descendante de ceux qui sont venus à Aotearoa avec l'*uruao*, je te veux toi, Paul Warden! C'est comme ça qu'on dit chez toi, n'est-ce pas?

— C'est un tout petit peu plus compliqué encore..., dit Paul.

Il ne savait ce qu'il fallait en penser, mais Marama était merveilleusement belle. Un bandeau de couleur autour de la tête, les seins dénudés, elle s'était noué une couverture autour des reins. Paul ne l'avait jamais vue ainsi; chez les Warden et à l'école, elle portait des vêtements occidentaux décents, alors qu'elle était là, devant lui, demi-nue, sa peau brun clair luisant sous le soleil, une douce ferveur dans les yeux. Elle le regardait comme *papa* avait dû regarder *rangi*. Elle l'aimait. Sans réserve, indépendamment de ce qu'il était et de ce qu'il avait fait.

Paul l'entoura de ses bras. Ne sachant pas bien si les Maoris s'embrassaient en pareille circonstance, il se contenta de frotter tendrement son nez contre celui de Marama. Elle éternua et ne put s'empêcher de pouffer. Puis elle ôta la couverture. Paul eut le souffle coupé. De constitution plus délicate que la plupart des femmes de sa race, elle avait pourtant le bassin large, des seins opulents, des fesses plantureuses. Elle étala avec beaucoup de naturel la couverture sur le sol, s'allongea et attira Paul à elle.

— Tu veux bien être mon mari, n'est-ce pas? demanda-t-elle.

Il aurait dû répondre ne s'être jamais posé la question. Il n'avait jusqu'ici que rarement pensé au mariage et, lorsque cela avait été le cas, il n'avait envisagé qu'une union arrangée avec une gentille fille à la peau blanche, une fille des Greenwood ou des Barrington, une union bien assortie. Mais que lirait-il dans les yeux d'une pareille fille? L'horreur comme dans ceux de sa mère? Ou au moins une certaine réserve? Surtout à présent, après le meurtre d'Howard. Et pourrait-il l'aimer? Ne serait-il pas en permanence sur ses gardes, méfiant?

Aimer Marama, au contraire, était simple. Elle était là, consentante et tendre, soumise... Non, ce n'était pas ça, elle était libre de ses décisions. Jamais il n'avait eu à la contraindre à quoi que ce fût. D'ailleurs, il n'en avait jamais eu envie. Peut-être était-ce là le propre de l'amour: être donné en toute liberté. Un amour forcé, comme celui de sa mère, n'avait pas de valeur.

Paul acquiesça donc. Mais cela lui parut insuffisant. Il n'était pas équitable de consacrer leur union selon un seul rite, il fallait aussi le faire selon le sien. Il se souvint de la formule:

— Moi, Paul, devant Dieu et devant les hommes... et devant les ancêtres... Je t'accepte, Marama, comme épouse.

De cet instant, Paul fut un homme heureux. Il vécut avec Marama comme vivaient les couples maoris. Il chassait et pêchait, pendant qu'elle cuisinait et essayait d'aménager un jardin. Elle avait apporté des semences et fut heureuse comme un enfant quand elle découvrit les premières pousses. Le soir, elle distrayait Paul en lui racontant des histoires ou en chantant. Elle lui parlait de ses ancêtres arrivés à Aotearoa il y avait fort longtemps, venus de Polynésie sur un canot appelé *uruao*. Les Maoris étaient fiers de ce canot. Dans des circonstances officielles, ils associaient le nom de ce canot au leur. Chacun, bien entendu, connaissait l'histoire de la découverte du pays nouveau.

— Nous sommes venus d'un pays qu'on appelle Hawaiki, racontait-elle comme elle aurait chanté. Il existait alors un homme, Kupe, qui aimait une fille du nom de Kura-maro-tini. Mais il n'a pas pu l'épouser car elle avait déjà partagé la couche de son cousin Hoturapa dans la maison où dormir.

Paul apprit que Kupe avait noyé Hoturapa et avait donc dû quitter le pays. Et que Kura-maro-tini, qui l'accompagnait, avait vu au-dessus de la mer un merveilleux nuage blanc qui s'était ensuite révélé le pays Aotearoa. Marama, dans ses chants, évoquait les combats périlleux qui les avaient opposés à des poulpes et à des esprits quand ils avaient abordé cette terre, ainsi que le retour de Kupe à Hawaiki.

— Il a parlé d'Aotearoa aux gens d'Hawaiki, mais n'y est jamais revenu. Il ne revint jamais...

— Et Kura-maro-tini? demanda Paul. Kupe l'a-t-il tout simplement abandonnée?

— Oui, elle est restée seule..., dit Marama avec tristesse. Elle avait deux filles. Mais Kupe n'était pas un bon garçon!

Elle prononça ces derniers mots à la manière de l'élève modèle qu'elle avait été auprès d'Hélène, et Paul ne put s'empêcher de rire. Il prit la jeune fille dans ses bras.

— Je ne t'abandonnerai jamais, Marama. Même si je n'ai pas toujours été un bon garçon!

Tonga entendit parler de Paul et de Marama par un garçon qui avait fui Lionel Station et le régime sévère de John Sideblossom. Ayant eu vent de la «révolte» de Tonga contre les Warden, il brûlait de rejoindre les soi-disant francs-tireurs dans leur lutte contre les *Pakeha*.

— Il y en a encore un qui vit là-haut, dans les hautes terres, raconta-t-il tout excité. Avec une femme maorie. Tout serait en ordre, paraît-il. L'homme est accueillant. Il partage sa nourriture avec nous quand nous nous déplaçons. Et la fille est une chanteuse. *Tohunga!* Mais moi, je dis que tous les *Pakeha* sont corrompus! Et qu'ils ne doivent pas prendre nos filles!

— Tu as raison, dit Tonga. Aucun *Pakeha* ne devrait souiller nos filles. Tu vas me servir de guide et marcher devant la hache du chef pour venger cette injustice!

Le garçon rayonna de bonheur. Dès le lendemain, il conduisit Tonga dans les hautes terres.

Tonga et son guide rencontrèrent Paul devant sa cabane. Il venait de ramasser du bois et aidait Marama à creuser un four polynésien. Cette coutume maorie n'était pas habituelle dans son village, mais, en ayant entendu parler l'un et l'autre, ils voulaient l'expérimenter. Tout heureuse, Marama rassemblait des pierres pendant que Paul creusait à l'aide d'une bêche le sol ramolli par une pluie récente.

Tonga sortit de derrière les rochers dont Marama pensait qu'ils étaient agréables aux esprits.

— Tu creuses la tombe de qui, Warden? Tu as encore abattu quelqu'un?

Paul se retourna brusquement, levant la bêche devant lui. Marama poussa un petit cri de frayeur. Elle était très belle en cette journée, n'ayant de nouveau sur elle que sa jupe, les cheveux retenus par un bandeau brodé. Elle avait la peau luisante après l'effort qu'elle venait de fournir, avec, sur le visage, l'empreinte d'un rire. Paul se plaça devant elle. Il savait que c'était puéril, mais ne voulait pas que quelqu'un la vît si légèrement vêtue, même si les Maoris ne s'en formaliseraient certainement pas.

— Qu'est-ce que cela signifie, Tonga? Tu effraies ma femme. Disparais d'ici, ce n'est pas ta terre!

— C'est davantage la mienne que la tienne, *Pakeha*! Mais, si tu veux savoir, Kiward Station ne t'appartiendra plus très longtemps. Votre gouverneur a tranché en ma faveur. Si tu ne peux rembourser, nous devrons partager! assena Tonga, nonchalamment appuyé sur la hache du chef qu'il avait apportée pour qu'elle lui conférât la dignité requise en pareille circonstance.

Marama s'interposa. Elle s'aperçut que Tonga portait les ornements du guerrier, et plus seulement les dessins traditionnels que le jeune chef s'était fait tatouer durant les derniers mois.

— Tonga, nous négocierons équitablement, dit-elle avec douceur. Kiward Station est grande, chacun recevra sa part. Et Paul ne sera plus ton ennemi. Il est mon mari, il m'appartient, à moi et à mon peuple. Il est donc aussi ton frère. Fais la paix, Tonga!

— Lui? Mon frère? s'esclaffa le chef. Il faudrait pour cela qu'il vive comme mon frère! Nous lui prendrons sa terre et nous raserons sa maison. Il faut que les dieux récupèrent la terre sur laquelle elle est bâtie. Vous deux pourrez habiter dans notre maison commune, poursuivit-il en se dirigeant vers Marama, avec un regard égrillard sur ses seins nus. Mais peut-être que tu voudras alors partager la couche d'un autre. Rien n'est encore tranché…

— Espèce de salopard!

Quand Tonga tendit la main vers Marama, Paul se rua sur lui. L'instant d'après, les deux jeunes hommes se roulaient par terre, cognant, criant et jurant. Ils se frappaient, se tordaient, se griffaient et se mordaient, chacun cherchant par tous les moyens à blesser l'autre. Marama, impassible, observait le combat. Elle n'aurait su dire combien de fois elle avait assisté à ce genre d'affrontement déshonorant entre les deux rivaux. Des gamins imbéciles, l'un comme l'autre!

— Arrêtez! finit-elle par leur crier. Tonga, tu es un chef! Songe à ta dignité. Et toi, Paul...

Mais, sans lui prêter attention, ils continuèrent à se rouer de coups avec acharnement. Elle devrait attendre qu'un des deux réussît à faire toucher terre aux deux épaules de l'autre, alors qu'ils étaient à peu près de force égale. Marama savait l'issue du combat incertaine et, jusqu'à son dernier jour, elle se demanderait comment auraient tourné les choses si le sort, cette fois, n'avait pas été favorable à Paul. Tonga finit en effet par se retrouver allongé par terre, Paul assis sur lui, hors d'haleine, le visage griffé et en sang, mais vainqueur. Il leva le poing en ricanant.

— Vas-tu à nouveau mettre en doute que Marama est ma femme, espèce de bâtard? Ma femme, pour toujours? hurla-t-il en secouant le vaincu.

Contrairement à Marama, le garçon qui avait servi de guide à Tonga suivait le combat avec stupeur et colère. Pour lui, ce n'était pas une rixe stupide, mais une lutte pour le pouvoir entre un Maori et un *Pakeha*, entre un guerrier de la tribu et un oppresseur. Et la fille avait raison: cette manière de faire la guerre n'était pas digne d'un chef! Tonga ne devrait pas se bagarrer comme un gamin. Et voilà qu'il avait le dessous, en plus! Il était sur le point de perdre le reste de sa dignité... Le jeune garçon ne pouvait permettre ça. Il brandit son javelot.

— Non! Non! Ne fais pas ça! Paul! hurla Marama en tentant d'arrêter le geste du jeune Maori.

Mais il était trop tard. Paul Warden, accroupi au-dessus de son adversaire vaincu, s'effondra, la poitrine percée par un javelot.

16

James McKenzie sifflotait gaiement. La mission qu'il avait à accomplir était certes délicate, mais rien ne pouvait altérer sa bonne humeur. Depuis deux jours, il était à nouveau dans les Canterbury Plains et ses retrouvailles avec Gwyneira avaient dépassé ses espérances. Comme si n'avaient jamais existé ni les malentendus ni les années écoulées depuis l'époque de leurs premières amours! James souriait encore du mal que Gwyneira se donnait alors pour ne jamais parler d'amour! Elle le faisait désormais sans aucune gêne et, de manière générale, il ne restait plus aucune trace de la pruderie de la princesse galloise.

Devant qui, d'ailleurs, avait-elle à avoir honte? La grande maison des Warden n'appartenait pour l'instant plus qu'à elle et à lui. Il était étrange de ne plus y entrer en employé plus ou moins toléré, mais d'en prendre possession, de se retrouver propriétaire des fauteuils du grand salon, des verres en cristal, du whisky et des cigares de Gérald Warden. James continuait à ne se sentir véritablement chez lui que dans la cuisine et les écuries. C'était d'ailleurs là que Gwyneira passait elle aussi le plus clair de son temps. Il n'y avait toujours pas de personnel maori et les bergers blancs n'entendaient pas s'abaisser à de simples besognes agricoles. C'était donc Gwyneira seule qui charriait de l'eau, récoltait les légumes du jardin et allait chercher les œufs dans le poulailler. N'ayant plus le temps de pêcher et ne pouvant se résoudre à tordre le cou des poules, elle n'avait plus de poisson frais ni de viande. L'arrivée de James avait donc apporté de la variété dans les menus. Il était heureux de lui faciliter l'existence, même s'il avait toujours le sentiment de n'être qu'un hôte de passage dans une chambre à coucher qui n'avait rien à envier à celle d'une jeune fille. Gwyneira lui avait raconté que c'était Lucas en personne qui avait aménagé pour elle ses appartements. Les rideaux de dentelle et les meubles fragiles avaient beau ne correspondre ni à ses goûts ni à son style, elle y restait attachée en souvenir de son mari.

Ce Lucas Warden devait avoir été un être étrange ! C'était maintenant que James s'apercevait qu'il l'avait peu connu et combien les remarques malveillantes des gardiens étaient proches de la vérité. Mais Lucas avait aimé, ou au moins respecté, quelque chose en Gwyneira. Les souvenirs de son père présumé que Fleurette avait gardés étaient eux aussi empreints de chaleur. James commença à éprouver des regrets et de la compassion : c'était un homme bon, bien que faible, un homme né à une mauvaise époque et au mauvais endroit.

James engagea son cheval sur le chemin menant au village maori, en bordure du lac. Il aurait pu y aller à pied, mais il venait en mission officielle, comme négociateur pour le compte de Gwyneira, pour ainsi dire, et il se sentait mieux assuré – et surtout plus important – monté sur un cheval, le symbole du statut des *Pakeha*. Et cela d'autant mieux que le cadeau de Fleurette lui plaisait beaucoup : il était le fils de la jument Niniane et d'un étalon de sang arabe.

McKenzie s'était attendu à se heurter à un barrage entre Kiward Station et le village. McDunn avait en effet raconté sa mésaventure et Gwyneira ne décolérait pas de voir qu'on essayait de lui interdire de se rendre à Haldon. Or, il parvint au village sans être importuné. Il venait d'ailleurs de dépasser les premières constructions, arrivant en vue de la grande maison de réunion. Une atmosphère étrange régnait dans le village.

Il n'y avait rien de l'attitude de refus provocant, voire d'hostilité, dont Gwyneira mais aussi McAran et Poker Livingston avaient parlé. Et surtout, aucune manifestation de triomphe après la décision du gouverneur. James percevait plutôt une espèce d'attente, de tension. Il ne se forma pas autour de lui un cercle de Maoris bavardant amicalement comme lors de ses visites dans le village, jadis. Ils n'étaient toutefois pas menaçants non plus. Il aperçut bien çà et là quelques hommes aux tatouages de guerrier, mais, portant des pantalons et des chemises et non leur costume tradition-nel, ils n'étaient pas armés de javelots. Des femmes s'affai-raient à leurs tâches quotidiennes, s'efforçant visiblement de ne pas regarder le visiteur.

Kiri finit par sortir de l'une des maisons.

— Monsieur James. Moi apprendre vous être de nou-veau là, dit-elle d'un ton cérémonieux. C'est grande joie pour miss Gwyn.

James sourit. Il avait toujours pressenti que Kiri et Moana étaient au courant. Mais, sans lui rendre son sourire, Kiri leva les yeux vers lui d'un air grave tout en poursuivant, choisis-sant ses mots avec circonspection, presque avec prudence.

— Et je veux dire… moi désolée. Moana désolée aussi, et Witi aussi. Si paix maintenant, nous revenir volontiers. Nous pardonner à M. Paul. Lui changé, dit Marama. Homme bon. Pour moi, fils bon.

— C'est bien, Kiri, approuva James. Pour M. Paul aussi. Miss Gwyn espère qu'il reviendra bientôt.

Il fut étonné de voir Kiri se détourner. Personne d'autre ne lui adressa la parole jusqu'à ce qu'il fût parvenu devant la maison du chef. Il descendit de cheval. Il était certain que Tonga avait été averti de son arrivée, mais le jeune chef entendait manifestement se faire prier. James éleva la voix.

— Tonga ! Il faut que nous parlions ! Miss Gwyn a reçu la décision du gouverneur. Elle souhaite négocier.

Tonga sortit lentement. Il portait la tenue et les tatouages du guerrier, mais pas de javelot. En revanche, il avait avec lui la hache du chef. James aperçut sur son visage les traces d'une lutte. Le jeune chef n'était-il plus incontesté ? Avait-il des concurrents dans sa propre tribu ?

James lui tendit la main, mais Tonga ne la prit pas. James haussa les épaules. Tant pis ! À ses yeux, Tonga avait un comportement puéril, mais qu'attendre d'autre d'un homme aussi jeune ? Il décida de ne pas entrer dans son jeu et de demeurer courtois à tout prix. Peut-être cela en appellerait-il à son honneur ?

— Tonga, tu es très jeune et cependant déjà chef. Cela prouve que les tiens te tiennent pour un homme raisonnable. Miss Hélène fait elle aussi grand cas de toi et ce que tu as obtenu du gouverneur est remarquable. Tu as montré du courage et de la persévérance. Mais nous devons à présent trouver un accord. M. Paul n'est pas là, mais miss Gwyn négociera en son nom. Et elle se porte garante qu'il respectera vos accords. Il le devra de toute façon puisqu'il y a un arrêt du gouverneur. Donc, cesse cette guerre, Tonga ! Dans l'intérêt de ton peuple aussi.

James ouvrait les bras, montrant qu'il n'était pas armé. Tonga devait constater qu'il avait des intentions pacifiques. Bien que déjà de haute stature, le jeune chef se grandit encore. Il était néanmoins plus petit que James, plus petit aussi que Paul, ce qui, tout au long de ses années d'enfance, lui avait été pénible. Mais il était à présent porteur de la dignité de chef. Il n'avait à avoir honte de rien ! Même pas de l'assassinat de Paul…

— Dis à Gwyneira Warden que nous sommes ouverts à des négociations, déclara-t-il froidement. Nous ne doutons pas que les accords seront respectés. Miss Gwyn est la voix des Warden depuis la dernière pleine lune. Paul Warden est mort.

— Ce n'est pas Tonga…

Tenant Gwyneira dans ses bras, James lui racontait la mort de son fils. Elle sanglotait sans larmes. Elle n'arrivait pas à pleurer et se haïssait pour cela. Paul avait été son fils, mais le pleurer était au-dessus de ses forces

En silence, Kiri posa devant eux une théière. Moana et elle avaient suivi James et avaient repris possession de la cuisine comme si rien ne s'était passé.

— Il ne faut rien reprocher à Tonga, au risque, sinon, de faire échouer les négociations. Je crois qu'il se reproche lui-même ce qui est arrivé. D'après ce que j'ai compris, un de ses guerriers a perdu la tête. Croyant la dignité de son chef menacée, il a frappé Paul par-derrière ! Tonga doit mourir de honte. Mais l'assassin n'appartenait même pas à la tribu et Tonga n'a donc aucun pouvoir sur lui : il s'est contenté de le renvoyer chez les siens. Tu peux bien sûr réclamer une enquête officielle. Tonga et Marama étaient témoins et ne mentiraient pas devant la justice.

— Qu'est-ce que ça changerait ? demanda Gwyn à voix basse. Le guerrier a cru son honneur menacé, Paul a craint pour sa femme, Howard s'est senti offensé… Gérald a épousé une femme qu'il n'aimait pas… Une chose entraîne l'autre, et cela n'a pas de fin. Je suis tellement lasse de tout cela, James. Et j'aurais tant voulu pouvoir encore dire à Paul que je l'aimais.

— Il aurait su que tu mentais, dit James en attirant Gwyneira contre lui. Tu ne peux rien changer, Gwyn.

— Je devrai vivre avec ça et me haïr jour après jour. L'amour est une chose étrange : je n'éprouvais rien pour Paul, mais Marama l'aimait… aussi naturellement qu'elle respire, sans réserve, quoi qu'il fasse. Elle était sa femme, dis-tu ? Où est-elle ? Tonga s'en est-il pris à elle ?

— Je suppose qu'elle était officiellement la femme de Paul. En tout cas, c'est pour elle que les deux se sont battus. Pour Paul, c'était du sérieux. J'ignore où elle est à présent. Je ne connais pas les rites du deuil chez les Maoris. Elle a sans doute enterré Paul et s'est retirée. Il faudra demander à Tonga, ou à Kiri.

Gwyneira se raidit. Bien que tremblant encore, elle réussit à se réchauffer les doigts contre la tasse et à la porter à sa bouche.

— Il faut le savoir. Il ne faut pas qu'il lui arrive quoi que ce soit par-dessus le marché. De toute façon, je dois aller au village, le plus tôt possible, je veux en finir. Mais pas aujourd'hui, pas cette nuit. J'ai besoin d'être seule, James… Il faut que je réfléchisse. Demain, quand le soleil sera haut dans le ciel, je parlerai avec Tonga. Je lutterai pour Kiward Station, James! Tonga ne l'aura pas!

James prit Gwyneira dans ses bras et la porta délicatement dans sa chambre.

— Quoi que tu veuilles, jamais je ne te laisserai seule, Gwyn. Je resterai à tes côtés, même cette nuit. Tu pourras pleurer ou parler de Paul… il doit bien y avoir aussi de bons souvenirs. Tu as dû parfois être fière de lui! Parle-moi de lui et de Marama. Ou laisse-moi simplement te tenir dans mes bras. Ne parle pas si tu n'as pas envie. Mais tu n'es pas seule.

Gwyneira, vêtue d'une robe noire, rencontra Tonga au bord du lac, entre Kiward Station et le village. On ne négociait pas dans des lieux clos car les dieux, les esprits et les ancêtres devaient servir de témoins. Derrière Gwyneira se tenaient James, Andy, Poker, Kiri et Moana ; derrière Tonga, une vingtaine de guerriers à l'air farouche.

Quelques salutations formelles ayant été échangées, le chef exprima ses regrets à Gwyn pour la mort de son fils, pesant ses mots, dans un anglais parfait dans lequel Gwyn reconnut la patte d'Hélène. Tonga était un mélange étrange de sauvage et de gentleman.

— Le gouverneur a décrété, dit alors Gwyn d'une voix ferme, que la vente de la terre qu'on appelle aujourd'hui Kiward Station n'a pas respecté en tout point les lignes directrices du traité de Waitangi…

— Pas en tout point? s'exclama Tonga en partant d'un rire ironique. La vente a été illégale!

— Non, pas illégale. Elle est intervenue avant le traité assurant aux Maoris un prix minimum pour leurs terres. On ne peut avoir violé un traité qui n'existait pas encore et que, par ailleurs, les Kai Tahu n'ont jamais signé. Le gouverneur a néanmoins estimé que Gérald Warden vous avait lésés à l'occasion de cet achat.

Gwyneira prit une profonde inspiration avant de poursuivre.

— Après un examen approfondi des actes, je dois lui donner raison. Gérald Warden vous a accordé une somme dérisoire, à peine les deux tiers de ce qui aurait dû vous revenir. Le gouverneur a donc décrété que nous devions soit payer la somme manquante, soit restituer des terres pour un montant équivalent. La seconde solution me paraît plus juste, car, entre-temps, le prix de la terre a augmenté.

Tonga la toisa d'un regard désobligeant.

— Nous sommes très honorés, miss Gwyn! dit-il en s'inclinant légèrement. Vous voulez donc réellement partager avec nous votre précieuse Kiward Station?

Si elle s'était écoutée, Gwyneira aurait eu plaisir à remettre à sa place ce jeune arrogant, mais ce n'était pas le moment. Se contrôlant, elle reprit donc d'un ton toujours aussi mesuré :

— Je souhaiterais vous proposer comme compensation la ferme appelée O'Keefe Station. Je sais que vous y allez souvent et que les hautes terres y sont plus favorables à la chasse et à la pêche que celles de Kiward Station. En revanche, elles se prêtent moins à l'élevage des moutons. Nous y trouverions donc tous notre profit. La superficie d'O'Keefe Station est la moitié de celle de Kiward Station. Vous recevriez donc plus de terres que ce que le gouverneur vous a attribué.

Gwyneira avait conçu ce plan dès qu'elle avait entendu parler de la décision du gouverneur. Hélène voulait vendre et rester à Queenstown. Ils pourraient payer à tempérament, évitant ainsi d'imposer à Kiward Station une trop lourde charge financière d'un seul coup. Que ses terres reviennent aux Maoris et non aux Warden honnis serait certainement conforme à l'esprit du défunt Howard.

Les hommes, derrière Tonga, chuchotèrent entre eux. La proposition suscitait à l'évidence un grand intérêt chez eux. Mais Tonga secoua la tête.

— Quelle faveur vous nous faites, miss Gwyn! Un bout de terre sans grande valeur, une ferme tombant en ruine – voilà de quoi faire le bonheur de ces ballots de Maoris, n'est-ce pas? s'exclama-t-il dans un éclat de rire. Non, j'avais pensé à quelque chose d'un peu différent.

Gwyneira soupira.

— Que veux-tu?

— Ce que je veux… ce que je voulais, à vrai dire… c'était les terres où nous nous trouvons. Depuis la route d'Haldon jusqu'aux pierres qui dansent…

Les Maoris nommaient ainsi le cercle de rochers sur le chemin menant de la ferme aux hautes terres.

— Mais il y a notre maison sur cette terre! protesta Gwyneira. C'est impossible!

— J'ai dit que c'est ce que je voulais… mais nous avons une dette de sang à votre égard, miss Gwyn. Votre fils est mort par ma faute, même si ce n'est de ma main. Je ne l'ai pas voulu, miss Gwyn. Je voulais le voir saigner, pas mourir. Je voulais qu'il me voie abattre sa maison – ou même en prendre possession! Avec Marama, ma femme. Cela aurait été pour lui beaucoup plus douloureux que n'importe quel javelot. Mais passons! J'ai décidé de vous épargner. Conservez votre maison, miss Gwyn. Mais je veux toutes les terres qui s'étendent entre les pierres qui dansent et le ruisseau qui sépare Kiward Station et O'Keefe Station, conclut Tonga avec pour Gwyneira un regard provocateur.

Elle eut la sensation que le sol se dérobait sous elle. Détournant les yeux de Tonga, elle regarda James, à la fois désemparée et désespérée.

— Ce sont nos meilleurs pâturages, objecta-t-elle. Et, en plus, les trois hangars de tonte en font partie. Presque tout est enclos!

Entourant la taille de Gwyn de son bras, James regarda Tonga sans sourciller.

— Peut-être que vous devriez l'un et l'autre prendre le temps de la réflexion, dit-il avec calme.

Gwyneira se redressa, les yeux étincelants.

— Si nous vous donnons ce que vous réclamez, autant vous laisser tout Kiward Station! C'est d'ailleurs peut-être le mieux! Il n'y a plus d'héritier. Et toi et moi, James, nous pouvons nous installer dans la ferme d'Hélène, dit-elle comme pour elle-même, prenant une profonde inspiration et laissant son regard errer sur les terres qu'elle avait entretenues vingt ans durant. Tout va tomber en ruine, l'élevage, la ferme, les moutons, et maintenant les vaches longhorn… et tout le travail qui y a été investi. Nous avions les plus belles bêtes des Canterbury Plains, et peut-être même de toute l'île. Bon Dieu! Gérald Warden n'était pas sans défauts, mais il n'a pas mérité ça!

Elle se mordit les lèvres pour ne pas pleurer. C'était la première fois qu'elle avait le sentiment de pouvoir pleurer pour Gérald. Pour Gérald, Lucas et Paul.

— Non! dit quelqu'un d'une voix basse, mais entendue de tous, une voix chantante, la voix de la conteuse-née.

Derrière Tonga, le groupe des guerriers se scinda pour laisser passer Marama, qui avançait avec calme. Elle n'était pas tatouée, mais avait peint les signes de sa tribu sur son menton et sur sa lèvre supérieure. Son visage évoquait les masques des dieux que Gwyneira avait vus dans la maison de Matahorua. Elle avait relevé ses cheveux à la manière des femmes adultes se faisant belles pour une fête. Elle avait le buste nu, mais avait jeté un châle sur ses épaules et portait une ample jupe blanche que Gwyneira lui avait offerte.

— Ne t'avise pas de m'appeler ta femme, Tonga! Je n'ai jamais couché auprès de toi et ne le ferai jamais. J'étais et je suis la femme de Paul Warden. Et là où nous sommes étaient et sont les terres de Paul Warden !

Marama avait d'abord parlé en anglais. Elle poursuivit dans sa langue maternelle, afin que personne, dans l'escorte de Tonga, ne se méprît, assez lentement néanmoins pour qu'aucun mot n'échappât à Gwyneira et James. Chacun, à Kiward Station, devait savoir ce que Marama Warden avait à dire.

— Ici est la terre des Warden, mais aussi celle des Kai Tahu. Un enfant va naître. D'une mère de la tribu de ceux qui sont venus à Aotearoa en canot. Et d'un père de la tribu des Warden. Paul ne m'a jamais dit quel canot conduisaient les ancêtres de son père, mais notre union a été bénie par les ancêtres des Kai Tahu. Les mères et les pères de l'*uruaro* souhaiteront la bienvenue à l'enfant. Et ici sera son pays !

La jeune femme posa les mains sur son ventre, puis leva les bras en un geste ample, comme pour embrasser les terres et les montagnes.

Des voix s'élevèrent dans les rangs des guerriers, derrière Tonga. Des voix approbatrices. Personne ne contesterait la ferme à l'enfant de Marama, surtout si toutes les terres d'O'Keefe Station revenaient aux tribus maories.

Gwyneira sourit et se concentra pour répondre. Bien qu'un peu prise de vertige, elle se sentait soulagée. Elle espérait trouver les mots justes et les prononcer correctement. C'était son premier discours en maori qui allât bien au-delà des problèmes quotidiens, et elle voulait être comprise par chacun.

— Ton enfant est de la tribu de ceux qui sont venus à Aotearoa sur le *Dublin*. Cet enfant sera également le bienvenu dans la famille de son père. Comme héritier de cette ferme appelée Kiward Station, dans le pays des Kai Tahu.

Gwyneira tenta d'imiter le geste de Marama, mais ce furent Marama et son petit-enfant encore à naître qu'elle prit dans ses bras.

1. Roger CARATINI, Hocine RAÏS, *Initiation à l'islam*.
2. Antoine BIOY, Benjamin THIRY, Caroline BEE, *Mylène Farmer, la part d'ombre*.
3. Pierre MIQUEL, *La France et ses paysans*.
4. Gerald MESSADIÉ, *Jeanne de l'Estoille*. I. *La Rose et le Lys*.
5. Gerald MESSADIÉ, *Jeanne de l'Estoille*. II. *Le Jugement des loups*.
6. Gerald MESSADIÉ, *Jeanne de l'Estoille*. III. *La Fleur d'Amérique*.
7. Alberto GRANADO, *Sur la route avec Che Guevara*.
8. Arièle BUTAUX, *Connard!*
9. James PATTERSON, *Pour toi, Nicolas*.
10. Amy EPHRON, *Une tasse de thé*.
11. Andrew KLAVAN, *Pas un mot*.
12. Colleen McCULLOUGH, *César Imperator*.
13. John JAKES, *Charleston*.
14. Evan HUNTER, *Les Mensonges de l'aube*.
15. Anne McLEAN MATTHEWS, *La Cave*.
16. Jean-Jacques EYDELIE, *Je ne joue plus!*
17. Philippe BOUIN, *Mister Conscience*.
18. Louis NUCÉRA, *Brassens, délit d'amitié*.
19. Olivia GOLDSMITH, *La Femme de mon mari*.
20. Paullina SIMONS, *Onze heures à vivre*.
21. Jane AUSTEN, *Raison et Sentiments*.
22. Richard DOOLING, *Soins à hauts risques*.
23. Tamara McKINLEY, *La Dernière Valse de Mathilda*.
24. Rosamond SMITH, *Double diabolique*.
25. Édith PIAF, *Au bal de la chance*.
26. Jane AUSTEN, *Mansfield Park*.
27. Gerald MESSADIÉ, *Orages sur le Nil*. I. *L'Œil de Néfertiti*.
28. Jean HELLER, *Mortelle mélodie*.
29. Steven PRESSFIELD, *Les Murailles de feu*.
30. Jean-Louis CRIMON, Thierry SÉCHAN, *Renaud raconté par sa tribu*.
31. Gerald MESSADIÉ, *Orages sur le Nil*. II. *Les Masques de Toutankhamon*.
32. Gerald MESSADIÉ, *Orages sur le Nil*. III. *Le Triomphe de Seth*.
33. Choga Regina EGBEME, *Je suis née au harem*.